Unterwegs in die Welt von morgen

Unterwegs in die Welt von morgen

Utopische Geschichten
und Science-fiction-Romane

Verlag Das Beste
Stuttgart · Zürich · Wien

120

PRINTED IN GERMANY
ISBN 3 87070 367 9

DIE STRASSE DER GÖTTER

von MARTIN CAIDIN

Ins Deutsche übertragen von
Tony Westermayr

Illustrationen: Horst Maurmann

I

DER Blitz explodierte aus undurchdringlicher Schwärze. Bis zu diesem Augenblick hatte es nur ein fernes Aufleuchten gegeben, fahl flackernden Himmel und gespenstisch schimmernde Regenschleier. Die Blitze flammten auf und verschwanden ebenso schnell wieder, und wo die sechs Männer in der geräumigen Transportmaschine gerade noch die Gewitterfront gesehen hatten, schrumpfte die sichtbare Welt gleich wieder auf das dunkelrote Glühen und die bläulichweißen Lichtflecken der Instrumente und des Cockpits zusammen. Aber es gab keinen Zweifel an den Naturgewalten, von denen sie umhergeschleudert wurden; die langen, schmalen Tragflächen bogen sich bedenklich im Sturm, und die wechselnden Aufwinde und Luftlöcher und das Hinauffegen und Durchsacken der Maschine ließen fast keine Steuerung mehr zu.

Die sechs Männer wußten, daß das vielleicht ihr letzter Flug war. Keine Frage, daß sie der mächtigen, viermotorigen Maschine vertrauten, den leistungsstarken Turboprops, dem robusten Rumpf. Erprobt und zuverlässig, hatte die dickbäuchige Hercules ihren Namen seit vielen Jahren mit Recht getragen. Diese Besatzung hatte ein und denselben eisernen Vogel durch Sturmböen geflogen, im Sturmwind, Gewitter, bei Eis, Schnee und Taifunen.

Aber dieser Sturm war anders. Der Zeiger des Fahrtmessers schlug einmal weit nach links und dann wieder weit nach rechts aus, zeigte sie einen Augenblick fast voll im Sackflug und im nächsten wieder bei einer Geschwindigkeit, bei der sich Metall verbiegen konnte. Die Steiggeschwindigkeit schwankte zwischen diesen beiden Extremen – wäre es nicht die relative Steiggeschwindigkeit gewesen, die angezeigt wurde, sondern der tatsächliche Aufstieg, dann hätten sich die Tragflächen längst abgelöst, und das Rumpfende wäre abgerissen worden. Selbst die Anzeige des Höhenmessers verließ den Rahmen der normalen Meßdaten. Seine Anzeige spiegelte die tatsächlichen Verhältnisse noch am klarsten wider. Auf einem heulenden Luftstrom dahingeschleudert, schossen sie von 5000 auf über 7500 Meter in die

Höhe, jeder fest auf seinen Sitz gepreßt. Und dann, urplötzlich, stürzten sie in die andere Richtung, auf die gewaltigen schroffen Gipfel zu, die sie unter sich wußten. Aufwärts war annehmbar. Der Sturm konnte einen nur in die Höhe schleudern. Er mochte die ganze Maschine umherwirbeln, aber wenn es vorbei war, konnte man wieder auf Sicherheit und einen glatten Flug hoffen. Abwärts war jedoch eine andere Sache. Das konnte tödlich sein.

Sie fegten wieder himmelwärts, zu einem langen Augenblick scheinbarer Ruhe, schwebten, die Tragflächen ohne jeden Auftrieb, bewegungslos zwischen den sich befehdenden Kräften des Sturms; tief unten, seitlich und über ihnen die gespenstischen orangegelben Blitze. Sie wußten es: Trotz wirbelnder Propeller, mächtiger Motoren, ihrer Geschicklichkeit im Umgang mit der Steuerung und trotz ihrer Gebete und Flüche mußten sie jetzt hinunter.

Durch den plötzlichen Druckabfall hatten sie das Gefühl, mit ihren Köpfen in einen Schraubstock geraten zu sein. Becken- und Schultergurte schnitten ihnen ins Fleisch, als sie von ihren Sitzen gehoben wurden. Öl- und Hydraulikdruckanzeigen sackten ab oder fielen in der plötzlichen Schwerelosigkeit auf Null. Den Bug nach unten gerichtet, die Tragflächen auf die Seite gelegt, stürzten sie in einem unsichtbaren, gigantischen Fallstrom aus Luft abwärts. Ringsumher geisterhaftes Licht. Dünne bläulichweiße Finger zuckten an den Propellern, am Bug, den Tragflächenenden, flackerten an den großen Außentanks unter den Tragflächen. Statische Elektrizität. Elmsfeuer. Alles war übersättigt mit elektrischen Ladungen, die man nicht wieder abgeben konnte. Sie stürzten hilflos immer weiter hinab, und die Angst packte sie. Sie sahen, wie die Höhenmesseranzeige zurückging und die Sinkgeschwindigkeit stieg – eine Warnung, auf die sie nicht reagieren konnten. Einen langen Augenblick starrten sie auf den gelblich schimmernden Schirm des Radargeräts, der eine Welt voller Kleckse und wirrer Linien zeigte und ihnen Regengüsse ankündigte. Aber obwohl sie davon wußten, ignorierten sie es, dachten nur an ihren Absturz, den Steilflug auf das Gebirge zu. Sie bereiteten sich innerlich vor auf den gewaltigen Ruck, sobald sie aus dem ungeheuren Fallstrom geraten würden und –

Der Blitz explodierte unmittelbar vor ihnen, geradewegs aus der auf sie zukommenden Sturmfront heraus. Es blieb keine Zeit, den gigantischen Lichtstrahl herankommen zu sehen. Alles ging viel zu schnell: Im einen Augenblick war er noch nicht da, im nächsten schien nichts mehr zu existieren außer ihm. Hätten sie das Sehvermögen besessen zu erkennen, was da, von mächtigen, unsichtbaren Kräften ausgehend, nahte, sie hätten ein Bündel nackter, purer Energie gesehen – ein Bündel aus Elektronen, das von seinem Ursprung zu ihrem metallenen Flugzeug zuckte; Energie, die mit fast zweiundvierzigtausend Kilometern in der Sekunde unsichtbar durch die Luft schnellte. Aber da sie all dies nicht sahen, kam es den sechs Männern in der taumelnden Hercules so vor, als sei im Augenblick zuvor kein Blitz dagewesen, und im nächsten Sekundenbruchteil war er da.

Kein Laut war zu hören, noch nicht. Gleißende Helligkeit jenseits jedes menschlichen Maßstabs umspülte Metall und Stoff und Fleisch. Dann die Hitze. Weit über siebentausend Grad Celsius. Heißer als die Oberfläche der Sonne. Der Schmerzreflex hinkte barmherzig dem Einschlag des Energiestrahls hinterher, als dieser den metallenen Eindringling erfaßte. Was im einen Augenblick noch ein Flugzeug gewesen war, wurde im nächsten durch eine Explosion zu einem Feuerball, in dem sich alles auflöste und auseinandergerissen wurde.

Manchmal sind Stürme launenhaft. Fünf Männer waren auf der Stelle tot, der sechste hingegen nicht. Elektrische Energie nahm alles in Besitz, zuckte zwischen seine Beine, sengte ihm die Fliegerjacke vom Rücken, brannte ihm die Schuhe von den Füßen und zog, als die Maschine auseinandergerissen wurde, seinen Körper in den tosenden Schlund des Sturms hinaus. Er fiel, von der Maschine ausgespien, in die Tiefe. Keine starken Schmerzen. Der Schock ließ sie nicht zu. Auch keine Angst. Die durch Ausbildung und Erfahrung geschulten Reflexe drangen in den Vordergrund seines trüben Bewußtseins.

Was der großen C-130E zugestoßen war . . ., mußte ein Blitzschlag gewesen sein . . ., der blendend helle Blitzstrahl und – er dachte an seine augenblickliche Situation: Er befand sich in der Luft. Er stürzte. Er mußte jetzt handeln. Allzu hoch über dem Boden waren sie nicht gewesen. Die Flughöhe mußte bei 6000 Metern gelegen haben. Die Gipfel der Berge unter ihm erreichten Höhen zwischen 2000 und 6000 Metern. *Den Hauptring ziehen. Keine Zeit verlieren.* Seine rechte Hand schob sich über die Brust, packte den Metallgriff, zerrte daran. Über Wind und Sturm hörte er – oder glaubte er es nur zu hören? – und spürte dann auch ganz deutlich, wie der Pilotschirm aufging und den Fallschirm öffnete. Dann ein dröhnender Knall und wildes Schwanken, als der Hauptfallschirm sich entfaltete und er durch einen Strudel von Wind und Blitz und Donner hinabschwebte.

Linienblitze fegten durch die Luft und explodierten wie riesige Blitzlichter, um die Umgebung kurz zu erhellen, zeigten die Gipfel der Cordillera Vilcabamba und andere nordöstlich davon, die noch kein Mensch erblickt hatte. Er wußte, daß bei diesem starken Wind – seine Geschwindigkeit über dem Boden konnte er mit dreißig bis fünfundvierzig Kilometern in der Stunde nur schätzen – ein Aufprall auf einen der Berge ihn schwer verletzen oder töten konnte. Er hoffte, tiefer hinunterzugelangen. Seine einzige echte Chance bestand darin, den dichten Urwald zu erreichen – so ungastlich er auch sein mochte, schroffen Felsen war er immer noch vorzuziehen. Wieder flammte ein Blitz auf. Ein dicker Teppich von Bäumen ragte vor ihm auf. Einen Augenblick lang war er verwirrt, und kurz vor dem Aufprall begriff er, mit welch enormer Geschwindigkeit er fiel. Er mußte sich noch mehr als dreitausend Meter über Meereshöhe befinden, die Luft war hier noch dünn, und er sank viel zu schnell.

Er traf mit einer Geschwindigkeit von über sechzig Kilometern in der Stunde auf die oberen Äste eines Baumes auf. Ein knorriger, scharfkantiger Ast brach ihm den linken Oberarm wie einen dürren Zweig. Er stöhnte qualvoll auf, und die Schmerzen wurden noch schlimmer, als der Fallschirm sich im Geäst verfing und ihn ruckartig zurückriß, bevor seine Füße den Boden berührten. Trotzdem, wenn der Schirm sich nicht verfangen hätte, wäre er am Boden so heftig aufgeprallt, daß er sich das Genick oder den Schädel hätte brechen können, und der Baum hielt den Fallschirm fest, so daß ihn der Sturmwind nicht aufblähen konnte. Der Schmerz machte ihn schwindlig, aber Erfahrung und Können setzten sich durch. Mit der rechten Hand öffnete er den Verschluß des Gurtwerks an der linken Schulter, so daß er sich besser bewegen konnte. Trotz des kraftlosen linken Arms gelang es ihm, sich ganz aus dem Gurtwerk zu befreien. Es regnete noch immer in Strömen, und bei dem Wind konnte er in dieser Höhe innerhalb weniger Stunden erfrieren. Er wußte nicht genau, wo er sich befand. *Du mußt deine Erfahrung und deine Kenntnisse anwenden.*

Er zog die verpackte Notausrüstung aus dem Gurtwerk. Eine kleine Stablampe zeigte ihm den Weg zu einem großen Baum, wo er sich hinsetzen konnte. Erste-Hilfe-Ausrüstung. Morphium gegen die Schmerzen im Arm, die bald mit voller Kraft einsetzen würden. Bis das Mittel wirkte, mußte er alles andere erledigt haben. Die beiden zusammengelegten Aluminiumfolien aus dem Pack als Schiene anzubringen war mühsam und qualvoll. Aus den Schnüren seines Fallschirms stellte er eine Art Schlinge her. Es gelang ihm, einen Riegel seiner Notration hinunterzuwürgen. Alles drehte sich um ihn, wegen der Schockwirkung, der Schmerzen und der dünnen Luft hier oben. Er mußte sich in über dreitausend Meter Höhe befinden. Er brauchte Ruhe und Schlaf. Wieder die Notausrüstung. Eine Isolierdecke, die nur sechzig Gramm wog. Er wickelte sich hinein. Nach wenigen Minuten wurde ihm wärmer; die Decke band neunzig Prozent seiner Körperwärme. Er hatte sich die Decke über den Kopf gezogen und schlug sie vor das Gesicht, um sich vor dem Regen zu schützen.

So saß er da. Trotz Morphium konnte er nicht schlafen. Aber der Schlaf würde kommen, wenn auch langsam. Während der Regen, dessen lautes Rauschen immer wieder vom Donner übertönt wurde, herniederprasselte, fiel ihm etwas ein. Er war auf einer harten Oberfläche gelandet. Flach und hart. Er knipste die Lampe an und drehte sie langsam. Er traute seinen Augen nicht.

Eine Straße. *Eine richtige Straße,* inmitten hochragender, schroffer Gipfel und Zinnen, in einem völlig unbewohnten Hochgebirge der peruanischen Anden. Unfaßbar. Er betrachtete die harte, feste Oberfläche. Soweit der Lichtstrahl der Lampe reichte, bevor er sich im niederrauschenden Regen verlor, erstreckte sich die Straße. Aber das Staunen ließ unter der Wirkung des Morphiums nach. Er knipste das Licht aus, lehnte sich an den Baumstamm und schlief ein.

Major Ben Ryland brauchte zwölf Tage, um vom Gebirge hinunterzusteigen. Nach drei Tagen war seine eiserne Ration verbraucht. Er lebte von Kleintieren, die er mit der zusammensteckbaren Kleinkaliberflinte aus seiner Notausrüstung schoß. Zweimal kam er zu Fischen, indem er sorgfältig in seichte Flüsse zielte, wo die ihm unbekannten, aber offenbar eßbaren Tiere träge an der Oberfläche umherschwammen. Um die Trinkbarkeit des aus den Flüssen geschöpften Wassers zu sichern, verwendete er Wasserentkeimungstabletten. Am achten Tag verlor er die Flinte beim Durchwaten eines schmalen, aber schnell strömenden Flusses; die Durchquerung mit einem gebrochenen Arm, während der andere seine kostbare Flinte festzuhalten versuchte, erwies sich als zu schwer. Er verlor auch das Notgepäck. Im Wasser wurde das Gewicht für einen Arm zu schwer; er mußte es loslassen, oder es hätte ihn hinabgezogen. Die letzten vier Tage überstand er ohne Nahrung. Das Wasser, das er nun ohne Entkeimungstabletten trank, löste bei ihm Fieber aus. Hitze, Insekten, die Schmerzen im gebrochenen Arm, keine Nahrung und die schwächende Wirkung des Wassers aus dem Urwald kosteten ihn beinahe das Leben. Aber er kam durch, weil er kräftig und unnachgiebig war und die Nerven behielt. Er marschierte immer weiter nach Süden, taumelte durchs Dickicht und über Rankengewirr. Schließlich erreichte er den Sicuani-Fluß. In seinem Fieber erinnerte er sich, daß er beim Abstieg aus der Gebirgsregion im allgemeinen festgestellt hatte, daß der Flußlauf in südöstlicher Richtung verlief. Wenn das der Fall war, mußte er ihm folgen. Es ging jetzt schwerer als zuvor, weil der Urwald dichter wurde und es von Insekten wimmelte, die ihn stachen, bis seine Augen fast zugeschwollen waren. Immer weiter lief er am Flußufer entlang, weil damit ausgeschlossen war, daß er im Urwald im Kreis herumwanderte. So gelangte er eines Spätnachmittags, mehr wankend als gehend, in die kleine Stadt Azul. Ein ortsansässiger Arzt erhielt ihn am Leben, während er, fiebernd und im Delirium, flußabwärts zu dem größeren Ort Ayabaca transportiert wurde. Auf der anderen Flußseite, die über eine Holzbrücke zu erreichen war, gab es einen großen, grasüberwachsenen Flugplatz. Alle drei Tage landete hier eine kleine Maschine mit Post und Nachschub. Lebend, aber immer noch schwer fiebernd, wurde Ryland zum Flugzeug getragen. Dann flog man ihn fünfhundert Kilometer weiter zum nächsten peruanischen Militärflughafen. Eine Stunde später war ein Ärzteteam der US-Air-Force zur Stelle.

Die Suche nach der vermißten C-130E war eine Woche zuvor eingestellt und jede Hoffnung auf Überlebende aufgegeben worden. Am nächsten Morgen wurde Ryland direkt in die Vereinigten Staaten zurückgeflogen und sofort in die Klinik des Luftwaffenstützpunktes Norton in Kalifornien gebracht – nicht zufällig auch der Amtssitz des Generalinspekteurs der US-Air-Force und ausgestattet mit einer inoffiziellen Niederlassung der Zentrale des militärischen Abwehrdienstes.

Der Zentrale war bereits verschlüsselt eine Zusammenfassung des unzusammenhängenden Gestammels übermittelt worden, das Major Ryland im Fieberdelirium von sich gegeben hatte. Dort, wo Ryland mit seinem Fallschirm gelandet war, konnte es keine gepflasterte Straße, ja überhaupt keine Straße geben. Nun, er war eben im Fieberwahn gewesen, dachte ein Colonel in der Zentrale. Aber er kannte Ben Ryland und empfand den größten Respekt vor dem Urteil und den Fähigkeiten des Majors, auch wenn das, was er da behauptete, einfach nicht möglich sein konnte.

Major Ryland überstand das Fieber. Er war kräftig, in hervorragender gesundheitlicher Verfassung, und er erholte sich schnell. Sein Gedächtnis schien nicht gelitten zu haben. Er blieb bei seinen Behauptungen. Die Einzelheiten seines Berichts wurden als „Streng geheim" eingestuft und an eine beschränkte Anzahl von Regierungsbehörden weitergegeben. Auf dieser Liste stand auch das BSA, das Büro für Sonderaufgaben, zuständig für zahlreiche Tarnunternehmen jeglicher Art. Was Ryland berichtet hatte, war so ausgefallen, daß keine andere Stelle bereit zu sein schien, sich damit zu befassen oder herauszufinden, was sich dort oben im Gebirge nun eigentlich wirklich befand. Die Straße des Majors mochte auf irgendeine Weise entstanden sein. Auf jeden Fall war sie sehr alt. Vielleicht aus der Vorzeit, hergestellt mit Methoden, die der heutigen Technologie unbekannt waren.

In einem der im Grünen gelegenen Vororte Washingtons gelangte der Bericht auf den Schreibtisch von Oscar Goldberg, dem stellvertretenden Leiter des BSA. Für Goldbergs geordnete Denkabläufe enthielt er zu viele Unklarheiten. Goldberg nahm das Telefon und wählte eine Nummer. Bei den Antworten auf seine Fragen zog er die Stirn kraus. Schließlich stellte er den Apparat zurück, wandte sich seinem Diktiergerät zu und sprach fast zwanzig Minuten lang ins Mikrofon. Das Band gab er seiner Sekretärin zur Übertragung, ging dann in die Kantine und trank dort einen Kaffee. Als er zurückkam, war sein Bericht geschrieben, und Goldberg hatte eine Entscheidung getroffen.

Ein paar Minuten später war er bei Jackson McKay, der das BSA leitete, und lieferte ihm seinen Bericht ab. McKay zeigte sich darüber verärgert, mit derartigem Unsinn belästigt zu werden, doch Goldberg ließ ihn ausreden und ging danach zum Gegenangriff über, eine Methode, derer sich die beiden schon seit Jahren bedienten. Es blieb fast nichts unausgesprochen.

Da die Abwehrzentrale das BSA offiziell gebeten hatte, sich mit dem Fall zu befassen, gab McKay schließlich nach.

„Rufen Sie ihn an", sagte er zu Goldberg.

„Er ist beim Angeln. Seit einem Jahr war sein Urlaub überfällig. Rufen Sie ihn selber an. Sie sind der große Boß."

„Raus!" entgegnete McKay freundlich. „Für die Drecksarbeit sind Sie zuständig."

Goldberg stand auf. „Wird nicht leicht sein. Ich wette, daß er sein Funkgerät nicht dabei hat."

McKay gab ihm recht, war aber bereit zu wetten, daß Rudy Wells bei ihm sein und sein Funkgerät mitgenommen haben würde. „Verwenden Sie diese Frequenz", ordnete er an.

2

DIE Rute bog sich genau im richtigen Winkel zurück, das Handgelenk schnellte nach vorn, und die Rute pfiff durch die Luft. Steve Austin sah die künstliche Fliege über das steinige Flußbett huschen, bevor sie auf der gegenüberliegenden Seite an einer klaren, tiefen Stelle niedersank, genau im Ziel: Er drehte sich um und grinste Dr. Rudy Wells, seinen Begleiter, an.

Wells' prächtige, wenn auch etwas grellbunte Kleidung bestand aus hohen Gummistiefeln, orangeroter Jagdhose und grellgelber Jacke, dazu trug er einen zerknautschten Hut mit vielen Fliegen und künstlichen Ködern. Außerdem hatte er sich einen schwarzweiß gesprenkelten Kinnbart zugelegt. „Ich soll wohl noch Beifall klatschen."

Austin lachte. „Sie sind eifersüchtig, Doc. Und ungeschickt. Los, lassen Sie mal sehen, wie schnell Ihre Schnur verwickelt ist."

„Na, dann treten Sie mal zur Seite, damit ein Profi ran kann."

Austin machte Platz und deutete auf die tiefe Stelle, wo seine Köderfliege in kurzen Sprüngen über das Wasser huschte. „Lauter herrliche Forellen, die alle nur darauf warten, in unsere Bratpfanne zu hüpfen." Er betrachtete seine Angelschnur. „Ein Vorschlag: Derjenige, dem der erste Fang glückt, bekommt vom anderen das Essen gekocht."

Wells trat vor, zielte und warf. Die Fliege landete am Rand der tiefen Stelle, wo Wells ein schwaches Kräuseln der Oberfläche entdeckt hatte. „Abgemacht."

Die beiden Männer drehten langsam an der Rolle, versuchten einen zweiten und einen dritten Wurf.

Austins Schnur spannte sich. „Ha, da kommt das Abendessen!"

„Zuerst mal fangen", meinte Wells und stieß einen Augenblick später selbst einen Freudenruf aus, als eine zweite Forelle anbiß und hoch aus dem Wasser sprang, bevor sie wieder untertauchte. Die beiden Männer konzentrierten sich und lenkten die Fische vorsichtig zum Ufer, um sie mit dem Kescher aufzunehmen. Wells stand günstiger und trat ein paar Schritte ins Wasser, den Kescher fangbereit. Er hob die Angelrute, um den Fisch in die richtige Stellung zu bringen, und –

Aus seiner Jacke drang ein schrilles elektronisches Heulen. Seine Stiefelsohle glitt auf einem großen Stein ab – der Kescher flog in die eine Richtung, die Angelrute in die andere, Wells in eine dritte und landete bäuchlings im Fluß. Das durchdringende Heulen hielt an, während er prustend im Wasser lag. Langsam raffte er sich auf, stand dann triefend und breitbeinig im Wasser bis über die Knie und starrte den anderen an.

Austins Gesicht blieb ausdruckslos. Er drehte dem Doktor den Rücken zu und zog die Forelle näher zu sich heran. Wells wartete regungslos. Austin brachte den Fisch an Land – ein Prachtexemplar, vier bis fünf Pfund – und ging gemächlich vom Ufer zu ihrem kleinen Lager.

Schließlich drehte er sich um. „Können Sie das verdammte Ding nicht abschalten?"

Wells stieg an Land und schüttelte sich. „Zehn Minuten lang ist es nicht abzuschalten. Sie wissen, daß man für die Peilung zehn Minuten braucht."

„Geben Sie her, Rudy."

„Es hat keinen Schalter."

„Weiß ich. Geben Sie her."

Wells öffnete den Reißverschluß der Innentasche und zog das wasserdicht verpackte Kleingerät heraus. Das Geräusch wurde noch schriller, noch durchdringender. Wells schnitt eine Grimasse, als er das Instrument hinüberreichte.

Austin hielt es einen Augenblick in der Hand, und plötzlich schlossen sich die Finger wie zermalmende Stahlklauen.

„Steve, nicht –" Wells verstummte, weil er wußte, daß es nutzlos war. Austin zerquetschte das Gerät mit seiner Bionikhand und warf es weg.

Wells sah ihn an. „Wir können nicht einfach so tun, als hätten wir nichts gehört." Er brauchte nicht hinzuzufügen, daß das elektronische Signal vom BSA nur in Notfällen verwendet wurde. Das Gerät war durch ein Funksignal überall zu erreichen; das Signal selbst wurde über das System militärischer Nachrichtensatelliten ausgestrahlt. Sobald der durchdringende Dauerton ausgelöst wurde, trat auch ein Kleinsender in Betrieb. Das unhörbare antwortende Funksignal ermöglichte eine exakte Triangulation zur Ortsbestimmung des Gerätebesitzers. Dieser hatte das nächste Telefon aufzusuchen und das BSA unter einer Geheimnummer anzurufen. Steve Austin hatte es offensichtlich nicht eilig damit.

„Steve“, begann Rudy Wells noch einmal, „ich wiederhole, wir können nicht –“

„Jetzt hören Sie mir mal zu, Doc. Sie haben doch gerade gesehen, wie leicht ich das tun kann. Hören Sie, ich habe seit über einem Jahr keine Pause mehr gehabt, wie Sie. Jedesmal, wenn wir eine einlegen wollen, brüllt irgend jemand was von einem Notfall. Ich bin zum Angeln hergekommen, und ich werde angeln.“ Er deutete auf die Forelle im Kescher. „Und das ist jetzt Ihr Job. Denken Sie an die Wette.“

Wells nickte und machte sich daran, den Fisch auszunehmen. Ein Holzkohlenfeuer war schon vorbereitet. Er beschloß, nicht weiter auf Steve einzureden. Man konnte ihn verstehen. Im vergangenen Jahr hatte ihn das BSA dreimal eingesetzt. Er war jedesmal davongekommen, aber stets mit schwer geschädigten Bioniksystemen. Elektronischer „Supermann“ oder nicht, es gab auch für ihn ganz klare, sehr menschliche Grenzen.

Hohe Intelligenz und die Figur eines Athleten, verbunden mit den Bioniksystemen, machten Steve Austin zu einem kybernetischen Organismus, zu einem *Kyborg.* Seltsam, wie schnell sie alle Steve in dieser Rolle akzeptiert hatten . . ., denn er war in so vieler Hinsicht ein ganz normaler Mensch und verwundbar.

Nach relativ konventionell verlaufenen Jahren als Testpilot war er zur NASA gegangen und Astronaut geworden, hatte die letzte Apollo-Mission zum Mond befehligt, sich vom Skylabprogramm dispensieren und zum Testflugzentrum in die kalifornische Wüste zurückversetzen lassen.

Das Raumfährenprogramm war das Programm der Zukunft. Vorgänger der Raumfähre, sogenannte „fliegende Badewannen“, erprobten alle denkbaren Möglichkeiten. Bei einem der Testflüge zerschellte dabei das Versuchsobjekt auf dem Wüstenboden. Steve Austin „starb“.

Er war ein glänzender Testpilot und Astronaut gewesen, ein herzlicher Bursche mit hoher Intelligenz und vielseitiger Begabung. Als man ihn aus den Trümmern der zerschellten Maschine zog, gab es diesen Steve Austin nicht mehr. Beide Beine mußten amputiert werden. Der linke Arm war so zerquetscht, daß er nicht mehr zu retten war. Zertrümmerte Rippen, mehrfache Kieferbrüche; all das wurde unter Dr. Rudy Wells' Leitung in einem mühsamen Verfahren ersetzt durch Metallegierungen, Kunststoff und Keramik. Das Herz war geschädigt, konnte sich aber erholen. Nicht so eine Hauptschlagader und eine Herzklappe, aber bei einer spektakulären Operation wurden die beschädigten Teile entfernt und eine Hufnagelklappe eingesetzt. Das linke Auge war blind. Man konnte es durch einen Infrarotdetektor oder auch durch eine Kamera ersetzen, aber er würde zumindest halbseitig blind bleiben, bis man ein künstliches Auge entwickelt hatte. Daran arbeitete man . . .

Dr. Wells arbeitete mit den besten Chirurgen zusammen, aber seine Aufgabe war es vor allem, nicht den Körper, sondern Geist und Seele Steve Austins am Leben zu erhalten. Steve haßte sich geraume Zeit, weil er sich für einen Vollinvaliden hielt, der unter den Lebenden nichts mehr zu suchen hatte. Er überlebte gegen seinen Willen, nachdem man ihn wochenlang in tiefer Bewußtlosigkeit gehalten hatte.

Im neuen Bioniklabor der Air Force in den Colorado-Rockies wandte man auf Steve Austin die kybernetische Computertechnologie an, um die Natur nachzuahmen.

Nach der Herzoperation widmete man sich seinem Schädel. Knochen wurden durch neue Legierungen ersetzt. Man konstruierte eine federnde Mittelschicht und eine zweite Außenschicht, um die Gehirnschale zu schützen. Aus diesem Grund konnte er nun einen direkten Schlag verkraften, der viel mächtiger war als die Schmiedehammerhiebe, die seinen Schädel beim Absturz zertrümmert hatten. Die gebrochenen und gesplitterten Rippen wurden durch biegsames Metall ersetzt und mit den Muskeln verdrahtet.

Aber nichts hielt einen Vergleich mit dem Wunder der Bionikgliedmaßen aus – mit dem Arm, mit seinem Ellbogen und den Bionikknochen und -knorpeln und der Beweglichkeit von Handgelenk, Fingern und Daumen oder mit den Beinen und ihren computergesteuerten Systemen.

Es war eine Sache, die Gliedmaßen zu konstruieren, welche die Nervenimpulse vom Gehirn empfangen sollten, Impulse, die buchstäblich elektrische Signale waren. Es war eine andere, die Nervenfasern nachzubilden, die Systeme zur Übertragung der Impulse vom Gehirn zum Rückenmark. Man schloß die durchtrennten Nerven und Muskeln an Bioniknerven und -muskeln an. Die beiden Systeme vertrugen sich miteinander. Die Signale flossen, waren aber für das Bioniksystem zu schwach. Man baute in den Bionikarm und die -beine Miniaturgeneratoren mit Atombatterien ein, mit deren Hilfe die Signale in Austins Gehirn so verstärkt werden konnten, daß sie automatisch befolgt wurden.

Monatelang versuchte Steve Austin, als Kyborg wiedergeboren, ein physisches und emotionelles Wissen zu erlangen und mit sich selbst ins reine zu kommen. Monatelang stolperte und stürzte, wankte und taumelte er. Seine Systeme fielen durch Kurzschlüsse aus, verursachten Krämpfe; er war ungeschickt, kam sich tölpelhaft vor und reagierte oft mit ohnmächtiger Wut. Schließlich gelangte Steve, dank der Hingabe von Dr. Wells, seinem Techniker, und Marty Schiller, einem Riesen von Mann, der selbst zwei Kunstbeine hatte, ans Ziel und entdeckte sogar manchen Vorzug seiner neuen Existenz.

Steves Arm war mehr als ein gewöhnlicher Arm. Er war notfalls auch als Rammbock zu gebrauchen, als Schraubstock, als Knüppel – als Werkzeug und Waffe. Seine Beine hatten die Leistungsfähigkeit von Kolbenstangen. Die Bioniksysteme mit ihren Nuklearverstärkern lieferten Energie, so daß Steves Belastbarkeit zunahm. Er hing jedoch nach wie vor von Herz, Lunge, Gehirn und anderen, nicht betroffenen Systemen ab.

Für dies alles mußte Steve einen Preis bezahlen. Oscar Goldberg, rechte Hand und Alter ego von Jackson McKay, dem Direktor des BSA, sah in Austin einen einmaligen Spezialagenten. Er hatte sechs Millionen Dollar in diesen Mann investiert und dafür gesorgt, daß Steve mit seinen Bioniksystemen Aufträge ausführen konnte, für die man niemand sonst auch nur hätte in Erwägung ziehen können.

Das BSA forderte seinen Einsatz immer wieder. Das erste Mal war es ein Unternehmen in den sowjetischen U-Boot-Höhlen an der Küste Südamerikas. Dann folgte ein Auftrag in Ägypten gegen sowjetisch gesteuerte arabische Extremisten, bei dem er mit Tamara, einer israelischen Agentin, zusammengearbeitet hatte. Seine unermüdlichen Beine hatten ihn und die bewußtlose Frau durch die Wüste getragen. Er war durchgekommen – mehr tot als lebendig.

Steve brauchte Monate, um sich zu erholen, aber er hatte Tamara nicht vergessen. Er flog nach Israel, doch drei Tage zuvor war Tamara bei einem Grenzzwischenfall getötet worden.

Daraufhin kehrte er in die Vereinigten Staaten zurück, wo er bereits von seinem engsten Freund, Rudy Wells, erwartet wurde. Sie flogen nach Colorado. Neuerliche Ausbildung. Neue Geräte und Anlagen testen. Die Trauer in der Arbeit ertränken. Das Programm war fast abgewickelt, als McKay Steve wegen eines Auftrags zu sich bestellte. Monatelang mußte Austin ein Doppelleben führen. Nach einem inszenierten Zwischenfall verließ er die Staaten als Flüchtling und stahl zusammen mit seinem Freund Marty Schiller eine Boeing 707, mit der sie in Libyen landeten. Damit gelang es Steve, sich einer Organisation zu empfehlen, die sich mit dem Diebstahl, Verkauf und sogar der Anwendung von Atomwaffen beschäftigte. In den langen Monaten danach stieg Steve in der Organisation immer höher. Am Ende gelang es ihm, seine Aufgabe auszuführen und die Organisation zu zerstören, allerdings mit Hilfe einer Atomexplosion, die Marty Schiller tötete. Es spielte keine Rolle, daß er die Ereignisse nicht hatte verhindern können, da er „erfolgreich" gewesen war. Er fühlte immer noch, daß Blut an seinen Händen klebte.

Seine Systeme waren überholt und verbessert worden. Rudy Wells fürchtete, daß Steve sich zu sehr in sich selbst zurückziehen könnte, und er hatte mit großer Erleichterung auf den Vorschlag reagiert, einen Angelurlaub zu unternehmen. Ein Kyborg konnte repariert werden. Der Mensch Steve Austin mußte sich selbst heilen.

Und schon am Ende des ersten Tages am Fluß war das elektronische Signal ausgelöst worden.

Rudy Wells bedachte das alles und entschied, daß Steve recht gehabt hatte, das Gerät zu demolieren. Er stand auf. „Wenn Sie den Hintern heben", sagte er zu Steve, „können Sie die beste Forelle essen, die je ein Mensch gebraten hat."

Nachts, im Schlafsack unter den Sternen, sah Rudy Wells zu Steve hinüber, der schon fest schlief, und führte sich das Bild dieses einzigartigen Mannes vor Augen: Exjagdflieger, Exastronaut, 1,85 m groß, schlank, muskulös. Blaue Augen – nein: ein blaues Auge, Natur; ein blaues Auge, künstlich. Und das dunkelbraune Haar war vor der Einpflanzung in die Stahlschale um Steves Gehirn auf einem anderen Kopf gewachsen. Er sah nach schlanken achtzig Kilo aus. Mit seinen Bioniksystemen wog er hundertfünf. Er trug sie leicht. Nicht von Anfang an, aber jetzt, weil er mit sich im reinen war. Er war, entschied Rudy, ein sehr menschlicher Erfolg. Und er hatte Anspruch auf seine Ruhe. Zum Teufel mit den anderen. Wir sind zum Angeln gefahren . . .

Am nächsten Morgen fand der Hubschrauber sie vor ihrem Lagerfeuer.

3

Oscar Goldberg blickte auf die Gestalten in der kleinen Lichtung hinunter. „Können wir da landen?" fragte er den Piloten.

„Ausgeschlossen, Mr. Goldberg. Viel zu eng."

„Na, dann wenigstens ein bißchen tiefer."

Der Wind der mächtigen Rotorblätter warf die Kaffeekanne um und schleuderte Ausrüstungsgegenstände durcheinander.

Goldberg sah, daß Austin sich bückte. „Nichts wie weg hier", sagte er zu seinem Piloten.

Ein Stein traf das Kabinendach und surrte davon. Goldberg sah Austin zielen. Die Bewegung des Bionikarms war nur undeutlich zu sehen, als Goldberg von der offenen Hubschraubertür zurückzuckte. Der zweite Stein mit fast Geschoßgeschwindigkeit prallte vom Rumpf ab. Der Pilot brauchte keine Aufmunterung mehr. Die Turbine heulte auf, und der Hubschrauber fegte davon.

Goldberg zeigte mit dem Finger hinaus. „Die Lichtung da. Ich steige aus, und Sie fliegen zurück. Es ist halb neun. Punkt zwölf sind Sie wieder da."

Der Pilot schüttelte den Kopf, als er zur Landung ansetzte. Goldberg löste die Gurte und stieg aus.

„Alle Schäden gehen auf meine Rechnung", sagte er. „Punkt zwölf, ja?" Er drehte sich halb herum, duckte sich unter den Rotorblättern und machte sich auf den Weg, während der Hubschrauber wieder aufstieg.

Er ging am Flußufer entlang zu dem kleinen Lager. Austin und Wells starrten ihn an. Goldberg lächelte.

„Nichts geht über einen herzlichen Empfang."

Austin sah den Doktor an. „Was kostet es mich, wenn ich den Kerl umbringe?"

„Sie müssen Formulare in fünffacher Ausfertigung ausfüllen."

„Das ist er nicht wert."

Steve nahm die Tasse von Wells entgegen, der einen Augenblick zögerte, bevor er Goldberg eine hinüberreichte. Er füllte seine eigene und setzte sich auf den Boden.

„Also, Oscar, heraus mit den schlechten Nachrichten."

Goldberg trank einen Schluck Kaffee und stellte die Tasse auf den gefällten Baumstamm neben sich. „Wir haben eine Reise für Sie."

„Ich bin auf Reisen", sagte Steve.

„Diese ist wichtiger."

„Kein Interesse."

„Es wird Sie interessieren, keine Bange, alle beide." Er sah Wells an. „Sie begleiten ihn."

„So? Was habe ich damit zu tun? Und wohin geht es überhaupt?"

„Nach Peru. In die Anden. Ein Gebiet in der Nähe der Cordillera Vilcabamba."

„Hab davon gehört", meinte Wells. „Worum geht es, Oscar?"

Goldberg leerte seine Tasse. „Wissen wir nicht genau. Die Cordillera Vilcabamba ist den Karten nach eine hohe, flache Ebene in den peruanischen Anden, drei- bis viertausend Meter hoch. Aber die Karten irren sich. Wir haben erst jetzt herausgefunden, wie gründlich. Die Vilcabamba ist eine tückische Gebirgskette. Nackter Fels. Bis zu 4200 Meter hoch und darüber. Das sind die allgemeinen Angaben. Die Vilcabamba befindet sich im südöstlichen Peru, und das Gebiet, um das es uns geht, läßt sich leichter identifizieren durch ‚El Misti', einen noch tätigen Vulkan, genau 6271 Meter hoch. Der Vulkan ist – ich nehme immer Luftlinie – gute sechzig Kilometer von der Ortschaft Azul entfernt. Etwa fünfzig Kilometer flußabwärts – das ist der Sicuani, umgeben von Urwald – gibt es eine größere Stadt, Ayabaca. Sie besitzt einen Graslandeplatz, offenbar in gutem Zustand, etwa zwölfhundert Meter lang."

„Wie weit von Lima entfernt?" fragte Steve.

„Fünfhundertzwanzig Kilometer Richtung Osten, zwanzig hin oder her. Das Gebiet, für das wir uns interessieren, liegt genau im Süden, beim Hauptausläufer der Vilcabamba."

„Sie haben gesagt, die Karten stimmten nicht?"

Goldberg nickte. „Richtig. Deshalb haben wir für Sie eigene Karten hergestellt. Die besten, die wir vom ERTS-Satelliten und Skylab bekommen konnten."

„Keine Luftaufnahmen?"

„Ganz wenige. Wir haben übrigens mit der peruanischen Regierung auf diesem Gebiet zusammengearbeitet. Eine C-130 von uns flog die Bergkette ab, um das ganze Spektrum zu erfassen – sichtbares Licht, Radartopographie, Infrarot."

„Und?"

„Meistens Pech. Die Winde von den Hängen des Vulkans sind unberechenbar. Außerdem gibt es eine merkwürdige Inversionsschicht, die enorm viel Nebel oder Dunst erzeugt, ganz zu schweigen von der Wolkendecke."

Steve goß Kaffee nach und griff nach Wells' Tasse. Goldberg lehnte dankend ab.

„Ich nehme an, daß netto nicht viel herausgekommen ist", meinte Steve.

Goldberg nickte. „Aber was wir nicht haben, könnt ihr ergänzen, wenn ihr dort seid."

„Was uns zum Anlaß Ihres unwillkommenen Besuches bringt", fuhr Wells fort.

„Der Anlaß ist eigenartig. Da oben gibt es etwas, was da nicht hingehört. Wir möchten Bescheid wissen. Beim letzten Einsatz im Gebiet der Cordillera Vilcabamba verloren wir die C-130 unseres kartographischen Unternehmens." Er sah, wie Austin aufhorchte. „Es passierte nachts. Wir wissen ziemlich genau Bescheid über das, was geschehen sein muß. Die Maschine wurde von offenbar blitzschnell entstehenden und außergewöhnlich heftigen Gewittern erfaßt. Da es im ganzen Gebiet keinen Wetterdienst gibt, sind Nachtflüge eine riskante Sache. Jedenfalls geriet das Flugzeug in einen der heftigeren Stürme, vielleicht in eine ganze Gewitterfront. So schien es wenigstens gewesen zu sein, soweit wir das nach den Angaben des einzigen Überlebenden beurteilen konnten. Die Maschine wurde von etwas getroffen, was ein Blitzstrahl zu sein schien. Er –"

„Augenblick mal, ein Blitz ist doch wohl kaum mit etwas anderem zu verwechseln, Oscar."

„Doch, Steve. Es kann ein Blitz gewesen sein. Oder ein heftiger Kurzschluß in der Maschine selbst, der die durch starke Verbiegungen der Tragflächen im Sturm entstandenen Kerosindämpfe entzündet hat. Oder eine Explosion in einem Motor. Oder ein Hitzestrahl oder –"

„Ein *was?*"

Goldberg sah Wells an. „Hitzestrahl, Doktor. Oder vielleicht ein Plasmastrahl. Oder ein Laserstrahl. Sie alle können mit einem Blitzstrahl verwechselt werden. Es scheint aber kaum Zweifel daran zu geben, daß das Flugzeug durch Blitzschlag zerstört wurde. Major Ben Ryland war der einzige Überlebende. Sein Bericht stützt diese Annahme. Und die Art seiner Verbrennungen, die Art, wie er aus der explodierenden Maschine geschleudert wurde –"

„Was passierte mit Ryland?" unterbrach ihn Steve.

„Er geriet in einen Wind, dessen Geschwindigkeit er auf sechzig bis siebzig Stundenkilometer schätzte. Er landete in einem Baumwipfel, wobei er sich den linken Arm brach. Kurz bevor er am Boden aufkam, verfing sich der Fallschirm in den Ästen, weshalb er das letzte Stück ohne allzu große Verletzungen überstand. Es regnete heftig. Ryland hatte seine Notausrüstung. Er schiente den Arm, aß eine Ration, spritzte sich Morphium, benützte die Mylardecke für Wärme und Schutz. Am nächsten Morgen beschloß er, etwas nachzuprüfen, das er in der Nacht im Schein seiner Lampe gesehen hatte. Ryland traute vernünftigerweise seinem eigenen Gedächtnis nicht. Er war im Schockzustand gewesen, nachdem er sich den Arm gebrochen hatte. Dort, wo er landete, gab es fast lückenlose Wälder, so daß Luft- oder Satellitenaufnahmen nur Baumwipfel gezeigt hätten. Außerdem ist das Gebiet südlich des Hauptausläufers der Cordillera Vilcabamba nach allem, was wir wissen, nie erforscht worden. Es ist so wild und unbekannt, daß selbst die Berge auf den Karten als Ebene dargestellt werden. Es hat nie den geringsten Hinweis dafür gegeben, daß das Gebiet jemals bewohnt war, nicht einmal in alter Zeit. Wir haben das bei peruanischen Archäologen nachgeprüft, und –"

„Kommen Sie zur Sache, Oscar", unterbrach ihn Steve.

„Major Ryland hat eine Autobahn im Urwald gefunden."

„Eine Autobahn?" wiederholte Wells.

„Eine Autobahn. Nicht irgendeinen überwachsenen Pfad. Nicht einen Weg für Tiere. Nicht etwas, das in den Boden gehämmert war. Ich meine eine reguläre Straße aus Steinblöcken. Wie tief oder schwer, konnte Ryland nicht sagen. Die Anordnung zeigte kein Muster, keine Geometrie. Kein sorgfältiges Einsetzen eines Blocks nach dem anderen. Nach Rylands Meinung sind Steine verschiedener Größe annähernd in eine gleiche Größe gehauen worden, und dann verwendete man eine Art Schneidegerät, um die Straße völlig eben zu machen. *Völlig eben.* Ryland betonte das ganz besonders. Er sagte, die Oberfläche sei, wenn man Verwitterung, Mooswachstum und dergleichen bedenkt, fast so glatt wie geschliffener Marmor."

„Hatte Ryland eine Vorstellung davon, wie weit diese – diese Autobahn reichte?"

„Nein. Und mit seinem gebrochenen Arm war er auch nicht in der Stimmung, um Ausflüge zu unternehmen, selbst wenn ihm das, was er sah, einfach unglaublich erschien. Er vermutete zu Recht, daß die Aussichten, dort oben gefunden zu werden, gleich Null waren. Er ging deshalb die Straße entlang bis zu einer Stelle, wo er die beste Chance sah, den Berg hinunterzusteigen. Bis Azul brauchte er zwölf Tage. Er war halb tot, als man ihn zum Flugplatz nach Ayabaca brachte. Er schätzte, daß er auf der Straße fünf oder sechs Kilometer zurückgelegt hat, Richtung Süden. Als er ins Tal hinunterzusteigen begann, war ein Ende der Straße nirgends abzusehen."

„Hat er sonst noch etwas gesagt?" fragte Steve.

„Ja. Daß er keine Spuren der Abnutzung durch Räder oder Fahrzeuge auf der Straße finden konnte."

„Wundert mich nicht besonders", meinte Rudy Wells nach einer Pause. „Ich habe von solchen Straßensystemen in Südamerika gehört, in Peru, Bolivien. Bei Santa Cruz in Bolivien scheinen lange Strecken der Steinoberfläche sogar aus *Beton* zu sein – eine seltsame Art Straße, manchmal sieben Meter breit, manchmal zehn, rautenförmig verfugt, hier und dort durch ein Erdbeben oder Überschwemmungen oder Vulkantätigkeit aufgebrochen. Die Straße ist aus Beton, obwohl Beton allgemein erst Jahrtausende nach dem Entstehen dieser Straße verwendet wurde."

„Das hört sich langsam an nach Astronauten in der Vorzeit, nach den Triumphwagen der Götter und –"

„Erich von Däniken, ich weiß", sagte Wells. „Viel von dem, was er schreibt, wenn man seine Folgerungen ausklammert, beruht ja auf Tatsachen – Dinge, die bis jetzt noch niemand erklären konnte. Wie etwa die Straße in Bolivien. Er hat sehr viel Material gesammelt. Sagen wir mit den Skeptikern, daß bestenfalls ein kleiner Teil zu den harten Fakten zu zählen ist. Vergessen wir seine Vermutungen und seine recht eigenartigen Auslegungen der Bibel und anderer Geschichtswerke. Lassen wir das alles weg. Was geschieht mit dem Prozentsatz an Fakten? Was fängt man mit dem Rest an, der völlig rätselhaft ist?"

„Nämlich?" fragte Steve. „Es ist eine Sache, von antiken Rätseln zu sprechen, aber wie gelangt man zu vernünftigen Schlußfolgerungen?"

„Na, da wäre einmal die Stadt Nazca, im Palpatal in Peru, nah am Meer, den Andenausläufern benachbart. Übrigens fällt mir ein, daß es in dem fraglichen Gebiet noch eine uralte Stadt gibt . . ., ich meine Cuzco, am Südostrand der Cordillera Vilcabamba."

„Dort, wo die C-130 abgestürzt ist? Sehen Sie da irgendeinen Zusammenhang?"

„Schwer zu sagen. Sie flogen in ein Gewitter, und –"

„Schon gut. Weiter."

„Nun, das Palpatal besitzt einen Streifen ebenen Bodens, der gut anderthalb Kilometer breit und etwa sechzig Kilometer lang ist. Der Boden sieht seltsam aus. Es scheint Stein zu sein, aber er ähnelt verrostetem Eisen. Niemand weiß genau, was es ist. Aber das meine ich gar nicht. Ich bin einmal über Nazca geflogen, und das ist ein tiefgreifendes Erlebnis. Die ganze Ebene ist mit riesigen Linien versehen, die einem geometrischen Muster entsprechen. Es gibt weite Flächen, die ein Trapez darstellen. Manche Linien verlaufen parallel zueinander, andere schneiden sich. Aber sie sind geometrisch angeordnet, sie sind real und – na ja, sie sind vorhanden."

„Und?"

„Die Archäologen neigen dazu, ein von den Inkas erbautes Straßensystem zu vermuten."

„Ist das auch Ihre Meinung?"

„Diese Annahme wirft mehr Fragen auf, als sie beantwortet. Wenn es Straßen sind, warum verlaufen sie dann über weite Strecken parallel nebeneinander? Und sie hören schlagartig auf. Warum? Es gibt keine natürliche Unterbrechung der Oberfläche durch Lavaströme oder Erdbeben."

„Was ist mit Seuchen, Invasion, Machtwechsel unter den Priestern?"

Wells stimmte sofort zu. „Eine weitere Möglichkeit ist, daß sie ein wichtiges Element einer Religion darstellen, von der wir nichts wissen. Es gibt Theorien, wonach die Linien mit Astronomie zusammenhängen. Andere sprechen von einem Kalender. Von Däniken meint, als er die Ebene bei Nazca überflogen habe, seien ihm die geometrischen Umrisse eines Landeplatzes für Besucher aus dem Weltraum klargeworden."

„Was?"

„Ich gebe nur wieder, was er schreibt."

„Sie scheinen der geborene Skeptiker zu sein", meinte Goldberg.

„Dazu gehört nicht viel", erwiderte Steve. „Erstens braucht jemand, der die interplanetarische Raumfahrt beherrscht, keine Rollbahn von fünfzig oder sechzig Kilometer Länge. Wenn man die benötigt, würde man ein geflügeltes Fahrzeug verwenden, das so schnell herunterkäme, daß es durch die Hitze auseinandergerissen werden würde. Beim Eintritt in die Atmosphäre können wir die Hitze ertragen, weil in den oberen Schichten die Luft so dünn ist, aber hier unten? Die Druckwellen wären unvorstellbar. Die Aufsetzgeschwindigkeit würde das geringste Holpern zu einer Katastrophe werden lassen. Hat der Mann noch eine andere Erklärung anzubieten?"

„Allerdings", sagte Wells. „Er meint, eine fliegende Maschine habe auf irgendeine Weise den Eingeborenen lehrreiche Anweisungen zukommen lassen. Sie reagierten, ohne zu wissen, warum – auf eine innere Ahnung hin, könnte man sagen. Und als sie fertig waren, sollte das ihr Zeichen für die Götter sein, daß sie würdig seien, Besuch von gottähnlichen Wesen zu erhalten."

„Aber man kann seine eigenen Schlußfolgerungen nicht als Fakten ausgeben, nur weil niemand die Lösung eines Rätsels kennt und deshalb nicht mit Gewißheit behaupten kann, daß man sich irrt", gab Steve zurück. „Das erinnert mich an die Leute, die mich fragen, ob ich an UFOs glaube. Nein, sage ich, ich glaube nicht an sie. Sie werden wütend und wollen wissen, ob ich nicht an Leben auf anderen Planeten glaube. Kein Zusammenhang zwischen Frage, Antwort und Schlußfolgerung. Das gilt auch für die Frage, ob ich an Astronauten glaube, die in grauer Vorzeit auf der Erde gewesen sein sollen. Mag sein. Ich sage nur, daß es noch keine Indizien dafür gegeben hat, die einer echten Probe standhalten würden."

„Und die Straße des Majors in Peru und die in Bolivien?" fragte Goldberg.

„Es gibt also diese Straßen. Und sie sind rätselhaft. Und wir begreifen nicht, wie sie dahin gekommen sind. Aber daß sie da sind und wir nicht dahinterkommen, wieso, beweist noch nicht, daß Wesen aus dem Weltraum gekommen sind und sie gebaut haben. Eine alte Weisheit sagt, zahllose wissenschaftliche Versuche hätten schlüssig bewiesen, daß das Schlagen von Trommeln das Wiedererscheinen der Sonne nach einer Sonnenfinsternis bewirkt."

„Bei uns gibt es auch eine", meinte Rudy. „Ein Arzt brauchte unbedingt ein Steckenpferd, um nicht immer nur an die Leiden seiner Patienten denken zu müssen. Er dressierte deshalb einen Floh auf seine gesprochenen Kommandos. Es ging sehr gut. Unter anderem sprang der Floh, wenn er den Befehl bekam zu springen. Nach einer Weile hatte der Arzt genug davon und beschloß, aus dem Steckenpferd ein wissenschaftliches Experiment zu machen. Er riß dem Floh die beiden Vorderbeine aus und sagte: ‚Spring!' Der Floh sprang. Er riß ihm die beiden mittleren Beine aus und sagte: ‚Spring!' Wieder sprang der Floh. Er riß ihm das letzte Paar Beine aus und befahl dem Floh zu springen. Er sprang nicht. Er schrie und bedrohte den Floh, aber er sprang nicht. Der Arzt schrieb darauf eine Abhandlung, um zu beweisen, daß ein Floh das Gehör verliert, wenn man ihm alle sechs Beine ausreißt."

Goldberg grinste. „Das muß ich McKay erzählen", sagte er.

„Gehen wir noch ein bißchen weiter", sagte Steve. „Rudy, gibt es nicht außergewöhnliche astronomische Zeugnisse von den Inkas, den Azteken oder den Mayas?"

„Keine Frage, Steve. Eines der bekanntesten ist das sogenannte Große Idol von Tiahuanaco, ein Steinblock, der ungefähr zwanzig Tonnen wiegt und mit Symbolen bedeckt ist. Über die Auslegung gibt es Meinungsverschiedenheiten, aber einer Theorie zufolge stellen die Symbole eine außergewöhnliche Sammlung von astronomischen Daten dar. Sie beruhen alle auf der Erkenntnis, daß die Erde eine Kugel ist, und der Block scheint weit hinter die Zeit zurückzureichen, als die Kugelgestalt der Erde wissenschaftlich zum erstenmal auftauchte. Manche Leute behaupten, der Steinblock sei um die siebenundzwanzigtausend Jahre alt."

„Und die anderen?"

„Man ist sich nicht einig über den Sinn der Symbole. Noch niemand habe sie entziffern oder übersetzen können, heißt es. Und was das Alter des Steinblocks angeht, kann man fünf Fachleute zusammenrufen und fünf verschiedene Antworten hören. Unterstellen wir, daß es mehr von diesen astronomischen Zeugnissen gibt. Unterstellen wir, sie seien zutreffend. Ich habe gelesen, daß die Mayas Observatorien hatten, daß sie Bemerkenswertes auf dem Gebiet der Astronomie leisteten und daß ihr Kalender sehr genau war. Wir wissen aus der Geschichte von großen europäischen Astronomen. Wir nennen manche von ihnen Genies, aber das habe ich noch keinen Menschen über die Mayas und andere zentral- und südamerikanische Völker sagen hören, die unter ihren Religionsführern auch Genies gehabt haben mögen, die ein Leben lang auf diesem Gebiet tätig waren."

„Wir hätten ja eigentlich genug lernen sollen vom Mond", meinte Steve. „Wie viele Jahrtausende haben die Menschen den Mond studiert? Wie viele Millionen Aufnahmen sind von Observatorien rund um die Welt gemacht worden? Und? Der Mond sei voll von schroffen Gipfeln und Graten, scharfen Felskanten und was noch alles. Ein Astronaut riskiere ein Loch im Raumanzug, wenn er auch nur irgendwo vorbeistreife. Aber es gibt keine scharfen und schroffen Felsgebilde auf dem Mond. Die Aufnahmen sind vorher falsch interpretiert worden. Man hat scharfe, gezackte Schatten gesehen, also mußten es die Felsen auch sein. Und der Mars? Alles hat man dort vermutet, von einer längst untergegangenen Zivilisation bis zu einer blühenden, von der die Marskanäle stammten. Wir sahen ab und zu Lichtblitze auf dem Mars, und man sprach ernsthaft von Wasserstoffbombenexplosionen. Die dunklen Stellen seien Vegetation und so weiter. Mariner IV hat Aufnahmen gebracht, die etwa ein Prozent des Planeten erfaßten. Wir sahen Krater, und die alten Theorien waren erledigt. Der Mars war mit Kratern übersät wie der Mond; der Mars war wie der Mond. Wir schickten Mariner VI und VII los, und sie lieferten Aufnahmen von zwanzig Prozent der Oberfläche. Sie sahen nicht nur die Krater, sondern auch Gelände ohne Merkmale, Gelände, die alle bisherigen Erkenntnisse in Zweifel zogen, und die Eiskappen. Keine Spur von Leben. Keine Spur von Gewächsen. Keine Spur von Wasser oder Sauerstoff. Eine tote Welt. Die Schlußfolgerungen beruhten auf konkreten wissenschaftlichen Tatsachen und waren trotzdem falsch. Wir brachten Mariner IX in eine Umlaufbahn um den Mars. Er fotografierte den ganzen Planeten. Wir fragten uns alle, wie wir uns so hatten täuschen können. Der Mars war alles andere als tot, er war dynamisch. Er hatte Vulkane, die jeden Tag Hunderte von Millionen Liter Wasser in Gasform in die Atmosphäre bliesen – und noch blasen. Auf dem Mars gibt es ein sogenanntes helles Gebiet mit dem Namen Nix Olympica. Mit Mariner VI und VII bekam man ein paar gute Aufnahmen aus zweitausend Meilen Entfernung. Kein Zweifel an der Helligkeit. Dann machte Mariner IX ein paar Nahaufnahmen. Und was war die Helligkeit?"

„Ein Vulkan, ungefähr 15 000 Meter hoch und größer als der ganze Bundesstaat Missouri", sagte Rudy Wells.

„Richtig. Außerdem fand man einen Canyon von der Art des Grand Canyon, entlang dem Marsäquator. Dreitausend Meilen lang, siebzig oder achtzig Meilen breit und vier Meilen tief. Und Indizien dafür, daß früher dort Wasser geströmt war. Und Beweise dafür, daß die Eiskappen Wasser enthielten, nicht nur Kohlendioxyd . . . Die Liste ist lang. Der springende Punkt ist der, selbst wenn wir von wissenschaftlichen Beobachtungen und scheinbaren Beweisen ausgehen, blamieren wir uns immer wieder. Und das bedeutet, Oscar, daß ich voreilige Folgerungen in keiner Richtung akzeptiere, auch die von Mr. von Däniken nicht."

Goldberg stand auf und reckte sich. „Das bestätigt mir nur, daß Sie der richtige Mann für diese Aufgabe sind. Und Rudy auch, weil er sich mit dem Thema schon eingehend beschäftigt hat, und außerdem, weil er Arzt ist."

„Ich begreife immer noch nicht, weshalb es so wichtig sein soll, daß ich diese Reise unternehme", meinte Steve.

„Ihre Beobachtungsgabe, zum einen. Sie sind gelernter Geologe. Sie wissen, wonach Sie suchen müssen. Sie ziehen keine voreiligen Schlußfolgerungen. Sie weisen unbestätigte Antworten als Spekulation zurück. Trotzdem sind Sie aufgeschlossen. Wir glauben, daß die von Major Ryland gemeldete Straße vielleicht eine Spur zu etwas anderem sein könnte: Optik. Die unglaubliche Entwicklung einer Lehre vom Licht durch eine Rasse, die seit Jahrtausenden von Jahren verschollen ist. Man nennt sie die Caya. In den Büchern des wissenschaftlichen Establishments finden Sie keine Hinweise auf sie, aber sie sollen aus demselben Gebiet gekommen sein, wo Ryland diese Straße gefunden hat."

„Dann schicken Sie Ryland wieder hin", sagte Steve. „Er ist doch der einzige, der sich dort auskennt."

„Aber er hat nicht Ihre Erfahrung", erwiderte Goldberg. „Sie haben einen Mondflug geleitet. Sie sind ein hervorragender Ingenieur. Und Sie haben, nun, Ihre eingebauten Vorzüge, die ich kaum aufzuführen brauche. Für den Fall von Schwierigkeiten könnten sie entscheidend sein."

„Nämlich?"

„Hm . . ., irgend jemand – wir wissen nicht, wer – möchte verhindern, daß wir uns dort noch einmal umsehen. Ryland lag im Fieber, als man ihn den Fluß hinunter nach Ayabaca brachte. Er sprach von dem, was er gesehen hatte. Niemand wußte etwas von einer solchen Straße, und niemand schien sich dafür zu interessieren. Wir haben aber jetzt die Bestätigung dafür, daß es ein sehr starkes Interesse gibt, daß noch jemand auf der Suche nach dem ist, was wir finden wollen . . ., die Spur zu einer vor Urzeiten entwickelten Lehre vom Licht. Und vielleicht den Schlüssel zu der erstaunlichen Energiequelle, die diese geheimnisvollen Straßen hervorgebracht und die Steinblöcke in solche Höhen hinauftransportiert hat. Ich hatte für Sie beide und Ryland an diesem Donnerstag eine Besprechung angesetzt. Er war seit seiner Rückkehr in der Klinik des Luftwaffenstützpunkts Norton."

„Ja, und?" sagte Wells. „Sie reden so, als wäre er da nicht mehr."

„Ist er auch nicht. Vor zwei Nächten hat sich jemand in die Klinik eingeschlichen, ist in Rylands Zimmer eingedrungen und hat ihn mit vier Schüssen in den Kopf getötet."

4

Die Anlage, die zum Bioniklabor am Ostrand der Rockies gehörte, nördlich der Air Force Academy, diente nur dem Zweck, neue Waffen und Systeme für einen einzigen Mann zu entwickeln und auszuprobieren: für Steve Austin, Kyborg.

Oscar Goldberg hatte auf dem Jackson-Hole-Flughafen in Wyoming eine Grumman Gulfstream II bereitstellen lassen. Sie verließen den gecharterten Hubschrauber, kletterten in die Düsenmaschine und wurden mit Vorrang von einer Flugleitstelle zur nächsten weitergereicht. Eine Stunde nach der Landung standen Steve und Dr. Wells im Umwandlungszentrum des Bioniklabors.

„Wir packen Sie voll", sagte Goldberg zu Steve. „Wenn Sie hier fertig sind, rufen Sie mich an. Ich möchte Ihre neuen Geräte so schnell wie möglich ausprobieren. Morgen früh lernen Sie die drei kennen, die mitkommen."

Jim DiMartino war der neue Mann, mit dem Steve arbeitete, der Ersatz für Marty Schiller. „Über Ihren Auftrag weiß ich nicht viel, Colonel", sagte er offen. „Ich bekomme meine Anweisungen und führe sie aus." Er ging zu einem großen Schrank, schloß ihn auf und holte drei Jagdgewehre heraus. Er gab jedem eines und führte mit dem dritten vor.

„Ihre Reise findet unter zivilen Aspekten, streng nichtmilitärisch statt, wie ich höre", sagte er. „Ich weiß nicht, wohin Sie fahren, aber jedenfalls bekommen Sie keine militärische Ausrüstung. Ohne Gewehr sollten Sie aber nicht gehen – in dem Gebiet gibt es alles mögliche Getier, von vier Meter langen Schlangen über Alligatoren oder Kaimane bis zum Puma und Jaguar, außerdem Wildschweine, möglicherweise wilde Hunde. Und vielleicht stoßen Sie auch auf unfreundliche Eingeborene."

„Was ist mit den Waffen gemacht worden?"

„Sie sind verbessert. Die meisten Büchsen dieser Art haben Magazine mit sechs bis acht Schuß. Diese Gewehre haben je zwei von diesen Magazinen." Er zog ein langes Magazin aus seiner Hüfttasche. „Ferner bekommen Sie für jedes Exemplar zwei von diesen Spezialanfertigungen. Sechsunddreißig Schuß, und wenn Sie da draufdrükken", er zeigte auf den Auslöser, „ist das Ding vollautomatisch. Erinnern Sie sich an den alten M-2-Karabiner? Die Waffe hier ist dreimal so leistungsfähig. Wenn es Schwierigkeiten gibt, am besten das kleine Magazin einlegen und auf halbautomatisch einstellen. Die Feuergeschwindigkeit ist auch höher als bei einem Jagdgewehr. Die Kleine spuckt richtig."

Steve griff nach dem langen Magazin, legte es in die Waffe ein und lud durch; sein Finger berührte den Abzug, er fuhr herum und feuerte. Geschosse fetzten in die Pappkameraden auf der anderen Seite des Raumes. Vier hämmernde Salven, das Magazin war leer, drei Pappkameraden völlig durchlöchert. Steve nickte DiMartino zu. „Rauchlose Munition."

„Ja, Sir."

„Was hat die zusätzliche Schiene an der Mündung zu bedeuten?"

„Das ist die Vorrichtung für den Schalldämpfer."

DiMartino führte nun das gesamte Arsenal vor. Für jeden gab es ein eigenes Messer in Bowiegröße, nur halb so schwer, aber doppelt so stark und ideal ausgewogen. Spezialmacheten, leichter als üblich, rasiermesserscharf, die dank einer neuen Legierung nicht an der Klinge schartig werden konnten. Er ging die übrige Ausrüstung durch. Jeder wurde ausgestattet mit einem der neuen, langläufigen, leichten Revolver vom Kaliber 38, die für die Air Force entwickelt worden waren, aber auch ohne Militärkennzeichen hergestellt wurden. Man konnte nicht immer ein Gewehr parat haben, aber eine 38er konnte man mit Hüft- oder Schulterhalfter jederzeit umschnallen und mit Federauslöser schnell erreichen. Die Munition für die Faustfeuerwaffen gab es in allen Variationen, von Normalpatronen bis zu Sprengladungen und Leuchtspurmunition. Außerdem: dünnes, belastbares Seil, Erste-Hilfe-Set, Wasserentkeimungsausrüstung, Überlebenshandbücher, Funkausrüstung – alles im Übermaß. Sogar eine zusammenklappbare Armbrust war dabei; für die sich Rudy Wells interessierte. Er verblüffte Steve und DiMartino, als er sechs Metallbolzen einlegte und abfeuerte, beinahe so schnell, wie man ein halbautomatisches Gewehr zu bedienen vermochte.

„Wo haben Sie denn das gelernt?" fragte Steve.

„Vor langer Zeit hielt ich es beim Kampf gegen bestimmtes Wild, vor allem Schädlinge, für richtig, dem Gegner auch eine Chance zu geben." Wells tätschelte die Armbrust. „Selbst wenn man keine Bolzen mehr hat, ist man nicht aufgeschmissen. Mit dem Bowiemesser und einer Schnur kann ich aus fast allem, was in einem Wald wächst, Bolzen machen."

„Sie sind angestellt als mein Leibwächter", sagte Steve.

Wells verlangte von DiMartino noch zwei Telefotoskope.

„. . . naheliegend, und weil ich damit auch Feuer machen kann", meinte er. „Bin eben ein richtiger Pfadfinder."

Als sie fertig waren, sagte DiMartino zu ihm: „Ich soll Sie ins Medizinlabor bringen. Inzwischen müßte alles vorbereitet sein. Für die Impfungen, meine ich. Mr. Goldberg wünscht, daß das alles heute abend noch erledigt wird."

„Da mache ich bestimmt einen glänzenden Eindruck", meinte Wells.

Nachdem er dieser unangenehmen Pflichtübung nachgekommen war, machte Rudy Wells sich auf den Weg, Steve im Bioniklabor zu suchen.

Er wunderte sich nicht, Goldberg vor dem Spezialstuhl stehen zu sehen, in dem Steve Austin lag, während der Bioniksystemexperte Art Fanier, der von Anfang an beim Kyborg-Projekt mitgearbeitet hatte, vorsichtig Steves linkes Auge herausschraubte. Trotz aller Dinge, die er bei Steve gesehen und miterlebt hatte seit dem entsetzlichen Absturz in der Wüste von Kalifornien, und trotz seiner Erfahrung als Flugchirurg zerrte es an seinen Nerven, wenn er zusah, wie dieser Mann in Teile und Stücke zerlegt wurde.

Wells trat näher an den Stuhl heran, um besser zu sehen und Goldbergs Ausführungen besser zu verstehen.

„Einer von Ihrer Gruppe wird mit einer Anzahl von Kameras ausgerüstet sein. Normalerweise würde das für uns genügen. Jetzt, nach Rylands Tod, reicht das nicht mehr. Wir müssen mit allem rechnen. Für Sie, Steve, bedeutet das folgendes: Wenn Sie auf etwas stoßen, das zu fotografieren sich lohnt, sollen Sie die Augenkamera benützen. Solange Sie heil zurückkommen, haben wir wenigstens einen Teil dessen, worauf es uns ankommt."

Es blieb einige Zeit still, dann beugte sich Fanier mit einem kleinen Sauger in der Hand vor. Er zögerte einen Augenblick.

„Können Sie das Lid festhalten?" fragte er. „Ich kann die Klemme nehmen, wenn Sie –"

„Nur zu."

Fanier schob den Sauger auf die Linse des Keramikaugapfels in der linken Augenhöhle. Als ihm der Druck auszureichen schien, drehte er den Sauger nach links. Goldberg und Wells sahen gebannt zu, als die Linse sich langsam drehte. Es kam die Andeutung eines Geräuschs, auf das Fanier gewartet hatte. Er zog die Hand mit dem Sauger zurück; am Ende des Saugröhrchens befand sich ein kleiner Zylinder. Er hielt eine Schwammschale unter den Zylinder, während er ihn zu einem keimfreien Arbeitstisch trug. Dann legte er den Zylinder auf eine Kunststoffplatte, wo ein zweiter Zylinder gleicher Größe lag, und betrachtete die beiden Zylinder mit einer Elektrolupe.

„Steve, ich bin gleich fertig", rief er dem Mann zu, der anstelle eines linken Auges ein Loch aufwies.

Steve stand neben Fanier, während der Techniker mit Miniaturwerkzeug hantierte. Mit Fingerspitzengefühl zerlegte er den Zylinder in eine winzige Kamera.

„Was Sie da im Auge getragen haben, ist jetzt beträchtlich verbessert worden, Steve", erklärte er ihm. „Sie waren bisher ausgerüstet für sichtbares Licht oder Infrarotfilm bis zu einer zweihundertstel Sekunde. Bei jeder Entfernung über einen Meter automatische Einstellung auf unendlich."

Steve nickte.

„Wir haben die Anzahl der Aufnahmen pro Film vergrößern können. Früher waren zwanzig Aufnahmen möglich, jetzt zweiunddreißig. Die Größe bleibt." Er zeigte auf eine winzige Filmpatrone. „Alles andere ist verbessert. Der Film macht jetzt Aufnahmen bei etwa einer zweihundertfünfzigstel Sekunde. Der ASA-Wert ist um etwa fünfzig Prozent erhöht. Und noch etwas. Bei dem Film ist uns ein kleines Wunder gelungen. Zweiunddreißig Aufnahmen, aber jede zur Hälfte Normallicht und Infrarot, also bekommen wir insgesamt vierundsechzig Bilder. Alles klar, Steve?"

„Alles klar. Setzen Sie das Ding wieder ein." Er drehte sich um und ging zum Stuhl zurück. Alles andere war ihm bekannt. Er mußte

Druck auf die Schläfe ausüben, wo ein Auslöser eingebaut war. Um eine Aufnahme machen zu können, bedurfte es dann nur noch eines Lidschlags.

Während Art Fanier die neue Kamera in Steves linkes „Auge" einschraubte, wurde Austin ungeduldig. Er hatte sich nie daran gewöhnen können, daß er seinen Körper hier und dort für die seltsamen und manchmal tödlichen Geräte öffnete, die ebenso zu ihm gehörten wie die Bioniksysteme. Bionik, Kybernetik, Kyborg . . ., für die anderen nichts als Worte. Für ihn bedeutete es sein Leben.

5

„Das ist unsere letzte Besprechung. Die Ausrüstung kann an Bord gebracht werden. Sie fliegen von Denver nach Los Angeles und steigen dort in die Linienmaschine nach Lima um. Von dort bringt Sie ein Charterflugzeug nach Ayabaca – eine Convair-Turboprop. Das wird etwa eineinhalb Stunden dauern."

Goldberg starrte die fünf Männer vor sich an. Steve Austin. Dr. Rudy Wells. Dr. Harold Jennings, Archäologe. Phil Wayne, Elektronikfachmann, Optikexperte, Fotograf. Aaron Mueller, Außenministerium.

„Sie kennen sich inzwischen alle", fuhr Goldberg fort. „Bei dieser Besprechung und auf dem Flug nach Peru haben Sie Gelegenheit, sich näher bekannt zu machen. Von Ayabaca an wird improvisiert, aber ich möchte hier klarstellen, daß Steve Austin die Expedition leitet. Mr. Austin ist der Chef."

Goldberg sah seine Zuhörer der Reihe nach an. „Zu Major Ryland. Bis zu seinem Tod hielten wir das Unternehmen lediglich für eine strapaziöse Sache. Das Gebiet um die Cordillera Vilcabamba ist eines der gefährlichsten und unzugänglichsten der ganzen Welt. Diese Einschätzung genügt aber offenbar nicht. Nun kommt noch dieses neue Element hinzu. Besondere Sicherheitsmaßnahmen sind seinerzeit für Ryland nicht getroffen worden, weil dafür kein Anlaß bestand. Er war nicht an einer Geheimoperation beteiligt gewesen; wir lieferten alle Ergebnisse, die aus der Arbeit seiner Flugzeugbesatzung hervorgingen, an die peruanische Regierung. Offenkundig hat das, was Ryland im Gebirge gesehen hat, seinen Tod herbeigeführt. Auf den ersten Blick ist das kaum zu begreifen. Berichte über geheimnisvolle Straßen in Südamerika sind nicht so selten. Was hat Ryland nun wirklich gesehen? Eine Straße, fast viertausend Meter hoch, in einer Gegend, wo nie Menschen gelebt haben. Dann die Zusammensetzung, die Beschaffenheit der Straße . . ., jeder Fund dieses Alters muß Interesse erregen. Und Ryland hat bei einem späteren Gespräch in der Klinik erklärt, die Straßenoberfläche sei nicht so sehr marmorartig gewesen, sie wirkte vielmehr wie ein durch ungeheure Energie zerschmolzenes Gestein. Und die großen Steinblöcke seien nicht vorher zurechtgehauen worden, nicht auf *dieser* Straße – *wenn* es eine Straße ist. Alle übrigen Angaben Rylands finden Sie in Ihren Unterlagen." Goldberg trank einen Schluck Wasser und räusperte sich. „Ryland hat im Fieber also geredet. Daß dadurch jemand aufmerksam wurde, ist vorstellbar. Aber gleich so, daß man ihn töten mußte? Das scheint keinen Sinn zu geben. Und wenn man bedenkt, daß jemand den weiten Weg von Peru nach Kalifornien zurückgelegt haben sollte –"

„Oder telefonisch einen Auftrag gegeben hat", warf Wells ein.

„Möglich, aber die Frage bleibt doch bestehen, was jemand dazu veranlassen konnte, solche Anstrengungen zu unternehmen und sogar einen Mord zu begehen. Wir sind der Sache natürlich nachgegangen. Colonel Simon Viejo von der peruanischen Abwehr hat jemand nach Ayabaca geschickt. Das einzig Ungewöhnliche waren Vertreter einiger Firmen aus Europa. Die Besuche dieser Leute in Ayabaca sind selten, und es könnte Zufall sein, daß sie gerade da waren. Wir wissen, daß die Suche nach einem unbekannten Energiestrahl, von dessen Art wir nichts ahnen, seit vielen Jahren in Südamerika im Gange ist. Man rätselt noch immer daran herum, wie Riesensteinblöcke von einem Volk, dem das Rad nicht bekannt war, in große Höhen hinaufgeschafft werden konnten. Die Frage stellte sich geradezu zwangsläufig: Hat Ryland etwas entdeckt, das an solche Energiestrahlen denken läßt? Wir wissen es nicht. Vielleicht hat sich das Fieber doch auf sein Gedächtnis ausgewirkt. Eine partielle Amnesie nach Tropenfieber kommt vor."

„Und dieser peruanische Abwehroffizier –"

„Colonel Simon Viejo, Mr. Mueller."

„Danke", sagte Mueller. „Dieser Viejo hat also jemand nach Ayabaca geschickt. Haben sie über diese Europäer etwas berichtet, das für uns von Bedeutung sein könnte?"

„Ich sagte schon, es könnte sich auch um einen Zufall handeln, aber als Major Ryland aus dem Urwald kam, hielten sich in Ayabaca zwei Männer auf, die dort sonst nicht zu finden sind." Goldberg schlug eine Akte auf. „Der eine heißt Odd Fossenden und ist Norweger. Er besitzt eine eigene Handelsfirma und vertritt zusätzlich ein Konsortium von Im- und Exporteuren – teilweise auch in der ČSSR, Rumänien, Polen und Finnland. Wir können keinen Zusammenhang zwischen Ryland und Fossenden feststellen. Vertritt Fossenden die Interessen des Ostblocks an dem mutmaßlichen Energiestrahlerzeuger, oder handelt er auf eigene Faust? Das ist alles ungeklärt. Der zweite Mann ist ein gewisser Julio Ruperez, ein Peruaner, der seit etwa vier Jahren mit Fossenden zusammenarbeitet. Beide Männer befanden sich übrigens in Ayabaca, als Ryland umgebracht wurde."

„Ist von Ayabaca aus in die USA telefoniert worden?" fragte Philip Wayne.

„Das haben wir natürlich überprüft. Von Ayabaca aus kann man nicht direkt anrufen. Man müßte nach Cuzco fahren. Das haben die beiden nicht getan. Es könnte natürlich sein, daß sie eine andere Person hingeschickt haben, aber das sind nur Vermutungen, denen wir allerdings nachgehen werden. Nach wie vor bleibt die Frage bestehen, warum Ryland getötet werden mußte. Man könnte davon ausgehen, daß die Betreffenden angenommen haben, Rylands Gedächtnis habe durch das Fieber gelitten und werde sich später möglicherweise wieder erholen, so daß es angebracht erschien, seine Aussage bereits im Vorfeld zu vermeiden. Sie wären dann besser informiert gewesen als wir, und wenn er in Ayabaca doch etwas gesagt hat, was bedeutsamer war . . . Der Haken dabei ist, daß wir eben zu wenig wissen. Auf jeden Fall wird man davon ausgehen dürfen, daß die Täter auf den Plan treten werden, sobald Sie dort auftauchen. Vor allem deshalb rüsten wir Sie mit mehr Waffen aus als sonst üblich. Und es ist auch der Hauptgrund dafür, daß Mr. Austin das Unternehmen leiten wird." Er klappte die Akten zu und schob sie in seinen Koffer. „Die Zeit wird knapp, meine Herren. Von jetzt an unterstehen Sie Mr. Steve Austin."

„Als erstes müssen wir dafür sorgen, daß Sie alle auch wirklich überleben können", wandte sich Steve an seine Begleiter. „Wir gehen in rauhes Gelände – Hitze, Feuchtigkeit, Dickicht, Berge, Isolierung . . . Erste Station unserer Vorbereitung wird daher der Hinderniskurs sein. Keinen Beifall, bitte."

Es war kurz nach Mitternacht, als Steve Austin vier erschöpfte Männer zu einem kleinen Privatjet führte, den das BSA für den Flug nach Los Angeles gechartert hatte. Steve grinste, als die Männer, die bald ihre schweren Rucksäcke in die Hochanden schleppen würden, sich müde in ihre Sitze fallen ließen, sich anschnallten, den angebotenen Kaffee und die belegten Brote zurückwiesen und sofort in Schlaf sanken.

Es gab allerdings eine Ausnahme: Aaron Mueller. Mueller hatte sich als angenehme Überraschung herausgestellt. Er war zäh, entschlossen und in erstklassiger Verfassung; seine Erfahrung als Bergsteiger hatte er vorher verschwiegen – um eine Überraschung zu präsentieren, zu Ehren des Außenministeriums, wie er Steve erklärt hatte.

Rudy Wells und Philip Wayne hatten sich ebenfalls sehr gut gehalten. Der schwächste Mann war zweifellos Dr. Harold Jennings. Steve beschloß, ihn nicht mehr als fünfundzwanzig Pfund tragen zu lassen.

Mueller bekam siebzig Pfund, ebenso Phil Wayne. Rudy Wells war empört, als seine Last auf fünfzig Pfund reduziert wurde, und seine Laune besserte sich nicht, als Steve den anderen in seiner Hörweite erklärt hatte, eigentlich schleppe er ja achtzig Pfund, wenn man seinen Bauch bedenke.

Jim DiMartino hatte Steves Ausrüstung mit einem Gesamtgewicht von hundertfünfunddreißig Pfund verpackt. Phil Wayne schüttelte ungläubig den Kopf. Mueller riß nur erstaunt die Augen auf, und Dr. Jennings fragte sich, ob jemandem ein Rechenfehler unterlaufen war. Rudy Wells beschäftigte sich anderweitig, um Fragen aus dem Weg zu gehen, die nur er und Steve beantworten konnten, aber nicht wollten.

In der Maschine nach Los Angeles war Steve mit seinem Team einigermaßen zufrieden. Er vollzog instinktiv die Handgriffe der Piloten mit, als die Maschine die Startbahn entlangraste und abhob.

„Sie hören wohl nie auf, was?"

Steve drehte verblüfft den Kopf und sah Rudy Wells im Halbdunkel grinsen.

„Ich dachte, Sie schlafen."

„Ich? In einem Flugzeug? Sie wissen genau, wie ich das Fliegen hasse."

6

„AN DEN Flug erinnere ich mich überhaupt nicht mehr, weder an den Start noch an die Landung, bis Sie mich dann in Los Angeles geweckt haben." Dr. Jennings hatte sich mit Kaffee und Pfeife zu Steve gesetzt, kurz nachdem die Maschine nach Lima abgehoben hatte.

„Um so besser, Doktor."

Dr. Jennings lächelte und starrte aufs Meer hinunter. „Was wissen Sie über die Cayas?" fragte er unvermittelt.

„Die sogenannte verschollene Rasse, nach der wir suchen?"

„Ja", sagte Dr. Jennings. „Im Gegensatz zu den Inkas, den Mayas, den Azteken, zu allen anderen Gruppen oder Stämmen oder Rassen. Nur hier und dort schwach erkennbar, weil es ja einen gewissen Ideenaustausch gegeben haben muß. Bei den Priestern zumindest. Oder bei den Ärzten. Aber die Cayas blieben unter sich, soviel steht fest."

„Wie sind Sie auf die Cayas gestoßen?"

„Bin ich nicht. Auch sonst niemand. Das sind alles nur Annahmen, Folgerungen, Vermutungen. Es hat zu viele erstaunliche Dinge gegeben, die anhand der bekannten Kulturkreise und Rassen nicht erklärt werden können. Irgend jemand hat die Zivilisation beeinflußt, die wir bisher haben finden und studieren können. Es besteht ein Zusammenhang zwischen vielen dieser untergegangenen Kulturen, den man nicht übersehen kann – bauliche Leistungen, vor allem in Höhen, wo derartiges mit Handarbeit nicht zu schaffen war, und Maschinen hatten sie nicht."

„Kommt darauf an, wie man den Begriff Maschine definiert", meinte Steve. „Wie, meinen Sie, werden Besucher von einer anderen Welt reagieren, wenn sie in der Nähe von Apollo 14 auf dem Mond landen? Was finden sie da? Einen zweirädrigen, plumpen Handkarren, eine Art Mondrikscha. Das einzige an dem Landeplatz, das Räder besitzt. Also – hier sind die Überreste einer Zivilisation, die in der Lage war, drei Männer und ihre Maschinen von einer Welt zur anderen zu befördern, aber nicht, ein angetriebenes Fahrzeug mit Rädern zu bauen."

„So habe ich das noch nie betrachtet. Das ist wirklich eine neue Perspektive für mich, Steve. Wir, die wir für diese Besucher eine

Vorzeitkultur darstellen, haben das Rad für ein von Hand geschobenes Fahrzeug verwendet, aber nicht als Maschine. Die Ähnlichkeiten sind verblüffend." Jennings beugte sich vor. „Wir wissen, daß die alten Zivilisationen Südamerikas, die Reiche geschaffen haben und dann verschwunden sind, nach unseren Maßstäben unglaubliche Kräfte besaßen, mit denen sie Steinblöcke von zwanzig, vierzig, ja über hundert Tonnen Gewicht bewegten – Steinblöcke, die mit außerordentlicher Genauigkeit geformt und vermessen wurden. Wie sie ihre Bauten geformt und gebaut und die Teile bewegt haben, ist heute noch ein Rätsel. Aber eines wissen wir – *keine von ihnen hat das Rad als Transportmittel verwendet."*

„Weil man es nicht kannte?"

„Nein. Die Spielsachen für ihre Kinder, sogar die kleinen Schmuckskulpturen für ihre Wohnungen und Tempel, *besaßen* Räder. Sehen Sie die Parallele, Steve? Wenn jemand den Landeplatz von Apollo 14 untersuchen würde, stände er vor demselben Problem!"

„Allerdings", erwiderte Steve.

„Mich fasziniert die ganze Struktur dessen, was Tausende von Jahren vor uns, vielleicht noch früher, in Südamerika geschehen ist. Es fällt schwer, sich vorzustellen, daß eine derart komplexe und sorgfältig strukturierte Gesellschaft einfach verschwinden konnte. Was ich suche, liegt, glaube ich, jenseits von Artefakten und Bauten. Ich suche nach der Herausforderung, dem Schlüssel zur Intelligenz, den diese Menschen hinterlassen haben *müssen.* Sie *müssen* – Guten Morgen, Doktor Wells", sagte Jennings, als Rudy Wells zu ihnen trat. „Ich wollte die rhetorische Frage stellen, worin das größte Rätsel dieses alten Volkes besteht. Was es zurückgelassen hat, worin wir heute herumstochern, sagt uns nichts über die Menschen selbst. Und kann es nur ein Zufall sein, daß nichts von den Menschen, die einen großen Kontinent bevölkerten, übriggeblieben ist, nichts, was uns erlauben würde, sie zu verstehen? In ganz Europa, Afrika, im Orient", fuhr Jennings fort, „haben wir gefunden, was wir brauchten, um ziemlich genau zu rekonstruieren, wie die Menschen gelebt, ja, wie sie gedacht haben. Aber im Sonnenherrscherreich? Schweigen. Wer immer diese Leute gewesen sein mögen – die Cayas, oder wie wir sie nennen wollen –, sie errichteten Bauten, die denen anderer alter Kulturen gleichwertig oder überlegen sind. Aber nur die des Sonnenreiches entziehen sich gänzlich unserem Verständnis. Sie vermochten Straßen zu schaffen, aus einem makadamähnlichen Material – aber eben nicht Makadam –, wie es heute kaum besser zu finden ist. Ich bin darauf herumgegangen. Diese Straßen waren nie schmaler als acht Meter, oft sogar bis zu elf Meter breit. Sie verlaufen schnurgerade von einem Stadtkomplex zum anderen. Man baute die Straßen über Abgründe, Flüsse, Schluchten und sogar Sümpfe hinweg. Wie haben diese Menschen denn Hängebrücken mit der Belastbarkeit moderner Brücken bauen können? Sie bauten Steinböschungen, die heute noch die Ingenieure staunen lassen. Sie kannten das Rad, zogen es aber, wie gesagt, vor, es nicht für den Transport zu verwenden. Sie errichteten eine Stadt auf einem Berggipfel – eine Stadt aus Steinblöcken, die Hunderte von Metern unterhalb der Stadt aus Steinbrüchen geholt wurden. Wie bauten sie ihre Häuser, ohne das Rad als Transportmittel, mit Steinblöcken, die mindestens fünfzehn Tonnen wogen, so glatt geschliffen, daß man selbst heute noch keine Messerklinge in die unvermörtelten Fugen schieben kann? Und es gibt Beweise dafür, daß diese Menschen den Lauf der Planeten berechneten. Sie berechneten die komplizierte Rotation des Sonnensystems mit größerer Genauigkeit als irgendein anderes Volk vor Keplers Zeit. Ich habe das Steinrelief eines Mannes studiert, der vor einer langen, auf einem Stativ befestigten Röhre sitzt und in den Himmel blickt. Das Teleskop. Woher hatten sie die Linsen?"

„Ich dachte, von Optik hätten sie nichts gewußt", meinte Steve.

„So scheint es gewesen zu sein", erwiderte Jennings. „Keine Spur von Optik. Kein Hinweis auf Glasschleiferei, nicht einmal ein Hinweis auf Glas. Und trotzdem das Halbrelief eines Mannes vor einem Teleskop."

„Und ihre Reaktion auf Pizarro und die Spanier ist erstaunlich", warf Wells ein. „Die Meinungen sind da ganz einhellig. Sie schienen zu wissen, daß Cortez den Untergang für sie bedeutete. Sie nahmen sein Auftreten als das Werk des Schicksals hin, an das sie glaubten. Sie wußten, daß er und seine Leute sie vernichten würden. Nicht Cortez persönlich, sondern die Mächte, die er vertrat. Ihre Religion empörte die Priester, die Cortez begleiteten. Ihre Bekehrungsversuche hatten nichts mit sanfter Überredung zu tun. Die Eroberer wollten mehr, als nur die lokalen Idole verbannen. Sie hatten es auf die gesammelten Zeugnisse abgesehen, auf alles Geschriebene. Sie verbrannten alles. Spätere Generationen hatten nur das Erbe dessen, was ihre vertrockneten Schamanen vor sich hinlallten, und die sogenannte Kultur der Neulinge. Aber die Spanier waren inzwischen natürlich keine Neulinge mehr. Sie beherrschten alles mit eiserner Hand. Nur was in Stein gehauen war, konnte überleben, und auch das nur teilweise."

„Da ist noch etwas, Steve", sagte Jennings. „Nach meiner Ansicht – und ich stehe hier ziemlich allein – schätzte dieses untergegangene Volk die Intelligenz der Spanier ziemlich genau ein und hinterließ dann ein Zeugnis für eine zukünftige Generation, die lesen sollte, was das Begriffsvermögen ihrer Eroberer überstieg. Es ist seit ganzen Zeitaltern in Dunkel gehüllt – sozusagen ein Geheimnis im Rätsel der Zeit. Jedenfalls glaube ich einfach nicht, daß sie alles zerstört haben. Es ist zwar auch nur eine Theorie von mir, aber ich glaube, die Intelligenzschicht dieses Volkes hat sich selbst das Leben genommen. Es gab keine Möglichkeit, der fremden Gesellschaftsstruktur zu widerstehen, die die Spanier repräsentierten, und die Cayas schienen eine Fähigkeit zu besitzen – oder glaubten sie zu besitzen –, diese Zukunft vorhersagen zu können. Sie konnten gegen das Schießpulver, gegen die militärische Disziplin ihrer Gegner nicht ankommen. Wenn sie sich bewußt vom Dasein getrennt haben, dann sieht es so aus, als hätten sie, wie die Japaner, ihren Abgang sehr genau vorbereitet und fast alles beseitigt, was uns Aufschluß über sie geben könnte. Fast, nicht vollständig. Irgendwo auf dem Kontinent wartet der Schlüssel auf den, der die Anweisungen zu entziffern vermag."

„Manche glauben, die Cayas hätten sich wie die Ägypter verhalten und eine riesige Pyramide oder einen Tempel erbaut mit einer geheimen Grabkammer, in der die Geheimnisse verschlossen liegen", sagte Wells. „In diesem Fall Geheimnisse, die vor den Spaniern verborgen wurden. Vielleicht sollten wir nach einem Stein von Rosetta suchen."

„Hoffentlich ist einer von Ihnen Fachmann für alte Sprachen", meinte Steve.

„Ich glaube nicht, daß es um Sprache gehen wird", entgegnete Jennings. „Ich vermute, es wird ein Gerät, ein Werkzeug oder dergleichen sein, das nur eine weit fortgeschrittene Zivilisation – wie die unsere den Cayas erscheinen müßte – interpretieren kann."

„Können Sie das präzisieren?" fragte Steve.

Jennings nickte. „Ja, ich glaube, der Schlüssel wird aus Stein sein. Die Cayas verehrten den Stein. Sie verehrten alles, was sie mit dem Stein tun konnten, seine Stärke und Dauerhaftigkeit. Sie besaßen keine Metallegierungen, wie wir Metall kennen. Auf sehr fortgeschrittene Weise hatten sie eine am Stein orientierte Gesellschaft. Ein Volk, das – zumindest sichtbar – nur Stein hinterläßt, wird ihn wohl auch dazu verwenden, seine heiligsten Schätze zu verbergen. Vergessen Sie nicht, es handelte sich um ein Sonnenherrscherreich. Sie brauchten Steine, um ihre höchsten Höhen zu erreichen. Ich glaube, das hängt alles damit zusammen. Wenn es diesen heiligen Ort gibt, muß er aus Stein sein."

„Und falls wir ihn wirklich finden sollten, müssen wir Vorsicht walten lassen", meinte Wells. „Wahrscheinlich haben sie auch gewußt, wie sie das Verborgene schützen mußten."

„Richtig", stimmte Jennings zu. „Dieses alte Volk war im Grunde kriegerisch. Es hatte keine Angst vor dem Tod, es war an ihn gewöhnt. Diese Menschen waren stolz und leidenschaftlich. Trotzdem haben sie sich gegen Pizarro nicht gewehrt. Warum haben sie zugelassen, daß sie hingemetzelt wurden? Die Geschichte zeigt, daß die Inkas Widerstand leisteten, um ihren Herrscher vor Entwürdigung zu schützen. Und wie sah dieser Widerstand aus? Zuerst entschuldigten sie sich bei den Spaniern für den Ungehorsam, dann traten die Soldaten reihenweise vor und ließen sich freiwillig abschlachten. Sie boten Körper und Seelen im Austausch für ihren Herrscher dar. Sie versuchten nicht, das Leben des Mannes zu retten, der sie führte. Sie schienen das Recht für ihn zu fordern, daß er seine eigene Todesart bestimmte, statt sie von den Spaniern aufgezwungen zu bekommen. Ein Akt der Überlegenheit, könnte man sagen. Vielleicht sogar der Arroganz. Auf jeden Fall ein Volk, das zu unterschätzen nicht ratsam wäre", schloß Jennings.

7

SIE standen einfach da und staunten.

„Na, das ist ja eine Überraschung", sagte Steve schließlich und grinste die anderen an.

„Mit dem Ding sollen wir ins Gebirge fliegen?" fragte Aaron Mueller entsetzt. Auch Phil Wayne und Rudy Wells machten lange Gesichter.

„Und Sie, Doktor Jennings?" fragte Steve den Archäologen. „Keine Klagen?"

Jennings lächelte. „Ich würde auch auf einem Maultier reiten, um ans Ziel zu kommen."

Sie saßen auf ihrem Gepäck. Der Gegenstand ihrer gebremsten Begeisterung hatte sie schon erwartet, als sie auf dem Flughafen von Lima landeten: Es war das ihnen zugeteilte Flugzeug. Es stand am anderen Ende des Flugfelds, weit vom Flughafengebäude entfernt, nicht gerade versteckt, aber doch so weit weg, daß es kaum Blicke auf sich zog: eine uralte Douglas C-47, Nachfolgerin der zweimotorigen DC-3, die 1935 den Linienflugdienst aufgenommen hatte.

„Also, nur ein paar Worte, damit wir uns abstimmen", sagte Steve. „Das Flugzeug ist offiziell auf die Universität von New Mexico zugelassen, die auch die Kosten für unsere Expedition übernimmt. Jeder von uns hat ein Stipendium erhalten. Bei der Bundesbank von Peru haben wir ein Gemeinschaftskonto. Mueller ist dafür zuständig. Gehen Sie mit allen Problemen finanzieller Art zu ihm."

Mueller stand auf, ging zur C-47, schüttelte den Kopf und kam wieder zurück. „Hören Sie, Sie haben doch sicher eine Ahnung, wie alt das Ding ist", meinte er zu Steve.

„Baujahr 1942."

„Mein Gott", meinte Wayne, „das ist ja älter als ich."

„Wie viele Betriebsstunden?" bohrte Mueller weiter.

„Zwoacht."

„Zweitausendachthundert?" sagte Wells. „Das geht ja noch."

„Achtundzwanzigtausend", verbesserte Steve.

Rudy riß die Augen auf, drehte sich um und starrte das alte Flugzeug an. An verschiedenen Stellen an Rumpf und Tragflächen war die Farbe abgeblättert. An den Motorverkleidungen sah man lange Ölstreifen. Wells schloß die Augen.

„Wissen Sie, ich bin selbst schon geflogen", bemerkte Wayne.

„Wieviel Stunden?"

„Ach, vierzehn- oder fünfzehnhundert. Ich bin eigentlich nur Privatpilot, habe mir aber Mühe gegeben. Das tu ich sogar immer noch. Wenn man halbgebildet ist, bekommt man noch mehr Angst. Ich weiß, das hier war ein prima Vogel, aber wir sind in fast viertausend Meter Höhe. Das Ding braucht fast fünf Kilometer, um überhaupt abzuheben, wenn es eine Last zu schleppen hat. Wie wollen Sie bei dieser Höhe von kurzen Grasrollbahnen aus operieren, wenn dieses Ding es kaum hier schafft, wo günstige Bedingungen herrschen?"

„Laßt euer Gepäck stehen", sagte Steve unvermittelt. „Kommt alle mit an Bord. Ich muß euch verschiedenes erklären." Sie stiegen in das Flugzeug, die Schräge zum Cockpit hinauf und umringten ihn, bis Steve schließlich Wayne auf den Kopilotensitz verwies.

„Also", begann er, „ihr fliegt mit mir in diesem Kübel. Ihr fliegt nicht nur. Wir müssen ins Hochgebirge, dorthin, wo kein vernünftiger Mensch mit einer solchen Maschine sich hinwagen würde. Die C-47 war und ist ein großartiger Flieger, aber in den Höhen, in denen wir unterwegs sind, wäre sie nie geeignet, da hat Phil recht. Ich darf aber gleich sagen, daß der rostige alte Kübel unter falscher Flagge segelt." Er deutete durch das Fenster auf einen der Motoren. „Die C-47, die jedermann kennt, hat zwei Motoren, von denen jeder zwölfhundert Pferdestärken liefert. Aber nicht der Vogel hier. Unter den Motorhauben da draußen haben wir jeweils nicht weniger als achtzehnhundert PS. Dreisechs insgesamt. Phil, sehen Sie sich die Propeller noch einmal an."

Wayne starrte hinaus. „Hm . . ., halt, jetzt verstehe ich. Sie sind viel dicker als die normalen."

„Genau. In diesen Motoren schlummert viel mehr Kraft. Die Verdichtung ist sehr groß. Wir haben Meereshöhenantrieb bis hinauf zu fünftausend Metern. Dieser Vogel hier leistet bei fünftausend mehr als die alte C-47 in Meereshöhe. Außerdem sind alle Steuerflächen neu. Ein paar Dinge sieht man mit dem bloßen Auge nicht. Besseres Gleichgewicht, mehr Fläche, schnellere Reaktion. Die Klappen sehen normal aus, sind es aber nicht. Sie liefern mehr als den doppelten Auftrieb der alten Maschine. Dazu etwas, das wir gegebenenfalls einsetzen können: Vorflügel. Sie kennen alle die 707. Erinnern Sie sich, wie der Vorflügel in Bewegung gerät, wenn die Maschine startet? Na, das alte Ding hier hat das alles auch. Und für besonders schwierige Fälle ist unten am Rumpf vor der Antenne ein Bündel Zusatzraketen angebracht. Damit kann man einen Blitzstart machen." Steve stand auf. „Phil, bleiben Sie sitzen. In der Seitentasche da steckt das Pilotenhandbuch. Fangen Sie an zu lesen. Sie sind ab sofort zum Kopiloten ernannt –"

„Steve!"

Er fuhr herum, als er Rudys scharfe Stimme hörte. Der Arzt stand an einem Kabinenfenster und deutete hinaus. Steve blickte durch sein eigenes Fenster nach unten. Bei ihrer Ausrüstung stand ein fremder Mann, sah sich alles genau an, betastete die Rucksäcke.

„Mueller, bitte sofort an die Diplomatenfront", sagte er. „Beschäftigen Sie ihn. Unterhalten Sie sich mit ihm. Sie sind Fachmann für auswärtige Beziehungen."

Mueller sah ihn kurz an, drehte sich um und verschwand. Durch die Fenster verfolgten sie, wie Mueller auf den Fremden zuging, der erstaunt den Kopf hob, dann breit lächelte und ihm die Hand hinstreckte.

„Jedenfalls faßt er sich schnell", meinte Wells.

„Zu schnell", sagte Steve.

Jennings sah ihn an. „Das klingt so, als wäre Ihnen der Mann bekannt."

„Ich kenne ihn nicht, wette aber, daß er uns kennt, daß er weiß, wer wir sind, und zumindest zum Teil, was wir hier machen. Und ich wette, ich weiß auch, wer er ist. Er ist nur viel früher aufgetaucht, als ich erwartet habe."

„Sie meinen doch nicht einen gewissen Norweger, wie?" fragte Rudy Wells.

„Diesen – wie heißt er gleich? – Odd Fossenden?" ergänzte Jennings.

„Genau", sagte Steve. „Inzwischen wird ihn Mueller schon aus der Tarnung gelockt haben. Sehen wir uns den Burschen mal an."

Die beiden Männer drehten sich um, als Steve und die anderen aus dem Flugzeug stiegen und auf sie zukamen.

„Steve, das ist Mr. Fossenden", stellte Mueller vor.

„Mr. Fossenden", sagte Steve und griff nach der ausgestreckten Hand. Er stellte keinen von seinen Begleitern vor.

„Freut mich, Sir", sagte Fossenden. Steve betrachtete ihn prüfend. Ein massig gebauter Mann mit kräftigem Hals und breiten, muskulösen Schultern. Er trug eine dunkle Brille, aber hinter den Gläsern konnte Steve die aufmerksam hin und her huschenden Augen doch erkennen. Ein sehr wachsamer Mann. Steve fiel noch etwas auf – sein hellblondes Haar, das an den Spitzen stark gespalten war.

„Warum verraten Sie uns nicht, was Sie hier gemacht haben?" fragte Steve.

„Ich verstehe nicht", antwortete Fossenden.

„Aber sicher. Sie haben in unseren Sachen gekramt."

„Entschuldigen Sie. Ich wollte keinen falschen Eindruck erwecken. Ich bin viel im Hinterland. Sie haben die neueste Ausrüstung, das interessierte mich, wie jeden, der ins Hinterland geht. Verstehen Sie? Hier draußen unterstützt man einander."

„Woher wissen Sie, daß wir ins Hinterland wollen?" fragte Steve bewußt naiv.

Fossenden lachte. „Wohin denn sonst, mit den Sachen da? Da weiß jeder sofort, wohin Sie wollen. Ich würde sogar sagen, daß Sie nach Ayabaca fliegen."

„Sie wissen allerhand über jemand, der eben erst gelandet ist", meinte Steve.

„Nein, gar nicht", erwiderte Fossenden. „Ich habe nur gehofft, daß jemand wie Sie auftaucht, Mr. Austin." Er deutete quer über das Feld. „Sehen Sie die rot-weiße Maschine da, die Piper Aztec? Die gehört mir, aber ich habe ein Problem – ich brauche für den linken Motor ein neues Ventil. Das dauert einige Tage. Hier in Lima muß man sich mit Verzögerungen abfinden. Ich kann meine Maschine also nicht fliegen, und im Augenblick gibt es auch keine zu mieten oder zu chartern. Ich gehe also zur Flugleitzentrale. Alle Flüge ab Lima werden kontrolliert, die ins Hinterland noch strenger. Und ich frage meinen Bekannten dort, ob er jemand weiß, der in die Richtung fliegt. Jemand, bei dem ich und ein Freund vielleicht Platz finden. Ich reise sozusagen als Anhalter. Und mein Bekannter sagt mir, daß die Besatzung einer Douglas Wetterinformationen für das Gebiet östlich von hier verlangt hat. In der Richtung liegt Ayabaca, nicht wahr?"

„Ja."

„Also –" Fossenden streckte die Hände aus –, „sehen Sie? Gar nichts Geheimnisvolles dabei, und ich suche dringend Platz in einer Maschine. Ich würde auch sehr gern für mich und meinen Freund bezahlen, Mr. Austin."

„Ich kann Ihnen nicht helfen", sagte Steve.

Schweigen, dann sagte Fossenden: „Ich verstehe nicht." Seine Stimme klang scharf.

„Ich würde es gerne tun, aber die Maschine da gehört der Universität von New Mexico. Da gibt es strenge Vorschriften. Beispielsweise umfaßt unsere Versicherung keinen, der nicht für die Uni tätig ist."

„Aber wir unterschreiben eine Entbindungserklärung, das Risiko liegt ganz bei mir, bei uns."

Steve spielte den Unentschlossenen. „Mr. Fossenden, ich würde das wirklich gerne tun, im Ernst, aber ich kann nicht. Wenn die Universität dahinterkäme, wäre ich am nächsten Tag meinen Posten los. Tut mir leid", sagte er, schüttelte den Kopf und grinste kurz. „Aber mein guter Bekannter hier, Doktor Wells, möchte Ihnen bestimmt einen Drink spendieren." Er sah Wells an. „Rudy, warum begleiten Sie Mr. Fossenden nicht zum Flughafengebäude und laden ihn zu einem Glas ein?"

Rudy schaltete sofort und griff nach Fossendens Arm. „Stimmt das eigentlich mit dem Gold in den Anden?" hörte man ihn Fossenden fragen, als sie davongingen.

Aaron Mueller sah ihnen eine Weile nach, dann wandte er sich Steve zu. „Gratuliere", sagte er, „wirklich gut gemacht. Der Mann ist zweifellos ein Betrüger."

„Ich weiß", sagte Steve, „und sein Name stimmt auch nicht. Nicht einmal Norweger dürfte er sein."

„Woher wissen Sie denn das?" Die drei Männer sahen ihn entgeistert an.

„Na, ich hatte vor langer Zeit mal eine Freundin, die in Denver lebte. Sie war brünett, wollte aber unbedingt blond sein. Sie bleichte sich die Haare so blond wie der Mann da. Und sie hatte dieselben Schwierigkeiten wie er. Ich sagte, daß sie in Denver lebte, über sechzehnhundert Meter hoch. Dünne Luft. Kalt. Und die Haare zu oft gebleicht. Ihre Haarspitzen spalteten sich so stark, daß ihr mit der Zeit fast die ganzen Haare ausfielen. Haben Sie sich Fossenden genau angesehen? Das nordische Blondhaar ist nicht echt."

„Wenn er kein Norweger ist, was ist er dann?" fragte Jennings.

„Jedenfalls ist das kein gutes Omen", erwiderte Steve. „Also, ihr bringt jetzt die Sachen an Bord. Wir müssen noch eine Lastwagenladung Material in die Maschine schaffen. Ich wollte nicht, daß Fossenden oder wie er heißen mag, uns dabei zusieht. Rudy hält ihn so lange fest, bis wir fertig sind. Ich gehe inzwischen zum Frachtbüro und lasse unser Zeug herschaffen."

Die drei Männer an der Maschine sahen ihm nach.

„Wißt ihr was?" meinte Mueller nach einer Weile. „Langsam imponiert mir der Mann."

8

Die Vilcabamba stand am fernen Horizont wie eine von Giganten erbaute Riesenwand mit Zacken. So, wie sie in dem kleinen Cockpit der alten C-47 saßen – Steve auf dem linken Sitz, Phil Wayne auf dem rechten und Rudy Wells zwischen ihnen unter der Tür –, schienen die

Berge langsam auf sie zuzugleiten, leicht, aber stetig ansteigend. Der Höhenmesser zeigte sechstausendsiebenhundert Meter an, und für den Augenblick war die Luft ruhig. Das Flugzeug war eine Kapsel, die isoliert vom Rest der Welt in der Atmosphäre schwebte. Eine Bewegung war äußerlich nicht wahrzunehmen. Das Panorama einer riesigen Bergkette gewann eine neue Dimension, und die Besatzung glaubte sich in einem unendlichen Meer dahintreiben zu sehen, in dem die Außenwelt träge und fern vorbeizog. Selbst die Geräusche waren gedämpft, das Brüllen der Motoren zu einem fernen Murmeln herabgesunken. Ein gewöhnlicher Flug verwandelte sich in das Schweben eines Zauberteppichs. Raste der Wind an der Kanzel, an dem dünnen Metall wahrhaftig mit einer Geschwindigkeit von über dreihundert Kilometern in der Stunde vorbei? Und die Temperatur . . ., das Außenthermometer zeigte eisige Kälte an – und in dem dünnhäutigen Kokon war es doch warm und behaglich. Seit geraumer Zeit schwiegen die Männer. Jeder trug seine Sauerstoffmaske, durch die die Stimme blechern klang. Dr. Jennings schlief angegurtet. Aaron Mueller stützte das Kinn mit der Hand und starrte durch ein Seitenfenster hinaus.

Kurze Zeit danach flogen sie über der Vilcabamba und sahen die Wolken von der Seite heranquellen, eine gewaltige Schicht aufgetürmter, kumulusförmiger Gebilde, hinter der die Gipfel verschwanden.

„Seht euch das lieber noch einmal an", meinte Steve. „Wir haben beim Anflug offenbar noch Glück gehabt. In ein paar Minuten –"

In den wenigen Augenblicken klarer Sicht blickten sie hinunter, staunend angesichts der schroffen Grate und Gipfel. Die Berge waren dunkel; Fels, der schwarz und dunkelbraun aussah, durchzogen von dunkelroten Streifen, in der Ferne graublaue Schattierungen. Dort unten schien nichts zu leben, weder Baum noch Strauch noch Moos. Nichts als Gestein, nackt und abweisend, nur weit unten bewachsen.

In großer Entfernung, Richtung Süden, von Wolken schon fast ganz eingehüllt, sahen sie den stumpfen Kegel des Vulkans El Misti, aus dessen Krater ein dünner Dampf- oder Rauchstrahl oder aus beidem gemischter Dunst aufstieg. Der Wind stürzte sich auf den Pilz, preßte ihn zusammen, fegte ihn weg. Steve zog die C-47 sanft nach rechts. Er wollte Ayabaca genau von Süden her ansteuern, damit sie sich die niedrigeren Gipfel – niedrig nur im Vergleich mit El Misti – genauer ansehen konnten. Dort wollten sie mit der Suche beginnen.

Steve schaute sich nach Rudy Wells um. „Wecken Sie Jennings auf. Er soll sich die Gegend ansehen. Der erste Eindruck kann oft wichtig sein, und vielleicht reißt das Wetter nicht mehr so schnell auf."

Rudy verschwand. Fast im gleichen Augenblick traf sie die erste Bö von den Bergen her. Steve sah zu Wayne hinüber, der sich aber schon anschnallte. Wayne nickte ihm zu.

Jennings steckte den Kopf herein.

„Doktor, hinter mir ist ein Notsitz", sagte Steve. „Schnallen Sie sich fest an. Es wird ein bißchen rauh."

Binnen weniger Sekunden wurden sie von heftigen Stürmen erfaßt. Steve überlegte einige Augenblicke. „Phil, geben Sie Doktor Jennings die Spezialkarte." Er bewegte den Steuerknüppel ein bißchen hin und her, um Wayne zu zeigen, daß er die Steuerung allein übernommen hatte, dann zog er die Maschine in eine weite Kurve, bis sie genau südlich von El Misti waren. Das Flugzeug wurde vom Bug bis zum Heck durchgeschüttelt; die C-47 hatte bei stürmischem Wetter die unangenehme Neigung zu schlingern.

„Doktor Jennings, haben Sie den Vulkan genau im Visier?"

Jennings studierte die Karte, nickte und deutete hinaus.

„Fein", sagte Steve. „Unmittelbar vor El Misti sehen Sie den Tempelberg. Er ist schwer zu erkennen."

„J-ja", erwiderte Jennings. „Ein Fernglas wäre besser. Ich habe eins im Gepäck und –"

„Nein, so, wie wir durchgerüttelt werden, können Sie damit gar nichts erkennen. Vergleichen Sie auf der Karte. Die Chalhuanca-Hochebene können Sie kaum verfehlen, unmittelbar zwischen uns und dem Tempelberg."

Jennings starrte nach vorn, blickte auf die Karte und nickte endlich. „Ja. Sieht aus wie ein Restberg südwestlich von uns, aber viel größer."

„Etwa zehnmal größer als alles, was es bei uns gibt."

Die Wolken zerteilten das Licht der Nachmittagssonne in mächtige Einzelstrahlen, die aus dem Dunst stachen. Einer spiegelte sich links irgendwo im Wasser.

„Haben Sie das?" Steve deutete auf die Spiegelung. „Okay, sehen Sie auf der Karte nach. Das ist der Puma-See. Große Ähnlichkeit mit unserem Crater Lake im Nordwesten. Explodiert, so daß fast der ganze Berg in die Luft geflogen ist."

Stetig entfalteten sich weitere grobe Details der Landschaft unter ihnen. Vor ihnen lag, in einer Flußbiegung verborgen, Ayabaca, und auf dem anderen Ufer befand sich der Landeplatz. Der Fluß zog sich östlich von Ayabaca Richtung Ost-West, umgeben von dichtem Urwald. Kleine Berge ragten überall auf, viele davon eher große; runde Hügel, die sich aus dem Grün erhoben. Wenn man sich vom Fluß nach Norden entfernte, stieg das Gelände an. Vielleicht war das einmal eine große Bergkette gewesen, mit dem steilen Abbruch, wie es ihn im Tal des Todes in Kalifornien gab. Ein schroffer Gipfel, eine Art Miniaturmatterhorn, stand unmittelbar vor ihnen, östlich von Ayabaca, nördlich vom Fluß. Hinter diesem Berg, der auf der Karte keinen Namen hatte, den Steve aber Matterhorn zu nennen beschloß, um einen Bezugspunkt zu haben, erhob sich ein größerer, stumpfer Berg. Obwohl man aus dieser Entfernung Einzelheiten nicht erkennen konnte, wußte Steve, wo der kleine Ort Azul lag, und zeigte ihn Jennings auf der Karte. Dann deutete er auf den Cerro Pumasillo mit seinem 2780 Meter hohen Gipfel.

„Aber – diese Hochebene", sagte Jennings verblüfft, „die Chalhuanca-Ebene – sie scheint viele hundert Meter höher zu sein als der Pumasillo. Das, na, das ist doch kaum zu glauben."

„Fangen Sie an, es zu glauben, Doktor", erwiderte Steve. Er schwieg kurze Zeit, als sie in einen unsichtbaren Wind gerieten. Die linke Tragfläche kippte steil ab, und einen langen, schwindelnden Augenblick hingen sie beinahe vertikal am Himmel und fielen weit hinab. Steve ließ dem Vogel seinen Willen; gegen ein derart heftiges Absacken war kein Kraut gewachsen. „Festhalten!" rief er und betätigte das rechte Querruder, während er den Knüppel an sich heranzog. Die Maschine stockte und erzitterte, dann waren sie durch. Nur noch vereinzelte Lichtstrahlen drangen durch die Wolken.

„Das wär's wohl", sagte Steve. „Doktor, Sie bleiben am besten hier. Es wird zu wild."

„Übersteht denn die alte Kiste das?" ächzte Jennings.

„Das und noch eine Menge mehr", erwiderte Steve. „Vergessen Sie nicht, mit den alten Dingern ist man im Zweiten Weltkrieg über den Buckel geflogen."

„Den Buckel?"

„Den Himalaya. Und da ging es viel schlimmer zu." Steve warf einen Blick auf Wayne. „Phil, Funk auf einszwanzigzweipunktacht."

„Unicom?"

„Ja. Sagen Sie Ayabaca, daß wir bei zwanzig Süd sind und aus fünftausendachthundert Meter Höhe hinunterkommen."

„Gut." Wayne preßte den Kopfhörer fester an die Ohren und mußte den Ruf mehrmals wiederholen. Schließlich sah er Steve an. „Alles klar. Bodenwind bei dreißig Stundenkilometern, Böen bis fünfundsechzig. Bei Zwonullnull auf die Landebahn."

„Scheint genau zu stimmen."

„Ja, kein Flugverkehr."

Steve nahm Gas weg, und die C-47 ging in einen steilen Sinkflug mit sechshundert Meter in der Minute über. Die anderen würden blasen wie die Wale, um die Ohren klarzubekommen, aber dazu hatten sie ja schon genug Gelegenheit gehabt. Die Maschine bebte und schwankte, als Steve sie durch die von den Gipfeln herabstürzenden Fallwinde bugsierte. Dann hatten sie das Schlimmste hinter sich. Steve sah Ayabaca klar vor sich. Grasboden, zwölfhundert Meter Rollbahn, kein Tower – nur ein Kopf am Fenster der kleinen Baracke.

„Höhe checken", sagte er zu Wayne.

„Tausend Meter."

Nach dem Höhenmesser tausendfünfhundert.

„Klappen halb!" rief er Wayne zu. Sein Kopilot fuhr die Klappen halb aus. Sie spürten die Verzögerung. Steve gab die Anweisungen der Reihe nach. Fahrgestell ausfahren, Klappen voll ausfahren. Die Propeller waren auf flacher Steigung, er betätigte die Gashebel und zog die Maschine in einer steilen Kurve herum.

„Vorflügel?" fragte Wayne.

„Die brauchen wir hier nicht. Auf halbem Weg machen wir schon kehrt."

„Na, das möchte ich sehen", meinte Wayne.

Wieder Gas weg. Die Stöße wurden geringer. Die Rollbahn tauchte genau vor dem Bug auf, und Steve verringerte den Schub noch mehr. Er zog das Flugzeug tief über die Bäume hinunter und konnte hören, wie Jennings hinter ihm der Atem stockte. Er spürte, daß Wayne sämtliche Muskeln anspannte; seine Hände lagen verkrampft im Schoß. Als sich der Sackflug ankündigte und die Maschine zu rucken anfing, gab Steve wieder Gas. Die großen Motoren heulten auf. Der Fahrtmesser zeigte um die hundertzehn an, und die Sinkgeschwindigkeit verringerte sich etwas. Die letzten Bäume rauschten unter ihnen vorbei. Sie hielten alle den Atem an, die Zähne zusammengebissen, und warteten auf den fast unvermeidlich scheinenden Absturz. Die Rollbahn fegte auf sie zu, und genau im richtigen Augenblick, im einzig möglichen Augenblick, schob Steve den Knüppel weit vor und gab Gas. Die Maschine senkte die Nase, nützte den Hauch von Auftrieb und setzte ohne einen Seufzer auf.

„Das glaube ich einfach nicht – *Achtung!*" Waynes Schrei klang noch in seinem Ohr, als Steve den Lastwagen aus einer Baumgruppe neben der Rollbahn unmittelbar vor ihnen herausbrausen sah. Vollgas, die Hebel nach vorn gestoßen, die Beschleunigung preßte sie in die Sitze. Nicht genug.

Ohne bewußte Überlegung, jede Bewegung mehr Reflex als geplant, betätigte Steve den Hebel für die Vorflügel.

Auftrieb. Auftrieb von den Vorflügeln und dem Schub und der verbliebenen Geschwindigkeit, Auftrieb sogar durch den Bodeneffekt – das Luftpolster zwischen Tragflächen und Boden –, und alles zusammen reichte gerade aus, um die C-47 mit einem irren Sprung nach vorn und hochzureißen, und sie waren über den Lastwagen hinweg.

Steve riß die Gashebel zurück, knallte die Maschine auf das Gras, stand auf den Bremsen, während das Flugzeug nach rechts schleuderte. Phil Wayne zuckte zurück, als die Bäume auf seiner Seite heranfegten, aber es blieb ihm keine Zeit, darüber nachzudenken, weil Steve auf der linken Bremse stand, nur auf der linken. Er brachte den rechten Motor wieder auf vollen Schub, die Luftschraube kreischte unter der höchsten Umdrehungszahl, und mit dieser irren, bewußt verursachten Bewegung, einem fast unkontrollierten Ausbrechen am Boden, schleuderte die C-47 nach links herum, wendete und raste auf der Rollbahn zurück zu dem Lastwagen.

„Mueller!" schrie Steve. „Das Gewehr! Her damit, und raus aus der Maschine!"

Er brachte den linken Motor auf Schub und fegte auf den Laster zu, der an der rechten Rollbahnseite zum Stehen gekommen war. Ein Mann glotzte aus dem Führerhaus. Sie sahen das Fahrzeug anrucken und wieder zum Stillstand kommen.

„Abgesoffen", sagte Steve. Der Mann starrte auf die heranbrausende Maschine, sprang aus dem Fahrzeug und hetzte zum Urwald neben dem Landeplatz. Steve drehte das Flugzeug rechts herum und brachte es zum Stehen, die Kabinentür vor dem Lastwagen und dem flüchtenden Mann.

„Mueller! Raus, den Kerl holen!" Mueller sprang hoch und riß die

Tür auf, nachdem er die Sperren gelöst hatte. Er sprang aus der Maschine, die Büchse in der Hand.

„Halt!" brüllte er. Ein Schuß krachte, das Echo hallte über den Platz. Mueller hatte in die Luft geschossen. Steve riß sich die Gurte vom Leib.

„Mit den Bremsen halten!" schrie er Wayne zu und hetzte durch die Kabine, sprang zu Mueller hinunter. Im Dickicht verschwand eben eine Gestalt.

Zornig riß er Mueller die Waffe aus der Hand, hob sie an die Schulter und zielte. Dann ließ er das Gewehr langsam sinken. Zu spät. Er sah Mueller an.

„Sie hatten ihn. Warum die Zurückhaltung?"

Mueller riß die Augen auf. „Austin, das hätte geheißen, einen Wehrlosen kaltblütig niederzuschießen."

„Und was, glauben Sie, wollte er mit uns machen . . . Er hätte uns beinahe alle umgebracht, und Sie –" Er warf ihm die Waffe hin.

„Austin, ist Ihnen vielleicht schon der Gedanke gekommen, daß das Ganze ein Unfall gewesen sein könnte?" fragte Mueller.

Steve sah ihn an, drehte sich um und ging zur Maschine zurück.

9

„Ich gehe nach Ayabaca – die Stadt ist auf der anderen Seite", sagte Steve zu den anderen. „Ich werde mich bei den dortigen Ortsbehörden melden. Das gehört zu unseren Abmachungen. Außerdem möchte ich mit dem hiesigen Vertreter der Polizei sprechen und offiziell Meldung darüber machen, was bei der Landung passiert ist. Doktor Jennings wird sicherlich mit der Stelle sprechen wollen, die hier Führer vermittelt. Wir kommen auf jeden Fall zurück, bevor es Nacht wird. Bis wir wieder da sind, habt ihr eure Gewehre geladen und eine Patrone im Lauf. Kocht uns etwas zu essen – benützt dafür die Kombüse im Flugzeug. Wir dürfen eines nicht vergessen: Jemand hat heute versucht, uns den Garaus zu machen. Es hat zwar nicht geklappt, aber das heißt nicht, daß das der letzte Versuch war. Die Maschine ist, allein mitten auf dem Platz, ein leichtes Ziel. Wir sind es auch. Heute nacht wechseln wir uns als Wachen ab."

Kurz vor Einbruch der Nacht kehrten sie zurück. Sie hatten vor der Wahl gestanden, entweder ihren Besuch in Ayabaca abzukürzen oder die Nacht über im Ort zu bleiben, und für Steve war die Sache klar: Er dachte nicht daran, die Maschine drei Männern zu überlassen, die vielleicht zögern würden, bevor sie abdrückten, und das mit dem Tod bezahlen würden.

„Die Fähre läuft nach Ayabaca an einem Kabel", erklärte er ihnen, als er zurück war. „Zwei Maultiere laufen um eine Winde herum und ziehen sie hin und her. Der alte Fährmann bleibt nicht nach Einbruch der Dunkelheit. Er sagt, er will nicht riskieren, daß er in den Fluß fällt. Morgen erfahren wir mehr. Morgen müssen Jennings und Wells nach Ayabaca. Mueller, Sie gehen als Bewacher mit, und selbst wenn es Ihnen schwerfällt, die Waffe zu gebrauchen, müßten Sie am hellichten Tag übelgesinnte Typen abschrecken können. Aber bis drei Uhr nachmittags seid ihr zurück. Nicht später . . . Rudy, Sie und Doktor Jennings müssen mit den Führern sprechen. Sie kennen die Gegend besser als jeder andere, und –"

„Sie haben vorher nie davon gesprochen, daß wir einen Führer nehmen", meinte Wells.

„Tun wir auch nicht. Wir können hier keinem trauen. Wir wissen nicht, wen Fossenden gekauft hat. Außerdem hat ein Führer einen Mund. Er verkauft seine Informationen entweder an den Meistbietenden oder redet vielleicht auch nur, um sich zum Helden zu stempeln. Aber ihr sollt mit den Leuten reden. Horcht herum. Alles, was ihr hört, könnte nützlich sein. Nennt es Schaufensterbummel. Mueller, Sie melden sich bei dem Mann, der hier Bürgermeister oder Vertreter des Staates ist. Wir gehen ganz offen vor, wie abgesprochen." Er wandte sich an Wayne. „Phil, Sie studieren bitte das Handbuch. Je mehr ich darüber nachdenke, desto überzeugter bin ich davon, daß wir noch jemanden brauchen, der die Blechkiste fliegen kann. Wie viele Flugstunden haben Sie, sagten Sie? Fünfzehnhundert?"

Wayne nickte.

„Wie viele mit mehrmotorigen Maschinen?"

„Ungefähr vierhundert. Cessna 310, Piper Aztec, Sie wissen schon. Aber ich habe an die zweihundert Stunden in der Twin-Bonanza." Er grinste. „Und drei Stunden auf dem rechten Sitz der Maschine, in der ich jetzt bin."

Die Twin-Bonanza, dachte Steve. Eine kräftige Maschine für ihre Größe. Gewisse Ähnlichkeiten mit der C-47. Das müßte gehen, wenn er Wayne gründlich einwies.

„Phil, gehen Sie zum Flugplatzbüro. Es ist vielleicht noch eine halbe Stunde hell. Bevor es dunkel wird, tanken wir noch auf. Er soll den Tankwagen bringen, und sorgen Sie dafür, daß er die Wanne absaugt, bevor er den Schlauch an unsere Tanks anschließt. Und behalten Sie ihn im Auge. Tragen Sie Ihren Revolver wie bei ‚Zwölf Uhr mittags'. Ganz offen. Prüfen Sie den Treibstoff selbst. Und das Öl."

Wayne stand auf, öffnete seinen Rucksack, zog die Waffe heraus, legte den Revolver an und lud die sechs Kammern.

Steve nickte befriedigt. „Essenszeit", sagte er zu den anderen. „Alles fertig?"

„Leider habe ich meine Chefkochmütze daheim gelassen", scherzte Rudy. „Feldverpflegung ist im Anmarsch."

„Gut. Halten Sie Waynes Ration warm. Mueller, nach dem Essen legen Sie sich gleich hin und schlafen. Sie halten Wache wie alle anderen."

„Ich habe keine Bevorzugung verlangt", meinte Mueller.

„Brav. Nie freiwillig melden."

STEVE ging allein ins Cockpit und schloß die Tür hinter sich. Er wußte, daß sein Vorgehen unangenehme Fragen nach sich ziehen würde. Das war nicht zu ändern; außerdem konnte er der Neugier mit einiger Schärfe und Gereiztheit entgegentreten. Er nahm etwas aus seinem Bordkoffer, was nach einer dicken Fliegerbrille aussah. Bei genauer Untersuchung entpuppte sie sich als mehr – in der Brille waren Miniaturstromkreise eingebaut. Er schloß ein dünnes Kabel an und zog es durch die Kleidung an seinem rechten Bein hinunter. Er preßte den Finger auf einen Drücker, den er ertasten konnte, und im Bionikbein öffnete sich ein Fach. Er arbeitete im Dunkeln, nur mit dem Tastgefühl. Er schob das Kabel in die Stromquelle im Bein, verschloß es wieder, setzte die Brille auf und blickte durch die Windschutzscheibe.

Eine geisterhafte Infrarotwelt lag vor ihm. Durch die Wärmestrahlung dessen, was in seinen Sehbereich kam, konnte er bis zu einer Entfernung von etwa tausend Metern alles erkennen. Ohne die IR-Brille lag Dunkelheit über dem Flugplatz. Er hängte sich die Brille um den Hals und ging in die Kabine zurück. Wayne, Jennings und Mueller waren zur Stelle. Phil Wayne wartete auf ihn, Jennings beschäftigte sich mit seiner Ausrüstung, Mueller schlief im Frachtraum neben den verpackten Fallschirmen. Steve bedeutete Wayne, er möge ihm helfen, die große Rumpfluke zu öffnen, eine der Umbauten an der Maschine. Sie hoben den Lukendeckel hoch und legten ihn leise auf die Seite.

„Haben Sie alles?"

Wayne nickte, und sie sprangen lautlos ins Gras hinunter.

„Zuerst zum Lastwagen", sagte Steve. „Möglichst lautlos."

Wayne hielt ihn fest.

„Wo ist er denn? Ich sehe überhaupt nichts."

Steve schob die Brille über die Augen.

„Legen Sie die linke Hand hierher", sagte er und hob Waynes Hand auf seine rechte Schulter. „Bleiben Sie bei mir." Steve marschierte über den Flugplatz. Das Gras war für seine Infrarotaugen kühl und dunkel, aber der Lastwagen, der noch immer Wärme ausstrahlte, zeichnete sich vor dem „kalten" Hintergrund des Laubs deutlich ab. Als sie ihn fast erreicht hatten, wurde Steve langsamer und berührte Waynes Arm. „Sehen Sie ihn jetzt? Etwa sechs Meter vor uns."

„Wie, zum Teufel, können Sie im Dunkeln sehen?" flüsterte Wayne. „Die Brille?"

„Sie sind der Elektroniker. Sagen Sie's mir."

„Mache ich. Wenn wir zurück sind."

„Können Sie ohne Licht arbeiten?"

„Klar." Wayne schob sich vor, bis er den Lastwagen berührte. „Okay jetzt. Sie machen den Wachhund." Er verschwand unter dem Fahrzeug. Fünf Minuten später waren sie auf dem Rückweg zum Flugzeug.

„Also, den Rest auch noch", meinte Steve. „Ich helfe Ihnen." Sie gingen in einem weiten Kreis von dreißig Metern um die Maschine herum und stellten kleine Stative ins Gras. Danach stellte er in der Kabine eine Schalttafel auf.

„Fertig", sagte er. „Nein, mir fällt noch etwas ein." Er kramte herum und zeichnete mit einem Stück Kreide den Umriß der C-47 auf die Plastiktafel.

„Prima", sagte Steve. „Jetzt schlafen Sie. Ich wecke Sie um drei Uhr zu Ihrer Schicht." Steve erklärte den drei anderen, worum es ging, dann lehnte er sich zurück und war nach kurzer Zeit eingeschlafen.

„STEVE, aufwachen!"

Steve fuhr aus dem Schlaf hoch und richtete sich auf.

„Auf der Tafel", sagte Rudy.

Steve blickte auf die Warntafel. Wo Wayne das Flugzeug und den Umkreis hingezeichnet hatte, sah er drei rotglühende Punkte.

„Wecken Sie die anderen, aber unauffällig", ordnete er an. Rudy huschte davon. Augenblicke später drängten sie sich um ihn.

„Habt ihr alle begriffen? Jeder rote Punkt bezeichnet eine Stelle, wo jemand die optischen Schranken durchschritten hat, die wir, ungefähr dreißig Meter von der Maschine entfernt, errichtet haben. Sie scheinen ganz langsam vorzugehen. Ich vermute, daß sie mit dem Lastwagen auf uns losgehen wollen. Alles auf die Posten!"

An mehreren Fenstern lagen Frachtfallschirme. In jedem Fenster der C-47 gab es ein herausdrehbares Plastikblatt; entfernte man es, konnte man einen Gewehrlauf hindurchschieben – ein Überbleibsel aus dem Krieg, als man die Soldaten damit hatte moralisch aufrüsten wollen, daß sie auf feindliche Jagdflugzeuge schießen konnten. Niemand hatte je mit dem Karabiner ein Jagdflugzeug abgeschossen, aber Schießen war besser als Fingernägelkauen. Die Fallschirme dienten als Sandsäcke.

„Rudy, an das Fenster hier. Jennings, stellen Sie sich rechts von ihm auf. Vergeßt nicht, ihr wißt ziemlich genau, wo sie sind. Nicht schießen, bis einer von uns das Feuer eröffnet. Mueller, Sie kommen mit."

Steve wußte, daß die draußen wartenden Männer sich auf die Luke konzentrieren würden, die geschlossen war. Die mochten sie ruhig beobachten. Alle hatten die langen Magazine in die Büchsen gesteckt und auf Vollautomatik geschaltet. Steve glitt durch die offene Bodenluke hinunter und legte sich flach ins Gras. Wayne und Mueller folgten ihm und robbten davon. Sie wußten, was sie zu tun hatten.

Sie brauchten nicht lange zu warten. In der Dunkelheit hörten sie, wie der Lastwagenmotor ansprang und aufheulte. Noch kein Licht. Sie hörten, wie der Lastwagen anfuhr und sich der Maschine zudrehte, schneller wurde, und plötzlich wurden die Scheinwerfer aufgeblendet, explosionsartig die Nacht erhellend. Steve achtete nicht auf das Fahrzeug, so wenig wie Wayne und Mueller. Sie blickten in die Richtung, wo der Selenzellenalarm angezeigt hatte, daß Leute warteten. Der Plan war nicht schwer zu erraten. Der Lastwagen sollte mit voller Geschwindigkeit das Heck des Flugzeugs rammen und genug Schaden anrichten, um die C-47 einige Wochen am Boden festzuhalten. Die Männer in der Maschine, von dem unerwarteten Zusammenstoß aufgeschreckt, würden zur Kabine herausstürzen . . .

Steve blickte auf das Leuchtzifferblatt seiner Uhr. Vierzig Sekunden. Der Lastwagenmotor kreischte, als der Fahrer das Gaspedal durchtrat. Dreiundvierzig Sekunden; Steve starrte in die Dunkelheit. Die Scheinwerfer rasten auf sie zu. Fünfundvierzig Sekunden, und der Plastiksprengstoff unter dem Benzintank des Fahrzeugs explodierte. Eine Stichflamme schoß zum Himmel, gefolgt von einem ohrenbetäubenden Krachen, als es den Tank zerriß. Alles war in gleißendes Licht getaucht. Die von der Explosion überraschten Männer reagierten, bewegten sich, hoben die Köpfe, sprangen auf.

Die Männer am Flugzeug eröffneten das Feuer. Steve zielte auf eine kurz erhellte Gestalt, drückte ab. Arme wurden hochgerissen, die Gestalt brach zusammen. Wayne und Mueller feuerten stetig. Wieder stürzte eine Gestalt zu Boden.

„Feuer einstellen!" rief Steve. Die Waffen verstummten. Die gespenstischen Flammen des brennenden Lastwagens ließen lange Schatten über den Platz zucken. In der Ferne, kaum sichtbar, flüchtete geduckt eine kleine Gruppe von Männern, und Steve überlegte kurz, ob er sie verfolgen sollte. Er entschied, daß das Risiko sich nicht lohnte. Sie hatten ihnen eine Lektion erteilt, und die Überlebenden würden es sich genau überlegen, bevor sie es noch einmal versuchten, solange sie auf dem Flugplatz waren. Und diejenigen, die entkamen, würden all jene ein wenig bremsen, die das Flugzeug zerstört und die Insassen niedergeschossen haben wollten.

Steve dachte eine Weile nach. Ein Name ging ihm durch den Kopf – Odd Fossenden. Vieles hing mit ihm zusammen, bis zurück zu Fossendens Anwesenheit, als Major Ryland von Azul nach Ayabaca transportiert worden war. Hinzu kamen seine Anwesenheit in Lima bei der Landung und seine erfundene Geschichte mit dem defekten Privatflugzeug. Und Norweger war er bestimmt auch nicht.

Steve befaßte sich ernsthafter mit dem, was sie im Gebirge erwarten mochte. Was es auch war, man schien bereit zu sein, allzu Neugierige ins Jenseits zu befördern.

Am nächsten Tag wären sie nicht weit gekommen, selbst wenn sie entschlossen gewesen wären, mit ihrem Unternehmen zu beginnen. Die verkohlte Leiche im Führerhaus des Lastwagens und vor allem die vier Toten, die am nächsten Morgen auf dem Flugplatz gefunden wurden, verhinderten das. Zu ihren Gunsten sprach, daß man versucht hatte, die C-47 bei der Landung zum Absturz zu bringen, und daß sie das bei der Ortspolizei in Ayabaca sofort gemeldet hatten. Die Polizei erschien auf dem Flugplatz und fand die vier von Steve und seinen Leuten erschossenen Männer genau dort, wo sie zusammengebrochen waren. Mit ihren Gewehren. Und mit Dynamit.

Steve überließ die ganze Angelegenheit Aaron Mueller. Die peruanische Regierung teilte mit, daß Austin und die anderen auf eine Einladung hin ins Land gekommen und daß ihre Papiere in Ordnung seien. Die Peruaner brauchten zwei Tage, um sich davon zu überzeugen, daß eine Notwehrsituation vorgelegen hatte und den Amerikanern nichts vorgeworfen werden konnte.

Im ungewissen blieben die Gründe für einen derart massiven Überfall. Mehrmals fiel das Wort „Gold", und die Peruaner fanden sich damit ab. Es war mehr als plausibel. In der Vergangenheit hatte es viele Expeditionen gegeben, die archäologische Interessen vorgetäuscht hatten, um sich in Wirklichkeit auf die Suche nach angeblichen Gold- und Edelsteinschätzen zu konzentrieren. Eine ideale Tarnung des eigentlichen Zwecks von Austins Expedition.

Der Aufenthalt gab Steve außerdem zwei Tage Gelegenheit, Phil Wayne die Bedienung der C-47 eingehend zu erklären. Am Mittag des zweiten Tages beherrschte Wayne alle Handgriffe.

Am dritten Tag nach ihrer Ankunft in Ayabaca machten sie sich auf den Weg ins Gebirge. Fossenden würde ohne Zweifel irgendwann nachkommen. Was mochte da wohl auf sie zukommen?

10

STEVE überflog die Hochebene von Chalhuanca in einer Höhe von dreihundert Metern. Es war ein unheimliches Gefühl; man fand sich einfach nicht damit ab, in über fünftausend Meter Höhe zu fliegen und den Boden nur gut dreihundert Meter unter sich zu haben. An der Höhe selbst gab es keinen Zweifel: Alle Männer trugen Sauerstoffmasken. Die C-47 brauchte viel Schub und viel Raum für ihre Manöver. Steve blieb in einer Höhe von dreihundert Metern über dem Boden, überflog die Hochebene von allen vier Himmelsrichtungen aus, prüfte alles, was zu sehen war. Die Winde gefielen ihm nicht. Ihre Geschwindigkeit schien nie unter dreißig Stundenkilometer zu sinken. Er hielt es für wahrscheinlich, daß es hier oben immer so war. Das konnte ihnen das Leben sehr erschweren. Selbst am Boden, bei der Arbeit, würden sie regelmäßig Sauerstoff brauchen, um nicht schwindlig zu werden. Es würde einige Zeit dauern, bis sie sich an die dünne Luft gewöhnt haben würden.

Er beschrieb einen weiten Bogen und sagte: „Doktor Jennings, das Hochbecken scheint früher einmal größer gewesen zu sein als jetzt."

Jennings stand direkt hinter ihm. „Das nehme ich auch an. Sehen Sie dort, am westlichen Rand? Ein fast senkrechter Absturz ins untere Tal. Sieht aus wie eine Granithorstbildung, aber –" Er schüttelte den Kopf. „Es paßt nicht recht."

„Ich würde sagen, daß es hier stark vulkanische Tätigkeit und schwere Erdbeben gegeben hat", meinte Steve.

„Und Auswaschungen durch Regenfälle." Jennings beugte sich vor, als Steve die vertikalen Wände des Westabhangs umflog. „Abgesehen vom Ostrand scheint der Absturz fast überall senkrecht zu sein", sagte er. „Und im Osten gibt es starke Erosionserscheinungen. Steve, wie kommen wir da je hinauf? Soviel ich sehe, würden wir selbst dann, wenn wir flußaufwärts so weit wie möglich kämen, noch zehn bis vierzehn Tage brauchen, um das Hochplateau zu erreichen. Und dann müßten wir anfangen zu klettern. Das könnte noch eine Woche kosten – oder sogar mehr."

„Wir laufen nicht, Doktor, und klettern kommt schon gar nicht in Frage, weil wir keine drei Wochen Zeit haben." Er deutete auf eine ebene grüne Fläche am Rand des Plateaus. „Sehen Sie die freie Stelle da? Sieht recht gut aus. Wenn sie so gut ist, wie ich hoffe, landen wir da."

Einen Augenblick lang herrschte ungläubiges Schweigen, dann meldete sich Wells über die Sprechanlage zu Wort. „Habe ich richtig verstanden? Sie wollen das Ding *dort unten* landen? Steve, Sie haben den Höhenkoller. Stellen Sie lieber fest, ob Ihre Maske in Ordnung ist. Sie –"

„Machen Sie sich keine Sorgen, Rudy."

„Was heißt, ich soll mir keine Sorgen machen? Sie wissen ja nicht, was da unten ist. Himmel noch mal, Steve, wir sind so hoch oben, daß wir viel zu schnell anfliegen, und – ach, was hat das für einen Zweck!"

Phil Wayne nickte langsam. „Ich glaube, er hat recht, Steve", meinte er. „Ich meine, Sie wissen wirklich nicht, wie es da aussieht."

Steve zog die Maschine durch eine enge Kurve, verringerte den Schub und trat den Rückflug an.

„Wenn wir gelandet sind, erkläre ich euch alles", sagte er.

AM NÄCHSTEN Morgen, als es hell wurde und bevor die Winde über das Hochplateau fegten, stieg die C-47 wieder vom Flugplatz Ayabaca auf. Diesmal saß Phil Wayne links, und Steve hatte den Platz des Kopiloten eingenommen. Wayne sollte bis auf fünfeinhalbtausend Meter gehen und über der Hochebene kreisen. Bei dreitausend Metern verließ Steve das Cockpit und winkte Jennings auf den rechten Sitz. Er ging in die Kabine, wo Wells und Mueller mit mürrischen Mienen warteten.

„Steve, hören Sie zu", begann Mueller. „Sie gehen ein enormes Risiko ein. Nicht nur für Rudy, sondern auch für sich selbst. Es muß doch einen anderen Weg geben –"

„Verlieren wir keine Zeit", sagte Steve. „Vielen Dank, Mueller, aber das ist der einzige Weg. Doc, an eine Flasche anschließen." Die beiden lösten die Verbindung zum Sauerstoffsystem der Kabine und schlossen die Schläuche an Flaschen an, die sie am Gürtel trugen. „Mueller, hier ist es ein bißchen eng. Wir brauchen Ihre Hilfe."

Steve und Wells schnallten sich die Fallschirme um, setzten Sprunghelme auf, zogen Handschuhe an und hängten die Reißleinen ihrer Fallschirme an die Laufschiene in der Kabine.

„Wir benützen die Bodenluke, Mueller. Schnallen Sie sich mit dem Sicherheitsgurt an, und öffnen Sie uns die Luke."

Der Deckel klappte auf, und Staub wirbelte durch die Kabine.

„Phil, hören Sie mich?"

„Ich höre Sie, Steve."

„Von Ost nach West anfliegen, knapp neben der Mittellinie des Feldes da unten. Ich möchte ein Sichtzeichen abwerfen."

Rudy saß an der Kabinenwand, die Beine steif ausgestreckt, und verfolgte alles, ohne ein Wort zu sagen. Steve hielt sich an der offenen Luke fest und schaute hinunter.

„Anflug beginnt!" rief Wayne.

„Gut. Immer hübsch gerade halten, Phil." Steve zog den Zünder aus der Rauchbombe und ließ sie fallen. Auf halbem Weg zu der freien Grasfläche quoll Rauch aus der Bombe und bildete eine lange Fahne, dann wurde die Wolke dichter und bog sich vor dem Wind. „In Ordnung", sagte Steve, „nur so weiter, dann noch einmal umkehren, und wenn Sie wieder anfliegen, Klappen halb ausfahren und bis auf hundertfünfzig heruntergehen."

„Roger", sagte Wayne. „Einsfünfnull."

„Gut. Ich melde mich wieder fünf Sekunden vor dem ersten Springer."

Steve wandte sich Rudy zu und winkte. Wells stellte sich an die Luke, nach vorn gewandt. Die Maschine kehrte um, flog wieder an, sie nahmen wahr, wie die Geschwindigkeit sank, hörten das leise Grollen, als die Klappen halb ausgefahren wurden.

„Anflug kommt", sagte Wayne. „Hundertsechzig sinkend, gleich bei hundertfünfzig."

„In Ordnung", erwiderte Steve. Er machte sich ein wenig Sorgen um Rudy, schob sie aber in der Erkenntnis beiseite, daß der Doktor die harte, ja brutale Paramedic-Ausbildung hinter sich hatte. Das Problem der Höhe hatte ihm am meisten Kopfzerbrechen gemacht. Wenn sie mit einem Normalfallschirm sprangen, selbst mit der größten verfügbaren Schirmkappe von elf Metern, hatten sie praktisch keine Richtungskontrolle und konnten über das Hochplateau hinausgeweht werden. Und wenn sie im Zielbereich landeten, mochte ihre Sinkgeschwindigkeit, vor allem bei diesem Wind, sehr leicht zu einem Beinbruch führen.

Sie sprangen nicht mit Normalschirmen. Jeder trug einen Paracommander, einen für genaue Steuerung bei Punktabsprüngen konstruierten Schirm, der in großer Höhe so gut funktionierte wie ein normaler Schirm in Meereshöhe. Gegen den Wind würden sie ihre Sinkgeschwindigkeit über dem Boden auf fast Null herabsetzen können. So stand es jedenfalls in der Anleitung.

„Fünf Sekunden", sagte Steve. Er berührte Rudy Wells am Bein. Rudy ließ sich hinunterfallen. Im Luftstrom spreizte er Arme und Beine in der klassischen Haltung des Kunstspringers, um den Körper im Gleichgewicht zu halten. Beinahe augenblicklich wurde er fortgerissen. Steve sprang eine Sekunde danach. Der eisige Wind knallte ihm entgegen, er begann sich zu überschlagen. Als er Arme und Beine spreizte, straffte sich die Aufziehleine. Der Fallschirm entfaltete sich, ein ungeheurer Ruck erfaßte seinen Körper und schleuderte ihn herum. Dann die Stille des Fallens unter dem geöffneten Schirm. Irgendwo in der Ferne hörte er das verklingende Motorengeräusch der C-47.

Er griff hinauf nach den beiden Holzlenkstangen. Es blieben nur

Sekunden. Er sah Rudys rot-weiß karierten Schirm, als der Doktor vor dem Wind in weitem Bogen herabschwebte, um, wie Steve, gegen den Wind anzufliegen. Die Windgeschwindigkeit sank. Steve, der Wells einige Sekunden vor sich hatte, lenkte mit den Stangen gegen den Wind und berührte den Boden bei fast völligem Stillstand. Er landete aufrecht und verfolgte, wie Rudy, der auf Nummer Sicher ging, mit beiden Beinen aufsprang und geschickt über den Boden rollte. Die beiden Männer begannen nach vorn zu laufen, um den Schirm zusammenzuklappen. Sie lösten das Gurtwerk. Rudy rannte auf ihn zu. Die Luft war beißend kalt, der Wind schnitt ihnen ins Gesicht, und Steve war für die Sauerstoffflaschen dankbar, die sie mithatten. Er griff in den Rucksack und zog ein Funksprechgerät heraus, während er den Sprunghelm abnahm.

„Papa an Bärchen, wir sind beide sicher gelandet", meldete er Wayne in der kreisenden Maschine.

„Mensch, prima. Wir haben es genau mitbekommen." Wayne lachte erleichtert.

Steve schaute hinauf, als der Wind auffrischte und die Spitzen des hüfthohen Grases plattdrückte. „Phil, werfen Sie bei hundertfünfzig über uns. Verstanden?"

„Ein bißchen niedrig, wie –"

„Einsfünfnull", wiederholte Steve.

„Verstanden."

„Okay. Rauch kommt." Rudy zog zwei Rauchbomben aus seinem Rucksack, gab eine davon Steve, der mit ihr durch das Gras lief, bis er etwa zweihundert Meter von Wells entfernt war. Dann winkte er, und die beiden Männer zogen gleichzeitig die Zünder heraus und ließen die Granaten fallen. Der Rauch stieg auf und bezeichnete die Abwurfstelle. Beim ersten Anflug fiel ein schwerer Packen herunter, der Schirm öffnete sich sofort. Zum Glück behielt der Wind die Richtung, und der Schirm ging keine dreißig Meter von den Rauchzeichen entfernt zu Boden. Beim zweiten klappte es nicht so gut, der Schirm wurde bis fast zum Plateaurand geweht, aber er verhängte sich in einem kleinen, knorrigen Baum, und die Ausrüstung war da.

Steve und Wells machten sich sofort an die Arbeit. Steve trieb einen Stahlstab tief in den Boden. Nicht so tief, wie er wollte; nach etwa fünfundzwanzig Zentimetern stieß er auf Fels und kam zum Stillstand. Steve hoffte, daß er dennoch halten würde, und entrollte oben auf der Stange eine grell orangerote Flagge als Sichtzeichen. Mit drei weiteren Stangen gingen er und Rudy das Grasfeld entlang. Keine Steine am Boden. Unter dem hohen Gras erstaunlich fester Boden, eine jahrhundertelang durch starken Wind und Erosionsschutz durch das Gras geebnete Fläche. Vieles an dem Plateau täuschte. Beim Fallschirmabsprung hatte Steve am Westrand des Tafellands eine Sonnenspiegelung gesehen; das deutete auf Wasser hin und möglicherweise auch auf eine moosartige Oberfläche, die schwammig und gefährlich sein konnte.

Sie brauchten eine Stunde, dann hatten sie eine Strecke von neunhundert Metern ziemlich ebenen Bodens, bedeckt von hohem Gras, abgesteckt. Kurz vor Ablauf der Stunde wechselten sie die Sauerstoffflaschen. Die C-47 kreiste jetzt in einer Höhe von sechstausend Metern.

„Phil, es müßten ungefähr neunhundert Meter guter Boden sein", meldete Steve hinauf.

„Nicht viel, Steve. Bei dieser Höhe. Wir haben ziemlich viel Dampf drauf."

„Wenn ich nicht wüßte, daß Sie es schaffen, wären Sie nicht da oben. Passen Sie auf. Der Wind macht ungefähr fünfzig, genau entlang der Mittellinie vom Feld hier. Holen Sie weit aus, Fahrgestell und Klappen ausgefahren – Sie wissen ja Bescheid –, großzügig mit dem Schub. Hundertsechzig, wie vereinbart."

„Ihr seht da unten aus wie auf einem Tennisplatz", klagte Wayne.

„Der Platz ist größer als er aussieht. Wenn Sie das Gefühl bekommen, daß es beim ersten Mal nicht klappt, starten Sie durch. Ich glaube aber nicht, daß das nötig ist. Wir geben Ihnen Rauch als Windrichtungsanzeiger."

„Steve, der Aufsetzpunkt . . . Könnten Sie vom Gras etwas wegschneiden, damit ich mich auskenne? Sonst sieht es ganz so aus, als wollte ich auf Wasser landen."

„Keine schlechte Idee." Steve zog die Machete heraus und sah Rudy seinem Beispiel folgen. „He, Doc, Sie machen jetzt Pause." Er sah, wie erschöpft Wells war – der Sprung allein bei dieser Höhe genügte da schon. Rudy ließ sich dankbar auf den Boden sinken. Steves Bionikhand schloß sich um die Machete, und zehn Minuten lang zuckte die Klinge durch das Gras und erzeugte eine Schneise von dreißig Meter Breite und zehn Meter Tiefe.

„Okay, Phil", funkte er hinauf. „Jetzt aber los. Falls Sie sich Sorgen machen, ob Sie übers Ziel hinausschießen, hinter der Landebahn ist schwammiges Moos. Weit kommen Sie nicht. Los, jetzt geht es um die Wurst."

Wayne zog die C-47 weit hinaus, flog eine steile Kurve und setzte zum Landeanflug an. Er sagte vor sich hin: „Fahrwerk, Klappen, Vorflügel, Schub, Höhe, Fahrt, Sinkgeschwindigkeit."

„Genau in der Rille!" rief Steve, als die Maschine kerzengerade auf ihn zukam. Dann sah er sie seitlich abweichen. „Phil, vorsichtig korrigieren. Linkes Seitenruder."

Wayne kam einen Hauch unter der Fahrt herunter, die Steve verlangt hatte, aber es mußte gehen.

„Schub weg!" schrie Steve ins Funkgerät, als die Maschine dem Boden entgegenraste. „Knüppel ran, auf die Bremsen!" Wayne, mit leichenblassem Gesicht im Cockpit, folgte den Anweisungen, riß die Hebel zurück, den Knüppel, so weit es ging, um das Heckrad hinunterzudrücken. „Achte auf die Bremsen", warnte Steve. „Sobald sich der Schwanz hebt, nachlassen, dann wieder drauf."

Das Flugzeug kam keine fünfzehn Meter hinter den letzten Markierungsflaggen zum Stehen.

In den nächsten Stunden ließen sie sich Zeit. Sie rollten die Maschine auf der provisorischen Rollbahn Richtung Osten zurück, so weit es ging, um sie noch sicherer abstellen zu können. Rudy befahl allen zu essen – heiße Suppe, die nicht richtig heiß wurde, weil das Wasser in dieser Höhe bei niedrigerer Temperatur kochte, und Rationen mit viel Eiweiß. Danach mußten alle Schokolade essen.

Nach dem Essen übernahm Steve die Wache, und die anderen schliefen wie die Toten.

Er weckte sie kurz vor drei Uhr nachmittags. Wayne und Mueller stellten die Fotozellendetektoren ein paar hundert Meter von ihrem Lager entfernt auf, das aus der Maschine und stabilen Zelten unter den Tragflächen bestand. Bis sie mit dem Aufbau fertig waren, ging der Nachmittag zu Ende, und Mueller und Jennings zwangen sich, etwas hinunterzuwürgen, bevor sie wieder in ihr Zelt krochen, um sich weiter auszuruhen. Es gab viel zu tun, aber jegliche Überanstrengung in dieser Höhe, warnte Rudy, würde zu Nasenbluten und Kopfschmerzen führen und sie somit behindern.

Sie brachten die Nacht ruhig hinter sich und wechselten sich alle zwei Stunden mit der Wache ab. Am Morgen, unmittelbar nach dem

Frühstück, rannten alle zu Dr. Jennings, der plötzlich laut gerufen hatte. Er stand an einem Vermessungsinstrument und ruderte mit den Armen.

„Wir sind auf etwas gestoßen! Ich – ich –" Er verfärbte sich vor ihren Augen bläulich, schwankte hin und her, und Rudy lief mit der Sauerstoffmaske auf ihn zu und preßte sie ihm auf das Gesicht, bevor er ihn auf den Boden legte. „Fünf Minuten Ruhe, Doktor", sagte Rudy. „Nicht reden, nicht bewegen. Was es auch ist, fünf Minuten hat es Zeit."

Jennings versuchte schwach zu gestikulieren, und Wells verlor die Beherrschung. „Liegenbleiben, verdammt noch mal, sonst bekommen Sie eine Spritze." Jennings stöhnte, schloß aber die Augen. Die Farbe kehrte langsam in sein Gesicht zurück. Sofort, als Wells ihn losließ, stand Jennings auf und deutete nach Westen.

„Da", sagte er. „Der Puma-See. Seht ihr ihn?"

„Wir sehen ihn, Doc", erwiderte Wayne. „Er ist ja groß genug."

„Sehen Sie die Richtung unserer sogenannten Rollbahn? Sie verläuft genau von Ost nach West. Das möchte ich hervorheben. Alle Völker Südamerikas, die Komplexes gebaut haben, hielten sich *immer* an die vier Himmelsrichtungen. Die Anlage erfolgte immer genau nach Norden oder Westen oder Süden oder Osten."

Rudy Wells nickte. „In Bolivien war das auch so. Die Straßen dort, meine ich. Exakt nach dem Kompaß."

„Eben", fuhr Jennings fort, „und die Straße, die Major Ryland gefunden hat, *muß* auf diesem Plateau sein. Wir befinden uns nicht auf der Mittellinie, aber von dem Tafelland ist vieles durch Erosion verschwunden, vermutlich auch durch Erdbeben, denen die Flanken zum Opfer gefallen sein dürften. Südlich – das erscheint mir zweifelhaft. Aber direkt nördlich von uns – seht ihr, der Tempelberg und El Misti liegen ganz genau im Norden. Ich glaube nicht, daß der Vulkan hier dazupaßt, weil er vergleichsweise neu sein könnte – er verrät Anzeichen jüngerer Entstehung, und es spricht vieles dafür, daß er erst lange nach dem Bau dieser Straße entstanden ist." Er verstummte und atmete tief ein, als Wells ihm die Sauerstoffmaske wieder hinhielt. „Wenn die Erosion und andere Einwirkungen nicht alle Spuren verwischt haben, finden wir vielleicht Anzeichen einer Straße, die auch nach Norden führt. Es könnte sein, daß wir im Mittelpunkt eines alten und völlig unbekannten Reiches stehen, dem Reich der Cayas!"

Sie fanden die Straße, wenige Minuten bevor die Sonne hinter den Gipfeln weit westlich des Chalhuanca-Plateaus versank. Jennings hatte recht. Sie befand sich am Nordrand des Tafellands. Sie hatten gerade noch Zeit, sich von ihrem Vorhandensein zu überzeugen, dann schickte Rudy Jennings, der vor Überanstrengung und Erregung kreideweiß war, ins Lager zurück.

„Aber ich kann jetzt nicht weg", protestierte Jennings. „Danach suche ich seit – seit –", er begann zu husten, „seit – mein ganzes Leben."

„Doktor", sagte Steve und griff nach seinem Arm, „diese Straße gibt es seit mindestens zehntausend Jahren. Sie wird morgen früh auch noch hier sein. Was Sie nicht wissen, ist, was hier oben lebt oder nachts umherstreunt. Wir haben überall Wildfährten gesehen, also gibt es bestimmt auch Raubkatzen, Jaguare vielleicht. Die Nacht ist ihre Zeit, nicht die unsrige. Bitte, kommen Sie jetzt mit ins Lager."

Jennings starrte ihn erschöpft an. „Natürlich, Sie haben recht."

Steve nickte. „Morgen, Doktor Jennings."

Sie kehrten ins Lager zurück, wo Rudy Wells Jennings wieder mit Sauerstoff versorgte. Der Wissenschaftler war eingeschlafen, bevor sein Kopf auf den Rucksack zurücksinken konnte.

Es regnete die ganze Nacht. Der Wind heulte mit über sechzig Kilometern in der Stunde und trieb den Regen beinahe waagrecht vor sich her. Trotzdem bestand Steve auf Wachen; ausgenommen wurde nur Jennings.

Am nächsten Morgen entdeckten sie, daß sie in der Nacht Gesellschaft gehabt hatten. Und niemand hatte etwas gesehen.

11

„Was ist gewesen?" fragte Steve in scharfem Ton Phil Wayne. Sie standen an der Ostecke ihres elektronischen Alarmsystems. Drei, vier Meter von dem kleinen Fotozellenstativ entfernt, hatten sie das zertrampelte Gras entdeckt. Steve folgte den Spuren und blieb stehen, als er feststellen konnte, daß es sich unverkennbar um Fußspuren handelte . . ., sichtbar trotz des starken Regens, denn wer auch immer in der Nacht heraufgekommen war, er hatte tiefe Abdrücke hinterlassen. Das Wasser war abgelaufen, und die Umrisse der Abdrücke waren noch erkennbar.

„Steve, ich weiß nicht, was ich sagen soll." Phil Wayne war über das Versagen seiner Anlage bestürzt. „Ich habe sogar optisch *und* akustisch auf Alarm gestellt, damit uns ja nichts –" Er schüttelte den Kopf. „Es könnte der Regen gewesen sein, in der Nacht ist er ja heftig genug heruntergeprasselt, bei dem Wind und dem Unwetter – die optischen Sensoren könnten blockiert worden sein. Vielleicht waren es sogar Blitze. Ich weiß nicht, Steve. Ich müßte das genau nachprüfen."

„Dazu haben wir später Zeit", sagte Steve. „Wir haben immerhin noch Glück gehabt." Sie gingen zum Rande des Hochplateaus und starrten den steilen Abhang hinunter. „Sehen Sie? Das Gestein ist stark zerklüftet, und es gibt genug Ranken und Gebüsch. Sieht gefährlich aus, aber ein guter Kletterer könnte es schaffen."

„Bei dem Regen?"

„Kommt darauf an, wie gut man ist. Wenn einer heraufsteigt, mit einer Lampe, die wir von unserem Lager aus nicht sehen konnten –" Er zuckte die Achseln. „Auf jeden Fall war in der Nacht jemand oben. Glück hatten wir trotzdem. Unser Besucher hat das Stativ gesehen. Er mußte davon ausgehen, daß wir alarmiert waren. Vor allem nach den Vorfällen in Ayabaca. So etwas merkt man sich."

Wayne nickte. Sie gingen langsam zum Flugzeug zurück, wo Aaron Mueller ihnen warmen Kaffee eingoß. Sie erzählten ihm von ihrem Fund. Er seufzte und lehnte sich an einen der großen Reifen der C-47.

„Ich habe langsam den Eindruck, daß uns jemand loshaben möchte."

„Haha", machte Steve.

„Wo sind Jennings und Wells?" fragte Wayne.

„Da drüben." Mueller deutete auf eine Baumgruppe in ein paar hundert Meter Entfernung.

„Wie lange sind sie schon weg?" erkundigte sich Steve.

„Eine gute Stunde. Soll ich mit dem Funkgerät –"

„Nein, wir überraschen sie."

„Aber die Maschine ist dann nicht bewacht. Sollte nicht einer hier bleiben?"

„Bei Tag nicht", meinte Steve. „Wer es auf uns abgesehen hat, fühlt sich am wohlsten im Dunkeln." Er ging mit ihnen zu dem Gehölz.

Jennings und Rudy Wells lagen auf den Knien und betrachteten im Licht einer starken Leuchtstofflampe, die sie zwischen sich gestellt hatten, eine auffällig glatte Fläche. Jennings untersuchte die Straßendecke mit einer großen Lupe, während Rudy sich abmühte, ein Stück herauszumeißeln. Überall lagen ihre Werkzeuge verstreut – und ihre Gewehre. Steve, Mueller und Wayne beobachteten sie geraume Zeit. Wells und Jennings nahmen sie nicht wahr.

„Das ist ein Überfall", sagte Steve tonlos. Jennings erstarrte über seiner Lupe, Wells blieb einen Augenblick regungslos, dann griff er nach seinem Gewehr, aber Steve hatte den Fuß auf den Lauf gestellt. Rudy hob zornig den Kopf.

„Das war eine Dummheit", sagte er zu Steve. „Ich hätte –"

„Sie hätten tot sein können, ohne noch etwas zu merken", entgegnete Steve scharf. „Was ist los mit euch? Da könnte ein Elefant daherkommen, ohne daß ihr etwas merkt."

„Für die Sicherheit sind Sie zuständig, Steve", meinte Jennings. Seine Augen funkelten. „Im Augenblick habe ich nichts anderes im Kopf als *das* hier!"

„Phil, passen Sie ein bißchen auf?" fragte Steve Wayne, der ihm zunickte. Steve und Mueller beugten sich zu den beiden anderen Männern hinab. Steves Ärger über Jennings und Wells verflog, als er im starken Lichtschein die Straße betrachtete. Er konnte sie verstehen.

Auf den ersten Blick hatte man den verblüffenden Eindruck eines Terrazzobodens. Er hatte dieselbe Zusammensetzung, jedenfalls für das Auge, und als Steve mit der Hand leicht über das Material fuhr, wo Rudy es gesäubert hatte, fand er den ebensten Boden vor, den er je berührt hatte. Die Struktur gab ihm Rätsel auf, und auch die Farbe war nicht leichter zu erfassen. Der Belag reflektierte das Licht auf merkwürdige Art, so daß er die Tönung nicht genau erkennen konnte. Aus einem bestimmten Blickwinkel schien die Straße einen stumpfen grünlichen Schimmer zu besitzen. Er erinnerte ihn auf eine gewisse Weise an Jade, obwohl er wußte, daß das kaum möglich war. Er bewegte den Kopf, um den Lichteinfallswinkel zu verändern, und das Grün wurde zu einem flackernden Bronzebraun und dann zu einem fremdartigen goldenen Rot.

„Doktor, was, zum Teufel, *ist* das?"

Jennings, der offenbar ebenso vor einem Rätsel stand wie Steve, stand auf. „Ich weiß es nicht", sagte er nach einer Pause, „und schon der bloße Gedanke, daß mich das Material vor ein Rätsel stellt, ist . . ., na, wunderbar. Ich meine, ich habe fast auf der ganzen Erde Grundstoffe untersucht, Stein, Ton, Glas, Keramik und was weiß ich.

Ich bin auf Gipfeln und in Höhlen gewesen. Ich habe Pyramiden gesehen, Gräber, Mausoleen und archäologische Grabungsstätten aller Art, aber so etwas wie hier ist mir noch nie begegnet."

Er atmete tief ein, und Rudy sah ihn besorgt an. „Nur langsam", sagte er. „Sie hyperventilieren. Wollen Sie wieder umkippen?"

Rudy zuckte die Achseln, als Steve ihn mit zusammengezogenen Brauen ansah.

„Eines weiß ich", fuhr Jennings etwas ruhiger fort, „wenn dieses Material einmal Stein war, ist das jetzt nicht mehr der Fall. Die ganze Kultur sollte auf Stein beruhen. Überall in Zentral- und Südamerika wird der Stein verehrt, beherrscht er alles, aber das hier ist nicht Stein. Das ist nicht Glas oder Quarz oder Marmor oder dergleichen. So, wie es das Licht biegt und verzerrt –" Er schüttelte den Kopf. „Nicht nur das, sondern dort, wo die Straße nicht durch Naturkräfte wie Blitzeinschlag oder Erdbewegungen gespalten wurde, ist sie in all den Tausenden von Jahren, seitdem es sie gibt, nicht überwachsen worden. Wissen Sie, was das heißt? Sie haben verwaiste Flugplätze gesehen und was sich da schon nach ein paar Jahren zeigt: Gras, Unkraut und Sträucher überall. Und das in einem winzigen Bruchteil der Zeit, seit der es diese Straße hier schon gibt, die nach allem, was wir bisher gesehen haben, völlig unverändert geblieben ist. Die Versiegelung dieses Materials war undurchdringlich für Hitze, Kälte, Gase aller Art, für Tierkot mit seinen chemischen Reaktionen . . . Ich wüßte nichts Vergleichbares in der modernen Technologie, und –"

„Genug jetzt", ermahnte ihn Rudy. „Ich habe Ihnen vorhin schon gesagt –" Er reichte dem Wissenschaftler eine Sauerstoffflasche mit Maske. „Zehn Minuten bei Teildruck."

Jennings protestierte schwach, dann setzte er sich auf den Boden und legte die Maske an. Er atmete ein paarmal ruhig und tief ein. In dieser Höhe konnte man den Sauerstoffmangel zwar bekämpfen, indem man schnell und immer schneller atmete, um mehr Sauerstoff in sich hineinzupumpen, aber gleichzeitig setzte man sich damit der Gefahr der Hyperventilation aus. Die Abwehrreaktion des Körpers war die Bewußtlosigkeit. Alles beruhigte sich dann, und der Kohlendioxydgehalt, der vorher unter elf Prozent gefallen war, stieg wieder.

Rudy hatte inzwischen einen Teil des Straßenbelags aufgemeißelt. Er hielt einen Splitter in der Hand, und als er ihn bewegte, schien der Stein grün und golden und dunkelrot zu schimmern.

„Ich glaube, *ich* habe so etwas schon einmal gesehen", meinte er.

„Oder etwas ganz Ähnliches. Selbst die Grundfarbe, das Grün, stimmt überein. Das halte ich für mehr als einen Zufall. Nicht nur das, beide Stoffe, der hier und der andere –"

„Was meinen Sie?" fragte Jennings, die Maske abnehmend.

Rudy zögerte einen Augenblick. „Trinitit", sagte er dann und warf einen Blick auf Steve, der ihn ungläubig anstarrte. „Trinitit", wiederholte er.

„Das glaube ich nicht." Die anderen sahen Steve an. „Das ist ausgeschlossen."

„Durchaus nicht. Ich behaupte nicht, daß die Wärmequelle unbedingt dieselbe wäre."

Steve verstummte.

„Trinitit? Kann mich nicht erinnern, daß ich das schon einmal gehört hätte", meinte Mueller.

„Ist das ein Kristall?" fragte Wayne. „Ich habe viel mit Kristallen zu tun, wissen Sie, für elektronische und Sendesysteme. Ich glaube auch nicht, daß ich den Namen schon einmal gehört habe."

„Es ist kein Kristall. Und sehen Sie mich nicht so an, Harold", sagte Rudy zu Jennings. „Es handelt sich nicht um ein Naturprodukt. Aber ich glaube, daß Trinitit und dieser Stoff hier auf die gleiche Weise entstanden sind. Für mich gibt es allmählich keinen Zweifel mehr an der Legende über eine seltsame Art von Kristall im alten Hochland der Anden, der wir nachjagen. Ein Kristall, den die modernste Wissenschaft nicht verstehen, geschweige denn hervorbringen kann."

Mueller wandte sich verärgert an Steve. „Will mir vielleicht jemand mitteilen, wovon er redet? Dieses Trinitit – woher kommt das Zeug?"

„Aus New Mexico", antwortete Steve. „Da fand man es zum ersten Mal. Ich habe es dort gesehen. Und auf Jackass Flats, auf Frenchman's Flat. Ferner auf Bikini, auf Eniwetok, ein paar hundert Meter tiefer in Colorado, noch tiefer in Alaska. Aber das erstemal in New Mexico. Bei einem Ort namens Trinity."

„Etwa 1945?" fragte Mueller.

„Am 16. Juli. Um halb sechs Uhr früh, um genau zu sein."

„Die erste Atombombe", sagte Mueller.

„Atombombe?" wiederholte Jennings, der langsam aufstand. Er sah Rudy an. „Das ist doch nicht Ihr Ernst! Sie können doch nicht behaupten wollen, die Menschen in der Vorzeit hätten das Geheimnis der – die Anwendung der –"

„Nein, natürlich nicht", erwiderte Rudy sofort. „Wissen Sie, wie Trinitit zu seinem Namen gekommen ist? Der erste Atombombenversuch bekam den Kodenamen ‚Trinity'. Eine Bombe, die auf einem Turm in der Wüste von New Mexico zur Explosion gebracht wurde. Einige Zeit nach der Explosion suchten Wissenschaftler und Techniker die Stelle am Boden auf – die Strahlung hatte sich inzwischen so weit vermindert, daß man das für kurze Zeit riskieren konnte. Man stellte fest, daß der Sand in einem Umkreis von vierhundert Metern durch die unvorstellbare Hitze des atomaren Feuerballs in einen glasartigen Stoff verwandelt worden war. Die vorherrschende Farbe war Grün. Wenn man ein Stück des Schmelzstoffes hin und her drehte, wechselte es die Farbe." Er deutete auf den Splitter in seiner Hand. „Genau wie das hier."

„In New Mexico war der Rohstoff Sand", sagte Steve. „Das Schmelzelement, durch den Feuerball erzeugt, war unvorstellbare Hitze. Hier scheinen wir es mit einem Rohstoff zu tun zu haben -Stein, Sand oder ein Gemisch, ich weiß es nicht –, der ebenfalls durch Hitze zusammengeschmolzen wurde."

„Versteht ihr nicht?" meinte Rudy. „Hitze. Unglaubliche Hitze. Aber nicht von einer Bombe. Gelenkte Hitze. Energie, die –"

„Energie in Form von Strahlen", unterbrach ihn Phil Wayne. „Es muß ein Strahl sein – ähnlich wie ein Laserstrahl, würde ich sagen. Aber dazu braucht man eine Energiequelle, nicht wahr? Wie konnten sie –"

Rudy deutete nach oben. „Die war schon immer da, Phil. Die Sonne."

„Aber das reicht doch nicht, Doc. Es muß etwas geben, das die Strahlung lenkt und bündelt –" Er verstummte schlagartig. Sie hörten es alle zur selben Zeit. Unverwechselbar. Von oben, dort, wo Rudy hindeutete. Ein *Flugzeug*. Steve zögerte keinen Augenblick. Er hetzte zurück zur C-47, die ungesichert am Ende ihrer provisorischen Landebahn stand.

12

Er lief auf die Maschine zu, als er das in weitem Bogen das Plateau überfliegende Flugzeug sah. Er blieb stehen und beschattete die Augen, dann erkannte er die Abzeichen der peruanischen Luftwaffe an Rumpf und Tragflächen. Der Pilot wackelte mit den Tragflächen. Steve lief weiter zum Lager unter der C-47. Augenblicke später hatte er eine Rauchgranate an der linken Eckfahne der Landebahn geworfen. Orangeroter Rauch quoll empor und zeigte Richtung und Stärke des Windes.

Steve hatte nicht gezögert. Wenn hier jemand landen wollte, den sein Amt hierherführte, mußte man es ihm erleichtern, denn er würde sich ohnehin nicht davon abhalten lassen.

Er sah zu, als das Flugzeug zur Landung ansetzte. Der Pilot schien ein erfahrener Mann zu sein. Es war eine Helio-Courier, sechssitzig, mit einer großen Garrett-Turboprop. Die Courier glitt über das Gras, als die vier übrigen Männer Steve einholten.

„Luftwaffe", sagte Wayne sofort.

Die anderen schwiegen. Die Courier landete sicher, den Bug hoch im Wind, und brauchte nur die halbe Landebahn, um zum Stillstand zu kommen. Sie wendete und rollte zurück, um in der Nähe der C-47 stehenzubleiben. Sie warteten stumm, bis die Kabinentür aufging.

Als erster stieg ein Mann in Uniform aus.

„Den kenne ich", erklärte Mueller leise. „Colonel Simon Viejo. Peruanische Abwehr. Goldberg hatte ein Foto von ihm."

Viejo half einem zweiten Mann aus der Kabine.

„Das ist Javari", stellte Jennings sofort fest. „Der führende Archäologe von Peru, wahrscheinlich der maßgebende Mann auf seinem Gebiet in ganz Südamerika."

Sie gingen auf das Flugzeug zu und blieben noch einmal stehen, als Colonel Viejo einer dritten Person herunterhalf.

Phil Wayne traute seinen Augen nicht, als eine schwarzhaarige Schönheit aus der Kabine kletterte. Nicht einmal Stiefel, lange Hose und Windjacke konnten die weiblichen Formen verbergen.

„Das glaube ich einfach nicht", murmelte Wayne vor sich hin. „Wer kann das bloß sein?"

Jennings überraschte sie alle. „Das muß Carla sein, Javaris Tochter. Nach allem, was ich höre, ist sie so tüchtig wie er. Kein Wunder, er hat sie ausgebildet." Er ging auf die Gruppe zu, um sie zu begrüßen.

„Aaron", sagte Steve, „Sie sollten das Protokoll übernehmen. Das hat uns noch gefehlt . . ., ein Abwehroffizier, noch ein Wissenschaftler und eine weiße Göttin. Ich glaube, ich bringe Goldberg um, wenn wir zurückkommen. *Falls* wir zurückkommen."

Binnen einer Viertelstunde nach der Landung der Courier war die Sonne hinter tiefliegenden, dicken Wolken verschwunden, und beim Blick nach unten konnten sie ein paar hundert Meter unter sich im Tal Wolken dahinfegen sehen. Die Temperatur sank schnell, und aus der Kühle wurde bittere Kälte. Der Wind frischte auf und brachte unangenehmen Nebel mit. Steve und Colonel Viejo, gefolgt von Mueller und Wayne, gingen zur Courier, drehten sie in den Wind und sicherten sie mit Seilen. Sie schleppten Ausrüstung von der Courier zur C-47. Dann ließen sie die beiden anderen Peruaner mit Wells und Jennings in der Maschine zurück und betraten das große Zelt unter der C-47.

Viejo kam sofort zur Sache. Er war nur hier, weil es ernste Schwierigkeiten gegeben hatte; Mordversuch und Brandstiftung, nächtliche Angriffe auf Gäste der peruanischen Regierung. Dazu der ausgebrannte Lastwagen auf dem Flugplatz von Ayabaca, die Leichen, die Tatsache, daß die Fremden kaum nach Peru gekommen waren und schon getötet hatten. Viejo, ein schlanker, grobknochiger Mann mit schmalem Schnurrbart, machte klar, daß er sie für die Ereignisse nicht verantwortlich machte; aber andererseits sei auch nicht zu übersehen, daß diese Vorkommnisse Anlaß für die allergrößten Schwierigkeiten seien.

„Meine Regierung hat gar keine Wahl", erklärte er. „Um diplomatischen Verwicklungen aus dem Weg zu gehen, müssen wir Ihnen peruanische Staatsangehörige mitgeben, um jeden Zweifel an der Rechtmäßigkeit Ihrer Expedition auszuschließen."

„Na gut", stimmte Steve zu. „Damit ist der Fall wohl erledigt. Soviel wir bis jetzt sagen können, kommt es darauf an, den Tempelberg zu erreichen."

Viejo nickte. „Das wird nicht leicht sein. Ich kenne übrigens den Bericht von Major Ryland. Wenn es die geheimnisvolle Straße wirklich geben sollte, haben die Legenden über die Cayas offenbar doch einen Wahrheitsgehalt. Sind Sie schon auf etwas gestoßen?"

Steve warf Mueller und Wayne einen Blick zu. „Die Straße verläuft etwa vierhundert Meter von hier entfernt", erwiderte er. „Es gibt auch eine Kreuzung."

„Ein Irrtum ist nicht möglich?"

Steve berichtete von ihren Entdeckungen und Schlußfolgerungen. „Doktor Wells und Doktor Jennings haben ein Stück aus dem Straßenbelag herausgemeißelt und mitgebracht. Es ist in der Maschine bei Mr. Javari und seiner Tochter. Sie können es sich ansehen –"

„Das hat Zeit“, sagte Viejo schnell. „Zunächst einmal ist Javari an der Reihe. Für ihn wird ein Traum wahr. Sie müssen das verstehen – es hat nie genug Geld gegeben, um weitreichende, teure archäologische Unternehmungen zu finanzieren. Anderes war wichtiger. Und jetzt, wo es sich nun einmal so ergeben hat und wir hier sind, eröffnet sich für ihn eine neue Welt. Ich muß Ihnen übrigens noch eine heikle Frage stellen . . .“

„Sie kann nicht heikler sein als das Verhalten der Leute, die es auf uns abgesehen haben.“

„Gewiß. Um die handelt es sich auch. Wir haben eine Meldung bekommen, wonach Sie nach Edelsteinen und Gold suchen.“

„Davon ist kein Wort wahr“, erwiderte Steve.

„Colonel Viejo, Sie sind doch bestimmt über uns unterrichtet“, warf Mueller ein.

„Keine Frage, Mr. Mueller. Fraglich ist nur, wie es zu den anderen Informationen gekommen ist. Sie sollen aus erster Quelle stammen.“

Steve lachte. „Kann ich mir vorstellen. Das war Wells. Er muß Fossenden ganz schön eingeseift haben.“ Steve erzählte ausführlich von ihrer Begegnung mit dem angeblichen Norweger. „Die verlorene Zivilisation, die Edelsteine und das Gold – Fossenden hat ihm das offenbar wirklich abgenommen.“

„Ich bin mir nicht so sicher“, widersprach Viejo. „Fossenden ist schon seit einiger Zeit ein Problem für uns. Ein gefährlicher Mann, wie mir scheint. Wenn es nach mir ginge, würde man ihn entweder ausweisen oder ins Gefängnis stecken.“

„Warum haben Sie das nicht getan?“ fragte Mueller. „Wenn man den Überfall auf unser Flugzeug bedenkt –“

„Können Sie beweisen, daß er dahintersteckt? Wir lassen ihn schon geraume Zeit überwachen. Ich halte ihn durchaus nicht für einen erfolgreichen Geschäftsmann. Er gibt zuviel Geld aus. Man kann nicht erkennen, von welchen Geschäften er eigentlich lebt.“

„Sie meinen, jemand finanziert ihn?“ fragte Steve.

„Das vermute ich, und er ist so großzügig, daß er sich einflußreiche Freunde verschafft hat. Und da mir konkrete Beweise fehlen –“

„Es wäre vielleicht nützlich, wenn Sie uns über Ihre Gedankengänge informieren würden“, meinte Steve.

„Wenn er nicht der Geschäftsmann ist, als der er sich ausgibt, dann muß er ein – sagen wir, ein Strohmann sein. Er heißt in Wirklichkeit nicht Fossenden und ist auch kein Norweger, auch wenn seine

Papiere völlig in Ordnung zu sein scheinen. Auf jeden Fall hat er sich für das Gebiet um den Sicuani-Fluß immer besonders interessiert. Das Ganze schien eigentlich die Mühe nie wert zu sein. Die Frage ist dabei doch wohl auch, was *Sie* hier suchen und warum Sie eine solche Anstrengung unternehmen . . ."

Steve hatte mittlerweile beschlossen, dem peruanischen Offizier gegenüber offen zu sein. Er erklärte Viejo deshalb alles, und der Colonel stellte Zwischenfragen und erkundigte sich oft auch bei Phil Wayne.

„Das paßt doch alles ganz gut zusammen", meinte der Peruaner schließlich. „Fossenden, oder wie er sonst heißen mag, interessiert sich für mehr als Edelsteine und Gold. Ich glaube im Gegensatz zu Ihnen nicht, daß er Doktor Wells seine Geschichte abgenommen hat. Er scheint mir nur so zu tun. Der Kristall, oder was wir sonst finden mögen, ist offensichtlich von allergrößter Bedeutung."

„Bedeutung ist sogar noch untertrieben", entgegnete Wayne. „Wenn die Cayas einen Kristall erzeugen konnten, der einer natürlichen Quelle derartige Energiemengen entlocken konnte, dann brauchen Sie sich nur vorzustellen, was dieser Kristall in Verbindung mit der modernen Elektronik –"

„Allerdings", unterbrach ihn Viejo. „Fossenden und seine Leute werden ähnliche Überlegungen angestellt haben. Ich nehme an, wir werden ihn noch zu sehen bekommen."

„Das glaube ich auch", sagte Steve. „Und es gibt für mich auch keinen Zweifel daran, daß Fossendens Leute Major Ryland getötet haben."

„Colonel Viejo, ich bin dafür, daß wir Doktor Javari und seine Tochter einweihen", meinte Mueller.

„Noch eine Frage", sagte Steve. „Soviel ich weiß, betrachten die Eingeborenen die ganze Gegend um den Tempelberg und El Misti als heiligen Boden, nicht wahr?"

Viejo nickte.

„Woher kamen dann die Leute, die uns in Ayabaca überfallen haben?" fragte Mueller.

„Man hat sie wohl mit großen Versprechungen aus dem Norden hergelockt", erwiderte der Colonel. „An die hiesigen Mythen glauben sie bestimmt nicht."

„Und niemand hier kann sie identifizieren", fügte Steve hinzu. „Fossenden scheint sehr genau zu wissen, was er tut."

Sie aßen gemeinsam in der C-47. Steve, der alles andere erwartet hatte, als mit einer Frau zusammenzusein, war von Carla überaus beeindruckt. Ihr schwarzes Haar fiel herab bis auf die Schultern, und ihr Gesicht besaß Züge von einer Ebenmäßigkeit, die klassisch zu nennen war. In der Nacht, als die Wachzeiten aufgeteilt wurden, sorgte Steve dafür, daß er mit ihr zusammen war. Vor dem Flugzeug und den Zelten, warm gekleidet, die Gewehre umgehängt, gingen sie langsam um das Lager herum und unterhielten sich leise. Sie zeigte sich durchaus freundlich, das hatte er schon in der Kabine bemerkt, aber er hatte nicht das Gefühl, daß das persönlich gemeint war. Die Eroberung des Mondes war wohl auch für sie etwas Besonderes, aber er wollte noch etwas anderes sein für sie als ein Mann, der durch den Weltraum geflogen war und den Mond betreten hatte. Er wollte ihr zeigen, daß er ein Mensch aus Fleisch und Blut war – bevor sie dahinterkam, daß er zu einem nicht geringen Teil aus Stahl und Kunststoff bestand.

13

Am Morgen war der Bodennebel verschwunden, vertrieben vom Wind und von der aufgehenden Sonne. Dr. Jennings und Dr. Javari saßen mit Steve im Zelt über den Karten.

„Wir könnten ewig suchen", sagte Javari. „Das würde alles nichts einbringen. Sehen Sie, hier." Er deutete auf eine der Karten. „Täler. Tief eingeschnitten. Aber vor langer Zeit gab es hier gar kein Tal. Verstehen Sie? Erdbeben, Eruptionen. Alles ist verändert."

Jennings nickte. „Wir sind uns aber darin einig, daß das Suchgebiet zwischen diesem Gebiet und dem Vulkan liegen sollte. Das verengt etwas die –"

„Doktor Jennings, das ist alles nutzlos", unterbrach ihn Steve. „Wissen Sie, wie das Gebiet da aussieht?" Er wies auf die Karte. „Haben Sie schon einmal versucht, sich da durchzukämpfen? Es wäre schon schlimm genug, wenn wir uns nur hindurchquälen müßten, aber auch noch eine *Suche?*"

„Dann müssen wir eben versuchen, das etwas einzugrenzen. Das kleine Flugzeug", sagte er plötzlich. „Wir können das Gebiet damit absuchen, zwischen hier und El Misti, und –"

„Wissen Sie, was dort draußen los ist?" fragte Steve.

„Sie meinen wohl die Winde."

„Ja, Doc, die meine ich. Hier auf dem Plateau erreichen sie fünfzig bis neunzig Stundenkilometer. Dabei ist das noch gar nichts. Die Turbulenzen – von den Fallwinden ganz zu schweigen –"

„Ich habe keine Angst."

„Die sollten Sie aber haben", sagte Steve, „weil ich sie nämlich auch habe."

„Das ist trotzdem eine gute Idee", erklärte Javari erregt. „Bevor der Himmel sich zuzieht. Heute haben wir nur hochziehende Wolken. Ein glücklicher Zufall."

Steve wußte ebenfalls, daß der heutige Tag für Beobachtungen aus der Luft relativ günstig war, aber es war ihm trotzdem nicht angenehm. Diejenigen, die mitflogen, würden es bald merken. Er verließ das Zelt, um Viejo aufzusuchen und ihn dazu zu überreden, daß er ihn die Courier steuern ließ.

Rudy Wells lehnte das Angebot, den Flug mitzumachen, dankend ab. Ein Blick auf die von den Gipfeln heranströmenden Wolken und die Heftigkeit des Windes auf dem Hochplateau reichte ihm. Jennings, Javari und Carla wollten hingegen mit. Steve erhob Protest, gab es aber schließlich auf und machte sich daran, die Courier vorzubereiten.

Als er fertig war und alle an Bord gekommen waren, überzeugte er sich, daß Jennings und Javari richtig angeschnallt waren, und verlangte von Carla, daß sie sich neben ihm genauso fest angurtete.

„Nein", widersprach sie. „Ich muß Aufnahmen machen." Sie zeigte ihm eine Kamera. „Ein Polaroidfilm, damit wir die Bilder bei der Landung gleich zur Verfügung haben."

„Anschnallen oder hierbleiben", beharrte Steve.

Sie sah ihn eine Weile an, dann griff sie nach den Gurten.

Steve gab den anderen zu verstehen, daß er startbereit war. Viejo hob den Daumen. Die Turbine heulte auf. Steve beobachtete die Instrumente. Alles in Ordnung. Man löste die Seile und entfernte die Bremsklötze. Er winkte den Männern draußen noch einmal zu, löste die Bremsen und gab Gas. Die Courier holperte über das Gras und schien sich sofort erheben zu wollen, so stark wehte inzwischen der Wind. Steve zog den Knüppel an sich, und plötzlich waren sie in der Luft, und er hatte alle Mühe, die Maschine nach dem jähen Absturz des Plateaus zu halten. Sie flogen Richtung Westen; er beschloß, den Wind zu nützen und sofort nach Norden zum El Misti aufzusteigen.

Aber selbst bei dieser kurzen Entfernung vom Plateau erstarb der Westwind, der von dort kam, und der Nordwind fauchte ihnen entgegen. Die linke Tragfläche kippte vor einer heftigen Bö, und im nächsten Augenblick verlor Carla die Kamera aus ihrer Hand und wurde nach vorn gerissen, blieb aber durch die Gurte geschützt, und die Courier taumelte nach Süden.

Sie flogen, aber sie hatten noch nicht die Fahrt, die Steve brauchte, um gegen die Winde anzukommen. Er hörte ein Ächzen hinter sich, als einer der Passagiere an die Rumpfwand geworfen wurde. Steve hatte den Bug nach unten gerichtet, nicht nach oben, wie alle anderen erwarteten, und ihre Fahrt beschleunigte sich mit erschrekkender Schnelligkeit. Trotzdem genügte sie noch immer nicht. Sie sahen den Südrand des Chalhuanca-Plateaus keine fünfzehn Meter unter sich vorbeitaumeln, Bäume, Gras und Gebüsch in messerscharfer Klarheit, als sie die Plateaukante überflogen und in das ferne Tal hinabfegten. Es war die einzige Möglichkeit, und Steve ergriff sie, rang mit der Steuerung, um die Tragflächen halbwegs horizontal zu halten, bis der Fahrtmesser zu klettern begann. Vor ihnen schlängelte sich der Sicuani durch das Tal, und er orientierte sich am Fluß. Bis sie die Stelle erreichten, mußte er aus dem hinabstürzenden Luftstrom gelangen, der sie mitriß.

Die Mäander im Urwald fegten ihnen schneller entgegen, als er erwartet hatte. Es blieb ihm gerade noch Zeit, den anderen über das Brüllen des Windes und das Rattern und Klappern der Maschine hinweg zuzurufen: „Festhalten! Das wird jetzt etwas rauh!"

Er warf einen Blick auf Carla, die jetzt nicht mehr nach ihrer Kamera suchte, sondern sich zurückgelehnt hatte. Von ihrer Unterlippe rann Blut.

Er gab Vollgas und zerrte am Knüppel. Der Bug hob sich, aber sie sanken immer noch, und es blieb ihm nichts anderes übrig, als die Courier in eine Kurve zu ziehen; er wollte zwar alles andere als die Tragflächen überlasten, aber er hatte keine andere Wahl. Er spürte die Gegenwehr der Maschine, und diesmal war er besser vorbereitet, als sie plötzlich aus dem Fallwind kamen. Die Helio-Courier schoß, wie vom Katapult geschnellt, nach oben. Er wußte nicht, wieviel Belastung sie aushalten mußten – der Zeiger des Steiggeschwindigkeitsmessers schlug bis zum Skalenende aus –, aber der Druck war stark genug, um die Halswirbelsäule zusammenzupressen, und er wußte, daß seine Begleiter, vor allem die auf den Rücksitzen, viel aushalten mußten. Doch dann hatten sie es hinter sich; die Maschine wurde zwar immer noch geschüttelt, aber jetzt in erträglichem Ausmaß.

Er atmete tief ein und wandte sich Carla zu. Das Blutrinnsal machte ihm Sorgen. Wahrscheinlich hatte sie sich in die Lippe gebissen. Als er sie ansah, machte sie eine Kopfbewegung zu Jennings und ihrem Vater. Steve drehte den Kopf. Jennings hatte die Augen halb geschlossen und war aschfahl. „Geben Sie ihnen Sauerstoff", sagte Steve zu ihr. „Hinter den Vordersitzen. Masken für beide." Als sie die Masken angelegt hatte, griff er hinauf und schaltete den Zufluß ein. „Jetzt Sie", ordnete er an, „und dann eine für mich."

Kurze Zeit später fühlten sie sich alle wohler. Steve verringerte den Sauerstoffzustrom etwas und beschloß, die Masken beizubehalten.

Carla schaute nach vorn und sah El Misti hoch in die Wolken ragen. „Sie hatten uns ja gewarnt", sagte sie mit dumpfer Stimme hinter ihrer Maske. „Eigentlich müssen wir uns entschuldigen."

Sein Lächeln blieb hinter der Maske verborgen. „Tun Sie lieber etwas für Ihre Lippe", meinte er und sah ihren fragenden Blick. „Ihre Lippe", wiederholte er. „Sie müssen sich gebissen haben."

Sie tastete mit den Fingern unter der Maske herum und zog sie blutbefleckt wieder hervor. „. . . nicht gewußt", hörte er sie murmeln. Sie griff nach einem Taschentuch, betupfte den Mund und stöhnte auf, als die Maschine zur Seite gerissen wurde.

Steve schaute hinter sich und deutete nach vorn hinunter. „Da unten wird es schlimmer", sagte er. „Suchen Sie lieber Ihre Kamera."

Sie wandte sich ihrem Vater und Jennings zu, die den Apparat am Boden entdeckt hatten.

Steve flog nach Norden. Ihre Geschwindigkeit relativ zum Boden betrug höchstens achtzig Kilometer in der Stunde. Entlang den schroffen Wänden des Vulkans und der Berge zu beiden Seiten wirbelte ein gewaltiger Luftstrom hinab in das Tal, das sie überflogen. Selbst unter den mächtigen Wolken um die Gipfel konnte Steve die Ergebnisse früherer Naturereignisse erkennen. Nicht einmal die dichten Wälder konnten die aufgetürmten Erdmassen und die aufgehäuften Felsblöcke verbergen, die von vergangenen Erdbeben und Vulkanausbrüchen hochgeschoben und gekippt worden waren. Senkrechte Wände stürzten jäh von sanften Hügeln ab und berichteten von vergangenen Jahrhunderten, als das ganze Gebirge von wilden Bewegungen der Erdkruste erschüttert worden sein mußte. Die dunklen Spuren alter Lavaströme bedeckten noch immer viele Hänge.

Er mußte zwischen El Misti und dem Tempelberg südlich hindurchgelangen, aber das war leichter gesagt als getan. Es gab Augenblicke, in denen sie durch ruhige Luft flogen und dankbar genossen, für eine Weile von heftigen Stößen verschont zu werden. Jennings hatte sich schon zweimal übergeben müssen. Nach dem zweiten Mal erklärte Steve, er werde zum Plateau zurückfliegen, behielt aber nach heftigen Protesten Jennings' dann doch seinen Kurs bei. Der Wissenschaftler wies Steve zornig darauf hin, daß niemand sich beklagt habe und daß sie schon zuviel durchgemacht hätten, um jetzt aufgeben zu dürfen.

„Schon gut", lenkte Steve ein. „Ich halte die Kiste in der Luft, solange mir das noch vertretbar erscheint. Aber wenn es mir selber zu haarig wird, kehren wir um. Und dann ohne Widerspruch."

Seine einzige Chance, zwischen El Misti und den Tempelberg zu gelangen, bestand darin, möglichst tief in Richtung Talboden herunterzugehen. Ein wirrer grüner Pflanzenteppich, dicht und unergründlich, lag unter ihnen, als er die Maschine zum Urwald hinabsteuerte. Carla gab es auf, Fotos machen zu wollen, und wartete auf ruhigere Zeiten. Steve hoffte mit ihr.

Wenn er tief genug hinunterkommen konnte, bestand Aussicht, daß sie unter diese unsichtbaren, von den Berggraten herabstürzenden Luftmassen gelangen würden. Es würde dann sogar fast ein Luftpolster geben, unter dem er über die Baumwipfel hinweghuschen konnte – eine traumhafte Vorstellung im Vergleich zu diesen Luftwirbeln, von denen sie wie in einem Betonmischer umhergeworfen wurden. Und dann wurde die Luft schlagartig ruhig, wie durch ein Wunder.

„Viel Zeit wird Ihnen nicht bleiben, Carla", sagte Steve. „Strengen Sie sich an."

Sie machte sich mit der Kamera an die Arbeit, während das Flugzeug über den Urwald dahinrauschte. Steve erreichte den tiefen Schlund zwischen Tempelberg und Vulkan und zog die Maschine nach Süden, als Dr. Javari sich vorbeugte und zu seiner Tochter etwas auf spanisch sagte. Steve verstand nur Bruchstücke, sah aber, daß Carlas Blick zwischen ihm und ihrem Vater hin- und herging.

„Sie möchten bitte den Weg noch einmal zurückfliegen", sagte sie. „Geht das?"

„Wozu denn?"

Sie tippte auf die Kamera. „Ich würde gerne auf meiner Seite fotografieren, Steve – eben habe ich an Ihnen vorbei Aufnahmen machen müssen. Am Tempelberg ist etwas, das mein Vater später genau studieren möchte."

Steve zog die Maschine hoch und wendete so eng wie möglich. Er achtete nicht mehr auf die anderen, sondern konzentrierte sich nur noch auf das Fliegen, während Carla sich an ihr Seitenfenster lehnte und unter Anweisung ihres Vaters Aufnahmen machte. Dann hatten sie die Schlucht hinter sich, und die Stürme griffen wieder nach ihnen.

„Jetzt die Südflanke", hörte Steve Carla sagen. Sie flogen nach Osten, bis die abgestufte Südwand des Tempelbergs rechts von ihnen lag. Er flog einen weiten Bogen und ließ sich vom Wind mittragen, bis er wieder nach Westen flog, diesmal aber den Tempelberg links von Carla und sich. Die Kamera klickte immer wieder. Javari hatte das Gesicht an die Fensterscheibe gepreßt und wechselte mit Jennings erregte Blicke.

„Wunderbar!" schrie Jennings Javari ins Ohr und schlug ihm auf die Schulter, bis ihn die plötzlich hochschießende Maschine wieder in seinen Sitz drückte. Carla sah ihn strahlend an. Steve wußte nicht, was vorging, aber er merkte, daß er drei glückliche Menschen bei sich hatte. Nach der Landung würde er früh genug erfahren, worum es ging, aber sie verloren ihre Begeisterung schnell, als sie den schützenden Tempelberg hinter sich ließen und wieder von den tobenden Winden erfaßt wurden.

Es war eher noch schlimmer als beim ersten Mal, und er wußte, daß er seine ganze Geschicklichkeit brauchen würde, um sie sicher auf den Boden zurückzubringen. Es war schon in der Luft gefährlich genug, aber eine Landung, ohne Maschine und Insassen über das ganze Plateau zu verstreuen, war noch eine ganz andere Sache. Er wollte den anderen seine Besorgnis nicht zeigen, aber sie schienen verstanden zu haben – er sah, daß Carla sich nach hinten drehte, um die Gurte der beiden Männer zu überprüfen, dann schnallte auch sie sich fester an.

Er kam in einer weiten, flachen Kurve zum Plateau zurück und ließ sich vom Wind dabei helfen. Einen kleinen Vorteil hatten sie immer noch. So weit von der Bergkette entfernt, traf sie der Wind nur zehn bis zwanzig Grad schräg von vorn. Damit konnte er zurechtkommen. Er mußte es schnell und riskant angehen, keine Zeit für einen schulmäßigen Anflug . . . Technik wie bei einem Flugzeugträger. Tief hinunter, auf den Boden knallen, Knüppel zurückreißen und mit Schub am Boden festhalten, bis die auf sie wartenden Männer heranstürmen und die Maschine festhalten konnten.

Er konnte nicht normal anfliegen. Es erwies sich als ausgeschlossen. Er zog die Maschine vorsichtig herum, betätigte die Klappen, versuchte sie auf der brandungsartigen Luft reiten zu lassen, aber ein Fallwind zog sie hinunter, und er mußte wieder hinauf, um das Flugzeug in der Gewalt zu behalten.

Sie kämpften sich Meter um Meter an ihr Ziel heran. Die senkrecht abfallende Wand des Plateaus ragte vor ihnen auf, verschwamm vor ihren Blicken, als sie mit der Maschine hin und her geworfen wurden. Dann erfaßte eine Bö die Maschine und riß sie herum. Er bekam sie im letzten Augenblick erst wieder in den Griff, und sie sahen den winzigen Landestreifen vor sich. Die Männer unten starrten hinauf, als die winzige Maschine vom Himmel herabtaumelte.

Das Gras fegte ihm entgegen. Er mühte sich fast um jeden Zentimeter und riß eine Tragfläche hoch, als der Wind sie nach unten drückte. Sie setzten beinahe auf, sprangen hoch, er drückte das Flugzeug hinunter, er *mußte* sich festlegen. Die Maschine flog noch, aber sie sank rasch, und er spürte, wie das Heckrad das Gras streifte. Jetzt. Knüppel vor, Fahrgestell runter, schnell zurück . . ., festhalten, den Knüppel im Bauch, viel Schub. Sonst gar nichts tun, einfach festhalten. Die Tragflächen bebten und wollten sich wieder in die Luft erheben. Er spürte den plötzlichen Anprall, als zwei Männer sich über den Rumpf am Heckleitwerk warfen, um ihn mit ihrem Gewicht festzuhalten, und er sah Wayne an der linken Tragfläche ein Seil durch die Öse ziehen, ebenso Mueller auf der anderen Seite. Die Männer hängten sich an die Seile, Wells jetzt bei Mueller, Viejo bei Wayne, und sie zerrten das Flugzeug zurück zum Abstellplatz, wo es festgezurrt wurde. Erst dann konnte er den Motor abstellen.

Sie saßen in der Maschine und starrten vor sich hin. Dann hörte Steve Dr. Javari leise auf spanisch beten. Die Männer draußen öffneten die Türen und halfen ihnen heraus. Carla preßte ihre Kamera mit den wertvollen Aufnahmen an sich. Sie wurden zur C-47 geführt und stiegen in die Kabine.

Viejo blieb in der Courier, um alles zu verstauen und die Knüppel mit den Gurten zu verbinden. Als er herauskam, blieb er vor Steve stehen und sah ihn merkwürdig an.

„Ich muß später mit Ihnen reden." Sonst kein Wort. Keine Frage über den Flug oder das, was sie gefunden haben mochten. Nur diesen einen Satz.

Steve wandte sich der Courier-Kabine zu und schaute hinein. Dann begriff er. Der Hebel an der linken Kabinenwand, neben dem Ruderquadranten. Der Hebelgriff, eine Stahlkugel, leicht zu ergreifen, während die Rechte den Knüppel hielt. Aber dort, wo Steve den Hebel umfaßt hatte, sah man nur zerquetschtes Metall. Er hob die linke Hand, betrachtete die Handfläche und sah zum erstenmal die kleinen Metallsplitter in der Plastikhaut.

Er hatte überhaupt nichts gespürt.

Bei einem solchen Maß von Angst waren sogar die Bioniksensoren ausgefallen.

Was sagte man dazu? In gewisser Weise war es angenehm, Angst zu haben. Wenigstens ein weiterer Beweis dafür, daß er mehr war als nur eine Maschine.

14

„ABER ein Irrtum ist ausgeschlossen, sage ich Ihnen. Wir sind alles durchgegangen, haben es von allen Seiten geprüft. Das ist fast mit Gewißheit der Schlüssel, nach dem man – weiß der Himmel wie viele Jahre – gesucht hat!" Dr. Jennings sog Luft in sich hinein und zwang sich, soviel Ruhe aufzubringen, wie Rudy Wells für nötig hielt, aber seine Augen funkelten, und sein ganzes Gesicht war angespannt, als er Steve Austin und Colonel Viejo seinen Vortrag hielt. Neben ihm im großen Zelt saßen Carla und Dr. Javari. Wayne und Mueller hörten ihm zu.

„Selbst als es nur eine vage Ahnung war, haben wir uns schon auf der richtigen Spur befunden, ohne es zu wissen", fuhr er fort und tippte auf die Karte. „Dann haben wir uns die Himmelsrichtung der Straßenkreuzung angesehen und die Winkelrichtung des Tempelbergs –" Er sah Wells an und wartete auf eine Rüge, aber Rudy schwieg.

Carla beugte sich vor. „Wovon Doktor Jennings und mein Vater Sie überzeugen wollen, ist, daß wir alle den Tempelberg für unser Ziel halten", erklärte sie. „Sehen Sie" – sie breitete die Aufnahmen vor ihnen aus –, „Doktor Jennings hat von Anfang an vermutet, daß die Cayas ihre Straßenbauten nach den Himmelsrichtungen ausführten.

Wenn die Straßenkreuzung ein Indiz für die Richtigkeit dieser Annahme ist, ist seine Vermutung durchaus begründet. Beziehen wir Magnetfeldveränderungen mit ein, die durch Vulkantätigkeit hier eingetreten sein können –"

Ihr Vater nickte bei jedem Punkt, den sie darlegte, und begnügte sich damit, sie als Sprecherin fungieren zu lassen.

„Verstehen Sie?" sagte sie schließlich zu Viejo. „Wir müssen zum Tempelberg. So schnell wie möglich. Alles, was wir gesehen, was wir untersucht und geprüft haben, deutet auf den Tempelberg hin. Das ist unser Ziel."

Das Toben des Windes drang ins Zelt. Sie trugen dicke Kleidung und wußten die Wärme der beiden Propangasflaschen zu schätzen. Seitenwände und Dach des Zeltes wölbten sich und zitterten. Es war, als seien sie vom Rest der Welt abgeschnitten.

Colonel Viejo kannte die Gefährlichkeit der Gegend und wußte, wie viele Menschen von hier nicht mehr zurückgekehrt waren.

„Sie wollen also zum Tempelberg", sagte er.

„Wollen? Wir *müssen*", betonte Carla. „Alles deutet auf ihn hin."

„Und wie stellen Sie sich das vor?"

„Wir müssen es genauso machen wie hier", meinte Dr. Jennings. „Steve hat das Plateau angeflogen, ist mit dem Fallschirm abgesprungen –"

Steve schüttelte den Kopf. „Sie vergessen den Wind, Doktor Jennings. Jeder, der bei diesem Wind abspringen würde, hätte keine Chance, lebendig den Boden zu erreichen. Nicht bei dem Fels da draußen."

„Außerdem gibt es nicht genug Platz für eine Landebahn", fügte Wayne hinzu. „Vielleicht für die Courier, aber da müßte man auch erst eine Weile arbeiten. Eine Woche etwa."

„Vielleicht bessert sich das Wetter bald", warf Dr. Javari ein.

„Verlassen Sie sich nicht darauf, Doktor", meinte Viejo. „Der September steht vor der Tür, und Sie wissen, was da passiert: Die Wolken sind fast immer da, der Wind hört nie auf. In den kommenden Monaten wird es noch schlimmer. Flugzeug und Fallschirm scheiden daher aus."

„Dann gibt es nur eine Möglichkeit", sagte Carla. „Wir müssen zu Fuß gehen."

Rudy Wells stöhnte. „Ich habe schon befürchtet, daß jemand auf diese Idee kommt." Er sah Carla kopfschüttelnd an. „Zu Fuß gehen?"

„Miß Javari", sagte Viejo, „wissen Sie, wie es im Urwald da unten aussieht?"

„Natürlich weiß ich das. Ich kenne mein Land so gut wie –"

„Aber diese Gegend kennen Sie nicht", unterbrach sie Viejo. „Wenn Sie nicht selbst schon dort gewesen sind, kennen Sie sie nicht. Es gibt nichts Vergleichbares."

„Colonel, wir sind hergekommen, um etwas zu suchen", erklärte Steve. „Doktor Jennings sagt uns, auf dem Tempelberg könnten wir es finden. Wir werden gehen."

„Sie halten uns doch nicht auf, oder?" fragte Carla.

Viejo starrte vor sich hin.

Dr. Javari beugte sich vor und sprach spanisch mit dem Colonel, aber Viejo antwortete auf englisch. „Ich habe versucht, den Flughafen Ayabaca zu erreichen. Von der C-47 aus, mit dem Funkgerät. Ich wollte Verstärkung von meiner Dienststelle anfordern." Er schüttelte den Kopf. „Nichts zu machen. Außerdem brauchen sie Tage oder eine ganze Woche, bis sie hier sind. Bei dem Wetter über dem Gebirge –"

„Sie haben mir noch nicht geantwortet, Colonel", sagte Carla ruhig.

„Warum gerade dieser Berg?" fragte der Colonel. „Woher wissen Sie, daß er es ist?"

„Colonel, ich muß mich bei Ihnen entschuldigen", antwortete Javari in einem Tonfall, der sie alle überraschte. „Wir sind dumm gewesen. Natürlich, woher sollten Sie Bescheid wissen?"

Carla ergriff wieder das Wort. „Der Tempelberg hat seinen Namen von seiner merkwürdigen Form", erklärte sie. „Die steilen, überhängenden Wände scheinen den Gedanken nahezulegen, daß die Natur selbst aus Fels einen Tempel gebildet hat. Wir hatten das die ganze Zeit vor Augen, Colonel Viejo. Wir glauben, daß es sich wirklich um einen Tempel handelt, nicht nur um einen scheinbaren. Der oberste Abschnitt des Berges, zwei- bis zweihundertfünfzig Meter, ist der Tempel, den wir gesucht haben."

„Sie meinen, der Tempel steht auf dem Berg?"

„Nein, wir glauben, daß der Gipfel nichts mit dem eigentlichen Berg zu tun hat. Wir glauben, der Gipfel ist von . . . den Cayas erbaut worden. Sie werden sicher verstehen, daß mein Vater und ich geradezu magnetisch von dem Bau angezogen werden, den unsere Vorfahren errichtet haben."

Sie würden einen ganzen Tag brauchen, um vom Hochplateau hinunterzusteigen. Einen ganzen Tag Abstieg, mühsam, anstrengend, in immer dichter werdendes Dickicht.

Sie verließen das Plateau beim ersten Tageslicht. Die Temperatur stieg mit jeder Stunde. Die Sonne brach ab und zu durch, während zerrissene Wolken über ihnen dahinfegten, und allmählich nahm die Hitze zu, je weiter sie hinabstiegen.

Sie hatten erwartet, ziemlich schnell voranzukommen. Sie waren bei Kräften, und der Luftdruck stieg mit der abnehmenden Höhe, aber der Boden war gefährlich. Lavagestein unter tropischen Gewächsen zerfiel leicht. Sie schürften sich überall die Haut auf und hatten alle Mühe, sich die Knöchel nicht zu verrenken. Als die Temperatur stieg, zogen sie immer mehr Kleidungsstücke aus und hätten sie am liebsten weggeworfen, aber sie wußten, daß sie sie beim Aufstieg am Tempelberg wieder brauchen würden.

Der starke Regen der vergangenen Tage hatte den Boden zum großen Teil sumpfig gemacht, so daß es einige Mühe kostete, Schritt vor Schritt zu setzen. Hinzu kam, daß sie sich meist mit den Macheten einen Weg bahnen mußten.

Steve, Viejo und Mueller wechselten sich an der Spitze ab und versuchten, Jennings und Javari den Weg zu erleichtern, indem sie Trittstellen schufen, denen sich die beiden anvertrauen konnten. Das Problem verschlimmerte sich aber dadurch noch, weil das Gewicht von zwei Personen an ein und derselben Stelle ein tieferes Einsinken in den Sumpf zur Folge hatte. Es ging entnervend langsam voran, und der Tempelberg, jetzt nordöstlich von ihnen, schien weiter denn je entfernt zu sein.

Viejo legte alle neunzig Minuten eine Pause ein, nicht so sehr für sich als für die anderen, die von ihrer inneren Erregung noch immer so heftig angetrieben wurden, daß sie sich nicht zu einem gleichmäßigen Tempo bereit finden wollten. Er achtete auf Anzeichen von Schwäche und Überanstrengung, und je mehr Zeit verging, desto mehr fiel ihm Steve Austin auf. Nachdem er gesehen hatte, wie dieser Ranken, Lianen und Zweige mit der Machete zerteilt hatte, die eigene Kraft zu besitzen schien, dachte er an die Courier und den zerquetschten Hebelgriff. Er sagte nichts, stellte aber fest, daß sie am schnellsten vorankamen, wenn Steve die Spitze übernahm.

Und dann war es Zeit, für den ersten Tag Schluß zu machen. Nur: Wo sollten sie übernachten? Der Boden war noch feucht, aber die

Bäume streckten ihre Wurzeln, die mit weichem orangerotem Moos bewachsen waren, aus dem Schlamm. Wenn sie sich daran festschnallten, würden sie die Nacht ungefährdet verbringen können. Nachdem sie sich aus Dosen verpflegt hatten, vergewisserte sich Viejo, daß alle sicher untergebracht waren. Er entfernte sich zwanzig Meter weit und hängte eine kleine, aber starke Lampe an einem Ast auf, ging noch einmal dreißig Meter weiter und brachte eine zweite an. Die anderen wunderten sich zunächst, aber nicht lange: Als die Nacht hereinbrach, wurden die Lampen von zahllosen Insekten aller möglichen Größen und Formen umschwirrt – Insekten, die sich sonst auf sie gestürzt hätten.

„Moskitonetze anbringen!" befahl Viejo.

Wayne deutete auf die Lampen. „Die brauchen wir doch wohl kaum, wenn die Lampen da sind."

„Und die *Manta blanca?*" fragte Rudy. „Ganz zu schweigen von den Dingern, die auf einem herumkriechen."

„Was sind Manta blanca?"

„Das werden Sie gleich sehen. Übersetzt heißt es ‚Weiße Decke'."

„Decke?"

Er bekam sie bald zu sehen und wickelte sich schleunigst in sein Moskitonetz, denn jetzt erschien die Manta blanca – eine weiße Decke aus kleinen, aggressiven Mücken. Es waren so viele, daß sie wie ein Nebel in der Luft lagen, und die Körperausdünstungen erschienen ihnen offenbar viel interessanter als das Licht.

Es war eine scheußliche Nacht.

Der Morgen brachte nicht viel Besserung. Als sie aufwachten, waren ihre Netze und Schlafsäcke – und auch sie selbst – mit Hunderten kleiner grüner, goldgestreifter Baumfrösche bedeckt. Sie waren überall, starrten sie unverfroren an, hüpften auf ihrer Ausrüstung umher und ließen sich von Geräuschen und Bewegungen kaum stören. Trotz dieser unwillkommenen Gäste bestand Viejo auf einem vollständigen Frühstück aus der Feldverpflegung, bevor sie ihr Lager abbrachen.

Zu ihrer Erleichterung brachten sie am frühen Nachmittag den Dschungel hinter sich. Sie waren viele hundert Meter tiefer als auf dem Chalhuanca-Plateau, aber immer noch über zweitausendvierhundert Meter über dem Meer, und die unaufhörliche Anstrengung hatte sie ausgelaugt. Mit kaum zu beschreibender Erleichterung sahen sie mehrere Kilometer relativ freien Geländes vor sich. Trotzdem handelte es sich auch hier um Urwald oder grasbewachsenes Gebiet in großer Höhe. Sie waren kaum hundert Meter weit vorgedrungen, als sie entdeckten, daß das hier wachsende hohe Gras gezackt und messerscharf war. Blutige Schnitt- und Rißwunden brachten sie zum Stillstand. Die Männer hackten eine ausreichend große Fläche frei, und sie ruhten sich aus, während sie über die neuen Schwierigkeiten gemeinsam nachdachten.

Die Arbeit mit den Macheten erschöpfte selbst die Kräftigsten: Die gummiartigen Grashalme stumpften die Metallklingen ab, und so strengten die hohen Grasfelder sie auf die Dauer noch mehr an als der dichte Urwald. Dazu kam die Insektenplage, die beinahe unerträglich geworden war. So kauerten sie in ihrem Elend beieinander, und Steve wußte, daß das hohe, scharfe Gras und die Insekten das schaffen konnten, was dem Urwald nicht gelungen war – ihnen endgültig die Hoffnung zu nehmen, weitermarschieren zu können. Er wickelte sich in sein Moskitonetz, schliff seine Machete und beschloß, das Risiko einzugehen. Viejo vermutete ohnehin schon etwas, wie vielleicht auch einige der anderen. Also ließ er es darauf ankommen.

Er trat vor, die Machete in der Bionikfaust. Er hielt sich jetzt nicht mehr zurück, maß die Schwünge mit dem Arm nicht mehr so ab, daß sie normal wirkten, wechselte nicht mehr auf den rechten, natürlichen Arm über. Der Bionikarm wurde das, wozu er geschaffen war – ein Instrument von unerhörter Kraft und Ausdauer. Die Machete fegte, kaum sichtbar zu verfolgen, von links nach rechts, und das Gras fiel in großen Schwaden zu Boden. Die anderen – alle außer Rudy Wells, der jetzt begriff, warum Goldberg Austin hierhergeschickt hatte – starrten ungläubig in den Wirbel von geschnittenem Gras.

Dr. Javari schüttelte fassungslos den Kopf und sah Rudy an. „Doktor Wells –?"

„Ich möchte Sie alle um eine Gefälligkeit bitten", sagte Rudy. „Stellen Sie mir keine Fragen. Und was auch geschieht, bitte, fragen Sie auch *ihn* nicht."

Sie starrten Steve nach, der sich schon zweihundert Meter von ihnen entfernt hatte und scheinbar unaufhaltsam vorwärts schritt. Niemand sagte etwas. Sie sammelten ihre Sachen ein, ignorierten die Insektenschwärme und folgten Steve in einer weit auseinandergezogenen Reihe. Wells übernahm die Nachhut. Sie marschierten eine

Stunde lang, während Steve einen Weg durch das Gras bahnte, das ihre Hoffnungen beinahe zunichte gemacht hätte. Eine Weile blieb Carla hinter Steve und beobachtete ihn. Zunächst glaubte sie, diese Arbeit koste ihn keine Anstrengung, aber dann sah sie den Schweiß an seinem Körper und Gesicht. Sie schaute genauer hin, und ihr Atem stockte, als sie die roten Spuren an Gesicht und Hals erblickte. Das von der Machete zerschnittene Gras war rasiermesserscharf, und die umgemähten Halme streiften ihn immer wieder. Wenigstens blutet er, dachte Carla, während sie ihm nachsah. Sie blieb stehen, bis Rudy sie erreicht hatte. Sie ging einige Zeit stumm neben ihm her, sah ihn immer wieder an und setzte schließlich an zu reden. „Doktor Wells –"

Er konnte sie verstehen; aber er mußte sie trotzdem bitten einzusehen, daß er ihr jetzt keine Antwort geben durfte.

15

Am vierten Tag glaubten sie, Aaron Mueller müsse sterben.

Sie waren noch einen oder zwei Tagesmärsche vom Tempelberg entfernt. Die Verpflegung ging langsam zu Ende, und Viejo machte sich Sorgen. Zwei Tage hintereinander waren ihnen immer wieder kleine Rehe entwischt, bis Viejo endlich eines der Tiere hatte aufscheuchen können. Rudy Wells feuerte zwei schnelle Schüsse ab, einen in den Hals, einen in den Kopf. Frisches, am Feuer gebratenes Fleisch besserte die Stimmung, und Viejo gestattete eine längere Mittagspause als üblich. Sie beendeten die Mahlzeit gerade noch rechtzeitig; bald darauf, am Spätnachmittag, verdunkelte sich der Himmel, die Temperatur sank rasch, und ein heftiges Gewitter brach los. Der Regen rauschte stundenlang herunter, durchnäßte sie in ihrem provisorischen Lager und verwandelte den Boden in eine Schlammwüste. Dann kam der Hagel. Hagelkörner von Murmelgröße zunächst, dann immer größere, bis sie sich verzweifelt unter ihre Rucksäcke und die Ausrüstung schoben, um nicht erschlagen zu werden. Als sie Schutz suchten, war es das erste Mal, daß Carla Javari sich mit Steve allein sah. Es blieb keine Zeit, nach ihrem Vater zu sehen. Steve baute einen Schutzwall aus ihrer Ausrüstung, und sie preßten sich aneinander, während der Sturm sie umtobte und die Eisschrapnells die Welt zu zersprengen drohten. Sie schlief vor

Erschöpfung ein, als der Hagelsturm endlich vorüberzog. Den Rest der Nacht rührten sie sich nicht mehr.

Am Morgen war ihr Ziel eine Reihe von Simsen am Fuß des direkt zum Tempelberg hinaufführenden Steilhangs. Von dieser Stelle an würde man nur noch langsam vorankommen, auch wenn der Anblick des Ziels die Stimmung wieder aufleben ließ.

Steve sah sich die Leute an. Wohl keiner hätte überleben können, wenn die Entfernung größer gewesen wäre. Die ganze Kleidung, auch seine, war zerfetzt und an vielen Stellen durch Abnutzung, Feuchtigkeit und Temperatur schon verrottet. Die Stiefel bestanden nur noch aus Fetzen, zusammengehalten von Klebeband und Schnur. Die Männer hatten sich nicht mehr rasiert – mit Ausnahme Viejos. Fast alle hatten Hautausschlag oder wunde Stellen, und nur Dr. Wells' Bemühungen verhinderten Schlimmeres. Steve versprach sich Verbesserungen von der größeren Höhe auf dem Berg. Sie waren mit Insektenstichen übersät, und die kühlere Temperatur würde hier Erleichterung bringen und auch verhindern, daß die Plagegeister sie weiter verfolgten.

Die Simse waren also trotz der Anstrengung, die ihre Besteigung erforderte, willkommen; außerdem zeigten sie das nahe Ende ihres mühsamen Marsches an. Aaron Mueller stieg voran. Er war noch immer einer der kräftigsten in der Gruppe. Er hatte sich auf den ersten Sims hinaufgearbeitet, befestigte ein Seil und warf es zu den anderen hinunter. Ein zweiter folgte ihm und hievte mit Mueller gemeinsam die Vorräte und schweren Gepäckstücke hinauf, damit die übrigen unbehindert klettern konnten.

Mueller erreichte eine Stufe hundert Meter über ihnen, ziemlich steil im Anstieg, aber für die anderen mit Hilfe des Seils einigermaßen leicht zu bewältigen. Rudy Wells wollte Mueller eben nachsteigen, als sie ein Geräusch hörten, bei dem sie erstarrten – ein schrilles, wütendes Surren, wie sie es noch nie gehört hatten. Es dauerte nur wenige Augenblicke, bis sie erkannten, woher das Geräusch kam. Viejo legte die Hände an den Mund, um eine Warnung hinaufzurufen, als Muellers Schrei durch die Luft gellte. Sie starrten entsetzt hinauf und sahen, wie er am Rande des Simses stand und mit beiden Armen um sich schlug.

„Steve!" Viejo warf ihm eine Rauchgranate zu. „Schnell hinauf damit!"

Steve ließ seinen Rucksack fallen und schob die Granate in sein

Hemd. Er raste den Steilhang hinauf, und unter den weit ausholenden Schritten seiner Bionikbeine spritzten Steine und Erde auf. Dann faßte er das Seil, rannte daran entlang und zog sich die steile Felswand hinauf. Er blieb am Rand des Simses nur einen Sekundenbruchteil stehen, dann sahen sie von unten, wie orangeroter Rauch emporquoll, und Steve verschwand dahinter an der Stelle, wo Mueller zu Boden gestürzt sein mußte.

„Doktor Wells, schnell!" rief Viejo. „Nehmen Sie Ihre Arzttasche mit, sonst nichts. So schnell wie möglich hinauf mit Ihnen!"

Rudy hatte den Rucksack abgelegt, schnallte die Tasche an seinem Körper fest und begann wie ein Rasender hinaufzuklettern.

Steve beugte sich über den Simsrand. „Doc, halten Sie sich am Seil fest!"

Rudy rang nach Atem, ergriff das Seil mit beiden Händen, klammerte sich dann auch mit den Beinen daran fest und spürte, wie er von der Felswand weggerissen wurde. Er schwang wild durch die Luft und wurde von Steve hinaufgezogen wie ein Fisch an der Angel. Dann hatte er wieder Boden unter den Füßen.

„Mein Gott, was um alles in der –"

Steve hielt ihm die Hand hin – die linke, wie Rudy sogleich registrierte. In der Handfläche lag eine kleine Wespe, deren Hinterkörper von leuchtendem Grün war.

„Es müssen an die fünfzig gewesen sein", sagte Steve. „Er leidet an wahnsinnigen Schmerzen."

Rudy kniete neben Mueller nieder, der sich in Qualen wand. Die Wespenstiche riefen keine Schwellungen hervor, wie Wells erwartet hatte. An den Stichstellen war die Haut weiß, und in der Mitte sah man jeweils einen winzigen roten Punkt.

„Aaron, können Sie mich hören?" fragte Rudy. Keine Antwort. Rudy kramte in seiner Tasche und fand, was er brauchte. Wenn er Mueller retten wollte, mußte er ihm mehrere Spritzen geben. Mueller schlug um sich wie ein Ertrinkender.

„Halten Sie ihn fest", ordnete Rudy an, als er die erste Kanüle in der Herzgegend in die Brust stieß. Mueller schrie wieder auf, aber nicht wegen der Spritze. „Er macht noch mehr durch, als Sie sich vorstellen können", erklärte Rudy, als er ihm die zweite Spritze in den Arm gab. „Er hat das Gefühl, er verbrenne, und was seine Nerven angeht, stimmt das auch. Er verbrennt bei lebendigem Leib, und – verdammt, halten Sie fester, Steve."

„Er verhält sich, als wäre er blind, Doc."

„Das ist er im Moment auch." Steve starrte Rudy an. „Wenn er das übersteht, wird er wieder sehen können. Wenn nicht –"

Mueller bäumte sich auf. Steve griff fester zu, und Mueller sank bewußtlos zurück.

„Steve, ich bin außer Atem. Schnell – Mund-zu-Nase-Beatmung."

Steve beugte sich sofort über Mueller und legte den Mund auf die Nase des Bewußtlosen. Dann drückte Rudy mit seinem ganzen Gewicht auf Muellers Brustkorb und versuchte, regelmäßigen Druck auf das Herz auszuüben. So arbeiteten sie abwechselnd eine Minute lang, dann beugte Wells sich vor und tastete an Muellers Halsschlagader nach dem Puls. Er tippte Steve auf die Schulter und sank erschöpft zurück.

„Das Herz schlägt", keuchte er. „Er atmet wieder."

Steve ließ sich an einen Felsblock sinken. „Sonst ist nichts zu machen?"

Rudy schüttelte den Kopf und zwang sich, in langen, tiefen Zügen zu atmen. Er war weiß im Gesicht, aber Steve sah die Farbe langsam zurückkehren. Rudy blieb einige Minuten stumm, nur darauf bedacht, wieder zu Atem zu kommen.

„Sagen Sie denen da unten lieber Bescheid, daß Mueller es wahrscheinlich schaffen wird", sagte er dann mühsam.

Steve rief hinunter und warf das verknotete Seil über den Rand des Simses. Viejo kam herauf. Er sah sich Mueller kurz an und wandte sich Steve zu, der ihm die tote Wespe zeigte.

„Furchtbar, auf diese Weise einen Menschen zu verlieren . . ."

„Was soll das heißen?"

„Einen Überfall von einem Schwarm dieser Wespen kann niemand überleben", behauptete Viejo. „Ich habe an seinem Gesicht und Hals gesehen, wo er gestochen wurde. Das Gift bringt das Herz zum Stillstand, lähmt die Atmung und die Muskeln."

„Diesmal glaube ich nicht daran", meinte Rudy. „Er wird durchkommen."

Viejo sah von einem zum anderen. „Das hat es noch nie gegeben. Es tut mir leid –"

„Na, dann sehen Sie hin."

Viejo traute seinen Augen nicht – Mueller bewegte sich. Steve half ihm, sich aufzusetzen. Mueller blinzelte und versuchte etwas zu erkennen. Viejo hastete auf ihn zu und starrte ihm ins Gesicht.

„Ausgeschlossen . . ., aber ich sehe ja, daß er lebt!" Er sah Rudy Wells an. „Wie haben Sie das gemacht?"

Rudy deutete auf seine Tasche. „Etwas Neues", sagte er ruhig. „Wir haben das als Mittel gegen Nervengas entwickelt. Es enthält Atropin. An einem Menschen ist es bislang noch nicht ausprobiert worden, aber bei Versuchstieren hat es gewirkt." Er warf einen Blick auf Mueller, der wieder ganz bei sich war und zuhörte. „Ich habe es nur wegen gewisser Aale in Ihren Flüssen mitgenommen, deren Schlag Lähmungserscheinungen auslöst. Dieses Mittel ist das einzig wirksame gegen solche Schläge . . ., ein Glück für unseren Freund hier, daß es auch bei Wespenstichen wirksam ist."

Viejo hatte den Blick wieder auf Mueller gerichtet, der langsam aufstand und kaum an seine Rettung glauben zu können schien. Viejo drückte ihm die Hand.

„Erzählen Sie mal, wie man sich vorkommt, wenn man von den Toten aufersteht", sagte er nur.

Der weitere Aufstieg war eine langsame, strapaziöse Angelegenheit. Während sie auf dem westlichen Abbruch höher hinaufstiegen, dessen breiter Sockel schließlich zu den steil aufsteigenden Flanken des monolithischen Tempelbergs hinaufführte, wurde die Luft mit der Zeit immer dünner. Damit hatten sie natürlich rechnen müssen, aber ihre Erschöpfung nahm Ausmaße an, die keiner für möglich gehalten hatte. Die Muskeln schienen ihnen den Dienst zu verweigern. Der Mangel an Sauerstoff wirkte sich sogar auf das Denkvermögen aus. Immer wieder mußte der eine oder andere stehenbleiben, wenn Punkte vor seinen Augen zu tanzen begannen und sich alles zu drehen anfing. Sie waren einem Zusammenbruch gefährlich nahe, aber niemand sprach vom Umkehren. Wer hätte das jetzt gekonnt, wo das Ziel so sichtbar vor ihnen in den Himmel ragte? Abgesehen davon fehlte ihnen die Kraft für eine Diskussion.

Auf einem hohen Sims, umgeben von Gras und Moos und durch große Felsblöcke vor dem Wind geschützt, ließ Rudy Wells für diesen Tag haltmachen. Die anderen brauchten kein gutes Zureden, um sich ausgelaugt auf den Boden sinken zu lassen. Mit etwas Ruhe und Rudys großen Vitamingaben konnten sie sich wenigstens zum Teil erholen.

Rudy ging zu Steve hinüber. „Wir müssen hier ein Lager aufschlagen", sagte er. „Die Leute müssen erst wieder zu Kräften kommen, und zwar alle. Viejo ist die Höhe gewöhnt, aber sogar er reagiert kaum noch."

„Was Viejo braucht, ist Verantwortung", erwiderte Steve. „Er führt diese Gruppe nicht, Rudy. Bei einem so lose zusammengewürfelten Haufen kann er nicht sein Bestes leisten. Er weiß, daß ihn die Leute brauchen, fürchtet aber, zu weit zu gehen. Ich könnte es vermutlich auch, aber Viejo sollte der maßgebende Mann sein."

Rudy sah zu dem peruanischen Offizier hinüber, der abseits saß und vor sich hinstarrte. „Was soll ich machen?" fragte er.

„Gehen Sie zu ihm, und bitten Sie ihn um Hilfe. Übergeben Sie ihm das Kommando. Auch Sie unterstellen sich ihm, Doc."

„Und Sie?"

„Lassen Sie nur. Versuchen Sie es."

Wells drehte sich um und ging langsam auf Viejo zu. Steve sah, wie sie miteinander sprachen. Viejo zuckte die Achseln, und sogar aus dieser Entfernung war zu erkennen, daß Wells die Geduld verlor. Viejo stand auf und starrte ihm ins Gesicht. Sie fuhren einander an, dann wandte sich Viejo ab – aber nicht, um Wells' Blick auszuweichen, sondern, um ins Urwaldtal tief unter ihnen hinunterzuschauen. Er sagte wieder etwas zu Rudy und deutete hinunter. Augenblicke später hatte er das Fernglas an den Augen und starrte hindurch. Er ließ das Glas langsam sinken und gab es Wells. Als der Arzt zu finden versuchte, was Viejo gesehen hatte, ging der Colonel zu den anderen Mitgliedern der Expedition, die schlaff herumlagen.

Steve war zufrieden. Viejo wirkte wie ausgewechselt; er zeigte jetzt die Autorität, die die anderen brauchten. Phil Wayne reagierte auf Viejos Anweisungen mit Flüchen. Völlig erschöpft und wütend suchte er sich ihm zu widersetzen.

Steve stand auf, den Rucksack auf einer Schulter, und ging langsam an Viejo und Wayne vorbei. Auf der windgeschützten Seite eines großen Felsblocks baute er ein kleines Zelt auf. Viejo sah ihm genau zu, und der Peruaner war aufgeweckt genug, um zu begreifen, daß der Amerikaner mit gutem Beispiel vorangehen wollte. Wenn Steve Austin ganz offensichtlich Befehle von Colonel Viejo entgegennahm – obwohl nur Steve und Viejo wußten, daß kein Wort zwischen ihnen gefallen war – dann konnte ein anderer wohl kaum Einspruch erheben.

Das Lager nahm Gestalt an. Windschutzplanen und Zelte wurden aufgebaut. Carla half ihrem Vater und Dr. Jennings, dann zog sie sich in ihr kleines Zelt zurück. Die Männer holten die Rasierapparate heraus. Unter dem ständigen Zureden von Colonel Viejo wurde die kleine Gruppe langsam lebendig.

„Steve?" Wells kroch in das Zelt und setzte sich auf den Boden. „Gute Idee. Es klappt."

Steve nickte. „Es kommt nur darauf an, das in Gang zu halten."

„Das wird nicht schwer sein. Haben Sie Viejo mit dem Fernglas ins Tal schauen sehen? Er hat gefunden, was er suchte. Wir bekommen Gesellschaft."

Steve setzte sich auf den Boden. „Früher, als ich dachte. Wie weit sind sie entfernt?"

„Der Colonel sagt, bei dem Tempo dauert es ein bis zwei Tage. Wenn sie sich wirklich anstrengen, achtzehn Stunden."

„Vor morgen früh können sie nicht hier sein, und bei Tag zeigen sie sich bestimmt nicht, also frühestens morgen abend. Das läßt uns wenigstens Zeit, ein kleines Empfangskomitee auf die Beine zu stellen."

INZWISCHEN wußten alle Bescheid über die Annäherung einer Gruppe, die kaum einen Tagesmarsch entfernt war. Das mußten Fossenden und seine Leute sein. Viejo fluchte leise vor sich hin.

„Wenn ich nur Ayabaca mit dem Funkgerät erreicht hätte", sagte er, „dann wären unsere Leute Fossenden auf der Spur."

Sie trafen Vorbereitungen für den Empfang. Man war sich einig darin, daß es ein Fehler wäre, es auf einen Entscheidungskampf mit der näher kommenden Gruppe ankommen zu lassen. Man wußte nicht, wie viele Leute es waren; Viejo zeigte sich allerdings davon überzeugt, daß ihre Verfolger in entsprechender Stärke erscheinen würden.

„Söldner", sagte er. „Fossenden hat Julio Ruperez dabei. Auf diese Weise hat er die Männer aus dem Norden im Griff, denn die fürchten sich vor Ruperez. Wir warten schon lange darauf, ihm das Handwerk zu legen. Er hat die Männer in der Hand – ihre Familien, meine ich. Sie leben in einem kleinen Ort und werden streng bewacht. Wenn einer von ihnen vor Ruperez davonläuft, weiß er, daß seine Angehörigen nichts zu lachen haben."

„Und das kann sich Ruperez alles leisten?"

„Wie in Ihrem Land brauchen wir Beweise, bevor . . . Immerhin, wenn wir uns rechtzeitig wappnen, können wir dieses Problem vielleicht lösen. Denken Sie daran, wieviel Geld wir sparen, wenn wir bei dem Kerl auf einen Prozeß verzichten können."

Steve stand auf und deutete auf die Strecke, die sie zurückgelegt hatten. Er griff nach seinem Rucksack und forderte Phil Wayne auf mitzukommen. „Es besteht die Möglichkeit, daß sie ein oder zwei Späher vorausschicken", erklärte er Mueller. „Seid lieber vorsichtig. Von jetzt an sind die Gewehre durchzuladen. Das gilt für alle."

Mueller nickte. „Sonst noch etwas?"

„Seht euch genau um. Paßt gut auf. Macht euch einen Lageplan. Im Dunkeln brauchen wir ihn vielleicht. Wenn ich richtig sehe, sind wir denen einen Schritt voraus, wenn nicht zwei."

16

Am nächsten Morgen machten sie sich bei Tagesanbruch auf den Weg. Viejo weckte sie, als es noch dunkel war, und beim ersten grauen Schimmer am Himmel waren sie bereit. Langsam stiegen sie den Hang hinauf. Es war ein herrlicher Morgen, bei dem es schwerfiel, sich vorzustellen, daß man verfolgt wurde. Sie waren noch keine Stunde unterwegs, als es hell wurde: Sie stiegen in östlicher Richtung auf und damit in einen grandiosen Sonnenaufgang hinein. Lücken in der Wolkendecke füllten sich mit rötlichgoldenem Licht. Und direkt vor ihnen, unfaßbar hoch aufragend, stand der Tempelberg im strahlenden Sonnenlicht.

Sie blieben kurze Zeit stehen und richteten die Ferngläser auf die Südflanke. An dem Hang, den sie auf siebzig Grad Steigung schätzten, sahen sie Ranken und Lianen, die Jahrtausende Zeit gehabt hatten, sich auf dem Monolithenberg voranzuarbeiten. Und sie sahen noch etwas.

„Jeder Irrtum ist ausgeschlossen", meinte Dr. Jennings. „Sehen Sie die Südkante? Das ist ein scharfer Abriß. Eine reguläre Kante auf der ganzen Höhe des –" Er hatte sagen wollen „Berges", überlegte es sich jedoch anders und sagte: „– Bauwerks." Tatsächlich wirkte es künstlich. Eine natürliche Verwerfung von solcher Präzision und Länge? Ausgeschlossen. Aber konnten sie sicher sein? Ein Blick durchs Fernglas bei tiefstehender Sonne war wohl kaum ein eindeutiger Beweis. Sie würden warten müssen, um völlige Gewißheit zu haben. Lange konnte es nicht mehr dauern.

Es dauerte genau zwei Stunden und zwanzig Minuten. Sie standen am Fuße dessen, was fälschlich als Berg bezeichnet worden war; Berge bestehen nicht aus massiven Steinblöcken, so fugenlos aneinandergefügt, daß sie wie zusammengeschweißt erscheinen, zwischen zwei Blöcken nicht mehr als eine dünne Linie. Er ragte über ihnen empor, ein Obelisk mit breitem Sockel, ein Monolith, ein von Menschenhand geschaffener Berg aus gemeißeltem und aneinandergefügtem Stein. Großartig. Unschätzbar alt. Es war kaum zu glauben.

Sie starrten einander wie betäubt an. In Carlas Augen standen Tränen, als sie die Hand ihres Vaters ergriff. Dr. Javari beugte sich zurück und schüttelte nur staunend den Kopf. Steve sah Colonel Viejo an, bemerkte den Stolz in seinen Augen und nickte ihm zu. Es gab keinen Zweifel mehr. Hier war das Zeugnis einer alten Zivilisation, die alles übertraf, alles überragte, was sie von den Inkas oder Mayas oder Azteken je gefunden hatten, das Zeugnis eines Volkes, das in diesem Urwaldgebirge ein Monument errichtet hatte, vor dem die Pyramiden in der ägyptischen Wüste zwergenhaft erschienen.

Steve warf einen Blick auf Phil Wayne, dessen Kameras schon in Aktion waren; Rudy Wells half ihm dabei. Steve sah zu Mueller hinüber, der ihm zunickte. Mit Gewehr und Fernglas ging er den Weg ein Stück zurück und suchte sich einen Felsvorsprung, von dem aus er die Gegend überblicken konnte.

Steve spürte, wie den anderen zumute war, vor allem den Peruanern. Dieser Augenblick gehörte ihnen, er war ein Schritt in ihre ferne Vergangenheit. Ähnlich hatte er sich gefühlt, als er den Mond betreten hatte. Er hatte im Mondstaub gestanden und durch das Vakuum auf die Heimat des Menschen geblickt, diese unfaßbar schöne blau-weiß marmorierte Kugel vor dem samtigen Schwarz des Weltalls.

Und diese Menschen hier sahen etwas Vergleichbares. Sie blickten durch die Zeit auf etwas viel Ferneres, als es die Erde vom Mond aus gewesen war.

„MEIN ganzes Leben habe ich nach solchen Dingen gesucht", sagte Dr. Javari und strich mit den Fingerspitzen über den Stein. „Nach steinernen Monumenten . . ., nach Türen . . ., nach geheimen Eingängen." Er schaute sich nach den anderen um und schloß die Augen, als Waynes Elektronenblitzgerät aufleuchtete. „Man muß wissen, wo man hingreifen muß, wo die Berührung zu erfolgen hat. Dann kann man, wie dieses Volk es vorsah –" Er starrte auf eine große Steinplatte und nickte seiner Tochter und Jennings zu. Dr. Jennings begann mit seiner Mütze heftig am Stein zu reiben. Staub und Laub flogen in alle Richtungen. Ein Halbrelief trat in Erscheinung.

Sie starrten die Symbole und Figuren an. Javari ließ sich eine Lampe geben, verlor sich in die Betrachtung der Szenen, sprach leise vor sich hin, und Carla notierte hastig mit. Plötzlich wandte sie sich den anderen zu.

„Es ist eine seltsame Art von Sprache, aber doch nicht völlig unbekannt. Fast alle alten Sprachen haben eine Gemeinsamkeit, die auf logischen Gesetzen beruht."

„Öffnungen scheint es an dieser Seite nicht zu geben", meinte Steve. Er drehte sich herum. „Phil, nehmen Sie alles auf, was wichtig ist, und halten Sie sich bereit, falls Doktor Javari eine Öffnung findet. Rudy, Sie bleiben bei ihnen und passen auf." Er sah Viejo an. „Gehen wir?"

„Aber –" Carla sah ihn verwundert an.

„Mueller hat etwas gesehen." Er tippte auf das kleine Funksprechgerät in seiner Tasche. „Er ruft uns." Er lief los, gefolgt von Viejo. Carla starrte ihnen nach.

Mueller hatte sich hinter einen Felsvorsprung geduckt, wo die beiden anderen ihn erreichten. Er deutete nach unten.

„Mindestens zehn Mann", sagte er. „Schwer beladen. Offenbar Profis. Auf beiden Seiten sichert einer als Vorhut, die anderen kommen langsamer nach."

„Wie weit vom Lager?"

Mueller sah Viejo an. „Noch hundert Meter ungefähr."

Viejo warf einen Blick auf Steve. „Warten wir noch?"

Steve nickte. „Die Vorhut müßte den Draht übersehen, dann kommen die anderen nach. Wenn der Sprengstoff explodiert, nehmen wir uns die Vorhut vor. Aaron, Sie konzentrieren sich mit mir auf den Rechten. Colonel?"

„Der Linke gehört mir", sagte Viejo und tätschelte seinen Gewehrkolben.

Sie duckten sich tiefer und warteten. Steve hob das Fernglas an die Augen und schaute hinüber zum Sockel des riesigen Tempels. Dr. Javari war von dem Halbrelief weggetreten und fuhr mit den Händen über eine glatte Felsplatte.

Steve blickte wieder nach vorn. Mit ihren Gläsern verfolgten sie den Weg der Vorhut. Steve war sicher, Fossenden erkannt zu haben – der hochgewachsene Mann war stehengeblieben und studierte die Stelle, wo sie ihr Lager errichtet hatten. Einer der Späher tauchte zwischen zwei Felsbrocken auf und gab ein Zeichen.

„Nur weiter", murmelte Mueller.

Fossenden war offenkundig ein erfahrener Mann. Er ließ sich auf kein Risiko ein – deshalb hatte er die Kundschafter vorausgeschickt.

Der erste Späher näherte sich dem Lager und löste den Stolperdraht aus. Augenblicklich explodierte ein halbes Dutzend im Boden versteckter Sprengladungen. Ein greller orangeroter Blitz, ein donnerndes Krachen, und die beiden Späher wurden durch die Luft geschleudert. Fast im gleichen Augenblick krachte Viejos Waffe. Ein dritter Mann stürzte zu Boden. Steve und Mueller feuerten auf den rechts gehenden Mann. Sie waren nicht sicher, ob sie ihn getroffen hatten, und es blieb keine Zeit, sich zu vergewissern. Sie sprangen auf und liefen zum Tempel zurück.

Nur Rudy Wells war noch da. Geduckt stand er in einer hohen Öffnung der Steinwand. Man brauchte keine Fragen zu stellen. Javari hatte es geschafft. Er hatte die Stelle gefunden, auf die man Druck ausüben mußte, und der gigantische Felsblock hatte sich bewegt.

Steve schob die anderen hinein und folgte ihnen. Phil Wayne hatte schon seine Taschenlampe eingeschaltet und richtete das Licht nun auf den Eingang. Carla trat vor, die Hand auf einer Inschrift im Stein.

„Schließen Sie die Öffnung wieder", drängte Steve. Sie drückte mit den Fingern auf eine Stelle. Ein massiver Steinblock, übermannshoch und fast eineinhalb Meter breit, drehte sich knarrend um eine Achse und verschloß den Eingang. Mit einem dumpfen Knall rastete der Steinblock ein. Sie standen da und lauschten dem durch unbekannte Gänge und Kammern huschenden Nachhall, bevor er, heiser flüsternd, als Echo zurückkehrte. Staub flirrte im Licht ihrer Lampen, Staub von unzähligen Jahrhunderten.

Javari schaute sich um. Seine Augen glänzten. Steve und Viejo sahen einander an. Viejo nickte, und Steve atmete tief ein.

„Ich weiß, es ist eigentlich eine Entweihung", begann er, „aber Sie müssen mir zuhören." Er berichtete, was geschehen war, sah aber auch, daß Javari die Worte gar nicht mitbekam und daß es Dr. Jennings nicht viel anders ging. Er starrte Carla an und sah, daß sie begriffen hatte. Was ihr Vater nicht hörte, registrierte wenigstens sie.

„Die Leute draußen werden nicht besonders zurückhaltend sein",

sagte Steve. „Mueller hat mindestens zehn Männer gesehen. Wir wissen, daß jetzt drei ausgefallen sind, aber das nützt nicht sehr viel. Wir sitzen hier fest. Wir hatten einen Vorsprung, und sie werden vorsichtig sein, aber viel macht das nicht aus. Nur schade, daß wir ihnen nicht noch einen Willkommensgruß draußen an den Mauern entbieten können, aber dazu haben wir einfach keine Zeit mehr."

„Steve, ich glaube nicht, daß sie hier hereinkommen", meinte Wayne. „Wenn Doktor Javari nicht die Stelle gefunden hätte –" Er schüttelte den Kopf. „Wir wären auch noch draußen."

„Klingt gut, Phil, aber unterschätzen Sie die Leute nicht", entgegnete Steve. „Es gibt vielleicht mehr als einen Eingang. Wir wissen es nicht. Wir hatten keine Zeit, uns umzusehen. Und wenn Doktor Javari einen Weg gefunden hat . . ." Er verstummte und nickte Viejo zu. Der Colonel gab Mueller einen Wink, und sie kehrten zum Eingang zurück. Am Boden lagen Steinbrocken verstreut. Sie begannen sie am Verschlußstein zu stapeln.

„Rudy, markieren Sie, wo wir sind", sagte Steve zu Wells. „Aber auffällig. Es gibt hier vermutlich viele Gänge und Querverbindungen, und wir könnten uns leicht verirren. Alle Querkorridore, die wir erreichen, müssen numeriert werden, so daß jeder es sehen kann. Es könnte sich ja auch um ein Labyrinth handeln. Wir müssen uns zurechtfinden können, wenn wir wieder hinauswollen." Steve wandte sich an Javari. „Doktor, Sie sind ja schon in solchen Tempeln gewesen."

„Nicht in *solchen*." Javari lächelte. „Es gibt nichts –"

„Ich weiß", unterbrach ihn Steve, „aber in ähnlichen Bauten. Man kann sie doch mit den Pyramiden vergleichen, nicht wahr? Die Leute, die den Tempel gebaut haben, müssen an Plünderer gedacht haben. Kann es nicht Fallen geben?"

„Richtig", gab Wells zu. „Darauf müssen wir vor allem achten. Wenn ein Eingeweihter hereinkam, hatte er es nicht eilig. Er konnte sich Zeit lassen, um zu studieren, zu betrachten, zu lernen – und er kam langsam voran. Wenn wir uns nicht daran halten, begeben wir uns in Gefahr."

„Verstanden. Wir müssen vorsichtig sein", sagte Mueller. „Aber in welche Richtung gehen wir?"

„Wenn zutrifft, was Doktor Jennings und Rudy glauben, müssen wir höher hinauf", erwiderte Steve. „Das ist allerdings nur eine Vermutung, und wenn jemand anderer Ansicht ist –"

„Ich glaube, Sie haben recht", meinte Carla. „Eine Ausrichtung zur Sonne ist bestimmt anzunehmen. Das heißt, wir müssen weiter hinauf."

„Nehmt eure Sachen mit!" befahl Steve. „Rudy, Sie markieren den Weg. Aaron, bleiben Sie bei Doktor Javari. Sorgen Sie dafür, daß er genug Licht hat. Und wenn jemand etwas sieht, was problematisch werden könnte, sofort rufen und nicht von der Stelle rühren, bis wir Bescheid wissen. Sonst noch etwas, Colonel?"

Viejo lächelte. „Wir sind uns einig", meinte er.

„Okay, dann los", sagte Steve leise, und sie schritten durch einen Korridor, der sie tiefer und tiefer in die Vergangenheit führte.

„Der Boden fällt leicht ab." Sie blieben stehen, als Viejo niederkniete und eine Patrone auf den Boden legte. Sie begann in die Richtung zu rollen, die sie eingeschlagen hatten. Viejo nahm sie wieder und stand auf. „Es wird überall so sein", meinte er. „Die Leute, die das hier gebaut haben, scheinen gewußt zu haben, was sie taten."

„Gibt es einen besonderen Grund dafür?" fragte Mueller.

„Ich würde sagen, es hängt mit den starken Regenfällen in dieser Gegend zusammen", erwiderte Viejo. „Und mit der Kondensation. Die leichte Bodenneigung sorgt für den Ablauf. Es gibt vermutlich überall Stellen, wo das Wasser austreten kann. Und Eingänge . . ."

Sie gingen langsam weiter. Steve zog den Kompaß heraus, studierte ihn und steckte ihn wieder ein. „Nutzlos", erklärte er. „Vielleicht gibt es etwas Magnetisches in der Nähe."

„Wir gehen nach Nordosten", erklärte Rudy. „Und ich wette, daß der Weg in einem Winkel von fünfundvierzig Grad zu den Grundlinien des Tempels verläuft. Sie wissen, daß die Cayas ihre Straßen nach den vier Himmelsrichtungen gebaut haben. Wir sind an der Südwestecke hereingekommen. Wenn das hier einer der Hauptgänge ist, müßte er ins Zentrum des Tempels führen."

Niemand widersprach. Carla hatte aus einem Taschentuch eine Gesichtsmaske für ihren Vater gemacht, und die anderen folgten bald ihrem Beispiel. Überall lag eine dicke Staubschicht, am Boden ebenso wie an den Wänden, und jeder Schritt ließ den Staub in Wolken aufwirbeln.

„Der Gang wird breiter", stellte Wayne fest. Sie blieben stehen, schauten hinter sich und wieder nach vorn. Wayne hatte recht.

„Da!" Dr. Jennings hob aufgeregt die Hand. „Seht ihr das? Da ist ein Licht, eine Art Schimmer." Es stimmte. Der Gang mündete – oder zumindest schien es so – in einen trüben Lichtfleck.

„Das muß ein Luftschacht sein", vermutete Javari. „Versteht ihr? Sie hatten keine Maschinen, wie wir sie kennen, um ein Bauwerk zu klimatisieren. Deshalb brachten sie an verschiedenen Stellen Öffnungen an, damit die Luft zirkulieren kann."

Die anderen nickten und gingen stumm weiter. Die Strahlen ihrer Stablampen glitten durch den Staub vor ihnen. Wieder blieben sie stehen. An der linken Korridorwand der Umriß einer Tür. Kein Griff, keine Vertiefung im Stein; wieder Symbole wie am Eingang.

„Wir könnten sie öffnen", sagte Viejo.

„Später. Zuerst wollen wir sehen, wie der Bau angelegt ist", meinte Steve. „Rudy, Sie markieren, ja?" Wells machte mit dem Filzstift ein Zeichen an die Tür.

Sie bewegten sich wieder einige Minuten vorwärts und wurden langsamer. Das Licht vor ihnen wurde heller, und sie sahen, daß Dr. Javari recht gehabt hatte. Am Ende des Ganges gab es eine große Kammer, aber der Blick war geblendet von Lichtstrahlen, die den Staub durchschnitten, so daß man in dichten Nebel zu sehen glaubte.

Dr. Jennings ging voraus. Auf seinem Gesicht spiegelte sich seine innere Erregung. „Der Gang muß in eine Hauptkammer führen . . . Genau das, was wir suchen . . ., sie muß direkt vor uns sein. Eine Kuppel . . ., sie haben im Zentrum ihrer Tempel meist eine Kuppel gebaut. So verschieden von den Bauten der Inkas oder Mayas kann der Tempel nicht sein." Er leuchtete mit seiner Lampe umher, beschleunigte die Schritte.

Steve wurde unruhig. Er dachte an Fallen für Unbefugte, die hier eindringen mochten, um das Heiligtum zu entweihen, um zu plündern . . .

„Jennings!" schrie er. Der Doktor stockte und drehte den Kopf. Steve eilte ihm nach. „Stehenbleiben!" Jennings wurde langsamer, blieb aber nicht stehen. Steve hatte ihn fast erreicht, als der Boden unter Jennings' Füßen verschwand. Der Wissenschaftler riß die Arme hoch und schrie auf, als ein riesiger Steinblock mit Getöse zur Seite wegkippte und ein gähnendes Loch freigab. Steves Hand schoß vor und packte Jennings unter dem linken Arm. Er warf sich auf den Boden und krallte sich mit den Bionikfüßen fest. Jennings ächzte vor Schreck und Schmerzen, als Steve ihn verzweifelt festhielt. Mueller und Viejo rannten sofort hin, packten Steve an den Beinen und zogen ihn nach hinten, bis Phil Wayne Jennings' anderen Arm ergreifen und den Mann heraufziehen konnte.

Sie sanken alle auf den Boden. Jennings war leichenblaß geworden und rang nach Luft. Viejo beugte sich über die Kante des Lochs und leuchtete hinunter. Die anderen traten näher. Seine Lampe erhellte den Boden einer tiefen Grube, aus der spitze Zacken emporragten. Gebeine lagen dort unten verstreut.

Jennings starrte Steve an. „Mein Gott, Sie haben mir das Leben gerettet."

„Sieht so aus, nicht wahr? Und ich will nicht behaupten, daß es keine Mühe gewesen wäre. Bitte, Doktor Jennings, Sie müssen einfach vorsichtiger sein –"

Sie hörten Dr. Javari mit seiner Tochter auf spanisch reden. Er deutete auf einen steinernen Griff, der aus der Wand ragte. Was Jennings in seiner Aufregung übersehen hatte, war ein weiteres Halbrelief mit Figuren und Symbolen. Die Cayas waren keine skrupellosen Mörder. Ihre Regeln waren klar verständlich. Man mußte ihre Botschaft verstehen, ihre Mitteilung entziffern können, und es kam darauf an, mit der Vorsicht und Sorgfalt weiterzugehen, auf die dieser riesige Tempel Anspruch erhob. Javari übersetzte andeutungsweise. Wenn man diese Stelle ungefährdet hinter sich bringen wollte, mußte man auf einen Punkt des Halbreliefs drücken. Dann kippte der steinerne Griff heraus. Zog man ihn herunter in eine Vertiefung, blieb der Steinblock an seinem Platz. Im anderen Fall trat der Nichtsahnende auf einen Stein im Boden, der ein Fallgewicht auslöste. Ein Gegengewicht besorgte den Rest, und der Steinblock kippte zur Seite und gab die tödliche Fallgrube frei. Viejo trat zu dem Griff und zog ihn vorsichtig herunter. Er ließ sich um hundertachtzig Grad drehen und verschwand in einer Vertiefung. Der schwere Stein im Gang rollte knirschend an seinen Platz zurück.

Steve blickte den Korridor hinunter zum Licht. Es blieb ihnen nichts anderes übrig: Sie mußten hier weitergehen. Sie waren erst drei oder vier Minuten unterwegs, als ihnen auffiel, daß der Gang merklich breiter wurde. An der breitesten Stelle war das Licht am hellsten. Sie setzten vorsichtig einen Fuß vor den anderen, wie eifrige, aber ehrfürchtige Eingeborene vor der Geheimkammer einer unbegreiflichen Wissenschaft. Sie drängten nach vorn, bis sie alle in der Kammer standen.

Zunächst waren sie verblüfft. Auf der anderen Seite sahen sie das

Gegenstück zu ihrem Korridor. Rudy Wells hatte recht gehabt. Vier Hauptgänge durchschnitten den Sockel des Tempels, und alle führten in dieses Gewölbe. Das konnten sie noch verstehen. Aber was sie hier außerdem sahen, verschlug ihnen den Atem.

Zwölf Türen, alle verschlossen, und über jeder Tür ein kompliziertes Halbrelief aus *Metall.* Das erste verarbeitete Metall, das sie hier sahen – und es handelte sich nicht um grob gehämmertes Material. Es schien ganz fein ziseliert und graviert zu sein. Als sie die Lampen auf das Relief über einer Tür richteten, sahen sie, daß das Metall selbst bearbeitet war wie mit . . .

„Schauen Sie mal", sagte Jennings, „es ist plastisch geformt."

„Oder gegossen", meinte Rudy.

„Nein", widersprach Jennings. „Sehen Sie, jedes hat seine eigenen Merkmale. Ich wette, daß keine zwei Reliefs über diesen Türen gleich sind. Jedes stellt ein Kunstwerk für sich dar."

Dr. Javari trat näher und schüttelte ungläubig den Kopf. „Aber – ist das Gold? Es sieht nicht so aus. Es –"

„Eine Legierung?" meinte Carla.

Er sah sie an. „So etwas kannten sie nicht. Es gab keine Metallurgie." Wieder schüttelte er den Kopf.

Phil Wayne berührte die Metalloberfläche mit einem Fingernagel. „Ich habe viel mit Gold gearbeitet", sagte er. „Das ist kein Gold."

„Was ist es dann?" fragte Aaron Mueller.

„Das weiß offenbar keiner", entgegnete Wells.

„Sollen wir eine Probe mitnehmen?" Mueller verstummte, als Javari und Jennings ihn entsetzt anblickten.

„Auf keinen Fall", warnte Javari. „Nichts anrühren. Wir müssen studieren und lernen, nicht beschädigen und entweihen."

Es blieb kurze Zeit still.

„Ich würde auch nicht empfehlen, von hier etwas mitzunehmen", meinte Steve. „Das überleben wir vielleicht nicht." Er schaute die anderen an. „Wer diesen Tempel gebaut hat, kannte sich mit den Menschen aus. Sie haben sich nicht geändert, seitdem es ihn gibt. Doktor Javari hat vermutlich recht. Es ist besser, wenn wir unsere Entdeckung nur festhalten. Phil? Machen Sie Ihre Aufnahmen. Aaron, Rudy, Sie helfen ihm, ja?" Er wandte sich an Carla. „Können Sie die anderen unterstützen, um ihnen zu zeigen, was besonders wichtig ist? Und machen Sie sich Notizen. Das kann später wichtig sein."

Sie nickte. „Aber warum haben Sie es so eilig, Steve? Diese Reliefs sind seit Tausenden von Jahren hier. Sie haben die ganze Zeit auf uns gewartet. Ein paar Stunden, Monate oder Jahre . . . Es eilt nicht."

„Nein? Carla, ich fürchte, Sie lassen sich hypnotisieren. Sie und alle anderen." Er deutete hinter sich. „Sie scheinen unsere Freunde draußen zu vergessen. Sie werden hier eindringen, sobald sie auf den Trichter gekommen sind, wie man den Eingang öffnet, und ich habe nicht vor, daß wir uns mitten in diesem Schießstand aufhalten, wenn sie anrücken."

„Sie wollen das alles hier diesen Räubern überlassen, Steve? Das glaube ich Ihnen nicht."

Er sah Viejo an und schüttelte den Kopf. „Bedenken Sie, daß diese Männer genau wissen, was sie wollen. Sie werden sich durch nichts abhalten lassen, um das zu holen, was sie interessiert."

Er ging zu Jennings und Javari. Carla sah Viejo hilfeflehend an.

„Leider hat er recht", sagte der Colonel. „Gegen Sprengstoff und Patronen kommt man mit Worten nicht an – es sei denn, Sie wüßten ein paar Zaubersprüche . . ."

„EGAL, wie unfaßbar es erscheint, es ist so", erklärte Rudy Wells. „Jede dieser Türen symbolisiert offenbar einen Zeitraum von etwa dreißig Tagen. Die Zeit hängt nicht so sehr mit dem zusammen, was wir als Kalendermonat betrachten, aber ein Zusammenhang besteht. Ebenso einer mit der Astronomie. Jede Tür, jedes Relief über einer Tür entspräche demgemäß einem Tierkreiszeichen. Ich meine nicht die astrologische Entsprechung; jedenfalls haben wir noch keine Gewißheit. Ich vermute dahinter eher das Astronomische, aber auch das könnte falsch sein. Von diesem Punkt an sind das alles nur Spekulationen." Er leuchtete mit der Lampe in der Kammer herum. „Dreihundertsechzig Grad", sagte er. „Die Symbole stellen möglicherweise ein Sternbild dar, aber ich verstehe nicht, warum sie eine solche Abweichung von den uns bekannten –"

„Ich habe mich mit diesen Dingen auch beschäftigen müssen", unterbrach ihn Steve. „Das hier ist Himmelsnavigation. Der Kreis stellt die Ekliptik dar, die Bahn der Sonne durch eine bekannte Gruppierung von Sternen oder Sternenhaufen. Ich glaube, es gibt zwei Gründe, warum Ihnen die Sternbilder so merkwürdig vorkommen, Rudy. Erstens vergessen Sie, daß Sie in Peru sind, unterhalb des Äquators. Viele Sterne, die man hier sieht, gibt es am nördlichen Himmel nicht. Das gilt auch für Sternbilder. Das zweite – ich erkenne einige Konstellationen – ist die Anordnung der Sterne, nicht die bildliche Darstellung. Als Pilot und Astronaut – na ja, Sie wissen, daß Himmelsnavigation zu unseren Aufgaben gehört hat. Wenn ich nicht soviel damit zu tun gehabt hätte, würde ich nicht wagen, das auszusprechen ... Die Sternkarten oder jene Teile davon, die wir hier sehen, sind nach den heutigen Maßstäben nicht exakt, aber sie waren es sicherlich, als sie hergestellt worden sind."

Es blieb lange Zeit still.

„Wie lange ist das her, Ihrer Meinung nach?" fragte Viejo.

Steve sah ihn an. „Zehn- bis zwanzigtausend Jahre."

Eines der ernsteren Spiele der Astronauten hatte sich mit der Verwendung von Planetariumsprojektoren befaßt. Im Grunde handelte es sich um so etwas wie Zeitmaschinen. Man konnte den Himmel zeigen, wie er in tausend, wie er in einer Million Jahren aussehen würde. Dasselbe konnte man mit der Vergangenheit tun – zum Beispiel, als Polaris noch lange nicht der Nordstern gewesen war.

Daran hatte Steve sich erinnert, als er die Darstellungen über den zwölf verschlossenen Türen betrachtet hatte. Nach seiner Schätzung stammten die auf den Reliefs gezeigten Sterne und Sternbilder aus einer Zeit, die etwa siebzehntausend Jahre zurücklag. Eine Zeit, lange vor dem ersten Licht der Zivilisation, bevor mit Optik experimentiert wurde, lange bevor sie eine Wissenschaft geworden, bevor die Mathematik gefunden worden war, mit der man den sichtbaren Himmel erfassen konnte, und viele tausend Jahre bevor der Mensch die Schrift erfunden hatte. Und vor diesen zahllosen Jahren hatten die Cayas – wenn sie es waren, die diesen Tempel erbaut hatten – Sternkarten angelegt. Sie hatten gigantische Steinblöcke geformt, Straßen nach den vier Himmelsrichtungen gebaut, einen unbekannten Energiestrahl dazu benützt, um ihre Steinmonumente zu errichten, und Metallegierungen geformt, bevor der Mensch an Metall auch nur gedacht hatte. Und wie hatten sie diese riesigen Steinblöcke in diese Höhe hinauftransportiert und diesen unfaßbaren Tempel erbaut? Zumal zu der Zeit, als dieser ungeheure Tempel schon über das Sicuani-Tal hinweggeblickt hatte, die Menschen jener Zeit noch im Schmutz gewühlt und Zeichnungen an die Wände ihrer Höhlen gekritzelt hatten ...

Es blieb keine Zeit mehr für Spekulationen. Sie hörten die erste gedämpfte Explosion weit hinten in dem Korridor, durch den sie in die Kammer gelangt waren. Das Geräusch ließ die Jahrhunderte zusammenschrumpfen und riß sie zurück in die Wirklichkeit des Augenblicks. Es bestand kein Zweifel daran, was hinter der dicken Steinmauer wartete, kein Zweifel, daß sie getötet werden würden, wenn man sie hier fand.

Wohin sollten sie sich wenden? Die anderen drei Wege führten nur zu ähnlichen Ausgängen. Zwei davon mußten auf senkrecht abstürzende Felswände hinausführen. Der dritte würde bewacht sein, und es bestand keine Zeit mehr, nach anderen Gängen Ausschau zu halten. Außerdem hatten sie die staubige Oberfläche dessen, was sie suchten, erst angekratzt. Fliehen ist nicht die Lösung, dachte Steve, noch nicht. Sie mußten nach oben, höher hinauf. Javari betrachtete die Inschrift einer Tür. Er nickte vor sich hin, sagte etwas auf spanisch zu Carla, die genau an die bezeichnete Stelle trat und die Hand darauf preßte.

Ein großer Steinblock drehte sich. Jennings leuchtete in den Gang hinein. Wendeltreppenartige Stufen führten nach oben. Er begann hinaufzusteigen, und die anderen folgten Jennings rasch, Viejo als letzter. Als sie alle hindurchgetreten waren, griff er nach dem steinernen Hebel, der sich aus der Wand geschoben hatte, und drückte ihn herunter. Der Stein glitt wieder an seinen Platz.

Während sie die Treppe hinaufstiegen, begannen sie allmählich unter der Last ihrer Ausrüstung in der dünnen Luft zu keuchen. Hundertachtundzwanzig Stufen. Erschöpft und schwindlig erreichten sie einen kurzen Korridor. Ein Lichtstrahl zeigte gewölbte Wände. Wieder eine Kammer, diesmal kleiner. Jennings ging voraus, körperlich ausgelaugt, aber von seiner Erregung angetrieben.

Sie hörten einen wortlosen Aufschrei von ihm. Nicht aus Angst oder Schrecken, sondern aus Ungläubigkeit. In der Kammer, beleuchtet durch einen einzelnen Sonnenstrahl aus einer Öffnung in der Decke, auf einem Sockel in der Mitte des Raumes, stand ein Spielzeug von einzigartiger Schönheit. Sie drängten sich um Jennings, der nichts von dem Halbrelief in der Kammer sah, nichts von den gemeißelten Inschriften. Nur diesen strahlenden, herrlichen Gegenstand. Er beugte sich darüber, blies den Staub weg.

„Es – es ist kein Spielzeug", flüsterte er. „Es – es ist unfaßbar."

Sie sahen, was er meinte. Kein Spielzeug, nein – ein Modell von unglaublicher Kunstfertigkeit, ein maßgerechtes Modell, wie es schien, von einem merkwürdigen Fahrzeug. Vier Sitze. Eine Art Steuerhebel.

Keine Räder. Eine Anordnung von Röhren unter dem Gefährt. Es schimmerte und glitzerte, besetzt mit vielen kleinen Edelsteinen. Jennings streckte die Hand aus, um den kostbaren Fund zu berühren.

Javari trat vor und rief: „Doktor Jennings, *nicht!* Die Inschrift –"

Jennings hörte ihn nicht. Er hörte und sah nichts als den Schlüssel zu einer grandiosen, unbekannten Vergangenheit.

Er ergriff das edelsteingeschmückte Modell.

Ein Strahl von gespenstisch blauem Licht zuckte durch die Kammer. Er schien aus einem winzigen, kreisrunden Loch im Stein auf der anderen Seite der Kammer zu dringen. Der Strahl zuckte durch Jennings' Herz und erlosch, als habe es ihn nie gegeben.

Jennings lag am Boden, ein kreisrundes Loch in seiner Brust, das durch seinen ganzen Körper ging.

17

„Ich – ich wollte ihn warnen, ich habe –" Dr. Javari starrte seine Tochter an, richtete den Blick auf die anderen. „Da steht es", sagte er und deutete auf die Inschriften an den Wänden.

„Was steht da?" fauchte Wells.

„Eine Warnung, daß das – ich kenne das Wort nicht, aber das Modell muß damit gemeint sein –, eine Warnung, es nicht zu berühren oder aufzuheben, wenn –"

„Wenn?" schrie Rudy.

„Wenn – Tageslicht am Himmel ist."

Sie starrten ihn an.

„Das Ist verrückt", sagte Mueller.

„So?" meinte Rudy. „Ich will Ihnen sagen, was verrückt ist." Er deutete auf den Toten. „Er hat ein kleines, kreisrundes Loch, das durch den ganzen Körper geht. Sein Herz war zufällig im Weg, also ist es durchbohrt worden. Wie mit einem Laserstrahl. Nur gibt es keine Spuren der Verbrennungen, seine Kleidung ist nicht einmal angesengt. *Das* nenne ich verrückt."

Phil Wayne beugte sich über Jennings. Nach einer Weile hob er den Kopf. „Er – er hat nichts mehr gespürt, nicht wahr?" Waynes Gesicht hatte sich verzerrt.

„Phil, er war tot, bevor er auch nur mit den Lidern zucken konnte. Aber ich möchte wissen, was das gewesen ist."

Wayne richtete sich auf. „Eines kann ich sagen – es hatte große Ähnlichkeit mit einem Laserstrahl. Die Bündelung, die Farbe. Ich habe nur noch nie einen blauen Laserstrahl gesehen. Rot, gelb, weiß, sogar einen grünen für die Arbeit unter Wasser. Aber keinen blauen. Das gibt es zwar, aber jeder Laser braucht eine Energiequelle, und hier gibt es keine. Der Strahl kam einfach aus dem Loch da. Außerdem war die Reichweite genau begrenzt, auf der anderen Seite der Kammer ist nichts getroffen worden. Ich habe eben nachgesehen. Und das Licht oder was es auch gewesen sein mag, traf Doktor Jennings in dem Augenblick, als er das Modell aufhob . . . Es muß einen Auslöser im Sockel geben." Er schüttelte den Kopf. „Ihr habt doch gesagt, seit Tausenden von Jahren sei niemand hier gewesen. So lange hält kein Lasergerät – und die Energie . . ."

„Sie sagten, man dürfe das Ding nicht aufheben, solange es Tag sei", wandte Steve sich an Dr. Javari.

„Tageslicht am Himmel, ja."

„Könnte das Sonnenlicht bedeuten, nicht einfach Tageslicht?"

Javari sah seine Tochter an und nickte. „Natürlich, ja. Wir können nicht so genau –"

„Verstehe", sagte Steve. Er schaute nach oben. „Es besteht eine Verbindung zwischen diesem Raum und dem, was uns oben erwartet. Eine direkte Verbindung."

„Das gibt es doch nicht!" protestierte Wayne scharf. „Das würde bedeuten, daß diese Leute die Elektrizität kannten, die Elektronik, und – davon ist nirgends etwas zu sehen."

„Gut, es ist nicht möglich. Und Jennings ist tot. Vielleicht ist es keine Elektronik, Phil. Vielleicht."

„Was dann?"

„Wir kommen nicht dahinter, wenn wir hier herumstehen und raten", bemerkte Steve scharf. Er wußte, daß er die anderen aufrütteln mußte aus ihrer Betäubung. „Gut, wir suchen den Weg nach oben. Aber weitere Lektionen brauchen wir nicht. Einverstanden?"

Augenblicke später, als sie nach ihren Lasten griffen, hörten sie eine dumpfe Explosion, stark genug, um das Bauwerk erbeben zu lassen. Der Staub wirbelte heftiger durcheinander.

„Colonel, es ist besser, wenn wir hinuntergehen und uns umsehen", sagte Steve zu Viejo. Er beugte sich über seinen Rucksack. „Die anderen gehen weiter. Wenn sich die Wege irgendwo teilen, markieren Sie die Stelle für uns, Rudy."

Er stieg die Treppe wieder hinunter, gefolgt von Viejo. Ihre Lampen wippten, die Lichtstrahlen tanzten durch die Wendeltreppe, bis sie wieder vor dem Verschlußstein standen. Viejo hob die Hand.

„Wir müssen es riskieren", sagte er.

Steve wußte genau, was er meinte. Er preßte das Ohr an den Steinblock. Wieder ein dumpfes Geräusch, aber er wußte nicht, ob es aus weiter Entfernung kam oder nur durch den Block so stark gedämpft wurde.

„Wir müssen aufmachen", sagte er, und Viejo nickte. „Wenn draußen jemand ist, geht die Knallerei vielleicht sofort los. Na, wenigstens sind wir im Dunkeln. Sobald ich den Hebel betätige, werfen Sie sich auf den Boden. Ich tue das auch. Wenn es Ärger gibt, haben wir vielleicht einen kleinen Vorteil."

Er drückte auf den Hebel und warf sich zu Boden, das Gewehr im Anschlag. Der Stein glitt knirschend zur Seite. Niemand war zu sehen. Viejo schlich vorsichtig hinaus. Steve schloß den Eingang hinter sich; sie durften nicht verraten, wohin die anderen gegangen waren. Eine neuerliche Explosion ließ sie herumfahren.

„Der Korridor", sagte Viejo. „Sie versuchen, den Eingang aufzusprengen."

„Das heißt, sie wissen nichts von den Druckschaltern." Staub wälzte sich ihnen aus dem Gang entgegen, durch den sie den Tempel betreten hatten. „Das beweist ja wohl, daß sie es geschafft haben", meinte Steve. „Sie werden bald dasein."

„Wir empfangen sie würdig", gab Viejo zurück.

„Abgemacht." Steve griff nach seinem Rucksack mit den Überraschungen, die er mitgebracht hatte. Das beste war, Fossendens Leuten klarzumachen, daß es selbstmörderisch sein würde, durch einen der Gänge in den Tempel einzudringen. Man mußte hart zuschlagen und die Überlebenden in Verwirrung bringen. Wenn man sie zu überraschen vermochte . . .

Wieder eine donnernde Explosion, dann sahen sie am fernen Ende des Ganges Tageslicht. Steve und Viejo warfen sich zu beiden Seiten des Korridors auf den Boden, die Gewehre auf Automatik geschaltet. Eine neue dichte Staubwolke drang ihnen entgegen. Sie warteten und dämpften den Husten mit dem Handrücken. Schritte. Zwei oder drei Mann, wie es schien. Sie warteten immer noch. Viejo hob die Hand. Ein tanzendes Licht; eine Lampe in der Hand eines Mannes. Sie hörten leise Stimmen, aber sie warteten, bis die ersten Gestalten sichtbar wurden. Viejo warf Steve einen Blick zu, und er nickte. Dann eröffneten sie das Feuer.

Kurze Salven, Geschosse, die in den Korridor hineinfetzten, Schreie, das Rattern der Gewehre. Der Korridor wurde zu einem Wespennest surrender, kreischender Querschläger, die durch den Gang jagten und alles erfaßten, was ihnen in den Weg kam. Ihre Magazine waren leergeschossen. Sie schoben neue hinein. Steve griff in eine Tasche und zog eine Rauchbombe hervor. Er riß den Zünder heraus und schleuderte die Granate mit aller Kraft in den Gang hinein. Bevor sie zu Boden fiel, quoll dicker orangeroter Qualm heraus.

„Das bremst jeden", meinte er.

Sie sprangen auf und liefen den Gang entlang zur Nordwestecke des Tempels, um die Gegner auch dort zu überraschen. Viejo schnappte nach Luft. Steve knipste die Lampe an und richtete sie auf ein Steinrelief, das er hier erwartete. Es war da.

„Warten Sie", sagte Viejo keuchend. „Der Tunnel – wir sind gerannt –, aber es gab keine Falle."

Auch Steve hatte das völlig vergessen gehabt, aber dann fiel ihm ein, daß die Falle wohl nur denen galt, die von außen eindrangen. Viejo hatte aber natürlich recht, sie mußten auf dem Rückweg vorsichtig sein. Aber was war mit den Männern im ersten Korridor? Nun, offenkundig konnten sie die Falle noch nicht erreicht haben. Vielleicht die nächste Gruppe . . .

Er preßte die Hand auf den Stein. Der mächtige Block drehte sich langsam und knirschend zur Seite. Er legte die Hand auf den Block und stemmte sich dagegen. Der Block legte den halben Weg zurück, kam zum Stillstand, aber er konnte sich hinauszwängen. Sie krochen ins Freie, sahen hohes Gras und Gebüsch vor sich. Gute Deckung.

„Bleiben Sie hier in Deckung, Colonel", sagte Steve. „Behalten Sie mich im Auge. Kann sein, daß ich Unterstützung brauche."

Bevor Viejo etwas einwenden konnte, war Steve unterwegs, eng an die Felswand gepreßt. Er erreichte eine Erhebung, wo große Steine und Felsblöcke durcheinanderlagen. Die Deckung, die er brauchte. Geduckt hetzte er in dichtes Unterholz. Er kam näher an die Stelle heran, wo sie in den Tempel eingedrungen waren.

Er erstarrte. Zehn Mann hatten sie in etwa erwartet, doch Fossenden hatte mehr als zwanzig bei sich, eine Gruppe, die sich am

Tempeleingang drängte. Steve sah die Öffnung. Sie hatten sich den Weg freigesprengt. Er schaute sich um, dann legte er die Waffe an und feuerte schnell hintereinander fünf Schüsse ab. Zwei Männer wurden herumgewirbelt und brachen zusammen. Der Widerhall der Schüsse war noch zu hören, als er sich tief duckte und, so schnell er konnte, davonrannte, nicht zu Viejo zurück, sondern in die andere Richtung. Er warf sich auf den Boden und sah die Gegner in das Unterholz feuern, wo er eben gewesen war. Er zielte sorgfältig, drückte dreimal ab, sah wieder einen Mann zu Boden stürzen. Wieder war die Geschwindigkeit seine einzige Abwehr, und er kauerte wieder im Dickicht. Er gab eine Salve auf die Gruppe ab und hetzte weiter. Wenn die Reaktion seinen Hoffnungen entsprach, würde Fossenden sich einer unbekannt großen Zahl von Angreifern gegenübersehen. Somit durfte er sich auch in dieser Richtung nicht ungedeckt lassen, und das verminderte seine Streitmacht noch mehr. Schüsse bellten hinter ihm, als er weiterlief. Ein Geschoß prallte unmittelbar über ihm von der Felswand ab. Fast am Ziel tauchte Viejo auf, auf einem Knie feuernd, um ihm Deckung zu geben.

Sie stürzten durch die schmale Öffnung zurück in den Korridor. Steves Brustkorb arbeitete heftig, als er nach Atem rang. Er versuchte, nicht zu sprechen, sondern deutete auf den Eingang. Viejo raffte sich auf und preßte die Hand auf die Stelle in der Wand. Der Stein drehte sich ein Stück, dann klemmte er. Von der anderen Seite prallten Geschosse ab. Steve und Viejo sahen einander an. An der Unterseite des Steinblocks hatte sich eine Patronenhülse verklemmt. Viejo hieb die Hand auf die Auslösestelle, und der Steinblock glitt zur Seite. Hastig schlug er wieder auf den Auslöser und beugte sich vor, um die Hülse wegzustoßen. Die Tür war halb geschlossen, als eine Salve Viejo an Hals und Brust traf und ihn in den Gang zurückschleuderte. Er überschlug sich zweimal und blieb in einer Blutlache liegen.

Steve nahm kaum wahr, daß der Steinblock sich wieder völlig geschlossen hatte. Einen langen Augenblick starrte er den Mann an, für den er Freundschaft empfunden hatte. Dann nahm er Viejo den Patronengürtel ab, drehte sich um und lief zurück durch den Korridor. Gerade noch zur rechten Zeit kam er zur Besinnung und verlangsamte den Schritt. Er gebrauchte die Lampe, um das Steinrelief an der Wand zu suchen, fand es und drückte auf die bewußte Stelle. Als er den Griff herauskommen sah, klappte er ihn herunter und spürte, wie er einrastete. Jetzt konnte nichts mehr passieren.

Die Mittelkammer war noch immer leer. Orangefarbener Rauch hing in der Luft. Eine Brise bewegte ihn hin und her. Steve eilte durch die Kammer und betätigte den Öffner vor der Steintreppe, die zu dem Raum hoch oben im Tempel führte, wo die anderen auf ihn warteten.

ER SCHILDERTE, wie Viejo ums Leben gekommen war, und berichtete auch alles andere, einschließlich der Stärke der Gegner.

„Es wird spät", sagte er abschließend. „Wir müssen uns für die Nacht einrichten . . ., höher, als wir jetzt sind. Über uns ist noch eine Menge Raum."

Rudy Wells deutete auf eine der Steinplatten. „Hier", sagte er. „Wir haben es inzwischen gefunden."

„Wohin führt der Weg?"

„Wir sind noch nicht hinaufgegangen, weil wir auf Sie warten wollten. Doktor Javari hält es für möglich, daß es sich um den zentralen Raum des Tempels handelt. Um den höchsten Punkt. Vermutlich kann man von dort aus die ganze Gegend sehen."

Steve nickte. „Das wäre nützlich. Also, machen wir uns auf den Weg."

Wenigstens hielten die Cayas sich an das Prinzip der Wiederholung. Alle Türen waren auf dieselbe Art zu bedienen. Der Steinblock drehte sich zur Seite, und ihre Lampen zeigten eine Wendeltreppe aus Stein. Sie war schmaler als die erste und auch enger.

Genau halb so viele Stufen wie bei der ersten Treppe, vierundsechzig glattgemeißelte Stufen. Steve ging voraus, die Waffe in der Hand, doch er vermutete, daß damit gegen die Erfindung der Cayas nicht viel auszurichten sein würde. Er ging ganz langsam und vorsichtig weiter und leuchtete mit der Lampe ins Halbdunkel. Dann blieb er stehen und schaute sich nach Mueller um.

„Aha", sagte Mueller. „Wieder eine Kammer."

Steve nickte. „Vielleicht *die* Kammer."

Sie verließen langsam die Treppe, gerade als die Sonne hinter den Berggipfeln versank. Das Dunkelrot des Sonnenuntergangs flutete über die Felszacken, berührte den Tempel. Aber hier oben gab es Licht, wie Javari vermutet hatte.

Steve blickte auf den schmalen Streifen Sonnenlicht an der Wand. Er richtete die grelle Lampe darauf, sah einen Stein, der genau eine Fensteröffnung ausfüllte, teilweise in die Kammer hineingeschoben. So hatte man das also gemacht. Es hatte kein Glas gegeben, aber

Schutz vor den Elementen hatte man hier oben gebraucht. Stürme, Regengüsse. Über jedem Schlitz, gemeißelt, hing ein anderer Stein, den man wie einen Stöpsel notfalls hineinschieben konnte. Wenn alle Öffnungen so verschlossen waren, blieb die hohe Kammer von der Außenwelt völlig abgeschlossen. Was man zur Aufhängung der Steine verwendet hatte, war seit Jahrtausenden dahin. Verrottet. Nur die Steine gab es noch, alle in ihren Schlitzen. Bis auf den einen, den Wind oder Erdbeben oder Blitz halb herausgeschoben hatte. Es spielte keine Rolle. Steve lehnte das Gewehr an die Wand, hob den Stein heraus und legte ihn auf den Boden. Das letzte Sonnenlicht flutete in den Raum.

Aaron Mueller gab einen erstickten Laut von sich, und Steve fuhr herum, für alles gewappnet.

Er erstarrte. In der Mitte des Raumes, in Schatten gehüllt, bis der Stein aus der Öffnung gezogen worden war, sah er ihn, wie er jetzt die letzten Strahlen der Sonne auffing und widerspiegelte, über ihren Köpfen, unfaßbar, großartig, leuchtend aus tausend funkelnden Facetten im Innern: *der Hohe Kristall.*

18

Zweieinhalb Meter hoch. An der breitesten Stelle eineinhalb Meter breit. Unzählige Facetten. Unfaßbar. Sie standen in der Kammer, die letzte Fensteröffnung wieder verschlossen, damit das Licht ihrer Batterielampen nicht hinausdrang, starrten fassungslos und unterhielten sich leise. Die hypnotische Wirkung war unverkennbar. Die Jahrtausende drückten auf sie nieder. Sie überwältigten sie mit ihrer Gegenwart und dem, was sie an Zeit bargen, an Erinnerungen an eine vergangene Kultur.

„Seht ihr die schräg abfallenden Seiten?“ bemerkte Rudy. „Es liegt nicht ein einziges Staubkorn darauf.“

„Die einzig vernünftige Erklärung ist, daß der Kristall ein elektrisches Feld erzeugt“, sprach Phil Wayne in die Stille hinein. „Elektrostatische Kräfte – wodurch auch der Staub ferngehalten wird.“

„He, kommt mal hierher!“ Sie traten zu Aaron Mueller, der ein kreisrundes Loch im Boden betrachtete. Es gab noch elf davon, gleichmäßig am Boden verteilt.

„Jetzt wissen wir, wie Jennings getötet worden ist“, sagte Mueller.

„Die Löcher reichen bis in die Kammer hinunter, wo Jennings das Modell ergriffen hatte."

„Das ergibt aber doch keinen Sinn", widersprach Carla. „Das Licht, das ihn tötete, kam horizontal aus der Wand. Zumindest in einem Winkel von siebzig oder achtzig Grad."

Wayne trat näher. „Nein, er hat recht. In der Kammer unter uns gibt es entweder ein optisches Spiegelsystem oder einen zweiten, viel kleineren Kristall. Man könnte diese Art von Strahl ohne Schwierigkeiten umlenken, ob dreißig oder achtzig Grad, spielt keine Rolle."

„Optik?" fragte Rudy Wells. „Das bedeutet Glasschleifen, Linsen, Kenntnis der optischen Eigenschaften, der Lehre vom Licht. Diese Menschen kannten noch keine Optik."

„Na gut, Doc. Beweisen Sie mir, daß auch kein Kristall hier ist, und ich gebe Ihnen recht", meinte Wayne. „Das würde außerdem bedeuten, daß in jeder Kammer eine solche Falle eingebaut ist, wenn nicht Schlimmeres."

„Das dürfen Sie den Erbauern nicht vorwerfen", sagte Carla. „Sie wollten schützen, was sie zurückließen, das ist alles. Und gewarnt werden die Eindringlinge auch. Doktor Jennings war einfach nicht zurückzuhalten. Wenn er sich etwas mehr Zeit gelassen hätte . . ."

„Was mich beschäftigt, ist der morgige Tag", fuhr Steve dazwischen. „Immerhin ist Viejo tot, und das war kein unglücklicher Zufall." Er hob den Kopf und betrachtete die gewölbten Wände der Kuppel. „Phil, Sie werden genug zu tun haben. Wir brauchen Aufnahmen von allen Steindiagrammen. Lassen Sie nichts aus." Die Steintafeln waren vielleicht sogar wichtiger als der Kristall, denn sie stellten die Kristallstruktur von allen Seiten dar, zeigten, wie sie das Sonnenlicht auffing und wie das Licht abgestrahlt werden konnte. „Sie haben zwei Kameras", fuhr Steve fort. „Machen Sie eine Farb- und eine Schwarzweißserie." Wayne nickte. „Wenn Sie fertig sind, stecken Sie die Farbaufnahmen in einen wasserdichten Beutel und geben ihn mir. Die Schwarzweißbilder behalten Sie. Rudy, helfen Sie Phil. Sprechen Sie Notizen auf Band. Fangen Sie da drüben an, und gehen Sie im Uhrzeigersinn vor. Je früher wir alles registriert haben, desto besser." Er sah die anderen der Reihe nach an. „Sobald wir fertig sind, müssen wir zusehen, daß wir hier wegkommen. Fossenden und sein Haufen dürften ungeduldig werden."

„Sie könnten versuchen, uns auszuhungern", warf Mueller ein.

„Könnten sie, aber ich glaube nicht daran. Zu lange können sie

nicht warten. Sie wollen haben, was wir gefunden haben. Der Tempel, diese riesigen Steinblöcke, das ganze Bauwerk – das alles verrät eine Macht über gesteuerte Energie, von der wir nichts ahnen, und damit könnte das Gesicht unserer ganzen Zivilisation verändert werden. Nein, ich glaube nicht, daß sie abwarten, bis wir vielleicht aufgeben. Die Leute draußen werden alles unternehmen, was sie für nötig halten, um das hier in die Hände zu bekommen oder um uns zumindest daran zu hindern, daß wir unsere jeweiligen Regierungen informieren. Wenn sie es nicht für sich haben können, werden sie versuchen, alles zu zerstören – und uns aus dem Weg zu räumen."

Der riesige Kristall war auf einer Reihe dünner, metallartiger Rohre in Form von Schubstangen angebracht, so daß man ihn in alle Richtungen kippen konnte. Abgesehen von den Halbreliefplatten waren dies die einzigen Gegenstände aus Metall, die sie im Tempel entdeckt hatten. Die Schubstangen befanden sich in einer Steinumfassung, so daß das ganze Gerät um seine Achse gedreht werden konnte. Es hatte den Anschein, als bedürfe es zur Bedienung der Kraft nur einer einzigen Person. Steve hielt es für besser, es noch nicht zu versuchen, bis er diesen erstaunlichen Apparat genauer untersucht hatte. An dem Kristall, in unmittelbarer Nähe der Mittellinie, sah er eine kreisrunde Vertiefung mit einem Durchmesser von etwa achtundzwanzig Zentimetern. Es war offenkundig eine Linse. Steve suchte und fand kleinere, kreisrunde Linsen an allen Seiten des Kristalls – vier im ganzen; die Hauptlinse und die kleineren, mit Durchmessern von nicht mehr als zweieinhalb Zentimetern. Er war überzeugt davon, daß die in den Kristall eingeführte Energie über jede der Linsen abgestrahlt werden konnte.

Die Anordnung der Kristallfacetten, der Linsen und der Schubstangen deutete darauf hin, daß man durch die Bewegung der Stangen, durch die Drehung des Kristalls in seinem Ring die Energie in jede beliebige Richtung lenken konnte. Keiner von den Anwesenden hatte eine Ahnung davon, um welche Art von Kristall es sich handelte. Es gab nur Vermutungen. Nicht einmal Phil Wayne, der viele Jahre mit Kristallen gearbeitet hatte, wollte sich festlegen.

Die Energie schien, davon waren sie überzeugt, der Sonne zu entstammen. Javari versuchte die seltsamen Hieroglyphen an den Wänden zu übersetzen. Die alten Zeichnungen und Diagramme deuteten nur auf Sonnenlicht als Energiequelle für den Kristall hin.

Wenn es früher einmal noch eine andere Art von Energie gegeben hatte, so existierte sie jetzt nicht mehr. Über diesen Punkt konnten sich später die Fachleute streiten, denn der Tempel konnte nicht nur von Menschenkraft allein erbaut worden sein. Dazu hatte es anderer Energieformen bedurft. Vorhanden war jedoch nur noch der Kristall.

Die Schlitze in den Außenwänden der Tempelkuppel ... Zu einer bestimmten Tageszeit mußte die Sonne einen starken Strahl direkt durch jeweils einen der Schlitze auf den Kristall richten. Dort geschah mit dem Sonnenlicht etwas Unerklärliches. Es wurde auf irgendeine Weise in der Kristallstruktur milliardenfach verstärkt, und was durch die Ziellinse herauskam, mußte ein Energiestrahl von unvorstellbarer Stärke sein. Steve dachte an den „Blitzschlag", der Major Rylands Flugzeug getroffen hatte ...

Carla entdeckte, daß man die ganze Kuppel bewegen konnte. Sie war verschiebbar, so daß zur Mittagszeit, wenn die Sonne am heißesten brannte, die Solarenergie direkt von oben in den Kristall flutete. Der Energiezufluß würde dann am stärksten sein, und was der Strahl bei dieser Ladung zu erreichen vermochte, entzog sich jeder Vorstellung. Wayne hatte von einem Superlaserstrahl gesprochen, der den Strahlen, wie man sie heute mit Rubinen und anderen Kristallen in Laseranlagen erzeugte, so haushoch überlegen war wie ein Laserstrahl einem gewöhnlichen Lichtstrahl aus einer Taschenlampe. Wenn das zutraf, dann hatten die Cayas – oder ihre Lehrmeister – die Energie in einem Sonnenstrahl bündeln können, ohne ein Laserpumpensystem zu benötigen.

Wenn die Cayas einen Kristall dieser Größe herzustellen oder zu finden vermochten, dann sprach alles dafür, daß sie auch mit kleineren Kristallen und geringeren Energiemengen gearbeitet hatten. Und das würde auch erklären, weshalb die Steinblöcke und -platten so säuberlich zurechtgeschnitten waren, warum ein Stein so präzise auf den anderen paßte. Es handelte sich um eine perfekte Laserschweißtechnik, die mit jedem Material fertig wurde, sei es Stein oder Metall oder was auch immer. Und wenn man diese Art von Energie voll im Griff hatte, dachte Steve, dann konnte man sie auch über Entfernungen hinweg übertragen. Wie ein Mikrowellensystem, aber so fortgeschrittener Art, daß ein Mikrowellenimpulssystem dagegen geradezu steinzeitlich anmutete.

Das erklärte auch einiges an dem edelsteingeschmückten Modell in der unteren Kammer ... Wozu Räder, wenn man über Energieübertragung solcher Art verfügte? Das Modell besaß eine Art Antenne oder Empfangsanlage, die aufgenommene Energie in Repulsivkraft umwandeln konnte. Vielleicht war unter der glasigen Oberfläche der Straße etwas verborgen? Das Prinzip war nicht unbekannt: Seit Jahren entwickelte man Magnetschwebebahnen, die darauf beruhten. Und Strahlungsenergie, selbst Plasmablitze mit der Stärke eines Atomfeuerballs, waren der Gegenstand von Forschungsprogrammen, an denen in den Vereinigten Staaten und in der Sowjetunion gearbeitet wurde, weil man bestrebt war, Systeme zu entwickeln, mit denen die Sprengköpfe anfliegender Raketen zerstört werden konnten.

Dieser Kristall konnte also ... Steve spürte, wie die Kälte in ihm hochkroch. In diesem jahrtausendealten Raum mochte der Quantensprung in die Zukunft der Energielenkung stattfinden. Die Industrie würde eine Revolution erleben. Dem kleinsten Ort irgendwo auf der Welt ständen unvorstellbare Energiemengen zur Verfügung. Die Energiekrise würde über Nacht der Vergangenheit angehören. Eine wirtschaftliche Macht von unvorstellbaren Ausmaßen ...

Eine Waffe. Wie keine zweite. Kombiniert mit den neuesten Lasersystemen, die ungeheure Energieimpulse zu befördern vermochten ... Steve schüttelte den Kopf. Ein gigantischer Sprung im Maß der Zerstörungskraft. Auch das.

Und draußen eine Gruppe von Männern, die sie töten würden, um in den Besitz dieser Waffe zu gelangen. Er starrte den Kristall an und wußte, daß dies der entscheidende Augenblick war, vergleichbar jenem, als das Atom vom Naturrätsel zum Gegenstand des täglichen Gebrauchs der Menschheit geworden war.

Wenn möglich, würde er das Geheimnis des Kristalls mit nach Hause nehmen. Auf jeden Fall gedachte er alles zu tun, um zu verhindern, daß es in die Hände jener Leute fiel, für die Fossenden arbeitete. Er lächelte schwach vor sich hin. Steve Austin, der Abenteurer. Auf dem Mond hatten sie nicht einmal eine Spielzeugpistole gebraucht. Sie mußten antreten gegen die viel gefährlicheren Feinde Kälte und Gewichtslosigkeit im Weltraum, wo es keine Schwerkraft gab ...

Schwerkraft. Wo es keine Schwerkraft gab. Betroffen erkannte er, daß das vielleicht hinter dem Geheimnis des Kristalls stecken mochte, hinter der Energieform, die buchstäblich Berge versetzt hatte. Der Kristall ... Wenn er nun nicht von den Cayas stammte?

Wenn die alten Legenden doch etwas Wahres in sich bargen ..., die Streitwagen der Götter ... Wenn der Kristall von außerhalb der Erde hierhergebracht worden war? Vielleicht hing dann der Kristall auf irgendeine Weise mit Antischwerkraft zusammen ...

Antischwerkraft ... Das war eine Frage des Maßstabs. Ein Flugzeug war eine Art Antischwerkraftmaschine. Ebenso die Saturn V, mit der eine Raumkapsel auf den Mond geschossen worden war. Aber es handelte sich dabei um leistungsschwache Maschinen. Sie wirkten der Schwerkraft entgegen; sie hoben sie nicht auf. Dieser Kristall hier diente offenbar zur Energieübertragung. Keine neue Idee an sich. Wissenschaftler experimentierten seit langer Zeit mit Mikrowellenübertragung, ohne großen Erfolg. Dieses alte Volk war ihnen auf diesem Gebiet überlegen. Aber wie sah es aus, wenn der Kristall auch zur Erzeugung von Antischwerkraft diente? Steve stellte sich ein riesiges Raumschiff vor, das einen vom Kristall ausgesandten Energiestrahl auffing und in eine Repulsivanlage leitete.

Das wäre nicht primitive Antischwerkraft, sondern Nullschwerkraft, die Aufhebung eines Naturgesetzes. Der Anstoß durch einen Finger würde genügen, um ein Raumschiff von der Erde zu heben. Oder einen schweren Steinblock in große Höhen zu befördern. Die Möglichkeiten erschienen geradezu unerschöpflich. Wenn sein Gedanke nicht bloße Illusion war, dann konnte der Kristall dem Menschen das ganze Sonnensystem eröffnen ...

Ein schöner Traum, dachte er. Aber die Wirklichkeit verlangte ihr Recht dringender. Er schaute sich um. Wayne und Rudy beendeten ihre Arbeit mit Kameras und Tonbandgerät. Dr. Javari schloß vor Erschöpfung die Augen, und seine Tochter machte aus ihren Gepäckstücken eine provisorische Liegestatt. Mueller stand auf der Treppe und lauschte. Es würde eine lange Nacht werden. Am Morgen gedachte Steve den Kristall auszuprobieren.

19

„Doktor Javari und Carla haben die Sonneneinfallwinkel geprüft. Ich habe es aus einer anderen Richtung versucht, aber wir kommen zu denselben Ergebnissen", berichtete Rudy Wells und deutete auf eine Skizze des Kuppelraums. „Ungefähr um zehn Uhr morgens, also in ein paar Minuten, wird durch Schlitz Nummer drei, dort, ein

Sonnenstrahl direkt auf den Kristall fallen. Wir müssen die Schubstangen bewegen, um den Kristall ein Stück herunterzuziehen. Direkt vor der Hauptlinse – man sieht den Umriß an der Wand – befindet sich eine Steinplatte, die, der Inschrift nach, seitlich weggeschoben werden kann. Der Kristall schickt den Strahl an dieser Stelle hinaus."

Steve sah sich die Skizzen an. Rudy Wells schien es richtig erfaßt zu haben. Steve schickte Mueller wieder zur Treppe. Sobald sie sich an die Arbeit machten, würden sie so konzentriert sein, daß sie auf nichts anderes achten würden.

Er machte sich Gedanken über Fossenden. Die ganze Nacht hindurch war nichts zu hören gewesen. Sie hatten sich bei der Wache abgewechselt, aber außer dem Wind und einem gelegentlichen Vogelruf hatten sie nichts hören können.

„Nicht ins Freie treten, wenn wir die Steinblöcke bewegen", warnte er die anderen. „Fossenden und seine Leute werden genau aufpassen. Wir mögen hoch oben sein, aber für einen Scharfschützen mit Teleskop sind wir erreichbar." Er schaute sich um. „Alles bereit? Rudy, den Stein."

Wells ging zur Westseite des Kuppelraums und preßte die Hand auf eine runde Stelle in der gemeißelten Inschrift. Ein Quietschen und Rasseln, dann glitt der Steinblock mit einer Seitenlänge von eineinviertel Metern nach rechts.

„Zurück!" rief Steve dem Arzt zu. Licht flutete in den Raum und brachte den Kristall zum Leben. Er erglühte in tausend Farben, und während sie ihn betrachteten, flackerten die Facetten und schienen den Blick zu trüben. Staub umwehte sie, der Wind fegte durch die Öffnung herein, blies die Zeit und die Unentschlossenheit davon. So war es also damals gewesen für die Priester und Eingeweihten des Caya-Volkes. So hatten sie vor siebzehntausend Jahren vielleicht empfunden . . .

„Phil, der Stein hinter Ihnen. Schlitz Nummer drei. Wenn Sie ihn herausgezogen haben, stellen Sie ihn auf den Boden und kommen Sie her zu mir. Ich möchte, daß Sie den Kristall dann herunterziehen."

Wayne nickte. Er zog den Stein aus dem Wandschlitz und stellte ihn auf den Boden. Ein Sonnenstrahl stand wie erstarrt, beinahe körperlich greifbar, im wirbelnden Staub. Aber er erreichte den Kristall nicht. Noch nicht.

Wayne trat zu Steve, ergriff die Schubstangen und drehte sich nach Steve um.

„Jetzt", sagte Steve. Wayne bewegte die Hebel. Der Kristall sank langsam herunter. Wayne hörte ein leises Klicken, dann war das Gerät eingerastet. Das Sonnenlicht strömte durch den Mauerschlitz herein und verschwand im Inneren des Kristalls.

Vor ihren Augen flackerte es. Sie starrten alle auf den Kristall, aber es fiel schwer, ihn konzentriert zu betrachten, weil das Licht tanzte und flimmerte. In der Kuppel begann es zu vibrieren. Man konnte es beinahe hören, aber mit Schallwellen hatte es nichts zu tun.

Dann geschah es. Ein Lichtstrahl, bläßlichblau und weiß, entstand. Ein einzelner, unglaublich greller Blitz, wirklich und unwirklich zugleich, unfaßbar und überwältigend – entstand einfach. Der gespenstische Glanz zuckte davon, Hunderte von Metern weit sichtbar, und verschwand.

„Phil, hoch damit!" befahl Steve. Wayne griff nach den Schubstangen und schob den Kristall in die Höhe.

Steve schaute auf die Uhr. „Vier Sekunden. Der Strahl war genau vier Sekunden vorhanden, dann ist er verschwunden. Warum?"

Wayne atmete tief ein. „Der Impuls", sagte er langsam. „Was auch immer in dem Kristall vorgehen mag, das Licht scheint umgeformt zu werden. Gebündelt wie bei einem Laser . . . Ich weiß nicht, was da geschieht, Steve, nur, daß es funktioniert. Sie haben es gesehen. Alle haben es gesehen. Der Kristall nimmt das Sonnenlicht auf, er verwandelt es auf irgendeine Weise, dann wird eine Art Ladung ausgestoßen. Vier Sekunden lang. Dann ist die Ladung verbraucht, und es fängt von neuem an."

„Wieviel Zeit vergeht zwischen den Ladungen?"

„Das weiß ich sowenig wie Sie."

„Stellen wir das fest. Die erste Ladung ist ins Leere verpufft. Ist Ihnen etwas Besonderes daran aufgefallen?"

„Gewiß", antwortete Wayne sofort. „Die Luft ist ionisiert worden. Und elektrostatische Aufladung hat es auch gegeben. Haben Sie das leise Grollen gehört?"

Steve war seiner Sache nicht sicher und sagte das auch.

„Nun, in kleinem Maßstab war das, was wir gehört haben, Donner. Der Strahl erhitzt die Luft beim Durchgang. Hitze und Ausdehnung. Eine Druckwelle."

„Und ich dachte, Sie hätten gar nicht aufgepaßt", meinte Steve. „Sehen Sie den Berg da drüben?" Er zeigte hinüber. „Wie weit ist er wohl entfernt?"

„Tausend Meter vielleicht", meinte Wayne.

„Glauben Sie, der Strahl reicht so weit?"

„Er hat mindestens die dreifache Entfernung zurückgelegt. Ich bin sicher, daß es irgendwo ein Bedienungselement auch für die Entfernung gibt, habe es aber noch nicht –"

„Später. Also, Phil. Können Sie auf den Berg dort zielen, bevor Sie den Kristall herunterholen?"

Wayne nickte. Er griff nach den Stangen, zielte mit der großen Linse und zog den Kristall nach unten. Sie warteten. Es dauerte zehn Sekunden, bis der gespenstische blaue Strahl auftauchte.

In tausend Meter Entfernung begann der Gipfel des Berges zu kochen. Ein anderes Wort gab es dafür nicht. Flammen zuckten hoch, als der Strahl Erde, Bäume und Gestein durchbohrte. Die Bäume glühten auf. Binnen Sekunden rann der Schmelzfluß des Gesteins den Hang hinunter. Ein kreischendes Geräusch erreichte sie.

Der Strahl erlosch.

Sie waren wie betäubt. Sie starrten auf die rauchenden Spuren der Vernichtung in tausend Meter Entfernung.

„Rudy, lösen Sie Mueller an der Treppe ab. Unser Außenministerium soll sehen, was für einen Tiger wir am Schwanz gepackt haben."

Mueller trat in die Kuppelkammer. Steve zeigte ihm die verglühte Stelle an dem Berg.

„Wenn Phil den Kristall in Stellung bringt, entsteht ein bläulichweißer Strahl", erläuterte er. „Und die Wirkung sieht dann so aus."

Mueller betrachtete die geschwärzte Erde, die fauchenden Flammen, die langsam erloschen, den aufquellenden Rauch. „Sie müssen das selbst verfolgen." Er wandte sich an Wayne. „Beim nächsten Mal bewegen Sie den Kristall langsam hin und her. Los!"

Wayne brachte den Kristall in die richtige Stellung und wartete. Zehn Sekunden.

Der Strahl zuckte auf und erreichte im selben Augenblick den benachbarten Berg. Wayne bewegte den Kristall hin und her.

Der ganze Gipfel explodierte. Nicht auf einmal, sondern unaufhörlich hintereinander. Der Kristall bebte unter Waynes zitternden Händen. Das Zittern wurde zusammen mit der Querbewegung zu einem leichten Auf und Ab verstärkt. Die dem Kristall zugewandte Bergseite wurde aufgerissen. Überall Flammen. Krachende Explosionen, übertönt von einem ohrenbetäubenden Dröhnen.

Der Strahl erlosch wieder. Der Berggipfel war verschwunden, an seiner Stelle floß geschmolzenes Gestein. Die Bäume darunter loderten. Wayne zog den Kristall in die Höhe.

Mueller hatte die Augen aufgerissen. Er trat an die Maueröffnung und starrte hinaus.

„Aaron! Zurück!" Steve kam zu spät. Mueller drehte sich um, eine Hand erhoben, den Mund aufgerissen. Er versuchte zu sprechen, aber aus seinem Mund quoll Blut. In seiner Brust war ein Loch. Er brach zusammen.

„Hinlegen! Alles hinlegen!"

Das zweite Geschoß des Scharfschützen prallte von der Steinmauer ab. Rudy kroch am Boden nach vorn, sprang auf und schlug die Hand auf den Auslöser. Der Steinblock fügte sich knarrend in die Öffnung. Wayne schob den anderen Stein in den Schlitz.

Irgend jemand tastete nach einer Taschenlampe. Als sie aufflammte, schrie Carla gellend auf.

„Mein Gott", stöhnte Rudy entsetzt auf. Das zweite Geschoß, ein Querschläger, hatte Dr. Javari in den Kopf getroffen. Er war tot.

20

PHIL WAYNE bemerkte ganz ruhig, beinahe im Gesprächston: „Wir sitzen in der Falle." Er beschäftigte sich damit, seine Kameras einzupacken.

Steve saß am Boden, den Rücken an die Mauer gelehnt, und nickte. Carla hatte den Schock noch nicht überwunden, wollte sich aber von Rudy Wells kein Beruhigungsmittel geben lassen. Ein gutes Zeichen. Sie würde sich erholen. Sie mußte einfach.

Wir müssen uns alle zusammennehmen, dachte Steve. Als sie den Tempel erreicht hatten, waren sie zu acht gewesen. Jetzt waren sie noch vier. Vom Standpunkt des gemeinsamen Überlebens aus waren die Ausfälle von Mueller und Viejo am schlimmsten.

Wenigstens kennen wir jetzt die Regeln, dachte Steve. Alles ist erlaubt. Aber das galt für beide Seiten. Er fragte sich, ob er nicht einfach versuchte, sich Mut zuzusprechen. Sie saßen hier fest. Fossenden hatte die vier Eingänge zum Tempel inzwischen sicherlich ausgemacht, und vor jedem warteten ein, zwei Mann mit automatischen Waffen.

Denk nach, ermahnte er sich. Er dachte nach und wies den Gedanken an eine Abmachung mit Fossenden sofort von sich. Fossenden konnte es sich nicht leisten, auch nur einen von ihnen am Leben zu lassen. Die Fronten waren jedenfalls abgesteckt. Entweder sie fanden einen Ausweg aus diesem Tempel, oder sie würden ihn nie mehr verlassen.

Und sie mußten bald etwas tun. Fossendens Leute würden an den Wänden heraufklettern. Es gab genug Lücken und Bruchstellen, zusammen mit dem Rankenwerk, das sich im Lauf der Jahrhunderte an der Außenseite hochgearbeitet hatte. Ein guter Kletterer mußte in der Lage sein, den Aufstieg zu bewältigen und Seile anzubringen, so daß die anderen nachkommen konnten. Danach konnte es nur eine Frage der Zeit sein, bis Sprengladungen den Rest besorgten.

Steve blickte auf den Kristall. Er hatte sich überlegt, was er mit dem unglaublichen Gerät tun mußte, ebenso mit den Zeichnungen und den Diagrammen. Er richtete sich plötzlich auf. Die alten Priester, die diesen Tempel gehütet hatten, mußten für Notfälle doch einen Geheimausgang besessen haben.

Steve rief die anderen zu sich und erklärte ihnen, zu welchen Schlußfolgerungen er gekommen war. Sie schalteten ihre Lampen ein und begannen die Kuppelkammer abzusuchen.

Carla brauchte zwei Stunden, um den Ausgang zu finden. In der ganzen Kuppel gab es ein einziges Halbrelief, das keinen Sinn zu haben schien. Carla saß an der Westseite der Kammer auf dem Boden und studierte die Einzelheiten des Reliefs. Sie beugte sich vor und ließ die Finger über den Stein gleiten. Sie zögerte und preßte die Hand auf eine Stelle. Nichts. Sie betrachtete das Relief noch genauer. Wieder drückte sie auf eine Stelle, wieder rührte sich nichts. Sie richtete sich auf, und Rudy Wells trat zu ihr.

„Kann sein, daß das Relief der Schlüssel ist“, meinte er langsam, „aber vielleicht stellen Sie es falsch an. Ich weiß nicht – würden Sie dasselbe System anwenden, wenn Sie im Notfall hier herausmüßten? Man –“

Carla ließ ihn nicht ausreden. „Natürlich!“ rief sie. Sie wandte sich wieder dem Relief zu, legte beide Hände neben die Figuren und übte Druck aus. Nichts. Sie sah die anderen verzweifelt an.

„Es ist Jahrtausende alt“, sagte Steve. „Lassen Sie mich das versuchen. Hier, meinen Sie?“ Sie nickte, und er legte die Bionikhand auf das Relief, preßte sie gegen den Stein. Das Relief bewegte sich. In der Wand wurde ein Knirschen hörbar.

„Sie haben von Anfang an recht gehabt", sagte Steve. „Aber der Ausgang ist schon so lange nicht mehr benützt worden – Staub und Feuchtigkeit haben die Fugen zugesetzt, vielleicht Insekten, wer weiß. Immerhin ist der Kuppelraum ungeschützter als das Innere des Tempels."

Sie starrten ins Freie, in die Dunkelheit, dort, wo ein schwerer Steinblock gewesen war. Ein Schlupfloch, mehr nicht, aber es reichte.

Wayne beugte sich mit einer Lampe über das Loch. Als er wieder hervorkam und sich umdrehte, war sein Lächeln verschwunden.

„Was ist denn?" fragte Carla.

„Es ist ein Schacht."

„Macht doch nichts", sagte Rudy. „Mehr können wir nicht verlangen."

„Ein Schacht, der senkrecht nach unten geht! Vier nackte Wände. Mindestens fünfzig Meter, würde ich sagen. Und nirgends ein Halt."

Steve trat an den Schacht heran und leuchtete hinein. Bis zum Boden reichte der Lichtstrahl nicht. Unmöglich festzustellen, wie weit es hinabging.

Rudy brachte ihm ein dünnes Kabel aus dem Gepäck. Augenblicke später sank an dem Kabel eine Lampe hinunter.

„Wie tief ist es?" fragte Rudy, als Wayne die Lampe wieder heraufzog.

„Ungefähr achtzig Meter", antwortete Wayne betroffen. „Das ist schlimm."

„Hätte schlimmer sein können", meinte Steve.

„Na danke! Achtzig Meter! Das ist genauso, als wollte man von einem Haus mit zweiundzwanzig Stockwerken außen an einem Seil herunterklettern!"

Steve antwortete nicht, sondern beugte sich wieder in den Schacht hinein, blickte aber nach oben. Etwa einen Meter über sich sah er drei Metallösen, durch die man Seile ziehen konnte. Er holte ein Stativ von Waynes Fotoausrüstung und klopfte damit gegen eine der Ösen. Sie zerfiel zu Rost und Staub.

Steve drehte sich um, klopfte Staub und Rostteilchen von seinem Gesicht. „Immerhin", sagte er, „wir haben Kabel genug . . ."

„Welche Stärke?"

„2700 Pfund Zuggewicht."

Sie schlangen das Kabel zweimal um den massiven Steinring in der

Mitte der Kammer. Ohne Ösen fiel es schwer, das Kabel in die Mitte des Schachts zu bugsieren.

„Wie wollen wir denn das machen?" fragte Wayne. „Steve, der Kunststoff am Kabel ist glatt. Ich käme nie hinunter, ohne abzurutschen. Wenn die Hände zu schwitzen anfangen – das wäre glatter Selbstmord. Und was passiert, wenn wir die Kunststoffisolierung entfernen? Das Kabel ist dünn. Man schneidet sich die Hände durch oder verbrennt sie sich auf jeden Fall, wenn es zu schnell geht. Ich weiß nicht –"

Steve und Rudy sahen einander an, sprachen aber nicht aus, welche Kraft in einer Bionikhand steckte.

„Ich gehe als erster hinunter", erklärte Steve. „Ich schaue mich um, ob es unten weitergeht." Ein dumpfer Knall hallte durch das Bauwerk. Staub rieselte von der Decke. „Und ich glaube nicht, daß wir noch viel Zeit für eine Diskussion haben. Rudy, Phil hat natürlich recht, was das Kabel angeht. Verkleben Sie alles fest." Er hielt ihm die rechte Hand hin. Rudy wickelte dicke Gaze um die Hand und verklebte sie so mit Heftpflaster, daß die Finger noch beweglich blieben. Steve legte den Gürtel mit dem Revolver an, stopfte in die Taschen, was sie fassen konnten, und ging zum Schacht. Er drehte sich noch einmal um, nachdem er geprüft hatte, wie fest er das Kabel halten mußte. „Phil, nehmen Sie die Rucksackgurte von den Toten, und machen Sie eine Art Notsitz daraus. So kommt ihr auch hinunter."

Er glitt in den Schacht. Rudy beugte sich über ihm hinein und leuchtete hinunter. Steve ließ das Kabel zwischen den Stiefeln durchlaufen und bremste so seinen Abstieg. Es ging viel besser, als er erwartet hatte. Die Beine brauchte er nicht zu überanstrengen, und das Kabel hielt er mit der linken, der Bionikhand, fest. Der Verband an der rechten Hand war nur eine Vorsichtsmaßnahme gewesen.

Er glitt langsam hinunter und sah sich die vier Wände an. Die Trockenheit überraschte ihn. Natürlich waren Insekten eingedrungen, und er sank hinab durch uralte Spinnweben. Aber selbst den Spinnen mußte der Aufenthalt hier ungemütlich erschienen sein, und er sah und hörte beim ganzen Abstieg nichts. Dann stand er unten auf zermahlenem Gestein. Er hielt sich am Kabel fest und prüfte die Festigkeit des Bodens. Fest, aber nicht völlig trocken. Auch damit hatte er gerechnet. Er befand sich in einer Art Höhle. Er bewegte sich langsam mit der Lampe und erstarrte. Spiegelungen. *Augen.* Er drehte die Lampe. Riesige Ratten. Die Tiere starrten ihn furchtlos an. Kein

Anlaß, sich vor irgend etwas zu fürchten, dachte er. Hier unten haben sie keine Feinde, außer vielleicht Schlangen. Es sprach einiges dafür, daß sie ihm nichts tun würden.

Der Boden war dicht bewachsen, vorwiegend von Ranken. Er zog eine dicke Kerze aus der Tasche, stellte sie auf den Boden und zündete sie an. Die Flamme zuckte hoch, und die Schatten an den Wänden taumelten durcheinander, dann wurde die Flamme kleiner und ruhiger. Steve wartete. Die Flamme bewegte sich, bog sich nach rechts, wurde in diese Richtung gesogen. Der Weg nach draußen mußte sich also auf der linken Seite befinden. Er führte die Kerze näher an die Pflanzen und sah sie sich an. Dicht verfilzt. Er kehrte zum Schacht zurück und rief zu Wayne hinauf, er möge die Machete herunterschicken.

Etwa eine Stunde später hatte er sich einen Weg gebahnt, und durch eine Öffnung kaum einen halben Meter über dem Boden sah er Tageslicht. Vor dem Tempel verbarg dichtes Gebüsch den Ausgang. Er blies die Kerze aus, knipste die Taschenlampe aus und trat an die Öffnung. Ein Sims, etwa einen Meter breit, erstreckte sich vor dem Tempel, dann fiel die Wand steil ab. Steve tarnte sich mit den abgeschnittenen Ranken und schlich hinaus.

Der steile Abhang endete hundert- bis hundertfünfzig Meter tiefer. Er schaute nach links und rechts. Von der Tempelmauer ging es überall fast senkrecht hinunter. Unwahrscheinlich, daß man auf diese Stelle besonders achten würde. Nirgends gab es Anzeichen für einen Ausgang. Trotzdem, bei Tag bestand stets die Gefahr, daß man entdeckt wurde. Vögel oder andere Tiere mochten sie verraten. Der Ausbruch mußte bei Nacht unternommen werden. In ein paar Stunden. Er kehrte in die kleine Höhle zurück. Machete und Kerze ließ er dort. Wayne rief von oben hinunter: „Wir ziehen Sie herauf. Festhalten!"

„Nein, achtet nur darauf, daß das Kabel am Sockel befestigt ist." Waynes Gesicht verschwand, dafür tauchte Rudy Wells auf. Steve hörte einen Wortwechsel, dann gab ihm Wells einen Wink. Er hielt sich mit dem rechten Arm am Kabel fest, schob sich mit den Beinen hinauf, klammerte sich fest, schob sich wieder hinauf. Schließlich erreichte er Rudy, warf ihm einen Blick zu und stieg in die Kammer. In diesem Augenblick hörte er irgendwo im Tempel wieder eine dumpfe Explosion.

„Es wird knapp werden", sagte er, nachdem er berichtet hatte, was er unten vorgefunden hatte. „Wir nehmen nur mit, was wir für ein paar Tage unbedingt brauchen, alles andere lassen wir zurück. Essen, Wasser, Medikamente, Waffen, mehr brauchen wir nicht. Die einzige Ausnahme sind die Filme. Einen Beutel habe ich, den anderen Phil."

„Und meine Kameras?" wollte Wayne wissen.

„Bleiben hier. Ich verspreche, daß der Staat Ihnen alles ersetzt."

Wayne starrte unglücklich auf seine Ausrüstung.

„Was ist mit dem Notsitz?" fragte Steve.

Rudy zeigte ihn. „Schon fertig. Klappt gut. Wir haben es ausprobiert."

„Okay. Richtet alles her, wie besprochen. Wir haben noch drei oder vier Stunden Tageslicht, und ich möchte los, sobald es dunkel wird. Rudy, Sie gehen als erster hinunter, dann Carla. Phil und ich haben hier noch zu tun. Wir kommen gleich nach."

Er sah Carla auf die Leiche ihres Vaters blicken. „Es tut mir leid, Carla. Wir können nichts tun."

Sie nickte mit Tränen in den Augen.

Eine Stunde bevor es dunkel wurde, ließ Steve Rudy Wells in den Schacht hinuntergleiten. Anschließend holte er das Kabel mit dem Gurtsitz wieder herauf, befestigte ihn an Carla und schickte sie hinunter. Dann folgte ihr Gepäck. Er sah Wayne an.

„Was jetzt passiert, wird man uns nicht ohne weiteres verzeihen", begann er. Wayne erwiderte seinen Blick. „Wir bauen eine Falle."

„Hier? Steve, der Kristall –"

„Sie kennen sein Potential, nicht wahr?"

„Ja, sicher –"

„Wollen Sie, daß es in die falschen Hände gerät?"

„So einfach ist das nicht, Steve. Ich meine, wenn man bedenkt, was man mit dem Kristall alles erreichen könnte – ich weiß nicht, ich weiß einfach nicht . . ."

Steve starrte den Kristall an. „Vielleicht kann ich es Ihnen leichter machen. Keine politischen Predigten. Nur eine Frage. Was, glauben Sie, würde auf der Welt geschehen, wenn nur ein einziges Land über die Atombombe verfügen würde?"

„Ich verstehe, was Sie meinen."

„Wir wissen es nicht, aber auf die Probe möchte ich es nicht ankommen lassen."

„Nein, das will wohl keiner. Also gut, Steve, was machen wir?"

„In meinem Rucksack habe ich eine Lunte und sechs Packungen Plastiksprengstoff. Wir bauen unten am Eingang einen Zünder ein. Hier oben einen Stolperdraht, zur Vorsicht. Am Boden können wir für alle Fälle noch einen Druckauslöser anbringen. Drei Möglichkeiten. Wenn jemand in die Kammer kommt und nicht gerade den Schacht benützt, fliegt alles in die Luft. Nicht nur der Kristall. Der Sprengstoff reicht, um die ganze Kammer zu zerstören. Wenn Fossenden und seine Leute nicht hereinkommen, passiert nichts. Wenn doch –"

Wayne seufzte. „Fangen wir an."

Eine halbe Stunde später waren sie fertig.

„Fossenden muß den Eindruck gewinnen, daß wir hier die ganze Nacht zubringen wollen", meinte Steve. „Wenn ich hinter Ihnen den Schacht hinunterrutsche, schließe ich zu. Im Schacht gibt es einen Hebel, der den Stein an seinen Platz zurückbringt. Kurz vorher entferne ich einen der Steine in den Mauerschlitzen. Am Boden lasse ich eine Lampe liegen. Das Licht sehen sie. Vielleicht schießen sie die ganze Nacht immer wieder mal auf uns, damit wir nicht ans Fenster gehen. Auf jeden Fall werden sie beschäftigt sein."

Er schickte Wayne den Schacht hinunter. Sie hatten hundert Meter Kabel abgeschnitten, um durch den Schacht hinunterzugelangen. Den Rest würden sie brauchen, um die Außenmauer zu bewältigen.

Steve legte eine Batterielampe auf den Boden und schaltete sie ein. Er entfernte einen der Steine aus den Mauerschächten und eilte zum Schacht. Er war gerade hineingestiegen, hatte das Kabel ergriffen und wollte den Stein an seine ursprüngliche Stelle zurückschieben, als er Schüsse hörte. Geschosse fetzten durch das Fenster. Kurz bevor der Stein zurückglitt, sah er einen Riß im Kristall, der sich rasch ausbreitete. Eines der Geschosse war von der Mauer abgeprallt und hatte den Kristall getroffen. Ein paar große Splitter fielen auf den Boden. Steve bückte sich nach einem der Stücke, betrachtete es kurz und steckte es ein. Er richtete den Blick noch einmal auf den gigantischen Kristall in der Mitte der Kuppelkammer. Die Beschädigung durch den Querschläger bedrückte ihn.

Nun, wenigstens kann ich hier weggehen mit dem Bewußtsein, daß wir das nicht gewesen sind, dachte er. Er glitt an dem Kabel hinunter.

21

Als Steve am Boden des Schachts angekommen war, verankerte er das Kabel in der Höhle, Wayne schlüpfte in den Gurtsitz, und Steve ließ ihn vom Sims aus die Außenmauer hinuntergleiten. Es ging langsam, weil sie im Dunkeln arbeiten mußten, denn sie wagten es nicht, eine Lampe anzuknipsen. Als Wayne die Bäume unten erreichte, zerrte er am Kabel. Steve hielt das Kabel und ließ es dann langsam weitergleiten. Augenblicke später erschlaffte das Kabel. Sie warteten, während Wayne in der Dunkelheit umhertastete. Wenn die Baumgruppe zu klein war und er abstürzte, war er durch den Notsitz immer noch gesichert. Ein paar Minuten vergingen, dann spürte Steve dreimal hintereinander einen Ruck.

„Unten ist alles in Ordnung", sagte er. Als am Kabel wieder geruckt wurde, zog er es herauf. Sie legten Carla den Gurtsitz um und schickten sie zu Wayne hinunter, als nächstes kamen die Rucksäcke, und dann folgte Rudy Wells ihnen nach. Beim nächsten Signal ergriff Steve das Kabel mit der linken Hand und schob sich über den Simsrand. Er glitt Hand über Hand schnell hinunter, spürte Äste, wurde langsamer und erreichte die anderen zwischen den Bäumen. Er schlang das untere Kabelende um einen Baum, damit der Wind es nicht erfassen und hinauswehen konnte.

„Was nun?" flüsterte Rudy.

„Wir haben fünf Tage gebraucht, um hier heraufzukommen", sagte Steve. „Fünf Tage mit acht Leuten und schwerem Gepäck. Wegen Dr. Jennings und Dr. Javari kamen wir nicht so schnell voran. Auf dem Rückweg nach Südosten müßten wir nach etwa zehn Kilometern auf unseren Pfad stoßen. Diesmal werden wir schneller durch das hohe Gras kommen, weil wir uns keinen Weg zu bahnen brauchen. Wir müssen zurück aufs Plateau und eine der Maschinen holen."

„Vielleicht wartet dort jemand auf uns", gab Wayne zu bedenken.

„Dieses Risiko müssen wir auf uns nehmen. Von hier bis nach Azul brauchen wir mindestens nochmals eine Woche, und Fossenden könnte uns irgendwo einen Hinterhalt legen. Unsere einzige Hoffnung ist, das Plateau zu erreichen und zurückzufliegen."

„Aber Fossendens Leute werden das doch nie zulassen", gab Carla zu bedenken.

„Sie wissen nicht, daß wir nicht mehr im Tempel sind", erwiderte Steve. „Wir müssen die Nacht hier verbringen, weil wir im Dunkeln zwischen den Bäumen nichts sehen. Fossenden wird vermutlich auch bis zum Morgen warten, bevor er etwas unternimmt, und bis dahin sind wir schon unterwegs. Wenn sie allerdings dahinterkommen, daß wir fort sind, werden sie uns verfolgen, das ist klar. Aber zunächst schlafen wir erst einmal. Es kann sein, daß wir Tag und Nacht auf den Beinen sein müssen."

Sie aßen eine Kleinigkeit, tranken Wasser und wickelten sich in ihre Netze. Steve war eine Stunde vor dem Hellwerden wach und wartete. Als es hell genug war, stiegen sie den Abhang hinunter. Er war steil, aber man konnte sich überall festhalten. Zwei Stunden nach dem Aufbruch erreichten sie den Talboden. Von dieser Stelle an mußten sie sich nach Südwesten halten, um ihre alte Fährte wiederzufinden. Wenn sie es schafften, bevor Fossenden merkte, daß sie fort waren, würde ihr Vorsprung zwölf oder dreizehn Kilometer betragen.

Steve gurtete seinen Rucksack fester und packte die Machete mit der linken Hand. „Dann los", sagte er.

SIE kamen gut voran. In dieser Höhe war der Boden zwischen den Bäumen noch nicht so verfilzt wie auf dem Abstieg vom Chalhuanca-Plateau. Jetzt kam es vor allem auf ihre Geschwindigkeit an; zum Glück waren sie ausgeruht und frisch. Steve schlug ein mörderisches Tempo an, und seine Machete flog hin und her, sobald sich ein Hindernis in den Weg stellte. Hauptsächlich ging es darum, so schnell wie möglich zu marschieren, sich unter Ästen zu ducken, dichtes Gebüsch zu umgehen. In den ersten drei Stunden gönnten sie sich keine Atempause. Danach erlaubte Steve jede Stunde zehn Minuten zum Verschnaufen, bevor er sie wieder antrieb. Jede Stunde jetzt würde später für drei zählen. Sie hatten außerdem den Vorteil, daß sie von ihrem ersten Treck zum Tempelberg bereits abgehärtet waren. Rudy Wells wog zwanzig Pfund weniger als zu Beginn der Expedition. Auch Wayne war zäher geworden, und Carla hatte schon vorher jahrelang an archäologischen Expeditionen teilgenommen.

Rudy wußte, was er von Steve erwarten konnte – er kannte die bionischen Fähigkeiten seines Freundes besser als dieser selbst.

Sie marschierten immer noch einen weiten, weniger steilen Hang entlang. Steve beobachtete seine Begleiter eine Weile und verschärfte dann das Tempo. Schließlich erreichten sie das grasbewachsene Gebiet, durch das sie beim Hinweg so langsam vorangekommen waren, bevor Steve seine bionischen Fähigkeiten hatte einsetzen müssen. Diesmal brauchten sie nicht mit der Machete anzutreten, so schnell wuchs das Gras nicht nach. Steve trieb sie vorwärts, bis sie zu stolpern begannen. Er hatte bewußt darauf abgezielt, sie bis zum äußersten zu beanspruchen. Er wußte, daß sie nicht mehr weiterkonnten, aber Ruhe und Nahrung würden Wunder wirken, und er gedachte sie danach weiterzupeitschen, bis sie betäubt waren und die Schmerzen und Qualen in den Muskeln kaum noch spüren würden.

Er gönnte ihnen eine Pause von fünfundvierzig Minuten. Während die anderen am Boden lagen, wo sie einfach hingesunken waren, und aßen und tranken, ging er nervös und unruhig wie eine Raubkatze hin und her. Carla starrte ihn ungläubig an, und mehrmals fühlte er ihren Blick auf sich ruhen, aber er wußte, daß sie ihn auch ohne Worte verstand. Sie fühlten sich zueinander hingezogen, daran gab es keinen Zweifel, nur hatten sie für diese Empfindungen jetzt keine Zeit. Später, hinter diesem Urwald, jenseits des Chalhuanca-Plateaus wartete eine neue Welt auf sie.

Sie standen wieder marschbereit vor ihm.

„Alles fertig?" fragte Steve. Sie nickten und brummten eine Antwort. Steve wollte sich umdrehen und vorausgehen, als er in der Ferne auf dem Gipfel des Tempelbergs einen grellen Blitz sah.

„Da", sagte er leise und deutete hinauf. Sie blickten hinüber. Der Blitz war verschwunden, aber eine hochragende Zunge gelblich-orangeroten Lichts fuhr aus dem Tempel empor, von der Kuppelkammer, wo sie den Kristall entdeckt hatten. Sie starrten hinüber, jeder mit seinen Gedanken beschäftigt, als dicker Rauch aufstieg – quälend langsam, wie es aus dieser Entfernung schien. Sie wußten, daß scheinbar winzige Steinchen, die in die Luft geschleudert wurden, in Wirklichkeit mächtige Steinblöcke waren. Der Rauch wurde davongeweht. Wo die Kuppelkammer gestanden hatte, herrschte jetzt Leere.

„Tja, nun wissen wir Bescheid", sagte Steve. „Los!" Unbarmherzig und rücksichtslos führte er sie in den dichteren Urwald hinein. Er trieb sie an, bis ihre Blicke glasig wurden, dann ließ er sie essen und eine Stunde rasten, bevor er sie wieder in die Höhe trieb.

Phil Wayne schüttelte ungläubig den Kopf. „Kein Lager für die Nacht?"

Steve deutete zur Sonne, die am Horizont stand. „Es ist noch eineinhalb Stunden hell. Solange wir Licht haben, marschieren wir. Aufstehen!“

Er drehte sich um und machte sich auf den Weg. Es blieb ihnen nichts anderes übrig, als ihm zu folgen. Nur die Aussicht, daß die Nacht bald hereinbrechen würde, hielt sie noch aufrecht. Als es endlich dunkelte, sanken sie erschöpft auf den Boden. Niemand sprach von Wachen. Sie waren zu müde und überließen alles Steve. Er ging auf Carla zu, schob ihr einen Rucksack unter den Kopf und deckte sie mit Moskitonetzen zu. Dann kümmerte er sich um die beiden Männer und erkundete anschließend die Umgebung. Er fragte sich, welche Tiere es hier geben mochte. Selbst er spürte nun, wie die Erschöpfung seinen eigenen Körper zu lähmen begann, und bedauerte, wie er mit den anderen umgegangen war, wußte aber, daß es keine andere Wahl gab. Lieber Blasen und Muskelkater als eine Kugel im Kopf.

Er wußte, daß er nicht schlafen konnte, bis von den anderen einer wach war. Er grinste, als er Rudy schnarchen hörte. Es war für ihn ein weiter Weg fort von seinem Büro und den Labors gewesen, aber auch hier hatte er sich bewährt. Zum ersten Mal, seit sie einander kannten, war Rudy bis zum äußersten gefordert worden und hatte sich sehr gut gehalten. Außerdem hatte er ja schon lange sein Gewicht verringern wollen, und das ging hier ja wie von selbst.

Steve dachte über Carla nach, an einen Baum gelehnt, das Gewehr auf den Knien. Er wußte, daß sie voneinander angezogen wurden und sie unter anderen Umständen schon längst zueinandergefunden hätten. Carla riß die Mauer nieder, die er sich gegen tiefere Gefühle errichtet hatte. Nur die Zeit würde –

Aus dem Dickicht links von ihm drang ein tiefes Husten. Ein Puma. Bis jetzt hatten sie das Glück gehabt, nicht mit einer der großen Raubkatzen zusammenzutreffen, und er erinnerte sich, daß sie ihr Gebiet mit Zähnen und Klauen verteidigten. Der Puma hatte ein gutes Gedächtnis. Vermutlich hatte er ihre Fährte schon beim ersten Durchgang aufgenommen und sie jetzt wiedererkannt.

Steve griff nach der Waffe, dann legte er sie auf den Boden. Zu gefährlich. Einen Schuß konnte man nachts viele Kilometer weit hören, wenn die Windrichtung stimmte, vielleicht durch das ganze Tal bis hinüber zu Fossenden. Wenn Fossenden noch der Meinung war, sie seien bei der Explosion umgekommen, mochte er es mit einer

Verfolgung nicht eilig haben, aber wenn er Schüsse hörte, würden alle Zweifel beseitigt sein. Fossenden hatte sicherlich Leute bei sich, die zäh und erfahren waren, und auf eine Schießerei mit Berufssöldnern legte Steve keinen Wert. Der ganze Grund für ihre Hast war ja gerade der, dies zu vermeiden.

Wieder hustete der Puma, ein Warnlaut für die Eindringlinge in seinem Jagdgebiet. Steve ergriff mit der linken Hand die Machete und stand lautlos auf. Er wußte, daß die große Raubkatze sich vor dem Wind leise anschleichen würde. Mit erhobenem Messer wartete er, geduckt und wachsam.

Dann sah er das Tier. Es stand auf einem schräg abfallenden Felsen am Rande ihres Lagerplatzes, halb geduckt, leise knurrend. Steve drehte sich langsam herum und breitete die Arme aus. Tier und Mensch starrten einander an, und auf irgendeine Weise wußte der Puma, daß dieses Wesen sein Gebiet auch verteidigen würde. Mit glühenden Augen betrachtete er Steve. Nach fast einer Minute drehte sich der Puma um und verschwand in der Nacht.

Steve atmete auf. Er ließ die Machete sinken und wollte sich gerade umdrehen, als er ein Geräusch hörte. „Carla! Was –"

„Ich habe Sie beobachtet."

Er sah, daß sie ihr Gewehr im Anschlag hatte.

Er lächelte leicht. „Danke für die Deckung", sagte er leise.

Als sie erwachten, regnete es. Um so besser, dachte Steve. Dann würden die anderen wenigstens nicht sitzen bleiben wollen. Sie hatten keine Zelte, keine Planen als Regenschutz. Stumm aßen sie ihre Feldverpflegung, tranken Wasser und erhoben sich mühsam. Steve wartete ungeduldig.

Schritt für Schritt kämpften sie sich durch das sumpfartige Gelände vor. Wenn jemand abrutschte oder stolperte, stützte ihn ein kräftiger Arm. Pausen gab es nicht. Sie sogen die Luft in sich hinein, ohne die Insektenschwärme zu beachten, betäubt an Körper und Geist. Dann endlich eine halbe Stunde Rast, nicht mehr.

In dieser Nacht, ihrer zweiten, sah er, daß das eingetreten war, was er die ganze Zeit über befürchtet hatte. Er zeigte es Rudy: Weit hinter ihnen, aber ganz eindeutig auf ihrer Fährte, leuchtete ein Lichtpünktchen. Ein Feuer. Fossenden und seine Leute . . . oder zumindest eine Gruppe der Männer, die sie eine Weile im Tempel belagert hatten . . . Die Verfolgung war im Gange.

Steve brütete vor sich hin, während die anderen schliefen. Sie hatten vom Plateau zum Tempelberg fünf Tage gebraucht. Den Rückweg mußten sie in drei schaffen. Sie brauchten einen Vorsprung. Der lange westliche Abhang zum Plateau mußte noch bezwungen werden, und dort würden sie nur langsam vorankommen. Keiner von den dreien hatte noch die Energie, Wache zu halten, während Steve schlief. Sie brauchten ihre ganze Kraft; ihr Schlaf war von entscheidender Bedeutung. Steve lehnte sich an einen Baum, das Gewehr im Schoß, und schlief wie ein Tier . . ., wachsam, jeden Augenblick bereit zu kämpfen.

Irgend etwas weckte ihn noch in der Dunkelheit. Der Regen hatte aufgehört. Schwere Wolken hingen über ihnen. Er ging um das Lager herum. Nichts. Er versuchte sich auszuruhen, aber eine innere Unruhe ließ es nicht zu. Er stieg auf einen nahen Hang hinauf und blickte in die Richtung, aus der sie gekommen waren. Dann sah er es.

Ein winziger Lichtschimmer im Dunkeln. Dann ein zweiter. Ein schwaches Flackern. Das konnten nur Lampen sein. Fossenden peitschte seine Leute wahrlich vorwärts. Sie setzten die Verfolgung nun auch nachts fort und holten merklich auf.

Steve beschloß, seine drei Begleiter schlafen zu lassen. Wenn er sie am Morgen schnell genug antrieb, konnten sie es immer noch rechtzeitig schaffen und den Steilhang zum Hochplateau bei Anbruch der Nacht erreichen. Das war ihre einzige Chance. Er schlief plötzlich ein, was ihn später wunderte. Er schlief tief und wachte erfrischt auf, als im Osten der Himmel heller wurde. Er weckte die anderen. Während des Frühstücks berichtete er von den Lichtern, die er in der Nacht gesehen hatte. Sie starrten einander ungläubig an.

„Wir haben keine Wahl", sagte er. „Wir müssen das Plateau erreichen, bevor es Nacht wird. Wenn nicht –" Er zuckte die Achseln.

Die unsichtbaren Verfolger trieben sie vorwärts, und Steve besorgte den Rest. Sie krochen und kletterten das letzte Stück zum Plateau empor und brachen erschöpft im hohen Gras zusammen, nach Atem ringend, mit hämmerndem Puls. Rudy bestand auf einer kurzen Rast und zwang die anderen und sich, etwas zu essen. Ihre Körper schrien nach Ruhe. Steve blieb unruhig. Er glaubte, hinter sich schon die Verfolger entdeckt zu haben, kaum mehr als drei oder vier Kilometer zurück. Sie mußten immer noch eines der Flugzeuge erreichen, starten und im Dunkeln abfliegen. Leicht würde es nicht werden.

Sie rafften sich mühsam auf und marschierten durch das Dunkel. Steve hatte vor, am Nordrand des Plateaus entlangzugehen, wo sie durch Gras und Gebüsch getarnt waren. Sie waren ganz nah herangekommen, als Carla sie zum Stehen brachte und auf die Wachen zwischen ihnen und den beiden Flugzeugen deutete.

22

So NAH am Ziel, und jetzt Wachen – nicht ein oder zwei Männer, sondern wahrscheinlich sechs oder sieben. Fossenden mußte über Funk mit ihnen in Verbindung geblieben sein. Sie waren wachsam und trugen die Gewehre schußbereit.

Phil Wayne kam zu Steve herangekrochen. „Was meinen Sie, Steve? Wir haben keine Deckung."

Steve sah ihn an, nickte stumm und versuchte zu überlegen.

„Wir könnten höchstens wieder hinuntersteigen, Steve", meinte Rudy Wells. Er kauerte neben ihm, das Gewehr griffbereit. Wenn sie jetzt den Rückzug antraten, war noch nichts verloren. Sie konnten sich hier ernähren. Aber sie würden Wochen, ja, vielleicht Monate brauchen, um die Zivilisation wieder zu erreichen. Außerdem hatten sie die Verfolger im Nacken. Wie man es auch drehen und wenden mochte, es blieb nichts anderes übrig, als jetzt eine Entscheidung zu suchen.

Carla legte die Hand auf Steves Arm. „Was halten Sie von einem Ablenkungsmanöver, Steve?"

Er sah sie prüfend an. Sie hatte recht. Die Wachen kampierten mitten auf der Landebahn, nicht unter den Flugzeugen. Keine schlechte Idee. Wer die Maschinen erreichen wollte, nachdem er den Westhang erklettert hatte, mußte über sie hinweg.

Vielleicht aber auch nicht.

„Carla, man kann es nicht genau sehen, aber halten Sie die Männer da für Eingeborene?"

Wayne gab ihr ein kleines Fernglas.

„Ja", sagte sie nach einer Pause. „Eingeborene aus dem Norden, wie Colonel Viejo sagte."

Er dachte nach, und in seinem Kopf begann sich der erste Schimmer einer Idee zu formen. Er nahm den Rucksack ab und zog sich bis auf die Hose aus. Sie starrten ihn entgeistert an.

„Phil, wissen Sie noch, wie man die C-47 startet?“ fragte er. Wayne überlegte und nickte dann.

„Wir können uns keinen Fehler leisten“, betonte Steve. „Wahrscheinlich haben wir nur eine einzige Chance. Sie müssen es beim ersten Mal schaffen.“

„Ich weiß. Aber warum nicht die Courier? Ich meine, nur ein Motor und –“

„Die C-47 hält viel mehr aus“, erwiderte Steve. „Ich verlasse mich nicht darauf, daß wir hier wegkommen, ohne daß die Kerle uns beschießen. Der Start mag etwas länger dauern, aber unsere Aussichten sind besser. Vergeßt alles andere, und paßt genau auf. Sie gehen außen am Feld entlang, Phil. Ducken Sie sich tief, und beeilen Sie sich. Das Gras schützt Sie. Laufen Sie auf die andere Seite der C-47. Sehen Sie zu, daß Sie durch die Courier gedeckt werden, wenn Sie den Weg nehmen, ja?“ Wayne nickte. „Benutzen Sie nicht die Kabinentür. Lassen Sie die Rumpfluke herunter, und steigen Sie dort ein. Sie dürfen auf nichts anderes achten. Klettern Sie in das Cockpit, und starten Sie die Maschine, das ist alles. Die Motoren müssen sofort laufen. Das muß gleich beim ersten Mal klappen.“ Er blickte Wayne an. „Eine zweite Gelegenheit bekommen Sie wahrscheinlich nicht. Wenn die Motoren laufen, rollen Sie davon, drehen die Maschine nach Süden und rollen dann zum anderen Ende der Landebahn im Osten. Machen Sie einen weiten Bogen, und halten Sie. Wenn alles gutgeht, steigen wir mit Angstschweiß in die Maschine. Irgendwelche Fragen?“

„Sie machen wohl Witze.“

Steve schlug Wayne auf die Schulter. „*Vaya con Dios* oder so ähnlich.“

Wayne grinste und verschwand in der Dunkelheit.

„Steve, würden Sie mir vielleicht verraten, was Sie vorhaben?“.

Steve sah Rudy an und stopfte etwas in seine Hosentasche. „Ich versuche so zu denken wie unsere Freunde da vor uns“, sagte er. „Es besteht wenig Aussicht, sie alle kampfunfähig zu machen. Es sind mindestens sieben. Sehen Sie mehr, Carla?“

Sie hob das Fernglas an die Augen. „Nein, ich sehe nur sieben, aber es könnte sein –“

„Okay. Carla, ich brauche Ihren Lippenstift.“

Es kam allein auf die genaue zeitliche Berechnung an. Sie konnten sich auf eine Schießerei einlassen – vier automatische Waffen gegen sieben. Gewiß, sie hatten den Überraschungseffekt für sich, aber das genügte wohl nicht allein. Im Dunkeln fiel es schwer, bewegliche Ziele zu treffen. Selbst wenn nur ein Gegner am Leben blieb, konnte er die Flugzeuge mit seiner Waffe so beschädigen, daß ein Start unmöglich wurde. Die Tatsache, daß beide Maschinen offenbar unbeschädigt waren, konnte nur bedeuten, daß Fossenden sie selbst benützen wollte. Ein Wachtposten, der zu überleben versuchte, würde darauf aber keine Rücksicht nehmen.

Zeitliche Berechnung *und* der Überraschungseffekt. Man mußte sie überfallen, solange sie ahnungslos waren . . . Steve ging den Plan mit Rudy und Carla durch. Sie verglichen ihre Uhren. Es mußte blitzschnell gehen. Wayne sollte möglichst nah an die C-47 herankommen und das Feuerwerk abwarten – das war das Signal für ihn, in die Maschine zu klettern und die Motoren anzulassen.

Steve ließ sein Gewehr zurück und glitt ins Dunkel. Er ging den Weg zurück und blieb im Gras, bis er den westlichen Rand des Plateaus erreichte. Von dort aus schlich er nach Süden, um die Wachen von der anderen Seite her zu überraschen. Er lief, so schnell er konnte, drehte dann um, legte sich flach auf den Boden und schaute auf die Uhr. Noch zwei Minuten. Fünfzehn Sekunden vor dem Zeitpunkt Null sollten die anderen die Gesichter auf die Arme pressen. Sie würden trotzdem Bescheid wissen, sobald er angriff.

Er schlitzte das linke Hosenbein auf und drückte auf den Auslöser an seinem Bein. Die Plastikhaut öffnete sich. Er griff hinein und holte vier Metallkugeln heraus, jede etwa halb so groß wie ein Golfball. Er verschloß das Bein wieder. Im Dunkeln tastete er die Kugeln ab, bis er an jeder eine leichte Erhebung spürte. Er schob eine der Kugeln in die Tasche und behielt die drei anderen in der Hand. Er brauchte seine ganze Wurfkraft, also mußte er seinen Bionikarm einsetzen.

Er schob sich auf ein Knie und betrachtete das Lager der Wachen. Er atmete tief ein, dann drückte er die schmalen Erhebungen auf den Kugeln nieder. Zehnsekundenzünder. So schnell er die Zünder hineindrückte, so schnell warf er die Kugeln, eine hoch über die Wachen hinweg auf die Stelle zwischen ihnen und Rudy und Carla, die zweite links von ihnen, die dritte und letzte rechts. Er drehte sich um und legte den Arm vor die Augen.

Drei winzige Bomben flogen in genau berechneten Bahnen durch die Luft. Die erste zündete, ein leiser Knall, vom Nachtwind übertönt. Es gab keine Explosion. Die Kugeln waren Leuchtbomben, Fortentwicklungen der Blitzbomben, wie das Militär sie für Nachtaufnahmen verwendete, und sie sandten in alle Richtungen grell blendendes Licht – so grell, daß man aus fünfzehnhundert Meter Höhe Aufnahmen machen konnte, und so grell, daß jedes Auge mindestens eine halbe Minute lang geblendet war. Dann flammten die zweite und die dritte Bombe auf.

Steve fuhr herum. Vom anderen Ende der Landebahn drang ein mächtiges Dröhnen herüber. Rudy und Carla hatten mit verdeckten Gesichtern gewartet, konnten aber selbst so etwas von den Lichtblitzen wahrnehmen. Eins, zwei, drei, waren sie auf den Beinen, die Gewehre in den Händen.

Sieben Männer sprangen wankend auf, die Hände vor den Augen. Rudy und Carla begannen zu feuern. Fünf Männer wurden umgerissen, dann ein sechster. Der siebte feuerte blindlings und reflexartig in die Richtung, aus der die Schüsse kamen.

Rudy und Carla sollten schießen, bis ihre Magazine leer waren. Sie hatten noch je ein Magazin übrig. Danach hatte Steve einzugreifen.

Er begann geduckt zu laufen, die Machete in der linken Hand. Er sah, daß seine Befürchtungen begründet gewesen waren. Drei Männer stürzten aus einem kleinen Zelt, das sie alle übersehen hatten, überrascht, aber auch zornig und kampfbereit. Sie hatten das Mündungsfeuer der Automatikwaffen gesehen, warfen sich sofort auf den Boden und erwiderten das Feuer.

Steve rannte mit seiner ganzen Kraft auf die Männer zu und schrie, so laut er konnte. Die Wachen fuhren entgeistert herum.

Im flackernden Licht ihres Feuers sahen sie, was ohne Zweifel ein Dämon sein mußte, ein weißer Wilder mit roten Farbstreifen auf Gesicht und Oberkörper. Er fegte mit unerwarteter Geschwindigkeit heran. Sie versuchten die Waffen herumzureißen und auf ihn zu richten, aber er war schon zwischen ihnen. Seine Machete zuckte vor und erwischte den ersten Mann an der Schulter. Keine Zeit zum Zögern. Steve wirbelte auf seinen Bionikbeinen herum und setzte auch den zweiten Mann mit seiner Machete außer Gefecht.

Der dritte Söldner starrte die aus dem Dunkel aufgetauchte Erscheinung an. Er drückte ab, hatte aber nicht genau gezielt. Steve stürzte sich auf ihn, konnte aus der Nähe die Machete nicht mehr herumschwingen, hob die Faust und zertrümmerte dem anderen mit der Bionikhand den Schädel.

Dann warf er sich auf den Boden und rollte sich zur Seite. Der siebte Schütze aus der ersten Gruppe schien immer noch zu feuern. Er war zu weit entfernt, als daß Steve sich auf ihn hätte stürzen können, und er feuerte jetzt in die Richtung, wo er Steve gesehen hatte.

Wieder war eine ratternde Gewehrsalve zu vernehmen, aber diesmal von der anderen Seite her. Der letzte Schütze Fossendens wurde umgerissen und blieb liegen.

Steve sprang auf und begann zu laufen. Niemand sonst bewegte sich. Er hetzte über das Feld, auf Rudy und Carla zu.

„Steve, schnell, Rudy ist getroffen." Wells lag am Boden und umklammerte sein rechtes Bein. Selbst im Finstern sah Steve den dunklen Schimmer von Blut. Er ließ sich neben Rudy auf die Knie fallen.

„Keine Zeit jetzt", preßte Rudy zwischen zusammengebissenen Zähnen hervor. „Ich habe am anderen Ende des Feldes etwas gesehen." Steve drehte den Kopf. In der Ferne waren Gestalten zu erkennen, die gerade die letzte Steigung zum Plateau bewältigten. Wenn sie es je schaffen sollten . . .

Er bückte sich, hob Rudy hoch und legte ihn über seine Schulter. „Zum Flugzeug, schnell!" sagte er zu Carla.

Sie rannte los, und Steve überholte sie trotz der Last auf seiner Schulter. Er hörte Rudy bei den heftigen Stößen ächzen, aber das ließ sich jetzt nicht ändern. Vor ihnen sprang ein Flugzeugmotor an, dann der zweite. Die Motoren heulten auf . . . Nicht so wild, flehte Steve stumm. Nicht so wild . . . Die C-47 setzte sich in Bewegung und rollte nach links. Sie erreichten die Maschine, liefen zum Heck. Der Luftstrom aus den Turbinen warf Steve beinahe um, als er zur Rumpfluke hetzte.

Er hob Rudy hinein. Carla stand neben ihm. „Rein!" brüllte Steve. Sie griff hinauf zur Lukenkante, und er packte sie und half ihr hoch.

Neben seinem Kopf knallte etwas auf Metall. Sie schossen sich ein . . . Er stemmte sich hoch in die Kabine und sah Carla bei Rudy hocken, in sicherer Entfernung von der Luke. Er lief zum Cockpit. Wayne wandte den Kopf, leichenblaß, mit aufgerissenen Augen. Er saß auf dem rechten Sitz, und Steve ließ sich auf dem linken nieder, ohne sich anzuschnallen. Er stieß die Hebel nach vorn und drehte das Flugzeug zur Landebahn. Alles, was er sehen konnte, waren kleine orangerote Blitze, als Fossenden und seine Leute ihr Feuer auf das Flugzeug konzentrierten.

Sie mußten in nächster Nähe an einem Dutzend automatischer Waffen vorbei. Steve kannte die Windrichtung nicht, und in dieser Höhe würde er, wenn nicht alles für sie sprach, nie abheben können, bevor die Startbahn zu Ende war.

Die Raketen. Er hatte sie völlig vergessen. Er griff nach unten, als sie schneller wurden, und riß den Sicherungsdraht ab.

„Phil, der Schalter da, sobald ich es sage!" Er durfte die Raketenstarthilfe nicht zu früh einschalten. Die Raketen hatten nur eine begrenzte Brenndauer, und man mußte sie genau zur rechten Zeit einsetzen, wenn sie von Wirkung sein sollten. Sie rollten, wie es schien, qualvoll langsam auf der Grasbahn dahin. Jetzt gab es kein Zurück mehr. Steve wußte, daß Fossendens Leute ausschwärmen und sie ins Kreuzfeuer nehmen würden.

Sie duckten sich unwillkürlich, als am Bug Metall zerplatzte. Die Gegner hatten sie jetzt im Visier. Die Maschine konnte jeden Augenblick so schwer beschädigt werden, daß ein Start unmöglich wurde. Wenn er nur –

Da fiel ihm die letzte Leuchtkugel in seiner Tasche ein.

„Auf Kurs halten!" schrie er Wayne zu. Phil packte den Knüppel und hielt ihn fest. Sie hatten genug Geschwindigkeit, um das Heck zu heben und nur auf dem Hauptfahrwerk dahinzurollen. Steve öffnete das Fenster an seiner Seite, die Kugel in der Hand. Er drückte auf den Zünder, streckte die linke Hand in den Wind hinaus und warf die Bombe, so weit er konnte, nach vorn.

„Augen bedecken", zischte er Wayne zu. „Ich hab sie." Er packte den Knüppel und korrigierte leicht mit dem Seitenruder. Er zählte leise mit. Die explodierende Blitzbombe erleuchtete die Nacht taghell. Die Schüsse hörten auf. Fossendens Leute waren geblendet.

Jetzt war es Zeit für die Hilfsraketen.

„Phil, der Schalter!"

Nichts! Er hatte auf den Raketenschub gewartet, aber nichts geschah. Wütend fuhr er herum zu Wayne – und erstarrte. Die Windschutzscheibe auf der rechten Seite war zerschossen. Er hatte nur einen Augenblick Zeit, um das Blut zu sehen, dann fuhr er mit seiner rechten Hand zum Schalter und drehte ihn herum.

Qualm breitete sich in alle Richtungen von der sich beschleunigenden Maschine aus, als die Feststoffraketen zündeten. Flammen zischten hinaus, die C-47 wurde wie von einer riesigen Faust gepackt und vorwärts gepeitscht, immer schneller. Im Cockpit brannte kein

Licht. Steve konnte nicht einmal den Fahrtmesser sehen. Es spielte keine Rolle. Er setzte alles auf den flammenden Schub der Raketen. Er zog den Knüppel leicht zu sich heran und spürte, wie die Vibration des Fahrwerks aufhörte. Steve fuhr es ein, zog die Maschine sofort nach links und tastete mit der Hand nach dem Schalter für die Instrumentenbeleuchtung. Sie funktionierte.

Das Flugzeug erbebte, als die Raketen erloschen. Er schob den Knüppel nach vorn. Die Kurve mußte sie nach Süden geführt haben, über den senkrechten Absturz. Endlich ausreichend Raum, um den Bug hinunterzudrücken und Geschwindigkeit zuzulegen. Der Zeiger des Fahrtmessers kletterte. Steve drückte auf die Abwurftaste. Er spürte einen leichten Ruck, als die leeren Hilfsraketen abgestoßen wurden. Die Fahrt nahm noch zu. Steve lehnte sich etwas zurück und atmete tief ein.

Er wandte sich Phil zu. Die letzte Salve durch die Windschutzscheibe war beinahe tödlich gewesen. Phil lehnte an der Seitenwand. Steve beugte sich vor und knipste das Flugkartenlicht an, um den Bewußtlosen besser sehen zu können. Die Blutungen hatten aufgehört. Die Kälte. Sie hatte Phil am Leben erhalten und die Blutung zum Stehen gebracht. Steve griff nach der Sauerstoffmaske für den Kopiloten, drückte sie Phil auf das Gesicht und drehte den Hahn auf. Er prüfte Waynes Puls. Schwach, aber er würde eine Weile durchhalten, bis sie an diesen hohen Gipfeln vorbei waren . . .

Steve rutschte tiefer in den Sessel und zog die C-47 hoch über die Berge hinweg. Lima lag direkt vor ihnen.

STEVE erinnerte sich endlich an seine eigene Sauerstoffmaske und setzte sie auf. Er erinnerte sich aber nun auch wieder an die beiden Begleiter hinten in der Maschine und bemerkte plötzlich, daß die Temperatur tief gesunken war und er mit nacktem Oberkörper am Steuer saß. Er schaltete den Autopiloten ein, befestigte eine Sauerstoffflasche an seinem Gürtel und stand steif auf. Zitternd vor Kälte ging er in die Kabine zurück, tastete nach der Kabinenbeleuchtung und schaltete sie ein. Auf Gepäckstücken lagen schlaff Rudy Wells und Carla.

Steve hastete auf sie zu, kehrte noch einmal um, holte den Lukendeckel und klappte ihn zu. Wenigstens hörte der eisige Wind auf.

Rudy und Carla waren bewußtlos. Steve holte zwei Masken, drehte die Sauerstoffhähne auf und preßte die Masken auf ihre Gesichter. Es würde eine Weile dauern. Mit ungeschickten Bewegungen, halb erfroren, schob er die Gurte über ihre Köpfe. Er schaltete die Kabinenheizung ein. Auf dem Rückweg ins Cockpit griff er nach einer Wolldecke und wickelte sie sich um den Oberkörper. Ein feiner Fliegeranzug; aber vorerst mußte das genügen. Im Cockpit beugte er sich über Phil. Er war bewußtlos oder schlief; wahrscheinlich befand er sich im Schockzustand; es würde so gehen, bis sie auf dem Boden waren. Steve schnallte Phil an, dann warf er einen Blick auf die Instrumente. Alles schien in Ordnung zu sein. Er kehrte in die Kabine zurück.

Carla versuchte gerade, sich aufzusetzen, und nickte ihm stumm zu. Er kümmerte sich um Rudy. Gott sei Dank atmete er, und an seinem verletzten Bein trug er einen Druckverband. Carla hatte ihn noch anlegen können, bevor sie ohnmächtig geworden war. Steve legte Rudy bequemer hin, hob seinen Kopf ein wenig höher und wartete. Nach einigen Minuten begann Rudy sich zu regen. Steve vergewisserte sich, daß die Sauerstoffmaske richtig saß. Rudy kam zu sich. Offenbar litt er unter kaum erträglichen Schmerzen. Er war der Arzt, aber es mußte eigenartig für ihn sein, einem anderen erklären zu müssen, was zu tun war. Im Cockpit gab es einen Erste-Hilfe-Kasten. Steve holte ihn und tat, was Rudy verlangte.

Kein Wunder, daß er Wells auf dem Weg zum Flugzeug vor Schmerzen hatte stöhnen hören. Das Bein war gebrochen. Er gab Rudy eine Morphiumspritze und berichtete ihm und Carla, was geschehen war und wo sie sich befanden. Die Droge begann zu wirken. Rudy nickte ein paarmal, dann schloß er die Augen.

„Er wird eine Weile schlafen", sagte Steve zu Carla. Sie sah ihn an. „Sie passen auf ihn auf, ja?"

„Natürlich." Sie griff nach seiner Hand, und er drückte sie. Worte waren jetzt unnötig. Ihre Blicke begegneten sich und enthielten ein Versprechen. Für später.

Steve ging ins Cockpit, noch immer bemalt wie ein Indianer, und setzte sich an die Steuerung. Er schaltete die Funkgeräte ein, wartete aber noch, bevor er zu sprechen begann. Er brauchte ein paar Augenblicke für sich selbst. Er sah zu Phil hinüber. Ohne ihn . . .

Dann blickte er nach vorn. Die Sterne hier oben funkelten hell und klar, die dichten Wolken lagen tief unter ihnen. Irgendwo schien der Mond. Er sah den schwachen Widerschein am Himmel.

Steve dachte an den Film in seiner Tasche. Phil hatte auch den zweiten gerettet. Die Aufnahmen waren mit Blut und Menschenleben erkauft. Aber sie hatten mehr als nur die Filme. Der Kristallsplitter, den er aufgehoben hatte, konnte der eigentliche Schlüssel sein. Er stellte sich den jetzt zerstörten riesigen Kristall noch einmal vor, sah ihn neu entstehen, dachte an das, was er leisten und bedeuten konnte. Mit den Filmen und dem Kristallsplitter konnten die Wissenschaftler den rätselhaften Kristall vielleicht wieder zum Leben erwekken.

Die Geschichten über die Geheimnisse der Vergangenheit und das alte Volk, das in diesen unerforschten, weit entfernten Jahrhunderten gelebt hatte, gingen ihm durch den Kopf. Konnte man nach alledem, was sie mitgemacht, was sie gesehen und entdeckt hatten, selbst die bizarrsten Vermutungen entkräften? Waren die Wagen der Götter und Besuche von fremden Wesen auf der Erde wirklich so weit hergeholte Ideen, wie manche Leute behaupteten, oder waren sie doch ein elementarer Bestandteil der Wirklichkeit? Noch vor nicht allzu langer Zeit wäre ein Kristall wie der von ihnen entdeckte unvorstellbar gewesen ...

Steve war erschöpfter, als er angenommen hatte; er spürte es, als er jetzt den Bug der C-47 hinunterdrückte und mit dem langen Sinkflug Richtung Lima begann. Er meldete sich bei der Flugsicherung, gab seine Position an, bat um Bereitstellung von zwei Krankenwagen und ersuchte um Verständigung der amerikanischen Botschaft. Man würde viele Fragen beantworten müssen, und er war zu müde, um sich damit zu befassen.

Er wollte nur noch an Carla denken und an sich. Daran, wie es wohl kommen würde, wenn sie sich eine Chance gaben.

Das Flugzeug sank aus dem Nachthimmel herunter, ein großes, metallenes Gespenst. Sein Fahrwerk setzte auf, Steve trat auf die Bremsen, ließ das Heckrad den Boden berühren und rollte die Landebahn entlang. Er drehte die Maschine herum und schaltete die Motoren ab, als er zum Stehen kam.

Dann lächelte er.

Martin Caidin

Die Faszination der Technik, die schon so vielen Schriftstellern den Anstoß gegeben hat, sich mit zukünftigen Welten zu beschäftigen, muß auch den gebürtigen New Yorker Martin Caidin schon früh in ihren Bann gezogen haben, denn bereits als Sechzehnjähriger wurde er 1943 Mitherausgeber zweier amerikanischer Flugfachzeitschriften. Die Luft- und Raumfahrttechnik ließ ihn fortan nicht mehr los: Er veröffentlichte auf diesem Gebiet etwa vierzig Sachbücher und wirkte außerdem als flugtechnischer Berater bei verschiedenen Unternehmen.

Zustatten kamen ihm bei diesen Tätigkeiten neben seinen profunden theoretischen Kenntnissen auch seine praktischen Erfahrungen als Pilot, die so herausragend waren, daß ihn die amerikanische Regierung mehrfach mit der Durchführung von geheimen Spezialaufträgen betraute. So wurde er beispielsweise eingesetzt, um undichte Stellen in der Überwachung von Drogenschmugglern aufzudecken, die ihre Fracht auf dem Luftweg in die Vereinigten Staaten beförderten. Caidin bewies, daß er vorgetäuschte „heiße Ware" mit seinem Flugzeug abliefern konnte, ohne daß die Polizei in der Lage war, ihn zu fassen!

Als Science-fiction-Autor wurde Caidin durch seinen 1964 publizierten Roman „Gefangen im Weltall" bekannt, der eine dramatische Rettung im Weltraum beschreibt und mit Gregory Peck in der Hauptrolle verfilmt wurde. Caidins folgende Romane zeigen deutlich die Vorliebe des Verfassers für technisch ausgerichtete Themen. So handelt „Alarm in der Tiefsee" (1967) von den Kämpfen amerikanischer und sowjetischer U-Boote, und „Der große Computer" (1968) entwickelt die Vision eines Elektronengehirns, das sich verselbständigt und die Vorherrschaft über die Menschheit anstrebt. Einen Erfolg besonderer Art stellte die „Cyborg"-Reihe dar, in deren Mittelpunkt Steve Austin – halb Mensch, halb Maschine – steht und zu der auch „Die Straße der Götter" gehört. Auf der Grundlage dieser vier Romane entstand die US-Fernsehserie „The Six Million Dollar Man" („Der Sechs-Millionen-Dollar-Mann"), die technische Informationen und spannende Handlung publikumswirksam miteinander verbindet.

DIE NACKTE Sonne

von **ISAAC ASIMOV**

Ins Deutsche übertragen von
Heinz Nagel

Titelillustration: Eddie Jones

Eine Frage wird gestellt

Elijah Baley kämpfte hartnäckig gegen die Panik an.

Seit zwei Wochen hatte sie sich jetzt in ihm aufgebaut, sogar noch länger. Sie hatte sich aufgebaut, seit man ihn nach Washington gerufen und ihm dort in aller Ruhe mitgeteilt hatte, daß er neu eingesetzt werden würde.

Der Ruf nach Washington war für sich selbst betrachtet schon beunruhigend genug gewesen. Man bestellte ihn einfach – ohne nähere Begründung. In dem Umschlag befanden sich Tickets mit der Anweisung, die Reise per Flugzeug zu machen, und das verschlimmerte alles nur noch mehr.

Zum Teil lag das wohl daran, daß jede Anweisung, eine Reise per Flugzeug durchzuführen, das Ganze besonders dringend erscheinen ließ. Zum Teil war es der Gedanke an das Flugzeug; einfach das. Trotzdem war das nur der Anfang seines Unbehagens gewesen, und das hatte er bislang noch leicht unterdrücken können.

Schließlich war Lije Baley schon viermal mit dem Flugzeug gereist. Einmal hatte er sogar den ganzen Kontinent überquert. Und so betrachtet, würde das, wenn auch eine Flugreise nie angenehm ist, wenigstens kein völliger Schritt ins Unbekannte sein.

Und dann würde die Reise von New York nach Washington nur eine Stunde in Anspruch nehmen. Der Start würde auf Piste 2 New York erfolgen, die wie alle offiziellen Pisten ordentlich umschlossen war, mit einer Schleuse, die sich erst dann der ungeschützten Atmosphäre öffnete, nachdem die Fluggeschwindigkeit erreicht war. Und ankommen würde der Flug auf Piste 5 Washington, die ähnlich geschützt war.

Außerdem würde es in dem Flugzeug, wie Baley wohl wußte, keine Fenster geben. Das Flugzeug würde gut beleuchtet sein, es würde anständiges Essen geben und alle notwendigen Bequemlichkeiten. Der ferngesteuerte Flug würde ganz glatt verlaufen; man würde die Bewegung kaum wahrnehmen, sobald das Flugzeug einmal in der Luft war.

All das sagte er sich immer wieder und erklärte es auch Jessie, seiner Frau, die noch nie geflogen war und die an solche Dinge voll Angst und Schrecken heranging.

„Aber ich *mag* es nicht, daß du ein Flugzeug nimmst, Lije", sagte sie. „Das ist nicht normal. Warum kannst du nicht die Expreßways nehmen?"

„Weil das zehn Stunden dauern würde." Baleys langes Gesicht sah etwas mürrisch aus. „Und weil ich der Polizeibehörde der City angehöre und die Anweisungen meiner Vorgesetzten befolgen muß. Zumindest wenn ich als C-6 eingestuft bleiben möchte."

Dagegen war nichts zu sagen.

Baley nahm das Flugzeug und richtete seine Blicke fest auf den Nachrichtenstreifen, der sich gleichmäßig und beständig aus dem in Augenhöhe angebrachten Spender abspulte. Die City war stolz auf diesen Dienst: Nachrichten, Glossen, Witze, Informationstexte, gelegentlich eine Kurzgeschichte. Eines Tages würde Film anstelle der Streifen treten, hieß es, da das Tragen eines Betrachtungsgerätes den Passagier noch wirksamer von seiner Umgebung ablenken würde.

Baley ließ den sich abspulenden Streifen nicht aus den Augen, nicht nur, um sich abzulenken, sondern auch weil die Etikette es verlangte. In dem Flugzeug befanden sich fünf weitere Passagiere (er konnte nicht umhin, wenigstens das zur Kenntnis zu nehmen), und jeder von ihnen hatte sein ganz persönliches Recht auf das Maß an Furcht und Besorgnis, das ihn sein Wesen und seine Erziehung empfinden ließ.

Baley wäre es ganz sicher nicht recht gewesen, wenn ein anderer sein Unbehagen bemerkt hätte. Er wollte nicht, daß fremde Augen das Weiß seiner Knöchel sahen, wo seine Hände sich an der Armlehne festklammerten. Und auch der feuchte Fleck, den sie hinterlassen würden, wenn er sie wegnahm, war einzig und allein seine Angelegenheit.

Er sagte sich: Ich bin sicher. Dieses Flugzeug ist nichts anderes als eine kleine City.

Aber er machte sich nichts vor. Zu seiner Linken war ein Zoll Stahl; das konnte er mit dem Ellbogen fühlen. Und dahinter – nichts . . .

Nun, Luft! Aber das war in Wirklichkeit natürlich nichts.

Tausend Kilometer davon in einer Richtung. Tausend in der anderen. Und zwei Kilometer, vielleicht drei nach unten.

Fast wünschte er sich, gerade nach unten sehen zu können und damit die Oberseite der im Boden eingegrabenen Citys zu sehen, über die er hinwegflog: New York, Philadelphia, Baltimore, Washington. Er stellte sich die aneinandergereihten flachen Kuppeln vor, die er nie gesehen hatte, von deren Existenz er aber wußte. Und unter ihnen, vielleicht zwei Kilometer tief unter der Erde und Dutzende von Kilometern nach allen Richtungen reichend, mußten die Cities sein.

Die endlosen, an Waben erinnernden Korridore der Cities, dachte er, in denen Menschen leben; Wohnungen, Gemeinschaftsküchen, Fabriken, Expreßways – alle behaglich und warm, von menschlichem Leben geprägt.

Und er selbst befand sich in einem kleinen Projektil aus Metall, isoliert in der kalten Luft, und bewegte sich durch Leere.

Seine Hände zitterten, und er zwang sich dazu, sich auf den Papierstreifen zu konzentrieren. Und dann las er ein wenig.

Es war eine kurze Geschichte, die sich mit galaktischer Forschung befaßte, und ganz offensichtlich war der Held der Geschichte ein Erdenmensch.

Baley murmelte verärgert etwas vor sich hin und hielt dann gleich den Atem an, als ihm bewußt wurde, wie unmöglich er sich benahm – Geräusche zu machen, undenkbar!

Trotzdem war es absolut lächerlich. Geradezu kindisch war es, so zu tun, als könnten Erdenmenschen in den Weltraum eindringen. Galaktische Erforschung! Die Galaxis war den Erdenmenschen verschlossen. Die Spacer erhoben Anspruch auf sie; die Spacer, deren Ahnen vor Jahrhunderten Erdenmenschen gewesen waren. Jene Ahnen hatten als erste die Äußeren Welten erreicht, festgestellt, daß es sich dort angenehm leben ließ, und dann hatten ihre Nachkommen gegen weitere Einwanderer Schranken errichtet. Sie hatten die Erde und die Erdenmenschen, ihre Vettern, gleichsam eingepfercht. Und die Citykultur der Erde vollendete die Aufgabe, indem sie die Erdenmenschen in die Gefängnisse der Citys einschloß, durch ihre Furcht vor offenen Räumen, die sie selbst daran hinderte, die von Robotern betriebenen Farm- und Bergwerkszonen ihres eigenen Planeten zu betreten.

Jehoshaphat! dachte Baley bitter. Wenn uns das nicht paßt, müssen wir eben etwas dagegen unternehmen. Wir sollten keine Zeit mit Märchen vergeuden.

Aber es gab nichts, was man unternehmen konnte, und das wußte er.

Dann landete das Flugzeug. Er und seine Mitreisenden stiegen aus und trennten sich, ohne einander anzusehen.

Baley blickte auf die Uhr und sah, daß er noch Zeit hatte, sich etwas frisch zu machen, ehe er den Expreßway zum Justizministerium betrat. Darüber war er froh. Die Geräusche und der Lärm des Lebens, der riesige Kuppelsaal des Flughafens, von dem zahllose Citykorridore in mehreren Etagen abzweigten, alles, was er sah und hörte, vermittelte ihm das Gefühl, sicher und warm vom Mutterleib der City umschlossen zu sein. Dieses Gefühl spülte die Angst weg, und jetzt brauchte er nur noch eine Dusche, um die Aufgabe zu vollenden.

Er benötigte eine Besuchergenehmigung, um eines der Gemeinschaftsgebäude benutzen zu dürfen; aber als er seine Reiseanweisung vorlegte, räumte die alle Schwierigkeiten aus dem Weg. Sie wurde routinemäßig abgestempelt, und dann bekam er eine Karte für eine Einzelkabine, natürlich mit genauer Datumsangabe, um jeden Mißbrauch unmöglich zu machen, und einen kleinen Streifen, damit er die ihm zugewiesene Kabine fand.

Baley war dankbar, wieder die Rollbänder unter seinen Füßen zu spüren. Ein Gefühl von Luxus erfüllte ihn, als er bemerkte, wie er immer schneller wurde, während er sich von einem Rollband zum nächsten nach innen zu bewegte, auf den Expreßway zu. Er schwang sich leichtfüßig hinauf und nahm den Sitzplatz ein, auf den er seinem Rang gemäß Anspruch hatte.

Es war keine Stoßzeit; viele Sitze waren frei. Auch das Bad war nicht übermäßig voll gewesen. Die Kabine, die man ihm zugewiesen hatte, war in gutem Zustand gewesen, und der Waschautomat hatte tadellos funktioniert.

Nachdem er seine Wasserration verbraucht und seine Kleidung aufgefrischt hatte, fühlte er sich der Aufgabe gewachsen, das Justizministerium in Angriff zu nehmen. Er war geradezu vergnügt.

UNTERSEKRETÄR ALBERT MINNIM war ein kleiner, kompakter Mann mit rötlicher Haut und ergrauendem Haar; ein Mann mit gerundeten und geglätteten Kanten. Er strahlte eine Aura von Sauberkeit aus und roch ein wenig nach Tonicwasser. Das alles verriet die Annehmlichkeiten des Lebens, die einem mit den reichlichen Rationen zur Verfügung standen, wie sie hohen Mitgliedern der Regierung zugeteilt wurden.

Baley kam sich im Vergleich zu ihm schäbig und grobschlächtig vor. Seine großen Hände, seine tiefliegenden Augen und ein allgemeines Gefühl der Kantigkeit waren ihm bewußt.

Minnim meinte herzlich: „Setzen Sie sich, Baley! Rauchen Sie?"

„Nur Pfeife, Sir", sagte Baley. Er zog sie aus der Tasche, und Minnim schob die Zigarre wieder ins Etui zurück, die er schon zur Hälfte herausgezogen hatte.

Baley bereute seine Worte sofort. Eine Zigarre war besser als nichts, und er wäre für das Geschenk dankbar gewesen. Seine kürzliche Beförderung auf die Stufe C-6 hatte zwar auch zu einer Steigerung seiner Tabakration geführt; trotzdem schwamm er nicht gerade in Tabak.

„Bitte rauchen Sie ruhig, wenn Sie wollen", sagte Minnim und wartete mit väterlicher Geduld, während Baley sorgfältig seinen Tabak abmaß und dann den Filter über die Pfeife steckte.

Dann meinte Baley, ohne den Blick von der Pfeife zu wenden: „Man hat mir nicht gesagt, weshalb ich nach Washington gerufen wurde, Sir."

„Ich weiß", entgegnete Minnim. Er lächelte. „Das läßt sich sofort klären. Sie werden für eine Weile versetzt."

„Außerhalb von New York City?"

„Ziemlich weit weg."

Baley hob die Brauen und blickte nachdenklich drein. „Sie sagten ‚für eine Weile'. Wie lange, Sir?"

„Das weiß ich nicht genau."

Baley kannte die Vor- und Nachteile einer Versetzung. Als Besucher in einer City, deren Bewohner er nicht war, würde er wahrscheinlich besser leben, als es seinem offiziellen Rang entsprach. Andererseits war es höchst unwahrscheinlich, daß man auch Jessie und ihrem Sohn Bentley erlauben würde, ihn zu begleiten. Man würde sich natürlich dort in New York um sie kümmern. Aber Baley war ein häusliches Geschöpf, und der Gedanke an Trennung bereitete ihm keine Freude.

Und dann konnte eine Versetzung natürlich auch einen ganz bestimmten Auftrag bedeuten, eine Verantwortung, die die überstieg, die man gewöhnlich Beamten seiner Rangstufe übertrug, und das konnte unangenehm werden. Baley hatte vor nicht zu vielen Monaten einen verantwortungsvollen Auftrag überlebt, der aus den Ermittlungen im Mordfall eines Spacers außerhalb New Yorks bestanden hatte. Die Vorstellung, einen Auftrag ähnlicher Art übernehmen zu müssen, erfüllte ihn nicht gerade mit Zuversicht.

„Würden Sie mir sagen, wo ich hin muß?“ fragte er. „Die Art dieses Auftrags? Worum geht es?“ Er versuchte das „ziemlich weit“ des Regierungsbeamten abzuwägen und schloß mit sich selbst eine Wette hinsichtlich seines neuen Einsatzortes ab. Das „ziemlich weit“ hatte recht nachdrücklich geklungen, und Baley dachte: Kalkutta? Sydney?

Und dann bemerkte er plötzlich, daß Minnim nun doch eine Zigarre herauszog und sie jetzt sorgfältig anzündete. Jehoshaphat! dachte Baley. Es fällt ihm schwer, es mir zu sagen. Er will es nicht sagen.

Minnim nahm die Zigarre aus dem Mund, blickte dem Rauch nach und sagte: „Das Justizministerium setzt Sie auf Solaria ein.“

Einen Augenblick lang tastete Baleys Bewußtsein nach einer Verbindung, die nicht da war. Solaria, Asien? – Solaria, Australien?

Dann stand er auf und sagte leise: „Sie meinen, eine der Äußeren Welten?“

Minnim wich Baleys Blick aus. „Stimmt!“

„Aber das ist doch unmöglich!“ entgegnete Baley. „Die würden niemals einen Erdenmenschen auf einer Äußeren Welt zulassen.“

„Es gibt Umstände, die das ermöglichen, Baley. Auf Solaria ist ein Mord verübt worden.“

Baleys Lippen verzogen sich zu einem Lächeln; das war fast ein Reflex. „Das liegt aber doch etwas außerhalb unserer Zuständigkeit, oder?“

„Sie haben Hilfe erbeten.“

„Von uns? Von der Erde?“ Baley sah sich zwischen Verwirrung und Unglauben hin- und hergerissen. Daß eine Äußere Welt eine andere Haltung einnehmen konnte als die der Verachtung für den verschmähten Mutterplaneten oder bestenfalls etwas herablassendes Wohlwollen, war undenkbar. Aber Hilfe erbitten?

„Von der Erde?“ wiederholte er.

„Ungewöhnlich“, räumte Minnim ein, „aber so ist es nun mal. Sie wollen, daß ein terrestrischer Detektiv auf den Fall angesetzt wird. Das Ganze ist durch diplomatische Kanäle auf höchster Ebene vorbereitet worden.“

Baley setzte sich wieder. „Warum ich? Ich bin kein junger Mann. Ich bin dreiundvierzig. Ich habe eine Frau und ein Kind. Ich möchte die Erde nicht verlassen.“

„Wir haben gar keine Wahl, Baley. Man hat ausdrücklich Sie angefordert."

„Mich?"

„Ermittlungsbeamter Elijah Baley, C-6, von der Polizeibehörde New York City. Die wußten genau, was sie wollten. Ihnen ist doch sicherlich klar, warum?"

Doch Baley meinte hartnäckig: „Dafür bin ich nicht qualifiziert."

„Die meinen das aber. Offenbar haben sie von der Art und Weise erfahren, wie Sie damals den Spacermord hier aufgeklärt haben."

„Die müssen da etwas durcheinandergebracht haben. Vielleicht hat das besser ausgesehen, als es wirklich war."

Minnim zuckte die Achseln. „Jedenfalls haben sie Sie verlangt, und wir haben uns bereit erklärt, Sie zu schicken. Sie werden versetzt. Der ganze Papierkram ist schon erledigt, und Sie müssen gehen. Während Ihrer Abwesenheit wird auf Basis C-7 für Ihre Frau und Ihr Kind gesorgt werden; das wird nämlich Ihr kommissarischer Rang während der Dauer dieses Auftrags sein." Er machte eine bedeutungsvolle Pause. „Ein befriedigender Abschluß des Auftrags kann dazu führen, daß Ihnen diese Rangstufe auf Dauer zuerkannt wird."

Das Ganze ging Baley zu schnell. Das konnte einfach alles nicht sein. Er *konnte* die Erde nicht verlassen. Sahen die das denn nicht?

Er hörte sich selbst mit monotoner Stimme, die in seinen eigenen Ohren unnatürlich klang, fragen: „Was für eine Art von Mord? Wie sind die Begleitumstände? Warum können die das nicht selbst erledigen?"

Minnim schob mit seinen manikürten Fingern ein paar Gegenstände auf seinem Schreibtisch herum. Er schüttelte den Kopf. „Ich weiß überhaupt nichts über den Mord. Ich kenne die Umstände nicht."

„Wer kennt sie dann, Sir? Sie erwarten doch nicht, daß ich völlig unvorbereitet dorthin gehe, oder?"

„Niemand weiß etwas darüber. Jedenfalls niemand hier auf der Erde. Die Solarianer haben es uns nicht gesagt. Das wird Ihre Aufgabe sein; Sie müssen herausfinden, was an dem Mord so Besonderes ist, daß die zu seiner Lösung einen Erdenmenschen brauchen. Oder besser gesagt, das wird *Teil* Ihres Auftrags sein."

Baley war so verzweifelt, daß er sagte: „Und wenn ich ablehne?" Er kannte die Antwort natürlich. Er wußte genau, was eine Degradierung für ihn und – was wichtiger war – für seine Familie bedeuten würde.

Aber Minnim sagte gar nichts von Degradierung. Er sagte leise: „Sie können nicht ablehnen, Baley. Sie haben einen Auftrag zu erfüllen."

„Für Solaria? Zum Teufel mit ihnen!"

„Für uns, Baley, für uns!" Minnim machte eine Pause. Dann fuhr er fort: „Sie kennen die Lage der Erde im Hinblick auf die Spacer. Ich brauche darauf wohl nicht einzugehen."

Baley kannte die Situation ebensogut wie jeder Mensch auf der Erde. Die fünfzig Äußeren Welten mit insgesamt einer kleineren Bevölkerung, als die Erde allein aufwies, besaßen dennoch ein Militärpotential, das vielleicht hundertmal größer war. Ihre Welten waren unterbevölkert, auf Roboterwirtschaft aufgebaut, und ihre Energieproduktion pro Mensch war tausendmal so groß wie die der Erde. Und militärisches Potential wurde durch die Energiemenge definiert, die ein Mensch produzieren konnte, ganz abgesehen von Lebensstandard, Zufriedenheit, Glück und all den anderen Dingen.

Minnim fuhr fort: „Einer der Faktoren, die daran schuld sind, daß diese Lage so bleibt, ist unsere Unwissenheit. Eben das: Unwissenheit. Die Spacer wissen alles über uns. Schließlich schicken sie weiß Gott genügend Missionen zur Erde. Wir wissen überhaupt nichts über sie, abgesehen von dem, was sie uns sagen. Kein Mensch von der Erde hat jemals auch nur einen Fuß auf eine Äußere Welt gesetzt. Und *Sie* werden das jetzt tun."

„Aber ich kann doch nicht . . .", begann Baley.

Aber Minnim wiederholte: „Sie *werden*. Sie werden sich in einer einmaligen Position befinden. Sie werden auf deren Einladung auf Solaria weilen, einen Auftrag erfüllen, den die Ihnen zuteilen. Und wenn Sie zurückkehren, werden Sie Informationen besitzen, die für die Erde wichtig sind."

Baley sah den Untersekretär ernst an. „Sie meinen, ich soll für die Erde spionieren."

„Es geht hier nicht um Spionieren. Sie brauchen nichts zu tun, was die nicht von Ihnen verlangen. Halten Sie bloß Ihre Augen offen. Beobachten Sie! Wenn Sie dann zurückkehren, gibt es genügend Spezialisten, die Ihre Beobachtungen analysieren und interpretieren können."

„Ich nehme an, daß eine Krise vorliegt, Sir", meinte Baley.

„Wie kommen Sie darauf?"

„Einen Erdenmenschen auf eine Äußere Welt zu schicken ist riskant. Die Spacer hassen uns. Beim besten Willen und obwohl ich auf Einladung dort bin, könnte ich einen interstellaren Zwischenfall auslösen. Die terrestrische Regierung könnte es leicht vermeiden, mich hinzuschicken, wenn sie das wollte. Sie könnte sagen, ich sei krank. Die Spacer haben geradezu pathologische Angst vor Ansteckkung. Sie würden mich um keinen Preis dort haben wollen, wenn sie glaubten, ich wäre krank."

„Schlagen Sie vor, daß wir diesen Trick anwenden?" fragte Minnim.

„Nein. Wenn die Regierung kein anderes Motiv hätte, mich dorthin zu schicken, würde man nicht meine Hilfe brauchen, um sich das auszudenken. Daraus folgt, daß das eigentlich Wesentliche meine Beobachtertätigkeit ist – die Sie ja nicht als Spionage bezeichnen wollen. Und wenn das der Fall ist, muß mehr dahinterstecken als nur ein Sich-Umsehen, um dieses Risiko zu rechtfertigen."

Baley hatte halb mit einer heftigen Reaktion gerechnet und hätte sie sogar begrüßt, weil sie den Druck gelockert hätte; aber Minnim lächelte nur frostig und sagte: „Anscheinend besitzen Sie die Fähigkeit, das Wesentliche zu erkennen und das Unwesentliche beiseite zu tun. Aber ich habe schließlich auch nicht weniger erwartet."

Der Untersekretär lehnte sich über seinen Schreibtisch zu Baley hinüber. „Ich will Ihnen jetzt etwas sagen, worüber Sie mit niemandem sprechen werden, nicht einmal mit anderen Regierungsbeamten. Unsere Soziologen sind dabei, gewisse Schlüsse bezüglich der augenblicklichen galaktischen Lage zu ziehen. Fünfzig Äußere Welten, unterbevölkert, robotisiert, mächtig, mit Menschen, die gesund und langlebig sind. Wir selbst: überbevölkert, technisch unterentwickelt, kurzlebig und von ihnen dominiert. Das ist eine instabile Situation."

„Auf Dauer ist alles instabil."

„Richtig. Aber die Situation ist bereits instabil. Wir haben höchstens noch hundert Jahre Zeit. Uns wird diese Situation noch überdauern, das steht fest. Aber wir haben Kinder. Am Ende werden wir für die Äußeren Welten eine zu große Gefahr darstellen, als daß man unser Überleben zulassen könnte. Schließlich leben auf der Erde acht Milliarden Menschen, die die Spacer hassen."

Baley fuhr auf. „Die Spacer schließen uns aus der Galaxis aus, führen unseren Handel auf eigene Rechnung und Profit, diktieren unserer Regierung die Politik und behandeln uns verächtlich. Was erwarten Sie? Dankbarkeit?"

„Richtig. Und das Schema steht schon fest: Aufruhr, Unterdrükkung, Aufruhr, Unterdrückung – und in hundert Jahren wird die Erde als bevölkerte Welt praktisch ausgelöscht sein. Das behaupten wenigstens die Soziologen."

Baley wurde unruhig. Man zweifelte nicht an Soziologen und ihren Computern. „Aber was erwarten Sie dann von mir, wenn das alles so ist? Was kann ich schon ausrichten?"

„Daß Sie uns Informationen bringen. Die große Lücke in unseren soziologischen Prognosen ist der Mangel an Daten bezüglich der Spacer. Wir mußten auf der Grundlage der wenigen Spacer, die sie hierherschickten, unsere Prognosen aufstellen. Wir mußten uns auf das verlassen, was sie uns über sich selbst gesagt haben. Woraus folgt, daß wir ihre Stärken, und nur ihre Stärken kennen. Verdammt noch mal, die haben ihre Roboter und ihre geringe Zahl und ihr langes Leben. Aber haben sie Schwächen? Gibt es irgendeinen Faktor oder mehrere Faktoren, die, wenn wir sie nur kennen würden, die soziologische Unvermeidbarkeit der Zerstörung ändern würden, etwas, das unser Handeln leiten und die Chancen des Überlebens der Erde verbessern könnte?"

„Sollten Sie da nicht besser einen Soziologen schicken, Sir?"

Minnim schüttelte den Kopf. „Wenn wir schicken könnten, wen wir wollen, hätten wir schon vor zehn Jahren jemanden dort hinausgeschickt, als wir zum ersten Mal diese Schlüsse zogen. Das ist unser erster Vorwand, überhaupt jemanden schicken zu können. Sie verlangen einen Detektiv, und das paßt uns. Ein Detektiv ist auch Soziologe; ein praktizierender, über den Daumen peilender Soziologe, sonst wäre er ja kein guter Detektiv. Und Ihren Akten nach sind Sie ein guter."

„Danke, Sir", entgegnete Baley mechanisch. „Und wenn ich Schwierigkeiten bekomme?"

Minnim zuckte die Achseln. „Das ist das Risiko, das man auf sich nimmt, wenn man Polizist wird." Er tat den Punkt mit einer Handbewegung ab und fügte hinzu: „Jedenfalls müssen Sie gehen. Der Zeitpunkt Ihrer Abreise ist bereits festgelegt. Das Schiff, das Sie hinbringt, wartet bereits."

„Wartet?" fragte Baley und erstarrte. „Wann reise ich ab?"

„In zwei Tagen."

„Dann muß ich nach New York zurück. Meine Frau . . ."

„Wir werden Ihre Frau aufsuchen. Sie darf nämlich nicht erfahren, worum es bei Ihrem Auftrag geht, verstehen Sie? Man wird ihr sagen, daß sie nicht damit rechnen soll, in nächster Zeit von Ihnen zu hören."

„Aber das ist unmenschlich. Ich muß mit ihr reden. Vielleicht sehe ich sie nie wieder."

„Was ich jetzt sage, klingt vielleicht noch unmenschlicher", erwiderte Minnim, „aber stimmt es denn nicht, daß es keinen Tag im Leben eines Polizisten gibt, an dem er mit Sicherheit sagen kann, man werde ihn wiedersehen? Mr. Baley, wir müssen alle unsere Pflicht tun."

Baleys Pfeife war schon vor einer Viertelstunde ausgegangen. Er hatte es nicht bemerkt.

Mehr konnte ihm niemand sagen. Niemand wußte etwas über den Mord. Und schließlich war der Augenblick da, wo er unter dem Raumschiff stand und es immer noch nicht glauben konnte.

Das Raumschiff sah aus wie eine gigantische Kanone, die in den Himmel zielt. Baley fröstelte in der rauhen Luft, die ihn umgab. Die Nacht schloß ihn ein (wofür Baley dankbar war) wie dunkle schwarze Mauern, die oben mit einer schwarzen Decke verschmolzen. Es war wolkig, und obwohl er Planetarien besucht hatte, erschreckte es ihn, als sein Blick auf einen hellen Stern fiel, der durch einen Spalt in den Wolken stach.

Ein kleiner Funke, weit, weit entfernt. Er starrte ihn neugierig an, fast so, als hätte er keine Angst vor ihm. Der Stern wirkte ganz nahe, unbedeutend; und doch kreisten um Punkte wie diesen Planeten, deren Bewohner die Herren der Galaxis waren. Die Sonne ist auch ein solcher Funke, dachte er, nur viel näher, und bescheint im Augenblick die andere Seite der Erde.

Plötzlich sah er die Erde als einen Ball aus Stein mit einer dünnen Schicht aus Feuchtigkeit und Gas, überall der Leere ausgesetzt, mit Cities, die sich kaum in die Außenhaut eingegraben hatten und in einem unsicheren Gleichgewicht zwischen Fels und Luft dahingen und sich festklammerten. Ihn schauderte.

Das Schiff war natürlich ein Spacer-Fahrzeug. Der interstellare Handel lag ausschließlich in den Händen der Spacer. Baley war jetzt allein, unmittelbar außerhalb der City. Man hatte ihn gebadet und desinfiziert, bis man ihn – nach Spacer-Normen – für würdig hielt, an Bord des Schiffes zu gehen. Nein, nicht würdig; worauf es ankam, war, daß er steril war, ungefährlich, keine Bazillen trug. Trotzdem schickten sie ihm nur einen Roboter entgegen, um ihn zu empfangen, da er zweifellos immer noch hundert Arten von Krankheitskeimen aus der überfüllten City mit sich trug, gegen die er resistent war, ganz im Gegensatz zu den in einem eugenischen Treibhaus aufgewachsenen Spacern.

Der Roboter ragte undeutlich sichtbar in der Dunkelheit auf, und seine Augen glühten dunkelrot. „Ermittlungsbeamter Elijah Baley?"

„Richtig", bestätigte Baley schroff, und seine Nackenhaare sträubten sich ein wenig. Er war genügend Erdenmensch, um eine zornige Gänsehaut zu bekommen, wenn er sah, daß ein Roboter das tat, wozu Menschen da waren. Da war R. Daneel Olivaw gewesen, sein Partner in der Ermittlung der Spacetown-Affäre; aber das war anders gewesen. Daneel war . . .

„Wollen Sie mir bitte folgen!" sagte der Roboter, und weißes Licht überflutete einen Weg zum Schiff hin.

Baley folgte ihm. Er stieg die Gangway hinauf ins Schiff, kam durch Korridore und schließlich in einen Raum.

Der Roboter sagte: „Dies ist Ihr Raum, Ermittlungsbeamter Baley. Es wird gewünscht, daß Sie sich während der ganzen Reisedauer in ihm aufhalten."

Baley nickte und dachte: Sicher, versiegelt mich nur! Haltet mich sicher in Quarantäne, gut isoliert.

Die Korridore, durch die er gegangen war, waren leer gewesen. Wahrscheinlich wurden sie jetzt bereits von Robotern desinfiziert. Der Roboter, der ihm gegenüberstand, würde wahrscheinlich durch ein germizides Bad gehen, nachdem er ihn verlassen hatte.

„Sie haben hier Wasser und eine Toilette", sagte der Roboter. „Man wird Ihnen Nahrung liefern. Und Material, das Sie sichten können. Die Luken werden von diesem Schaltpult aus gesteuert. Jetzt sind sie geschlossen. Aber wenn Sie den Weltraum sehen wollen . . ."

Baley unterbrach ihn erregt: „Schon gut, Boy. Laß die Luken geschlossen!"

Er sprach ihn mit „Boy" an, wie Erdenmenschen das bei Robotern immer taten, und der Roboter ließ keine negative Reaktion erkennen. Das konnte er natürlich nicht. Seine Reaktionen wurden von den Gesetzen der Robotik gelenkt und kontrolliert.

Der Roboter beugte seinen massigen Metallkörper, so daß es wie die Parodie einer respektvollen Verbeugung wirkte, und ging.

Baley war jetzt in seinem Raum allein und konnte sich orientieren. Zumindest war es hier besser als im Flugzeug. Das Flugzeug konnte er von einem Ende zum anderen sehen. Er konnte seine Grenzen erkennen. Das Raumschiff war groß. Es hatte Gänge, Etagen, Räume. Es war eine kleine City für sich. Baley konnte beinahe frei atmen.

Dann leuchteten Lichter auf. Die metallische Stimme eines Roboters hallte über die Bordsprechanlage und erteilte ihm detaillierte Instruktionen, wie er sich vor der Startbeschleunigung schützen sollte.

Er wurde nach hinten in seinen Sitz gepreßt, der auf einem hydraulischen System ruhte. Dann war in der Ferne das Dröhnen von Raketenmotoren zu hören, die von dem Mikromeiler aufgeheizt wurden. Das Zischen der zerrissenen Atmosphäre war zu vernehmen, wurde aber schnell dünner und ging schließlich in ein schrilles Pfeifen über, das nach einer Stunde völlig verstummte.

Sie befanden sich im Weltraum.

ES WAR, als wären alle Empfindungen abgestumpft, als wäre nichts mehr wirklich. Baley sagte sich, daß er sich jede Sekunde um Tausende von Kilometern weiter von den Cities entfernte, von Jessie; aber irgendwie schien es ihn nicht sonderlich zu beeindrucken.

Am zweiten Tag (oder dem dritten? – Es war unmöglich, einen Sinn für die Zeit zu behalten, wenn man einmal von den regelmäßigen Essens- und Schlafenszeiten absah) stellte sich einen Augenblick lang eine seltsame Empfindung ein, so als würde er von innen nach außen gekehrt. Es dauerte nur einen Augenblick lang, und Baley wußte, daß es ein Sprung war, jene seltsam unbegreifliche, fast mystische Transition durch den Hyperraum, wodurch das Schiff und alles, was es enthielt, von einem Punkt im Weltraum zu einem anderen, Lichtjahre davon entfernt, versetzt wurde. Wieder ein Zeitabschnitt und ein weiterer Sprung. Und noch einmal ein Zeitabschnitt und noch einmal ein Sprung.

Baley sagte sich jetzt, daß er Lichtjahre von der Erde entfernt war, Dutzende von Lichtjahren, Hunderte, Tausende.

Wie viele, wußte er nicht. Niemand auf der Erde wußte auch nur die Position Solarias im Weltraum. Sie waren unwissend, alle waren sie das.

Er fühlte sich schrecklich allein.

DAS Gefühl der Bremsverzögerung stellte sich ein, und der Roboter kam in seinen Raum. Seine ausdruckslosen rötlichen Augen überprüften den Sitz von Baleys Gurten. Er sah sich das Hydrauliksystem an, verstellte eine Schraube und vergewisserte sich, daß alles funktionierte. Dann sagte er: „Wir werden in drei Stunden landen. Sie sollten bitte in diesem Raum bleiben. Ein Mann wird kommen, um Sie hinauszugeleiten und Sie zu Ihrem Aufenthaltsort zu bringen."

„Warte!" sagte Baley angespannt. Im angeschnallten Zustand fühlte er sich hilflos. „Wenn wir landen, welche Tageszeit wird dann sein?"

Der Roboter antwortete sofort: „Nach galaktischer Standardzeit wird es . . ."

„Lokalzeit, Boy, Lokalzeit! Jehoshaphat!"

Der Roboter redete mit unverändertem Tonfall weiter. „Der solarianische Tag hat achtundzwanzigkommafünfunddreißig Standardstunden. Die solarianische Stunde ist in zehn Dekaden geteilt, und diese wiederum hat hundert Centaden. Bei unserem Eintreffen auf dem Flughafen wird dort der Tag die zwanzigste Centade der fünften Dekade erreicht haben."

Baley haßte diesen Roboter. Er haßte ihn wegen seiner Schwerfälligkeit, mit der er ihn verstand; er haßte ihn, weil er ihn zwang, die Fragen direkt zu stellen, um damit seine eigene Schwäche einzugestehen. Aber das mußte er. Und so fragte er ausdruckslos: „Wird es Tag sein?"

„Ja, Sir", antwortete der Roboter und ging hinaus.

Es würde Tag sein! Er würde am hellichten Tag auf die ungeschützte Oberfläche eines Planeten hinaustreten müssen!

Er war nicht ganz sicher, wie es sein würde. Er hatte von bestimmten Punkten in der City aus gelegentlich einen Blick auf die planetarische Oberfläche der Erde werfen können; er war sogar schon für kurze Augenblicke draußen gewesen. Aber er war immer von Mauern umgeben gewesen oder wenigstens in Reichweite einer solchen. Diese Sicherheit war immer ganz nahe gewesen.

Wo aber würde jetzt Sicherheit sein? Nicht einmal die falschen Mauern der Dunkelheit. Und weil er vor den Spacern keine Schwächen zeigen wollte – verdammt wollte er sein, wenn er das tat! –, spannte er seinen Körper gegen die Gurte, die ihn vor den Kräften der Bremsbeschleunigung schützten, schloß die Augen und kämpfte hartnäckig gegen die Panik an, die ihn überkam.

Begegnung mit einem Freund

Baley war im Begriff, seinen Kampf zu verlieren. Die Vernunft allein genügte nicht.

Baley sagte sich immer wieder: Es gibt Menschen, die ihr ganzes Leben im Freien verbringen. Die Spacer tun das. Unsere Vorfahren auf der Erde haben es in der Vergangenheit getan. Wandlosigkeit an sich ist nicht schädlich. Nur mein Bewußtsein sagt mir, daß es anders ist, und es hat unrecht.

Aber all das half ihm nicht. Etwas, das über die Vernunft hinausging, schrie nach Wänden und wollte keinen freien Raum.

Und je weiter die Zeit fortschritt, desto mehr war er überzeugt, daß er es nicht schaffen würde. Er würde sich am Ende zusammenkauern, zittern, ein Bild des Jammers bieten. Der Spacer, den sie nach ihm schicken würden (mit Filtern in der Nase, damit keine Bakterien in seinen Kreislauf eindringen können, und mit Handschuhen an den Händen, um jeden Kontakt zu verhindern), würde ihn nicht einmal ehrlich verachten; nur Ekel würde der Spacer empfinden.

Baley schob grimmig das Kinn vor.

Als das Schiff dann zum Stillstand kam, das Gurtsystem sich automatisch löste und die Hydraulikanlage in die Wand zurückfuhr, blieb Baley sitzen. Er hatte Angst und war entschlossen, sie sich nicht anmerken zu lassen. Als ein leises Geräusch ihm verriet, daß die Tür seines Raumes sich öffnete, sah er weg. Dennoch nahm er aus dem Augenwinkel wahr, wie eine hochgewachsene Gestalt mit bronzefarbenem Haar eintrat: ein Spacer, einer jener stolzen Abkömmlinge der Erde, die sich von ihren Vorfahren losgesagt hatten.

Und der Spacer sagte: „Hallo, Partner Elijah!"

Baleys Kopf fuhr ruckartig herum. Seine Augen weiteten sich, und er stand unwillkürlich auf.

Er starrte das Gesicht an, die breiten, hohen Backenknochen, bemerkte die absolute Ruhe, die von diesem Gesicht ausging, die Symmetrie des Körpers, ganz besonders aber die kühlen blauen Augen, die ihn direkt ansahen.

„D-daneel!"

„Es ist angenehm, daß Sie sich an mich erinnern, Partner Elijah."

„An Sie erinnern!" Baley spürte die Erleichterung, die wie eine

Welle über ihm zusammenschlug. Dieses Geschöpf war ein Stück der Erde, ein Freund, ein Retter. Er empfand einen fast unerträglichen Drang, auf den Spacer zuzulaufen, ihn zu umarmen, ihn an sich zu drücken, zu lachen und ihm auf den Rücken zu klopfen und all die verrückten Dinge zu tun, die alte Freunde tun, wenn sie sich nach einer Zeit der Trennung wieder treffen.

Aber er tat es nicht. Er konnte es nicht. Er konnte nur auf ihn zugehen, die Hand ausstrecken und sagen: „Höchst unwahrscheinlich, daß ich Sie je vergessen würde, Daneel."

„Das ist schmeichelhaft", sagte Daneel und nickte würdevoll. „Wie Ihnen ja wohl bekannt ist, ist es mir, solange ich funktionsfähig bin, völlig unmöglich, Sie zu vergessen. Es ist schön, Sie wiederzusehen." Daneel nahm Baleys Hand und drückte sie, und seine Finger schlossen sich, bis ein angenehmer Druck erzeugt wurde, dann ließ er die Hand wieder los.

Baley hoffte inständig, daß die unergründlichen Augen der Kreatur nicht sein Bewußtsein durchdringen und seine freundschaftliche Gefühlswallung wahrnehmen konnten, die ihn gerade überkommen und sich noch nicht ganz wieder gelegt hatte.

Schließlich konnte man ja diesen Daneel Olivaw nicht als Freund lieben – er war ja kein Mensch, sondern nur ein Roboter.

Der Roboter, der so sehr wie ein Mensch aussah, sagte: „Ich habe darum gebeten, daß ein robotergelenktes Bodenfahrzeug per Luftrohr an dieses Schiff angeschlossen wird . . ."

Baley runzelte die Stirn. „Ein Luftrohr?"

„Ja. Das ist eine weitverbreitete Technik, die man häufig im Weltraum einsetzt, wenn man Personal und Gegenstände von einem Schiff zum anderen bringen will, ohne besondere Vorkehrungen gegen das Vakuum zu treffen. Mir scheint, daß Sie mit dieser Technik nicht vertraut sind."

„Nein", sagte Baley, „aber ich begreife schon."

„Es ist natürlich ziemlich kompliziert, eine solche Vorrichtung zwischen einem Raumschiff und einem Bodenfahrzeug anzubringen, aber ich habe veranlaßt, daß es trotzdem geschieht. Glücklicherweise ist das Projekt, mit dem man Sie und mich betraut hat, von hoher Priorität. Schwierigkeiten werden schnell beseitigt."

„Sind Sie auch auf diesen Mordfall angesetzt?"

„Hat man Sie darüber nicht informiert? Ich bedaure, daß ich es

Ihnen nicht sofort gesagt habe." In dem perfekten Gesicht des Roboters war natürlich keine Spur von Bedauern zu erkennen. „Dr. Han Fastolfe, den Sie während unserer letzten Partnerschaft auf der Erde kennengelernt haben und an den Sie sich, wie ich hoffe, erinnern, hat Sie ursprünglich als geeigneten Ermittler für diesen Fall vorgeschlagen. Und er hat die Bedingung gestellt, daß ich wieder zur Zusammenarbeit mit Ihnen eingeteilt werde."

Baley brachte ein schwaches Lächeln zuwege. Dr. Fastolfe war ein Bewohner Auroras, und Aurora war die mächtigste der Äußeren Welten. Allem Anschein nach hatte der Rat eines Auroraners Gewicht.

Und dann sagte er: „Ein erfolgreiches Team sollte man nicht auseinanderreißen, wie?" Die erste Freude über Daneels Erscheinen begann zu schwinden, und der Druck auf Baleys Brust kehrte wieder zurück.

„Ich weiß nicht, ob ihn dieser Gedanke bewegt hat, Partner Elijah. Aus den Anweisungen, die er mir erteilt hat, würde ich schließen, daß er an meiner Zusammenarbeit mit Ihnen deshalb so interessiert ist, weil ich Erfahrung mit Ihrer Welt habe und Ihre darauf zurückzuführenden Eigenheiten kenne."

„Eigenheiten!" Baley runzelte die Stirn. Das war ein Ausdruck, den er im Zusammenhang mit seiner Person nicht mochte.

„Damit ich beispielsweise das Luftrohr arrangieren konnte. Ihre Abneigung gegenüber offenen Räumen infolge Ihres Lebens in den Cities der Erde ist mir wohlbekannt."

Vielleicht war es darauf zurückzuführen, daß der Roboter von „Eigenheiten" gesprochen hatte, das Gefühl, einen Gegenangriff starten zu müssen, um nicht vor einer Maschine sein Gesicht zu verlieren, was Baley dazu trieb, abrupt das Thema zu wechseln. Vielleicht lag es aber auch daran, daß eine lebenslange Ausbildung ihn daran hinderte, einen logischen Widerspruch unaufgelöst zu lassen.

„An Bord dieses Schiffes hat sich ein Roboter um mich gekümmert; ein Roboter", Baleys Stimme nahm einen Unterton von Spott an, „der wie ein Roboter aussieht. Kennen Sie ihn?"

„Ich habe schon mit ihm gesprochen, ehe ich an Bord kam."

„Wie ist seine Bezeichnung? Wie nehme ich mit ihm Kontakt auf?"

„RX-2475. Auf Solaria ist es üblich, nur Seriennummern für Roboter zu gebrauchen." Daneels ruhiger Blick wanderte zu dem Schaltpult neben der Tür. „Mit dieser Taste können Sie ihn rufen."

Baley warf einen Blick auf die Schalter. Und da die Taste, auf die Daneel zeigte, die Aufschrift RX trug, war daran nichts Geheimnisvolles.

Baley legte den Finger darauf, und weniger als eine Minute später trat der Roboter, der wie ein Roboter aussah, ein.

„Du bist RX-2475", sagte Baley.

„Ja, Sir."

„Du hast vorher gesagt, jemand würde kommen, um mich aus dem Schiff zu geleiten. Hast du ihn gemeint?" Baley deutete auf Daneel.

Die Blicke der beiden Roboter begegneten sich. RX-2475 sagte: „Seine Papiere identifizieren ihn als denjenigen, der Sie abholen soll."

„Hat man dir vorher, abgesehen von seinen Papieren, irgend etwas über ihn gesagt? Hat man ihn dir beschrieben?"

„Nein, Sir. Aber seinen Namen hat man mir genannt."

„Wer hat dir die Information gegeben?"

„Der Kapitän des Schiffes, Sir."

„Der Kapitän ist Solarianer?"

„Ja, Sir."

Baley leckte sich über die Lippen. Die nächste Frage würde die entscheidende sein.

„Welchen Namen hat man dir genannt?"

„Daneel Olivaw, Sir."

„Okay, Boy! Du darfst jetzt gehen."

Wieder die robotische Verbeugung, und dann eine scharfe Kehrtwendung. RX-2475 ging hinaus.

Baley wandte sich seinem Partner zu und sagte nachdenklich: „Sie sagen mir nicht die ganze Wahrheit, Daneel."

„Wie meinen Sie das, Partner Elijah?" fragte Daneel.

„Als ich vorher mit Ihnen sprach, erinnerte ich mich an etwas Eigenartiges. Als RX-2475 mir sagte, daß jemand mich vom Schiff abholen würde, sagte er, daß ein *Mann* kommen würde, um mich abzuholen. Daran erinnere ich mich ganz deutlich."

Daneel hörte ruhig zu und erwiderte nichts.

„Ich dachte, der Roboter hätte vielleicht einen Fehler gemacht", fuhr Baley fort. „Ich dachte auch, daß man vielleicht ursprünglich einen Mann dazu bestimmt hätte, mich abzuholen, und ihn dann durch Sie ersetzt hat, ohne RX-2475 von der Änderung zu verständigen. Aber Sie haben gehört, daß ich das überprüft habe. Man hat ihm Ihre Papiere beschrieben und Ihren Namen genannt. Aber man hat ihm ja Ihren Namen nicht ganz richtig genannt, oder, Daneel?"

„Man hat ihm tatsächlich nicht meinen ganzen Namen genannt", pflichtete Daneel bei.

„Sie heißen nicht Daneel Olivaw, sondern R. Daneel Olivaw, nicht wahr? Oder, vollständig, Roboter Daneel Olivaw."

„Sie haben völlig recht, Partner Elijah."

„Woraus folgt, daß man RX-2475 nie davon informiert hat, daß Sie ein Roboter sind. Man hat zugelassen, daß er in Ihnen einen Menschen sieht. Bei Ihrem menschenähnlichen Aussehen ist eine solche Maskerade möglich."

„Ich habe nichts gegen Ihre Argumentation einzuwenden."

„Dann wollen wir fortfahren." Baley spürte eine erste freudige Genugtuung. Er war einer Sache auf der Spur. Sehr viel konnte es nicht sein; aber das war die Art von Spurensuche, auf die er sich gut verstand. Er verstand sich sogar so gut darauf, daß man ihn durch den halben Weltraum rief, um es zu tun. „Aber warum sollte eigentlich jemand den Wunsch haben, einen armseligen Roboter zu täuschen?" fragte er. „Ihm ist es doch gleichgültig, ob Sie Mensch oder Roboter sind. Er befolgt seine Anweisungen in jedem Fall. Ein logischer Schluß daraus ist doch, daß der solarianische Kapitän, der den Roboter informiert hat, und die solarianischen Beamten, die den Kapitän informiert haben, selbst nicht wußten, daß Sie ein Roboter sind. Wie ich sage: Das ist eine logische Schlußfolgerung, aber vielleicht nicht die einzige. Entspricht sie den Tatsachen?"

„Ich glaube schon."

„Nun gut. Gut geraten. Doch warum? Indem Dr. Han Fastolfe Sie als meinen Partner empfiehlt, läßt er die Solarianer in dem Glauben, daß Sie ein Mensch seien. Ist das denn nicht gefährlich? Die Solarianer könnten, wenn sie es herausfinden, recht ärgerlich werden. Warum hat man das getan?"

„Mir hat man es folgendermaßen erklärt, Partner Elijah. Wenn Sie mit einem Menschen der Äußeren Welten zusammenarbeiten, dann hebt das in den Augen der Solarianer Ihren Status. Wenn Sie mit einem Roboter zusammenarbeiten, verringert ihn das. Da ich mit Ihrer Art vertraut bin und leicht mit Ihnen zusammenarbeiten kann, hielt man es für vernünftig, daß die Solarianer mich als Mensch akzeptierten, ohne daß man sie ausdrücklich täuschte, indem man eine eindeutige Erklärung dieses Inhalts abgab."

Baley glaubte das nicht. Ihm schien das zuviel Rücksichtnahme auf die Gefühle eines Erdenmenschen – und das war nicht die Art der Spacer; nicht einmal für solche, die so aufgeklärt wie Fastolfe waren.

Er überlegte eine Alternative und fragte: „Sind die Solarianer bei den Äußeren Welten besonders wegen der Produktion von Robotern bekannt?"

„Ich bin froh, daß man Sie mit der Wirtschaftsstruktur Solarias vertraut gemacht hat", sagte Daneel.

„Aber kein Wort", meinte Baley. „Ich weiß gerade, wie man Solaria schreibt, aber damit endet mein Wissen über diese Welt auch schon."

„Dann begreife ich nicht, Partner Elijah, was Sie dazu veranlaßt hat, diese Frage zu stellen. Aber sie ist von großem Belang. Sie haben den Nagel auf den Kopf getroffen, wie man auf der Erde zu sagen pflegt. Mein Informationsspeicher enthält die Tatsache, daß Solaria unter den fünfzig Äußeren Welten wegen der Vielzahl und der hervorragenden Qualität der Robotermodelle bekannt ist, die es liefert. Solaria exportiert spezialisierte Modelle auf alle anderen Äußeren Welten."

Baley nickte befriedigt. Natürlich konnte Daneel einem intuitiven Gedankensprung nicht folgen, der von menschlicher Schwäche ausging. Und Baley sah sich auch nicht veranlaßt, seine Überlegung zu erklären.

Falls Solaria sich als eine Expertenwelt für Robotik herausstellen sollte, könnten Dr. Han Fastolfe und seine Kollegen sehr persönliche und sehr menschliche Motive dafür haben, ihren eigenen ganz besonderen Roboter zu demonstrieren. Das hatte ganz bestimmt nichts mit der Sicherheit oder den Gefühlen eines Erdenmenschen zu tun.

Sie würden ihre Überlegenheit dadurch unterstreichen, indem sie bewirkten, daß die Experten von Solaria sich täuschen ließen und einen auf Aurora hergestellten Roboter als Mitmenschen akzeptierten.

Baley fühlte sich jetzt viel besser. Seltsam, daß alles Nachdenken, all die intellektuellen Kräfte, die er aufbrachte, nicht ausreichten, ihn aus seiner Panik herauszureißen; ein wenig befriedigte Eitelkeit – und schon war es geschafft.

Daß er dabei auch die Eitelkeit der Spacer erkannt hatte, war sicherlich kein Schaden.

Jehoshaphat, wir sind doch alle Menschen, selbst die Spacer, dachte er.

Und laut sagte er fast spöttisch: „Wie lange müssen wir eigentlich noch auf den Wagen warten? Ich bin fertig."

DEM Luftrohr war anzusehen, daß es eigentlich nicht für den augenblicklichen Einsatz gedacht war. Mensch und Humanoid traten aufrecht aus dem Raumschiff und bewegten sich über ein biegsames Geflecht, das sich unter ihrem Gewicht verbog und schwankte. Im Weltraum, stellte Baley sich vor, konnte man sich schwerelos von Schiff zu Schiff bewegen und brauchte dazu nur einen einzigen Sprung zu machen und leicht durch das Rohr zu gleiten.

Am anderen Ende verjüngte sich das Rohr, wobei das Gewebe zusammengedrückt war, als hätte die Hand eines Riesen sich darum geballt. Daneel, der eine Lampe trug, bewegte sich auf allen vieren, und Baley ebenfalls. Die letzten sechs Meter legten sie auf diese Weise zurück und erreichten schließlich etwas, bei dem es sich offensichtlich um einen Bodenwagen handelte. Daneel machte die Tür zu, durch die sie eingetreten waren, und überzeugte sich, daß sie auch dicht schloß. Ein kräftiges klickendes Geräusch war zu hören; wahrscheinlich das Abkoppeln des Luftrohrs.

Baley sah sich neugierig um. An dem Bodenwagen war nichts, das ihm exotisch vorkam. Es gab zwei hintereinander angeordnete Sitzbänke, von denen jede drei Personen aufnehmen konnte. Am Ende jeder Sitzreihe waren links und rechts Türen angebracht. Die blanken Teile, die gewöhnlich wohl Fenster waren, hatte man schwarz und undurchsichtig gemacht, ohne Zweifel polarisiert; damit war Baley vertraut.

Das Innere des Wagens wurde von zwei runden gelben Lichtquellen an der Decke erhellt. Und das einzige, was Baley als wirklich fremdartig auffiel, war der Transmitter in der Wand, unmittelbar vor der vorderen Sitzbank, und darüber hinaus natürlich die Tatsache, daß es keine sichtbaren Kontrollen oder Bedienungsinstrumente gab.

„Ich nehme an, der Fahrer befindet sich auf der anderen Seite der Trennwand", sagte Baley.

„Genau richtig, Partner Elijah", antwortete Daneel. „Und wir können unsere Anweisungen auf diese Weise geben." Er beugte sich etwas vor, betätigte einen Schalter, worauf ein roter Lichtpunkt zu flackern begann. Er sagte leise: „Abfahren! Wir sind fertig."

Ein Summen war zu hören, das fast sofort wieder verstummte, und einmal ein ganz leichter Druck gegen die Sitze, der aber sofort wieder nachließ. Sonst nichts.

„Bewegen wir uns?“ fragte Baley überrascht.

„Ja. Das Fahrzeug bewegt sich nicht auf Rädern, sondern schwebt auf einem diamagnetischen Kraftfeld. Mit Ausnahme der Beschleunigung und des Abbremsens werden Sie nichts spüren.“

„Was ist mit Kurven?“

„Der Wagen kippt automatisch ab, um die Kurven auszugleichen. Und bei Bergauf- und Bergabfahrten bleibt er waagerecht.“

„Die Steuerorgane müssen sehr kompliziert sein“, meinte Baley trocken.

„Völlig automatisch. Der Fahrer ist ein Roboter.“

„Hm.“ Damit wußte Baley alles, was er über den Bodenwagen zu wissen wünschte. „Wie lange wird die Fahrt dauern?“ fragte er.

„Etwa eine Stunde. Fliegen wäre schneller gewesen. Aber ich wollte, daß Sie in einem umschlossenen Raum bleiben. Und die Flugzeugmodelle, die auf Solaria zur Verfügung stehen, eignen sich nicht so dafür wie ein Bodenwagen von der Art wie dieser hier.“

Baley war über die Besorgnis Daneels etwas verstimmt. Er kam sich wie ein Baby vor, das von einer Kinderschwester betreut wird. Fast ebenso verstimmte ihn eigenartigerweise die Art, wie Daneel sprach. Die unnötig förmliche Satzstruktur konnte leicht verraten, daß es sich bei dem Sprecher um einen Roboter handelte.

Einen Augenblick lang starrte Baley R. Daneel Olivaw neugierig an. Der Roboter blickte gerade nach vorn und hielt sich völlig reglos, als bemerke er seinen Blick gar nicht.

Daneels Hautstruktur war perfekt. Jedes Haar, ob auf dem Kopf oder seiner Haut, war liebevoll und akkurat hergestellt und implantiert. Die Muskelbewegung unter der Haut war äußerst realistisch. Man hatte keine Mühe gespart. Und doch wußte Baley aus eigener Kenntnis, daß man Gliedmaßen und Brust an unsichtbaren Säumen auftrennen konnte, um Reparaturen durchführen zu können. Er wußte, daß sich unter der elastischen Haut Metall und Plastik verbargen. Er wußte, daß ein positronisches Gehirn höchster Effizienz (aber eben nur positronisch) in der Höhlung des Schädels ruhte. Er wußte, daß Daneels „Gedanken“ nur kurzlebige Positronenströme waren, die über exakt vom Hersteller konstruierte und vorbestimmte Bahnen flossen.

Welches aber waren die Zeichen, die dies dem fachmännischen Auge preisgaben, das nicht über dieses Wissen verfügte? Die belanglose Unnatürlichkeit von Daneels Redeweise? Die emotionslose Schwerfälligkeit, die so beständig von ihm ausging? Die Perfektion seiner Menschlichkeit?

Aber damit vergeudete er nur Zeit. „Machen wir weiter, Daneel!" sagte er. „Ich nehme an, man hat Sie vor Ihrem Eintreffen hier mit den solarianischen Gegebenheiten vertraut gemacht?"

„Das hat man, Partner Elijah."

„Gut. Das ist mehr, als man für mich getan hat. Wie groß ist diese Welt?"

„Ihr Durchmesser beträgt etwa fünfzehntausend Kilometer. Solaria ist der äußerste von drei Planeten und der einzige bewohnte. In bezug auf Klima und Atmosphäre ähnelt er der Erde; der Prozentsatz an fruchtbarem Land ist höher, sein Bestandteil an nützlichen Mineralien geringer, aber natürlich bei weitem nicht im gleichen Maße ausgenutzt. Solaria ist autark und kann mit Hilfe seiner Roboter-Exporte einen hohen Lebensstandard aufrechterhalten."

„Wie groß ist die Bevölkerung?" wollte Baley wissen.

„Zwanzigtausend Menschen, Partner Elijah."

Baley akzeptierte diese Antwort einen Augenblick lang und sagte dann mit mildem Tadel: „Sie meinen zwanzig Millionen, nicht wahr?" Sein knappes Wissen über die Äußeren Welten reichte aus, um ihm zu sagen, daß die Welten zwar in der Tat nach irdischen Begriffen dünn bevölkert waren, daß aber die Einzelbevölkerung immerhin in Millionengröße lag.

„Zwanzigtausend Menschen, Partner Elijah", sagte der Roboter noch einmal.

„Sie meinen, der Planet ist gerade erst besiedelt worden?"

„Ganz und gar nicht. Er ist seit beinahe zweihundert Jahren unabhängig und mehr als hundert Jahre vor der Unabhängigkeit besiedelt worden. Die Bevölkerung wird bewußt auf zwanzigtausend beschränkt, weil die Solarianer selbst diese Zahl für optimal halten."

„Dann ist also nur ein kleiner Teil des Planeten bewohnt."

„Alle fruchtbaren Regionen."

„Wie viele Quadratkilometer?"

„Fünfundvierzig Millionen Quadratkilometer, wobei auch unterdurchschnittlich ergiebige Bereiche einbezogen sind."

„Für zwanzigtausend Menschen?"

„Außerdem gibt es noch zweihundert Millionen arbeitender positronischer Roboter, Partner Elijah."

„Jehoshaphat! Das sind ja – das sind ja zehntausend Roboter pro Mensch."

„Das ist mit Abstand das höchste Verhältnis auf den Äußeren Welten, Partner Elijah. Das nächsthöchste auf Aurora beträgt nur fünfzig zu eins."

„Wozu brauchen die denn so viele Roboter? Was machen die mit all den Lebensmitteln, die sie erzeugen?"

„Lebensmittel sind dabei vergleichsweise unbedeutend. Die Bergwerke sind viel wichtiger. Und noch wichtiger ist die Energieerzeugung."

Baley dachte an all die Roboter und empfand einen Anflug von Schwindel. Zweihundert Millionen Roboter! So viele unter so wenigen Menschen. Ein Beobachter von draußen könnte Solaria für eine reine Roboterwelt halten und die wenigen Menschen übersehen.

Baley empfand das plötzliche Bedürfnis, etwas zu sehen. Er erinnerte sich an das Gespräch mit Minnim und die soziologische Vorhersage der Gefahr, auf die die Erde zutrieb. Das Gespräch wirkte jetzt ein wenig unwirklich; aber er erinnerte sich jedenfalls daran. Seine persönlichen Gefahren und Schwierigkeiten seit dem Verlassen der Erde dämpften die Erinnerung an Minnims Stimme, die kühl und klar Ungeheuerlichkeiten dargelegt hatte. Aber ganz überdecken konnten sie das Gehörte nicht.

Baley hatte zu lang mit seiner Pflicht gelebt, um zuzulassen, daß selbst so etwas Überwältigendes wie der freie Raum ihn daran hinderte, seine Pflicht zu erfüllen. Daten, die nur aus den Darlegungen eines Spacers oder, was das betraf, eines Spacer-Roboters stammten, waren den Soziologen der Erde bereits zugänglich. Was gebraucht wurde, waren direkte Beobachtungen. Und seine Aufgabe war es – und wenn diese Aufgabe auch noch so unangenehm war –, solche Beobachtungen vorzunehmen.

Er betrachtete den oberen Teil des Wagens. „Ist dies Ding hier ein Kabriolett, Daneel?"

„Wie bitte, Partner Elijah – ich kenne die Bedeutung dieses Wortes nicht."

„Kann man den oberen Teil des Wagens zurückschieben? Kann man ihn – öffnen – zum Himmel hin?" Fast hätte er aus Gewohnheit „zur Kuppel hin" gesagt.

„Ja, das kann man."

„Dann veranlassen Sie, daß das geschieht, Daneel. Ich würde mich gern umsehen."

Der Roboter antwortete darauf mit würdevollem Bedauern: „Es tut mir leid, aber das darf ich nicht zulassen."

Baley staunte. „Sehen Sie mal, R. Daneel", er betonte das R, „ich will das neu formulieren. Ich befehle Ihnen, den Oberteil zu öffnen."

Das Geschöpf war ein Roboter, ob nun menschenähnlich oder nicht, und gleichgültig, ob er ihn mit Sie und mit Vornamen ansprach oder mit Du und Boy, wie es Robotern gegenüber üblich war – das Geschöpf mußte Befehle befolgen.

Aber Daneel bewegte sich nicht. Statt dessen sagte er: „Ich muß Ihnen erklären, daß es meine erste Sorge ist, Schaden von Ihnen fernzuhalten. Auf Grundlage sowohl meiner Instruktionen als auch meiner eigenen persönlichen Erfahrung ist mir klar, daß Sie Schaden erleiden würden, wenn Sie sich in großen, freien Räumen befänden. Ich kann deshalb nicht zulassen, daß Sie sich solchem aussetzen."

Baley spürte, wie sein Gesicht sich von einer plötzlichen Aufwallung rötete, und spürte doch gleichzeitig auch, wie völlig nutzlos sein Zorn war. Das Geschöpf war ein Roboter, und Baley kannte das Erste Gesetz der Robotik gut.

Es lautete: *Ein Roboter darf keinem menschlichen Wesen Schaden zufügen oder durch Untätigkeit zulassen, daß einem menschlichen Wesen Schaden zugefügt wird.*

Alles andere im Positronengehirn eines Roboters – dem eines jeden Roboters auf jeder Welt in der Galaxis – mußte sich jener ersten vorrangigen Festlegung beugen. Natürlich mußte ein Roboter Befehle befolgen, aber nur unter einer bedeutenden, allwichtigen Einschränkung. Daß Befehle befolgt werden mußten, war das Zweite Gesetz der Robotik.

Es lautete: *Ein Roboter muß den Befehlen gehorchen, die ihm von menschlichen Wesen erteilt werden, es sei denn, diese Befehle stünden im Widerspruch zum Ersten Gesetz.*

Baley zwang sich dazu, ruhig und vernünftig zu sprechen. „Ich glaube, ich werde es auf kurze Zeit ertragen können, Daneel."

„Ich empfinde da anders, Partner Elijah."

„Lassen Sie mich das entscheiden!"

„Wenn das ein Befehl ist, Partner Elijah, dann kann ich ihn nicht befolgen."

Baley ließ sich in den weichgepolsterten Sitz zurücksinken. Die Anwendung von Gewalt gegen den Roboter würde natürlich völlig sinnlos sein. Wenn Daneel seine Kräfte in vollem Maße einsetzte, so würden diese hundertmal stärker als die eines Menschen sein. Er würde durchaus imstande sein, Baley im Schach zu halten, ohne ihm auch nur eine Verletzung zuzufügen.

Baley war bewaffnet. Er könnte seinen Blaster auf Daneel richten. Aber abgesehen vielleicht von einem kurzen Augenblick des Gefühls, ihn zu beherrschen, würde das nur noch zu größerer Enttäuschung führen. Einem Roboter gegenüber war die Drohung, ihn zu vernichten, nutzlos. Selbsterhaltung war nur das Dritte Gesetz.

Es lautete: *Ein Roboter muß seine eigene Existenz schützen, solange er dabei nicht mit dem Ersten oder dem Zweiten Gesetz in Widerspruch gerät.*

Daneel würde es nichts ausmachen, zerstört zu werden, falls die Alternative darin bestand, das Erste Gesetz zu brechen. Und Baley wollte Daneel nicht zerstören; ganz eindeutig wollte er das nicht.

Und doch wollte er aus dem Wagen hinaussehen. Langsam war daraus ein fast zwanghaftes Bedürfnis geworden. Er durfte diese Kindergartenschwesternhaltung nicht zulassen. Einen Augenblick lang dachte er daran, den Blaster auf die eigene Schläfe zu richten. Öffne das Wagendach – oder ich töte mich selbst. Das würde bedeuten, einer Anwendung des Ersten Gesetzes eine größere, unmittelbarere entgegenzustellen.

Baley wußte, daß er dazu nicht imstande sein würde. Irgendwie würdelos. Das Bild, das der Gedanke in ihm erzeugte, war ihm unsympathisch.

„Würden Sie den Fahrer fragen, wie weit es noch bis zu unserem Ziel ist?" fragte er erschöpft.

„Sicher, Partner Elijah."

Daneel beugte sich vor und legte den Schalter um. Aber in dem Augenblick lehnte auch Baley sich vor und rief: „Fahrer! Öffnen Sie das Wagendach!"

Und dabei zuckte seine Hand schnell an den Schalter und legte ihn wieder um. Und hielt ihn fest.

Vor Anstrengung etwas keuchend, starrte Baley Daneel an.

Eine Sekunde lang war Daneel völlig reglos, so als wären seine Positronenbahnen aus dem Gleichgewicht geraten, als hätte die Mühe, sich der neuen Lage anzupassen, ihn zu sehr beansprucht.

Aber das ging schnell vorbei, und dann bewegte sich die Hand des Roboters wieder.

Damit hatte Baley gerechnet. Daneel würde seine Hand vom Schalter entfernen (ganz sachte, ohne sie zu verletzen), die Sprechanlage wieder einschalten und die Anweisung widerrufen.

„Sie werden meine Hand hier nicht wegbekommen, ohne mich zu verletzen", sagte Baley. „Ich warne Sie. Wahrscheinlich werden Sie mir den Finger brechen müssen."

Das war nicht so. Baley wußte das. Aber Daneel hielt in der Bewegung inne. Ein Schaden gegen den anderen. Das Positronengehirn mußte die Wahrscheinlichkeiten abwägen und sie in gegenläufige Potentiale übersetzen. Das bedeutete weiteres Zögern.

Und Baley sagte: „Jetzt ist es zu spät." Er hatte das Rennen gewonnen. Das Dach glitt nach hinten, und in das zum Himmel geöffnete Wageninnere strömte das grelle weiße Licht der Sonne Solarias.

Baley wollte im ersten Schrecken die Augen schließen, kämpfte aber gegen das Gefühl an. Mit offenen Augen sah er in die ungeheure Fülle aus Blau und Grün. Er spürte das ungehinderte Einströmen von Luft, konnte aber von nichts Einzelheiten erkennen. Etwas, das sich bewegte, huschte vorbei. Vielleicht war es ein Roboter oder ein Tier oder ein unbelebtes Etwas, das der Luftstrom erfaßt hatte. Er konnte es nicht sagen; dafür fuhr der Wagen zu schnell daran vorbei.

Blau, grün, Luft, Lärm, Bewegung – und über allem, gnadenlos wild auf ihn einschlagend, beängstigend, das weiße Licht, das von einem Ball im Himmel ausging. Einen Augenblick lang legte er den Kopf in den Nacken und starrte kurz Solarias Sonne an. Er starrte sie an, ohne daß das getönte Glas der obersten City-Etagen, wo die Sonnenräume lagen, ihn schützte. Er starrte die nackte Sonne an.

Und in dem Augenblick spürte er, wie Daneels Hände seine Schultern packten. Alles drängte in diesem unwirklichen Augenblick auf ihn ein; ein Wirbel von Gedanken. Er mußte sehen! Er mußte alles sehen, was er sehen konnte. Und Daneel war da, um zu verhindern, daß er etwas sah.

Aber ganz sicherlich würde ein Roboter es nicht wagen, Gewalt gegen einen Menschen anzuwenden. Dieser Gedanke beherrschte alles andere. Daneel konnte ihn nicht gewaltsam hindern. Und doch spürte Baley, wie die Hände des Roboters ihn zurückdrückten.

Baley hob die Arme, um die fleischlosen Hände von sich zu schieben, und verlor jegliches Bewußtsein.

Jetzt befand sich Baley wieder in Sicherheit, wie sie nur umschlossener Raum bieten konnte. Daneels Gesicht schwebte vor seinen Augen, und dunkle Flecken überzogen es, die rot wurden, als er blinzelte. „Was ist geschehen?" fragte Baley.

„Ich bedaure", sagte Daneel, „daß Sie trotz meiner Anwesenheit Schaden erlitten haben. Die direkten Strahlen der Sonne sind für das menschliche Auge schädlich. Aber ich glaube, daß der Schaden, der in der kurzen Zeit angerichtet worden ist, nicht von Dauer sein wird. Als Sie nach oben blickten, war ich gezwungen, Sie herunterzuziehen, und Sie haben die Besinnung verloren."

Baley schnitt eine Grimasse. Damit blieb die Frage offen, ob er nun aus Erregung (oder Furcht?) ohnmächtig geworden war oder ob man ihn bewußtlos geschlagen hatte. Er betastete sein Kinn und seinen Kopf und empfand keinen Schmerz. Er verzichtete darauf, die Frage direkt zu stellen. Irgendwie wollte er es nicht wissen.

„Es war nicht so schlimm", sagte er.

„Aus Ihren Reaktionen, Partner Elijah, sollte ich schließen, daß Sie es als unangenehm empfunden haben."

„Ganz und gar nicht", widersprach Baley hartnäckig. Die roten Flecken vor seinen Augen begannen jetzt zu verblassen, und seine Augen tränten auch nicht mehr so. „Es tut mir nur leid, daß ich so wenig gesehen habe. Wir haben uns zu schnell bewegt. Sind wir an einem Roboter vorbeigekommen?"

„An einigen. Wir fahren über das Kinbald-Anwesen, das von Obstgärten bedeckt ist."

„Ich werde es noch einmal versuchen müssen", meinte Baley.

„In meiner Anwesenheit dürfen Sie das nicht", sagte Daneel. „Unterdessen habe ich das getan, was Sie verlangt haben."

„Was ich verlangt habe?"

„Sie erinnern sich doch, Partner Elijah, daß Sie mir, ehe Sie dem Fahrer den Befehl gaben, das Wagendach zu öffnen, den Befehl erteilt hatten, den Fahrer zu fragen, wie weit es noch bis zu unserem Bestimmungsort wäre. Wir sind jetzt fünfzehn Kilometer entfernt und werden in etwa sechs Minuten eintreffen."

Baley verspürte Lust, Daneel zu fragen, ob er zornig wäre, weil er ihn übertölpelt hatte, und wäre es nur, um zu sehen, wie jenes vollkommene Gesicht unvollkommen wurde, ließ es dann aber sein. Natürlich würde Daneel einfach mit Nein antworten, ohne Ärger und ohne verstimmt zu sein. Er würde ruhig und würdevoll dasitzen wie immer, ungestört und unstörbar.

„Trotzdem“, meinte Baley ruhig, „ich werde mich daran gewöhnen müssen, wissen Sie, Daneel.“

Der Roboter sah seinen menschlichen Partner an. „Worauf beziehen Sie sich jetzt?“

„Jehoshaphat! Auf das . . . das Draußen. Sonst gibt es doch auf diesem Planeten gar nichts.“

„Es wird nicht notwendig sein, sich nach draußen zu begeben“, sagte Daneel. Und dann fügte er hinzu, als wäre das Thema damit abgeschlossen: „Wir verlangsamen jetzt unsere Fahrt, Partner Elijah. Ich glaube, wir sind angekommen. Es wird nötig sein, auf das Anschließen eines weiteren Luftrohrs zu warten, das uns mit der Behausung verbinden wird, die uns als Operationsbasis dienen soll.“

„Ein Luftrohr ist unnötig, Daneel. Wenn ich draußen arbeiten soll, hat es keinen Sinn, die Anpassung hinauszuschieben.“

„Es wird nicht notwendig sein, daß Sie draußen arbeiten, Partner Elijah.“

Der Roboter schien noch mehr sagen zu wollen, aber Baley gebot ihm mit einer herrischen Handbewegung Schweigen.

Im Augenblick war er nicht in Stimmung für Daneels sorgfältigen Trost; er brauchte jetzt keine Beruhigung, keine Versicherung, daß alles gut sein würde und daß man sich um ihn kümmern würde.

Was er jetzt wirklich wollte, war die Gewißheit, daß er für sich selbst sorgen konnte und seinen Auftrag würde erfüllen können. Der Anblick des freien Himmels war schwer zu ertragen gewesen. Möglicherweise würde ihm die Kraft fehlen, sich dem noch einmal auszusetzen, wenn die Zeit dafür kam. Und der Preis dafür würde seine Selbstachtung und möglicherweise sogar die Sicherheit der Erde sein. Und das alles nur wegen etwas Leere.

Der flüchtige Gedanke verfinsterte sein Gesicht. Nein – er würde sich der Luft, der Sonne und dem leeren Raum stellen!

ELIJAH BALEY kam sich wie ein Bewohner einer der kleineren Cities vor – Helsinki beispielsweise –, der New York besucht und voll Ehrfurcht die Etagen zählt. Für ihn hatte sich mit dem Begriff „Wohnung" immer so etwas wie die Vorstellung von einer Apartmenteinheit verbunden; aber das war etwas völlig anderes. Er ging von einem Raum in den nächsten. Die Panoramafenster waren verhängt und ließen nicht zu, daß der störende Tag eindrang. Lichter aus verborgenen Quellen erwachten lautlos zum Leben, wenn sie einen Raum betraten, und erstarben wieder ebenso lautlos, wenn sie hinausgingen.

„So viele Zimmer", sagte Baley staunend. „So viele. Es ist wie eine kleine City, Daneel."

„Ja, so scheint es, Partner Elijah", meinte Daneel gleichgültig.

Dem Erdenmenschen kam es seltsam vor. Warum war es notwendig, so viele Spacer auf engem Raum mit ihm zusammenzudrängen? „Wie viele Spacer werden hier mit mir zusammenleben?"

„Ich natürlich und eine Anzahl Roboter", sagte Daneel.

Er hätte sagen müssen: eine Anzahl *weiterer* Roboter, dachte Baley. Wieder fiel ihm auf, daß Daneel die Absicht hatte, seine Menschenrolle perfekt zu spielen, selbst wenn er außer Baley, der die Wahrheit so gut kannte, keine Zuhörer hatte.

Und dann verflog der Gedanke unter dem Ansturm eines zweiten, dringenderen. Er rief: *„Roboter?* Wie viele *Menschen?"*

„Keine, Partner Elijah."

Sie hatten soeben einen Raum betreten, der vom Boden bis zur Decke mit Buchtiteln angefüllt war. Drei feste Betrachter mit großen vierundzwanzigzölligen Bildschirmen, die vertikal angeordnet waren, standen in drei Ecken des Raumes. Der vierte enthielt einen Animationsschirm.

Baley sah sich verärgert um. Dann meinte er: „Haben die alle hinausgeworfen, damit ich allein in diesem Mausoleum herumstolpern kann?"

„Es ist nur für Sie bestimmt. Eine Wohnung wie diese für eine Person ist auf Solaria üblich."

„Jeder lebt so?"

„Jeder."

„Wozu brauchen die so viele Räume?"

„Es ist üblich, für jeden einzelnen Zweck einen Raum zu haben. Dies hier ist die Bibliothek. Es gibt dann noch ein Musikzimmer, eine Turnhalle, eine Küche, eine Bäckerei, einen Speisesaal, einen Maschinenraum, verschiedene Räume zum Reparieren und Erproben von Robotern, zwei Schlafzimmer . . ."

„Halt! Woher wissen Sie das alles?"

„Das ist Teil des Informationsschemas", sagte Daneel ungerührt. „Man hat es mir zugänglich gemacht, ehe ich Aurora verließ."

„Jehoshaphat! Und wer kümmert sich um all das?" Baley machte eine weitausholende Handbewegung.

„Es gibt eine Anzahl Haushaltsroboter. Man hat sie Ihnen zugeteilt, und sie werden dafür sorgen, daß Sie sich hier behaglich fühlen."

„Aber ich brauche das alles doch nicht", sagte Baley. Er empfand den Drang, sich zu setzen und sich nicht mehr von der Stelle zu rühren. Er wollte keine weiteren Räume sehen.

„Wir können in einem Raum bleiben, wenn Sie das wünschen, Partner Elijah. Man hat das von Anfang an als Möglichkeit in Betracht gezogen. Nichtsdestoweniger hielt man es, nachdem die solarianischen Sitten nun einmal so sind, für klüger, dieses Haus bauen zu lassen ..."

„*Bauen!*" Baley starrte Daneel verblüfft an. „Sie meinen, man hat das für mich *gebaut*? Alles das? Ganz speziell?"

„Eine durch und durch robotisierte Wirtschaft ..."

„Ja, ich weiß schon, was Sie sagen wollen. Was wird man mit dem Haus machen, wenn das alles vorbei ist?"

„Ich denke, man wird es abreißen."

Baley preßte die Lippen zusammen. Natürlich! Es abreißen! Da baute man ein riesiges Gebäude, ganz speziell für den Gebrauch durch einen einzigen Erdenmenschen, und riß dann alles ab, was er berührt hatte. Und anschließend würde man den Boden sterilisieren, auf dem das Haus gestanden hatte! Man würde die Luft reinigen, die er geatmet hatte! Die Spacer mochten stark erscheinen; aber auch sie hatten ihre närrischen Ängste.

Daneel schien seine Gedanken zu lesen oder zumindest seinen Gesichtsausdruck zu interpretieren. Ruhig meinte er: „Ihnen mag es so erscheinen, Partner Elijah, daß sie das Haus zerstören werden, um Ansteckung zu vermeiden. Wenn das Ihre Gedanken sind, dann würde ich empfehlen, daß Sie davon Abstand nehmen, darüber Unbehagen zu empfinden. Die Furcht vor Krankheiten, wie sie die Spacer empfinden, ist keineswegs so extrem. Es ist nur so, daß die Mühe, derer es bedarf, um das Haus zu bauen, für sie nur sehr gering ist. Und die Verschwendung, die darin besteht, es nachher wieder abzureißen, scheint ihnen auch nicht groß. Und nach dem Gesetz, Partner Elijah, kann man nicht zulassen, daß man dieses Haus stehenläßt. Es befindet sich auf dem Anwesen von Hannis Gruer. Und auf jedem Anwesen kann es dem Gesetz nach nur eine Wohnung geben, nämlich die des Besitzers. Dieses Haus ist auf eine spezielle Dispens hin für einen ganz bestimmten Zweck erbaut worden. Es soll dazu dienen, uns eine bestimmte Zeit lang Unterkunft zu bieten, nämlich bis unser Auftrag erfüllt ist."

„Und wer ist Hannis Gruer?" wollte Baley wissen.

„Der Leiter der solarianischen Sicherheitsbehörde. Wir werden ihn bei unserer Ankunft treffen."

„Werden wir das? Jehoshaphat, Daneel! Wann fängt man einmal an, mich über irgend etwas hier zu informieren? Ich arbeite in einem Vakuum, und das mißfällt mir. Ebensogut könnte ich zur Erde zurückkehren. Ebensogut könnte ich ..."

Er spürte, wie er zornig wurde, und hielt inne.

Doch Daneel schien überhaupt nichts bemerkt zu haben. Er wartete einfach, bis er Gelegenheit zum Sprechen bekam. Dann sagte er: „Ich bedaure, daß Sie verstimmt sind. Mein Allgemeinwissen über Solaria scheint umfangreicher als das Ihre zu sein. Mein Wissen bezüglich des Mordfalles selbst ist ebenso beschränkt wie das Ihre. Agent Gruer wird uns sagen, was wir wissen müssen. Das hat die solarianische Regierung veranlaßt."

„Nun, dann wollen wir zu diesem Gruer gehen. Ist es weit?" Baley zuckte innerlich bei dem Gedanken zusammen, noch einmal reisen zu müssen, und er verspürte wieder das vertraute Ziehen in seiner Brust.

„Es bedarf keiner Reise, Partner Elijah", sagte Daneel. „Agent Gruer erwartet uns im Gesprächsraum."

„Auch ein Raum für Gespräche?" murmelte Baley benommen. Dann, etwas lauter: „Erwartet er uns jetzt?"

„Ich glaube schon."

„Dann wollen wir zu ihm gehen, Daneel."

Hannis Gruer war kahl, und zwar ohne jede Einschränkung. Er hatte nicht einmal einen Haarkranz um den Schädel.

Baley schluckte und versuchte aus Höflichkeit, den kahlen Schädel nicht anzustarren, schaffte es aber nicht. Auf der Erde akzeptierte man die Spacer so, wie sie sich selbst bewerteten. Die Spacer waren ganz ohne Frage die Herren der Galaxis; sie waren hochgewachsen, hatten bronzefarbene Haut und ebensolches Haar, sahen gut aus, waren kühl und aristokratisch. Kurz gesagt, sie waren alles das, was R. Daneel Olivaw war, nur daß sie zusätzlich noch Menschen waren.

Und die Spacer, die man zur Erde schickte, sahen häufig so aus; vielleicht wählte man sie sogar bewußt aus diesem Grunde aus.

Aber hier war ein Spacer, der dem Aussehen nach ebensogut ein Erdenmensch hätte sein können. Er war kahl. Seine Nase war auch mißgestaltet; nicht sehr zwar, aber an einem Spacer war selbst eine kleine Asymmetrie schon bemerkenswert.

„Ich wünsche einen schönen Nachmittag, Sir", sagte Baley. „Es tut mir leid, wenn wir Sie haben warten lassen."

Höflichkeit konnte nicht schaden. Schließlich würde er mit diesen Leuten zusammenarbeiten müssen.

Einen Augenblick lang verspürte er den Wunsch, durch den weiten Raum (wie lächerlich groß!) auf den anderen zuzugehen und ihm die Hand zum Gruß anzubieten; doch es war leicht, diesen Drang zu unterdrücken. Ein Spacer würde ganz sicherlich eine solche Begrüßung nicht gerade als angenehm empfinden: eine Hand, die mit irdischen Bakterien bedeckt war?

Gruer saß würdevoll so weit von Baley entfernt, wie das nur eben möglich war, die Hände in langen Ärmeln versteckt. Wahrscheinlich trug er auch Filter in der Nase, obwohl Baley die nicht sehen konnte.

Ihm schien es sogar, daß Gruer Daneel einen mißbilligenden Blick zuwarf, als wollte er sagen: „Sie sind mir aber ein seltsamer Spacer, wenn Sie sich so nahe zu einem Erdenmenschen stellen."

Das würde bedeuten, daß Gruer einfach die Wahrheit nicht kannte. Und dann stellte Baley plötzlich fest, daß Daneel ein gutes Stück hinter ihm stand; weiter entfernt, als er das gewöhnlich tat.

Natürlich! Wenn er ihm zu nahe käme, könnte Gruer sich über diese Nähe wundern. Daneel bemühte sich immer noch darum, für einen Menschen gehalten zu werden.

Gruers Stimme war angenehm und freundlich, aber sein Blick huschte immer wieder verstohlen zu Daneel hinüber; wanderte weiter und kehrte dann zu ihm zurück. Dann sagte er: „Ich habe nicht lange gewartet. Willkommen auf Solaria, meine Herren. Ist alles zu Ihrer Zufriedenheit?"

„Ja, voll und ganz", entgegnete Baley. Er fragte sich, ob die Etikette vielleicht verlangte, daß Daneel als der „Spacer" für sie beide sprach, tat diese Möglichkeit aber dann mit einigem Widerwillen ab. Jehoshaphat! Er war es, er ganz persönlich, den man für die Ermittlungen angefordert hatte, und Daneel hatte man später hinzugefügt. Unter diesen Umständen fand Baley, daß er sich nicht einmal einem echten Spacer unterordnen würde; und wenn es um einen Roboter ging, kam das überhaupt nicht in Frage; selbst bei einem Roboter wie Daneel.

Aber weder machte Daneel Anstalten, sich in irgendeiner Weise vorzudrängen, noch schien das Gruer unangenehm oder eigenartig. Statt dessen wandte er seine Aufmerksamkeit sofort Baley zu und achtete gar nicht auf Daneel.

„Man hat Ihnen überhaupt nichts über das Verbrechen mitgeteilt, Detektiv Baley, dessentwegen man Ihre Dienste angefordert hat", sagte er. „Ich kann mir vorstellen, daß Sie diesbezüglich sehr neugierig sind." Er schüttelte die Arme, so daß die Ärmel nach hinten fielen, und verschränkte die Hände lose in seinem Schoß. „Wollen Sie sich nicht bitte setzen, Gentlemen?"

Das taten sie, und Baley sagte: „Ja, wir sind in der Tat neugierig." Er stellte fest, daß Gruers Hände nicht von Handschuhen geschützt waren.

Und der fuhr fort: „Das ist absichtlich geschehen, Detektiv Baley. Wir beschlossen, daß Sie hier eintreffen und das Problem völlig unbefangen angehen sollten. Wir wollten keine vorgefaßten Meinungen. In Kürze wird man Ihnen einen vollständigen Bericht über die Einzelheiten des Verbrechens und über die Ermittlungen, die wir bislang durchgeführt haben, zustellen. Ich fürchte, unsere Ermittlungen werden Ihnen, vom Standpunkt Ihrer eigenen Erfahrungen her betrachtet, lächerlich unvollständig erscheinen. Wir verfügen auf Solaria über keine Polizei."

„Überhaupt keine?" fragte Baley.

Gruer lächelte und zuckte die Achseln. „Keine Verbrechen, verstehen Sie? Unsere Bevölkerung ist winzig und lebt weit verstreut. Es gibt keinen Anlaß für Verbrechen und deshalb auch keinen Anlaß für Polizei."

„Ich verstehe. Aber trotz allem *haben* Sie doch jetzt ein Verbrechen."

„Das stimmt. Aber immerhin das erste Gewaltverbrechen in zwei Jahrhunderten Geschichte."

„Dann ist es aber bedauerlich, daß Sie gleich mit Mord anfangen müssen."

„Ja, bedauerlich – das ist das richtige Wort. Und noch bedauerlicher ist, daß das Mordopfer ein Mann war, den zu verlieren wir uns eigentlich gar nicht leisten können. Ein höchst unpassendes Opfer. Und die Begleitumstände des Mordes waren ganz besonders brutal."

„Ich nehme an, es ist nicht bekannt, wer der Mörder gewesen sein könnte", sagte Baley. (Warum sonst würde man zur Aufklärung des Verbrechens einen irdischen Detektiv importieren?)

Gruer schien diese Bemerkung besonders unangenehm zu sein. Er warf Daneel, der völlig reglos dasaß, einen Seitenblick zu. Baley wußte, daß Daneel jederzeit in der Zukunft imstande sein würde, jedes Gespräch wörtlich wiederzugeben, das er gehört hatte, ganz gleich, wie lang es war. Unter anderem war der Roboter ein Recorder, der wie ein Mensch redete und ging.

Ob Gruer das wußte? Der Blick, mit dem er Daneel bedachte, hatte jedenfalls etwas Verstohlenes an sich.

„Nein, ich könnte nicht sagen, daß das unbekannt ist", meinte er. „Tatsächlich gibt es nur eine einzige Person, die die Möglichkeit hatte, das Verbrechen zu begehen, und die daher der Täter sein muß."

„Sind Sie sicher, daß Sie damit nicht sagen wollten, nur eine Person kann wahrscheinlich die Tat verübt haben?"

Gruer schüttelte den kahlen Schädel. „Nein. Es gibt nur eine mögliche Person. Jeder andere scheidet aus. Scheidet völlig aus."

„Völlig?"

„Das versichere ich Ihnen."

„Dann haben Sie kein Problem."

„Im Gegenteil. Wir *haben* ein Problem: Jene Person kann es ebenso unmöglich getan haben."

„Dann hat es also niemand getan", sagte Baley.

„Und doch ist die Tat verübt worden. Rikaine Delmarre ist tot."

Das ist schon etwas, dachte Baley. Jehoshaphat! Ich habe wenigstens *etwas*. Ich habe den Namen des Opfers!

Er holte sein Notizbuch heraus und schrieb sich den Namen mit einer fast feierlichen Geste auf; zum Teil aus dem unbestimmten Drang heraus, seinen Gesprächspartnern zu zeigen, daß er wenigstens ein Quentchen an Fakten aufgespürt hatte, und zum Teil, um nicht deutlich zu machen, daß er neben einer Maschine saß, die alles aufzeichnete und er daher keine Notizen brauchte.

„Wie schreibt man den Namen des Opfers?" fragte er.

Gruer buchstabierte.

„Und welchen Beruf übte er aus?"

„Fötologe."

Baley schrieb das nach Gehör und ging nicht weiter darauf ein. Vielmehr fragte er: „Wer könnte mir einen persönlichen Bericht der Umstände des Mordes liefern? Möglichst aus erster Hand."

Gruer lächelte grimmig, und sein Blick wanderte wieder zu Daneel hinüber und dann zu Baley zurück. „Seine Frau, Detektiv."

„Seine Frau . . ."

„Ja. Ihr Name ist Gladia." Gruer betonte die zweite Silbe des Namens.

„Kinder?" Baleys Blick war auf sein Notizbuch gerichtet. Als keine Antwort kam, blickte er auf. „Haben sie Kinder?"

Aber Gruer hatte den Mund verzogen, als hätte er etwas Saures geschmeckt. Er sah richtig krank aus. Schließlich sagte er: „Das würde ich wohl kaum wissen."

„Was?" fragte Baley.

Und Gruer fügte hastig hinzu: „Jedenfalls bin ich der Ansicht, daß es besser wäre, wenn Sie Ihre Aktivitäten bis morgen verschieben würden. Ich weiß, daß Sie eine anstrengende Reise hinter sich haben, Mr. Baley, und daß Sie müde und wahrscheinlich hungrig sind."

Baley, der schon im Begriff gewesen war, das in Abrede zu stellen, erkannte plötzlich, daß der Gedanke an Essen in diesem Augenblick ungewöhnlich anziehend auf ihn wirkte. So sagte er: „Werden Sie sich uns beim Essen anschließen?" Er rechnete nicht damit, daß Gruer das tun würde, da er doch schließlich ein Spacer war. (Aber immerhin hatte er sich soweit überwunden, „Mr. Baley" zu sagen, statt „Detektiv Baley" oder einfach nur „Detektiv", und das war auch schon etwas.)

Gruer sagte, wie erwartet: „Das ist wegen einer geschäftlichen Verabredung leider unmöglich. Es tut mir leid, ich werde gehen müssen."

Baley stand auf. Die Höflichkeit würde erfordern, daß er Gruer zur Tür begleitete. Zum einen war er jedoch überhaupt nicht darauf erpicht, sich der Tür und damit dem ungeschützten Draußen zu nähern. Und zum zweiten war er gar nicht so sicher, daß er die Tür finden würde.

Also blieb er unsicher stehen.

Gruer lächelte und nickte. „Wir sehen uns. Ihre Roboter kennen die Kombination, falls Sie mit mir sprechen wollen."

Und dann war er verschwunden.

Baley gab einen erstaunten Laut von sich.

Gruer und der Stuhl, auf dem er gesessen hatte, waren einfach nicht mehr da. Die Wand hinter Gruer und der Boden unter seinen Füßen veränderten sich mit geradezu explosiver Plötzlichkeit.

Daneel erklärte ruhig: „Er war nicht körperlich hier. Das war ein trimensionales Bild. Mir schien, Sie würden das wissen. Sie haben auf der Erde auch solche Dinge."

„Nicht so", murmelte Baley.

Ein trimensionales Bild auf der Erde war von einem würfelförmigen Kraftfeld umschlossen, das vor dem Hintergrund glitzerte. Das Bild selbst flackerte auch immer leicht. Auf der Erde war es unmöglich, das Bild mit der Realität zu verwechseln. Hier hingegen ...

Kein Wunder, daß Gruer keine Handschuhe getragen hatte. Und was das betraf, brauchte er auch keine Filter in der Nase.

„Würden Sie jetzt gern essen, Partner Elijah?" fragte Daneel.

Das Abendessen erwies sich als ziemlich qualvoll. Roboter erschienen. Einer deckte den Tisch. Ein anderer brachte das Essen.

„Wie viele sind im Haus, Daneel?" fragte Baley.

„Etwa fünfzig, Partner Elijah."

„Werden sie hierbleiben, während wir essen?" (Einer hatte sich in eine Ecke des Raumes zurückgezogen, und sein glänzend glattes Gesicht mit den grünen Augen war Baley zugewandt.)

„Üblicherweise tun sie das", sagte Daneel, „für den Fall, daß man ihre Dienste braucht. Wenn Sie das nicht wünschen, brauchen Sie nur den Befehl zu erteilen, daß er hinausgeht."

Baley zuckte die Achseln. „Lassen Sie ihn bleiben!"

Unter normalen Umständen hätte Baley das Essen vielleicht geschmeckt. Jetzt aß er mechanisch. Halb abwesend stellte er fest, daß Daneel ebenfalls aß, und zwar mit einer Art desinteressierter Effizienz. Später würde er natürlich den Polyäthylensack leeren, in dem das „verzehrte" Essen jetzt aufbewahrt wurde. Unterdessen hielt Daneel seine Maskerade aufrecht.

„Ist es draußen Nacht?" fragte Baley.

„Ja", antwortete Daneel.

Baley starrte das Bett ernüchtert an; es war zu groß. Das ganze Schlafzimmer war zu groß. Und da gab es auch keine Decken, unter die man kriechen konnte, nur Laken; sie würden ihm nur einen armseligen Schutz bieten. Alles war so schwierig! Das entnervende Erlebnis, in einer Duschkabine duschen zu müssen, die tatsächlich dicht neben dem Schlafzimmer lag, hatte er bereits hinter sich. In einer Hinsicht war das unwahrscheinlicher Luxus, andererseits schien es ihm irgendwie unhygienisch.

„Wie schaltet man das Licht aus?" fragte er abrupt. Das Kopfteil des Bettes verstrahlte ein weiches Licht; vielleicht diente das dazu, um das Sichten von Büchern vor dem Einschlafen zu erleichtern; aber Baley war dafür jetzt nicht in der Stimmung.

„Das wird erledigt, sobald Sie im Bett sind, wenn Sie sich zum Schlafen einrichten."

„Die Roboter passen auf, nicht wahr?"

„Das ist ihre Aufgabe."

„Jehoshaphat! Was machen denn diese Solarianer selbst?" murmelte Baley. „Ich frage mich jetzt nur, warum mir in der Dusche nicht ein Roboter den Rücken geschrubbt hat."

Und Daneel antwortete, ohne die leiseste Andeutung von Humor: „Wenn Sie das verlangt hätten, hätte es einer getan. Was die Solarianer angeht, tun sie das, was sie gern tun. Kein Roboter erfüllt seine Pflicht, wenn man ihn anweist, das nicht zu tun, mit Ausnahme der Fälle natürlich, wo es für das Wohlbefinden des Menschen notwendig ist."

„Nun, gute Nacht, Daneel."

„Ich werde in einem anderen Zimmer schlafen, Partner Elijah. Wenn Sie irgendwann während der Nacht etwas brauchen ..."

„Ich weiß. Die Roboter werden kommen."

„Auf dem Nachttisch ist ein Sensor. Sie brauchen ihn nur zu berühren. Ich werde dann auch kommen."

DER Schlaf floh Baley. Der Detektiv stellte sich die ganze Zeit das Haus vor, in dem er sich befand, im labilen Gleichgewicht an der äußeren Haut der Welt hängend, mit Leere, die draußen wartete wie ein Ungeheuer.

Auf der Erde war sein Apartment – sein gemütliches, überfülltes, kuscheliges Apartment – unter vielen anderen eingenistet. Es gab Dutzende von Etagen und Tausende von Menschen, die ihn vom Rand der Erde trennten und ihn vor diesem schützten.

Dann versuchte er sich einzureden, daß es ja auch auf der Erde Leute gebe, die die oberste Etage bewohnten; die würden schließlich auch unmittelbar ans Draußen grenzen. Sicher! Aber deshalb kosteten solche Apartments auch nur wenig Miete.

Und dann dachte er an Jessie, die tausend Lichtjahre von ihm entfernt war.

Er wünschte sich schrecklich, jetzt aus dem Bett steigen, sich anziehen und zu ihr gehen zu können. Seine Gedanken wurden nebelhaft. Wenn es nur einen Tunnel gäbe, einen hübschen, sicheren Tunnel, quer durch sicheren, soliden Felsen und Metall, von Solaria bis zur Erde, dann würde er jetzt gehen und gehen und gehen . . .

Er würde zur Erde zurückgehen, zurück zu Jessie, zurück an den Ort der Sicherheit, wo es behaglich war . . .

Sicherheit.

Baley öffnete die Augen. Seine Arme wurden starr, und er richtete sich auf den Ellbogen auf, ohne daß ihm richtig bewußt wurde, daß er das tat.

Sicherheit! Dieser Mann, Hannis Gruer, war der Leiter der solarianischen Sicherheitsbehörde. So hatte Daneel das ausgedrückt. Was bedeutete „Sicherheit"? Wenn es dasselbe bedeutete wie auf der Erde, und das tat es sicherlich, dann war dieser Mann, dieser Gruer, dafür verantwortlich, Solaria gegen eine Invasion von draußen und gegen Aufruhr von innen zu schützen.

Warum hatte er Interesse an einem Mordfall? Etwa, weil es auf Solaria keine Polizei gab und das Sicherheitsministerium daher noch am ehesten zuständig war und Bescheid wußte, was bei einem Mordfall zu tun war?

Gruer schien sich in Baleys Gegenwart ganz unbefangen gefühlt zu haben; aber da waren immer wieder diese verstohlenen Blicke in Daneels Richtung gewesen.

Beargwöhnte Gruer etwa Daneels Motive? Baley selbst hatte Anweisung bekommen, die Augen offenzuhalten, und es war durchaus möglich, daß Daneel vielleicht ähnliche Anweisungen hatte.

Für Gruer mußte der Verdacht naheliegen, daß hier Spionage getrieben wurde. Sein Beruf forderte von ihm in jedem Falle, dies zu argwöhnen, wo immer es auch nur vorstellbar war. Baley würde er nicht übermäßig fürchten; Baley, einen Erdenmenschen, einen Vertreter der machtlosesten Welt in der gesamten Galaxis.

Aber Daneel war ein Eingeborener Auroras, der ältesten, größten und mächtigsten der Äußeren Welten. Das war etwas völlig anderes.

Gruer hatte, wie Baley sich jetzt erinnerte, kein einziges Mal das Wort an Daneel gerichtet.

Und was das anging, warum gab Daneel sich eigentlich so große

Mühe, als Mensch zu erscheinen? Die frühere Erklärung, die Baley sich selbst gegeben hatte, daß dies nämlich ein eitles Spiel seitens der auroranischen Erbauer Daneels wäre, kam ihm plötzlich trivial vor. Für ihn lag jetzt auf der Hand, daß die Maskerade viel ernsthaftere Gründe haben mußte.

Als Mensch durfte man darauf rechnen, diplomatische Immunität zu genießen, höflich und zuvorkommend behandelt zu werden; ein Roboter konnte das nicht. Aber warum schickte Aurora dann nicht gleich einen echten Menschen? Und warum so viel auf eine Täuschung setzen? Die Antwort bot sich Baley im gleichen Augenblick an. Ein wirklicher Mensch Auroras, ein echter Spacer, würde nicht bereit sein, sich zu eng oder zu nahe oder auf längere Zeit mit einem Erdenmenschen einzulassen.

Aber wenn all dies stimmte, warum sollte dann Solaria einen einzigen Mord für so wichtig halten und zulassen, daß ein Erdenmensch und ein Auroraner auf ihren Planeten kamen?

Baley hatte plötzlich das Gefühl, ein Gefangener zu sein.

Ein Gefangener Solarias infolge der Erfordernisse seines Auftrags. Ein Gefangener der Gefahr, in der die Erde stand. Ein Gefangener einer Umgebung, die er kaum ertragen konnte. Und zu allem Überfluß fand er sich plötzlich inmitten eines Spacer-Konflikts, dessen Hintergründe er nicht begriff.

Eine Frau wird gesichtet

Endlich schlief er ein. Wann genau er in den Schlaf gesunken war, daran konnte er sich nicht erinnern. Da war einfach eine Periode gewesen, in der seine Gedanken wirrer wurden. Und dann leuchtete das Kopfteil seines Bettes, und die Decke war vom kühlen Licht des Tages erhellt. Er sah auf die Uhr.

Stunden waren vergangen. Die Roboter, die das Haus führten, hatten beschlossen, daß es für ihn Zeit sei aufzuwachen, und hatten entsprechend gehandelt.

Er fragte sich, ob Daneel auch schon wach war, und begriff sofort, daß der Gedanke unlogisch war. Daneel konnte nicht schlafen. Baley fragte sich, ob er als Teil der Rolle, die er hier spielte, so getan hatte, als schliefe er. Ob er sich ausgezogen und Nachtkleidung angelegt hatte?

Wie aufs Stichwort trat Daneel ein. „Guten Morgen, Partner Elijah." Der Roboter war vollständig angekleidet, und sein Gesicht wirkte völlig ruhig und ausgeglichen. „Haben Sie gut geschlafen?" fragte er.

„Ja", sagte Baley nur. „Und Sie?" Er stieg aus dem Bett und stapfte ins Badezimmer, um sich zu rasieren und den Rest des morgendlichen Rituals zu vollziehen. Dabei rief er: „Wenn ein Roboter hereinkommt, um mich zu rasieren, dann schicken Sie ihn wieder weg! Die gehen mir auf die Nerven. Selbst wenn ich sie nicht sehe, gehen sie mir auf die Nerven."

Er starrte beim Rasieren sein Gesicht an und wunderte sich ein wenig darüber, daß es dem Spiegelbild, das er gewöhnlich auf der Erde sah, so glich. Wenn das Bild nur ein anderer Erdenmensch gewesen wäre, mit dem er sich hätte beraten können, statt nur das beleuchtete Abbild seiner selbst! Wenn er nur eine Gelegenheit hätte, das, was er bereits in Erfahrung gebracht hatte, mit jemandem zu besprechen, und wenn es auch noch so wenig war . . .

„Zu wenig! Du mußt mehr herausfinden", murmelte er dem Spiegel zu.

Er verließ das Badezimmer, wischte sich über das Gesicht und zog sich Hosen über die frische Unterwäsche. (Die Roboter lieferten alles. Verdammt sollten sie sein!)

„Würden Sie mir ein paar Fragen beantworten, Daneel?" sagte er.

„Wie Sie wissen, Partner Elijah, beantworte ich alle Fragen nach bestem Wissen."

Oder wie man es dir aufgetragen hat, dachte Baley, und er sagte: „Warum gibt es auf Solaria nur zwanzigtausend Menschen?"

„Das ist einfach eine Tatsache", sagte Daneel. „Eine Zahl als Resultat eines Zählvorgangs."

„Ja. Aber Sie weichen meiner Frage aus. Der Planet kann Millionen ernähren; warum also nur zwanzigtausend? Sie sagten, die Solarianer würden zwanzigtausend als Optimum ansehen. Warum?"

„Das ist ihre Art zu leben."

„Sie meinen, man praktiziert auf Solaria Geburtenkontrolle?"

„Ja."

„Und läßt den Planeten leer?" Baley wußte selbst nicht, weshalb er so auf diesem einen Punkt herumhackte; aber die Bevölkerungszahl des Planeten war eine der wenigen Tatsachen, die er über ihn erfahren hatte, und es gab sonst wenig, wonach er fragen konnte.

„Der Planet ist nicht leer", sagte Daneel. „Er ist in Anwesen aufgeteilt, und jedes einzelne davon wird von einem Solarianer überwacht."

„Sie meinen, jeder lebt auf seinem Anwesen. Zwanzigtausend Anwesen, jedes mit einem Solarianer."

„Weniger Anwesen, Partner Elijah. Frauen und Männer teilen die Anwesen."

„Keine Cities?" Baley empfand ein Gefühl plötzlicher Kälte.

„Überhaupt keine, Partner Elijah. Sie leben völlig voneinander getrennt und sehen einander nie, nur unter höchst außergewöhnlichen Umständen."

„Einsiedler?"

„In gewisser Weise, ja. Andererseits auch nicht."

„Was soll das bedeuten?"

„Agent Gruer hat Sie gestern durch trimensionales Bild besucht. Solarianer besuchen einander häufig auf diese Weise, aber auf keine andere."

Baley starrte Daneel an. „Schließt das uns ein?" fragte er . „Erwartet man von uns, daß wir so leben?"

„Das ist der Brauch auf dieser Welt."

„Wie soll ich dann meine Ermittlungen anstellen? Wenn ich jemanden sehen möchte . . ."

„Partner Elijah, Sie können von diesem Haus aus eine trimensionale Sichtung eines jeden Bewohners dieses Planeten bekommen. Das bereitet kein Problem. Tatsächlich erspart Ihnen das sogar die Mühe, dieses Haus zu verlassen. Deshalb sagte ich auch bei unserer Ankunft, daß es gar keine Gelegenheit geben würde, sich an das Draußen zu gewöhnen. Und das ist gut so. Jegliche andere Lösung wäre für Sie höchst widerwärtig."

„Ich bestimme darüber, was für mich widerwärtig ist", sagte Baley. „Als allererstes werde ich heute mit dieser Gladia Verbindung aufnehmen, Daneel, der Frau des Ermordeten. Wenn diese trimensionale Geschichte unbefriedigend ist, werde ich ihr Haus persönlich aufsuchen. Das unterliegt meiner Entscheidung."

„Wir werden sehen, was am besten und zweckmäßigsten ist, Partner Elijah", meinte Daneel, ohne sich festzulegen. „Ich werde jetzt für Frühstück sorgen." Er wandte sich zum Gehen.

Baley starrte den breiten Roboterrücken an und war beinahe amüsiert. Daneel Olivaw spielte den Herrn. Aber wenn seine Anweisungen verlangten, daß er Baley daran hinderte, mehr als absolut notwendig in Erfahrung zu bringen, so hatte man Baley eine Trumpfkarte gelassen.

Der andere war immerhin nur R. Daneel Olivaw. Er brauchte nur Gruer oder jedem anderen Solarianer zu sagen, daß Daneel ein Roboter und kein Mensch war.

Und doch konnte andererseits Daneels Pseudomenschlichkeit von großem Nutzen sein. Man brauchte eine Trumpfkarte ja nicht sofort auszuspielen. Manchmal war sie nützlicher, wenn man sie in der Hand behielt.

Wir wollen abwarten, dachte er und folgte Daneel nach draußen zum Frühstück.

„So, und wie stellt man einen trimensionalen Kontakt her?" fragte Baley.

„Das wird für uns erledigt, Partner Elijah", sagte Daneel, und sein Finger suchte nach einer der Sensorstellen, mit der man Roboter herbeirief.

Im nächsten Augenblick trat ein Roboter ein.

Wo sie nur herkommen? fragte sich Baley. Wenn man in dem unbewohnten Labyrinth herumschlenderte, war nie ein Roboter zu sehen. Verkrochen sie sich irgendwo, wenn Menschen in die Nähe kamen? Schickten sie einander Botschaften, um den Weg frei zu machen?

Und doch tauchte jedesmal, wenn man einen rief, unverzüglich einer auf.

Baley starrte den Roboter an, der eingetreten war. Er war glatt, glänzte aber nicht. Seine Oberfläche wirkte irgendwie stumpfgrau, und auf der rechten Schulter hatte er ein Schachbrettmuster; das war das einzig Farbige an ihm; weiße und gelbe Quadrate (genauer gesagt: silber und golden, weil sie metallisch glänzten) in willkürlicher Verteilung.

„Bring uns in den Gesprächsraum!" befahl Daneel.

Der Roboter verbeugte sich, drehte sich um, sagte aber nichts.

„Warte, Boy!" sagte Baley. „Wie heißt du?"

Der Roboter sah Baley an. Er sprach deutlich und ohne zu zögern. „Ich habe keinen Namen, Sir. Meine Seriennummer", dabei hob er den metallenen Finger und deutete auf das Muster an seiner Schulter, „ist ACX-2745."

Daneel und Baley folgten ihm in einen großen Raum, den Baley als denjenigen wiedererkannte, in dem sich Gruer und sein Stuhl am vergangenen Tag befunden hatten.

Ein weiterer Roboter erwartete sie mit der ewigen, geduldigen Nichtgelangweiltheit einer Maschine. Der andere verbeugte sich und ging hinaus.

Baley verglich die Schultermuster der beiden, als der erste sich verbeugte und den Raum verließ. Das Muster aus silbernen und goldenen Quadraten war anders. Das Schachbrett bestand aus sechs Quadraten je Seite. Die Zahl der möglichen Anordnungen würde also 236 betragen oder siebzig Milliarden – mehr als genug.

„Offensichtlich gibt es für alles jeweils einen Roboter", sagte Baley, „einen, um uns hierherzuführen; einen, um das Sichtgerät zu bedienen."

„Die robotische Spezialisierung ist auf Solaria ziemlich ausgeprägt, Partner Elijah", erklärte Daneel.

„Nachdem es so viele davon gibt, kann ich das verstehen." Baley sah den zweiten Roboter an. Abgesehen von der Schultermarkierung und mutmaßlich dem unsichtbaren Positronenmuster in seinem Platin-Iridium-Gehirn sah er wie das Duplikat des ersten aus. „Und deine Seriennummer?" fragte er.

„ACC-1129, Sir."

„Ich werde dich einfach Boy nennen. So, ich möchte jetzt mit einer Mrs. Gladia Delmarre, Frau des verstorbenen Rikaine Delmarre, sprechen. Daneel, gibt es eine Adresse, irgend etwas, um ihren Aufenthaltsort näher zu definieren?"

„Ich glaube nicht, daß eine weitere Information notwendig ist", sagte Daneel mit sanfter Stimme. „Wenn ich den Roboter fragen darf . . ."

„Lassen Sie das mich tun!" meinte Baley. „Also, Boy. Weißt du, wie man die Dame erreicht?"

„Ja, Sir. Ich kenne die Verbindungsmuster aller Menschen."

Er sagte dies ohne Stolz. Es war einfach nur eine Tatsache, so als sagte er: „Ich bestehe aus Metall, Sir."

Daneel mischte sich ein. „Das überrascht nicht, Partner Elijah. Es gibt hier weniger als zehntausend Verbindungen, die in die Gedächtnisspeicher eingegeben werden müssen, und das ist eine kleine Zahl."

Baley nickte. „Gibt es zufälligerweise mehr als eine Gladia Delmarre? Das könnte zu einiger Verwirrung führen."

„Sir?" Nach diesem in fragendem Ton ausgesprochenen Wort verharrte der Roboter in ausdruckslosem Schweigen.

„Ich glaube", meinte Daneel, „dieser Roboter versteht Ihre Frage nicht. Ich vermute, daß es auf Solaria keine Duplizierung von Namen gibt. Die Namen werden bei der Geburt registriert und dürfen nur verwendet werden, wenn sie im Augenblick nicht von jemand anderem benutzt werden."

„Also gut", sagte Baley. „Wir erfahren jede Minute etwas Neues. Und jetzt hör zu, Boy! Du sagst mir, wie man das bedient, was immer ich bedienen muß, nennst mir das Verbindungsmuster, oder wie immer du es nennst, und gehst dann hinaus."

Vor der Antwort des Roboters verstrich eine merkbare Pause. Dann sagte er: „Wünschen Sie den Kontakt selbst herzustellen, Sir?"

„Richtig."

Daneel tippte Baley leicht an. „Einen Augenblick, Partner Elijah!"

„Was ist denn jetzt schon wieder?"

„Ich glaube, der Roboter könnte die Verbindung bequemer herstellen. Er ist darauf spezialisiert."

Darauf antwortete Baley grimmig: „Ich bin sicher, daß er das besser kann als ich. Wenn ich es selbst mache, bringe ich das irgendwie durcheinander." Sein Blick schien den ausdruckslos dastehenden Daneel zu durchbohren. „Trotzdem ziehe ich es vor, die Verbindung selbst herzustellen. Gebe ich hier die Befehle, oder tue ich das nicht?"

„Sie geben die Befehle, Partner Elijah, und diese Befehle werden, soweit das Erste Gesetz es zuläßt, auch befolgt werden", sagte Daneel. „Wenn Sie aber gestatten, würde ich Ihnen gern einige Informationen bezüglich der solarianischen Roboter geben. Die Roboter auf Solaria sind nämlich in weit höherem Maße als auf den anderen Welten spezialisiert. Obwohl sie physisch zu vielen Dingen fähig sind, sind sie geistig nur in besonderem Maß für eine bestimmte Art von Aufgabe ausgerüstet. Funktionen außerhalb ihrer Spezialisierung erfordern hohe Potentiale, wie sie durch direkten Einsatz eines der Drei Gesetze erzeugt werden. Andererseits ist es auch nötig, die Drei Gesetze direkt einzusetzen, wenn sie nicht die Aufgabe erfüllen sollen, für die sie ausgestattet sind."

„Nun, dann bringt ein direkter Befehl von mir also das Zweite Gesetz zur Wirkung, nicht wahr?"

„Richtig. Aber das dadurch aufgebaute Potential ist für den Roboter

‚unangenehm'. Unter normalen Umständen würde sich das nicht ergeben, da ein Solarianer sich so gut wie nie in die täglichen Pflichten eines Roboters einschaltet. Zum einen würde er nicht die Arbeit eines Roboters tun wollen, zum anderen würde er dazu auch kein Bedürfnis verspüren."

„Versuchen Sie mir damit klarzumachen, Daneel, daß es dem Roboter weh tut, wenn ich seine Arbeit mache?"

„Wie Sie wissen, kann man den Begriff Schmerz im menschlichen Sinne nicht für robotische Reaktionen verwenden, Partner Elijah."

Baley zuckte die Achseln. „Nun?"

„Nichtsdestoweniger", fuhr Daneel fort, „ist die Wahrnehmung des Roboters, soweit ich das beurteilen kann, für ihn vergleichbar mit der des Schmerzes für einen Menschen."

„Und doch", meinte Baley, „bin ich kein Solarianer. Ich bin ein Erdenmensch. Ich mag es nicht, wenn Roboter das tun, was ich tun will."

„Ziehen Sie auch in Betracht", beharrte Daneel, „daß unsere Gastgeber es als einen Akt der Unhöflichkeit betrachten könnten, einen Roboter in Verlegenheit zu bringen. Ohne Zweifel gibt es in einer Gesellschaft wie der hier eine Anzahl mehr oder weniger starrer Vorstellungen bezüglich der richtigen Behandlung von Robotern. Unsere Gastgeber zu beleidigen würde wohl kaum unsere Aufgabe erleichtern.

„Also gut", sagte Baley. „Dann soll der Roboter seine Arbeit tun." Er lehnte sich in seinem Sessel zurück. Die kleine Episode war für ihn nicht ohne Nutzen gewesen. Sie war ein interessantes Beispiel dafür, wie unbarmherzig eine Robotergesellschaft sein konnte. Einmal eingeführt, konnte man Roboter nicht mehr so leicht entfernen. Und ein Mensch, der den Wunsch verspürte, auch nur zeitweise auf sie zu verzichten, stellte bald fest, daß er dazu nicht imstande war.

Mit halbgeschlossenen Augen sah er zu, wie der Roboter auf die Wand zuging. Sollten doch die Soziologen auf der Erde über das nachdenken, was hier gerade vorgefallen war, und ihre Schlüsse daraus ziehen. Er war bereits dabei, sich seine Meinung zu bilden.

Die halbe Wand glitt zur Seite; das Schaltpult, das dabei zum Vorschein kam, hätte der Energieversorgungsanlage einer ganzen City-Sektion Ehre gemacht.

Baley sehnte sich nach seiner Pfeife. Man hatte ihn darauf hingewiesen, daß es auf Solaria, wo niemand rauchte, ein schrecklicher Verstoß gegen die guten Sitten sein würde zu rauchen, und so hatte man ihm nicht einmal gestattet, seine Utensilien mitzunehmen. Er seufzte. Es gab Augenblicke, in denen es ihm unendliches Behagen bereitet hätte, das Mundstück der Pfeife zwischen den Zähnen und den warmen Pfeifenkopf in der Hand zu spüren.

Der Roboter arbeitete schnell, drehte an Knöpfen und verstärkte durch geschickten Fingerdruck verschiedene Feldintensitäten.

„Es ist notwendig, das Individuum, das man zu sichten wünscht, zuerst mit einem Signal von diesem Wunsch zu verständigen", erklärte Daneel. „Natürlich nimmt ein Roboter dieses Signal entgegen. Wenn der oder die Betreffende anwesend und bereit ist, sich sichten zu lassen, wird voller Kontakt hergestellt."

„Sind alle diese Schalter und Regler notwendig?" fragte Baley. „Der Roboter berührt ja den größten Teil des Schaltpults nicht."

„Ich bin in dieser Angelegenheit nicht ausreichend informiert, Partner Elijah. Aber gelegentlich ist es notwendig, mehrfache Sichtungen und auch bewegliche Sichtungen zu arrangieren. Insbesondere letztere erfordern komplizierte und ständige Anpassung."

„Meine Herren, der Kontakt ist hergestellt und gebilligt", meldete der Roboter. „Wenn Sie soweit sind, schalte ich durch."

„Ja", knurrte Baley, und als wäre das Wort ein Signal, füllte sich die andere Hälfte des Raumes mit Licht.

Im gleichen Augenblick sagte Daneel: „Ich habe versäumt, den Roboter festlegen zu lassen, daß alle sichtbaren Öffnungen nach draußen verhängt werden müssen. Das bedaure ich. Wir müssen veranlassen ..."

„Schon gut", meinte Baley und zuckte zusammen. „Ich komme schon zurecht. Stören Sie jetzt nicht!"

Offenbar blickte er in ein Badezimmer; wenigstens schloß er das aus den Einrichtungsgegenständen, die er sah. Das eine Ende war, wie er vermutete, so etwas wie ein Schminktisch, und seine Phantasie lieferte ihm das Bild eines Roboters (oder mehrerer Roboter?), die schnell und unbeirrt dabei waren, an der Frisur einer Frau zu arbeiten und an den anderen Äußerlichkeiten des Bildes, das sie der Welt bot.

Bezüglich einiger Gegenstände und Apparaturen gab er einfach auf. Er konnte unmöglich ahnen, wozu sie dienten. Die Wände waren mit einem komplizierten Muster bedeckt, das das Auge fast täuschte und den Eindruck erweckte, es nähme einen natürlichen

Gegenstand wahr, gerade bevor dieser zur abstrakten Darstellung verblaßte. Das Ergebnis dieser Illusion wirkte eigenartig beruhigend, ja fast hypnotisch, so sehr zog es die Aufmerksamkeit auf sich.

Etwas, bei dem es sich vielleicht um eine Duschnische handelte, eine sehr große, die die Bezeichnung Nische kaum verdiente, war von etwas abgegrenzt, das nicht materiell schien, sondern eher ein Trick der Beleuchtung, durch den eine Wand aus flackernder Undurchsichtigkeit erzeugt wurde. Kein menschliches Wesen war zu sehen.

Baleys Blick fiel auf den Boden. Wo endete dieser Raum, und wo fing der andere an? Das war leicht festzustellen. Es gab eine Linie, wo die Lichteigenschaften sich veränderten, und das mußte die Grenze sein.

Er ging auf die Linie zu und streckte nach kurzem Zögern die Hand aus, schob sie durch die unsichtbare Grenze hindurch.

Er spürte nichts, so wie man auch nichts spürte, wenn man mit der Hand in eines der primitiven Trimensionalbilder der Erde gegriffen hätte. Dort hätte er zumindest seine Hand noch gesehen; undeutlich und schwach vielleicht und vom Bild überlagert, aber er hätte sie gesehen. Hier war sie völlig verschwunden. Für sein Auge endete sein Arm wie abgeschnitten am Handgelenk.

Was, wenn er die Linie ganz überschritt? Wahrscheinlich würden seine Sinne ihn dann völlig im Stich lassen. Er würde sich dann in einer Welt absoluter Dunkelheit befinden. Der Gedanke solch völliger Eingeschlossenheit war beinahe angenehm. Eine Stimme unterbrach ihn. Er blickte auf und trat mit fast tölpelhafter Hast einen Schritt zurück.

Gladia Delmarre sprach zu ihm. Zumindest vermutete Baley, daß sie es war. Die obere Hälfte des flackernden Lichtvorhangs, der die Dusche verdeckte, war verblaßt, und jetzt war deutlich ein Kopf zu sehen.

Sie lächelte Baley zu. „Ich sagte ‚hallo', und es tut mir leid, daß ich Sie warten lassen muß. Ich werde gleich trocken sein."

Ihr Gesicht wirkte dreieckig, mit ziemlich breiten Backenknochen (die, wenn sie lächelte, noch deutlicher hervortraten), und verjüngte sich in einer sanften Kurve zu einem kleinen Kinn, über dem die vollen Lippen auffielen. Ihr Kopf war nicht besonders hoch über dem Boden. Baley schätzte, daß sie vielleicht einen Meter fünfundfünfzig groß war. (Das war alles andere als typisch – man erwartete von

Spacer-Frauen, daß sie groß und stattlich waren.) Auch ihr Haar wies nicht die typische Bronzefarbe der Spacer auf; es war von hellem Braun, fast blond, und sie trug es halblang. Im Augenblick war es aufgebauscht, wahrscheinlich von einem Strom warmer Luft. Insgesamt ein durchaus angenehmer Anblick.

Baley sagte verwirrt: „Wenn Sie wollen, daß wir den Kontakt abbrechen und warten, bis Sie fertig sind . . ."

„O nein. Ich bin beinahe fertig. Wir können unterdessen schon sprechen. Hannis Gruer hat mir gesagt, daß Sie mich sichten wollen. Sie sind, wie ich höre, von der Erde." Sie musterte ihn aufmerksam und interessiert.

Baley nickte und setzte sich. „Mein Begleiter kommt von Aurora."

Sie lächelte und wandte den Blick nicht von Baley, als wäre allein er die Kuriosität; und so empfand das Baley natürlich auch.

Sie hob die Arme über den Kopf und fuhr sich mit den Fingern durchs Haar, als wolle sie damit den Vorgang des Trocknens beschleunigen. Ihre Arme waren schlank und graziös. Sehr attraktiv, dachte Baley.

Und dann dachte er etwas verlegen: Was Jessie wohl dazu sagen würde?

Daneels Stimme unterbrach ihn. „Wäre es möglich, Mrs. Delmarre, das Fenster, das wir hier sehen, zu polarisieren oder einen Vorhang vorzuziehen? Meinen Partner stört der Anblick des Tageslichts. Wie Sie vielleicht gehört haben, ist auf der Erde . . ."

Die junge Frau (Baley schätzte sie auf fünfundzwanzig. Und dann kam ihm in den Sinn, wie sehr man sich bei Spacern täuschen konnte) griff sich mit beiden Händen an die Wangen und sagte: „Ach, du liebe Güte, ja! Ich weiß das doch. Wie albern von mir. Verzeihen Sie mir, bitte. Es dauert nur einen Augenblick. Ich lasse einen Roboter kommen . . ."

Sie trat aus dem Trockenraum, die Hand ausgestreckt, um den Sensor zu berühren, und redete dabei weiter. „Ich denke mir die ganze Zeit schon, daß ich in diesem Raum mehr als einen Rufsensor haben sollte. Ein Haus taugt einfach nichts, wenn man nicht überall, wo man geht und steht, einen Kontakt in Reichweite hat – sagen wir, ein Meter fünfzig entfernt. Es ist einfach . . . Was ist denn?"

Sie starrte Baley verblüfft an, der von seinem Stuhl aufgesprungen war und, bis zum Haaransatz rot geworden, sich hastig abgewandt hatte. Der Stuhl fiel hinter ihm krachend zu Boden.

Daneel sagte ruhig: „Es wäre besser, Mrs. Delmarre, wenn Sie, nachdem Sie den Roboter gerufen haben, wieder in die Duschzelle zurückkehren oder andernfalls Kleidung anlegen würden."

Gladia blickte überrascht an ihrem nackten Körper hinunter und sagte: „Aber natürlich!"

Ein Verbrechen wird besprochen

„Es ist doch nur Sichten, verstehen Sie?" Sie hatte sich in etwas gehüllt, das die Arme und Schultern freiließ. Eines ihrer Beine war bis zum Schenkel sichtbar. Aber Baley, der sich inzwischen völlig erholt hatte und sich wie ein völliger Tölpel vorkam, ignorierte den Anblick mit stoischer Ruhe.

„Es war die Überraschung, Mrs. Delmarre . . .", sagte er.

„O bitte! Sie können Gladia zu mir sagen, wenn . . . wenn das nicht gegen Ihre Sitten ist."

„Gut. Also Gladia. Es ist schon in Ordnung. Ich möchte Ihnen nur versichern, daß nichts Abstoßendes an Ihnen ist, verstehen Sie? Nur die Überraschung."

Schlimm genug, daß er sich so tölpelhaft benommen hatte, dachte er. Die junge Frau mußte nicht auch noch annehmen, er fände ihren Anblick unangenehm. Tatsächlich war es ziemlich . . . Nun, er wußte nicht, wie er es ausdrücken sollte; aber er wußte auch ganz sicher, daß er niemals mit Jessie würde darüber sprechen können.

„Ich weiß, daß ich Sie beleidigt habe", sagte Gladia, „aber das wollte ich nicht. Ich habe einfach nicht nachgedacht. Natürlich ist mir klar, daß man mit den Sitten und Gebräuchen anderer Planeten vorsichtig sein muß. Aber manchmal sind diese Sitten so komisch – nein, nicht komisch", fügte sie hastig hinzu, „komisch habe ich nicht gemeint. Ich meine seltsam. Wissen Sie, man vergißt das so leicht. So, wie ich vergessen hatte, die Fenster abzudunkeln."

„Es ist schon gut", murmelte Baley. Sie war jetzt in einem anderen Zimmer, und alle Fenster waren verhängt, und das Licht wirkte auf subtile Art anders, hatte eine behagliche Künstlichkeit an sich.

„Aber was das andere betrifft", fuhr sie ernsthaft fort, „es ist doch schließlich nur Sichten, verstehen Sie? Schließlich hat es Ihnen doch nichts ausgemacht, mit mir zu sprechen, als ich in der Trockenkabine war. Und da hatte ich auch nichts an."

„Nun", meinte Baley und wünschte sich, sie würde dieses Thema endlich beenden, „es ist eine Sache, Sie zu hören, und eine ganz andere, Sie zu sehen."

„Aber genau das ist es doch. Es geht hier nicht ums *Sehen*." Sie wurde rot und sah zu Boden. „Ich hoffe, Sie glauben nicht, daß ich je so etwas tun würde – ich meine, einfach aus dem Trockner treten, wenn jemand mich *sieht*. Es war nur *Sichten*."

„Das ist doch dasselbe, oder?" sagte Baley.

„Ganz und gar nicht dasselbe. Im Augenblick sichten Sie mich. Sie können mich nicht berühren, nicht wahr, oder mich riechen oder sonst etwas? Das könnten Sie, wenn Sie mich sehen würden. Im Augenblick bin ich mindestens dreihundert Kilometer von Ihnen entfernt. Wie kann es also dasselbe sein?"

Baley hörte interessiert zu. „Aber ich sehe Sie doch mit meinen Augen."

„Nein, Sie sehen mich nicht; mein Bild sehen Sie. Sie sichten mich."

„Und das macht einen Unterschied?"

„Und ob! Einen größeren gibt es gar nicht."

„Ich verstehe." In gewisser Weise tat er das sogar. Es fiel ihm nicht leicht, die Unterscheidung zu treffen; aber eine gewisse Logik konnte man ihr nicht absprechen.

Jetzt beugte sie den Kopf etwas zur Seite und fragte: „Verstehen Sie *wirklich*?"

„Ja."

„Bedeutet das, daß es Ihnen etwas ausmachen würde, wenn ich mein Badetuch ablegen würde?" Sie lächelte.

Sie macht sich über mich lustig, sagte er sich, und ich sollte sie eigentlich auf die Probe stellen.

Aber laut sagte er: „Nein, aber es würde mich von meiner Arbeit ablenken. Wir sprechen ein anderes Mal darüber."

„Stört es Sie, daß ich nur das Badetuch trage und nicht etwas Formelleres?"

„Es stört mich nicht."

„Darf ich Sie mit Vornamen ansprechen?"

„Wenn sich die Gelegenheit ergibt."

„Wie heißen Sie mit Vornamen?"

„Elijah."

„Gut." Sie kuschelte sich in einen Sessel, der hart wirkte, fast wie ein Keramikgegenstand; aber während sie sich zurechtsetzte, gab er langsam nach, bis er sie sanft umhüllte.

„Dann wollen wir jetzt zur Sache kommen", meinte Baley.

„Ja, zur Sache", sagte sie.

Baley fand alles ungeheuer schwierig. Er wußte nicht einmal, wie er anfangen sollte. Auf der Erde hätte er sich nach ihrem Namen erkundigt, ihrem Rang, der City, aus der sie stammte, und dem Wohnsektor; eine Million verschiedener Routinefragen hätte er da zur Verfügung gehabt. Vielleicht hätte er sogar die Antworten darauf von Anfang an gewußt, und doch hätte er diese Taktik angewandt, um behutsam auf die ernsthafte Phase hinzuarbeiten. Das hätte ihm geholfen, sich mit der Person vertraut zu machen, sich ein Urteil über die anzuwendende Taktik zu bilden, anstatt einfach nur zu raten.

Aber hier? Wie konnte er irgend etwas mit Sicherheit wissen? Allein schon, daß das Zeitwort „sehen" für ihn und für die Frau etwas völlig anderes bedeutete. Wie viele weitere Wörter gab es da, die vielleicht unterschiedliche Bedeutung hatten? Wie oft würden sie sich mißverstehen, ohne daß er das bemerkte?

„Wie lange waren Sie denn verheiratet, Gladia?" fragte er.

„Zehn Jahre, Elijah."

„Wie alt sind Sie?"

„Dreiunddreißig."

Seltsamerweise bereitete das Baley eine gewisse Genugtuung. Ebensogut hätte sie hundertdreiunddreißig sein können.

„Waren Sie glücklich verheiratet?" fragte er.

Die Frage schien Gladia unangenehm. „Wie meinen Sie das?"

„Nun . . ." Einen Augenblick lang wußte Baley nicht weiter. Wie beschreibt man eine glückliche Ehe? Und, was das betraf, was würde ein Solarianer als glückliche Ehe ansehen? „Nun, haben Sie einander häufig gesehen?" fragte er.

„Was? Das will ich doch nicht hoffen. Schließlich sind wir doch keine Tiere, wissen Sie?"

Baley zuckte zusammen. „Sie haben nicht in derselben Villa gewohnt? Ich dachte . . ."

„Natürlich haben wir das. Aber ich hatte meinen Bereich und er den seinen. Sein Beruf war ihm sehr wichtig und seine Karriere, und das hat viel von seiner Zeit beansprucht. Und ich habe meine eigene Arbeit. Wir sichteten einander, wann immer das notwendig war."

„Er hat Sie aber doch auch *gesehen*, oder nicht?"

„Das ist nichts, worüber man spricht. Aber, ja, er *hat* mich gesehen."

„Haben Sie Kinder?"

Gladia sprang sichtlich erregt auf. „Jetzt reicht es aber! Eine solche Ungehörigkeit . . ."

„Warten Sie! *Warten* Sie! Machen Sie mir bitte keine Schwierigkeiten. Das hier ist die Untersuchung eines Mordfalls, verstehen Sie? Mord! Und der Ermordete war Ihr Ehemann. Wollen Sie, daß man den Mörder findet und bestraft, oder wollen Sie das nicht?"

„Dann *fragen* Sie auch nach dem Mord und nicht nach . . ."

„Ich muß Ihnen alle möglichen Fragen stellen. So will ich zum Beispiel wissen, ob Sie darüber traurig sind, daß Ihr Mann tot ist." Und dann fügte er mit kalkulierter Schärfe hinzu: „Das scheinen Sie nämlich nicht zu sein."

Sie starrte ihn hochmütig an. „Ich bin immer traurig, wenn jemand stirbt, besonders wenn er jung und nützlich ist."

„Und die Tatsache, daß er Ihr Mann war, steigert das nicht irgendwie?"

„Er war mir zugeteilt, und . . . nun, wir haben einander tatsächlich gesehen, wenn die Zeit dafür da war, und . . . und . . ." Sie sprudelte die nächsten Worte geradezu hervor: „Und wenn Sie es schon wissen müssen, wir haben keine Kinder, weil uns noch keine zugeteilt waren. Ich begreife nicht, was all das damit zu tun hat, ob ich über jemanden traurig bin, der tot ist."

Vielleicht hat es nichts damit zu tun, dachte Baley. Es hing ganz von den gesellschaftlichen Lebensumständen ab, und mit denen war er nicht vertraut.

Er wechselte das Thema. „Man hat mir gesagt, Sie hätten persönliche Kenntnis von den Begleitumständen des Mordes."

Einen Augenblick schien sie zu erstarren. „Ich . . . ich habe die Leiche entdeckt. Drücke ich das jetzt richtig aus?"

„Dann haben Sie den Mord selbst nicht miterlebt?"

„O nein!" sagte sie mit schwacher Stimme.

„Nun, dann würde ich vorschlagen, daß Sie mir sagen, was geschehen ist. Lassen Sie sich Zeit, und gebrauchen Sie Ihre eigenen Worte." Er lehnte sich zurück und bereitete sich darauf vor zuzuhören.

Sie fing an: „Es war am drei-zwo des fünften . . ."

„Wann war das in Standardzeit?" fragte Baley schnell.

„Das weiß ich nicht genau. Ich weiß das wirklich nicht. Sie können das ja überprüfen, denke ich."

Ihre Stimme erschien ihm unsicher; ihre Augen waren geweitet. Sie waren ein wenig zu grau, als daß man sie als blau hätte bezeichnen können, stellte er fest.

„Er kam in meine Räume", sagte sie. „Es war der Tag, den wir fürs Sehen vereinbart hatten, und ich wußte, daß er kommen würde."

„Kam er immer an dem festgelegten Tag?"

„O ja. Er war ein sehr gewissenhafter Mann. Ein guter Solarianer. Er hat nie einen festgelegten Tag ausgelassen und kam immer um dieselbe Zeit. Natürlich blieb er nicht lang. Uns waren noch keine K . . ."

Sie konnte das Wort nicht zu Ende sprechen, aber Baley nickte.

„Jedenfalls", sagte sie, „kam er immer zur selben Zeit, wissen Sie, damit alles möglichst behaglich war. Wir sprachen ein paar Minuten lang miteinander. Sehen ist ja wirklich eine Qual, aber er hat immer ganz normal zu mir gesprochen. Das war seine Art. Dann ging er wieder, um sich um irgendwelche Angelegenheiten zu kümmern, mit denen er beschäftigt war – ich weiß nicht genau, was. Er hatte ein besonderes Laboratorium in meinem Wohnbereich, in das er sich an den Sehtagen zurückziehen konnte. In seinen eigenen Räumlichkeiten hatte er natürlich ein viel größeres."

Baley fragte sich, was er wohl in diesen Laboratorien getan hatte. Fötologie wahrscheinlich, was immer das auch war.

„Ist er Ihnen irgendwie unnatürlich erschienen? Besorgt?" fragte er.

„Nein. Nein. Er war nie besorgt." Fast hätte sie leise aufgelacht, erstickte das Geräusch aber im letzten Augenblick. „Er hatte sich immer fest im Griff, so wie Ihr Freund hier." Einen kurzen Augenblick lang hob sich ihre kleine Hand und deutete auf Daneel, der sich jedoch nicht von der Stelle bewegte.

„Ich verstehe. Nun fahren Sie fort!"

Das tat Gladia nicht. Vielmehr flüsterte sie: „Macht es Ihnen etwas aus, wenn ich mir etwas zu trinken kommen lasse?"

„Aber bitte!"

Gladias Hand strich kurz über die Armlehne ihres Sessels. Weniger als eine Minute später trat lautlos ein Roboter ein und reichte ihr ein Getränk. Sie nippte daran und stellte das Glas ab. „So ist es besser", sagte sie. „Darf ich Ihnen eine persönliche Frage stellen?"

„Sie dürfen jederzeit fragen", antwortete Baley.

„Nun, ich habe eine ganze Menge über die Erde gelesen. Ich habe mich schon immer dafür interessiert, wissen Sie? Es ist so eine *komische* Welt." Sie schluckte und fügte gleich darauf hinzu: „So habe ich es nicht gemeint."

Baley runzelte leicht die Stirn. „Jede Welt ist für die Leute, die nicht auf ihr leben, komisch."

„Ich meine – anders. Sie wissen schon. Jedenfalls möchte ich keine unhöfliche Frage stellen. Ich hoffe zumindest, daß sie für einen Erdenmenschen nicht unhöflich erscheint. Einem Solarianer würde ich sie natürlich nicht stellen, um nichts in der Welt."

„Was wollen Sie denn fragen, Gladia?"

„Nun, Sie und Ihr Freund – Mr. Olivaw, nicht wahr?"

„Ja."

„Sie beide sichten doch nicht, oder?"

„Wie meinen Sie das?"

„Ich meine, einander. Sie sehen doch . . . Sie sind dort, Sie beide."

„Wir sind körperlich in der Nähe, ja", sagte Baley.

„Sie könnten ihn berühren, wenn Sie das wollten."

„Das ist richtig."

Sie sah zuerst den einen und dann den anderen an und sagte: „Oh!"

Es hätte alles mögliche bedeuten können. Ekel? Widerwillen?

Baley spielte mit dem Gedanken aufzustehen, auf Daneel zuzugehen und die Hand auf Daneels Gesicht zu legen. Es wäre vielleicht interessant, ihre Reaktion darauf zu beobachten.

„Sie wollten mit den Ereignissen jenes Tages fortfahren, an dem Ihr Mann zu Ihnen kam, um Sie zu sehen", sagte er. Er war absolut sicher, daß ihr Abschweifen, so interessant die Frage vielleicht für sie gewesen sein mochte, doch in erster Linie von dem Wunsch bestimmt war, eben dieser Frage auszuweichen.

Sie wandte sich wieder ihrem Getränk zu und meinte dann: „Da gibt es nicht viel zu sagen. Ich sah, daß er beschäftigt sein würde, und wußte das ohnehin, weil er immer irgend etwas zu tun hatte; also kümmerte ich mich wieder um meine eigene Arbeit. Und dann, vielleicht fünfzehn Minuten später, hörte ich einen Schrei."

Sie verstummte, und eine kleine Pause trat ein, bis Baley sie bedrängte: „Was für einen Schrei?"

„Rikaine hat geschrien", sagte sie. „Mein Mann. Einfach ein Schrei. Keine Worte. Ein Schrei, der Furcht verriet. Nein – Überraschung,

Schock – so etwas. Ich hatte ihn vorher nie schreien hören." Sie hob die Hände an die Ohren, als könnte sie damit die Erinnerung an den Schrei von sich drängen, und ihr Badetuch glitt ihr langsam auf die Hüften. Sie bemerkte es nicht. Baley blickte starr auf sein Notizbuch.

Nach einer Weile fragte er: „Was haben Sie getan?"

„Ich rannte los. Ich rannte einfach. Ich wußte nicht, wo er war . . ."

„Ich dachte, Sie sagten, er wäre in das Laboratorium gegangen, das er in Ihrem Wohnbereich unterhielt."

„Das ist er auch, E . . . Elijah. Aber *ich* wußte nicht, wo das war. Nicht genau jedenfalls. Ich ging da nie hin. Es gehörte ihm. Ich hatte eine ungefähre Vorstellung von der Richtung. Aber ich war so erregt, daß ich nicht einmal daran dachte, einen Roboter zu rufen. Einer von denen hätte mich leicht führen können, aber ungerufen kam natürlich keiner. Als ich schließlich hinkam, war er tot."

Sie hielt plötzlich inne und beugte, was Baley ungemein unangenehm war, den Kopf nach vorn und fing zu weinen an. Sie machte dabei nicht den geringsten Versuch, ihr Gesicht zu bedecken. Ihre Augen schlossen sich einfach, und die Tränen rannen ihr langsam über die Wangen. Es war völlig lautlos. Ihre Schultern zitterten kaum.

Dann schlug sie die Augen wieder auf und sah ihn durch die Tränen an. „Ich habe noch nie zuvor einen Toten gesehen. Er war völlig blutig, und sein Kopf war . . . einfach . . . völlig . . . Ich schaffte es schließlich, einen Roboter zu holen, und der rief weitere. Und dann haben die sich wahrscheinlich um mich und Rikaine gekümmert. Ich kann mich nicht erinnern. Wirklich, ich . . ."

„Was meinen Sie damit, daß die sich um Rikaine gekümmert haben?" fragte Baley.

„Sie haben ihn weggebracht und saubergemacht." In ihrer Stimme war eine Spur von Indigniertheit – sie war jetzt die Dame des Hauses, die darüber wachte, daß alles in Ordnung war. „Schrecklich sah es aus."

„Und was geschah mit der Leiche?"

Sie schüttelte den Kopf. „Das weiß ich nicht. Verbrannt, nehme ich an. Wie es mit Leichen immer geschieht."

„Sie haben nicht die Polizei gerufen?"

Sie sah ihn ausdruckslos an, und Baley dachte: Keine Polizei!

„Jemandem haben Sie es doch gesagt, nehme ich an", meinte er. „Die Leute haben von der Sache erfahren."

„Die Roboter haben einen Arzt gerufen", erklärte sie. „Und ich mußte Rikaines Arbeitsplatz anrufen. Die Roboter dort mußten schließlich erfahren, daß er nicht wiederkommen würde."

„Der Arzt war für Sie, vermute ich."

Sie nickte. Jetzt schien sie zum ersten Mal zu bemerken, daß ihr das Badetuch auf die Hüften gerutscht war. Sie zog es hoch und murmelte wie aus weiter Ferne: „Es tut mir leid. Es tut mir wirklich leid."

Baley empfand Unbehagen, sie so hilflos und zitternd dasitzen zu sehen, das Gesicht von all dem Schrecken verzerrt, der sich gleichzeitig mit der Erinnerung wieder eingestellt haben mußte.

Sie hatte noch nie zuvor eine Leiche gesehen. Noch nie zuvor Blut oder einen eingedrückten Schädel. Und selbst wenn die Mann-Frau-Beziehung auf Solaria etwas dünn und seicht war, so war es trotzdem ein menschliches Wesen, mit dem sie sich konfrontiert gesehen hatte.

Baley wußte nicht recht, was er jetzt sagen oder tun sollte. Irgend etwas drängte ihn, sich zu entschuldigen, doch tat er als Polizist schließlich nur seine Pflicht. Aber auf dieser Welt gab es keine Polizei. Würde sie begreifen, daß dies seine Pflicht war?

Langsam und so sanft er das konnte, sagte er: „Gladia, haben Sie irgend etwas gehört? Irgend etwas außer dem Schrei Ihres Mannes?"

Sie blickte auf, und ihr Gesicht war so hübsch wie am Anfang, obwohl sie sichtlich litt. „Nichts", sagte sie.

„Keine schnellen Schritte? Keine anderen Stimmen?"

Sie schüttelte den Kopf. „Ich habe gar nichts gehört."

„Als Sie Ihren Mann fanden, war er da ganz allein? Sie beide waren die einzigen Anwesenden?"

„Ja."

„Und es gab keine Spuren, die darauf hindeuteten, daß sonst noch jemand dort war?"

„Mir ist jedenfalls nichts aufgefallen. Ich kann mir nicht vorstellen, daß jemand dort gewesen sein könnte."

„Warum sagen Sie das?"

Einen Augenblick lang wirkte sie fast schockiert. Dann meinte sie niedergeschlagen: „Natürlich. Sie sind von der Erde. Das vergesse ich immer wieder. Nun, es ist einfach so, daß niemand hätte dort sein *können*. Mein Mann sah außer mir nie jemanden; seit der Zeit, da er ein kleiner Junge war. Er war ganz sicher nicht die Art von Mensch, der andere gern sehen will. Nicht Rikaine. Er war sehr strikt, sehr auf die guten Sitten bedacht."

„Das muß nicht von ihm abgehangen haben. Was wäre denn, wenn jemand uneingeladen zu ihm gekommen wäre, um ihn zu sehen, ohne daß Ihr Mann etwas davon gewußt hat? Er hätte doch nicht vermeiden können, den Eindringling zu sehen, ganz gleich, wie sehr er auch auf die Einhaltung der Sitten bedacht war."

„Vielleicht", meinte sie. „Aber er hätte ganz bestimmt sofort Roboter gerufen und den Mann wegschaffen lassen. Bestimmt hätte er das! Außerdem würde niemand versuchen, meinen Mann zu sehen, ohne dazu aufgefordert worden zu sein. Ich könnte mir so etwas einfach nicht vorstellen. Und Rikaine hätte ganz sicher nie jemanden zu sich eingeladen. Es ist einfach lächerlich, so etwas anzunehmen."

Baley sagte mit warmer Stimme: „Ihr Mann ist doch durch einen Schlag auf den Kopf getötet worden, nicht wahr? Das geben Sie doch zu."

„Ich denke schon. Er war . . . ganz . . ."

„Ich will im Augenblick gar keine Einzelheiten wissen. Waren da irgendwelche Anzeichen zu erkennen, daß sich in dem Raum ein Mechanismus befunden hat, der es jemandem möglich gemacht hätte, ihm den Schädel durch Fernsteuerung einzuschlagen?"

„Natürlich nicht. Jedenfalls habe ich keinen bemerkt."

„Wenn da etwas von der Art gewesen wäre, stelle ich mir vor, hätten Sie es auch bemerkt. Daraus folgt also, daß eine Hand etwas hielt, das geeignet war, einem Mann den Schädel einzuschlagen, und daß diese Hand dieses Etwas geschwungen hat. Also muß irgendeine Person sich Ihrem Mann mindestens bis auf einen Meter genähert haben, um das zu tun. Also hat ihn jemand gesehen."

„Niemand würde das tun", sagte sie ernst. „Ein Solarianer würde einfach einen anderen nicht so ohne weiteres sehen."

„Ein Solarianer, der einen Mord begehen will, würde doch auch vor ein wenig Sehen nicht zurückschrecken, oder?"

Gladia schüttelte den Kopf. „Sie verstehen das mit dem Sehen nicht. Erdenmenschen sehen die ganze Zeit jeden, den sie sehen wollen, also verstehen Sie das nicht . . ."

Sie schien einen inneren Kampf mit ihrer Wißbegierde auszufechten. „Ihnen kommt das Sehen völlig normal vor, nicht wahr?"

„Ich habe es immer als etwas ganz Selbstverständliches betrachtet", meinte Baley.

„Es stört Sie nicht?"

„Warum sollte es das?"

„Nun, in den Filmen erfährt man nichts davon, und ich wollte das immer schon wissen – es macht Ihnen doch nichts aus, wenn ich eine Frage stelle?"

„Nur zu!" meinte Baley.

„Hat man Ihnen eine Frau zugeteilt?"

„Ich bin verheiratet. Was Sie mit Zuteilung meinen, verstehe ich nicht."

„Und ich weiß, daß Sie Ihre Frau jederzeit sehen, wenn Sie das wollen, und sie Sie auch, und keiner von Ihnen beiden denkt sich etwas dabei."

Baley nickte.

„Nun, wenn Sie sie sehen – angenommen, Sie wollen –" Sie hob die Hände in Ellbogenhöhe und hielt inne, als suchte sie nach der richtigen Formulierung. Dann versuchte sie es noch einmal. „Können Sie da einfach – jederzeit . . .?" Sie ließ den Satz unbeendet.

Baley machte keine Anstalten, ihr zu helfen.

„Nun, schon gut", sagte sie. „Ich weiß ohnehin nicht, warum ich Sie jetzt mit so etwas belästigen sollte. Sind Sie fertig?" Sie sah so aus, als würde sie jeden Augenblick wieder zu weinen anfangen.

„Noch ein Versuch, Gladia", sagte Baley. „Vergessen Sie einmal, daß niemand Ihren Mann hätte sehen wollen. Nehmen Sie einfach an, daß jemand es *getan* hat. Wer hätte das sein können?"

„Es ist völlig sinnlos, das erraten zu wollen. Es kann niemand sein."

„Es muß aber jemand sein. Agent Gruer sagt, daß es Anlaß gibt, eine bestimmte Person zu verdächtigen. Sie sehen also, es muß da jemanden geben."

Ein kleines, freudloses Lächeln huschte über das Gesicht der jungen Frau. „Ich weiß schon, wen er verdächtigt, es getan zu haben."

„Also gut. Wen?"

Ihre kleine Hand griff an ihre Brust. „Mich."

Eine Theorie wird widerlegt

„Ich hätte sagen sollen, Partner Elijah", schaltete Daneel sich plötzlich ein, „daß dies ein naheliegender Schluß ist."

Baley warf seinem Robot-Partner einen überraschten Blick zu. „Warum naheliegend?" fragte er.

„Die Dame selbst erklärt, daß sie die einzige Person war, die ihren

Mann zu sehen pflegte", erklärte Daneel. „Die gesellschaftliche Situation auf Solaria ist so beschaffen, daß selbst sie plausiblerweise nichts anderes als die Wahrheit vorbringen kann. Sicherlich würde Agent Gruer es für vernünftig, ja sogar zwingend halten, daß ein solarianischer Ehemann nur von seiner Frau gesehen wird. Da nur eine Person in Sichtweite sein konnte, konnte auch nur eine Person den Schlag führen. Und damit kann auch nur eine Person der Mörder sein. Oder besser gesagt, die Mörderin. Sie werden sich erinnern, daß Agent Gruer sagte, daß die Tat nur von einer Person ausgeführt worden sein kann. Er hielt jeden anderen Täter für unmöglich. Nun?"

„Er hat aber auch gesagt", wandte Baley ein, „daß diese eine Person es auch nicht getan haben kann."

„Womit er wahrscheinlich meinte, daß am Tatort keine Waffe gefunden wurde. Vermutlich könnte Mrs. Delmarre diesen Umstand erklären." Er wies mit kühler, robotischer Höflichkeit auf die Stelle, wo Gladia saß, immer noch im Aufnahmebereich des Sichtgerätes, den Blick gesenkt und die Lippen zusammengepreßt.

Jehoshaphat, dachte Baley, wir sind dabei, die Dame völlig zu vergessen.

Vielleicht war es auf seine Verstimmung zurückzuführen, daß er sie vergessen hatte. Daneel war es, der ihn verstimmt hatte, und zwar dadurch, daß er so völlig emotionslos an Probleme heranging. Oder vielleicht auch er selbst mit seiner emotionalen Betrachtungsweise. Er versagte es sich, die Angelegenheit genauer zu analysieren.

„Das wäre alles für den Augenblick, Gladia", sagte er. „Ich weiß nicht, wie man das macht, jedenfalls will ich den Kontakt abbrechen. Adieu!"

Und sie antwortete mit sanfter Stimme: „Manchmal sagt man ‚Gesichtet!', aber mir gefällt dieses ‚Adieu' besser. Sie scheinen beunruhigt, Elijah. Es tut mir leid, denn ich bin es schon gewohnt, daß die Leute glauben, ich hätte es getan. Sie brauchen also nicht beunruhigt zu sein."

„*Haben* Sie es getan, Gladia?" fragte Daneel.

„Nein!" entgegnete sie zornig.

„Gut. Dann adieu!"

Sie verschwand, wobei der Zorn noch aus ihren Augen funkelte. Einen Augenblick lang spürte Baley noch den Blick dieser außergewöhnlich grauen Augen.

Auch wenn sie sagte, daß sie es gewohnt sei, von den Leuten für eine Mörderin gehalten zu werden, war das ganz offensichtlich eine Lüge. Ihr Zorn sprach da eher die Wahrheit als ihre Worte. Baley fragte sich, wie vieler anderer Lügen sie wohl fähig war.

Baley war wieder mit Daneel allein. „Also gut, Daneel", sagte er, „ein kompletter Narr bin ich ja nicht."

„Dafür hätte ich Sie auch nie gehalten, Partner Elijah."

„Dann erklären Sie mir, was Sie dazu veranlaßt hat zu behaupten, daß man am Tatort keine Mordwaffe gefunden hätte. Bis jetzt war bei dem Beweismaterial nichts, das uns zu einem solchen Schluß hätte bringen können."

„Sie haben recht. Ich verfüge über zusätzliche Informationen, die Ihnen noch nicht zur Verfügung stehen."

„Das habe ich mir gedacht. Welcher Art?"

„Agent Gruer sagte, er würde uns eine Kopie des Berichts seiner eigenen Ermittlungen schicken. Diese Kopie habe ich. Sie ist heute morgen eingetroffen."

„Warum haben Sie sie mir nicht gezeigt?"

„Ich dachte, daß es vielleicht ergiebiger sein würde, wenn Sie Ihre Ermittlungen durchführen und, zumindest im Anfangsstadium, dabei nach Ihren eigenen Vorstellungen vorgehen, ohne durch die Schlüsse anderer beeinflußt zu werden, die, wie Agent Gruer selbst zugibt, zu keinem befriedigenden Ergebnis geführt haben. Ich hatte selbst das Gefühl, daß mein logisches Denkvermögen durch diese Schlüsse beeinflußt sein könnte, und habe deshalb nichts zu dem Gespräch beigetragen."

Logisches Denkvermögen! Baley erinnerte sich plötzlich an das Bruchstück eines Gesprächs, das er einmal mit einem Robotiker geführt hatte. Ein Roboter, hatte der Mann gesagt, ist zwar logisch, aber keineswegs vernünftig.

„Am Ende haben Sie sich in das Gespräch eingeschaltet", sagte er.

„Das habe ich, Partner Elijah, aber nur, weil ich zu dem Zeitpunkt über unabhängige Beweise verfügte, die Agent Gruers Argwohn bestätigten."

„Was für eine Art von unabhängigen Beweisen?"

„Solche, die man aus Mrs. Delmarres Verhalten ableiten konnte."

„Bitte, etwas deutlicher, Daneel!"

„Denken Sie bitte daran, daß es, falls die Dame schuldig sein und dennoch versuchen sollte, ihre Unschuld zu beweisen, für sie nützlich wäre, wenn der die Ermittlungen führende Detektiv sie für unschuldig hielte."

„Nun?"

„Wenn sie sein Urteil verzerren könnte, indem sie sich eine Schwäche zunutze machte, die sie an ihm erkannt hat, wäre es doch durchaus möglich, daß sie das tun würde, nicht wahr?"

„Streng hypothetisch gesprochen, ja."

„Durchaus nicht", entgegnete der Roboter ungerührt. „Sie haben doch sicherlich bemerkt, daß sie ihre Aufmerksamkeit voll und ganz auf Sie konzentriert hat."

„Ich habe ja auch geredet", sagte Baley.

„Ihre Aufmerksamkeit galt von Anfang an Ihnen, und zwar auch schon, bevor sie ahnen konnte, daß Sie das Reden übernehmen würden. Tatsächlich hätte man denken können, sie hätte logischerweise erwarten müssen, daß ich als Auroraner die führende Rolle in den Ermittlungen übernehmen würde. Und dennoch hat sie sich auf Sie konzentriert."

„Und was leiten Sie daraus ab?"

„Daß sie ihre ganze Hoffnung auf Sie gesetzt hat, Partner Elijah. Schließlich sind Sie der Erdenmensch."

„Und was soll das bedeuten?"

„Sie hat die Erde studiert, das hat sie mehr als einmal angedeutet. Sie wußte, wovon ich redete, als ich sie ganz zu Beginn unseres Gesprächs darum bat, das Tageslicht von draußen abzuschirmen. Sie reagierte weder überrascht noch verständnislos, wie sie es ganz bestimmt getan hätte, wenn sie über die Verhältnisse auf der Erde nicht informiert gewesen wäre."

„Nun?"

„Da sie die Erde studiert hat, ist die Annahme durchaus vernünftig, daß sie eine Schwäche entdeckt hat, die Erdenmenschen besitzen. Sie mußte von dem Nacktheitstabu wissen und auch, wie eine solche Zurschaustellung einen Erdenmenschen irritiert."

„Sie . . . sie hat erklärt, wie das mit Sichten ist . . ."

„Ja, das hat sie. Aber ist Ihnen das überzeugend erschienen? Zweimal hat sie es zugelassen, daß Sie sie mit ungenügender Bekleidung sehen konnten, zumindest nach Ihren Begriffen."

„Sie schließen daraus", sagte Baley, „daß sie versuchte, mich zu verführen. Ist es das?"

„Sie so weit zu verführen, daß Sie Ihre professionelle Unpersönlichkeit aufgaben. So scheint es mir. Und obwohl ich die menschlichen Reaktionen auf äußere Reize nicht teilen kann, würde ich aus dem, was man mir während der Ausbildung eingegeben hat, schließen, daß die Dame in bezug auf physische Attraktivität allen Normen gerecht wird. Außerdem ist mir aus Ihrem Verhalten erkennbar, daß Sie sich dessen bewußt waren und daß Sie das billigten, was Sie sahen. Ich würde sogar noch den Schluß ziehen, daß Mrs. Delmarre richtig handelte, indem sie annahm, daß ihre Verhaltensweise in Ihnen gewisse Vorurteile zu ihren Gunsten erzeugen würde."

„Schauen Sie", meinte Baley etwas unbehaglich, „gleichgültig, welche Wirkung sie vielleicht auf mich hätte haben können – ich bin immer noch ein Gesetzesbeamter im vollen Besitz meiner beruflichen ethischen Grundsätze. Das sollten wir einmal klarstellen. Und jetzt will ich den Bericht sehen."

BALEY las den ganzen Bericht, ohne dabei ein Wort zu verlieren. Als er fertig war, fing er noch einmal von vorn an und las ihn ein zweites Mal.

„Da taucht jetzt ein neuer Punkt auf", sagte er. „Der Roboter."

Daneel Olivaw nickte.

Und Baley meinte nachdenklich: „Das hat sie nicht erwähnt."

„Weil Sie die Frage falsch gestellt haben. Sie haben gefragt, ob sie beim Auffinden der Leiche allein gewesen sei. Sie fragten, ob sonst jemand zugegen gewesen sei. Ein Roboter ist nicht ‚sonst jemand'."

Baley nickte. Wenn er selbst ein Verdächtiger wäre und man ihn gefragt hätte, wer sonst noch am Schauplatz eines Verbrechens zugegen gewesen sei, hätte er wohl kaum geantwortet: „Außer diesem Tisch niemand."

„Wahrscheinlich hätte ich fragen sollen, ob irgendwelche Roboter zugegen waren", sagte er. (Verdammt, was für Fragen stellt man überhaupt auf einer fremden Welt?) Und dann fügte er hinzu: „Wie legal ist die Zeugenaussage eines Roboters, Daneel?"

„Was meinen Sie damit?"

„Kann ein Roboter auf Solaria Zeugnis ablegen? Gilt seine Aussage vor Gericht?"

„Warum zweifeln Sie daran?"

„Ein Roboter ist kein Mensch, Daneel. Auf der Erde gilt seine Aussage vor Gericht nicht."

„Aber ein Fußabdruck schon, Partner Elijah, obwohl der viel weniger menschlich ist als ein Roboter. Die Haltung, die Ihr Planet in dieser Beziehung einnimmt, ist unlogisch. Auf Solaria sind robotische Beweise, wenn sie aussagefähig sind, auch zulässig."

Baley sagte nichts dazu. Er stützte das Kinn auf und überdachte diese Angelegenheit mit dem Roboter noch einmal.

Im höchsten Grade erschreckt hatte Gladia, vor der Leiche ihres Mannes stehend, Roboter herbeigerufen. Als sie zu ihr kamen, war sie bewußtlos.

Die Roboter berichteten, daß sie sie neben der Leiche aufgefunden hatten. Und dann hatten sie noch etwas vorgefunden: einen Roboter. Jener Roboter war nicht herbeigerufen worden; er war bereits dagewesen. Es handelte sich nicht um einen Roboter aus dem regulären Stab. Keiner der anderen Roboter hatte ihn vorher gesehen oder kannte seine Funktion oder seinen Einsatz.

Man konnte von ihm auch nichts erfahren. Er war nicht funktionsfähig. Als man ihn auffand, waren seine Bewegungen schwerfällig und desorganisiert, und das gleiche galt allem Anschein nach auch für die Funktion seines Positronengehirns. Er war nicht imstande, die richtigen Reaktionen zu liefern, weder verbal noch mechanisch, und so kam es, daß man ihn nach gründlicher Untersuchung durch einen Robotik-Experten zum Totalverlust erklärte.

Das einzige an ihm, was auf ein gewisses Maß an organisiertem Verhalten hindeutete, war der Satz, oder besser der Satzfetzen, den er dauernd wiederholte: „Du wirst mich umbringen – du wirst mich umbringen – du wirst mich umbringen . . ."

Eine Waffe, mit der man den Schädel des Toten hätte eingeschlagen haben können, war nicht zu finden.

„Ich werde jetzt essen, Daneel", erklärte Baley plötzlich. „Und anschließend sollten wir Agent Gruer noch einmal sehen – oder ihn jedenfalls sichten."

HANNIS GRUER war noch mit Essen beschäftigt, als der Kontakt hergestellt wurde. Er aß langsam, wobei er jeden Bissen sorgfältig aus einer Vielzahl von Speisen auswählte und sich dabei jeden besorgt ansah, als suche er nach einer verborgenen Kombination, die er vielleicht besonders befriedigend finden würde.

Möglicherweise ist er ein paar hundert Jahre alt, und das Essen fängt vielleicht an ihn zu langweilen, dachte Baley.

„Ich begrüße Sie, meine Herren", sagte Gruer. „Ich nehme an, Sie haben unseren Bericht erhalten." Sein kahler Schädel glänzte, während er sich über den Tisch beugte, um sich ein kleines Stück von einer für Baley völlig undefinierbaren Speise zu holen.

„Ja. Wir haben auch ein interessantes Gespräch mit Mrs. Delmarre gehabt", sagte Baley.

„Gut, gut", meinte Gruer. „Und zu welchem Schluß sind Sie gelangt, falls überhaupt?"

„Daß sie unschuldig ist", erklärte Baley.

Gruer blickte scharf auf. „Wirklich?"

Baley nickte.

„Und doch war sie die einzige Person, die ihn sehen konnte. Die einzige, die sich in Reichweite befinden konnte . . ."

Baley ließ ihn nicht weitersprechen. „Das hat man mir auch klarzumachen versucht. Aber gleichgültig, wie ausgeprägt die gesellschaftlichen Gewohnheiten in dieser Beziehung auf Solaria sind, für mich ist dieser Punkt nicht schlüssig. Darf ich das erklären?"

Gruer hatte sich wieder seiner Mahlzeit zugewandt. „Natürlich."

„Jede Art von Mord steht auf drei Säulen", sagte Baley, „und jede davon ist in gleicher Weise wichtig. Diese drei Säulen sind Motiv, Tatwaffe und Gelegenheit. Um gegen einen Verdächtigen eine Anklage erheben zu können, müssen alle drei befriedigend geklärt sein. Nun will ich Ihnen durchaus einräumen, daß Mrs. Delmarre die Gelegenheit hatte. Was das Motiv angeht, so habe ich bisher von keinem gehört."

Gruer zuckte die Achseln. „Auch wir kennen keines." Einen Augenblick lang wanderte sein Blick zu Daneel hinüber, der bis jetzt noch kein Wort gesagt hatte.

„Also gut. Die Verdächtige hat kein uns bekanntes Motiv. Aber vielleicht ist sie eine pathologische Mörderin. Wir können die Angelegenheit eine Weile auf sich beruhen lassen und fortfahren. Sie befindet sich also mit ihm in seinem Laboratorium, und es gibt einen Grund, der sie veranlaßt, ihn töten zu wollen. Sie fuchtelt also drohend mit einer Keule oder einem anderen schweren Gegenstand herum. Es dauert eine Weile, bis er begreift, daß seine Frau wirklich die Absicht hat, ihm ein Leid zuzufügen. Er schreit: ‚Du wirst mich umbringen!' Und das tut sie. Er dreht sich um, um wegzurennen, während der Schlag auf ihn niedersaust und ihm die Schädelrückseite eindrückt. Hat übrigens ein Arzt die Leiche untersucht?"

„Ja und nein. Die Roboter haben einen Arzt gerufen, der sich um

Mrs. Delmarre kümmern sollte, und er hat sich natürlich auch die Leiche angesehen."

„Das ist in dem Bericht nicht erwähnt."

„Es war auch kaum von Belang. Delmarre war tot. Tatsächlich war die Leiche zu dem Zeitpunkt, als der Arzt sie sichten konnte, bereits entkleidet, gewaschen und in der üblichen Weise für die Verbrennung vorbereitet."

„Mit anderen Worten, die Roboter hatten alle Beweise zerstört", stellte Baley verstimmt fest. Und dann: „Sagten Sie, er hätte die Leiche *gesichtet?* Er hat sie nicht *gesehen?*"

„Beim ewigen Weltraum!" rief Gruer. „Was für eine makabre Vorstellung! Natürlich hat er sie gesichtet, aus allen nötigen Winkeln und mit Naheinstellung, da bin ich ganz sicher. Ärzte können es unter gewissen Umständen nicht vermeiden, Patienten zu sehen. Aber ich kann mir einfach keinen Grund vorstellen, weshalb sie *Leichen* sehen sollten. Die Medizin ist eine schmutzige Arbeit; aber selbst Ärzte müssen irgendwo die Grenze ziehen."

„Nun, ich will auf folgendes hinaus: Hat der Arzt etwas über die Art der Wunde berichtet, an der Dr. Delmarre gestorben ist?"

„Ich sehe schon, worauf Sie hinauswollen. Sie glauben, die Wunde sei vielleicht zu schwer gewesen, als daß eine Frau sie hätte verursachen können."

„Frauen sind schwächer als Männer, Sir. Und Mrs. Delmarre ist eine kleine, zarte Frau."

„Aber recht durchtrainiert, Detektiv. Mit einer Waffe der richtigen Art würden die Schwerkraft und die Hebelwirkung das meiste bewirken. Und selbst wenn man das nicht in Betracht zieht, ist eine Frau, wenn sie genügend gereizt wird, zu den überraschendsten Dingen fähig."

Baley zuckte die Achseln. „Sie sprechen da von einer Waffe. Wo ist sie?"

Gruer veränderte seine Sitzhaltung. Er streckte die Hand nach einem leeren Glas aus, und ein Roboter trat ins Blickfeld und füllte es mit einer farblosen Flüssigkeit, bei der es sich vielleicht um Wasser handelte.

Gruer hielt das gefüllte Glas einen Augenblick lang in der Hand und stellte es dann wieder weg, als hätte er es sich plötzlich anders überlegt. Dann meinte er: „Wie es in dem Bericht ja dargestellt ist, haben wir sie nicht ausfindig machen können."

„Ich weiß, daß es so in dem Bericht steht. Ich möchte einige Dinge absolut klarstellen. Man hat nach der Tatwaffe gesucht?"

„Gründlich."

„Haben Sie selbst das getan?"

„Nein, das waren Roboter. Aber ich habe sie die ganze Zeit unter Sichtüberwachung gehabt. Wir konnten nichts finden, das als Waffe hätte dienen können."

„Was natürlich die Anklage gegen Mrs. Delmarre schwächt, oder nicht?"

„Richtig", sagte Gruer ruhig. „Das gehört zu den Dingen, die wir nicht begreifen. Das ist einer der Gründe, weshalb wir noch nicht gegen Mrs. Delmarre vorgegangen sind. Das ist auch einer der Gründe, weshalb ich zu Ihnen gesagt habe, daß auch die schuldige Partei das Verbrechen nicht hätte begehen können. Vielleicht sollte ich sagen, daß sie das Verbrechen dem Anschein nach nicht hätte begangen haben können."

„Dem Anschein nach?"

„Sie muß die Waffe irgendwie beseitigt haben. Bis jetzt hat unsere Findigkeit nicht dazu ausgereicht, sie zu entdecken."

„Haben Sie alle Möglichkeiten in Betracht gezogen?" fragte Baley finster.

„Ich denke doch."

„Das bezweifle ich. Wir wollen einmal sehen. Da hat man also eine Waffe dazu benutzt, einem Mann den Schädel einzuschlagen, und findet sie nicht am Tatort. Die einzige Alternative, die sich daraus ergibt, ist, daß man sie entfernt hat. Rikaine Delmarre kann sie nicht weggetragen haben. Er war tot. Könnte Gladia Delmarre sie weggetragen haben?"

„So muß es gewesen sein", sagte Gruer.

„Wie denn? Als die Roboter eintrafen, lag sie bewußtlos auf dem Boden. Vielleicht hat sie diese Bewußtlosigkeit nur vorgetäuscht; aber sie war jedenfalls dort. Wieviel Zeit liegt zwischen dem Mord und dem Eintreffen des ersten Roboters?"

„Das hängt vom exakten Zeitpunkt des Mordes ab, und den kennen wir nicht", meinte Gruer unsicher.

„Ich habe den Bericht gelesen, Sir. Ein Roboter berichtete, er habe Unruhe gehört und einen Schrei, den Dr. Delmarre ausgestoßen hatte. Offenbar war dies der Roboter, der sich am nächsten am Tatort befand. Fünf Minuten später leuchtete das Rufsignal auf. Der Roboter hätte aber doch nur weniger als eine Minute gebraucht, um den Ort des Geschehens zu erreichen." Baley erinnerte sich daran, wie blitzschnell gerufene Roboter aufzutauchen pflegten. „In fünf Minuten, ja selbst zehn – wie weit hätte da Mrs. Delmarre eine Waffe tragen und rechtzeitig wieder zurückkehren können, um Bewußtlosigkeit vorzutäuschen?"

„Sie hätte sie in einer Abfallbeseitigungsanlage zerstören können."

„Nach dem Bericht hat man die Abfallanlage untersucht und dort nur eine sehr geringe Gammastrahlenaktivität vorgefunden. Demzufolge war in den letzten vierundzwanzig Stunden dort kein größerer Gegenstand zerstrahlt worden."

„Das ist mir bekannt", sagte Gruer. „Ich führe das jetzt auch nur als Beispiel dafür an, was vielleicht hätte geschehen können."

„Gut", meinte Baley. „Aber es kann auch eine sehr einfache Erklärung geben. Ich nehme an, daß man die zu dem Delmarre-Haushalt gehörenden Roboter überprüft und alle vorgefunden hat."

„O ja."

„Und alle befanden sich in einigermaßen funktionsfähigem Zustand?"

„Ja."

„Könnte irgendeiner dieser Roboter die Waffe weggeschafft haben, vielleicht ohne sich dessen bewußt zu sein, worum es sich handelte?"

„Keiner von ihnen hatte irgend etwas vom Tatort entfernt oder auch nur etwas berührt, was das betrifft."

„Das stimmt nicht. Sie haben die Leiche entfernt und sie zur Verbrennung vorbereitet."

„Nun, ja, natürlich. Aber das zählt doch wohl nicht. Schließlich kann man doch erwarten, daß sie das tun."

Baley mußte an sich halten, um ruhig zu bleiben. „Jetzt nehmen Sie einmal an, es wäre noch jemand anderer am Tatort gewesen."

„Unmöglich!" sagte Gruer. „Wie hätte sich denn jemand in Dr. Delmarres Persönlichkeitssphäre hineindrängen können?"

„Nehmen Sie es einfach einmal an!" rief Baley. „Die Roboter haben aber überhaupt nicht daran gedacht, daß ein Eindringling hätte zugegen sein können. Ich nehme nicht an, daß einer von ihnen die Umgebung des Hauses abgesucht hat. In dem Bericht ist jedenfalls davon nichts erwähnt."

„Eine solche Suche fand erst statt, als wir uns nach der Waffe umsahen; aber das war beträchtliche Zeit später."

„Man hat auch nicht nach Spuren eines Bodenwagens oder eines Luftfahrzeugs gesucht?"

„Nein."

„Wenn sich also jemand dazu aufgerafft hätte, sich in die Persönlichkeitssphäre Dr. Delmarres hineinzudrängen, wie Sie das formuliert haben, hätte er ihn töten und dann in aller Seelenruhe wieder weggehen können. Niemand hätte ihn aufgehalten oder auch nur gesehen. Und nachher hätte er sich darauf verlassen können, daß jeder überzeugt war, niemand hätte dort sein können."

„Und das konnte auch niemand", sagte Gruer voll Überzeugung.

„Eines noch", wandte Baley ein. „Nur noch eine Sache. Da war doch ein Roboter am Schauplatz des Verbrechens."

Jetzt schaltete sich zum ersten Mal Daneel ein. „Der Roboter befand sich nicht am Schauplatz des Verbrechens. Wenn das der Fall gewesen wäre, so wäre das Verbrechen nicht begangen worden."

Baley sah sich ruckartig um. Und Gruer, der zum zweiten Mal sein Glas gehoben hatte, als wollte er daraus trinken, stellte es wieder hin und starrte Daneel an.

„Ist das nicht so?" fragte Daneel.

„Doch, durchaus", sagte Gruer. „Ein Roboter hätte eine Person daran gehindert, einer anderen ein Leid zuzufügen. Erstes Gesetz."

„Also gut", sagte Baley. „Zugegeben. Aber der Roboter muß in der Nähe gewesen sein. Er befand sich am Tatort, als die anderen Roboter auftauchten. Sagen wir einmal, er hätte sich im Nebenzimmer befunden. Der Mörder bedrängt Delmarre, und Delmarre schreit: ‚Du wirst mich umbringen!' Die Roboter des Haushaltes haben jene Worte nicht gehört; sie haben höchstens einen Schrei gehört. Und so kamen sie nicht, da man sie nicht gerufen hatte. Aber dieser eine Roboter hat die Worte gehört, und das Erste Gesetz veranlaßte ihn dazu, ungerufen zu kommen. Er kam zu spät. Wahrscheinlich ist er Zeuge der Tat geworden."

„Er muß die letzte Phase des Mordes gesehen haben", pflichtete Gruer bei. „Das war es auch, was ihn in Unordnung brachte. Zeuge zu sein, wie einem Menschen Schaden zugefügt wird, ohne den Schaden verhindert zu haben, ist ein Verstoß gegen das Erste Gesetz und führt je nach den Umständen zu mehr oder weniger starken Schäden am Positronengehirn. In diesem Fall war es ein ziemlich großer Schaden." Gruer starrte seine Fingerspitzen an, während er das Glas mit der Flüssigkeit hin und her drehte.

„Dann war der Roboter Zeuge", sagte Baley. „Hat man ihn befragt?"

„Welchen Sinn hätte das gehabt? Er war gestört. Er konnte nur sagen: ‚Du wirst mich umbringen!' Bis dahin stimme ich mit Ihrer Rekonstruktion des Tathergangs überein. Wahrscheinlich waren das Delmarres letzte Worte, die sich in das Bewußtsein des Roboters einbrannten, als alles andere zerstört wurde."

„Aber man hat mir gesagt, daß Solaria sich auf Roboter spezialisiert habe. Gab es denn wirklich keine Möglichkeit, den Roboter zu reparieren?"

„Keine!" erwiderte Gruer scharf.

„Und wo ist der Roboter jetzt?"

„Verschrottet", sagte Gruer.

Baley hob die Augenbrauen. „Das ist doch ein recht eigenartiger Fall. Kein Motiv, keine Zeugen, kein Tatwerkzeug und keine Beweismittel. Und all die wenigen Beweismittel, die es anfänglich gab, sind zerstört. Sie haben nur eine Verdächtige, und alle scheinen von ihrer Schuld überzeugt; zumindest ist jeder sicher, daß sonst niemand der Schuldige sein kann, und das ist offensichtlich auch Ihre Meinung. Die Frage ist also: Warum hat man mich überhaupt kommen lassen?"

Gruer runzelte die Stirn. „Sie scheinen erregt, Mr. Baley." Er wandte sich abrupt zu Daneel um. „Mr. Olivaw."

„Ja, Agent Gruer."

„Würden Sie bitte durch die Behausung gehen und sich vergewissern, daß alle Fenster geschlossen und verdunkelt sind? Es könnte sein, daß Detektiv Baley die Wirkung des freien Raumes spürt."

Gruers Worte verblüfften Baley. Zunächst drängte es ihn, Gruer zu widersprechen und Daneel den Befehl zu erteilen dazubleiben, aber er spürte im letzten Augenblick, ehe er dies tat, Panik in Gruers Stimme und glaubte so etwas wie eine Bitte in seinen Augen zu lesen. Er lehnte sich zurück und wartete ab, bis Daneel den Raum verlassen hatte.

In dem Augenblick war es, als fiele eine Maske von Gruers Gesicht, das plötzlich nackt und ängstlich wirkte. „Das war leichter, als ich geglaubt hatte", sagte Gruer. „Ich hatte mir alle möglichen Vorwände zurechtgelegt, um allein mit Ihnen sprechen zu können. Ich hätte nie gedacht, daß der Auroraner auf eine einfache Bitte hin weggehen würde; und doch fiel mir einfach nichts anderes ein."

„Nun, jetzt bin ich allein", meinte Baley.

„Ich konnte in seiner Gegenwart nicht offen sprechen", erklärte Gruer. „Er ist Auroraner und ist hier, weil man ihn uns aufgezwungen hat, sozusagen als Preis dafür, daß Sie kommen konnten." Der Solarianer beugte sich vor. „Hier geht es um mehr als nur Mord. Mich interessiert nicht nur, wer die Tat begangen hat. Es gibt Parteien auf Solaria, Geheimorganisationen . . ."

Baley starrte Gruer an. „Aber dabei kann ich Ihnen doch ganz bestimmt nicht helfen."

„Natürlich können Sie das. Sie müssen folgendes verstehen: Dr. Delmarre war Traditionalist. Er glaubte an die gute alte Zeit und die Art und Weise, wie man damals mit den Problemen umging. Aber heute gibt es bei uns neue Kräfte; Kräfte, die den Wandel wollen. Und man hat Delmarre zum Schweigen gebracht."

„Durch Mrs. Delmarre?"

„Durch ihre Hand. So muß es gewesen sein. Aber das ist nicht wichtig. Es gibt eine Organisation, die hinter ihr steht, und das ist es, worauf es ankommt."

„Sind Sie sicher? Haben Sie Beweise?"

„Nur vage Beweise. Dafür kann ich nichts. Rikaine Delmarre war einer Sache auf der Spur. Er hat mir versichert, daß *seine* Beweise stichhaltig seien. Und ich glaube ihm. Ich kannte ihn gut genug, um zu wissen, daß er weder ein Narr noch ein Kind war. Unglücklicherweise hat er mir nur sehr wenig erzählt. Natürlich wollte er seine Ermittlungen abschließen, ehe er die ganze Angelegenheit den Behörden vortrug. Er muß kurz vor dem Abschluß gestanden haben, sonst hätten sie es sicher nicht gewagt, ihn ganz offen auf so brutale Weise zu ermorden. Aber eines hat mir Delmarre gesagt: Die ganze Menschheit ist in Gefahr."

Baley zuckte zusammen. Einen Augenblick lang war ihm, als hörte er wieder Minnim sprechen. Wollte denn jeder sich mit Gefahren von kosmischer Dimension an ihn wenden?

„Warum glauben Sie, daß ich helfen kann?" fragte er.

„Weil Sie ein Erdenmensch sind", sagte Gruer. „Verstehen Sie? Wir auf Solaria haben mit diesen Dingen keine Erfahrung. In gewisser Weise verstehen wir die Menschen überhaupt nicht. Es gibt zu wenige von uns hier." Er sah Baley verlegen an. „Es fällt mir schwer, das zu sagen, Mr. Baley. Meine Kollegen lachen mich aus, und einige werden sogar zornig. Aber ich bin überzeugt, daß ich das richtig sehe. Mir scheint, ihr Erdenmenschen *müßt* die Leute viel besser verstehen als wir, einfach weil Sie mit so vielen zusammenleben. Und ein Detektiv bestimmt noch mehr als sonst jemand. Stimmt das nicht?"

Baley nickte halbherzig, blieb aber stumm.

„In gewisser Weise war dieser Mord ein Glück", sagte Gruer. „Ich habe nicht gewagt, den anderen gegenüber etwas von Delmarres Ermittlungen zu sagen. Schließlich konnte ich nicht sicher sein, wer alles in die Verschwörung verstrickt war. Und Delmarre selbst war nicht bereit, Einzelheiten preiszugeben, bevor seine Ermittlungen abgeschlossen waren. Und selbst wenn Delmarre seine Ermittlungen abgeschlossen hätte, was hätten wir dann unternehmen sollen? Was unternimmt man, wenn man es mit feindlich gesinnten menschlichen Wesen zu tun hat? Ich weiß es nicht. Ich war von Anfang an der Meinung, daß wir einen Erdenmenschen brauchen. Als ich von Ihrer Arbeit hörte, wußte ich, daß wir Sie brauchten. Ich nahm Verbindung mit Aurora auf – schließlich hatten Sie bis jetzt am engsten mit den Bewohnern jenes Planeten zusammengearbeitet – und trat mit deren Hilfe mit der Erdenregierung in Verbindung. Trotzdem gelang es mir nicht, meine Kollegen davon zu überzeugen, daß sie dem zustimmten. Dann kam der Mord, und das war ein derartiger Schock, daß man mir die Zustimmung erteilte, die ich brauchte. In dem Augenblick hätten die allem und jedem zugestimmt."

Gruer zögerte etwas und fügte dann hinzu: „Es fällt mir nicht leicht, einen Erdenmenschen um Hilfe zu bitten, aber ich muß es tun. Vergessen Sie nicht, die ganze menschliche Rasse ist in Gefahr. Die Erde auch."

Die Erde befand sich demnach in doppelter Hinsicht in Gefahr. Und daß Gruer es ehrlich meinte, daran ließ seine Stimme keinen Zweifel.

Aber wenn der Mord wirklich ein so günstiger Vorwand für Gruer war, das zu tun, wonach es ihn so verzweifelt drängte, war es dann wirklich nur Glück und Zufall? Das führte zu neuen Überlegungen, die sich freilich weder in Baleys Gesicht noch in seinem Blick oder in seiner Stimme bemerkbar machten.

„Man hat mich hierhergeschickt, um zu helfen, Sir", sagte Baley. „Das will ich nach besten Kräften tun."

Endlich hob Gruer das immer wieder unverrichteter Dinge abgestellte Glas und sah Baley über dessen Rand hinweg an. „Gut", sagte er. „Kein Wort an den Auroraner, bitte. Was auch immer hier gespielt wird – Aurora mag damit zu tun haben. Jedenfalls interessiert man sich dort ungewöhnlich stark für den Fall. So hat Aurora beispielsweise darauf bestanden, Ihnen Mr. Olivaw als Partner beizuordnen. Aurora ist mächtig; wir mußten zustimmen. Sie sagen, sie würden Mr. Olivaw nur einschalten, weil er schon einmal mit Ihnen zusammengearbeitet hat. Aber es ist gut möglich, daß sie in Wirklichkeit den Wunsch haben, einen vertrauenswürdigen Mann aus den eigenen Reihen hier am Schauplatz des Verbrechens zu haben, wie?"

Er nippte an seinem Glas; sein Blick ruhte auf Baley.

Baley strich mit den Fingerknöcheln über die Wange und rieb sie sich nachdenklich. „Wenn das nun . . ."

Er sprach den Satz nicht zu Ende, sondern sprang von seinem Stuhl auf und wäre fast in Gruer hineingerannt, ehe er sich daran erinnerte, daß er nur einem Abbild gegenübersaß.

Denn Gruer starrte mit schreckgeweiteten Augen sein Glas an, griff sich an die Kehle und flüsterte heiser: „Das brennt . . . brennt . . ."

Das Glas entfiel seiner Hand, sein Inhalt rann auf den Boden, und Gruer fiel mit vor Schmerz verzerrtem Gesicht vom Stuhl.

Ein Arzt wird bedrängt

Daneel stand unter der Tür. „Was ist passiert, Partner Elijah?"

Aber jede Erklärung war überflüssig. Daneels Stimme wurde lauter, hallte: „Roboter von Hannis Gruer! Euer Herr ist in Gefahr! Roboter!"

Sofort trat eine Gestalt aus Metall in den Raum, und eine Minute später wimmelten ein Dutzend Roboter vor der Kamera. Drei davon trugen Gruer vorsichtig weg. Die anderen machten sich sofort daran, die Unordnung zu beseitigen und das Geschirr aufzuheben, das über dem Boden verstreut war.

Daneel rief plötzlich: „Ihr dort, ihr Roboter, laßt das Geschirr! Veranlaßt, daß gesucht wird. Durchsucht das Haus nach einem menschlichen Wesen. Alarmiert die Roboter draußen. Laßt sie das ganze Gelände absuchen. Wenn ihr einen Menschen findet, haltet ihn fest. Verletzt ihn nicht." (Unnötiger Rat.) „Aber laßt ihn auch nicht weg! Wenn ihr keinen Menschen findet, dann sagt mir Bescheid. Ich bleibe an diesem Sichtgerät."

Während die Roboter sich verteilten, murmelte Baley Daneel zu: „Das ist ein Anfang. Es war natürlich Gift."

„Ja. Soviel ist offenkundig, Partner Elijah." Daneel setzte sich, als wären ihm plötzlich die Knie schwach geworden. Baley hatte an ihm noch nie ein so menschlich wirkendes Verhalten gesehen wie jetzt. „Meinem Mechanismus bekommt es nicht gut, wenn ich ansehen muß, wie ein menschliches Wesen Schaden erleidet", erklärte Daneel.

„Sie hätten nichts tun können."

„Das verstehe ich. Und doch ist mir, als wären einige meiner Denkbahnen verstopft. In menschlichen Begriffen würde man das, was ich empfinde, vermutlich als Schock bezeichnen."

„Wenn das so ist, so sollten Sie darüber hinwegkommen." Baley hatte weder die Geduld noch das Mitgefühl für robotische Nächstenliebe. „Wir müssen uns mit der Kleinigkeit befassen, wer hierfür verantwortlich ist. Es gibt kein Gift ohne Giftmischer."

„Vielleicht hat es sich um eine Lebensmittelvergiftung gehandelt."

„Eine zufällige Lebensmittelvergiftung? Auf einer so ordentlich geführten Welt? Quatsch! Außerdem befand sich das Gift in einer Flüssigkeit, und die Symptome traten plötzlich auf. Nein, das war Giftmischerei. Sehen Sie, Daneel, ich werde jetzt ins Nebenzimmer gehen, um ein wenig darüber nachzudenken. Holen Sie mir Mrs. Delmarre! Vergewissern Sie sich, daß sie zu Hause ist, und überprüfen Sie die Entfernung zwischen ihrem Anwesen und dem Gruers!"

„Glauben Sie etwa, daß sie . . ."

Baley hob die Hand. „Stellen Sie einfach fest, worum ich Sie gebeten habe, ja?"

Er verließ das Zimmer, suchte das Alleinsein. Ganz sicher konnte es auf einer Welt wie Solaria keine zwei voneinander unabhängige Mordversuche geben, die zeitlich so dicht beieinanderlagen. Und wenn es eine Verbindung gab, so war die nächstliegende Annahme die, daß Gruers Behauptung von einer Verschwörung stimmte.

Baley spürte, wie sich eine vertraute Erregung in ihm ausbreitete. Er war auf diesen Planeten gekommen, hauptsächlich mit den Problemen der Erde befaßt und den seinen. Der Mord selbst war für ihn etwas weit Entferntes gewesen. Aber jetzt hatte die Jagd wirklich begonnen. Seine Kinnmuskeln spannten sich.

Immerhin hatten der oder die Mörder (oder auch die Mörderin) in seiner Gegenwart zugeschlagen, und das traf ihn. Hielt man so wenig von ihm? Sein Berufsstolz war verletzt, und Baley wußte das und begrüßte es. Immerhin gab ihm das einen starken Anreiz, diese Sache als einen Mordfall zu Ende zu führen, ohne dabei auf die Sorgen der Erde und die Gefahren, in der sie schwebte, einzugehen.

Daneel hatte ihn entdeckt und kam auf ihn zu. „Ich habe getan, was Sie von mir verlangt haben, Partner Elijah. Ich habe Mrs. Delmarre gesichtet. Sie befindet sich in ihrem Haus, das etwa fünfzehnhundert Kilometer vom Anwesen von Agent Gruer entfernt liegt."

„Ich will sie selbst nachher sehen", sagte Baley. „Äh ..., sie sichten, meine ich." Er starrte Daneel nachdenklich an. „Glauben Sie, daß sie irgendwie mit diesem Verbrechen in Verbindung steht?"

„Wie es scheint, nicht in direkter Verbindung, Partner Elijah."

„Wollen Sie damit andeuten, daß es eine indirekte Verbindung gibt?"

„Sie könnte jemand anderen dazu überredet haben, es zu tun."

„Jemand anderen?" fragte Baley schnell. „Wen?"

„Das kann ich nicht sagen, Partner Elijah."

„Wenn jemand in ihrem Auftrag handelte, müßte dieser Jemand sich am Schauplatz des Verbrechens befinden."

„Ja", sagte Daneel. „Jemand muß dort gewesen sein, der das Gift in das Getränk getan hat."

„Ist es nicht möglich, daß das vergiftete Getränk schon früher am Tag vorbereitet worden ist? Vielleicht sogar viel früher?"

„Daran hatte ich gedacht, Partner Elijah", meinte Daneel leise. „Und deshalb habe ich auch gesagt, ‚wie es scheint', als ich erklärte, daß Mrs. Delmarre mit dem Verbrechen nicht direkt in Verbindung stünde. Es ist durchaus möglich, daß sie sich früher am Tag am Tatort befunden hat. Es wäre gut, das zu überprüfen."

„Das werden wir tun. Wir werden feststellen, ob sie zu irgendeinem Zeitpunkt körperlich anwesend war."

Baleys Lippen zuckten. Er hatte schon vermutet, daß die robotische Logik in irgendeiner Weise ihre Einschränkungen haben mußte, und war jetzt davon überzeugt. So, wie der Robotiker es ausgedrückt hatte: logisch, aber nicht vernünftig.

Und dann sagte er: „Gehen wir in den Sichtraum zurück und sichten wir Gruers Anwesen."

DER Raum glänzte vor Frische und Ordnung. Nichts deutete darauf hin, daß vor weniger als einer Stunde in diesem Raum ein Mann qualvoll zusammengebrochen war.

Drei Roboter standen mit dem Rücken zur Wand in der üblichen robotischen Haltung respektvoller Unterwürfigkeit da.

„Irgendwelche Neuigkeiten bezüglich eures Herrn?" fragte Baley.

Der mittlere Roboter antwortete: „Der Arzt ist mit ihm beschäftigt, Sir."

„Sieht er ihn, oder sichtet er ihn?"

„Er sichtet ihn, Sir."

„Was sagt der Arzt? Wird euer Herr überleben?"

„Das ist nicht sicher, Sir."

„Ist das Haus durchsucht worden?"

„Gründlich, Sir."

„Gab es Spuren eines anderen Menschen außer dem euren?"

„Nein, Sir."

„Gab es Spuren, die auf eine solche Anwesenheit in der unmittelbaren Vergangenheit deuten?"

„Überhaupt keine, Sir."

„Wird das Gelände durchsucht?"

„Ja, Sir."

„Irgendwelche Ergebnisse bis jetzt?"

„Nein, Sir."

Baley nickte und meinte: „Ich möchte den Roboter sprechen, der heute abend bei Tisch bedient hat."

„Man hat ihn zur Untersuchung weggebracht, Sir. Seine Reaktionen sind nicht einwandfrei."

„Kann er sprechen?"

„Ja, Sir."

„Dann schafft ihn unverzüglich hierher."

Es dauerte ziemlich lange, und Baley fing wieder an: „Ich sagte . . ."

Daneel unterbrach ihn. „Es gibt eine Funkverbindung zwischen diesen solarianischen Robotertypen. Der Roboter, den Sie zu sprechen wünschen, wird herbeigerufen. Er bewegt sich nur sehr langsam; das ist Teil der Störung, die ihn als Folge des Geschehenen befallen hat."

Baley nickte. Eigentlich hätte er sich das mit der Funkverbindung denken müssen. Auf einer Welt, die man in so hohem Maße den Robotern übergeben hatte, mußte es eine solche Kommunikation zwischen ihnen geben, wenn das System nicht zusammenbrechen sollte. Das erklärte auch, daß ein Dutzend Roboter folgen konnten, wenn man nur einen gerufen hatte; aber nur, wenn man sie brauchte, und sonst nicht.

Ein Roboter trat ein. Er hinkte und zog ein Bein nach. Baley fragte sich, weshalb das so war, und zuckte dann die Achseln. Selbst bei primitiven Robotern auf der Erde war der Laie nie imstande, die Reaktionen auf Verletzungen der Positronenbahnen zu erkennen. Ein unterbrochener Schaltkreis würde möglicherweise die Funktion eines Beines beeinträchtigen, wie das hier der Fall war. Und diese Tatsache würde für einen Robotiker höchst bedeutend sein, während sie jedem anderen überhaupt nichts sagte.

Baley meinte vorsichtig: „Erinnerst du dich an eine farblose Flüssigkeit auf dem Tisch deines Herrn, die du ihm teilweise in ein Glas eingegossen hast?"

„J-ja, Sir", sagte der Roboter.

Auch noch ein Defekt in seiner Artikulation!

„Welcher Art war die Flüssigkeit?" fragte Baley.

„Wa-wasser, Sir."

„Nur Wasser? Sonst nichts?"

„Nur Wa-wasser, Sir."

„Wo hattest du es her?"

„Aus dem Wasserhahn de-des Reser-voirs, Sir."

„Stand das Wasser schon in der Küche, ehe du es hereingebracht hast?"

„Der Herr hat es vor-vorgezogen, wenn es ni-nicht zu kalt war, Sir. Wir hatten Anwei-sung, es eine Stunde vor d-den Mahlzeiten einzugießen."

Wie bequem, dachte Baley – wenigstens für jemanden, der diese Tatsache kannte.

„Veranlasse, daß ich mit dem Arzt verbunden werde, der im Augenblick deinen Herrn sichtet", sagte er. „Und unterdessen möchte ich einen anderen Roboter sprechen, der mir erklärt, wie das Wasserreservoir funktioniert. Ich möchte über die Wasserversorgung hier Bescheid wissen."

Der Arzt stand kurz darauf zur Verfügung. Er war der älteste Spacer, den Baley je gesehen hatte, und das bedeutete, daß er möglicherweise über dreihundert Jahre alt war. Die Venen standen auf seinen Händen hervor, und sein kurzgestutztes Haar war schlohweiß. Er hatte die Angewohnheit, mit dem Fingernagel gegen seine Schneidezähne zu klopfen und dabei ein klickendes Geräusch zu erzeugen, das Baley lästig fand. Er stellte sich als Altim Thool vor.

„Glücklicherweise hat er einen großen Teil der Dosis wieder erbrochen", erklärte der Arzt. „Trotzdem kann es sein, daß er nicht überlebt. Wirklich eine tragische Geschichte." Er seufzte schwer.

„Um welches Gift handelte es sich denn, Doktor?" fragte Baley.

„Das weiß ich leider nicht." (Klick-klick-klick)

„Was?" fragte Baley. „Wie behandeln Sie ihn denn dann?"

„Durch direkte Stimulation des Neuromuskularsystems, um eine Lähmung zu verhindern. Aber abgesehen davon lasse ich der Natur ihren Lauf." Sein Gesicht mit der etwas gelblichen Haut, die wie abgewetztes Leder höchster Qualität aussah, hatte einen bittenden Ausdruck. „Wir haben mit solchen Dingen sehr wenig Erfahrung. Ich kann mich in mehr als zweihundert Jahren meiner Praxis nicht an einen ähnlichen Fall dieser Art erinnern."

Baley starrte den Arzt voller Verachtung an. „Sie wissen doch, daß es so etwas wie Gift gibt, oder?"

„O ja." (Klick-klick) „Allgemeines Wissen."

„Sie haben Nachschlagewerke auf Buchfilm, wo Sie sich Wissen verschaffen können."

„Das würde Tage in Anspruch nehmen. Es gibt zahlreiche mineralische Gifte. In unserer Gesellschaft verwenden wir Insektizide, und es ist auch keineswegs unmöglich, sich bakterielle Toxine zu verschaffen. Selbst wenn das alles in den Filmen beschrieben wäre, würde es viel zu lange dauern, um die Anlagen bereitzustellen und die Techniken zu entwickeln, um die Gifte nachzuweisen."

„Wenn auf Solaria niemand Bescheid weiß", sagte Baley grimmig, „würde ich vorschlagen, daß Sie mit einer der anderen Welten Verbindung aufnehmen und es dort herausfinden. Unterdessen sollten Sie vielleicht das Reservoir in Gruers Villa nach Gift untersuchen lassen. Gehen Sie persönlich hin, wenn es sein muß."

Baley bedrängte damit einen ehrwürdigen Spacer auf recht unsanfte Art, kommandierte ihn herum wie einen Roboter und bemerkte gar nicht, wie ungewöhnlich das war. Der Spacer protestierte aber gar nicht, sondern meinte nur etwas unsicher: „Wie könnte das Reservoir denn vergiftet sein? Ich bin ganz sicher, daß das unmöglich ist."

„Wahrscheinlich haben Sie recht", pflichtete Baley ihm bei. „Aber Sie sollten es trotzdem überprüfen, um sicherzugehen."

Das Reservoir war in der Tat eine sehr entfernte Möglichkeit. Der Roboter hatte ihnen die Anlage erklärt, und Baley wußte jetzt, daß es sich um ein typisches Exemplar solarianischer Selbstversorgung handelte. Es konnte aus beliebigen Quellen Wasser aufnehmen, das dort nach Bedarf konditioniert wurde. Die Mikroorganismen wurden entfernt und unbelebte organische Materie eliminiert. Dann wurde das Wasser hinreichend mit Sauerstoff angereichert, und man fügte ihm verschiedene Ionen zu, und zwar in genau den Spurenmengen, die für die Bedürfnisse des menschlichen Körpers notwendig waren. Es war sehr unwahrscheinlich, daß ein Gift die zahlreichen Regelmechanismen würde überleben können.

Aber wenn es gelang, eindeutig festzustellen, daß das Reservoir nicht vergiftet war, würde immerhin der Zeitfaktor klar sein. Es würde dann nur noch um die Stunde vor der Mahlzeit gehen, in der der Krug mit Wasser dank Gruers Idiosynkrasie sich langsam erwärmte.

Dr. Thool meinte jetzt mit gerunzelter Stirn: „Aber wie sollte ich denn das Reservoir überprüfen?"

„Jehoshaphat! Nehmen Sie sich ein Tier mit. Injizieren Sie etwas von dem Wasser aus dem Reservoir in seine Venen oder lassen Sie es welches trinken. Gebrauchen Sie doch Ihren Kopf, Mann! Und tun Sie dasselbe mit dem restlichen Wasser in dem Krug. Und wenn das vergiftet ist, wie es ja wohl sein muß, dann führen Sie ein paar von den Proben durch, die in den Nachschlagefilmen beschrieben sind. Suchen Sie sich eben ein paar einfache. Tun Sie etwas!"

„Warten Sie! Warten Sie! Was für ein Krug?"

„Der Krug, in dem das Wasser war. Der Krug, aus dem der Roboter das Glas gefüllt hat, mit dem Gruer vergiftet wurde."

„Ach du liebe Güte – ich nehme an, den hat man bereits gereinigt. Der Haushaltsstab hätte ihn ganz bestimmt nicht einfach herumstehen lassen."

Baley stöhnte. Natürlich nicht. Es war *unmöglich*, irgendwelche Beweise aufzubewahren, wenn eifrige Roboter sie unablässig im Namen ihrer geheiligten Haushaltspflichten zerstörten. Er hätte *befehlen* müssen, daß man den Krug stehenließ. Aber diese Gesellschaft war natürlich nicht die seine, und er reagierte nie richtig.

SCHLIESSLICH wurde ihnen mitgeteilt, daß das Gruer-Anwesen sauber war; nirgends Spuren der Anwesenheit irgendwelcher unbefugter Menschen.

„Das macht das Rätsel komplizierter, Partner Elijah", sagte Daneel. „Schließlich bleibt jetzt niemand, der als Giftmischer in Frage kommt."

Baley, ganz in Gedanken versunken, hörte kaum, was der Roboter zu ihm sagte. „Was?" meinte er. „Nein, ganz und gar nicht. Ganz und gar nicht. Das klärt die Angelegenheit." Er gab keine nähere Erklärung ab, wohl wissend, daß Daneel außerstande sein würde, jetzt zu begreifen oder zu glauben, was für Baley mit fast völliger Gewißheit die Wahrheit war.

Daneel verlangte auch keine Erklärung. Ein solches Eindringen in die Gedanken eines Menschen wäre höchst unrobotisch gewesen.

Baley schritt unruhig auf und ab, voll Angst vor der herannahenden Schlafperiode, wo seine Ängste vor dem Draußen ansteigen und sein Sehnen nach der Erde anwachsen würden. Er empfand den fast fieberhaften Wunsch, die Dinge in Gang zu halten, und meinte, zu Daneel gewandt: „Ich könnte eigentlich Mrs. Delmarre noch einmal ansprechen. Veranlassen Sie, daß der Roboter den Kontakt herstellt."

Sie gingen zum Sichtraum, und Baley sah einem Roboter dabei zu, wie er mit geschickten Fingern tätig wurde. Er beobachtete ihn wie durch einen Schleier von Gedanken, die dann plötzlich verschwanden, als ein elegant zum Abendessen gedeckter Tisch den halben Raum füllte.

Gladias Stimme sagte: „Hallo!" Im nächsten Augenblick trat sie in den Aufnahmebereich der unsichtbaren Kameras und setzte sich. „Schauen Sie nicht so überrascht, Elijah! Es ist Essenszeit. Und ich bin sorgfältig gekleidet. Sehen Sie?"

Das war sie. Die dominierende Farbe ihres Kleides war hellblau, und es hüllte sie mit seinem schimmernden Glanz bis zu den Handgelenken und den Fußknöcheln ein. Ihr blondes Haar lag in sorgfältig gekämmten Wellen um ihren Kopf.

„Ich wollte Sie nicht beim Essen stören", sagte Baley.

„Ich habe noch gar nicht angefangen. Warum schließen Sie sich mir nicht an?"

Er sah sie argwöhnisch an. „Mich Ihnen anschließen?"

Sie lachte. „Ihr Erdenmenschen seid so komisch. Ich meine das natürlich nicht persönlich; wie könnten Sie das auch? Ich meine, gehen Sie doch in Ihr eigenes Speisezimmer, dann können Sie und der andere mit mir zu Abend essen."

„Aber wenn ich weggehe . . ."

„Ihr Sichttechniker kann den Kontakt aufrechterhalten."

Daneel nickte würdevoll, und Baley wandte sich etwas unsicher um und ging zur Tür. Gladia mit ihrem Tisch und dem Geschirr darauf und allen anderen Gegenständen bewegte sich mit ihm.

Sie lächelte aufmunternd. „Sehen Sie? Ihr Sichttechniker hält den Kontakt für uns."

Baley und Daneel fuhren eine sich bewegende Rampe hinauf, an die Baley sich nicht erinnerte. Offenbar gab es in dieser unmöglichen Villa zahlreiche Verbindungswege zwischen zwei beliebigen Räumen, und er kannte nur einige davon. Daneel kannte sie natürlich alle. Und die ganze Zeit bewegten sich Gladia und ihre Tafel mit ihnen; manchmal Wände durchdringend, manchmal etwas unter dem Boden, aber stets bei ihnen bleibend. Baley blieb stehen und murmelte: „Daran muß man sich wirklich gewöhnen."

„Macht es Sie schwindelig?" fragte Gladia.

„Ein wenig."

„Dann will ich Ihnen etwas sagen. Warum sagen Sie Ihrem Techniker nicht, daß er mich hier einfrieren soll? Wenn Sie dann in Ihrem Speiseraum eingetroffen und soweit sind, kann er uns ja wieder zusammenfügen."

„Ich werde das veranlassen, Partner Elijah", sagte Daneel.

Als sie schließlich ankamen, war ihr Tisch gedeckt, und in den Tellern dampfte eine dunkelbraune Suppe, in der gewürfelte Fleischstücke schwammen. In der Mitte des Tisches wartete ein großes Stück Geflügelbraten darauf, angeschnitten zu werden. Daneel redete kurz mit dem Servier-Roboter, worauf die zwei Gedecke, schnell und ohne das übrige Arrangement zu stören, an dasselbe Ende der Tafel gezogen wurden.

Als wäre das ein Signal, schien die gegenüberliegende Wand sich nach außen zu schieben, der Tisch schien sich zu verlängern, und Gladia saß am gegenüberliegenden Ende. Der eine Raum schloß sich so elegant an den anderen, der eine Tisch so sauber an den anderen an, daß man, abgesehen von den unterschiedlichen Mustern des Wand- und Bodenbelags und des unterschiedlichen Geschirrs, leicht hätte glauben können, daß sie tatsächlich miteinander speisten.

„So", sagte Gladia befriedigt. „Ist das nicht behaglich?"

„Ja, durchaus", erwiderte Baley. Er kostete vorsichtig an seiner Suppe, stellte fest, daß sie ihm schmeckte, und schöpfte sich nach. „Sie wissen doch, was mit Agent Gruer passiert ist?"

Die Sorge umschattete sofort ihr Gesicht, und sie legte den Löffel weg. „Ist es nicht schrecklich? Der arme Hannis!"

„Sie gebrauchen seinen Vornamen. Kennen Sie ihn näher?"

„Ich kenne fast alle wichtigen Leute auf Solaria. Die meisten Solarianer kennen einander. Natürlich."

In der Tat, natürlich. Wie viele gab es denn auch schon von ihnen?

„Dann kennen Sie vielleicht auch Dr. Altim Thool", sagte Baley. „Er kümmert sich um Gruer."

Gladia lachte leise. Ihr Servier-Roboter schnitt ihr das Fleisch und fügte ein paar kleine angeröstete Kartoffeln und ein paar Karottenstücke hinzu. „Natürlich kenne ich ihn. Er hat mich behandelt."

„Wann hat er Sie behandelt?"

„Gleich nachdem . . . nach den Schwierigkeiten. Das mit meinem Mann, meine ich."

Baley sah sie erstaunt an. „Ist er der einzige Arzt auf dem ganzen Planeten?"

„O nein!" Einen Augenblick lang bewegten sich ihre Lippen stumm, als zählte sie. „Es gibt wenigstens zehn. Und dann weiß ich noch von einem jungen Mann, der Medizin studiert. Aber Dr. Thool ist einer der besten. Er hat die größte Erfahrung. Der arme Dr. Thool."

„Warum arm?"

„Nun, Sie wissen schon, was ich meine. Ist doch ein scheußlicher Beruf, wenn man Arzt ist. Manchmal muß man die Leute *sehen,* wenn man Arzt ist, ja sogar sie *berühren*. Aber Dr. Thool scheint sich damit abgefunden zu haben. Und wenn er das Gefühl hat, daß es nicht anders geht, sieht er die Leute auch. Er hat mich behandelt, seit ich ein Kind war, und war immer so freundlich und nett zu mir. Und ich glaube ehrlich, daß es mir fast nichts ausmachen würde, wenn er mich sehen müßte. Dieses letzte Mal beispielsweise hat er mich gesehen."

„Nach dem Tod Ihres Mannes, meinen Sie?"

„Ja. Sie können sich ja vorstellen, wie ihm zumute war, als er den Leichnam meines Mannes und mich dort liegen sah."

„Man hat mir gesagt, er hätte die Leiche gesichtet", sagte Baley.

„Die Leiche schon. Aber nachdem er sich vergewissert hatte, daß ich noch lebte und nicht in Gefahr war, befahl er den Robotern, ein Kissen unter meinen Kopf zu schieben, mir eine Injektion zu geben und dann zu verschwinden. Er ist per Jet herübergekommen. Wirklich! Per Jet! Es hat weniger als eine halbe Stunde gedauert, und er hat sich um mich gekümmert und dafür gesorgt, daß alles in Ordnung war. Ich war so benommen, als ich zu mir kam, daß ich sicher war, ich würde ihn nur sichten, verstehen Sie? Und erst als er mich berührte, wußte ich, daß wir einander sahen. Und da habe ich natürlich geschrien. Der arme Dr. Thool! Ihm war das schrecklich peinlich! Aber ich weiß, daß er es gut gemeint hat."

Baley nickte. „Ich nehme an, man braucht auf Solaria nicht oft Ärzte?"

„Das will ich doch hoffen."

„Ich weiß, daß es hier praktisch keine Bakterienkrankheiten gibt. Was ist denn mit Stoffwechselstörungen? Arteriosklerose? Diabetes? Solche Dinge?"

„Das gibt es gelegentlich. Und dann ist es ziemlich schlimm. Die Ärzte können solchen Leuten das Leben im physischen Sinne etwas lebenswerter machen; aber das ist ja das wenigste."

„Oh?"

„Natürlich. Das bedeutet, daß bei der Genanalyse ein Fehler gemacht wurde. Sie glauben doch bestimmt nicht, wir würden absichtlich zulassen, daß sich Defekte wie Diabetes entwickeln. Jeder, der solche Symptome entwickelt, muß sich einer sehr detaillierten Nachanalyse unterziehen. Die Partnerzuteilung muß überprüft werden, und das ist für den Partner höchst peinlich. Und es bedeutet keine . . . keine . . ." – Ihre Stimme wurde ganz leise, war jetzt nur noch ein Flüstern – „Kinder."

„Keine Kinder?" fragte Baley mit normaler Stimme.

Gladia wurde rot. „Es ist schrecklich, so etwas auszusprechen. Ein solches Wort! K-kinder!"

„Nach einer Weile geht es ganz einfach", sagte Baley trocken.

„Ja. Aber wenn ich mir das angewöhne, werde ich es irgendwann vor anderen Solarianern aussprechen, und dann werde ich vor Scham im Boden versinken . . . Jedenfalls, wenn die zwei schon Kinder – sehen Sie, jetzt habe ich es schon wieder gesagt – gehabt haben, muß man sie finden und untersuchen – und das war übrigens Teil von Rikaines Pflichten –, nun, es ist einfach unangenehm."

Soviel zu Thool, dachte Baley. Die Unfähigkeit des Arztes war eine natürliche Konsequenz der hiesigen Gesellschaft, und daran war nichts Böses. Nichts *notwendigerweise* Böses. Man kann ihn wohl abhaken, dachte er, aber nur mit einem ganz dünnen Strich.

Er sah Gladia beim Essen zu. Ihre Bewegungen waren anmutig und akkurat, und ihr Appetit schien normal. (Sein Geflügel schmeckte herrlich. In einer Hinsicht jedenfalls – in bezug auf das Essen nämlich – konnte es leicht sein, daß diese Äußeren Welten *ihn* verdarben.)

„Was halten Sie von der Vergiftung, Gladia?" fragte er.

Sie blickte auf. „Ich versuche, nicht daran zu denken. In letzter Zeit hat es soviel Schreckliches gegeben. Vielleicht war es gar keine Vergiftung."

„Doch."

„Aber es war doch niemand da?"

„Woher wissen Sie das?"

„Es kann niemand dagewesen sein. Er hat im Moment keine Frau, weil er seine Zuteilung von K . . . – Sie wissen schon – hinter sich hat. Also war da niemand, der das Gift hätte hineintun können. Wie kann er also vergiftet worden sein?"

„Aber er ist vergiftet worden. Das ist eine Tatsache, und das muß man akzeptieren."

Ihre Stirn umwölkte sich. „Meinen Sie etwa", sagte sie, „daß er es selbst getan hat?"

„Das bezweifle ich. Warum sollte er? Und so öffentlich?"

„Das sehe ich auch so. Aber dann konnte man es einfach nicht tun, Elijah. Es ging einfach nicht."

„Im Gegenteil, Gladia", sagte Baley. „Sehr leicht konnte man es tun. Und ich bin sicher, ich weiß genau, wie."

Widerstand gegen einen Spacer

Gladia schien einen Augenblick lang den Atem anzuhalten. Er entwich ihren geschürzten Lippen fast wie ein Pfeifen. Dann sagte sie: „Ich weiß ganz sicher nicht, wie es geschehen ist. Wissen Sie denn, wer es getan hat?"

Baley nickte. „Derselbe, der auch Ihren Mann getötet hat."

„Sind Sie sicher?"

„Sind Sie das nicht? Der Mord an Ihrem Mann war der erste Mord in der Geschichte Solarias. Einen Monat später ereignet sich ein zweiter Mordversuch. Kann das denn ein Zufall sein? Zwei Mörder, die – unabhängig voneinander – innerhalb eines Monats auf einer sonst von Verbrechen freien Welt zuschlagen? Und dann bedenken

Sie auch noch, daß das zweite Opfer damit beschäftigt war, das erste Verbrechen zu untersuchen, und damit für den ursprünglichen Mörder eine große Gefahr darstellte."

„Nun . . ." Gladia wandte sich ihrem Nachtisch zu und sagte dann zwischen zwei Bissen: „Wenn Sie es so sehen, bin ich unschuldig."

„Wieso, Gladia?"

„Nun, Elijah, ich bin in meinem ganzen Leben nie auch nur in die Nähe des Gruer-Anwesens gekommen, also kann ich ganz sicher Agent Gruer nicht vergiftet haben. Und wenn ich das nicht getan habe – nun, dann habe ich meinen Mann auch nicht getötet."

Baley bewahrte strenges Schweigen. Das schien die in ihr entstandene Hochstimmung gleich wieder zu dämpfen, denn ihre Mundwinkel sanken herunter. „Denken Sie da anders, Elijah?"

„Ich bin nicht sicher", sagte Baley. „Ich sagte Ihnen ja, ich kenne die Methode, mit der man Gruer vergiftet hat; sie ist äußerst geschickt, und jedermann auf Solaria hätte sich ihrer bedienen können, ob der Betreffende sich nun auf dem Gruer-Anwesen befunden hat oder nicht; genauer gesagt, ob der Betreffende je das Gruer-Anwesen betreten hat oder nicht."

Gladia ballte die Hände zu Fäusten. „Wollen Sie damit behaupten, daß ich die Tat begangen habe?"

„Nein, das behaupte ich nicht."

„Sie deuten es aber an." Ihre Lippen waren vor Wut weiß, und über ihren hohen Backenknochen brannten hektische rote Flecken. „Ist das der Grund, weshalb Sie mich sichten wollten? Um mir heimtückische Fragen zu stellen? Um mich in die Falle zu locken?"

„Aber warten Sie doch . . ."

„Und ich hielt Sie für einen mitfühlenden Menschen, einen Menschen mit Verständnis. Sie . . . Sie *Erdenmensch!*"

Ihre sonst so angenehme Altstimme war beim letzten Wort schrill geworden.

Daneels perfektes Gesicht wandte sich Gladia zu, und er sagte: „Wenn Sie mir verzeihen wollen, Mrs. Delmarre – Sie halten Ihr Messer recht verkrampft und könnten sich schneiden. Bitte, seien Sie vorsichtig!"

Gladia starrte das kurze, stumpfe und ohne Zweifel völlig harmlose Messer verstört an, das sie in der Hand hielt. Mit einer drohenden Bewegung hob sie es plötzlich.

„Sie könnten mich nicht erreichen, Gladia", meinte Baley.

Und sie stieß hervor: „Wer würde Sie schon erreichen wollen? Ah!" Sie schauderte in einer Geste übertriebenen Ekels und rief: „Brecht sofort den Kontakt ab!"

Die Anweisung mußte einem für Baley und Daneel unsichtbaren Roboter gegolten haben, denn Gladia und ihre Hälfte des Raumes verschwanden im gleichen Augenblick; an ihre Stelle trat wieder die ursprüngliche Wand.

„Gehe ich recht in der Annahme, daß Sie diese Frau jetzt für schuldig halten?" fragte Daneel.

„Nein", erwiderte Baley ausdruckslos. „Wer auch immer die Tat begangen hat – dazu war ein viel höheres Maß an bestimmten Eigenschaften notwendig, als diese junge Frau besitzt."

„Sie ist erregt."

„Und was besagt das schon? Die meisten Leute sind erregbar. Bedenken Sie auch, daß sie eine beträchtliche Zeit unter Streß gestanden hat. Hätte ich unter ähnlichem Streß gestanden und hätte sich jemand so gegen mich gewandt, wie sie das bei mir empfunden hat, so hätte ich unter Umständen viel mehr getan, als mit einem albernen kleinen Messer herumzufuchteln."

Daneel ließ das auf sich beruhen und meinte: „Sie sagen, Sie haben herausgefunden, wie man jemanden aus der Ferne vergiften kann. Mir ist diese Technik nach wie vor rätselhaft."

Baley bereitete es ein gewisses Vergnügen, antworten zu können: „Ich weiß. Ihnen fehlt die Fähigkeit, dieses spezielle Rätsel zu lösen."

Er sagte das so, als wäre damit das letzte Wort gesprochen. Und Daneel akzeptierte die Aussage so ruhig und gelassen, wie er das immer zu tun pflegte.

„Ich habe jetzt zwei Aufgaben für Sie, Daneel", meinte Baley.

„Und was sind das für Aufgaben, Partner Elijah?"

„Zuerst nehmen Sie mit diesem Dr. Thool Verbindung auf und stellen den Zustand Mrs. Delmarres zum Zeitpunkt der Ermordung ihres Mannes fest. Wie lange sie behandelt werden mußte und so weiter."

„Wollen Sie etwas Bestimmtes herausfinden?"

„Nein. Ich versuche nur Daten zu sammeln. Das ist auf diesem Planeten nicht leicht. Zum zweiten sollen Sie herausfinden, wer Gruers Stelle als Leiter der Sicherheitsbehörde einnehmen wird. Sobald Sie das wissen, veranlassen Sie, daß ich den Betreffenden gleich morgen früh sichten kann. Was mich betrifft", sagte er sichtlich und hörbar mißvergnügt, „so werde ich jetzt zu Bett gehen und werde, wie ich hoffe, auch schlafen können. Meinen Sie, ich könnte hier einen vernünftigen Buchfilm bekommen?"

„Ich würde vorschlagen, daß Sie den Roboter kommen lassen, der für die Bibliothek zuständig ist", entgegnete Daneel.

Baley war ungehalten darüber, sich mit dem Roboter abgeben zu müssen. Er hätte es entschieden vorgezogen, einfach herumzustöbern.

„Nein", sagte er, „keine Klassiker; ganz gewöhnliche Romane, die sich mit dem Alltagsleben auf Solaria befassen, vielleicht ein halbes Dutzend davon."

Der Roboter fügte sich (das mußte er). Aber auch noch während er damit beschäftigt war, die entsprechenden Schalter zu betätigen, die die gewünschten Buchfilme aus ihren Nischen zupften und sie erst zu einem Ausgabeschlitz und schließlich in Baleys Hand beförderten, rasselte er mit respektvoller Stimme die anderen Kategorien herunter, die die Bibliothek zu bieten hatte.

Ob der Herr nicht vielleicht doch lieber eine Abenteuergeschichte aus den Tagen der Erforschung des Planeten vorziehen würde, schlug er vor. Oder ein ausgezeichnetes Buch über Chemie vielleicht, mit belebten Atommodellen. Oder vielleicht Fantasy. Oder eine Galaktografie. Die Liste schien endlos.

Baley wartete mürrisch auf sein halbes Dutzend, sagte dann: „Das reicht jetzt", griff mit eigener Hand – mit *eigener* Hand – nach einem Lesegerät und verließ den Raum.

Als der Roboter ihm folgte und fragte: „Brauchen Sie Hilfe, um das Gerät zu bedienen, Sir?", wandte Baley sich um und herrschte ihn an: „Nein! Bleib, wo du bist!"

Der Roboter verbeugte sich und blieb zurück.

Im Bett liegend, unter dem leuchtenden Kopfbrett, bedauerte Baley seine Entscheidung beinahe. Das Lesegerät war völlig anders konstruiert als jedes Modell, das er bisher benutzt hatte, und er hatte wirklich keine Ahnung, wie er den Film einlegen sollte. Aber er arbeitete hartnäckig und schaffte es schließlich, indem er das Gerät zerlegte und wieder zusammenbaute.

Wenigstens konnte er jetzt den Film betrachten, und wenn das Bild etwas unscharf blieb, so war dies ein bescheidener Preis für einen Augenblick der Unabhängigkeit von den Robotern.

In den nächsten anderthalb Stunden hatte er vier der sechs Filme angesehen und war enttäuscht.

Er hatte sich eine Theorie zurechtgelegt. Er hatte geglaubt, es gäbe keinen besseren Weg, Einblick in die solarianische Lebensweise zu bekommen, als ihre Romane zu lesen. Und wenn er seine Ermittlungen vernünftig führen sollte, brauchte er diesen Einblick.

Aber diese Theorie mußte er jetzt aufgeben. Er hatte sich Romane angesehen und es dabei nur geschafft, etwas über Leute mit lächerlichen Problemen zu erfahren, die sich albern benahmen und geradezu mysteriös reagierten. Wie kam eine Frau dazu, ihre berufliche Tätigkeit aufzugeben, als sie feststellte, daß ihr Kind denselben Beruf ergriffen hatte? Wie konnte sie sich weigern, ihre Gründe dafür zu erklären, bis es zu unerträglichen und gleichzeitig lächerlichen Komplikationen gekommen war? Und weshalb bedeutete es eine Erniedrigung für eine Ärztin und einen Künstler, einander zugeteilt zu werden, und was war so edelmütig an der Entscheidung der Ärztin, sich mit Robot-Forschung zu befassen?

Er fädelte den fünften Roman in das Lesegerät ein und schob sich das Okular vor die Augen. Er war todmüde. So müde, daß er sich nachher überhaupt nicht an den fünften Roman erinnern konnte (bei dem es sich, wie er vermutete, um eine Art Thriller handelte), mit Ausnahme der Einleitung, in der der neue Besitzer eines Anwesens seine Villa betrat und sich die Kontenfilme ansah, die ihm ein respektvoller Roboter vorlegte.

Vermutlich war er dann mit dem Lesegerät auf der Stirn und bei heller Beleuchtung eingeschlafen. Vermutlich hatte ihm später ein Roboter vorsichtig das Lesegerät abgenommen und das Licht ausgeschaltet. Jedenfalls schlief er und träumte von Jessie. Alles war so wie immer. Er hatte die Erde nie verlassen. Jessie und er würden sich jetzt gleich auf den Weg zur Gemeinschaftsküche machen und sich anschließend mit Freunden eine Subäther-Show ansehen. Sie würden die Expreßways benutzen und Leute sehen, und weder er noch Jessie hatten Sorgen. Er war glücklich.

Und Jessie war schön. Irgendwie hatte sie abgenommen. Warum war sie so schlank? Und so schön?

Und noch etwas stimmte nicht: Irgendwie schien die Sonne auf sie. Er blickte auf, aber da waren nur die oberen Etagen zu sehen; und doch schien die Sonne auf sie herab, brannte hell auf alles rings um sie, und niemand hatte Angst davor.

BALEY wachte verstört auf. Er ließ sich von den Robotern Frühstück servieren und sagte kein Wort zu Daneel. Er sagte nichts, fragte nichts, schüttete den ausgezeichneten Kaffee in sich hinein, ohne seinen Geschmack wahrzunehmen.

Warum hatte er von der sichtbar-unsichtbaren Sonne geträumt? Er konnte verstehen, daß er von der Erde und von Jessie geträumt hatte; aber was hatte die Sonne damit zu tun? Und warum beunruhigte ihn dieser Gedanke eigentlich so?

„Partner Elijah", sagte Daneel mit sanfter Stimme.

„Was?"

„Corwin Attlebish wird in einer halben Stunde mit Ihnen in Sichtkontakt sein. Das habe ich veranlaßt."

„Wer, zum Teufel, ist Corwin Weißnichtwas?" fragte Baley scharf und goß sich Kaffee nach.

„Er war Agent Gruers erster Mitarbeiter, Partner Elijah, und leitet im Augenblick die Sicherheitsabteilung."

„Dann holen Sie ihn mir jetzt!"

„Die Verabredung ist, wie ich erklärte, für etwas später getroffen worden. In einer halben Stunde."

„Das ist mir gleichgültig. Holen Sie ihn jetzt! Das ist ein Befehl."

„Ich werde es versuchen, Partner Elijah. Möglicherweise ist er aber nicht einverstanden, das Gespräch schon anzunehmen."

„Dann versuchen wir es eben. Los jetzt, Daneel!"

DER kommissarische Leiter des Sicherheitsbüros nahm das Gespräch an, und Baley sah zum ersten Mal auf Solaria einen Spacer, der der üblichen irdischen Vorstellung eines solchen entsprach. Attlebish war groß, schlank und hatte eine bronzene Hautfarbe. Seine Augen waren hellbraun, sein Kinn ausgeprägt und energisch.

Er ähnelte entfernt Daneel. Aber wo Daneel idealisiert, fast gottähnlich war, waren Corwin Attlebish' Züge menschlich.

Attlebish war mit Rasieren beschäftigt. Das kleine bleistiftgroße Gerät versprühte winzige Partikel, die über seine Wangen und sein Kinn strichen, sein Haar sauber entfernten und es in fast mikroskopisch feinen Staub auflösten.

Baley hatte schon von solchen Instrumenten gehört, aber bislang noch nie eines in Gebrauch gesehen.

„Sind Sie der Erdenmensch?" fragte Attlebish aus kaum geöffneten Lippen, während der Schmirgelstaub seine Oberlippe bearbeitete.

„Ich bin Elijah Baley, Detektiv C-7. Ich komme von der Erde", stellte Baley sich vor.

„Sie sind zu früh dran." Attlebish klappte seinen Rasierer zu und warf ihn irgendwohin, wo Baley ihn nicht mehr sehen konnte. „Was gibt es, Erdenmensch?"

Baley hätte den Tonfall des Mannes selbst in bester Laune als unangenehm empfunden. Jetzt war er wütend. „Wie geht es Agent Gruer?" fragte er.

„Er lebt noch", erklärte Attlebish. „Vielleicht bleibt er am Leben."

Baley nickte. „Ihre Giftmischer hier auf Solaria verstehen nichts von Dosierung. Mangelnde Erfahrung. Sie haben Gruer zuviel gegeben, und deshalb hat er sich erbrochen. Die Hälfte der Dosis hätte ihn umgebracht."

„Giftmischer? Es gibt keine Beweise dafür, daß eine Vergiftung vorlag."

Baley starrte ihn an. „Jehoshaphat! Was meinen Sie denn, was es war?"

„Alles mögliche." Er rieb sich das Gesicht und suchte mit den Fingerspitzen nach rauhen Stellen. „Was verstehen Sie denn schon von den Stoffwechselproblemen, die man nach zweihundertfünfzig Jahren haben kann!"

„Wenn das der Fall ist, haben Sie sich kompetenten ärztlichen Rat besorgt?"

„Dr. Thools Bericht . . ."

Das brachte das Faß zum Überlaufen. Der Zorn, der sich in Baley seit dem Aufwachen angesammelt hatte, platzte aus ihm heraus. Er schrie: „Dr. Thool kann mir gestohlen bleiben! Ich sagte, *kompetenter* ärztlicher Rat. Ihre Ärzte wissen überhaupt nichts, genauso wie Ihre Detektive nichts wüßten, wenn Sie überhaupt welche hätten. Sie mußten sich einen Detektiv von der Erde kommen lassen. Holen Sie sich auch noch einen Arzt!"

Der Solarianer musterte ihn kühl. „Wollen Sie mir sagen, was ich zu tun habe?"

„Ja. Und der Rat ist gratis. Schreiben Sie sich das hinter die Ohren! Gruer *ist* vergiftet worden. Ich habe selbst dabei zugesehen. Er hat getrunken, gewürgt und geschrien, seine Kehle würde brennen. Wie nennen Sie das, wenn Sie bedenken, daß er mit Ermittlungen . . ." Baley verstummte plötzlich.

„Welche Ermittlungen?" Attlebish schien ungerührt.

Plötzlich wurde Baley bewußt, und die Erkenntnis bereitete ihm Unbehagen, daß Daneel die üblichen drei Meter von ihm entfernt stand. Gruer hatte nicht gewollt, daß Daneel als Auroraner von den Ermittlungen erfuhr. Und so meinte er etwas lahm: „Es hat politische Implikationen gegeben."

Attlebish verschränkte die Arme und sah ihn gelangweilt und etwas feindselig an. „Es gibt hier auf Solaria keine Politik, wenigstens nicht in dem Sinne, wie wir das von anderen Welten hören. Hannis Gruer war ein guter Bürger, aber manchmal ist die Phantasie mit ihm durchgegangen. Er war es, der, weil er irgendeine Geschichte über Sie gehört hatte, darauf bestand, daß wir Sie hierherholen. Er hat sich sogar damit einverstanden erklärt, einen auroranischen Begleiter für Sie zu akzeptieren. Ich hielt das nicht für notwendig. Es gibt hier nichts Geheimnisvolles. Rikaine Delmarre ist von seiner Frau getötet worden, und wir werden herausfinden, weshalb und wie sie das getan hat. Selbst wenn wir das nicht erfahren sollten, wird man sie genetisch analysieren und dann die notwendigen Maßnahmen ergreifen. Was Gruer betrifft, so ist das, was Sie da von wegen Vergiftung phantasieren, ohne Belang."

Baleys Augen weiteten sich ungläubig. „Wollen Sie damit andeuten, daß man mich hier nicht benötigt?"

„Wenn Sie zur Erde zurückkehren wollen, können Sie das tun. Ich könnte sogar sagen, daß wir Ihnen das nahelegen."

Baley staunte über seine eigene Reaktion. Er rief: „Nein, Sir, ich gebe nicht auf!"

„Wir haben Sie geholt, Detektiv. Wir können Sie auch entlassen. Sie werden zu Ihrem Planeten zurückkehren."

„*Nein!* Hören Sie mir zu! Das rate ich Ihnen gut. Sie sind ein aufgeblasener Spacer, und ich bin ein Erdenmensch. Aber mit allem Respekt und mit der untertänigsten Bitte um Nachsicht muß ich Ihnen sagen, daß Sie Angst haben."

„Das nehmen Sie zurück!" Attlebish richtete sich zu seiner ganzen imposanten Höhe von mehr als einem Meter achtzig auf und starrte hochmütig auf den Erdenmenschen hinab.

„Eine Heidenangst haben Sie! Sie glauben, Sie könnten der nächste sein, wenn Sie dieser Sache weiter nachgehen. Sie geben nach, damit sie Sie in Frieden lassen – damit sie Ihnen Ihr jämmerliches Leben lassen." Baley hatte keine Ahnung, wer diese „sie" sein könnten oder ob es überhaupt irgendwelche „sie" gab. Er schlug blindlings auf einen arroganten Spacer ein und genoß die Wirkung seiner Worte.

„Sie werden den Planeten innerhalb einer Stunde verlassen!" rief Attlebish mit zornig ausgestrecktem Finger. „Ich kann Ihnen versichern, daß es keine diplomatischen Verwicklungen geben wird."

„Sparen Sie sich Ihre Drohungen, Spacer! Die Erde ist für Sie nichts, das gebe ich zu. Aber ich bin hier nicht der einzige. Darf ich meinen Partner Daneel Olivaw vorstellen? Er kommt von Aurora. Er redet nicht viel. Er ist nicht hier, um zu reden. Das ist meine Zuständigkeit, aber er hört sehr gut zu. Kein Wort entgeht ihm. Damit es da keine Zweifel gibt, Attlebish" – Baley genoß es, den nackten Namen des anderen ohne Anrede zu gebrauchen –, „ganz gleich, was hier auf Solaria gespielt wird: Aurora und gut vierzig weitere Äußere Welten interessieren sich dafür. Wenn Sie uns rausschmeißen, wird die nächste Abordnung, die Solaria besucht, aus Kriegsschiffen bestehen. Ich komme von der Erde und weiß, wie das funktioniert. Verletzte Gefühle bedeuten Kriegsschiffe."

Attlebish' Blick wanderte zu Daneel hinüber. Er schien zu überlegen. Seine Stimme klang jetzt weniger hart. „Was hier vorgeht, braucht niemand außerhalb Solarias zu kümmern."

„Gruer hatte da eine andere Meinung, und mein Partner hat ihn gehört." Die Lüge ging ihm glatt über die Lippen.

Daneel drehte sich herum und sah Baley an, als wunderte ihn, was der Erdenmensch gesagt hatte; doch Baley achtete nicht auf ihn, sondern fuhr fort: „Ich beabsichtige diese Ermittlungen fortzusetzen. Normalerweise gibt es nichts, was ich nicht tun würde, um so schnell wie möglich zur Erde zurückzukehren. Allein schon der Gedanke an sie macht mich so unruhig, daß ich nicht mehr sitzen kann. Wenn dieser von Robotern wimmelnde Palast, in dem ich jetzt lebe, mir gehörte, würde ich ihn und die Roboter dazu und Sie und Ihre ganze lausige Welt liebend gern für eine Passage nach Hause eintauschen. Aber wegschicken lasse ich mich nicht von Ihnen! Nicht, solange es einen Fall gibt, den ich übernommen habe und der noch nicht gelöst ist. Versuchen Sie nur, mich gegen meinen Willen loszuwerden, und Sie können damit rechnen, daß Sie in die Rohre von Weltraum-Artillerie sehen. Und noch eines sage ich Ihnen – von jetzt an werden die Ermittlungen auf *meine* Art geführt. Und ich leite sie. Ich werde die Leute sehen, die ich sehen will. *Sehen* werde ich sie, nicht sichten. Ich bin es gewöhnt, Leute zu sehen, und so werde ich es jetzt auch halten. Ich möchte dafür die offizielle Billigung Ihres Amtes."

„Das ist unmöglich, unerträglich ..."

„Daneel, sagen Sie es ihm!"

Und die Stimme des Humanoiden sagte kühl und ausdruckslos: „Wie mein Partner Sie schon informiert hat, Agent Attlebish: Man hat uns hierhergeschickt, um Ermittlungen in einem Mordfall zu führen. Es ist wichtig, daß wir unsere Aufgabe erfüllen. Wir wollen natürlich keinen Ihrer Gebräuche stören, und vielleicht ist das eigentliche Sehen auch überflüssig, obwohl es hilfreich wäre, wenn Sie die Billigung dafür erteilten, wie Detektiv Baley das erwähnt hat. Was die Frage angeht, daß wir diesen Planeten gegen unseren Willen verlassen, so sind wir der Ansicht, daß das nicht ratsam wäre, obwohl wir es auch bedauern, wenn Sie oder ein anderer Solarianer das Gefühl hätte, daß unser Verbleib unangenehm wäre."

Baley hörte sich die gedrechselte Rede des Roboters an, und seine Lippen verzogen sich zu etwas, das man nur mit größter Phantasie als Lächeln hätte deuten können. Für jemanden, der wußte, daß Daneel ein Roboter war, war das alles ein Versuch, seine Aufgabe zu erfüllen, ohne damit einen Menschen zu beleidigen, sei es Baley oder Attlebish. Für jemanden, der Daneel für einen Auroraner hielt, einen Bewohner der ältesten und militärisch mächtigsten Äußeren Welten, klang es eher wie eine höflich formulierte Drohung.

Attlebish legte die Fingerspitzen an die Stirn. „Ich werde darüber nachdenken."

„Aber nicht zu lange", sagte Baley. „Ich habe nämlich im Lauf der nächsten Stunden einige Besuche vor, und zwar nicht per Sichtgerät. Gesichtet!"

Er gab dem Roboter den Befehl, den Kontakt abzubrechen, und starrte dann mit einer Mischung aus Überraschung und Zufriedenheit auf die Stelle, wo gerade noch Attlebish gewesen war. Nichts von alledem war geplant gewesen. Er hatte rein impulsiv gehandelt. Aber jetzt, da es geschehen war, war er froh. Das war es, was er wirklich gewollt hatte: die Kontrolle über die Dinge in die Hand zu bekommen.

Jedenfalls habe ich es dem eingebildeten Spacer gegeben! sagte er sich befriedigt.

Er wünschte sich, die ganze Bevölkerung der Erde hätte dabeisein und zusehen können. Der Mann sah so ganz und gar wie ein Spacer aus, und das machte es natürlich noch besser – viel besser.

Nur, warum eigentlich dieses Gefühl der Heftigkeit, wenn es um das Sehen ging? Baley begriff sich da selbst nicht ganz. Er wußte, was er vorhatte, und dazu gehörte Sehen (nicht Sichten). Schön. Und doch hatte er eine Aufwallung in sich verspürt, als er vom Sehen sprach, als wäre er bereit, die Mauern dieser Villa niederzureißen, obwohl das keinen Zweck hätte.

Warum? Da war etwas, das ihn trieb, das nichts mit dem Fall zu tun hatte, nicht einmal mit der Sicherheit der Erde. Aber was?

Seltsamerweise erinnerte er sich in diesem Augenblick wieder an seinen Traum; an die Sonne, die durch all die undurchsichtigen Schichten der gigantischen Untergrund-Citys der Erde schien.

Daneel sagte mit einem Unterton von Nachdenklichkeit (soweit seine Stimme erkennbare Emotionen auszudrücken vermochte): „Ich frage mich nur, Partner Elijah, ob das nicht gefährlich ist."

„Diesen Typ zu bluffen? Es hat funktioniert. Und eigentlich war es gar kein Bluff. Ich glaube, daß es *wirklich* wichtig für Aurora ist herauszufinden, was auf Solaria vorgeht. Übrigens, vielen Dank, daß Sie mir nicht widersprochen haben."

„Die Entscheidung lag nahe. Sie zu unterstützen hat Agent Attlebish nur in schwachem Maße Schaden zugefügt. Sie der Lüge zu zeihen hätte Ihnen größeren und unmittelbareren Schaden bereitet."

„Potentiale im Widerstreit, und das Höhere gewann, wie, Daneel?"

„So war es, Partner Elijah. Wie ich verstehe, vollzieht sich dieser Prozeß in weniger definierbarer Art und Weise im menschlichen Verstand. Trotzdem wiederhole ich, daß dieser neue Vorschlag, den Sie da gemacht haben, gefährlich sein könnte."

„Welcher neue Vorschlag?"

„Ich billige Ihre Ansicht nicht, Menschen zu sehen. Damit meine ich Sehen im Gegensatz zu Sichten."

„Das verstehe ich. Aber ich habe nicht nach Ihrer Billigung gefragt."

„Ich habe meine Instruktionen, Partner Elijah. Ich kann nicht wissen, was Agent Hannis Gruer Ihnen gestern abend während meiner Abwesenheit gesagt hat. Daß er etwas gesagt hat, geht deutlich aus der Änderung Ihrer Einstellung bezüglich dieses Problems hervor. Aber ich kann es im Lichte meiner Instruktionen vermuten: Er muß Sie vor der Möglichkeit gewarnt haben, daß aus der Situation auf Solaria Gefahr für andere Planeten entstehen könnte."

Baley griff unwillkürlich nach seiner Pfeife. Er tat das gelegentlich und war jedesmal in gleicher Weise verstimmt, wenn er nichts fand und sich wieder daran erinnerte, daß er nicht rauchen durfte. „Es gibt nur zwanzigtausend Solarianer, oder? Welche Gefahr können die schon darstellen?"

„Meine Auftraggeber auf Aurora sind schon seit einiger Zeit bezüglich Solarias beunruhigt. Man hat mir nicht alle Informationen zugänglich gemacht, die zur Verfügung stehen."

„Und das wenige, was man Ihnen gesagt hat, hat man Ihnen aufgetragen, mir nicht weiterzusagen. Ist das so?" wollte Baley wissen.

„Ehe diese Angelegenheit unbehindert diskutiert werden kann, gibt es noch viel in Erfahrung zu bringen", sagte Daneel.

„Nun, was tun die Solarianer denn? Neue Waffen? Subversive Aktivitäten? Eine Kampagne von Meuchelmorden? Was können schon zwanzigtausend Menschen gegen Hunderte von Millionen von Spacern ausrichten?"

Daneel blieb stumm.

„Ich beabsichtige das herauszufinden, wissen Sie?" sagte Baley.

„Aber nicht so, wie Sie es jetzt vorgeschlagen haben, Partner Elijah. Man hat mich gründlich instruiert, Ihre Sicherheit zu garantieren."

„Das müssen Sie ohnehin tun. Erstes Gesetz!"

„Und darüber hinaus auch noch. Im Konflikt zwischen Ihrer Sicherheit und der anderer muß ich Sie schützen."

„Natürlich. Das verstehe ich. Wenn mir etwas zustößt, gibt es für Sie keine Möglichkeit mehr, ohne Komplikationen, denen Aurora sich jetzt noch nicht aussetzen will, auf Solaria zu bleiben. Solange ich am Leben bin, befinde ich mich auf Solarias Bitten hin hier, und deshalb können wir auch unser Gewicht in die Waagschale werfen und sie, wenn nötig, dazu zwingen, uns hierzubehalten. Wenn ich tot bin, verändert sich die ganze Situation. Ihre Anweisungen lauten also, Baley am Leben zu halten. Habe ich recht, Daneel?"

Daneel antwortete darauf ruhig: „Ich kann es mir nicht anmaßen, die Überlegungen zu interpretieren, die hinter meinen Befehlen stehen."

„Schon gut. Machen Sie sich keine Sorgen!" sagte Baley. „Das Draußen wird mich nicht töten, falls ich es als notwendig empfinden sollte, jemanden zu sehen. Ich werde überleben. Vielleicht gewöhne ich mich sogar daran."

„Es geht nicht nur darum, daß Sie nach draußen gehen, Partner Elijah", erklärte Daneel. „Es geht auch darum, daß Sie Solarianer sehen wollen. Damit bin ich nicht einverstanden."

„Sie meinen, die Spacer würden das nicht wollen. Das wäre wirklich schade. Sollen sie doch Nasenfilter und Handschuhe tragen. Sollen sie die Luft besprühen. Und wenn es ihre Moralbegriffe beleidigt, mich körperlich zu sehen, dann sollen sie doch zusammenzucken und erröten. Ich habe jedenfalls vor, sie zu sehen. Ich halte das für notwendig und werde es tun."

„Aber ich kann es Ihnen nicht erlauben."

„*Sie* können es *mir* nicht erlauben?"

„Sie wissen doch sicher, weshalb, Partner Elijah?"

„Nein."

„Dann bedenken Sie, daß Agent Gruer, die solarianische Schlüsselgestalt in der Ermittlung dieses Mordes, vergiftet worden ist. Folgt daraus nicht, daß das nächste Opfer, wenn ich es Ihnen gestatte, Ihren Plan durchzuführen und sich persönlich und körperlich zu exponieren, dann notwendigerweise Sie selbst sein werden? Wie kann ich also zulassen, daß Sie die Sicherheit dieser Villa verlassen?"

„Wie werden Sie mich daran hindern, Daneel?"

„Wenn nötig, mit Gewalt, Partner Elijah", sagte Daneel ruhig. „Selbst dann, wenn ich Ihnen dabei weh tun muß. Wenn ich das nicht tue, werden Sie ganz sicherlich sterben."

Ein Roboter wird blockiert

„Also obsiegt wieder das höhere Potential, Daneel", sagte Baley. „Sie würden mir weh tun, um mich am Leben zu halten."

„Ich glaube nicht, daß es notwendig sein wird, Ihnen weh zu tun, Partner Elijah. Sie wissen, daß ich Ihnen an Kraft überlegen bin, und werden keinen nutzlosen Widerstand versuchen. Aber wenn es notwendig werden sollte, würde ich mich gezwungen sehen, Ihnen weh zu tun."

„Ich könnte Sie jetzt niederstrahlen", sagte Baley. „In diesem Augenblick! In *meinen* Potentialen ist nichts, was mich daran hindern würde."

„Ich hatte daran gedacht, daß Sie irgendwann in unserer Zusammenarbeit diese Haltung einnehmen würden, Partner Elijah. Dieser

Gedanke ist mir ganz besonders während unserer Fahrt zu dieser Villa gekommen, als Sie einen Augenblick lang in dem Bodenwagen Gewalt anwendeten. Meine Zerstörung ist im Vergleich mit Ihrer Sicherheit unwichtig. Aber eine solche Zerstörung würde Ihnen am Ende Schwierigkeiten bereiten und die Pläne meiner Auftraggeber stören. Ich habe es mir daher während Ihrer ersten Schlafperiode angelegen sein lassen, die Ladung aus Ihrem Blaster zu entfernen."

Baleys Lippen preßten sich zusammen. Man hatte seinen Blaster entladen! Seine Hand fiel automatisch auf das Halfter. Er zog die Waffe heraus und sah auf die Ladeanzeige. Die Waffe war leer.

Einen Augenblick lang hielt er das nutzlose Stück Metall in der Hand, als wolle er es Daneel ins Gesicht werfen. Doch was hätte das genutzt? Der Roboter würde dem Wurfgeschoß geschickt ausweichen.

Baley schob den Blaster zurück. Er würde ihn zur rechten Zeit wieder aufladen. Langsam und nachdenklich sagte er: „Sie können mich nicht täuschen, Daneel."

„In welcher Hinsicht, Partner Elijah?"

„Sie beherrschen die Situation zu sehr. Ich sehe mich jetzt von Ihnen völlig beherrscht. Sind Sie ein Roboter?"

„Sie haben schon einmal an mir gezweifelt", sagte Daneel.

„Auf der Erde habe ich letztes Jahr daran gezweifelt, ob R. Daneel wirklich ein Roboter ist. Wie es sich erwies, war er das tatsächlich. Ich glaube, er ist es immer noch. Aber meine Frage ist jetzt: Sind Sie R. Daneel Olivaw?"

„Das bin ich."

„Ja? Daneel war so konstruiert, einen Spacer in allen Einzelheiten nachzuahmen. Warum könnte man einen Spacer nicht so schminken, daß er Daneel wie ein Ei dem anderen ähnelt?"

„Aus welchem Grund?"

„Um hier eine Ermittlung durchführen zu können, und zwar mit mehr Initiative und Fähigkeiten, als je ein Roboter sie würde haben können. Und doch könnten Sie mich, indem Sie die Rolle Daneels annahmen, völlig unter Kontrolle halten, indem Sie mir das falsche Gefühl, ich würde Sie beherrschen, vermitteln. Schließlich arbeiten Sie durch meine Vermittlung, und ich muß gefügig gehalten werden."

„All das trifft nicht zu, Partner Elijah."

„Warum nehmen dann all die Solarianer, mit denen wir zu tun haben, an, Sie wären ein Mensch? Sie sind Robotik-Experten. Kann man sie so leicht täuschen? Mir kommt in den Sinn, daß ich nicht der einzige sein kann, der gegenüber so vielen, die unrecht haben, selbst recht hat. Viel wahrscheinlicher ist es, daß ich derjenige bin, der sich irrt, im Gegensatz zu den vielen, die recht haben."

„Ganz und gar nicht, Partner Elijah."

„Beweisen Sie es mir!" sagte Baley, ging langsam auf ein Beistelltischchen zu und hob einen Abfallbeseitiger auf. „Wenn Sie *wirklich* ein Roboter sind, läßt sich das leicht machen. Zeigen Sie mir das Metall unter Ihrer Haut."

Daneel antwortete: „Ich versichere Ihnen . . ."

„Zeigen Sie mir das Metall!" wiederholte Baley scharf. „Das ist ein Befehl! Oder fühlen Sie sich nicht gezwungen, Befehle zu befolgen?"

Daneel knöpfte sein Hemd auf. Die glatte, bronzefarbene Haut seiner Brust war mit spärlichem hellem Haar bedeckt. Daneels Finger drückten leicht unter der rechten Brustwarze, und Fleisch und Haut spalteten sich, ohne daß Blut floß, über den ganzen Brustkasten hinweg. Darunter glitzerte Metall.

In dem Augenblick tastete Baleys Hand, die auf einem Beistelltischchen lag, nach rechts und drückte eine Sensorfläche. Fast im gleichen Augenblick trat ein Roboter ein.

„Keine Bewegung, Daneel!" rief Baley. „Das ist ein Befehl! Keine Bewegung!"

Daneel stand reglos da, als hätte ihn alles Leben oder dessen robotische Imitation verlassen.

Baley rief dem Roboter zu: „Kannst du zwei weitere Roboter herholen, ohne selbst wegzugehen? Wenn ja, dann tu es!"

Der Roboter antwortete: „Ja, Sir."

Zwei weitere Roboter traten ein und reihten sich neben dem dritten auf.

„Boys!" sagte Baley. „Seht ihr dieses Geschöpf, das ihr für einen Menschen gehalten habt?"

Sechs rotleuchtende Augen hatten sich ernst Daneel zugewandt. Jetzt sagten die drei Roboter unisono: „Wir sehen ihn, Sir."

„Und seht ihr auch, daß dieser sogenannte Mensch in Wirklichkeit ein Roboter ist wie ihr, da er innen aus Metall besteht? Er ist nur so konstruiert, daß er wie ein Mensch aussieht."

„Ja, Sir."

„Es wird von euch nicht verlangt, daß ihr irgendwelchen Befehlen gehorcht, die er euch erteilt, versteht ihr das?"

„Ja, Sir."

„Ich andererseits", fuhr Baley fort, „bin ein echter Mensch."

Die Roboter zögerten einen Augenblick lang. Baley fragte sich, ob sie, da ihnen jetzt demonstriert worden war, daß jemand wie ein Mensch aussehen und doch ein Roboter sein konnte, überhaupt noch irgend etwas menschlich Scheinendes als Mensch akzeptieren würden.

Aber dann sagte ein Roboter: „Sie sind ein Mensch, Sir", und Baleys Atem setzte wieder ein.

„Gut, Daneel, Sie können sich wieder entspannen." Auch jetzt, da Daneels Maskerade für die Roboter gelüftet war, ging ihm das „Sie", das er sich im Umgang mit dem humanoiden Roboter angewöhnt hatte, glatt über die Lippen. Irgend etwas in ihm sträubte sich dagegen, diesen Roboter, der ihm trotz aller Interessengegensätze zum Freund geworden war, auf die gleiche Stufe mit den „Boys" aus Metall zu stellen, die man zu duzen pflegte.

Daneel nahm eine natürlichere Haltung ein und sagte ruhig: „Der Zweifel bezüglich meiner Identität, den Sie ausgedrückt haben, war also nur eine Finte, wie ich annehme, um vor anderen demonstrieren zu können, daß ich ein Roboter bin."

„So ist es", sagte Baley und wandte den Blick ab. Und dabei dachte er: Das Ding ist eine Maschine, kein Mensch. Und eine Maschine kann man weder täuschen noch beleidigen.

Und dennoch konnte er ein Gefühl der Scham nicht ganz unterdrücken. Selbst wie Daneel jetzt dastand, den Brustkasten geöffnet, schien an ihm doch etwas Menschliches zu sein; etwas, das man täuschen und das man verletzen konnte.

„Sie können Ihre Brust zuklappen, Daneel", sagte er. „Hören Sie mir jetzt zu! Physisch sind Sie drei Robotern nicht gewachsen. Das sehen Sie doch auch so, oder?"

„Das ist klar, Partner Elijah."

„Gut! . . . Und jetzt, Boys", damit wandte er sich wieder den anderen Robotern zu. „Ihr werdet niemandem sagen, daß dieses Geschöpf ein Roboter ist. Niemals, zu keiner Zeit! Nur auf ausdrückliche Anweisung von mir – und von mir allein!"

„Ich danke Ihnen", warf Daneel mit leiser Stimme ein.

„Aber", fuhr Baley fort, „dieser menschenähnliche Roboter darf meine Handlungen in keiner Weise beeinträchtigen. Wenn er das versuchen sollte, werdet ihr ihn gewaltsam daran hindern, dabei jedoch darauf achten, ihn nicht zu beschädigen, wenn es nicht absolut notwendig ist. Laßt nicht zu, daß er mit anderen Menschen als mir Kontakt aufnimmt oder mit anderen Robotern als euch, und zwar weder durch Sehen noch durch Sichten. Und verlaßt ihn nie! Haltet ihn in diesem Raum fest, und bleibt selbst hier! Ihr seid bis auf weiteres von euren anderen Aufgaben entbunden. Ist das alles klar?"

„Ja, Sir", sagten sie im Chor.

Baley wandte sich wieder Daneel zu. „Sie können jetzt nichts mehr tun. Versuchen Sie also nicht, mich aufzuhalten."

Daneels Arme hingen locker herunter. Seine Haltung wirkte seltsam resigniert und ungemein menschlich. Er sagte: „Ich darf nicht zulassen, Partner Elijah, daß Sie durch meine Untätigkeit Schaden erleiden. Und doch ist unter den gegebenen Umständen nur Untätigkeit möglich. Die Logik ist unwiderlegbar. Ich werde nichts tun. Ich vertraue darauf, daß Sie sicher und unverletzt bleiben werden."

Da war es wieder, dachte Baley. Logik war Logik, und Roboter hatten nichts anderes. Die Logik sagte Daneel, daß er völlig blockiert war. Die Vernunft hätte ihm sagen können, daß es nur selten möglich ist, alle Faktoren vorherzusehen; daß die Gegenseite vielleicht einen Fehler machen könnte.

Doch nichts davon. Ein Roboter ist nur logisch, nicht vernünftig.

Wieder spürte Baley einen Anflug von Scham und konnte sich einfach eines Versuchs der Tröstung nicht enthalten. Er sagte: „Schauen Sie, Daneel, selbst wenn ich mich in Gefahr begeben würde – *was nicht der Fall ist*", fügte er hastig mit einem schnellen Blick auf die anderen Roboter hinzu –, „dann wäre das nur meine Aufgabe. Das ist es, wofür man mich bezahlt. Es ist ebenso meine Aufgabe, zu verhindern, daß die Menschheit als Ganzes Schaden erleidet, wie es Ihre Aufgabe ist, zu verhindern, daß einzelne Menschen Schaden erleiden. Verstehen Sie das?"

„Nein, Partner Elijah."

„Dann ist das so, weil Sie nicht dafür geschaffen sind, es zu verstehen. Glauben Sie mir, daß Sie es verstehen würden, wenn Sie ein Mensch wären."

Daneel verbeugte sich stumm und blieb reglos stehen, während Baley langsam auf die Tür zuging.

Die drei Roboter machten ihm Platz und fixierten Daneel mit ihren fotoelektrischen Augen.

Baley ging hinaus, in eine Art von Freiheit, und sein Herz schlug vor Erwartung schneller, setzte aber dann plötzlich aus. Ein weiterer Roboter kam von der anderen Seite auf die Tür zu.

War etwas schiefgegangen?

„Was ist, Boy?“ herrschte er ihn an.

„Eine Nachricht für Sie ist eingegangen, Sir, aus dem Büro des kommissarischen Leiters der Sicherheitsbehörde, Attlebish.“

Baley nahm die Kapsel, die der Roboter ihm reichte, worauf diese sich sofort öffnete. Das überraschte ihn nicht. Solaria hatte natürlich seine Fingerabdrücke registriert, und die Kapsel war so eingestellt, daß sie sich auf seinen Fingerdruck hin öffnete. Ein mit Schriftzeichen bedeckter Papierstreifen entrollte sich.

Er las die Mitteilung, und sein längliches Gesicht spiegelte seine Befriedigung wider. Sie enthielt die offizielle Genehmigung, „Seh“-Interviews durchzuführen, sofern seine Interviewpartner einverstanden waren, wobei diesen nahegelegt wurde, den „Agenten Baley und Olivaw“ auf jede mögliche Art behilflich zu sein.

Attlebish hatte kapituliert, sogar so weit, daß er den Namen des Erdenmenschen an erster Stelle genannt hatte; das war ein sehr gutes Omen, und damit konnte er jetzt endlich beginnen, seine Ermittlungen so durchzuführen, wie man Ermittlungen durchführen mußte.

Baley befand sich in einem Luftfahrzeug, das nicht völlig geschlossen war, sondern in dem die Fenster durchsichtig waren.

Es war heller, klarer Tag, und von Baleys Platz aus waren die Fenster einfach blaue Flecken. Er versuchte sich nichts anmerken zu lassen und vergrub den Kopf nur dann zwischen den Knien, wenn er es absolut nicht mehr ertragen konnte.

Die Qualen, die er auf sich nahm, entstammten eigener Wahl. Sein Zustand des Triumphs, das ungewöhnliche Gefühl der Freiheit nach dem Sieg, zuerst über Attlebish und dann über Daneel, das Gefühl, die Würde der Erde gegenüber den Spacern durchgesetzt zu haben, verlangte das beinahe.

Angefangen hatte es, indem er in einer Art betrunkener Benommenheit, die ihm beinahe Vergnügen bereitete, über freies Land zu dem wartenden Flugzeug gegangen war. Und dann hatte er in einer Art manischem Selbstvertrauen angeordnet, daß die Fenster nicht abgedunkelt werden sollten.

Ich muß mich daran gewöhnen, dachte er und starrte die blauen

Flecken in der Rumpfwand an, bis sein Herz wieder schneller zu schlagen begann und der Klumpen in seiner Kehle so anschwoll, daß es kaum mehr zu ertragen war.

Die Abstände, in denen er die Augen schließen und den Kopf unter den schützenden Armen vergraben mußte, wurden immer kürzer. Langsam verebbte sein Selbstvertrauen, und es half auch nicht einmal etwas, das Halfter seines frisch aufgeladenen Blasters zu berühren.

Er versuchte, sich ganz auf seinen Angriffsplan zu konzentrieren: Zuerst mußte er mehr darüber lernen, wie die Menschen auf diesem Planeten lebten; mußte ein Gefühl für den Hintergrund bekommen, vor dem man alles einordnen mußte, damit es einen Sinn ergab.

Er mußte mit einem Soziologen sprechen!

Er hatte einen Roboter nach dem Namen des bedeutendsten solarianischen Soziologen gefragt. Ein Gutes hatten Roboter: Sie stellten keine Fragen.

Der Roboter nannte ihm den Namen und die wesentlichen Daten und fügte dann hinzu, daß der Gelehrte jetzt wahrscheinlich zu Mittag essen und vermutlich darum bitten würde, den Kontakt etwas hinauszuschieben.

„Mittagessen!" sagte Baley scharf. „Mach dich nicht lächerlich. Mittag ist es erst in zwei Stunden."

Doch der Roboter ließ sich nicht aus der Fassung bringen. „Nach seiner Ortszeit ist es Mittag, Sir."

Baley starrte die Maschine an und begriff dann. Auf der Erde mit ihren vergrabenen Cities waren Tag und Nacht die Zeiten des Wachens und Schlafens, vom Menschen geschaffene Perioden, die den Bedürfnissen der Gemeinschaft und des Planeten angepaßt wurden. Auf einem Planeten wie diesem hier, der unter der nackten Sonne lag, waren Tag und Nacht nicht eine Frage der Wahl, sondern wurden den Menschen einfach aufgezwungen, ob sie es so wollten oder nicht.

Baley versuchte sich das Bild einer Welt vorzustellen: eine Kugel, die beleuchtet und verdunkelt wurde, während sie sich drehte. Das bereitete ihm einige Mühe, und er empfand Verstimmung über die sonst so überlegenen Spacer, die sich etwas so Wesentliches wie die Zeit von den Zufälligkeiten planetarischer Bewegungen diktieren ließen.

„Stell trotzdem den Kontakt zu ihm her!" befahl er.

Roboter erwarteten das Flugzeug bei der Landung, und Baley stellte fest, daß er zitterte, als er ins Freie trat.

So murmelte er dem nächsten Roboter zu: „Laß mich deinen Arm halten, Boy."

Der Soziologe erwartete ihn am anderen Ende eines Korridors. Er lächelte etwas verkniffen. „Guten Tag, Mr. Baley."

Baley nickte atemlos. „Guten Tag, Sir. Würden Sie bitte die Fenster verdunkeln?"

„Sie sind bereits abgedunkelt", antwortete der Soziologe. „Ich bin ein wenig mit der Erde vertraut. Würden Sie mir bitte folgen?"

Das schaffte Baley ohne robotische Hilfe. Er folgte dem Mann über eine beträchtliche Strecke durch ein Labyrinth von Korridoren und Gängen. Als er schließlich in einem großen, elegant eingerichteten Raum Platz nahm, war er froh darüber, ausruhen zu können.

Die Wände des Raumes wiesen eine Anzahl flacher, gewölbter Alkoven auf. In jeder Nische standen Artefakte in Rosa und Gold; abstrakte Figuren, die dem Auge wohltaten, ohne gleich Bedeutung zu gewinnen. Ein großes, kastenförmiges Ding mit weißen, zylinderförmigen Gegenständen, die davon herunterhingen, und zahlreichen Pedalen deutete auf ein Musikinstrument hin.

Baley musterte den Soziologen, der vor ihm stand. Der Spacer sah genauso aus wie vor einigen Stunden, als Baley ihn gesichtet hatte. Er war groß und schlank, und sein Haar war schlohweiß. Sein Gesicht wirkte fast dreieckig. Er hatte eine ausgeprägte Nase und tiefliegende, lebendig wirkende Augen.

Er nannte sich Anselmo Quemot.

Sie starrten einander an, bis Baley das Gefühl hatte, seiner Stimme wieder vertrauen zu können. Und dann hatte seine erste Bemerkung überhaupt nichts mit seinen Ermittlungen zu tun. Tatsächlich kam sie völlig ungeplant.

„Kann ich etwas zu trinken haben?" fragte er.

„Etwas zu trinken?" Die Stimme des Soziologen klang eine Spur zu schrill, um angenehm zu sein. „Wünschen Sie Wasser?"

„Ich würde etwas Alkoholisches vorziehen."

Der Blick des Soziologen wurde unsicher, so als wären die Verpflichtungen der Gastfreundschaft etwas, womit er nicht vertraut war.

Und das, dachte Baley, ist natürlich auch so. In einer Welt, wo man einander nur sichtete, pflegte man nicht Speise und Trank zu teilen.

Ein Roboter brachte ihm eine kleine emaillierte Tasse. Das Getränk war von hellem Rosa. Baley schnüffelte vorsichtig daran und kostete noch vorsichtiger. Der kleine Schluck Flüssigkeit verdunstete warm in seinem Mund und schickte eine angenehme Botschaft in seine Speiseröhre. Der nächste Schluck war etwas größer.

„Wenn Sie mehr wünschen . . .", sagte Quemot.

„Nein, vielen Dank. Nicht jetzt. Es ist sehr liebenswürdig von Ihnen, mich persönlich zu empfangen."

Quemot bemühte sich um ein Lächeln, das aber mißlang. „Es ist lange her, daß ich so etwas getan habe. Ja."

Man merkte ihm die Unruhe beim Sprechen an.

„Ich kann mir vorstellen, daß das für Sie ziemlich schwer ist", sagte Baley.

„Ja, allerdings." Quemot wandte sich scharf ab und begab sich zu einem Stuhl am anderen Ende des Raumes. Er schob sich den Stuhl so zurecht, daß er Baley eher abgewandt war, und setzte sich. Dann verschränkte er die behandschuhten Hände, und seine Nase schien zu zittern.

Baley leerte sein Trinkgefäß und spürte die Wärme in seinen Gliedern. Er hatte das Gefühl, als wäre ihm sein Selbstvertrauen jetzt wieder zurückgegeben.

„Sagen Sie mir bitte genau, welches Gefühl Sie dabei empfinden, mich hierzuhaben, Dr. Quemot", bat er.

Der Soziologe murmelte: „Das ist eine ungewöhnlich persönliche Frage."

„Ich weiß. Aber ich glaube, ich hatte Ihnen schon erklärt, als ich Sie vorher sichtete, daß ich mit den Ermittlungen in einem Mordfall beschäftigt bin und daß ich viele Fragen würde stellen müssen, von denen einige notgedrungen sehr persönlich sein werden."

„Ich will Ihnen helfen, wenn es geht", sagte Quemot. „Ich hoffe nur, daß es anständige Fragen sein werden." Er wich Baleys Blick immer noch aus. Und wenn sein Blick Baleys Gesicht erfaßte, verweilte er nicht, sondern huschte wieder weg.

„Ich frage nicht aus Neugierde nach Ihren Gefühlen. Das ist für die Ermittlungen wirklich wichtig."

„Ich kann mir nicht vorstellen, wieso."

„Ich muß, soviel ich kann, über diese Welt erfahren. Ich muß begreifen, welche Gefühle die Solarianer in ganz gewöhnlichen Dingen empfinden. Verstehen Sie das?"

Quemot sah Baley jetzt überhaupt nicht mehr an. Er sagte langsam:

„Vor zehn Jahren ist meine Frau gestorben. Es war nie sehr leicht, sie zu sehen; aber daran gewöhnt man sich natürlich mit der Zeit und lernt es zu ertragen. Und meine Frau hat mich auch nie bedrängt. Man hat mir keine neue Frau zugeteilt, da ich schon ein Alter erreicht habe, in dem ... in dem ..." – er sah Baley an, als erwarte er von ihm, daß er den Satz zu Ende führe, und als Baley das nicht tat, fuhr er mit noch leiserer Stimme fort: „... in dem man keine Kinder mehr zeugt. Und so bin ich dieses Phänomen des Sehens überhaupt nicht mehr gewöhnt."

„Aber wie fühlt man sich dabei?" insistierte Baley. „Empfinden Sie Panik?" Er dachte an seine eigenen Empfindungen im Flugzeug.

„Nein. Nicht Panik." Quemot drehte den Kopf halb herum, um einen Blick auf Baley zu werfen, zog sich aber fast im gleichen Augenblick wieder zurück. „Aber ich will ganz offen sein, Mr. Baley. Ich stelle mir vor, ich könnte Sie riechen."

Baley lehnte sich automatisch in seinem Stuhl zurück und empfand schmerzhafte Verlegenheit. „Mich *riechen?*"

„Das ist natürlich reine Einbildung", sagte Quemot. „Ich kann nicht sagen, ob Sie einen Geruch verströmen oder wie stark er ist; aber selbst wenn Sie einen starken Geruch verströmten, dann würden meine Nasenfilter ihn abhalten. Und doch stelle ich mir vor ..." Er zuckte die Achseln.

„Ich verstehe."

„Es ist noch viel schlimmer. Sie werden mir verzeihen, Mr. Baley. Aber in der körperlichen Gegenwart eines Menschen habe ich das ausgeprägte Gefühl, als wäre ... ah ... irgend etwas Schleimiges im Begriff, mich ... ah ... zu berühren. Ich zucke die ganze Zeit zurück. Es ist höchst unangenehm."

Baley rieb sich nachdenklich das Ohrläppchen und bemühte sich, seine Verstimmung zu unterdrücken. Schließlich war das Ganze nur die neurotische Reaktion eines anderen auf einen ganz einfachen Sachverhalt.

„Wenn das so ist", meinte er dann, „überrascht es mich, daß Sie sich so bereitwillig damit einverstanden erklärt haben, mich zu sehen. Sie haben doch sicherlich mit dieser unangenehmen Empfindung gerechnet."

„Ja. Aber wissen Sie, ich war neugierig. Sie sind ein Erdenmensch."

Baley sagte sich, daß das eigentlich ein weiteres Argument dagegen hätte sein müssen, meinte aber nur: „Was hat das zu bedeuten?"

Und Quemots Stimme klang plötzlich munterer, fast begeistert: „Das kann ich nicht so ohne weiteres erklären. Nicht einmal mir selbst, verstehen Sie? Aber ich arbeite jetzt seit zehn Jahren in der Soziologie. Ich meine wirkliche, intensive Arbeit. Ich habe Vorstellungen erarbeitet, die völlig neu und verblüffend sind und doch im Wesen zutreffen. Und eines dieser Themen hat mich zu außergewöhnlichem Interesse für die Erde und für Erdenmenschen geführt. Sehen Sie, wenn man sorgfältig über die gesellschaftlichen Verhältnisse auf Solaria und über unsere Lebensgewohnheiten nachdenkt, dann erkennt man eindeutig, daß diese Lebensweise eine deutliche Entsprechung zu der der Erde selbst aufweist."

Die Ursprünge einer Zivilisation

Baley konnte nicht verhindern, daß er laut aufschrie: *„Was?"*

Quemot sah sich um, während einige Augenblicke des Schweigens verstrichen, und sagte schließlich: „Damit meine ich nicht die gegenwärtige Kultur der Erde. Die nicht."

„Oh!" entfuhr es Baley.

„Aber die der Vergangenheit, ja. Die Geschichte der Antike der Erde. Als Erdenmensch kennen Sie die natürlich."

„Ich habe Bücher gesichtet", sagte Baley vorsichtig.

„Ah. Dann verstehen Sie."

Das tat Baley nicht. Er sagte: „Lassen Sie mich genau erklären, was ich will, Dr. Quemot. Ich möchte, daß Sie mir, so gut Sie können, erklären, weshalb Solaria so völlig anders ist als die anderen Äußeren Welten. Weshalb es so viele Roboter gibt. Weshalb die Menschen hier sich so anders verhalten. Es tut mir leid, wenn das so aussieht, als würde ich das Thema wechseln."

Baley wollte ganz entschieden das Thema wechseln. Jede Diskussion über Ähnlichkeiten oder Unähnlichkeiten zwischen der Kultur Solarias und der der Erde würde sich als viel zu langwierig erweisen. Auf die Weise würde er den ganzen Tag hier verbringen und schließlich wieder abreisen, ohne nützliche Informationen erhalten zu haben.

Quemot lächelte. „Sie möchten Solaria und die anderen Äußeren Welten vergleichen und nicht Solaria und die Erde."

„Ich kenne die Erde, Sir."

„Wie Sie wünschen." Der Solarianer hüstelte. „Macht es Ihnen etwas aus, wenn ich meinen Stuhl ganz von Ihnen abwende? Das wäre für mich . . . ah . . . bequemer."

„Wie Sie wünschen, Dr. Quemot", sagte Baley steif.

„Gut." Ein Roboter drehte auf Quemots leisen Befehl hin den Stuhl herum, und als der Soziologe dann durch den breiten Stuhlrücken Baleys Augen entrückt dasaß, wurde seine Stimme lebhafter, ja tiefer und kräftiger.

„Solaria ist etwa vor dreihundert Jahren besiedelt worden", sagte Quemot. „Die ersten Siedler waren Nexonier. Kennen Sie Nexon?"

„Ich fürchte, nein."

„Es liegt in der Nähe von Solaria, nur etwa zwei Parsec entfernt. Tatsächlich stellen Solaria und Nexon das am nächsten beieinanderliegende Paar bewohnter Welten in der Galaxis dar. Selbst als Solaria noch nicht von Menschen bewohnt war, trug es schon Leben und war in hohem Maße für die Besiedlung durch Menschen geeignet. Auf die Weise stellte es einen natürlichen Anziehungspunkt für die wohlhabenderen Kreise Nexons dar, denen es schwerfiel, einen angemessenen Lebensstandard aufrechtzuerhalten, als ihr eigener Planet immer überfüllter wurde, und –"

Baley unterbrach ihn. „Überfüllter? Ich dachte, alle Spacer betrieben Geburtenkontrolle?"

„Solarianer tun das. Aber die Äußeren Welten im allgemeinen sind da recht lasch. Nexon hatte zu der Zeit, von der ich spreche, bereits zwei Millionen Bewohner. Das führte zu derartiger Überfüllung, daß es sich als notwendig erwies, die Zahl der Roboter einzuschränken, die einzelne Familien besitzen durften. Also kam es dazu, daß sich einige Nexonier, die sich das leisten konnten, Sommerhäuser auf Solaria bauten, einer Welt, die schon damals fruchtbar war, ein gemäßigtes Klima und keinerlei gefährliche Tierwelt besaß. Die Siedler auf Solaria konnten Nexon immer noch ohne große Schwierigkeiten erreichen und konnten, solange sie sich auf Solaria befanden, ganz so leben, wie es ihnen Spaß machte. Sie konnten so viele Roboter halten, wie sie sich leisten konnten oder für notwendig erachteten. Ihre Anwesen konnten so groß sein, wie sie das wünschten, da auf einem leeren Planeten der Platz überhaupt keine Rolle spielte und mit unbeschränkter Roboterzahl auch die Erschließung des Planeten problemlos war. Es gab bald so viele Roboter, daß sie mit Funkverbindung ausgerüstet wurden; und das war der Anfang unserer berühmten Roboter-Industrien. Wir begannen neue Sonderausführungen zu entwickeln, neue Ansätze, neue Einsatzmöglichkeiten. Die Zivilisation diktiert die Erfindung – ich glaube, das ist ein Satz, den ich geprägt habe.“ Er schmunzelte.

Ein Roboter, der auf einen Befehl reagierte, den Baley hinter der Stuhllehne nicht sehen konnte, brachte Quemot ein Getränk ähnlich dem, das Baley serviert worden war. Baley bekam keines, und er beschloß, auch um keines zu bitten.

Quemot fuhr fort: „Die Vorteile des Lebens auf Solaria waren für alle, die sich näher damit befaßten, offenkundig. Solaria kam in Mode. Daraufhin errichteten weitere Nexonier dort Häuser, und Solaria wurde zu etwas, was ich einen ‚Villen-Planeten‘ nennen möchte. Und mit der Zeit gewöhnten sich mehr und mehr Siedler daran, das ganze Jahr auf dem Planeten zu verbringen und ihre Geschäfte auf Nexon durch Bevollmächtigte erledigen zu lassen. Roboterfabriken wurden auf Solaria errichtet. Dann fing man an, die Farmen und Bergwerke intensiver zu betreiben, und bald waren die ersten Exportgeschäfte möglich. Kurz gesagt, Mr. Baley, es wurde bald klar, daß Solaria in höchstens einem Jahrhundert ebenso überfüllt sein würde, wie Nexon das gewesen war. Es schien einfach lächerlich und verschwenderisch, eine solche neue Welt zu finden und sie dann aus mangelnder Voraussicht wieder zugrunde zu richten. Um Ihnen jetzt eine ganze Menge komplizierter politischer Entwicklungen zu ersparen, brauche ich nur noch zu sagen, daß es Solaria gelang, unabhängig zu werden, ohne daß es dazu kriegerischer Auseinandersetzungen bedurfte. Wir waren den Äußeren Welten als Lieferquelle für spezialisierte Roboter nützlich, und das verschaffte uns Freunde und half uns natürlich auch.

Sobald wir die Unabhängigkeit errungen hatten, war es unsere erste Sorge, sicherzustellen, daß die Bevölkerung nicht über ein vernünftiges Maß hinauswuchs. Wir regulieren die Einwanderung und die Geburtenzahl rigoros und erfüllen uns alle unsere Bedürfnisse, indem wir die Zahl der von uns eingesetzten Roboter steigern und sie für immer vielseitigere Aufgaben benutzen.“

„Warum haben die Solarianer so starke Einwände dagegen, einander zu sehen?“ fragte Baley. Die Soziologievorlesung des anderen hatte ihn etwas verstimmt.

Quemot spähte um seine Stuhllehne herum und zog sich gleich darauf wieder zurück. „Das folgt ganz unvermeidbar aus dem, was ich Ihnen gesagt habe. Wir haben riesige Anwesen. Anwesen von zehntausend Quadratkilometern sind durchaus nicht ungewöhnlich, obwohl sie größtenteils brachliegende Flächen umfassen. Mein Anwesen zum Beispiel umfaßt zweitausend Quadratkilometer, aber davon ist alles nutzbares Land. Jedenfalls wird die Stellung eines Menschen in der Gesellschaft in erster Linie durch die Größe seines Anwesens bestimmt. Und eine Eigenschaft eines großen Anwesens ist die: Man kann völlig ziel- und planlos auf seinem Land herumwandern, ohne daß die Gefahr besteht, daß man das Territorium eines Nachbarn betritt und ihm begegnen könnte. Verstehen Sie?"

Baley zuckte die Achseln. „Ich denke schon."

„Um es kurz zu machen: Ein Solarianer setzt seinen ganzen Stolz darein, seinen Nachbarn nicht zu begegnen. Gleichzeitig wird sein Anwesen so gut von seinen Robotern geführt und ist in so hohem Maße autark, daß es für ihn auch gar keinen Anlaß gibt, seinen Nachbarn aufzusuchen. Der Wunsch, dies zu vermeiden, führte zur Entwicklung immer perfekterer Sichtgeräte, und je besser die Sichtgeräte wurden, desto geringer wurde das Bedürfnis, seine Nachbarn zu sehen. Das war ein sich selbst verstärkender Prozeß, verstehen Sie?"

Baleys Verstimmung hielt an. „Schauen Sie, Dr. Quemot, Sie brauchen mir nicht alles so simpel darzulegen. Ich bin kein Soziologe, aber ich habe auf dem College die üblichen Vorlesungen belegt. Natürlich nur auf einem irdischen College", fügte Baley mit einer Art zögernder Bescheidenheit hinzu, um Dr. Quemot an ebendieser Bemerkung, nur in beleidigenderer Form, zu hindern, „aber ich kann mathematischen Darlegungen durchaus folgen."

„Mathematischen Darlegungen?" fragte Quemot, dessen Stimme dabei fast schrill wurde.

„Nun, nicht das Zeug, mit dem man sich in der Robotik befassen muß, dem ich nicht folgen könnte. Aber mit soziologischen Beziehungen komme ich klar. So bin ich zum Beispiel durchaus mit der Teramin-Gleichung vertraut."

„Der *was*?"

„Vielleicht heißt das bei Ihnen anders. Das Differential der Unbequemlichkeiten, die man infolge von Privilegien hinnehmen muß: Jot durch DA hoch . . ."

„Wovon reden Sie?" Das war jetzt die typisch anmaßende Stimme eines Spacers, und Baley verstummte.

Die Beziehung zwischen hingenommenen Unbequemlichkeiten und gewährten Privilegien gehörte zu den wesentlichen Erkenntnissen, derer es bedurfte, um explosive Situationen unter Menschen zu vermeiden. Eine Privatnische im Gemeinschaftsbaderaum, die man einer Person aus einem bestimmten Grund zuwies, würde dafür sorgen, daß x Personen geduldig darauf warteten, daß derselbe Blitzstrahl sie streifte, wobei der Wert x bekannterweise je nach den Variationen der Umgebung und des menschlichen Temperaments variierte – und all dies wurde eben in der Teramin-Gleichung beschrieben.

Aber dann war natürlich gut möglich, daß die Teramin-Gleichung auf einer Welt, wo alles Privileg und nichts unbequem war, eine reine Trivialität war. Vielleicht hatte er das falsche Beispiel gewählt.

Er versuchte es noch einmal. „Schauen Sie, eine qualitative Darstellung, wie dieses Vorurteil gegen das Sehen gewachsen ist, hilft mir nichts. Ich brauche eine genaue Analyse dieses Vorurteils, um ihm effektiv entgegenwirken zu können. Ich möchte die Menschen dazu überreden, mich zu sehen, so wie Sie das jetzt tun."

„Mr. Baley", sagte Quemot, „Sie können doch menschliche Gefühle nicht so behandeln, als wären sie in ein Positronengehirn eingebaut."

„Das will ich ja nicht. Die Robotik ist eine deduktive Wissenschaft, während die Soziologie eine induktive ist. Aber man kann doch auf beide die Mathematik anwenden."

Einen Augenblick lang herrschte Stille. Dann sagte Quemot mit zitternder Stimme: „Sie haben eingeräumt, daß Sie kein Soziologe sind."

„Ich weiß. Aber man hat mir gesagt, daß Sie einer seien. Der beste auf dem ganzen Planeten."

„Ich bin der einzige. Sie können beinahe sagen, daß ich die Wissenschaft erfunden habe."

„Oh?" Baley zögerte, ehe er die nächste Frage stellte; sie wirkte selbst auf ihn unverschämt. „Haben Sie Bücher über das Thema gesichtet?"

„Ich habe mir einige auroranische Bücher angesehen."

„Haben Sie sich Bücher von der Erde angesehen?"

„Der Erde?" Quemot lachte etwas verlegen. „Es wäre mir nie in den Sinn gekommen, wissenschaftliche Darstellungen von der Erde zu lesen. Aber damit will ich Sie nicht beleidigen."

„Nun, das tut mir leid. Ich hatte geglaubt, ich könnte spezifische Einzelheiten von Ihnen erfahren, die es mir möglich machen würden, weitere Solarianer von Angesicht zu Angesicht zu interviewen, ohne . . ."

Quemot gab ein eigenartiges, unartikuliertes Geräusch von sich, und der große Stuhl, auf dem er saß, kippte nach hinten und fiel krachend um.

Baley hörte ein halbersticktes „Entschuldigen Sie!"

Dann erhaschte Baley einen Blick auf Quemot, der mit schwerfälligen Schritten davonhastete, und im nächsten Augenblick hatte er den Raum verlassen und war verschwunden.

Baley hob die Brauen. Was, zum Teufel, hatte er diesmal wieder gesagt? Jehoshaphat! Was für einen falschen Knopf hatte er da wieder gedrückt?

Er erhob sich unsicher von seinem Stuhl und hielt mitten in der Bewegung inne, als ein Roboter eintrat.

„Sir", sagte der Roboter, „ich bin angewiesen worden, Sie davon zu informieren, daß der Herr Sie in ein paar Augenblicken sichten wird."

„Mich *sichten*, Boy?"

„Ja, Sir. Unterdessen wünschen Sie vielleicht weitere Erfrischungen."

Eine weitere Tasse mit der rosafarbenen Flüssigkeit stand neben Baleys Ellbogen, und diesmal fügte der Roboter einen Teller mit einer Art würzigem, warmem Konfekt hinzu.

Baley nahm wieder Platz, kostete das alkoholische Getränk vorsichtig und stellte die Tasse wieder hin. Das Konfekt fühlte sich hart und warm an, aber die Kruste brach im Mund leicht auseinander und gab eine noch wärmere und weiche Füllung frei. Er konnte den Geschmack und seine Zusammensetzung nicht identifizieren und fragte sich, ob es sich um ein Produkt der auf Solaria beheimateten Gewürze handelte.

Dann dachte er an das eingeschränkte, auf Hefe basierende Speisenangebot der Erde und fragte sich, ob es vielleicht einen Markt für Hefekulturen geben könnte, die den Geschmack der Produkte der Äußeren Welten imitierten.

Aber da wurde er unsanft aus seinen Gedanken gerissen, als Soziologe Quemot wie aus dem Nichts erschien und ihn ansah. Diesmal *sah er ihn an!* Er saß auf einem kleineren Stuhl in einem

Raum, dessen Wände und Boden sich mit denen berührten, die Baley umgaben. Und jetzt lächelte er, so daß sich die feinen Fältchen in seinem Gesicht vertieften und ihn paradoxerweise wesentlich jugendlicher erscheinen ließen, weil sie nämlich seine lebendigen Augen hervorhoben.

„Ich bitte tausendmal um Vergebung, Mr. Baley", sagte er. „Ich dachte, ich könnte die persönliche Anwesenheit eines anderen ertragen; aber das war ein Irrtum. Ich war äußerst angespannt, und der Satz, den Sie gebraucht haben, hat mir den Rest gegeben, sozusagen."

„Was war das für ein Satz, Sir?"

„Sie sagten da etwas, daß man Leute von Angesicht zu . . .", er schüttelte den Kopf, und seine Zunge fuhr über die Lippen. „Ich möchte es lieber nicht sagen. Ich glaube, Sie wissen, was ich meine. Der Satz hat mir ein plastisches Bild heraufbeschworen, von uns beiden, wie wir . . . wie wir den Atem des anderen einatmen." Der Solarianer schauderte angeekelt. „Finden Sie das nicht abstoßend?"

„Darüber habe ich nie nachgedacht."

„Mir scheint das eine widerliche Angewohnheit. Und als Sie es sagten, und das Bild sich in mir aufbaute, erkannte ich plötzlich, daß wir uns *tatsächlich* in demselben Raum befanden. Und obwohl ich Sie nicht ansah, gab es da sicherlich Luft, die schon in . . . ah . . . Ihrer Lunge gewesen war und jetzt in die meine eindrang. Bei meiner empfindlichen Einstellung . . ."

Baley unterbrach ihn. „Die Moleküle in der Atmosphäre von ganz Solaria sind doch in Tausenden von Lungen gewesen. Jehoshaphat! Sie waren in den Lungen von Tieren und den Kiemen von Fischen."

„Das ist wahr", sagte Quemot und rieb sich nervös die Wange, „und ich möchte lieber nicht daran denken. Aber die Situation zwischen Ihnen und mir hatte so etwas Unmittelbares, wo wir doch beide aus- und einatmen. Es ist wirklich erstaunlich, wie erleichtert ich mich jetzt fühle, wo ich Sie sichte."

„Ich befinde mich immer noch im selben Haus, Dr. Quemot."

„Genau das ist es, was mich so verblüfft. Sie befinden sich im selben Haus, und doch ist es jetzt völlig anders. Zumindest weiß ich jetzt, wie man sich fühlt, wenn man einen Fremden sieht. Ich werde es nie wieder versuchen."

„Das klingt ja, als würden Sie mit dem Sehen experimentieren."

„In gewisser Weise habe ich das wohl getan", sagte der Spacer.

„Das war ein Teil meines Antriebs. Und die Resultate waren interessant, obwohl sie gleichzeitig auch beunruhigend waren. Es war ein guter Versuch, und es kann sein, daß ich ihn aufzeichne."

„Daß Sie was aufzeichnen?" fragte Baley verwirrt.

„Meine Gefühle!" Quemots verblüffter Blick stand der Verblüffung in Baleys Augen nicht nach.

Er seufzte. Mißverständnisse, immer wieder Mißverständnisse! „Ich habe nur gefragt, weil ich annahm, Sie würden Instrumente der einen oder anderen Art haben, um emotionale Reaktionen zu messen. So etwas wie einen Elektroenzephalographen." Er blickte sich um, ohne etwas zu entdecken. „Aber Sie haben natürlich eine Taschenversion davon, die ohne direkten elektrischen Kontakt arbeitet. Wir haben so etwas auf der Erde nicht."

„Ich vertraue darauf", meinte der Solarianer etwas steif, „daß ich imstande bin, das Wesen meiner eigenen Gefühle ohne Instrumente abzuschätzen. Ausgeprägt genug waren sie ja."

„Ja, natürlich. Aber wenn man eine quantitative Analyse ...", begann Baley.

Aber Quemot ließ ihn nicht ausreden, sondern meinte gereizt: „Ich weiß nicht, worauf Sie hinauswollen. Außerdem versuche ich gerade, Ihnen etwas völlig anderes klarzumachen: meine eigene Theorie nämlich, etwas, das ich in keinem Buch gesichtet habe; etwas, worauf ich recht stolz bin."

„Und – was ist das genau, Sir?" fragte Baley.

„Nun, ich sagte es ja schon – daß Solarias Zivilisation auf einer anderen Zivilisation basiert, die es in der Vergangenheit auf der Erde einmal gegeben hat."

Baley seufzte. Wenn er dem anderen jetzt nicht Gelegenheit gab, sich das von der Seele zu reden, würde er ihn nie unterstützen. So fragte er: „Und was für eine Kultur ist das?"

„Sparta!" sagte Quemot und hob den Kopf, daß sein weißes Haar einen Augenblick lang im Licht glänzte und seinen Kopf fast wie einen Heiligenschein umgab. „Sie haben sicher schon von Sparta gehört."

Baley empfand Erleichterung. In jüngeren Jahren hatte ihn die Antike in hohem Maße interessiert (für viele Erdenmenschen war das ein attraktives Studium – eine mächtige Erde, weil es eine Erde war, die ganz allein war; Erdenmenschen als Herren und Meister, weil es noch keine Spacer gab), aber die Vergangenheit der Erde war sehr vielfältig. Quemot hätte sich leicht auf eine Epoche beziehen können, mit der Baley nicht vertraut war, und das wäre peinlich gewesen.

So konnte er vorsichtig sagen: „Ja, ich habe Filme darüber gesichtet."

„Gut. Gut. Sparta bestand zu seiner Hochblüte aus einer relativ kleinen Zahl von Spartanern, den einzigen Vollbürgern, dazu einer etwas größeren Zahl von Individuen zweiter Klasse, den Periöken, und einer wirklich großen Zahl ausgesprochener Sklaven, den Heloten. Die Zahl der Heloten übertraf die der Spartaner wenigstens um das Zwanzigfache. Und die Heloten waren Menschen mit menschlichen Gefühlen und menschlichen Fehlern. Um sicherzustellen, daß eine etwaige Heloten-Rebellion trotz ihrer überwältigenden Überzahl nie erfolgreich sein konnte, wurden die Spartaner Militärspezialisten. Jeder lebte das Leben einer Militärmaschine, und die Gesellschaft erfüllte ihren Zweck. Es gab nie eine erfolgreiche Heloten-Revolte. Nun sind wir menschlichen Geschöpfe auf Solaria in gewisser Weise das Äquivalent der Spartaner. Wir haben unsere Heloten, aber unsere Heloten sind nicht Menschen, sondern Maschinen. Sie können nicht rebellieren, und man braucht sie nicht zu fürchten, obwohl sie eine noch viel größere Überzahl darstellen, das Tausendfache vielleicht, wie die menschlichen Heloten der Spartaner gegenüber diesen in der Überzahl waren. Wir haben also den Vorteil spartanischer Exklusivität ohne die Notwendigkeit, das starre Leben einer Herrenrasse führen zu müssen. Statt dessen können wir unser Vorbild im künstlerischen und kulturellen Leben der Athener suchen, die Zeitgenossen der Spartaner waren und . . ."

„Filme über die Athener habe ich ebenfalls gesichtet", sagte Baley.

Quemot wurde immer freundlicher. „Die Zivilisationen waren immer pyramidenförmig strukturiert. Wenn man dem Gipfel des gesellschaftlichen Baues entgegenklettert, wächst die Muße und wächst auch die Gelegenheit, sich seinem persönlichen Glück und seinem Vergnügen zu widmen. Und während man klettert, findet man auch immer weniger Leute, die daran immer mehr Freude haben. Aus diesem Grunde gibt es unweigerlich auch ein Übergewicht an Habenichtsen. Und vergessen Sie nie, ganz gleich, wie gut es den unteren Schichten der Pyramide nach absolutem Maßstab auch gehen mag: Im Vergleich mit der Spitze sind sie immer arme Teufel. So geht es zum Beispiel selbst den ärmsten Menschen auf

Aurora besser als den Aristokraten der Erde. Aber im Vergleich zu den Aristokraten Auroras sind sie Habenichtse, und sie vergleichen sich natürlich mit den Herren ihrer eigenen Welt. Also gibt es in gewöhnlichen menschlichen Gesellschaften immer soziale Reibung. Die Aktion der sozialen Revolution und die Reaktion, die darin besteht, sich vor einer solchen Revolution zu schützen oder sie zu bekämpfen, wenn sie einmal begonnen hat, sind die Ursachen eines großen Teils des menschlichen Leids, das sich durch die ganze Geschichte zieht. Hier auf Solaria steht nun zum ersten Mal die Spitze der Pyramide für sich allein da. Anstelle der Habenichtse gibt es Roboter. Wir besitzen die erste neue Gesellschaft, die erste große gesellschaftliche Erfindung, seit die Bauern von Ägypten und Sumer die Stadt erfanden." Er lehnte sich zurück und lächelte jetzt.

Baley nickte. „Haben Sie das, was Sie mir gerade gesagt haben, veröffentlicht?"

„Das tue ich vielleicht einmal", sagte Quemot mit gespielter Gleichgültigkeit, „irgendwann. Bis jetzt habe ich es noch nicht getan. Dies ist mein dritter Beitrag."

„Waren die beiden anderen ebenso weitreichend wie dieser?"

„Die befaßten sich nicht mit Soziologie. Ich bin zu meiner Zeit Bildhauer gewesen. Die Werke, die Sie rings um sich sehen", er wies auf die Statuen, „stammen von mir. Und ein Komponist war ich auch. Aber ich fange an, alt zu werden, und Rikaine Delmarre hat sich immer mehr für die angewandten Künste als die schönen Künste ausgesprochen, und so habe ich beschlossen, mich der Soziologie zuzuwenden."

„Das klingt, als wäre Delmarre ein guter Freund von Ihnen gewesen", sagte Baley.

„Wir kannten einander. Wenn man so alt ist wie ich, kennt man alle erwachsenen Solarianer. Aber es gibt keinen Anlaß, Ihnen zu widersprechen, wenn Sie sagen, daß Rikaine Delmarre und ich gut miteinander bekannt waren."

„Was für eine Art Mensch war Delmarre?" (Seltsamerweise ließ der Name des Mannes das Bild Gladias vor Baleys innerem Auge erscheinen, und plötzlich quälte ihn die Erinnerung an sie und ihr Bild, wie er sie zuletzt gesehen hatte, zornig das Gesicht verzerrt; Zorn, der ihm galt.)

Quemot blickte nachdenklich drein. „Er war ein wertvoller Mensch; er war Solarianer und seiner Lebensweise treu ergeben."

„Ein Idealist, mit anderen Worten."

„Ja, ganz entschieden. Man konnte das allein schon daran erkennen, daß er sich freiwillig für seine Aufgabe als . . . als Fötal-Ingenieur gemeldet hat. Das war eine angewandte Kunst, verstehen Sie? Und ich sagte Ihnen ja, wie er diesbezüglich empfand."

„War es ungewöhnlich, sich freiwillig zu melden?"

„Würden *Sie* denn nicht sagen – aber jetzt vergesse ich wieder, daß Sie ein Erdenmensch sind. Ja, es ist ungewöhnlich. Es ist eine jener Aufgaben, die erledigt werden müssen, für die sich aber nur selten jemand freiwillig meldet. Gewöhnlich ist es notwendig, jemanden auf eine bestimmte Zahl von Jahren einfach dazu zu verpflichten, und es ist wirklich nicht angenehm, dafür ausgewählt zu werden. Delmarre hat sich freiwillig gemeldet, und zwar auf Lebenszeit. Er war der Ansicht, daß die Stelle zu wichtig sei, als daß man sie mit jemandem besetzte, dem die Arbeit zuwider war, und hat mich auch zu dieser Ansicht überredet. Trotzdem hätte ich mich ganz sicher nie freiwillig gemeldet. Ich wäre einfach nicht imstande gewesen, das persönliche Opfer zu bringen. Und für ihn war es ein noch größeres Opfer, da er in bezug auf seine persönliche Hygiene ja fast ein Fanatiker war."

„Ich bin immer noch nicht sicher, ob ich so recht begreife, worin seine Arbeit eigentlich bestand."

Quemots alte Wangen röteten sich leicht. „Sollten Sie das nicht besser mit seinem Assistenten besprechen?"

„Das hätte ich inzwischen bestimmt schon getan", meinte Baley, „wenn nur jemand sich die Mühe gemacht hätte, mir vor diesem Augenblick zu sagen, daß er einen Assistenten hatte."

„Das tut mir leid", sagte Quemot, „aber die Existenz des Assistenten ist wieder ein Maß seiner gesellschaftlichen Verantwortung. Kein bisheriger Stelleninhaber hat für einen gesorgt. Delmarre hingegen hielt es für notwendig, einen geeigneten jungen Mann zu finden und seine Ausbildung selbst zu übernehmen, um einen Nachfolger zu hinterlassen, sobald einmal die Zeit für ihn kam, um sich zurückzuziehen oder – nun – zu sterben." Der alte Solarianer seufzte tief. „Und doch habe ich ihn überlebt, obwohl er so viel jünger war. Ich habe immer Schach mit ihm gespielt. Oft."

„Wie haben Sie das gemacht?"

Quemots Augenbrauen hoben sich. „Auf die übliche Art."

„Sie haben einander gesehen?"

Quemot sah den anderen erschrocken an. „Was für eine Idee! Selbst wenn ich es ertragen hätte, hätte Delmarre das doch keinen Augenblick zugelassen. Wenn er auch Fötal-Ingenieur war, hat ihn das doch keineswegs abgestumpft. Im Gegenteil: Er war äußerst penibel!"

„Aber wie . . ."

„Mit zwei Brettern, so wie zwei Leute immer miteinander Schach spielen." Der Solarianer zuckte die Achseln in einer höchst tolerant wirkenden Geste. „Nun, Sie sind Erdenmensch. Meine Züge wurden von seinem Brett registriert und die seinen von dem meinen. Das ist ganz einfach."

„Kennen Sie Mrs. Delmarre?" wollte Baley wissen.

„Wir haben einander gesichtet. Sie ist Feldkoloristin, wissen Sie? Ich habe einige ihrer Darstellungen gesichtet. Schöne Arbeit in ihrer Art, aber eher als Kuriosität denn als schöpferische Kunst interessant. Trotzdem – die Arbeiten sind amüsant und lassen erkennen, daß sie eine empfindsame Person ist."

„Ist sie imstande, ihren Mann zu töten? Was würden Sie sagen?"

„Ich habe nicht darüber nachgedacht. Frauen sind höchst erstaunliche Geschöpfe. Aber da gibt es ja wohl nicht viel zu diskutieren, oder? Nur Mrs. Delmarre könnte Rikaine nahe genug gewesen sein, um ihn zu töten. Rikaine hätte niemals, unter keinen Umständen und aus keinem Grund jemand anderem das Privileg des Sehens eingeräumt. Äußerst penibel. Vielleicht ist ‚penibel' das falsche Wort. Es ist nur eben so, daß ihm jede Spur von Anormalität fehlte, alles, was pervers gewesen wäre. Er war ein guter Solarianer."

„Würden Sie es denn dann als pervers bezeichnen, daß Sie mir das Privileg des Sehens eingeräumt haben?"

„Ja, ich denke, das würde ich", sagte Quemot.

„Könnte es sein, daß man Delmarre aus politischen Gründen getötet hat?"

„Was?"

„Ich habe gehört, daß man ihn als Traditionalisten bezeichnet hat."

„Oh, das sind wir doch alle."

„Sie meinen, es gibt keine Gruppe von Solarianern, die *nicht* Traditionalisten sind?"

„Nun, es gibt sicherlich einige", sagte Quemot nachdenklich, „die es für gefährlich halten, zu traditionalistisch eingestellt zu sein. Sie sind sich unserer kleinen Bevölkerung mehr als bewußt und wissen auch, wie sehr wir uns gegenüber den anderen Welten in der Minderzahl befinden. Sie glauben, wir wären gegenüber möglichen Angriffen seitens der anderen Äußeren Welten hilflos. Es ist ziemlich dumm von ihnen, das zu glauben, und es gibt auch nicht viele davon. Ich glaube nicht, daß sie eine Macht darstellen."

„Warum sagen Sie, daß sie dumm sind? Gibt es denn an Solaria etwas, das das Mächtegleichgewicht trotz des großen zahlenmäßigen Nachteils beeinträchtigen würde? Eine neue Waffenart vielleicht?"

„Ganz sicher eine Waffe. Aber keine neue. Die Leute, von denen ich spreche, sind mehr blind als dumm, weil sie nicht erkennen, daß eine derartige Waffe dauernd im Einsatz ist und daß es gegen sie keinen Widerstand gibt."

Baleys Augen verengten sich. „Ist das Ihr Ernst?"

„Sicherlich."

„Sind Sie mit der Waffe vertraut?"

„Das müssen wir alle sein. Selbst *Sie* sind das, wenn Sie einmal darüber nachdenken. Ich sehe das vielleicht ein wenig leichter als die meisten, weil ich Soziologe bin. Sicher, die Waffe wird normalerweise nicht so eingesetzt, wie man Waffen einzusetzen pflegt. Sie tötet und verletzt nicht, aber trotzdem ist sie wirksam. Um so wirksamer, weil niemand sie bemerkt."

Baley wirkte jetzt verärgert. „Und was ist das für eine nicht tödliche Waffe?"

Und Quemot sagte: „Der positronische Roboter."

Eine Farm wird inspiziert

Einen Augenblick lang erfaßte Baley eisige Kälte. Der positronische Roboter war das Symbol der Überlegenheit der Spacer über die Erdenmenschen; das für sich allein war Waffe genug.

Er achtete darauf, mit gleichmäßiger Stimme zu sprechen. „Das ist eine wirtschaftliche Waffe. Solaria ist für die anderen Äußeren Welten als Lieferant besonders fortschrittlicher Modelle wichtig und wird deshalb von ihnen nicht verletzt werden."

„Das liegt auf der Hand", sagte Quemot gleichgültig. „Das hat uns dabei geholfen, unsere Unabhängigkeit zu erlangen. Was ich im Sinn habe, ist etwas völlig anderes; etwas, das zugleich subtiler ist und doch von kosmischer Bedeutung." Quemot musterte prüfend seine

Fingerspitzen, und es war offensichtlich, daß seine Gedanken sich mit abstrakten Begriffen befaßten.

„Ist das wieder eine von Ihren soziologischen Theorien?" fragte Baley.

In Quemots Blick lag so viel unverhohlener Stolz, daß der Erdenmensch unwillkürlich lächeln mußte. „In der Tat, so ist es", sagte der Soziologe. „Eine originelle Theorie, soweit mir bekannt ist, und doch naheliegend, wenn man die Bevölkerungsdaten der Äußeren Welten studiert. Zunächst einmal hat man den positronischen Roboter seit seiner Erfindung überall immer intensiver eingesetzt."

„Aber nicht auf der Erde", wandte Baley ein.

„Aber, aber! Ich weiß nicht sehr viel über Ihre Erde, aber mir ist immerhin bekannt, daß die Roboter gerade dabei sind, Eingang in Ihre Wirtschaft zu finden. Sie und Ihresgleichen leben in großen Cities und lassen den größten Teil Ihrer Planetenoberfläche unbewohnt. Wer betreibt also Ihre Farmen und Bergwerke?"

„Roboter", gab Baley zu. „Aber wenn wir schon davon sprechen, Doktor – schließlich waren es Erdenmenschen, die den positronischen Roboter ursprünglich erfunden haben."

„Haben sie das? Sind Sie da sicher?"

„Das können Sie überprüfen. Das ist so."

„Interessant. Und doch haben die Roboter dort die geringsten Fortschritte gemacht." Der Soziologe überlegte eine Weile und meinte dann nachdenklich: „Vielleicht kommt das von der großen Bevölkerung der Erde. Dort würde es natürlich sehr viel länger dauern. Ja . . . immerhin haben Sie selbst in Ihren Citys Roboter."

„Ja", sagte Baley.

„Und zwar heute mehr als – sagen wir mal – vor fünfzig Jahren."

Baley nickte ungeduldig. „Ja."

„Dann paßt das schon zusammen. Es ist nur eine Frage der Zeit – das ist der einzige Unterschied. Roboter neigen dazu, menschliche Arbeitskräfte zu verdrängen. Die Roboterwirtschaft bewegt sich immer nur in einer einzigen Richtung. Mehr Roboter und weniger Menschen. Ich habe die Bevölkerungsdaten sehr sorgfältig studiert, sie grafisch dargestellt und ein paar Extrapolationen vorgenommen." Er hielt plötzlich überrascht inne. „Aber das ist ja ein Einsatz der Mathematik in der Soziologie, oder?"

„Ja, allerdings", sagte Baley.

„Dann hat das vielleicht doch etwas auf sich. Ich muß gelegentlich darüber nachdenken. Jedenfalls bin ich zu folgenden Schlüssen gelangt und überzeugt, daß an ihrer Richtigkeit kein Zweifel besteht: Das Verhältnis zwischen Robotern und Menschen in jeder Wirtschaftsform, die Roboterarbeit akzeptiert hat, nimmt dauernd zu, und zwar auch dann, wenn Gesetze erlassen werden, die das verhindern sollen. Das Wachstum wird verlangsamt, aber nie ganz aufgehalten. Zuerst wächst die menschliche Bevölkerung; aber die Roboterbevölkerung wächst viel schneller. Und dann, wenn ein bestimmter kritischer Punkt erreicht ist . . ." Quemot hielt wieder inne und meinte dann: „Mal sehen. Ich frage mich, ob man den kritischen Punkt exakt bestimmen kann; ob man ihn wirklich zahlenmäßig definieren kann. Jetzt sind Sie wieder mit Ihrer Mathematik dran."

Baley begann unruhig zu werden. „Was passiert denn nach dem Erreichen des kritischen Punktes, Dr. Quemot?"

„Was? Oh, die menschliche Bevölkerung fängt an zu schrumpfen. Der Planet nähert sich einer echten gesellschaftlichen Stabilität. So wird es auf Aurora kommen müssen. Selbst Ihre Erde wird sich dem nicht entziehen können. Die Erde braucht vielleicht ein paar Jahrhunderte länger, aber es ist unvermeidbar."

„Was verstehen Sie unter gesellschaftlicher Stabilität?"

„Die Situation hier. Auf Solaria. Eine Welt, in der die Menschen einzig und allein eine Muße-Klasse sind. Es gibt also keinen Anlaß, die anderen Äußeren Welten zu fürchten. Wir brauchen vielleicht nur noch hundert Jahre zu warten, dann werden sie alle Solarier sein. Ich vermute, daß das in gewisser Weise das Ende der menschlichen Geschichte sein wird; zumindest ihre Erfüllung. Endlich, endlich werden alle Menschen alles haben, was sie je brauchen und wünschen können. Wissen Sie, es gibt da einen Satz, den ich einmal aufgeschnappt habe; ich weiß nicht, woher er kommt; irgend etwas vom Streben nach Glück."

Und Baley sagte nachdenklich: „Alle Menschen sind von ihrem Schöpfer mit gewissen unveräußerlichen Rechten ausgestattet . . . darunter Leben, Freiheit und das Streben nach Glück."

„Genau. Wo kommt das her?"

„Irgendein altes Dokument", sagte Baley.

„Erkennen Sie, wie das hier auf Solaria verändert wird und schließlich auch in der ganzen Galaxis? Das Streben wird zu Ende sein. Die Rechte, die die Menschheit erbt, werden Leben, Freiheit und Glück sein. Nur das. Glück."

„Mag sein", sagte Baley trocken, „aber auf Ihrem Solaria ist ein Mensch getötet worden, und es kann sein, daß ein zweiter in Kürze stirbt."

Fast im gleichen Augenblick, in dem er es gesagt hatte, empfand er Bedauern, denn Quemots Gesichtsausdruck wirkte plötzlich so, als hätte man ihn geohrfeigt. Der alte Mann senkte den Kopf. Dann sagte er, ohne aufzublicken: „Ich habe Ihre Fragen, so gut ich konnte, beantwortet. Wünschen Sie sonst noch etwas?"

„Nein, nicht nötig. Vielen Dank. Es tut mir leid, daß ich mich in Ihre Trauer um den Tod Ihres Freundes hineingedrängt habe."

Quemot blickte zögernd auf. „Es wird schwierig sein, einen anderen Schachpartner zu finden. Er hat unsere Verabredungen stets höchst pünktlich eingehalten und spielte außergewöhnlich gleichmäßig. Er war ein guter Solarianer."

„Ich verstehe", sagte Baley mit sanfter Stimme. „Habe ich Ihre Erlaubnis, Ihr Sichtgerät zu benutzen, um Kontakt mit der nächsten Person herzustellen, die ich sprechen muß?"

„Natürlich", sagte Quemot. „Meine Roboter sind die Ihren. Und jetzt werde ich Sie verlassen. Gesichtet."

Kaum dreißig Sekunden nach Quemots Verschwinden war ein Roboter an Baleys Seite, und Baley fragte sich erneut, wie diese Geschöpfe geleitet wurden. Er hatte, ehe Quemot ihn verlassen hatte, gesehen, wie dessen Finger sich einem Sensor näherten, und das war alles gewesen.

Vielleicht war das Signal ein ganz allgemeines, das nur besagte, „Tu deine Pflicht". Vielleicht belauschten die Roboter alles, das sich um sie herum abspielte, und wußten stets, was ein Mensch zu jedem beliebigen Augenblick vielleicht wünschen könnte. Und wenn der betreffende Roboter nicht entweder geistig oder körperlich für eine bestimmte Aufgabe konstruiert war, dann trat das Funknetz, das alle Roboter verband, in Aktion, und der korrekte Roboter wurde zum Handeln veranlaßt.

Einen Augenblick lang hatte Baley eine Vision von Solaria als einem robotischen Netz mit Löchern, die klein waren und immer kleiner wurden, und wo jeder Mensch an seinem Ort gefangen war. Er dachte an das Bild, das Quemot ihm vorgezeichnet hatte: von allen Welten, die sich in Solarias verwandelten; von Netzen, die sich formten und spannten, selbst auf der Erde, bis . . .

Der Roboter riß ihn aus seinen Gedanken, indem er mit dem ruhigen, gleichmäßigen Respekt der Maschine sprach. „Ich bin bereit, Ihnen zu helfen, Sir."

„Weißt du, wie man an den Ort kommt, wo Rikaine Delmarre einmal gearbeitet hat?" fragte Baley.

„Ja, Sir."

Baley zuckte die Achseln. Er würde sich selbst lehren, nutzlose Fragen zu vermeiden. Die Roboter wußten alles. Ende. So war das eben. Es kam ihm in den Sinn, daß man, um Roboter wirklich effizient einsetzen zu können, notwendigerweise Fachmann sein mußte, eine Art Robotiker. Wie gut kam da der durchschnittliche Solarianer zurecht? fragte er sich. Mutmaßlich nur mittelmäßig.

„Ich möchte eine Verbindung mit Delmarres Haus, und sprich mit seinem Assistenten", sagte er. „Wenn der Assistent nicht anwesend ist, dann machst du ihn ausfindig, gleichgültig, wo er ist!"

„Ja, Sir."

Als der Roboter sich zum Gehen wandte, rief Baley ihm nach: „Warte! Wieviel Uhr ist es jetzt im Delmarre-Haus?"

„Etwa null-sechs-drei-null, Sir."

„Am Morgen?"

„Ja, Sir."

Wieder empfand Baley Verstimmung über eine Welt, die sich selbst dem Kommen und Gehen einer Sonne unterwarf. Das kam davon, wenn man auf offenen Planetenoberflächen unter nackter Sonne lebte.

Er dachte flüchtig an die Erde, verdrängte den Gedanken aber wieder. Solange er sich ganz auf seine Aufgabe konzentrierte, würde alles gut sein. Heimweh war das Allerletzte, was er jetzt brauchen konnte.

„Ruf trotzdem den Assistenten, Boy", sagte er, „und sag ihm, daß die Regierung hinter mir steht – und dann soll einer von den anderen Boys etwas zu essen bringen! Ein belegtes Brot und ein Glas Milch genügen."

WÄHREND er nachdenklich sein Brot verzehrte – es war mit einer Art Rauchfleisch belegt –, dachte er etwas abwesend, daß Daneel Olivaw sicherlich, nach dem, was Gruer widerfahren war, jegliches Essen für suspekt halten würde. Und Daneel würde vielleicht sogar recht haben.

Aber beim Essen stellten sich keinerlei unangenehme Wirkungen ein (zumindest keine unmittelbaren), und er nahm einen Schluck von der Milch. Er hatte von Quemot nicht das erfahren, wegen dem er gekommen war, dafür hatte er aber etwas anderes erfahren. Und während er das Gehörte in Gedanken auseinandersortierte, schien ihm doch, daß er eine ganze Menge gelernt hatte.

Zugegebenermaßen sehr wenig über den Mord, aber wesentlich mehr über die größere, wichtigere Angelegenheit.

Der Roboter kehrte zurück. „Delmarres Assistent ist bereit, den Kontakt anzunehmen, Sir."

„Gut. Hat es Schwierigkeiten bereitet?"

„Der Assistent schlief, Sir."

„Aber jetzt ist er doch wach?"

„Ja, Sir."

Plötzlich sah er sich dem Assistenten gegenüber. Er hatte sich im Bett aufgesetzt und blickte ziemlich mürrisch.

Baley fuhr zurück, als wäre plötzlich unmittelbar vor ihm eine Kraftfeldbarriere hochgegangen. Wieder hatte man ihm eine wesentliche Information vorenthalten. Wieder hatte er nicht die richtigen Fragen gestellt. Niemand war es in den Sinn gekommen, ihm zu sagen, daß Rikaine Delmarres Assistent eine Frau war.

Ihr Haar war etwas dunkler als der übliche Bronzeton der Spacer, und sie hatte sehr volles Haar, das im Augenblick in Unordnung war. Ihr Gesicht war oval, die Nase etwas stark ausgeprägt und ihr Kinn kräftig. Sie kratzte sich an der Hüfte, und Baley hoffte, daß das Bettlaken dort bleiben würde, wo es gerade war. Er erinnerte sich an Gladias freizügige Einstellung bezüglich dessen, was beim Sichten erlaubt war.

Baley empfand eine Art sarkastischer Freude über die Enttäuschung, die er in diesem Augenblick verspürte. Irgendwie nahmen die Erdenmenschen immer an, daß alle Spacer-Frauen schön waren, und Gladia hatte diese Annahme ganz sicherlich verstärkt. Aber diese Frau war selbst nach irdischen Begriffen alles andere als schön – eher langweilig.

Es überraschte Baley daher, daß ihre Altstimme ihm attraktiv erschien, als sie fragte: „Hören Sie mal, wissen Sie eigentlich, wie spät es ist?"

„Ja", sagte Baley. „Aber da ich Sie sehen werde, fand ich, daß ich Sie vorher warnen sollte."

„Mich *sehen?* Du lieber Himmel!" Ihre Augen weiteten sich, und sie fuhr sich mit der Hand ans Kinn. (An einem Finger trug sie einen Ring, das erste persönliche Schmuckstück, das Baley bis jetzt auf Solaria gesehen hatte.) „Warten Sie – Sie sind doch nicht mein neuer Assistent, oder?"

„Nein. Nichts dergleichen. Ich bin hier, um Ermittlungen bezüglich des Todes von Rikaine Delmarre anzustellen."

„So? Nun, dann ermitteln Sie doch."

„Wie heißen Sie?"

„Klorissa Cantoro."

„Und wie lange haben Sie mit Dr. Delmarre zusammengearbeitet?"

„Drei Jahre."

„Ich nehme an, daß Sie sich jetzt an der Arbeitsstelle befinden." (Baley war die schwerfällige Formulierung irgendwie unbehaglich, aber er wußte nicht, wie man einen Ort nannte, an dem ein Fötal-Ingenieur arbeitete.)

„Wenn Sie damit meinen, ob ich auf der Farm bin, dann bin ich das ganz sicherlich", sagte Klorissa mißvergnügt. „Die habe ich nicht mehr verlassen, seit die den Alten umgebracht haben. Und wie es aussieht, werde ich sie auch nicht verlassen, bis man mir einen Assistenten zugeteilt hat. Können *Sie* das übrigens veranlassen?"

„Tut mir leid, Gnädigste. Ich habe hier auf niemanden Einfluß."

„Nun, fragen wird man ja dürfen." Klorissa schlug das Laken zurück und stieg ohne die geringste Verlegenheit aus dem Bett. Sie trug einen einteiligen Schlafanzug, und ihre Hand griff an die Stelle am Halsausschnitt, wo der Saum endete.

„Einen Augenblick!" sagte Baley hastig. „Wenn Sie damit einverstanden sind, daß ich Sie aufsuche, können wir dieses Gespräch für den Augenblick beenden, und Sie können sich dann ungestört anziehen."

Sie schob die Unterlippe vor und starrte Baley neugierig an. „Sie sind wohl ein bißchen pingelig, wie? Wie der Boß!"

„Darf ich Sie sehen? Ich würde mich auch gern auf der Farm umschauen."

„Ich weiß nicht, was das soll, von wegen sehen. Aber wenn Sie die Farm sichten wollen, dann führe ich Sie herum. Wenn Sie mir zuerst Zeit lassen, mich zu waschen und ein paar Dinge zu erledigen und richtig wach zu werden, dann hätte ich gegen die kleine Abwechslung nichts einzuwenden."

„Ich will gar nichts sichten. Ich will *sehen*."

Klorissa legte den Kopf schief, und ihr scharfer Blick hatte etwas von professionellem Interesse an sich. „Sind Sie pervers oder so was? Wann haben Sie sich das letzte Mal einer Genanalyse unterzogen?"

„Jehoshaphat!" murmelte Baley. „Schauen Sie, ich bin Elijah Baley. Ich bin von der Erde."

„Von der Erde?" rief sie. „Du lieber Himmel! Was machen Sie denn hier? Oder ist das ein Witz?"

„Ich mache keine Witze. Man hat mich gerufen, um Ermittlungen bezüglich Delmarres Ermordung anzustellen. Ich bin Detektiv."

„Die Art von Ermittlung meinen Sie also. Dabei dachte ich, jeder wüßte, daß seine Frau es getan hat."

„Nein, Ma'am, ich habe da meine Zweifel. Habe ich also Ihre Erlaubnis, die Farm und Sie zu sehen? Sie müssen verstehen, ich bin es als Erdenmensch nicht gewöhnt, Leute zu sichten. Es macht mich nervös. Ich habe die Genehmigung des Sicherheitschefs, Leute zu sehen, die mir helfen könnten. Wenn Sie wollen, zeige ich Ihnen das Dokument."

„Lassen Sie sehen."

Baley hielt ihr den amtlichen Streifen vor die Augen, oder besser, vor ihre abgebildeten Augen.

Sie schüttelte den Kopf. „Sehen! Ist ja widerwärtig. Trotzdem, du lieber Himmel, was macht schon ein wenig zusätzliche Widerwärtigkeit in diesem widerwärtigen Beruf? Aber hören Sie, daß Sie mir ja nicht zu nahe kommen! Sie bleiben hübsch auf Distanz. Wir können uns ja zurufen oder uns durch einen Roboter Mitteilungen zusenden, wenn es sein muß. Haben Sie verstanden?"

„Ja, ich habe verstanden."

Ihr Schlafanzug öffnete sich in dem Moment am Saum, als der Kontakt abbrach, und das letzte, was er von ihr hörte, war ein gemurmeltes: „Erdenmensch!"

„DAS ist jetzt nahe genug", sagte Klorissa.

Baley, der etwa sieben Meter von der Frau entfernt stand, sagte: „Mir ist die Entfernung recht, aber ich würde gern schnell nach drinnen gehen." Trotzdem war es diesmal gar nicht so schlimm gewesen. Die Flugreise hatte ihm kaum etwas ausgemacht; aber man brauchte es auch nicht zu übertreiben. Er hielt sich davon ab, am Kragen zu zerren, als könne er auf die Weise freier atmen.

„Was ist denn los mit Ihnen?" fragte Klorissa scharf. „Sie sehen ziemlich durchgedreht aus."

„Ich bin es nicht gewöhnt, draußen zu sein", erklärte Baley.

„Ganz richtig! Erdenmensch! Sie müssen irgendwie eingesperrt sein oder so was. Du lieber Himmel!" Ihre Zunge fuhr über die Lippen, als hätte sie etwas Unappetitliches geschmeckt. „Nun, dann kommen Sie rein, aber lassen Sie mich zuerst aus dem Weg gehen. So. Jetzt kommen Sie!"

Sie trug ihr Haar in zwei dicken Zöpfen, die sie sich in einem komplizierten geometrischen Muster um den Kopf geschlungen hatte. Baley fragte sich, wie lange es wohl dauern mochte, es so zu arrangieren, und dann fiel ihm ein, daß das aller Wahrscheinlichkeit nach die mechanischen Finger eines Roboters erledigten.

Das Haar brachte ihr ovales Gesicht gut zur Geltung und verlieh ihm Symmetrie, die es angenehm erscheinen ließ, wenn auch nicht hübsch. Sie trug überhaupt kein Make-up, und ihre Kleidung war, was das betraf, auch zu nichts anderem bestimmt, als ihre Blöße zu bedecken. Sie war größtenteils von gedecktem dunklem Blau, mit Ausnahme der Handschuhe, die bis zum Ellbogen reichten und von violetter Farbe waren, was sich fast unerträglich mit dem Blau ihres Kleides biß. Offenbar trug sie sie normalerweise nicht. Baley fiel auf, daß ein Finger unter dem Handschuh etwas dicker war; das war der, an dem der Ring steckte.

Sie blieben an den zwei gegenüberliegenden Enden des Raumes stehen und sahen einander an.

„Das gefällt Ihnen gar nicht, wie, Ma'am?" fragte Baley.

Klorissa zuckte die Achseln. „Warum sollte es mir auch gefallen? Ich bin schließlich kein Tier. Aber ich kann es ertragen. Man stumpft ziemlich ab, wenn man mit . . . mit . . ." – sie hielt inne, und dann schob sie ihr Kinn vor, als hätte sie sich dazu entschlossen, das, was zu sagen war, ohne Skrupel auszusprechen – „mit Kindern zu tun hat." Sie sprach das Wort sorgfältig und präzise aus.

„Das klingt ja, als würde Ihnen die Arbeit nicht gefallen, die Sie hier tun."

„Es ist wichtige Arbeit. Sie muß getan werden. Trotzdem gefällt sie mir nicht."

„Hat sie Rikaine Delmarre gefallen?"

„Wahrscheinlich nicht, aber er hat es sich nie anmerken lassen. Er war ein guter Solarianer."

„Und er war pingelig."

Klorissa sah ihn überrascht an.

„Das haben Sie selbst gesagt", meinte Baley. „Als wir uns sichteten und ich sagte, Sie könnten sich ungestört anziehen, sagten Sie, ich sei pingelig wie der Boß."

„Oh. Nun, er *war* pingelig. Selbst beim Sichten hat er sich nie Freiheiten herausgenommen. Immer sehr proper."

„War das ungewöhnlich?"

„Eigentlich sollte es das nicht sein. Man sollte ja immer ordentlich und proper sein, aber das geht einfach nicht immer. Nicht beim Sichten. Schließlich ist man ja nicht persönlich anwesend; warum sich also die Mühe machen? Verstehen Sie? Ich mach mir keine Mühe beim Sichten; nur wenn ich mit dem Boß sprach. Bei ihm mußte man immer sehr formell sein."

„Haben Sie Dr. Delmarre bewundert?"

„Er war ein guter Solarianer."

„Sie haben das hier eine ‚Farm' genannt, und Sie haben Kinder erwähnt. Ziehen Sie hier Kinder auf?"

„Von dem Zeitpunkt an, wo sie einen Monat alt sind. Jeder Fötus auf Solaria kommt hierher."

„Fötus?"

„Ja." Sie runzelte die Stirn. „Wir kriegen sie einen Monat nach der Empfängnis. Ist Ihnen das peinlich?"

„Nein", sagte Baley knapp. „Können Sie mich herumführen?"

„Ja. Aber bleiben Sie bitte auf Distanz."

Baleys langes Gesicht nahm einen grimmig starren Ausdruck an, als er von oben in den langen Saal hinunterblickte. Zwischen dem Raum und ihnen war eine Glaswand. Auf der anderen Seite – davon war er überzeugt – herrschte perfekt geregelte Temperatur, perfekt geregelte Feuchtigkeit und perfekt geregelte Antisepsis. Diese Tanks, eine Reihe hinter der anderen, enthielten jeder ein kleines Geschöpf, das in einer genau dosierten wäßrigen Flüssigkeit schwebte, der man Nährlösung idealer Zusammensetzung zufügte. So vollzogen sich Leben und Wachstum.

Kleine Geschöpfe, einige davon kaum halb so groß wie seine Faust, in sich zusammengerollt, mit vortretendem Schädel, winzigen, knospenartigen Gliedern und kleinen, im Verschwinden begriffenen Schwänzen.

Klorissa meinte aus sechs Meter Entfernung: „Wie gefällt Ihnen das, Detektiv?"

„Wie viele haben Sie hier?"

„Heute morgen sind es hundertzweiundfünfzig. Wir bekommen jeden Monat fünfzehn bis zwanzig und entlassen ebenso viele in die Unabhängigkeit."

„Ist das das einzige derartige Institut auf dem ganzen Planeten?"

„So ist es. Es reicht aus, um die Bevölkerungszahl konstant zu halten, wenn man von einer Lebenserwartung von dreihundert Jahren und einer Bevölkerung von zwanzigtausend ausgeht. Dieses Gebäude ist ganz neu. Dr. Delmarre hat den Bau überwacht und viele Verbesserungen im Ablauf eingeführt. Die Sterblichkeitsrate beträgt jetzt buchstäblich null."

Roboter schritten zwischen den Tanks umher. Bei jedem blieben sie stehen und prüften in sorgfältiger, unermüdlicher Art die Instrumente und sahen sich die winzigen Embryos in den Tanks an.

„Wer operiert denn die Mutter?" fragte Baley. „Ich meine, um die kleinen Dinger zu bekommen."

„Ärzte", antwortete Klorissa.

„Dr. Delmarre?"

„Selbstverständlich nicht. Dr. Delmarre war nicht Arzt. Sie glauben doch nicht etwa, der hätte je . . ., aber lassen wir das!"

„Warum kann man denn keine Roboter einsetzen?"

„Roboter in der Chirurgie? Das Erste Gesetz macht das sehr schwierig. Ein Roboter könnte eine Blinddarmoperation durchführen, um ein menschliches Leben zu retten, wenn er wüßte, wie man das macht. Aber ich bezweifle, daß er nachher ohne größere Instandsetzungsarbeiten noch zu verwenden wäre. Für ein Positronengehirn wäre es ein traumatisches Erlebnis, durch menschliches Fleisch schneiden zu müssen. Menschliche Ärzte können sich daran gewöhnen. Selbst an die persönliche Anwesenheit, die das erfordert."

Baley meinte: „Aber um die Föten kümmern sich die Roboter doch. Haben Sie und Dr. Delmarre sich da je einschalten müssen?"

„Manchmal mußten wir das, wenn etwas nicht klappte. Wenn ein Fötus Probleme hatte, beispielsweise. Man kann nicht darauf vertrauen, daß Roboter die Lage richtig einschätzen, wenn es um menschliches Leben geht."

Baley nickte. „Das Risiko wäre zu groß, daß er eine Fehlentscheidung trifft und dabei ein Leben verlorengeht, stelle ich mir vor."

„Ganz und gar nicht! Das Risiko wäre zu groß, daß er ein Leben überbewertet und eines zuviel bewahrt." Die Frau blickte streng drein. „Als Fötal-Ingenieure, Baley, sorgen wir dafür, daß gesunde Kinder geboren werden – ausschließlich gesunde. Selbst die beste Genanalyse der Eltern kann nicht sicherstellen, daß alle Genpermutationen und -kombinationen positiv sind, ganz zu schweigen von der Gefahr von Mutationen. Das ist unsere große Sorge: eine unerwartete Mutation. Wir haben die Rate jetzt auf weniger als ein Promille heruntergedrückt; aber das bedeutet, daß wir im Durchschnitt einmal in zehn Jahren Ärger bekommen."

Sie bedeutete ihm, ihr über einen Laufgang zu folgen, und meinte: „Ich zeige Ihnen jetzt die Kindergärten und die Schlafsäle. Die sind ein viel größeres Problem als die Föten. Bei denen können wir nämlich nur in sehr beschränktem Maße Roboterarbeit einsetzen."

„Warum?"

„Das würden Sie dann wissen, Baley, wenn Sie je versucht hätten, einem Roboter beizubringen, wie wichtig Disziplin ist. Das Erste Gesetz macht sie für diese Tatsache fast blind. Und glauben Sie bloß nicht, daß die Kleinen das nicht schnell herauskriegen – sie können noch kaum reden, da kennen sie schon alle Tricks. Ich habe selbst miterlebt, wie ein Dreijähriger ein Dutzend Roboter zum Erstarren gebracht hat, indem er schrie: ‚Du tust mir weh! Ich bin verletzt!' Man braucht unglaublich fortgeschrittene Roboter, um ihnen begreiflich zu machen, daß ein Kind absichtlich lügen kann."

„Kam Delmarre mit den Kindern zurecht?"

„Gewöhnlich schon."

„Wie hat er das gemacht? Ist er zu ihnen hinausgegangen und hat ihnen Vernunft eingebleut?"

„Dr. Delmarre? Der sie berühren? Du lieber Himmel! Natürlich nicht! Aber er konnte mit ihnen reden. Und dann konnte er Robotern ganz spezifische Anweisungen geben. Ich hab ihn gesehen, wie er ein Kind fünfzehn Minuten lang sichtete und die ganze Zeit dabei einen Roboter in Prügelhaltung hielt – ununterbrochen. Wenn einer von den kleinen Plagegeistern das ein paarmal mitgemacht hat, hat er sich ganz bestimmt nicht mehr mit dem Boß angelegt. Und der Boß war dabei so geschickt, daß der Roboter gewöhnlich nachher bloß eine Routineüberholung brauchte."

„Und Sie? Gehen Sie zu den Kindern hinaus?"

„Ich fürchte, manchmal muß ich das. Ich bin nicht wie der Boß.

Vielleicht bin ich eines Tages einmal soweit, daß ich die Erziehung aus der Ferne schaffe. Aber im Augenblick würde ich, wenn ich das versuchte, nur Roboter ruinieren. – Mit Robotern richtig umzugehen ist eine Kunst, wissen Sie? Aber allein die Vorstellung, zu den Kindern hinauszugehen! Kleine Tiere sind das!“

Plötzlich sah sie ihn wieder an. „Ich nehme an, Ihnen würde es nichts ausmachen, sie zu sehen.“

„Es würde mich nicht stören.“

Sie zuckte die Achseln und starrte ihn amüsiert an. „Erdenmensch!“ Dann ging sie weiter. „Was soll das Ganze überhaupt? Am Ende werden Sie ja doch feststellen, daß Gladia Delmarre die Mörderin ist.“

„Dessen bin ich keineswegs sicher“, sagte Baley.

„Das verstehe ich nicht. Wer sonst könnte es denn getan haben?“

„Da gibt es Möglichkeiten, Ma'am.“

„Wer zum Beispiel?“

„Nun, Sie zum Beispiel!“

Klorissas Reaktion darauf überraschte Baley.

Ein Ziel wird verfehlt

Sie lachte.

Und ihr Lachen wuchs und nährte sich von sich selbst, bis sie nach Atem rang und ihr breites Gesicht sich so gerötet hatte, daß es beinahe purpurn wirkte. Sie lehnte sich gegen die Wand und rang nach Atem. „Nein, kommen Sie mir nicht – näher!“ bat sie. „Es ist alles in Ordnung.“

Baley fragte ernst: „Ist diese Möglichkeit denn so erheiternd?“

Sie versuchte zu antworten, mußte aber wieder lachen. Dann sagte sie im Flüsterton: „Oh, sind *Sie* ein Erdenmensch! Wie könnte ich es je gewesen sein?“

„Sie haben ihn gut gekannt“, meinte Baley. „Sie kannten seine Gewohnheiten. Sie hätten die Tat planen können.“

„Und Sie glauben, daß ich ihn hätte *sehen* wollen? Daß ich nahe genug an ihn herangegangen wäre, um ihm mit etwas über den Schädel zu schlagen? Sie wissen einfach überhaupt nichts darüber, Baley.“

Baley fühlte, wie er rot wurde. „Warum könnten Sie nicht nahe genug an ihn herankommen, Ma'am? Sie sind es doch gewöhnt ... äh ... mit anderen Menschen nahe beisammen zu sein."

„Moment! Mit *Kindern*."

„Eines führt zum anderen. Sie scheinen meine Anwesenheit ertragen zu können."

„Auf sechs Meter Abstand", sagte sie verächtlich.

„Ich habe gerade einen Mann besucht, der beinahe zusammengebrochen wäre, weil er meine Anwesenheit eine Weile erdulden mußte."

Jetzt wurde Klorissa ernst. „Das ist nur ein Unterschied im Ausmaß", erklärte sie.

„Ich würde meinen, daß es auch mehr als einen Unterschied im Ausmaß überhaupt nicht braucht. Die Gewohnheit, Kinder zu sehen, macht es auch möglich, Delmarre lange genug zu sehen und es zu ertragen."

„Ich würde gern darauf hinweisen, Mr. Baley", sagte Klorissa, die jetzt überhaupt nicht mehr belustigt schien, „daß es nicht das geringste ausmacht, was ich ertragen kann. Dr. Delmarre war derjenige, der pingelig war. Er war fast so schlimm wie Leebig selbst. Fast. Selbst wenn ich es ertragen hätte, ihn zu sehen, würde *er* es nie ertragen haben, *mich* zu sehen. Mrs. Delmarre war die einzige, die er je in Sehweite an sich herangelassen hat."

„Wer ist dieser Leebig, den Sie da erwähnten?"

Klorissa zuckte die Achseln. „Eines von diesen verrückten Genies, wenn Sie wissen, was ich meine. Er hat mit dem Chef an Robotern gearbeitet."

Baley hakte das in Gedanken ab und wandte sich wieder dem aktuellen Problem zu. „Man könnte auch sagen, daß Sie ein Motiv hatten", fuhr er fort.

„Was für ein Motiv?"

„Sein Tod hat Ihnen die Leitung dieser Anstalt eingebracht. Ihnen eine Beförderung verschafft."

„Und das nennen Sie ein Motiv? Du lieber Himmel, wer würde schon diese Stellung haben wollen? Wer auf ganz Solaria? Das ist ein Motiv, ihn am Leben zu erhalten. Ein Motiv, dauernd um ihn herum zu sein und ihn zu beschützen. Sie müssen sich schon etwas Besseres einfallen lassen, Erdenmensch!"

Baley kratzte sich unsicher am Hals. Er mußte erkennen, daß ihre Worte etwas für sich hatten.

„Haben Sie meinen Ring bemerkt, Mr. Baley?" fragte Klorissa. Einen Augenblick lang schien es, als wolle sie den Handschuh von der rechten Hand streifen, aber dann ließ sie es bleiben.

„Ja, ich habe ihn bemerkt", sagte Baley.

„Ich nehme an, Sie wissen nicht, was er bedeutet?"

„Nein." Meine Ignoranz wird wohl nie enden, dachte er bitter.

„Stört Sie dann ein kleiner Vortrag?"

„Wenn es mir hilft, etwas mehr von dieser verdammten Welt zu kapieren", platzte Baley heraus, „dann schießen Sie los!"

„Du lieber Himmel!" Klorissa lächelte. „Ich denke, wir kommen Ihnen genauso vor, wie die Erde uns vorkommen müßte. Man stelle sich das vor. Da, hier ist eine leere Kammer. Kommen Sie herein, und dann setzen wir uns – nein, der Raum ist nicht groß genug. Aber ich will Ihnen was sagen: Sie setzen sich dort drinnen hin, und ich bleibe hier draußen stehen."

Sie ging ein Stück den Korridor zurück und ließ ihm Platz, den Raum zu betreten, und kehrte dann wieder zurück, baute sich an der gegenüberliegenden Wand an einer Stelle auf, von der aus sie ihn sehen konnte.

Baley nahm Platz und spürte einen leichten Anflug von Unbehagen zu sitzen, wenn eine Frau stand, aber dann sagte er sich aufrührerisch: Warum auch nicht? Soll die Spacerfrau doch stehen.

Klorissa verschränkte ihre muskulösen Arme über der Brust und sagte: „Die Genanalyse ist der Schlüssel zu unserer Gesellschaft. Natürlich analysieren wir die Gene nicht direkt. Aber jedes Gen steuert ein Enzym, und Enzyme können wir analysieren. Wenn man die Enzyme kennt, kennt man auch die Körperchemie. Und wenn man die Körperchemie kennt, kennt man den Menschen. Das verstehen Sie doch?"

„Die Theorie verstehe ich", sagte Baley. „Wie man sie anwendet, weiß ich nicht."

„Das ist der Teil, der hier geschieht. Wir entnehmen Blutproben, solange der Säugling sich noch im späten Fötalstadium befindet. Das liefert uns eine erste grobe Annäherung. Idealerweise sollte es uns an dem Punkt möglich sein, alle Mutationen ausfindig zu machen und darüber zu urteilen, ob man eine Geburt riskieren kann. Tatsächlich wissen wir immer noch nicht genug, um jede Fehlermöglichkeit auszuschließen. Eines Tages vielleicht einmal. Jedenfalls fahren wir nach der Geburt mit den Tests fort; Biopsien und Körperflüssigkeiten.

Wir wissen, lange bevor der junge Mensch erwachsen wird, woraus unsere kleinen Jungs und Mädchen gemacht sind."

Aber sonst wißt ihr nichts, dachte Baley.

„Früher trugen wir codierte Ringe, die unsere Genzusammensetzung angaben", sagte Klorissa. „Das ist ein alter Brauch, noch aus der Zeit, als Solaria noch nicht eugenisch gesäubert war. Heutzutage sind wir alle gesund."

„Aber Sie tragen Ihren trotzdem", meinte Baley. „Warum?"

„Weil ich eine Ausnahme bin", erklärte sie voll Stolz und ohne einen Schimmer von Verlegenheit. „Dr. Delmarre hat lange Zeit nach einem Assistenten gesucht. Er brauchte jemand Besonderen. Verstand, Geschicklichkeit, Fleiß, Stabilität. Stabilität am allermeisten. Jemand, der lernen konnte, sich unter die Kinder zu mischen und nicht daran zu zerbrechen."

„Dr. Delmarre konnte das nicht, oder? War das ein Maß seiner Instabilität?"

„In gewisser Weise war es das", meinte Klorissa, „aber zumindest war es unter den meisten Umständen eine wünschenswerte Art von Instabilität. Sie waschen sich doch die Hände, oder?"

Baleys Blick fiel auf seine Hände. Sie waren so sauber wie nötig. „Ja", sagte er.

„Gut. Ich nehme an, es ist ein gewisses Maß an Instabilität, wenn einen schmutzige Hände so abstoßen, daß man einen öligen Mechanismus selbst in einem Notfall nicht mit bloßen Händen säubern kann. Trotzdem sorgt dieser Abscheu im normalen Lauf des Lebens dafür, daß man sauber bleibt, und das ist gut."

„Ich verstehe. Fahren Sie fort!"

„Sonst ist da nichts mehr. Meine Gengesundheit ist die dritthöchste, die auf Solaria je registriert wurde, also trage ich meinen Ring. Ich genieße es, dieses Symbol bei mir zu tragen."

„Ich gratuliere Ihnen."

„Sie brauchen sich nicht lustig zu machen. Vielleicht kann ich gar nichts dafür. Vielleicht ist das die blinde Permutation elterlicher Gene. Aber es macht einen irgendwie stolz, so etwas zu besitzen, ganz gleich, worauf es zurückzuführen ist. Und niemand würde mich für fähig halten, eine so psychotische Tat wie einen Mord zu begehen. Nicht bei meiner Genzusammensetzung. Vergeuden Sie also keine Anklagen an mich."

Baley zuckte die Achseln und sagte nichts. Die Frau schien Genzusammensetzung und Beweismaterial miteinander zu verwechseln, und der Rest Solarias würde es wahrscheinlich genauso halten.

„Wollen Sie jetzt die Kleinen sehen?" fragte Klorissa.

„Danke, ja."

DIE Korridore schienen kein Ende zu nehmen. Das Gebäude war offensichtlich riesengroß; nicht ganz so groß wie die mächtigen Apartmentblocks in den Cities der Erde natürlich; aber für ein einzelnes Gebäude, das sich an die Außenhaut eines Planeten klammerte, mußte es ein Gebilde von geradezu gebirgsähnlichen Dimensionen sein. Er sah Hunderte von kleinen Betten mit rosigen Babys, die entweder schrien oder schliefen oder gerade Nahrung zu sich nahmen. Und dann waren da Spielräume für die Krabbelkinder.

„In dem Alter sind sie gar nicht so schlimm", meinte Klorissa widerstrebend, „obwohl sie eine Unzahl von Robotern beschäftigen. Man kann praktisch sagen, ein Roboter pro Baby, bis sie zu gehen anfangen."

„Warum?"

„Sie werden krank, wenn man sich nicht individuell um sie kümmert."

Baley nickte. „Ja. Ich nehme an, das Bedürfnis nach Zuneigung ist etwas, das man nicht einfach abschaffen kann."

Klorissa runzelte die Stirn und meinte brüsk: „Man muß sich eben um Babys kümmern."

„Es überrascht mich ein wenig, daß Roboter das Bedürfnis nach Zuneigung erfüllen können", meinte Baley.

Sie wirbelte zu ihm herum, und der Abstand zwischen ihnen reichte nicht aus, um ihre Ungehaltenheit zu verbergen. „Jetzt hören Sie mal zu, Baley! Wenn Sie versuchen, mich dadurch zu schockieren, daß Sie unangenehme Worte benutzen, dann wird Ihnen das nicht gelingen. Du lieber Himmel, seien Sie nicht kindisch!"

„Sie schockieren?"

„Ich kann das Wort auch aussprechen: Zuneigung! Wollen Sie ein kurzes Wort, ein gutes, altes Wort mit nur zwei Silben? Das kann ich auch sagen: Liebe! Liebe! Und jetzt, wenn Sie sich damit abreagiert haben, dann benehmen Sie sich!"

Baley ersparte sich die Mühe eines Disputs über Obszönität und meinte: „Können ihnen Roboter denn die nötige Aufmerksamkeit bieten?"

„Offensichtlich. Sonst wäre diese Farm nicht so erfolgreich, wie sie ist. Die albern mit dem Kind herum. Sie drücken es an sich und schaukeln es herum. Dem Kind ist es gleichgültig, ob das ein Roboter ist. Aber dann, zwischen drei und zehn Jahren, wird es schwieriger."

„Oh?"

„In der Phase bestehen die Kinder darauf, miteinander zu spielen. Völlig durcheinander."

„Ich nehme an, Sie lassen das zu."

„Das müssen wir. Aber wir vergessen nie, daß es unsere Aufgabe ist, ihnen die Erfordernisse des Erwachsenenlebens beizubringen. Jedes hat einen separaten Raum, den man abschließen kann. Sie müssen von Anfang an allein schlafen. Darauf bestehen wir. Und dann haben wir jeden Tag eine Isolierzeit, und die nimmt mit den Jahren zu. Wenn ein Kind zehn Jahre alt ist, ist es imstande, sich eine ganze Woche lang auf das Sichten zu beschränken. Die Sichteinrichtungen sind natürlich hoch entwickelt. Sie können draußen sichten und sich dabei bewegen, und das den ganzen Tag lang."

„Es überrascht mich, daß Sie einen Instinkt so gründlich unterdrücken können. Und das tun Sie; das kann ich sehen. Trotzdem überrascht es mich."

„Welchen Instinkt?" fragte Klorissa.

„Den Instinkt der Geselligkeit. Einen solchen gibt es, Sie sagen selbst, daß die Kinder darauf bestehen, miteinander zu spielen."

Klorissa zuckte die Achseln. „Das nennen Sie einen Instinkt? Aber schön, und wenn es schon einer ist. Du lieber Himmel, ein Kind hat die instinktive Angst vor dem Fallen; aber Erwachsene kann man dazu ausbilden, an hohen Orten zu arbeiten, wo dauernd die Gefahr besteht hinunterzufallen. Haben Sie gymnastische Darstellungen auf dem Hochseil gesehen? Es gibt einige Welten, wo die Leute in hohen Bauten wohnen. Und dann haben Kinder auch eine instinktive Furcht vor lauten Geräuschen; aber haben Sie davor Angst?"

„Nicht, wenn der Lärm sich in Grenzen hält", meinte Baley.

„Ich bin bereit, eine Wette abzuschließen, daß die Leute auf der Erde nicht schlafen könnten, wenn es wirklich still wäre. Du lieber Himmel! Es gibt keinen Instinkt, den man mit guter, nachdrücklicher Erziehung nicht zurückdrängen kann; jedenfalls nicht in menschlichen Wesen, deren Instinkte ohnehin schwach sind. Tatsächlich wird die Erziehung, wenn man es richtig anpackt, mit jeder Generation einfacher. Das ist eine Frage der Entwicklung."

„Wieso?"

„Sehen Sie das nicht? Jedes Individuum wiederholt seine eigene Evolutionsgeschichte, während es sich entwickelt. Diese Föten dort hinten haben eine Zeitlang Kiemen und einen Schwanz. Man kann diese Phasen nicht überspringen. Und genauso muß das Kleine auch die Phase des sozialen Lebewesens durchmachen. Aber ebenso, wie ein Fötus in einem Monat eine Phase durchmachen kann, für die die Evolution hundert Millionen Jahre brauchte, können unsere Kinder auch die Phase des sozialen Lebewesens schnell hinter sich bringen. Dr. Delmarre war der Meinung, daß wir diese Phase im Lauf der Generationen immer schneller hinter uns bringen würden."

„Ist das so?"

„Er hat geschätzt, daß wir in dreitausend Jahren, wenn das augenblickliche Tempo des Fortschritts sich fortsetzt, Kinder haben würden, die sofort mit Sichten anfangen. Der Chef hatte da auch noch andere Ansichten. Er interessierte sich dafür, die Roboter so zu verbessern, daß sie imstande sein könnten, Kinder zu bestrafen, ohne geistig instabil zu werden. Warum auch nicht? Disziplin und Strafen heute für ein besseres Leben morgen sind ein wahrer Ausdruck des Ersten Gesetzes, wenn man die Roboter nur dazu bringen könnte, das so zu sehen."

„Hat man schon solche Roboter entwickelt?"

Klorissa schüttelte den Kopf. „Ich fürchte, nein. Dr. Delmarre und Leebig hatten allerdings intensiv an einigen Versuchsmodellen gearbeitet."

„Hat Dr. Delmarre einige dieser Modelle auf sein Anwesen schikken lassen? War er ein ausreichend guter Robotiker, um selbst Tests durchzuführen?"

„O ja. Er hat häufig Roboter getestet."

„Wissen Sie, daß er einen Roboter bei sich hatte, als er ermordet wurde?"

„Das hat man mir gesagt."

„Wissen Sie, was für ein Modell das war?"

„Das müssen Sie Leebig fragen. Wie ich Ihnen schon sagte: Er ist der Robotiker, der mit Dr. Delmarre gearbeitet hat."

„Sie wissen nichts davon?"

„Nicht die kleinste Kleinigkeit."

„Wenn Ihnen etwas einfällt, sagen Sie es mir bitte."

„Das werde ich. Und glauben Sie bloß nicht, daß neue Roboter-

Modelle das einzige waren, wofür Dr. Delmarre sich interessiert hat. Dr. Delmarre sagte immer, einmal würde die Zeit kommen, wo man unbefruchtete Eizellen in Banken aufbewahren und sie für künftige Besamung einsetzen würde. Auf die Weise könnte man wirklich eugenische Prinzipien einsetzen, und wir würden den letzten Rest jeglichen Bedürfnisses nach dem Sehen loswerden. Ich bin nicht sicher, ob ich ihm soweit zustimmen kann; aber er war ein Mann mit sehr fortschrittlichen Vorstellungen, ein sehr guter Solarianer."

Und dann fügte sie schnell hinzu: „Wollen Sie nach draußen gehen? Die Fünf-bis-Acht-Gruppe soll jetzt draußen spielen, und Sie könnten sie in Aktion sehen."

„Das will ich versuchen", sagte Baley vorsichtig. „Es könnte sein, daß ich recht plötzlich wieder hereinkommen muß."

„O ja, das hatte ich vergessen. Vielleicht möchten Sie lieber nicht hinausgehen?"

„Nein." Baley zwang sich zu einem Lächeln. „Ich versuche mich an das Draußensein zu gewöhnen."

Der Wind war besonders schwer zu ertragen; er machte das Atmen schwierig. Er war eigentlich nicht direkt kalt; aber die Art, wie er sich anfühlte, das Gefühl seiner bewegten Kleider, die sich gegen seinen Körper preßten, ließen Baley frösteln.

Seine Zähne klapperten, als er zu reden versuchte. Seine Augen schmerzten, als er den so weit entfernten Horizont in verschwommenem Grün und Blau sah. Und als er dann auf den Weg unmittelbar vor seinen Füßen blickte, bereitete ihm das nur ein beschränktes Maß an Erleichterung. Und bei alledem vermied er es, zu dem leeren Blau aufzublicken; das hieß leer mit Ausnahme von dem aufgetürmten Weiß gelegentlicher Wolken und des grellen Scheins der nackten Sonne.

Und doch konnte er den Drang niederkämpfen, wegzurennen, wieder in das schützende Innere zurückzukehren.

Er ging an einem Baum vorbei, etwa zehn Schritte hinter Klorissa, und streckte vorsichtig die Hand aus, um ihn zu berühren. Er fühlte sich rauh und hart an. Spitze Blätter bewegten sich über ihm und raschelten; aber er hob den Blick nicht, um sie sich anzusehen. Ein lebender Baum!

„Wie fühlen Sie sich?" rief Klorissa.

„Schon in Ordnung."

„Sie können von hier aus eine Gruppe der Kleinen sehen“, sagte sie. „Sie sind mit einem Spiel beschäftigt. Die Roboter organisieren die Spiele und sorgen dafür, daß die kleinen Tiere einander nicht die Köpfe einschlagen.“

Baley hob zögernd den Kopf und ließ den Blick an dem Beton des Weges entlangwandern, hinaus auf das Gras und den Abhang hinunter, immer weiter hinaus – sehr vorsichtig –, bereit, ihn sofort zu seinen Zehenspitzen zurückzuholen, falls er Angst bekommen sollte.

Und da waren sie, die kleinen Jungen und Mädchen, die wie wild herumrannten, ohne sich darum zu kümmern, daß sie am äußeren Rand einer Welt herumrannten und daß über ihnen nichts als Luft und Weltraum waren. Gelegentlich war zwischen ihnen das Glitzern eines Roboters zu erkennen. Der Lärm, den die Kinder machten, war ein weit entferntes, zusammenhangloses Quieken, das in der Luft lag.

„Das mögen die“, sagte Klorissa. „Herumzustoßen und zu zerren und hinzufallen und aufzustehen und einfach ganz allgemein sich zu berühren. Du lieber Himmel! Ich frage mich immer, wie Kinder es je schaffen, erwachsen zu werden.“

„Was machen diese älteren Kinder?“ fragte Baley. Er wies auf eine Gruppe, die etwas abgesondert zur Seite stand.

„Die sichten. Die sind nicht persönlich anwesend. Sie können durch das Sichten miteinander gehen, miteinander reden, miteinander laufen und miteinander spielen. Alles, außer körperlichem Kontakt.“

„Wo gehen denn die Kinder hin, wenn sie hier weggehen?“

„Auf ihre Anwesen. Die Zahl der Todesfälle ist im Durchschnitt der Zahl der Graduierenden gleich.“

„Auf die Anwesen ihrer Eltern?“

„Du lieber Himmel, nein! Es wäre doch ein erstaunlicher Zufall, nicht wahr, wenn ein Elternteil gerade dann sterben würde, wenn ein Kind erwachsen ist. Nein, die Kinder nehmen irgendeines, das frei wird. Im übrigen bin ich gar nicht sicher, daß eines von ihnen besonders glücklich wäre, wenn es in einer Villa leben müßte, die einmal seinen Eltern gehört hat, wobei ich natürlich unterstelle, daß sie wüßten, wer ihre Eltern waren.“

„Wissen sie das nicht?“

Sie hob die Brauen. „Warum sollten sie?“

„Besuchen denn die Eltern ihre Kinder hier nicht?“

„Was Sie so denken! Warum sollten sie das wollen?“

Baley sah sie an. „Macht es Ihnen etwas aus, wenn ich da einen

Punkt für mich selber kläre? Ist es ein Zeichen von schlechten Manieren, jemanden zu fragen, ob er Kinder hat?"

„Das ist eine sehr intime Frage, finden Sie nicht?"

„In gewisser Weise."

„Ich bin abgehärtet. Kinder sind mein Beruf. Andere Leute sind das nicht."

„Haben Sie Kinder?" fragte Baley.

Klorissas Kehlkopf machte einen kleinen Sprung, als sie heftig schluckte. „Das habe ich wohl verdient, denke ich mir. Und Sie verdienen eine Antwort. Ich habe keine."

„Sind Sie verheiratet?"

„Ja. Und ich habe mein eigenes Anwesen und wäre dort, wenn hier nicht solche Not herrschte. Ich glaube einfach nicht, daß ich alle Roboter unter Kontrolle halten könnte, wenn ich nicht persönlich hier wäre."

Sie wandte sich unzufrieden ab und deutete dann mit dem Finger auf ein Kind. „Da, jetzt ist einer hingefallen, und natürlich heult er."

Ein Roboter kam mit langen, weitausgreifenden Schritten herbeigeeilt.

„Der wird ihn jetzt aufheben und ihn an sich drücken. Und wenn er sich wirklich verletzt hat, wird er mich rufen", erklärte Klorissa. Dann fügte sie etwas nervös hinzu: „Ich hoffe bloß, daß das nicht notwendig ist."

Baley atmete tief. Er hatte drei Bäume bemerkt, die etwa sechs Meter links von ihnen ein kleines Dreieck bildeten. In diese Richtung ging er jetzt, und das Gras unter seinen Schuhen fühlte sich weich und ekelhaft an, widerlich in seiner Nachgiebigkeit (es war, als schritte man über verwesendes Fleisch; und bei dem Gedanken hätte er sich beinahe übergeben).

Und dann stand er zwischen den Bäumen, lehnte sich mit dem Rücken an einen der Stämme. Es war fast so, als wäre er von unvollkommenen Wänden umgeben. Die Sonne war nur eine Folge glitzernder Fragmente zwischen den Blättern und damit fast ohne Schrecken für ihn.

Klorissa sah vom Weg zu ihm hinüber und verkürzte dann langsam den Abstand zwischen ihnen um die Hälfte.

„Macht es Ihnen etwas aus, wenn ich eine Weile hierbleibe?" fragte Baley.

„Nur zu!" sagte Klorissa.

„Sobald die Kleinen von hier abgehen", sagte Baley, „wie bringen Sie sie dann dazu, daß sie einander den Hof machen?"

„Den Hof machen?"

„Einander kennenlernen", sagte Baley und fragte sich dabei vage, wie man den Gedanken wohl unproblematisch ausdrücken konnte. „Damit sie heiraten können."

„Das ist nicht ihr Problem", erklärte Klorissa. „Sie werden gewöhnlich in ganz jungen Jahren per Gen-Analyse gepaart. Das ist doch die vernünftigste Methode, nicht wahr?"

„Und sind sie auch immer einverstanden?"

„Daß man sie verheiratet? Das sind die nie! Das ist ein sehr traumatischer Vorgang. Zuerst müssen sie sich aneinander gewöhnen und jeden Tag ein wenig sehen. Sobald die erste Peinlichkeit vorbei ist, kann das Wunder wirken."

„Und wenn sie ihren Partner einfach nicht mögen?"

„Was? Wenn die Genanalyse eine Partnerschaft ratsam erscheinen läßt, welchen Unterschied macht . . ."

„Ich verstehe", sagte Baley hastig. Er dachte an die Erde und seufzte.

„Würden Sie sonst noch gerne etwas wissen?" fragte Klorissa.

Baley überlegte, ob bei einem längeren Aufenthalt noch etwas zu erfahren war. Er würde gar nichts dagegen haben, Klorissa und alles, was mit Fötal-Ingenieuren zu tun hatte, hinter sich zu bringen und zur nächsten Phase überzugehen.

Er hatte gerade den Mund aufgemacht, um das zu sagen, als Klorissa plötzlich rief: „Du, Kind, du da! Was machst du da?" Und dann, über die Schulter: „Erdenmensch! Baley! Passen Sie auf! Passen Sie auf!"

Baley hörte sie kaum. Er reagierte nur auf das Drängen in ihrer Stimme. Die nervliche Anstrengung, mit der er seine Emotionen gezügelt hatte, entflammte plötzlich zu Panik. All die Schrecken der freien Luft und des endlosen Himmels über ihm brachen mit einemmal über ihn herein.

Baley fing an zu stammeln. Er hörte sich selbst sinnlose Geräusche von sich geben, spürte, wie er auf die Knie sank und sich langsam zur Seite wälzte, so als würde er das Ganze aus der Ferne beobachten.

Und ebenso aus der Ferne hörte er das wie ein Seufzen klingende Summen, das die Luft über ihm aufriß und mit einem scharfen Klatschen endete.

Baley schloß die Augen, und seine Finger klammerten sich an eine dünne Baumwurzel, die aus dem Boden ragte, und seine Nägel gruben sich in die Erde.

ER SCHLUG die Augen auf (seine Bewußtlosigkeit konnte nur wenige Augenblicke gedauert haben). Klorissa maßregelte einen Jungen, der in der Ferne geblieben war. Ein Roboter stand lautlos in Klorissas Nähe. Baley hatte nur Zeit festzustellen, daß der Junge einen Gegenstand mit einer daran befestigten Schnur in der Hand hielt, ehe sein Blick weiterwanderte.

Schwer atmend stemmte Baley sich in die Höhe. Er starrte den glänzenden Metallstab an, der in dem Baumstamm steckte, an den er sich gelehnt hatte. Er zog daran, und der Stab löste sich. Er war nicht besonders tief eingedrungen. Er sah die Spitze an, berührte sie aber nicht; sie war abgestumpft, hätte aber ausgereicht, seine Haut aufzureißen, wenn er sich nicht fallen lassen hätte.

Er mußte es zweimal versuchen, bis seine Beine sich wieder bewegen wollten. Dann machte er einen Schritt auf Klorissa zu und rief: „Du da! Junge!"

Klorissa drehte sich um. Ihr Gesicht war gerötet. „Das war ein Unfall", sagte sie. „Sind Sie verletzt?"

„Nein. Was ist das für ein Ding?"

„Ein Pfeil. Er wird mit einem Bogen abgeschossen, mittels einer straff gespannten Sehne."

„So!" rief der Junge unverschämt und schoß einen weiteren Pfeil in die Luft und fing dann lauthals zu lachen an. Er hatte helles Haar und einen schlanken Körper.

„Du wirst bestraft werden", sagte Klorissa. „Und jetzt verschwinde!"

„Warte! Warte!" rief Baley. Er rieb sich das Knie, das er sich beim Fallen an einem Stein aufgeschürft hatte. „Ich habe ein paar Fragen. Wie heißt du?"

„Bik", antwortete der Junge gleichgültig.

„Hast du den Pfeil auf mich abgeschossen, Bik?"

„Ja", sagte der Junge.

„Ist dir klar, daß du mich getroffen hättest, wenn man mich nicht rechtzeitig gewarnt hätte?"

„Ich habe ja auf Sie gezielt", meinte Bik und zuckte die Achseln.

„Sie müssen mich das erklären lassen", schaltete Klorissa sich ein.

„Der Sport des Bogenschießens wird hier gepflegt. Das ist ein Wettbewerbssport, der keinen körperlichen Kontakt erfordert. Wir halten Wettkämpfe ab, nur über Sichten. Und die Jungen zielen auch auf Roboter. Ihnen macht es Spaß, und den Robotern schadet es nicht. Ich bin der einzige erwachsene Mensch weit und breit, und als der Junge Sie sah, muß er angenommen haben, Sie wären ein Roboter."

Baley lauschte. Er konnte jetzt wieder klar denken, und der natürliche, mürrische Ausdruck seines langen Gesichts wurde ausgeprägter. „Bik, hast du geglaubt, ich sei ein Roboter?" fragte er.

„Nein", sagte der Junge. „Sie sind ein Erdenmensch."

„Gut. Geh jetzt!"

Bik drehte sich um und rannte pfeifend davon. Baley wandte sich dem Roboter zu. „Du! Woher wußte der Junge, daß ich ein Erdenmensch bin? Oder warst du nicht bei ihm, als er schoß?"

„Ich war bei ihm, Sir. Ich habe ihm gesagt, daß Sie ein Erdenmensch sind."

„Hast du ihm gesagt, was ein Erdenmensch ist?"

„Ja, Sir."

„Was ist ein Erdenmensch?"

„Eine minderwertige Art von Mensch, die man eigentlich auf Solaria nicht dulden sollte, weil von ihr Krankheitskeime ausgehen, Sir."

„Und wer hat dir das gesagt, Boy?"

Der Roboter bewahrte Stillschweigen.

„Weißt du, wer dir das gesagt hat?" fragte Baley.

„Nein, Sir. Es ist in meinem Gedächtnisspeicher."

„Du hast dem Jungen also gesagt, ich sei ein minderwertiger Krankheitsherd, und daraufhin hat er sofort auf mich geschossen. Warum hast du ihn nicht daran gehindert?"

„Das hätte ich ja getan, Sir. Ich hätte nicht zugelassen, daß einem Menschen Schaden zugefügt wird, selbst einem Erdenmenschen nicht. Aber ich war leider nicht schnell genug."

„Vielleicht dachtest du, ich sei ja nur ein Erdenmensch, also nicht ganz menschlich, und hast etwas gezögert."

„Nein, Sir."

Das sagte der Roboter ganz ruhig, aber Baleys Lippen verzogen sich etwas. Der Roboter mochte das guten Glaubens leugnen; aber Baley hatte das Gefühl, daß es genau um diesen Faktor ging.

„Was hast du mit dem Jungen getan?" fragte Baley.

„Ich habe seine Pfeile getragen, Sir."

„Darf ich sie sehen?"

Er streckte die Hand aus. Der Roboter kam auf ihn zu und gab ihm ein Dutzend. Baley legte den ursprünglichen Pfeil, den, der den Baum getroffen hatte, sorgfältig zu seinen Füßen ab und sah sich die anderen einen nach dem anderen an. Dann reichte er sie zurück und hob wieder den ersten Pfeil auf.

„Warum hast du dem Jungen gerade diesen Pfeil gegeben?" fragte er.

„Ohne besonderen Grund, Sir. Er hatte vor einer Weile einen Pfeil verlangt, und diesen hier hat meine Hand als ersten berührt. Er sah sich nach einem Ziel um, dann hat er Sie bemerkt und fragte mich, wer der fremde Mensch wäre. Ich erklärte . . ."

„Ich weiß, was du ihm erklärt hast. Dieser Pfeil, den du ihm gereicht hast, ist der einzige, der eine graue Fiederung hat. Die anderen haben eine schwarze Fiederung."

Der Roboter starrte ihn bloß an.

„Hast du den Jungen hierhergeführt?" fragte Baley.

„Wir sind ohne Ziel herumgeschlendert, Sir."

Baley blickte durch die Lücke zwischen zwei Bäumen, durch die der Pfeil sein Ziel gefunden hatte. Dann meinte er: „Könnte es sein, daß dieser Junge, dieser Bik, zufälligerweise der beste Bogenschütze ist, den ihr hier habt?"

Der Roboter beugte den Kopf. „Er ist der beste, Sir."

Klorissa riß den Mund auf. „Wie haben Sie das erraten?"

„Das ist ganz logisch", meinte Baley trocken. „Und jetzt sehen Sie sich bitte diesen Pfeil mit der grauen Fiederung und die anderen an. Der graugefiederte Pfeil ist der einzige, der an der Spitze ölig aussieht. Ich gehe das Risiko ein, melodramatisch zu wirken, Ma'am, indem ich sage, daß Ihre Warnung mir das Leben gerettet hat. Dieser Pfeil, der mich verfehlt hat, ist vergiftet."

Konfrontation mit einem Robotiker

„Unmöglich!" erregte sich Klorissa. „Du lieber Himmel, völlig unmöglich!"

„Mit oder ohne Himmel, wie Sie wollen. Gibt es auf der Farm ein

Tier, das nicht gebraucht wird? Holen Sie es her, und ritzen Sie es mit dem Pfeil, und sehen Sie, was passiert."

„Aber warum sollte denn jemand . . ."

Baley fiel ihr ins Wort und meinte schroff: „Ich weiß, warum. Die Frage ist nur, wer."

„Niemand."

Baley spürte wieder einen Anflug von Benommenheit und wurde wild. Er warf ihr den Pfeil hin, und sie sah auf die Stelle, wo er hingefallen war.

„Heben Sie ihn auf!" rief Baley. „Und wenn Sie ihn nicht erproben wollen, dann zerstören Sie ihn. Wenn Sie ihn da liegenlassen und eines der Kinder ihn in die Hand bekommt, passiert etwas."

Sie hob ihn hastig auf und hielt ihn mit Daumen und Zeigefinger fest.

Baley rannte zum nächsten Eingang des Gebäudes. Als Klorissa ihm schließlich folgte, hielt sie den Pfeil immer noch vorsichtig fest.

Als Baley sich wieder sicher unter Dach wußte, spürte er, wie sich bei ihm wieder ein gewisses Maß an Gleichmut einstellte. „Wer hat den Pfeil vergiftet?" fragte er.

„Das kann ich mir nicht vorstellen."

„Vermutlich nicht der Junge selbst. Könnten Sie feststellen, wer seine Eltern sind?"

„Wir könnten in den Akten nachsehen", meinte Klorissa bedrückt.

„Dann führen Sie also Akten über solche Verwandtschaften?"

„Ja, für die Genanalyse."

„Würde der Junge wissen, wer seine Eltern sind?"

„Niemals!" erklärte Klorissa energisch.

„Gäbe es für ihn eine Möglichkeit, das herauszufinden?"

„Er müßte in den Archivraum einbrechen. Unmöglich!"

„Angenommen, ein Erwachsener würde Ihr Institut besuchen und wissen wollen, wer sein Kind ist . . ."

Klorissas Gesicht rötete sich. „Sehr unwahrscheinlich."

„Nehmen Sie es trotzdem einmal an. Würde man es ihm sagen, wenn er fragte?"

„Ich weiß nicht. Ausgesprochen illegal wäre es ja nicht, das in Erfahrung zu bringen. Nur sehr . . . äh . . . unüblich."

„Würden *Sie* es ihm sagen?"

„Ich würde versuchen, es ihm auszureden. Dr. Delmarre hätte es ihm ganz bestimmt nicht gesagt. Er vertrat die Ansicht, man müsse das nur zur Genanalyse wissen. Vor ihm war das alles vielleicht etwas lockerer . . . Aber warum stellen Sie all diese Fragen?"

„Weil ich nicht verstehe, welches Motiv der Junge von sich aus hätte haben können. Ich dachte, es käme vielleicht von seinen Eltern."

„Das ist alles so schrecklich." In ihrem verstörten Gemütszustand kam Klorissa ihm näher, als sie das zuvor getan hatte. Sie streckte sogar den Arm in seine Richtung aus. „Wie konnte das nur alles passieren? Der Chef getötet. Sie beinahe getötet. Wir haben auf Solaria keine Motive für Gewalttätigkeit. Wir haben alles, was wir uns wünschen können, also gibt es keinen persönlichen Ehrgeiz. Wir kennen auch unsere verwandtschaftlichen Beziehungen nicht, also gibt es keinen Familienehrgeiz. Wir erfreuen uns alle guter genetischer Gesundheit."

Und dann hellte sich ihr Gesicht plötzlich auf. „Warten Sie! Dieser Pfeil kann nicht vergiftet sein. Ich sollte mir von Ihnen nicht einreden lassen, daß er das ist."

„Warum wollen Sie das so plötzlich wissen?"

„Der Roboter, der bei Bik war. Er hätte nie Gift erlaubt. Es ist unvorstellbar, daß er etwas getan haben könnte, das einem menschlichen Wesen hätte Schaden zufügen können. Das Erste Gesetz der Robotik stellt das sicher."

„Tut es das?" fragte Baley. „Was ist das Erste Gesetz? Das würde ich gern wissen."

Klorissa starrte ihn verständnislos an. „Was meinen Sie?"

„Nichts. Lassen Sie den Pfeil untersuchen, dann werden Sie feststellen, daß er vergiftet ist!" Baley selbst interessierte die Angelegenheit kaum. Er wußte, daß der Pfeil vergiftet war, und brauchte keinen Beweis mehr dafür. So sagte er: „Glauben Sie immer noch, daß Mrs. Delmarre am Tod ihres Mannes schuldig ist?"

„Sie war die einzige Person, die zugegen war."

„Ich verstehe. Und Sie sind als einziger erwachsener Mensch zu einem Zeitpunkt hier zugegen, wo man gerade mit einem vergifteten Pfeil auf mich geschossen hat."

Sie schrie erregt auf: „Ich hatte nichts damit zu tun!"

„Vielleicht. Vielleicht ist Mrs. Delmarre ebenso unschuldig. Darf ich Ihr Sichtgerät benutzen?"

„Ja, natürlich."

Baley wußte genau, wen er sichten wollte – und das war *nicht* Gladia. So überraschte es ihn selbst, daß er sich sagen hörte: „Gladia Delmarre."

Der Roboter gehorchte, ohne zu zögern, und Baley beobachtete ihn erstaunt bei seinen Hantierungen und fragte sich, weshalb er den Befehl erteilt hatte. Kam es daher, daß sie gerade über die junge Frau gesprochen hatten, oder war es vielleicht die Art und Weise, wie ihre letzte Sichtung geendet hatte, die ihn etwas verwirrte? Oder war es vielleicht der Anblick der vierschrötigen, fast überwältigend praktisch wirkenden Gestalt Klorissas, die es schließlich für ihn notwendig machte, einen Blick auf Gladia zu werfen, sozusagen als Gegenmittel?

Und dann dachte er, als müsse er sich verteidigen: Jehoshaphat! Manchmal muß man einfach nach dem Gefühl handeln.

Und dann war sie vor ihm. Sie saß in einem großen, massiv wirkenden Sessel, der sie kleiner und hilfloser denn je erscheinen ließ. Ihr Haar war nach hinten gekämmt und zu einem lockeren Knoten geschlungen. Sie trug Ohrgehänge mit Steinen, die wie Diamanten aussahen. Ihr Kleid war einfach geschnitten und lag eng an der Taille an.

Sie sagte mit leiser Stimme: „Ich bin froh, daß Sie mich sichten, Elijah. Ich habe versucht, Sie zu erreichen."

„Guten Morgen, Gladia!" (Nachmittag? Abend? Er wußte nicht, welche Zeit es bei Gladia war, und konnte das auch nicht aus ihrer Kleidung schließen.) „Warum haben Sie versucht, mich zu erreichen?"

„Um Ihnen zu sagen, daß es mir leid tut, daß ich, als wir das letzte Mal sichteten, etwas unbeherrscht war. Mr. Olivaw wußte nicht, wo man Sie würde erreichen können."

Baley sah vor seinem inneren Auge Daneel vor sich, immer noch im Gewahrsam der Roboter, und hätte fast gelächelt. „Das ist schon in Ordnung", meinte er. „Ich werde Sie in ein paar Minuten sehen."

„Natürlich, wenn . . . äh . . . mich *sehen?*"

„Persönliche Anwesenheit", sagte Baley würdevoll.

Ihre Augen weiteten sich, und ihre Finger gruben sich in den glatten Plastikbezug der Armlehne ihres Sessels. „Gibt es dafür einen Grund?"

„Es ist notwendig."

„Ich glaube nicht . . ."

„Würden Sie es bitte gestatten?"

Sie wandte den Blick ab. „Ist es denn absolut notwendig?"

„Das ist es. Aber zuerst muß ich noch jemand anderen sehen. Ihr Mann hat sich für Roboter interessiert. Das haben Sie mir gesagt, und ich habe es auch von anderen gehört. Aber er war doch kein Robotiker, oder?"

„Jothan Leebig", sagte sie. „Er ist ein guter Freund von mir."

„Ist er das?" fragte Baley.

Gladia schien verblüfft. „Hätte ich das nicht sagen sollen?"

„Warum nicht, wenn es die Wahrheit ist?"

„Ich habe dauernd Angst, Dinge zu sagen, bei denen ich – Sie wissen nicht, wie es ist, wenn alle sicher sind, daß man etwas falsch gemacht hat."

„Schon gut. Wie kommt es, daß Leebig mit Ihnen befreundet ist?"

„Ach, das weiß ich nicht. Zum einen wohnt er auf dem Anwesen nebenan. Das Sichten kostet da kaum Energie, also können wir uns die ganze Zeit praktisch ohne Schwierigkeiten in Bewegung sichten. Wir gehen die ganze Zeit miteinander spazieren oder haben es jedenfalls getan."

„Ich wußte nicht, daß man hier gemeinsam spazierengehen kann."

Gladia wurde rot. „*Sichten* habe ich gesagt. Oh, ich vergesse immer wieder, daß Sie ein Erdenmensch sind. Sichten in freier Bewegung bedeutet, daß das Gerät auf uns eingestellt wird, und dann können wir überall hingehen, ohne den Kontakt zu verlieren. Ich gehe auf meinem Anwesen spazieren und er auf dem seinen, und wir sind . . . nun ja . . . beisammen." Sie schob das Kinn vor. „Das kann recht angenehm sein."

Und dann kicherte sie plötzlich. „Der arme Jothan!"

„Warum sagen Sie das?"

„Ich habe mir gerade vorgestellt, daß Sie denken, wir würden, ohne zu sichten, miteinander spazierengehen. Er würde sterben, wenn er glaubte, jemand könnte so etwas denken."

„Warum?"

„Er ist in der Beziehung schrecklich pingelig. Er sagte mir, er hätte im Alter von fünf Jahren aufgehört, Leute zu sehen. Er hat schon damals darauf bestanden, nur zu sichten. Manche Kinder sind so. Rikaine" – sie hielt verwirrt inne und fuhr dann fort –, „Rikaine, mein Mann, hat mir einmal gesagt, als ich über Jothan sprach, daß mehr und mehr Kinder so werden. Er sagte, es sei das eine Art gesellschaftlicher Evolution, die das Sichten begünstige. Denken Sie darüber auch so?“

„Ich bin da kein Fachmann“, sagte Baley.

„Jothan wollte nicht einmal heiraten. Rikaine war deswegen ungehalten und sagte ihm, das sei asozial, denn er hätte Gene, die für die Allgemeinheit wichtig seien. Aber Jothan wollte einfach nichts damit zu tun haben.“

„Hat er das Recht, sich zu weigern?“

„N-nein“, meinte Gladia zögernd. „Aber wissen Sie, er ist ein sehr fähiger Robotiker. Robotiker sind auf Solaria wichtig und wertvoll. Ich glaube, man hat bei ihm ein Auge zugedrückt. Ich glaube nur, daß Rikaine vorhatte, nicht mehr mit Jothan zusammenzuarbeiten. Er hat mir einmal gesagt, Jothan sei ein schlechter Solarianer.“

„Hat er das Jothan auch gesagt?“

„Das weiß ich nicht. Er hat bis zum Ende mit Jothan zusammengearbeitet.“

„Aber er dachte, Jothan sei ein schlechter Solarianer, weil er sich weigerte zu heiraten?“

„Rikaine sagte einmal, die Ehe sei das Schwerste, was es im Leben gibt, aber man müsse es einfach erdulden.“

„Und was dachten Sie darüber?“

„Über was, Elijah?“

„Über die Ehe. Dachten Sie auch, daß sie das Schwerste im Leben sei?“

Ihr Gesicht verlor langsam jeden Ausdruck, so als gäbe sie sich Mühe, jede Empfindung daraus zu verdrängen. Dann sagte sie: „Ich habe nie darüber nachgedacht.“

Baley wechselte das Thema. „Sie sagten, Sie würden mit Jothan Leebig die ganze Zeit spazierengehen. Und dann haben Sie sich verbessert und die Vergangenheitsform gebraucht. Dann gehen Sie also nicht mehr mit ihm spazieren?“

Gladia schüttelte den Kopf. Ihr Gesicht hatte plötzlich einen Ausdruck von Trauer. „Nein. Ich habe ihn zwei- oder dreimal gesichtet. Er schien immer beschäftigt, und ich wollte nicht . . . Sie wissen schon.“

„War dies seit dem Tod Ihres Mannes?“

„Nein, schon vorher. Monate vorher.“

„Glauben Sie, daß Delmarre von ihm verlangt hat, sich nicht mehr um Sie zu kümmern?“

Gladia sah ihn verblüfft an. „Warum sollte er? Jothan ist kein Roboter, und ich bin auch keiner. Wie können wir voneinander etwas verlangen, und weshalb sollte Rikaine so etwas tun?"

Baley versuchte gar nicht erst, es ihr zu erklären; er hätte das nur in irdischen Begriffen tun können, und das hätte die Angelegenheit für sie nicht klarer gemacht. Und wenn es ihm gelungen wäre, so wäre es für sie nur widerwärtig gewesen.

„Nur eine Frage noch", meinte er dann. „Ich sichte Sie noch einmal, Gladia, wenn ich mit Leebig fertig bin. Wie spät ist es übrigens bei Ihnen?" Es tat ihm sofort leid, daß er die Frage gestellt hatte. Roboter würden in terrestrischen Begriffen antworten; aber Gladia würde vielleicht solarianische Einheiten benutzen, und Baley war es müde, seine Unwissenheit zur Schau zu stellen.

Gladia antwortete rein qualitativ. „Früher Nachmittag", sagte sie.

„Und das gilt auch für Leebigs Anwesen?"

„Aber ja."

„Gut. Ich sichte Sie, sobald es geht, wieder, und dann können wir verabreden, wann wir uns sehen."

Wieder bemerkte er ein Zögern an ihr. „Ist das absolut notwendig?"

„Ja."

„Nun, gut", sagte sie mit leiser Stimme.

DEN Kontakt zu Leebig herzustellen dauerte einige Zeit, die Baley dazu nutzte, ein weiteres Sandwich zu verzehren, das ihm in der Originalverpackung gebracht wurde. Aber er war vorsichtig geworden. Er untersuchte den Verschluß der Verpackung sorgfältig, ehe er ihn aufriß, und musterte den Inhalt dann gründlich.

Dann ließ er sich einen Plastikbehälter mit Milch geben, die noch nicht ganz aufgetaut war, biß den Behälter mit den Zähnen auf und trank unmittelbar aus ihm. Dabei dachte er niedergeschlagen, daß es natürlich geruch- und geschmackloses, langsam wirkendes Gift gab, das man mittels Injektionsspritzen oder Hochdrucknadeldüsen einführen konnte, schob den Gedanken dann aber wieder als kindisch beiseite.

Bis jetzt waren die Morde und die Mordversuche auf sehr direktem Wege begangen worden. An einem Schlag auf den Schädel war nichts Subtiles und ebensowenig an Gift in einem Glas in hinreichender Menge, um ein Dutzend Menschen zu töten, oder einem Giftpfeil, der ganz offen auf das Opfer abgeschossen wurde.

Und dann dachte er, um nichts weniger bedrückt, daß er, solange er auf diese Weise zwischen den Zeitzonen hin und her hüpfte, wahrscheinlich nie zu geregelten Mahlzeiten kommen würde. Oder, wenn dies andauerte, zu regelmäßigem Schlaf.

Der Roboter trat auf ihn zu. „Dr. Leebig läßt Ihnen sagen, Sie sollen irgendwann morgen anrufen. Er ist jetzt mit einer wichtigen Arbeit beschäftigt."

Baley sprang auf und brüllte: „Sag diesem Clown . . .!"

Er hielt inne. Einen Roboter anzuschreien hatte keinen Sinn. Das heißt, man konnte ihn natürlich anschreien, wenn man das wollte; aber es würde auch nicht mehr bewirken als ein Flüstern.

So fuhr er im Gesprächston fort: „Sag Dr. Leebig oder seinem Roboter, wenn du bis jetzt nur den erreicht hast, daß ich mit Ermittlungen wegen der Ermordung eines seiner Berufskollegen beschäftigt bin, eines guten Solarianers. Sag ihm, ich könne nicht warten, bis er mit seiner Arbeit fertig ist. Sag ihm, wenn ich ihn nicht binnen fünf Minuten sichte, würde ich ein Flugzeug besteigen und ihn auf seinem Anwesen in weniger als einer Stunde *sehen*. Gebrauche das Wort ‚Sehen', damit es keinen Irrtum gibt."

Er wandte sich wieder seinem Sandwich zu.

Die fünf Minuten waren noch nicht ganz um, als Leebig – oder zumindest ein Solarianer, den Baley für Leebig hielt – ihn wütend anfunkelte.

Baley funkelte zurück. Leebig war ein schlanker Mann von auffällig aufrechter Haltung. Seine dunklen, etwas vorstehenden Augen wirkten ungemein konzentriert, und in diese Konzentration mischte sich jetzt Zorn. Eines seiner Lider sank beim Sprechen immer etwas herunter.

„Sind Sie der Erdenmensch?" fragte er.

„Elijah Baley", stellte Baley sich vor, „Detektiv C-7, mit den Ermittlungen in dem Mordfall Dr. Rikaine Delmarre betraut. Wie heißen Sie?"

„Ich bin Dr. Jothan Leebig. Wie können Sie sich anmaßen, mich bei der Arbeit zu stören?"

„Ganz einfach", erklärte Baley ruhig. „Das ist mein Beruf."

„Dann üben Sie Ihren Beruf woanders aus!"

„Zuerst muß ich ein paar Fragen stellen, Doktor! Ich nehme an, Sie waren ein enger Kollege von Dr. Delmarre. Stimmt das?"

Leebig ballte plötzlich eine seiner Hände zur Faust und ging mit hastigen Schritten auf einen offenen Kamin zu, auf dessen Sims winzige Uhrwerksapparaturen komplizierte periodische Bewegungen vollführten, die irgendwie hypnotisch wirkten.

Das Sichtgerät blieb auf Leebig eingestellt, so daß seine Gestalt beim Gehen nicht aus dem Projektionsbereich verschwand. Vielmehr schien sich der Raum hinter ihm beim Gehen leicht zu heben und zu senken.

„Wenn Sie dieser Ausländer sind, den Gruer herzubringen drohte –", sagte Leebig, kam aber nicht weiter, denn Baley unterbrach ihn.

„Der bin ich."

„Dann sind Sie gegen meinen Willen hier! Gesichtet!"

„Noch nicht. Brechen Sie den Kontakt nicht ab!" Baleys Stimme nahm einen schärferen Ton an, und gleichzeitig hob er den Finger; er deutete damit direkt auf den Robotiker, der sichtlich davor zurückschreckte und dessen volle Lippen sich in einem Ausdruck des Ekels verzogen.

„Ich habe nicht geblufft, als ich sagte, daß ich Sie sehen würde", sagte Baley.

„Keine Erdenmenschen-Obszönitäten, bitte."

„Es sollte auch nur eine Feststellung sein. Ich werde Sie sehen, wenn ich Sie nicht anders dazu bringen kann, mir zuzuhören. Ich werde Sie am Kragen packen und Sie zwingen, mir zuzuhören."

Leebig funkelte ihn an. „Sie sind ein schmutziges Tier!"

„Wie Sie wollen. Aber ich werde jedenfalls tun, was ich gesagt habe."

„Wenn Sie versuchen, in mein Anwesen einzudringen, werde ich . . . werde ich . . ."

Baley hob die Brauen. „Mich töten? Machen Sie öfter solche Drohungen?"

„Ich mache keine Drohung."

„Dann reden Sie! In der Zeit, die Sie jetzt vergeudet haben, hätte man schon eine ganze Menge ausrichten können. Sie waren also ein Kollege von Dr. Delmarre. Stimmt das?"

Der Robotiker senkte den Kopf. Seine Schultern bewegten sich langsam im Takt seines regelmäßigen Atems. Als er aufblickte, hatte er sich unter Kontrolle. Er brachte sogar ein kurzes, ausdrucksloses Lächeln zustande.

„Ja, das war ich."

„Delmarre interessierte sich für neue Robotertypen, wie ich gehört habe."

„Ja."

„Welcher Art?"

„Sind Sie Robotiker?"

„Nein. Erklären Sie es so, daß ein Laie es versteht."

„Ich bezweifle, daß ich das kann."

„Dann *versuchen* Sie es! Zum Beispiel glaube ich, daß er Roboter haben wollte, die imstande sein sollten, Kinder zu züchtigen. Was würde dazu nötig sein?"

Leebig hob kurz die Brauen und sagte: „Um es ganz einfach zu formulieren, wobei ich alle Feinheiten weglasse, bedeutete das eine Verstärkung des C-Integrals, die den Sikorovich-Tandem-Impuls auf dem W-65-Impuls bestimmt."

„Unsinniger Technikerjargon!" sagte Baley.

„Das stimmt aber."

„Für mich bedeutet es gar nichts. Wie kann man es sonst formulieren?"

„Es bedeutet eine gewisse Abschwächung des Ersten Gesetzes."

„Wieso? Ein Kind wird doch zu seinem eigenen künftigen Nutzen gezüchtigt. Ist das nicht die Theorie?"

„Ah, sein künftiger Nutzen!" Leebigs Augen leuchteten leidenschaftlich auf, und er schien seinen Gesprächspartner plötzlich gar nicht mehr zu bemerken und gesprächiger zu werden. „Ein ganz einfacher Begriff, könnte man meinen. Wie viele menschliche Wesen sind bereit, um eines künftigen großen Nutzens willen eine kleine Unbequemlichkeit in Kauf zu nehmen? Wie lange dauert es denn, um einem Kind beizubringen, daß das, was jetzt gut schmeckt, später Magenschmerzen bedeutet, und das, was jetzt schlecht schmeckt, die Magenschmerzen später beseitigt? Und Sie wollen, daß ein Roboter das begreift. Schmerzen, die ein Roboter einem Kind zufügt, bauen ein starkes zerstörerisches Potential im Positronengehirn auf. Dem durch ein Antipotential entgegenzuwirken, das durch die Erkenntnis künftigen Nutzens ausgelöst wird, erfordert so viele Wege und Nebenwege, daß die Masse des Positronengehirns um wenigstens die Hälfte vergrößert wird, wenn man nicht andere Bahnen opfert."

„Dann ist es Ihnen nicht gelungen, einen solchen Roboter zu bauen", sagte Baley.

„Nein. Und es ist auch höchst unwahrscheinlich, daß es mir gelingen wird. Weder mir noch sonst jemandem."

„Hat Dr. Delmarre zum Zeitpunkt seines Todes ein Versuchsmodell eines solchen Roboters untersucht?"

„Nicht eines *solchen* Roboters. Uns haben andere, praktischere Dinge ebenfalls interessiert."

Baley sagte leise: „Dr. Leebig, ich werde etwas mehr über Robotik lernen müssen, und ich werde Sie bitten, es mir beizubringen."

Leebig schüttelte heftig den Kopf, und sein herunterhängendes Augenlid senkte sich noch weiter. „Es sollte offenkundig sein, daß ein Robotikkurs mehr Zeit als nur einen Augenblick erfordert. Und die Zeit habe ich nicht."

„Trotzdem müssen Sie mich unterweisen. Alles hier auf Solaria ist von Robotern durchsetzt. Wenn wir Zeit brauchen, muß ich Sie mehr denn je sehen. Ich bin ein Erdenmensch und kann beim Sichten nicht bequem arbeiten oder denken."

Baley hätte nie geglaubt, daß Leebigs starre Haltung noch starrer werden könnte, und doch tat sie das. „Ihre Phobien als Erdenmensch interessieren mich nicht", sagte er. „Sehen ist unmöglich."

„Ich glaube, Sie werden Ihre Meinung ändern, wenn ich Ihnen sage, weswegen ich Sie in erster Linie konsultieren möchte."

„Das wird keinen Unterschied machen."

„Nein? Dann hören Sie mir gut zu! Ich glaube, daß das Erste Gesetz der Robotik in der ganzen Geschichte des positronischen Roboters bewußt falsch zitiert worden ist."

Leebig zuckte zusammen, als hätte ihn plötzlich ein Krampf erfaßt. „Falsch zitiert? Sie Narr! Sie sind verrückt! Warum?"

„Um die Tatsache zu verbergen", sagte Baley völlig gefaßt, „daß Roboter imstande sind, einen Mord zu begehen."

Ein Motiv wird aufgedeckt

Leebigs Mund weitete sich langsam. Zuerst hielt Baley das für ein Zähnefletschen, entschied sich dann aber mit einiger Überraschung dafür, daß es der armseligste und erfolgloseste Versuch eines Lächelns war, den er je gesehen hatte.

„Sagen Sie das nicht", meinte Leebig. „Sagen Sie das niemals!"

„Warum nicht?"

„Weil alles, wirklich alles, und wäre es noch so unbedeutend, was Mißtrauen gegenüber Robotern erzeugt, schädlich ist. Das Mißtrauen gegenüber Robotern ist eine menschliche *Krankheit!*"

Es war, als hielte er einem kleinen Kind einen Vortrag. Es war, als sagte er etwas leise und sanft, das er eigentlich hinausschreien wollte. Es war, als versuchte er zu überzeugen, wo er doch am liebsten jede Zuwiderhandlung unter Todesstrafe gestellt hätte.

„Kennen Sie die Geschichte der Robotik?" fragte Leebig.

„Ein wenig."

„Das sollten Sie auf der Erde. Wissen Sie, daß die Geschichte der Roboter damit anfing, daß es ein Frankenstein-Vorurteil gegen sie gab? Sie waren suspekt. Menschen mißtrauten und fürchteten Roboter. Das Resultat war, daß die Robotik fast eine Geheimwissenschaft wurde. Die Drei Gesetze wurden ursprünglich den Robotern eingebaut, um dieses Mißtrauen zu überwinden. Und trotzdem ließ die Erde nie zu, daß sich eine robotische Gesellschaft entwickelte. Einer der Gründe, weshalb die ersten Pioniere die Erde verließen, um den Rest der Galaxis zu kolonisieren, war, um dort Gesellschaftsformen zu gründen, in denen es zugelassen wurde, daß die Roboter die Menschen von Armut und Mühsal befreiten. Selbst dann blieb noch ein latenter Argwohn übrig."

„Mußten Sie selbst sich mit solchem Mißtrauen gegen Roboter auseinandersetzen?" fragte Baley.

„Oft", sagte Leebig grimmig.

„Ist das der Grund, weshalb Sie und andere Robotiker die Fakten ein wenig verdrehen, um Argwohn soweit wie möglich zu vermeiden?"

„Das stimmt nicht!"

„Werden zum Beispiel die Drei Gesetze nicht falsch zitiert?"

„Nein!"

„Ich kann demonstrieren, daß das so ist. Und wenn Sie mich nicht vom Gegenteil überzeugen, werde ich es der ganzen Galaxis demonstrieren, wenn ich kann."

„Sie sind verrückt! Ich kann Ihnen versichern, was auch immer Sie vorbringen wollen, es ist *falsch!*"

„Wollen wir darüber reden?"

„Wenn es nicht zu lange dauert."

„Von Angesicht zu Angesicht? Sehend?"

Leebigs hageres Gesicht wurde weiß. „Nein!"

„Leben Sie wohl, Dr. Leebig! Andere werden auf mich hören."

„Warten Sie! Bei der ewigen Galaxis, Mann – warten Sie!"

„Sehen?"

Die Hände des Robotikers wanderten nach oben und verhielten an seinem Kinn. Und dann steckte er sich seinen Daumen langsam in den Mund. Er starrte Baley ausdruckslos an.

Und Baley dachte: Zieht er sich jetzt in das Stadium vor seinem fünften Lebensjahr zurück, um daraus die Legitimation zu beziehen, mich zu sehen?

„Sehen?" wiederholte er.

Aber Leebig schüttelte langsam den Kopf. „Ich kann nicht. Ich kann nicht!" jammerte er so undeutlich, daß man es kaum hören konnte, weil er den Daumen immer noch im Mund hatte. „Tun Sie, was Sie wollen!"

Baley starrte ihn an und sah zu, wie er sich abwandte und zur Wand blickte. Er sah zu, wie der gerade Rücken des Solarianers sich beugte und er das Gesicht zitternd in den Händen verbarg.

„Also gut", meinte Baley. „Ich bin mit Sichten einverstanden."

Und Leebig sagte, ihm immer noch den Rücken zuwendend: „Entschuldigen Sie mich einen Augenblick. Ich bin gleich wieder da."

Baley benutzte die Pause, um sich etwas frisch zu machen, und musterte dann sein Gesicht im Toilettenspiegel. Begann er allmählich ein Gefühl für Solaria und die Solarianer zu bekommen? Sicher war er sich nicht.

Er seufzte und drückte einen Knopf, worauf ein Roboter erschien. Er wandte nicht den Kopf, um ihn anzusehen, und fragte: „Ist auf der Farm noch ein Sichtgerät außer dem, das ich benutze?"

„Es gibt drei Geräte, Sir."

„Dann sage Klorissa Cantoro – sage deiner Herrin, daß ich dieses hier bis auf weiteres benutzen werde und daß ich nicht gestört werden möchte."

„Ja, Sir."

Baley kehrte an die Stelle zurück, von der aus er mit Leebig gesprochen hatte, und sah den leeren Raum, wo Leebig gestanden hatte. Er war immer noch leer, und Baley richtete sich darauf ein, etwas zu warten.

Es sollte nicht lange dauern. Leebig trat ein, und der Raum

schwankte wieder, während dieser auf ihn zuging. Offenbar verschob sich die Einstellung des Geräts von der Raummitte zum Menschen – völlig automatisch. Baley erinnerte sich daran, wie kompliziert die Steuerorgane von Sichtgeräten waren, und begann so etwas wie Bewunderung für die technische Leistung zu empfinden.

Leebig hatte sich offenbar wieder völlig unter Kontrolle. Sein Haar war zurückgekämmt, und er hatte sich umgezogen. Seine Kleider lagen lose an und bestanden aus einem Material, das etwas glänzte und Lichtreflexe auffing. Er nahm auf einem schmalen Sessel Platz, der aus der Wand herausklappte.

Dann sagte er ruhig: „So, was haben Sie denn für eine seltsame Vorstellung bezüglich des Ersten Gesetzes?"

„Wird man uns belauschen?"

„Nein. Dafür habe ich gesorgt."

Baley nickte. „Lassen Sie mich das Erste Gesetz zitieren."

„Das ist wohl kaum notwendig."

„Ich weiß. Aber lassen Sie es mich trotzdem zitieren: *Ein Roboter darf keinem menschlichen Wesen Schaden zufügen oder durch Untätigkeit zulassen, daß einem menschlichen Wesen Schaden zugefügt wird.*"

„Nun?"

„Als ich auf Solaria landete, fuhr man mich in einem Bodenwagen zu dem Anwesen, das ich benutzen sollte. Der Bodenwagen war besonders nach außen isoliert und sollte mich davor schützen, daß ich dem freien Raum ausgesetzt wurde. Als Erdenmensch –"

„Das weiß ich alles", unterbrach Leebig ungeduldig. „Was hat das mit der Sache zu tun?"

„Die Roboter, die den Wagen fuhren, wußten das *nicht*. Ich bat, den Wagen zu öffnen, und die Anordnung wurde sofort befolgt. Zweites Gesetz. Sie mußten Anweisungen befolgen. Für mich war das natürlich sehr unbehaglich, und ich wäre fast zusammengebrochen, ehe der Wagen wieder geschlossen wurde. Haben da nicht Roboter mir Schaden zugefügt?"

„Auf Ihre Anweisung hin!" herrschte Leebig ihn an.

„Ich zitiere das Zweite Gesetz: *Ein Roboter muß den Befehlen gehorchen, die ihm von menschlichen Wesen erteilt werden, es sei denn, diese Befehle stünden im Widerspruch zum Ersten Gesetz.* Sie sehen also, man hätte meinen Befehl ignorieren müssen."

„Das ist Unsinn. Der Roboter konnte nicht wissen . . ."

Baley lehnte sich in seinem Sessel nach vorn. „Ah! Da haben wir es! Und jetzt wollen wir das Erste Gesetz noch einmal zitieren, und zwar so, wie es lauten sollte: *Ein Roboter darf keinem menschlichen Wesen wissentlich Schaden zufügen oder durch Untätigkeit wissentlich zulassen, daß einem menschlichen Wesen Schaden zugefügt wird."*

„Das ist doch alles klar und bekannt."

„Ich glaube, die meisten Menschen wissen es aber nicht. Sonst würden die meisten Menschen auch begreifen, daß Roboter durchaus einen Mord begehen können."

Leebigs Gesicht war weiß geworden. „Wahnsinn! Verrückt!"

Baley starrte seine Fingerspitzen an. „Ich nehme an, daß ein Roboter eine harmlose Tat begehen darf, eine, die keine schädliche Auswirkung auf ein menschliches Wesen hat?"

„Wenn man ihm den Befehl dazu gibt", sagte Leebig.

„Ja, natürlich. Wenn man ihm den Befehl dazu gibt. Und ich nehme an, ein zweiter Roboter darf ebenfalls eine harmlose Aufgabe erledigen; eine, die keine schädliche Wirkung auf ein menschliches Wesen haben kann? Wenn man ihm den Befehl dazu gibt?"

„Ja."

„Und was, wenn diese zwei harmlosen Aufgaben, von denen jede völlig harmlos ist, zusammengefügt einen Mord ergeben?"

„Was?" Leebig starrte ihn wütend an.

„Ich möchte gerne Ihre fachmännische Meinung zu der Sache hören", sagte Baley. „Ich will einen hypothetischen Fall konstruieren. Angenommen, ein Mensch sagt zu einem Roboter: ‚Gieß eine kleine Menge dieser Flüssigkeit in ein Glas Milch, das du an dem und dem Ort finden wirst. Die Flüssigkeit ist harmlos. Ich möchte nur wissen, welche Wirkung sie auf mich hat. Sobald ich diese Wirkung kenne, wird die Mixtur weggeschüttet werden. Nachdem du den Auftrag erfüllt hast, vergißt du, daß du das getan hast.'"

Leebig musterte ihn immer noch mit finsterer Miene, sagte aber nichts.

Baley fuhr fort: „Wenn ich dem Roboter den Auftrag gegeben hätte, eine geheimnisvolle Flüssigkeit in Milch zu gießen und diese Milch dann einem Menschen anzubieten, würde das Erste Gesetz den Roboter zwingen, sich nach den Eigenschaften der Flüssigkeit zu erkundigen, insbesondere danach, ob sie für Menschen schädlich wäre. Und wenn man ihm versicherte, daß es sich um eine harmlose Flüssigkeit handle, könnte das Erste Gesetz den Roboter immer noch zum Zögern veranlassen, und er würde sich möglicherweise weigern, die Milch weiterzugeben. Statt dessen sagt man ihm, daß die Milch ausgegossen werden wird. Das Erste Gesetz ist also nicht involviert. Wird der Roboter dann nicht tun, was man ihm aufgetragen hat?"

Leebig starrte Baley wortlos und feindselig an.

Und der fuhr fort: „Jetzt hat ein zweiter Roboter die Milch in ein Glas gegossen und weiß nicht, daß man ihr etwas hinzugefügt hat. Er bietet die Milch also in aller Unschuld einem Menschen an, und der Mensch stirbt."

„*Nein!*" schrie Leebig auf.

„Warum nicht? Beide Handlungen sind für sich gesehen absolut harmlos. Nur zusammengenommen ergeben sie Mord. Wollen Sie in Abrede stellen, daß so etwas geschehen kann?"

„Der Mörder wäre der Mensch, der den Befehl erteilt hat!" schrie Leebig.

„Wenn Sie es vom philosophischen Standpunkt aus sehen wollen, ja. Aber die unmittelbaren Mörder wären die Roboter gewesen, die Mordinstrumente."

„Kein Mensch würde solche Anweisungen erteilen."

„Doch, ein Mensch würde das tun. Ein Mensch hat es getan. Genau auf diese Weise muß der Mordanschlag auf Dr. Gruer durchgeführt worden sein. Ich nehme an, Sie haben davon gehört."

„Auf Solaria hört man von allem", murmelte Leebig.

„Dann wissen Sie, daß Gruer an seinem Tisch beim Abendessen vergiftet wurde, vor meinen Augen und denen meines Partners, Mr. Olivaw von Aurora. Können Sie mir eine andere Lösung vorschlagen, wie das Gift in seine Milch hätte kommen können? Auf dem Anwesen war kein weiterer Mensch zugegen. Als Solarianer müssen Sie das doch anerkennen."

„Ich bin kein Detektiv. Ich habe keine Theorien."

„Ich habe Ihnen eine vorgetragen. Ich möchte wissen, ob das eine plausible Theorie ist. Ich möchte wissen, ob zwei Roboter nicht imstande sein könnten, zwei separate Handlungen zu begehen, von denen jede einzelne in sich harmlos ist, während die beiden zusammengenommen zu Mord führen. Sie sind der Experte, Dr. Leebig. *Ist es möglich?*"

Und Leebig antwortete mit hohler Stimme, als wäre eine Welt für ihn zusammengebrochen: „Ja."

„Also gut", meinte Baley. „Soviel zum Ersten Gesetz."

Leebig starrte Baley an, und sein herunterhängendes Augenlid zuckte ein paarmal. Seine Hände, die er ineinander verschlungen hatte, lösten sich voneinander, aber seine Finger veränderten ihre Haltung nicht, so als hielten sie noch eine Phantomhand. Dann sanken seine Handflächen langsam herunter, bis sie auf seinen Knien lagen, und erst dann entspannten die Finger sich.

Baley sah die ganze Zeit zu.

„Theoretisch ja", überlegte Leebig. *„Theoretisch!* Aber Sie sollten das Erste Gesetz nicht so leicht abtun, Erdenmensch. Man müßte den Robotern ihre Befehle sehr geschickt erteilen, um das Erste Gesetz zu umgehen."

„Zugegeben", sagte Baley. „Ich bin nur ein Erdenmensch. Ich weiß praktisch überhaupt nichts über Roboter. Und die Art und Weise, wie ich jetzt die Befehle formuliert habe, war natürlich nur ein Beispiel. Ein Solarianer wäre da viel subtiler und könnte es ganz bestimmt besser."

Leebig hätte ebensogut nicht zuhören können. Mit immer lauter werdender Stimme sagte er: „Wenn man einen Roboter durch Manipulation dazu bringen kann, einem Menschen Schaden zuzufügen, dann bedeutet das nur, daß wir die Fähigkeiten des Positronengehirns ausweiten müssen. Man könnte auch sagen, daß wir eigentlich den Menschen verbessern sollten. Und nachdem das unmöglich ist, werden wir den Roboter noch narrensicherer machen. Wir erzielen dauernd Fortschritte. Unsere Roboter sind vielfältiger, spezialisierter, geschickter als vor einem Jahrhundert. In einem weiteren Jahrhundert werden wir noch größere Fortschritte erzielen. Warum einen Roboter dazu bringen, irgendwelche Kontrollen zu betätigen, wenn man in die Kontrollen selbst ein Positronengehirn einbauen kann? Das wäre Spezialisierung. Aber wir können auch generalisieren. Warum nicht einen Roboter mit austauschbaren Gliedmaßen bauen? Eh? Warum nicht? Wenn wir –"

Baley unterbrach ihn. „Sind Sie der einzige Robotiker auf Solaria?"

„Was für eine absurde Annahme!"

„Ich habe doch nur gefragt. Dr. Delmarre war der einzige ... äh ... Fötal-Ingenieur, abgesehen von einer Assistentin."

„Solaria hat über zwanzig Robotiker."

„Sind Sie der beste?"

„Der bin ich", sagte Leebig ohne den leisesten Hauch von Verlegenheit.

„Delmarre hat mit Ihnen zusammengearbeitet?"

„Das hat er."

„Soweit mir bekannt ist, beabsichtigte er, die Partnerschaft aufzulösen."

„Davon ist mir nichts bekannt. Wie kommen Sie darauf?"

„Angeblich mißbilligte er Ihr Junggesellentum."

„Das mag wohl sein. Er war ein sehr gründlicher Solarianer. Aber unsere berufliche Beziehung hat das nicht getrübt."

„Darf ich das Thema wechseln? – Abgesehen von der Entwicklung neuer Robotermodelle stellen Sie auch existierende Typen her und reparieren sie?"

„Die Herstellung und die Reparatur erfolgen weitgehend durch Roboter", erklärte Leebig. „Auf meinem Anwesen befinden sich eine große Fabrik und eine Wartungswerkstätte."

„Brauchen Roboter übrigens umfangreichen Reparaturaufwand?"

„Nein."

„Bedeutet das, daß die Roboterreparatur eine unterentwickelte Wissenschaft ist?"

„Ganz und gar nicht." Leebig sagte das sehr steif.

„Was ist mit dem Roboter, der sich am Schauplatz des Mordes an Dr. Delmarre befand?"

Leebig wandte den Blick ab, und seine Augenbrauen zogen sich zusammen, als wolle er einem schmerzlichen Gedanken den Zugang zu seinem Bewußtsein versperren. „Das war ein Totalverlust."

„Wirklich? Konnte er keine Fragen mehr beantworten?"

„Gar keine. Er war völlig unbrauchbar. Sein Positronengehirn wies einen Kurzschluß auf. Keine einzige Bahn war intakt geblieben. Überlegen Sie doch! Er war Zeuge eines Mordes geworden und hatte ihn nicht verhindern können . . ."

„Warum hatte er den Mord denn eigentlich nicht verhindern können?"

„Wer kann das sagen? Dr. Delmarre hat mit jenem Roboter experimentiert. Ich weiß nicht, in welchem mentalen Zustand er ihn gelassen hat. Vielleicht hat er ihm beispielsweise den Befehl erteilt, alle Operationen einzustellen, während er einen bestimmten Stromkreis überprüfte. Wenn jemand, der weder Dr. Delmarre noch dem Roboter verdächtig erschien, plötzlich einen Mordversuch unternommen hat, ist es durchaus möglich, daß es eine bestimmte Zeitspanne gedauert hat, ehe der Roboter das Potential des Ersten Gesetzes einsetzen konnte, um Dr. Delmarres ursprünglichen Befehl zu löschen. Wie lange diese Zeitspanne gedauert hat, würde in dem Fall von der Art des Angriffs abhängen und davon, wie Dr. Delmarre seinen ursprünglichen Befehl erteilt hatte. Ich könnte mir ein Dutzend Erklärungen dafür vorstellen, weshalb der Roboter außerstande war, den Mord zu verhindern. Trotzdem war diese Unfähigkeit eine Verletzung des Ersten Gesetzes, und das reichte aus, um jede Positronenbahn im Bewußtsein des Roboters zu sprengen."

„Aber wenn der Roboter physisch außerstande war, den Mord zu verhindern, war er dann verantwortlich? Verlangt das Erste Gesetz Unmögliches?"

Leebig zuckte die Achseln. „Das Erste Gesetz schützt, trotz Ihrer Versuche, es zu bagatellisieren, die Menschheit. Es läßt keine Ausreden zu. Wenn das Erste Gesetz gebrochen wird, ist der Roboter zerstört."

„Ist das eine allgemeine Regel, Sir?"

„Ebenso allgemein und universell, wie die Roboter es sind."

„Dann habe ich etwas gelernt", sagte Baley.

„Sie sollten noch etwas lernen. Ihre Theorie eines Mordes durch eine Folge robotischer Handlungen, die jede für sich harmlos sind, wird Ihnen im Falle des Todes von Dr. Delmarre keinen Schritt weiterhelfen."

„Warum nicht?"

„Der Tod ist nicht durch Gift, sondern durch einen Schlag auf den Schädel eingetreten. Jemand mußte den Gegenstand halten, mit dem Dr. Delmarre der Schädel eingeschlagen wurde, und das mußte ein menschlicher Arm sein. Kein Roboter wäre imstande, einen Schädel einzuschlagen."

„Nehmen Sie einmal an", sagte Baley, „ein Roboter würde einen ganz unschuldigen Knopf drücken, und daraufhin würde ein Gewicht auf Dr. Delmarres Kopf fallen."

Leebig lächelte säuerlich. „Erdenmensch, ich habe den Schauplatz des Verbrechens gesichtet. Ich habe alle Nachrichten gehört. Dieser Mord war hier auf Solaria eine große Sache, wissen Sie. Also weiß ich, daß es am Schauplatz des Verbrechens keine Spuren von Maschinen gab oder von heruntergefallenen Gewichten."

„Auch keine Spuren eines stumpfen Gegenstandes?" fragte Baley.

Leebig nickte langsam und meinte: „Sie sind der Detektiv. Finden Sie ihn doch!"

„Wenn wir einmal einräumen, daß kein Roboter für den Tod Dr. Delmarres verantwortlich war – wer war es dann?"

„Das weiß doch jeder!" schrie Leebig. „Seine Frau! Gladia!"

In dem Punkt wenigstens herrscht Einmütigkeit, dachte Baley. Und laut sagte er: „Und wer war der Drahtzieher hinter den Robotern, die Gruer vergiftet haben?"

„Ich nehme an . . ." Leebig verstummte.

„Sie glauben doch nicht, daß es zwei Mörder gibt, oder? Wenn Gladia für das eine Verbrechen verantwortlich war, muß sie auch für den zweiten Anschlag verantwortlich sein."

„Ja. Da müssen Sie recht haben." Seine Stimme klang jetzt wieder selbstbewußter. „Daran ist kein Zweifel!"

„Kein Zweifel?"

„Niemand sonst hätte Dr. Delmarre nahe genug kommen können, um ihn zu töten. Er ließ keine persönliche Anwesenheit zu, ebensowenig wie ich, nur, daß er zugunsten seiner Frau eine Ausnahme machte und ich keine Ausnahmen mache. Weil ich klüger bin." Der Robotiker lachte heiser.

„Ich nehme an, Sie kennen sie gut", sagte Baley abrupt.

„Wen?"

„Sie. Wir sprechen nur von einer ‚Sie': Gladia!"

„Wer hat Ihnen gesagt, daß ich sie besser als sonst jemand kenne?" wollte Leebig wissen. Er griff sich mit der Hand an die Kehle. Seine Finger bewegten sich und öffneten den Saum am Hals, um leichter atmen zu können.

„Gladia selbst. Sie sind doch häufig mit ihr spazierengegangen."

„So? Wir sind Nachbarn. Das ist etwas durchaus Übliches. Sie schien mir immer eine angenehme Person."

„Sie schätzen sie also."

Leebig zuckte die Achseln. „Mit ihr zu reden war für mich stets entspannend."

„Worüber redeten Sie denn?"

„Über Robotik." Das Wort klang irgendwie überrascht, als wundere er sich, daß man so etwas überhaupt fragen konnte.

„Und sie spricht auch über Robotik?"

„Sie weiß nichts über Robotik. Aber sie hört zu. Sie hat da irgendeine Feldstärken-Spielerei, womit sie sich beschäftigt; Feldkolorieren nennt sie das. Ich interessiere mich nicht dafür. Aber ich habe ihr zugehört."

„All das ohne persönliche Anwesenheit?"

Leebig musterte ihn angewidert, gab aber keine Antwort.

„Fühlten Sie sich zu ihr hingezogen?" versuchte Baley es noch einmal.

„Was?"

„Finden Sie sie attraktiv? Körperlich?"

Selbst Leebigs herunterhängendes Augenlid hob sich, und seine Lippen zuckten. „Wie ekelhaft! Was sind Sie für ein Tier!"

„Dann lassen Sie es mich so formulieren: Wann hörten Sie auf, Gladia angenehm zu finden? Das Wort haben Sie selbst gebraucht, wenn Sie sich erinnern."

„Wie meinen Sie das?"

„Sie sagten, Sie hätten sie angenehm gefunden. Jetzt glauben Sie, sie hätte ihren Mann ermordet. Das ist ja nicht gerade das Verhalten einer angenehmen Person."

„Ich habe mich in ihr geirrt."

„Aber diesen Irrtum haben Sie bereits erkannt, ehe sie ihren Mann getötet hat – wenn sie das getan hat. Sie hörten schon einige Zeit vor dem Mord auf, mit ihr Spaziergänge zu machen. Warum?"

„Ist das wichtig?"

„Alles ist wichtig, bis das Gegenteil bewiesen ist."

„Hören Sie! Wenn Sie von mir als Robotiker Informationen haben wollen, dann fragen Sie! Persönliche Fragen beantworte ich nicht."

„Sie waren gut mit dem Ermordeten und der Hauptverdächtigen bekannt. Verstehen Sie denn nicht, daß da persönliche Fragen unvermeidbar sind? Warum haben Sie aufgehört, mit Gladia spazierenzugehen?"

„Die Zeit kam, wo ich nicht mehr wußte, was ich sagen sollte", herrschte Leebig ihn an. „Ich war zu beschäftigt. Ich sah keinen Anlaß, diese Spaziergänge fortzusetzen."

„Mit anderen Worten also: als Sie sie nicht mehr angenehm fanden?"

Und Leebig schrie: „Ich habe keinen Grund!"

Baley ignorierte die Erregung. „Trotzdem sind Sie jemand, der Gladia gut gekannt hat. Was könnte sie für ein Motiv gehabt haben?"

„Ihr Motiv?"

„Niemand hat bis jetzt irgendein Motiv für den Mord vorgeschlagen. Gladia würde doch ganz sicher nicht ohne Motiv einen Mord begehen."

„Große Galaxis!“ Leebig legte den Kopf in den Nacken, als wolle er lachen, tat es aber nicht. „Das hat Ihnen niemand gesagt? Nun, vielleicht wußte es niemand. Aber ich wußte es. Sie hat es mir gesagt. Häufig hat sie es mir gesagt.“

„Ihnen was gesagt, Dr. Leebig?“

„Nun, daß sie mit ihrem Mann gestritten hat. Bitter und häufig gestritten hat. Sie haßte ihn, Erdenmensch. Hat Ihnen das niemand gesagt? Hat *sie* Ihnen das nicht gesagt?“

Ein Porträt wird koloriert

Baley versuchte sich seine Verblüffung nicht anmerken zu lassen.

Bei der Art und Weise, wie die Solarianer lebten, war für sie das Privatleben jedes einzelnen vermutlich etwas Geheiligtes. Fragen, die sich auf die Ehe oder auf Kinder bezogen, mußten hier als ein Höchstmaß von Geschmacklosigkeit gelten. Und so war es auch durchaus möglich, daß chronischer Streit zwischen Mann und Frau existieren konnte, ohne daß jemand sich dafür interessierte.

Aber selbst wenn es zu einem Mord gekommen war? Würde auch dann niemand das gesellschaftliche Verbrechen begehen, die Verdächtige zu fragen, ob sie mit ihrem Mann in Streit gelebt hatte? Oder die Sache wenigstens erwähnen, wenn sie davon wußten?

Nun, Leebig hatte das ja getan.

„Worum ging der Streit denn?“ wollte Baley wissen.

„Ich denke, das fragen Sie sie besser selbst.“

Damit hat er recht, dachte Baley. Er erhob sich steif. „Danke für Ihre Unterstützung, Dr. Leebig. Vielleicht brauche ich später Ihre Hilfe noch einmal. Ich hoffe, Sie halten sich zu meiner Verfügung.“

„Gesichtet“, sagte Leebig, und er und das Segment seines Zimmers verschwanden.

Zum ersten Mal stellte Baley fest, daß ihm die Flugreise durch den freien Raum nichts ausmachte, ihm überhaupt nichts ausmachte. Es war fast, als befände er sich in seinem Element.

Er dachte nicht einmal an die Erde oder an Jessie. Er hatte die Erde erst vor ein paar Wochen verlassen, und doch hätten es ebensogut Jahre sein können. Auf Solaria befand er sich erst seit drei Tagen, und doch kam ihm diese Zeit schon wie eine Ewigkeit vor.

Wie schnell paßt man sich an einen Alptraum an? Oder lag es an Gladia? Er würde sie bald sehen, nicht etwa sie sichten. War es das, was ihm Selbstvertrauen verlieh und dieses seltsame Gefühl, in dem sich Unruhe und Erwartung mischten?

Würde sie es ertragen? fragte er sich. Oder würde sie nach ein paar Augenblicken davonhuschen und ihn dann nicht mehr sehen und auch nicht mehr sichten wollen, so wie Quemot es getan hatte?

Als er eintrat, stand sie am anderen Ende eines langen Raumes. Sie hätte ebensogut eine impressionistische Darstellung ihrer selbst sein können, irgendwie nur auf das Wesentliche reduziert.

Ihre Lippen waren schwach rot, ihre Augenbrauen leicht nachgezeichnet, die Ohrläppchen leicht blau – aber davon abgesehen war ihr Gesicht ohne jedes Make-up. Sie sah blaß aus, ein wenig verängstigt und sehr jung.

Das dunkelblonde Haar hatte sie nach hinten gekämmt, und ihre graublauen Augen wirkten scheu. Ihr Kleid war von einem so dunklen Blau, daß es fast schwarz wirkte, mit einem ganz schmalen weißen Saum an den Seiten und langen Ärmeln. Sie trug weiße Handschuhe und Schuhe mit flachen Absätzen. Nirgendwo, außer in ihrem Gesicht, war auch nur ein Zollbreit Haut zu sehen. Selbst ihr Hals war von einer Art Rüschenkragen verdeckt.

Baley blieb stehen. „Ist das weit genug entfernt, Gladia?"

Ihr Atem ging schnell. „Ich hatte vergessen, was mich erwartet", antwortete sie. „Eigentlich ist es wie Sichten, nicht wahr? Ich meine, wenn man nicht daran denkt, daß man sich in Wirklichkeit sieht."

„Für mich ist das ganz normal", sagte Baley.

„Ja, auf der Erde." Sie schloß die Augen. „Manchmal versuche ich es mir auszumalen. Überall diese Menschenmengen. Man geht eine Straße hinunter, und andere gehen neben einem und wieder andere in entgegengesetzter Richtung. Dutzende . . ."

„Hunderte", verbesserte sie Baley. „Haben Sie je in einem Buchfilm Szenen von der Erde gesichtet? Oder einen Roman gesichtet, der auf der Erde spielt?"

„Davon gibt es hier nicht viele. Aber ich habe Romane gesichtet, die auf den anderen Äußeren Welten spielen, wo man sich die ganze Zeit sieht. Aber da ist es anders. Es wirkt einfach nur wie ein Multi-Sichten."

„Küssen sich die Leute je in den Romanen?"

Ihr Gesicht rötete sich. Die Vorstellung war ihr sichtlich peinlich. „Solche Romane lese ich nicht."

„Niemals?"

„Nun – es gibt natürlich immer ein paar schmutzige Filme, wissen Sie? Und manchmal – ich meine – nur aus Neugierde – aber dabei wird einem übel, wirklich."

„Ist das so?"

Plötzlich wurde sie lebhafter. „Aber die Erde ist so völlig anders. So viele Menschen. Ich stelle mir vor, Elijah, daß Sie, wenn Sie gehen, sogar Leute berühren. Versehentlich, meine ich."

Baley lächelte schwach. „Man stößt sie sogar versehentlich um." Er dachte an die Menschenmassen auf den Expreßways, die einander zerrten und schoben und stießen und die Rollbänder hinauf- und hinunterliefen. Und dann überkam ihn einen Augenblick lang, ohne daß er es vermeiden konnte, so etwas wie Heimweh.

„Sie brauchen nicht dort stehenzubleiben", sagte Gladia.

„Würde es Ihnen nichts ausmachen, wenn ich näher käme?"

„Nein, ich glaube nicht. Ich sage es Ihnen schon, wenn es nahe genug ist."

Baley trat Schritt für Schritt näher, während Gladia ihn mit geweiteten Augen ansah. Dann sagte sie plötzlich: „Würden Sie gerne einige von meinen Feldkolorierungen sehen?"

Baley war noch zwei Meter von ihr entfernt. Er blieb stehen und sah sie an. Sie wirkte so klein und zerbrechlich. Er versuchte sie sich vorzustellen, wie sie etwas in der Hand hielt und damit wutentbrannt auf den Schädel ihres Mannes einschlug. Er versuchte sie sich vorzustellen, erfüllt von mörderischem Haß. Er mußte zugeben, daß es möglich war. Selbst eine so zart wirkende Frau wie sie konnte einen Schädel einschlagen, wenn sie die richtige Waffe besaß und wütend genug war. Baley hatte schon Mörderinnen gesehen, die so wirkten, als könnten sie keiner Fliege etwas zuleide tun.

„Was sind Feldkolorierungen, Gladia?" fragte er.

„Eine Kunstform", sagte sie.

Baley erinnerte sich an das, was Leebig über Gladias Kunst gesagt hatte, und nickte. „Die würde ich mir gerne ansehen."

„Dann kommen Sie bitte mit!"

Baley achtete darauf, den Abstand von zwei Metern zwischen ihnen einzuhalten; das war immerhin nur ein Drittel der Distanz, die Klorissa verlangt hatte.

Sie betraten einen Raum, der von Licht erfüllt war. Er leuchtete aus allen Ecken und in jeder Farbe.

Gladia wirkte zufrieden und von Besitzerstolz erfüllt. Sie blickte zu Baley auf, und ihre Augen schienen Lob und Zustimmung zu erwarten.

Baleys Reaktion mußte wohl ihren Erwartungen entsprochen haben, obwohl er nichts sagte. Er drehte sich langsam herum und versuchte das, was er sah, zu begreifen, denn er sah nur Licht, aber keinerlei Gegenstände.

Die Lichtkleckse befanden sich auf Podesten. Sie wirkten wie lebende Geometrie: Linien und Kurven aus Farbe, die sich in ein Ganzes verschlangen und doch ihre eigene Identität behielten. Und jedes dieser Lichtgebilde unterschied sich von allen anderen.

Baley suchte nach den passenden Worten und fragte: „Soll das etwas darstellen?"

Gladia lachte mit ihrer angenehmen Altstimme. „Das bedeutet das, was Sie hineindenken. Es sind nur Lichtgebilde, die Sie vielleicht zornig oder glücklich oder neugierig machen, oder was auch immer eben *ich* empfunden habe, als ich das jeweilige Stück entworfen habe. Ich könnte eines für Sie machen, eine Art Porträt. Aber wahrscheinlich wäre es nicht besonders gut, weil ich ja nur improvisieren würde."

„Würden Sie das tun? Das würde mich interessieren."

„Also gut", sagte sie und ging mit schnellen Schritten auf eine Lichtgestalt in einer Ecke des Raumes zu, wobei sie ganz dicht an ihm vorüberging. Aber sie schien es nicht zu bemerken.

Sie berührte etwas an dem Sockel des Lichtgebildes, und der Lichtschein darüber erlosch, als hätte es ihn nie gegeben.

Baley hielt den Atem an und sagte: „Tun Sie das nicht!"

„Das ist schon in Ordnung. Ich mochte es ohnehin nicht mehr. Jetzt will ich all die anderen nur etwas dunkler machen, damit sie mich nicht ablenken." Sie klappte an einer der sonst leeren Wände etwas auf und betätigte einen Schalter. Die Farben verblaßten so, daß man sie kaum noch wahrnehmen konnte.

„Macht das nicht ein Roboter?" fragte Baley. „Ich meine, Schalter drehen."

„Pst!" sagte sie ungeduldig. „Ich lasse hier keine Roboter rein. Das gehört nur *mir.*" Sie sah ihn an und runzelte die Stirn. „Ich kenne Sie nur noch nicht gut genug. Das ist das Problem."

Sie blickte nicht auf den Sockel, aber ihre Finger ruhten locker auf seiner glatten Oberfläche. Alle zehn Finger waren leicht gekrümmt, angespannt, warteten.

Jetzt bewegte sich ein Finger und beschrieb einen kleinen Bogen, und ein tiefgelbes Leuchten wuchs an wie ein Strich und stand plötzlich schräg in der Luft. Der Finger bewegte sich ein Stückchen zurück, und das Licht verlor etwas an Intensität.

Sie sah es prüfend an. „So ist es wohl richtig. Eine Art Stärke ohne Gewicht."

„Jehoshaphat!" sagte Baley.

„Sind Sie jetzt beleidigt?" Ihre Finger hoben sich, und der gelbe Lichtbalken blieb in der Luft hängen.

„Nein, ganz und gar nicht. Aber was ist das? Wie machen Sie das?"

„Das ist schwer zu erklären", meinte Gladia und sah den Sockel nachdenklich an. „Ich verstehe das nämlich genaugenommen selbst nicht richtig. Man hat mir gesagt, es sei eine Art optischer Illusion. Es werden Kraftfelder auf verschiedenen Energieniveaus errichtet. In Wirklichkeit sind das Auswüchse des Hyperraums mit völlig anderen Eigenschaften als der normale Raum. Je nach dem Energieniveau sieht das menschliche Auge Licht in verschiedenen Farben und Schattierungen. Die Schattierungen und Farben werden von der Wärme meiner Finger an entsprechenden Punkten des Sockels gesteuert. Und in den Sockeln sind alle möglichen Kontrollen."

„Sie meinen, wenn ich den Finger da hinlegte . . ." Baley trat vor, und Gladia machte ihm Platz. Er legte etwas zögernd den Zeigefinger auf den Sockel und spürte ein schwaches Pulsieren.

„Nur zu! Bewegen Sie den Finger ruhig, Elijah", sagte Gladia.

Das tat Baley, und ein schmutziggrauer Lichtfleck entstand, berührte den gelben Balken und durchdrang ihn. Baley zog den Finger sofort zurück, und Gladia lachte, wurde aber dann gleich wieder ernst.

„Ich hätte nicht lachen sollen", sagte sie. „Das ist wirklich sehr schwierig, selbst für Leute, die es schon oft versucht haben." Ihre Hand bewegte sich ganz locker und viel zu schnell, als daß Baley der Bewegung hätte folgen können. Und die Monstrosität, die er erzeugt hatte, verschwand und ließ den gelben Lichtbalken wieder unbehindert erstrahlen.

„Wie haben Sie das gelernt?" fragte Baley.

„Ich habe es einfach immer wieder versucht. Wissen Sie, das ist eine neue Kunstform, und nur ein oder zwei Leute wissen wirklich, wie man . . ."

„Und Sie sind die Beste", sagte Baley ernst. „Auf Solaria ist jeder entweder der einzige oder der Beste oder beides."

„Sie brauchen nicht zu lachen. Einige meiner Arbeiten sind ausgestellt. Ich habe schon Ausstellungen veranstaltet." Sie hob das Kinn. Ihr Stolz war unverkennbar.

Dann fuhr sie fort: „Lassen Sie mich mit Ihrem Porträt weitermachen." Ihre Finger bewegten sich wieder.

In dem Lichtgebilde, das entstand, waren nur wenige Kurven zu erkennen. Es waren alles scharfe, gerade Linien und Winkel. Und die dominierende Farbe war Blau.

„Das ist die Erde, irgendwie", sagte Gladia und biß sich auf die Unterlippe. „Die Erde ist für mich immer blau. All die vielen Leute, die sich dauernd sehen, sehen, sehen. Sichten ist eher rosa. Wie kommt Ihnen das vor?"

„Jehoshaphat! Ich kann mir Sachen nicht als Farben vorstellen."

„Nein?" fragte sie abwesend. „So, und dann sagen Sie manchmal ‚Jehoshaphat!', und das ist einfach ein kleiner violetter Klecks. Ein kleiner, abgegrenzter Klecks, weil es meistens nur so – ping! – rauskommt, einfach so." Und der kleine Klecks erschien und leuchtete. „Und dann", sagte sie, „kann ich es so abschließen." Und ein glanzloser, hohler Würfel von schiefergrauer Farbe erstand plötzlich und schloß alles ein. Das Licht in seinem Innern leuchtete durch, aber schwächer, irgendwie gefangen.

Baley empfand ein Gefühl der Trauer, als wäre der Würfel etwas, das ihn einschloß und ihn von etwas abhielt, das er sich wünschte. „Was bedeutet dieses Letzte jetzt?" fragte er.

„Nun, das sind die Wände, die Sie umgeben", erklärte Gladia. „Das ist das meiste von Ihnen, die Art und Weise, wie Sie nicht herauskönnen, wie Sie drinnen sein müssen. Hier sind Sie doch auch drinnen, verstehen Sie nicht?"

Das tat Baley, doch er war irgendwie nicht einverstanden damit. „Diese Wände sind doch nichts Dauerhaftes", sagte er. „Ich war heute draußen."

„So? Hat es Ihnen etwas ausgemacht?"

Baley mußte einen kleinen Seitenhieb anbringen. „So, wie es Ihnen etwas ausmacht, mich zu sehen. Es gefällt Ihnen nicht, aber Sie können es ertragen."

Sie musterte ihn nachdenklich. „Wollen Sie jetzt hinausgehen? Mit mir? Auf einen kleinen Spaziergang?"

Baley drängte es zu sagen: „Jehoshaphat, nein!"

Und sie redete weiter: „Ich habe noch nie mit jemandem beim Sehen einen Spaziergang gemacht. Es ist immer noch Tag, und das Wetter ist angenehm."

Baley sah sein abstraktes Porträt an und meinte: „Wenn ich mit Ihnen gehe, nehmen Sie dann das Grau weg?"

Sie lächelte. „Ich will sehen, wie Sie sich verhalten."

Das Lichtgebilde blieb zurück, als sie den Raum verließen. Es blieb zurück und hielt Baleys gefangene Seele im Grau der Citys fest.

BALEY fröstelte. Da war ein kühler Lufthauch, der ihn berührte.

„Frieren Sie?" fragte Gladia.

„Vorher war das nicht so", murmelte Baley.

„Es ist schon spät, aber eigentlich kalt ist es nicht. Würden Sie gern einen Mantel haben? Einer von den Robotern könnte in einer Minute einen bringen."

„Nein. Es ist schon gut." Sie schlenderten auf einem schmalen, gepflasterten Weg dahin. „Sind Sie hier immer mit Dr. Leebig spazierengegangen?" fragte er.

„O nein. Wir sind auf den Feldern gegangen, wo man nur gelegentlich einen Roboter bei der Arbeit sieht und man die Geräusche der Tiere hören kann. Sie und ich werden in der Nähe des Hauses bleiben, für alle Fälle."

„Wieso für alle Fälle?"

„Nun, für den Fall, daß Sie hineingehen wollen."

„Oder für den Fall, daß Sie des Sehens müde werden?"

„Mich stört es nicht", sagte sie mutig.

Über ihnen war das unbestimmte Rascheln von Blättern zu hören, und alles wirkte grün und gelb. Scharfe dünne Schreie waren zu hören und ein gleichmäßiges Summen, und Schatten waren zu sehen.

Ganz besonders die Schatten fielen ihm auf. Einer davon war unmittelbar vor ihm, wie ein Mensch geformt, und er bewegte sich sogar so wie er, in einer schrecklichen Nachahmung seiner Bewegungen. Baley hatte natürlich von Schatten gehört und wußte, was sie waren. Aber in dem alles durchdringenden indirekten Licht der Citys war ihm nie bewußt geworden, daß er einen Schatten werfen könnte.

Hinter ihm, das wußte er, stand die Sonne Solarias am Himmel. Er achtete darauf, sie nicht anzusehen, wußte aber, daß sie da war.

Der Weltraum war groß und einsam, und doch spürte Baley, wie er ihn anzog. Vor seinem geistigen Auge malte er sich aus, wie er auf der Oberfläche einer Welt einherschritt, umgeben von Tausenden von Kilometern und Lichtjahren von Raum rings um ihn.

Warum zog ihn eigentlich dieser Gedanke der Einsamkeit so an? Er wollte keine Einsamkeit. Er liebte die Erde und die Wärme und die mit Menschen vollgepfropften Stahlhöhlen der Cities.

Dann verblaßte das Bild. Er versuchte vor seinem geistigen Auge New York heraufzubeschwören, den Lärm und die Fülle, die dort herrschten, und stellte fest, daß er nur die stille Kühle Solarias erkennen konnte.

Unwillkürlich trat Baley näher an Gladia heran, bis er nur noch einen halben Meter entfernt war, und bemerkte erst jetzt ihr verblüfftes Gesicht.

„Entschuldigen Sie, bitte", sagte er und zog sich wieder zurück.

„Schon gut", stieß sie hervor. „Möchten Sie nicht dorthin gehen? Da sind Blumenbeete, die Ihnen vielleicht gefallen."

Die Richtung, in die sie wies, war der Sonne entgegengesetzt. Baley folgte ihr stumm.

Gladia meinte: „Etwas später im Jahr wird es hier herrlich sein. Wenn das Wetter warm ist, kann ich zum See hinunterlaufen und schwimmen oder einfach über die Felder laufen – laufen, so schnell ich kann, bis ich mich einfach fallen lasse und liegenbleibe."

Sie blickte an sich hinab. „Aber das ist nicht die richtige Kleidung dafür. Wenn ich so viel anhabe, muß ich schreiten. Ich meine langsam und gelassen gehen, wissen Sie?"

„Wie würden Sie sich denn lieber kleiden?" fragte Baley.

„Mit Shorts und BH *höchstens!*" rief sie und hob die Arme, als spürte sie in Gedanken die Befreiung, die von so leichter Kleidung ausging. „Manchmal noch weniger. Manchmal nur Sandalen, um die Luft spüren zu können, mit jedem Zoll – oh, tut mir leid. Jetzt habe ich Sie beleidigt."

„Nein. Es ist schon gut", sagte Baley. „Waren Sie auch so bekleidet, wenn Sie mit Dr. Leebig spazierengingen?"

„Unterschiedlich. Das hing vom Wetter ab. Manchmal trug ich sehr wenig; aber es war ja Sichten, wissen Sie? Das verstehen Sie doch, hoffe ich."

„Ich verstehe. Und Dr. Leebig? War er auch nur leicht bekleidet?"

„Jothan und leicht bekleidet!" Gladias Lächeln blitzte auf. „O nein! Der ist immer sehr würdig." Sie verzog das Gesicht zu einem würdevollen Blick und blinzelte ihm dabei zu, wobei es ihr verblüffend gut gelang, Leebigs Art nachzuahmen, so daß Baley zustimmend brummte.

„So redet er immer", sagte sie. „‚Meine liebe Gladia! Angesichts der Effekte eines Potentials erster Ordnung im Positronenfluß . . .'"

„Ist es das, worüber er mit Ihnen geredet hat? Robotik?"

„Meistens. Oh, er nimmt das immer so ernst, wissen Sie? Er hat die ganze Zeit versucht, es mir beizubringen. Er hat nie aufgegeben."

„Haben Sie etwas gelernt?"

„Nein. Gar nichts. Für mich ist das alles ein einziges Durcheinander. Manchmal ist er ärgerlich über mich geworden. Aber wenn er mich dann gescholten hat, bin ich ins Wasser gesprungen, wenn wir nahe beim See waren, und habe ihn angespritzt."

„Ihn *angespritzt?* Ich dachte, Sie hätten einander gesichtet."

Sie lachte. „Sie sind solch ein Erdenmensch! Ich habe ihn natürlich dort angespritzt, wo er stand – in seinem Zimmer oder auf seinem eigenen Anwesen. Das Wasser hat ihn natürlich nicht berührt, aber er hat sich dennoch weggeduckt. Sehen Sie sich das an."

Baley sah in die Richtung, die sie ihm wies. Sie hatten ein kleines Wäldchen – eigentlich nur einen kleinen Baumbestand – umrundet und erreichten jetzt eine Lichtung, in deren Mitte ein Zierteich angelegt war. Die Lichtung war von kleinen Ziegelmauern durchbrochen, und überall standen Blumen, die sichtlich von einer ordnenden Hand gepflanzt waren. Baley wußte, daß es Blumen waren; er hatte so etwas schon in Buchfilmen gesehen.

Irgendwie sahen die Blumen wie die Lichtmuster aus, die Gladia erzeugte, und Baley stellte sich vor, daß sie sie vielleicht im Geist von Blumen entwickelt hatte. Er berührte vorsichtig eine und sah sich dann um. Rot und Gelb herrschten vor.

Während er sich umsah, erhaschte er einen Blick auf die Sonne.

„Die Sonne steht tief am Himmel", meinte er unruhig.

„Ja, natürlich. Es ist später Nachmittag!" rief Gladia. Sie war ein Stück weitergelaufen, zum Teich, und saß auf einer steinernen Bank am Teichrand. „Kommen Sie her!" rief sie und winkte ihm zu. „Sie können stehenbleiben, wenn Sie sich nicht auf den Stein setzen wollen."

Baley ging langsam auf sie zu. „Sinkt sie jeden Tag so tief?" fragte er und bedauerte im gleichen Moment, daß er die Frage gestellt hatte. Wenn der Planet rotierte, mußte die Sonne am Morgen und am Nachmittag tief am Himmel stehen. Nur mittags konnte sie hoch stehen.

Aber diese logische Erkenntnis konnte ein ganzes Leben gegenteiliger Erfahrung nicht wegwischen. Er wußte, daß es so etwas wie Nacht gab und hatte es sogar schon erlebt – die Zeitperiode, wo die ganze Dicke eines Planeten sich sicher zwischen einen Menschen und die Sonne geschoben hatte. Er wußte, daß es Wolken gab und ein schützendes Grau, das das Schlimmste des Draußen verbarg. Und doch, wenn er an Planetenoberflächen dachte, drängte sich ihm stets ein Bild flammenden Lichts mit einer Sonne hoch am Himmel auf.

Er sah sich um, ganz schnell, so daß er gerade ein flüchtiges Bild der Sonne erhaschen konnte, und fragte sich, für den Fall, daß er sich plötzlich entschließen sollte, zum Haus zurückzukehren, wie weit dieses wohl entfernt war.

Gladia deutete auf das andere Ende der Steinbank.

„Das ist aber hübsch nah bei Ihnen, nicht wahr?" fragte Baley.

Sie spreizte ihre kleinen Hände mit nach oben gerichteten Handflächen. „Langsam gewöhne ich mich daran. Wirklich!"

Er setzte sich und sah sie an, um den Blick auf die Sonne zu vermeiden.

Sie lehnte sich nach hinten zum Wasser und zog eine kleine, schalenförmige Blume zu sich heran, die außen gelb und innen weiß gefleckt war und keineswegs besonders eindrucksvoll. „Das ist eine Pflanze, die hier zu Hause ist", sagte sie. „Die meisten Blumen stammen ursprünglich von der Erde."

Wasser tropfte von dem abgebrochenen Stiel der Blume, als sie sie Baley entgegenstreckte.

Baley griff vorsichtig danach. „Sie haben sie getötet", sagte er.

„Es ist doch nur eine Blume. Davon gibt es noch Tausende." Plötzlich, ehe seine Finger den gelben Blütenkelch berühren konnten, riß sie sie weg, und ihre Augen funkelten. „Oder wollen Sie andeuten, daß ich ein menschliches Wesen töten könnte, weil ich eine Blume abgerissen habe?"

„Ich wollte gar nichts andeuten", meinte Baley besänftigend. „Darf ich die Blume sehen?"

Eigentlich wollte Baley die Blume nicht berühren. Sie war im nassen Boden gewachsen und hatte immer noch die Ausdünstung von Schlamm an sich. Wie konnten diese Leute, die im Kontakt mit Erdenmenschen und selbst untereinander so penibel waren, in ihren Kontakten mit ganz gewöhnlichem Schmutz so unvorsichtig sein?

Er hielt den Blumenstengel vorsichtig zwischen Daumen und Zeigefinger und sah ihn an. Der Blütenkelch bestand aus einigen dünnen Stücken eines papierdünnen Gewebes und wölbte sich aus der Mitte nach oben. Innen war eine weiße, konvexe Schwellung, feucht und von dunklen Härchen umgeben, die leicht im Wind zitterten.

„Riechen Sie es?" fragte sie.

Und im gleichen Augenblick wurde sich Baley des Geruchs bewußt, der von der Pflanze ausging. „Das riecht wie das Parfüm einer Frau", sagte er.

Gladia klatschte vergnügt in die Hände. „Typisch Erdenmensch! In Wirklichkeit meinen Sie doch, daß das Parfüm einer Frau wie *das* hier riecht."

Baley nickte etwas betrübt. Ihm reichte es jetzt. Er hatte genug vom Draußensein. Die Schatten wurden länger, und das Land verdüsterte sich. Und doch war er fest entschlossen, nicht aufzugeben. Er wollte, daß jene grauen Wände aus Licht, die sein Porträt verdunkelten, entfernt wurden. Das war zwar unsinnig, aber er empfand jedenfalls den Wunsch.

Gladia nahm ihm die Blume weg. Er leistete keinen Widerstand. Langsam zog sie die Blütenblätter auseinander. „Ich kann mir vorstellen, daß jede Frau anders riecht", sagte sie.

„Das kommt auf das Parfüm an", bemerkte Baley gleichgültig.

„Ich stelle mir gerade vor, wie es sein muß, wenn man sich so nahe ist, daß man das feststellen kann. Wir verwenden gewöhnlich kein Parfüm, weil niemand nahe genug ist. Nur jetzt. Aber ich kann mir vorstellen, daß Sie oft Parfüms riechen, die ganze Zeit. Auf der Erde ist Ihre Frau doch immer bei Ihnen, oder?" Sie konzentrierte sich jetzt ganz auf die Blume und runzelte die Stirn, während sie sie langsam zerpflückte.

„Sie ist nicht immer bei mir", sagte Baley. „Nicht jeden Augenblick."

„Aber die meiste Zeit. Und immer, wenn Sie wollen, daß . . ."

Baley unterbrach sie: „Warum glauben Sie wohl, daß Dr. Leebig sich solche Mühe gegeben hat, Ihnen Robotik beizubringen?"

Die zerpflückte Blume bestand jetzt aus dem Stengel und der inneren Schwellung. Gladia drehte sie zwischen den Fingern und warf sie dann achtlos ins Wasser, wo sie dahintrieb. „Ich denke, er hatte den Wunsch, mich als seine Assistentin zu haben", sagte sie.

„Hat er Ihnen das gesagt, Gladia?"

„Gegen Ende zu, Elijah. Ich glaube, er wurde allmählich ungeduldig. Jedenfalls hat er mich gefragt, ob ich nicht meinte, daß es interessant sein könnte, in der Robotik zu arbeiten. Ich habe ihm natürlich gesagt, daß ich mir nichts Langweiligeres vorstellen könnte. Da ist er recht wütend geworden."

„Und nachher hat er nie wieder einen Spaziergang mit Ihnen gemacht."

„Wissen Sie, das kann es vielleicht gewesen sein", sagte sie. „Ich nehme an, das hat seine Gefühle verletzt. Aber was hätte ich denn tun können?"

„Aber von Ihren Streitigkeiten mit Dr. Delmarre haben Sie ihm schon vorher erzählt."

Ihre Hände ballten sich zu Fäusten; sie wurde ganz starr, und ihre Stimme klang plötzlich unnatürlich hoch. „Was für Streitigkeiten?"

„Ihre Streitigkeiten mit Ihrem Gatten. Wie ich gehört habe, haßten Sie ihn."

Ihr Gesicht war jetzt ganz verzerrt und fleckig, und sie funkelte ihn richtig an. „Wer hat Ihnen das gesagt? Jothan?"

„Dr. Leebig hat es erwähnt. Ich glaube, daß es stimmt."

Sie war sichtlich erschüttert. „Sie versuchen immer noch zu beweisen, daß ich ihn getötet habe. Und ich denke die ganze Zeit, daß Sie mein Freund seien, und dabei sind Sie nur – nur ein Detektiv!"

Sie hob die Fäuste, und Baley wartete.

Dann sagte er: „Sie wissen, daß Sie mich nicht berühren können."

Ihre Hände sanken herab, und sie fing lautlos zu weinen an und wandte den Kopf ab.

Baley beugte seinerseits den Kopf und schloß die Augen, um damit die beunruhigend langen Schatten nicht sehen zu müssen. „Dr. Delmarre war kein besonders liebevoller Mann, oder?" fragte er.

Als sie antwortete, klang ihre Stimme halb erstickt. „Er war sehr beschäftigt."

„Sie andererseits *sind* liebevoll. Sie finden Männer interessant, verstehen Sie?"

„Ich . . . ich kann doch nichts dafür. Ich weiß, daß es widerwärtig ist, aber ich kann nicht anders. Es ist sogar widerwärtig, da-darüber zu reden."

„Aber mit Dr. Leebig haben Sie darüber geredet?"

„Ich *mußte* doch etwas tun, und Jothan war eben da, und ihm schien es nichts auszumachen. Und ich habe mich dann besser gefühlt."

„War das der Grund, weshalb Sie mit Ihrem Mann gestritten haben? War es so, daß er kalt und lieblos war und daß Sie das gestört hat?"

„Manchmal habe ich ihn gehaßt." Sie zuckte hilflos die Achseln. „Er war einfach bloß ein guter Solarianer, und uns waren keine K . . . keine K . . ." – sie konnte nicht weiterreden.

Baley wartete. Ihm war eiskalt, und die Leere, die ihn umgab, lastete schwer auf ihm. Als Gladias Schluchzen leiser wurde, fragte er so sanft, wie es ihm nur möglich war: „Haben Sie ihn getötet, Gladia?"

„N-nein!" Und dann plötzlich, als wäre jeglicher Widerstand in ihr zusammengebrochen: „Ich habe Ihnen nicht alles gesagt."

„Nun, dann tun Sie es doch bitte jetzt!"

„Wir hatten gestritten; als er starb, meine ich. Der alte Streit. Ich habe ihn angeschrien. Aber er schrie nie zurück. Er hat kaum je etwas gesagt, und das machte es nur noch schlimmer. Ich war so zornig, so zornig. Und an das, was nachher kam, erinnere ich mich nicht."

„Jehoshaphat!" Baley schwankte leicht, und sein Blick suchte den neutralen Stein der Bank. „Was meinen Sie damit: Sie erinnern sich nicht an das Danach?"

„Ich meine, er war tot, und ich schrie, und die Roboter kamen . . ."

„Haben Sie ihn getötet?"

„Ich erinnere mich nicht, Elijah. Und wenn ich es getan hätte, würde ich mich doch erinnern, oder? Nur, ich erinnere mich auch sonst an nichts. Und ich hatte solche Angst, immer solche Angst. Helfen Sie mir doch, bitte, Elijah!"

„Keine Angst, Gladia. Ich werde Ihnen helfen." Baley hatte das Gefühl, als drehe sich alles um ihn. Trotzdem konzentrierte er sich ganz auf die Mordwaffe. Was war aus ihr geworden? Man mußte sie entfernt haben. Und wenn dem so war, dann konnte nur der Mörder das getan haben. Da man Gladia unmittelbar nach dem Mord am Tatort gefunden hatte, konnte sie die Tat nicht begangen haben. Der Mörder mußte jemand anders sein. Ganz gleich, was alle anderen auf Solaria davon hielten; es mußte jemand anders sein.

Und dann drängte sich ihm wieder der qualvolle Gedanke auf: Ich muß zum Haus zurück.

Er ertappte sich dabei, daß er in die Sonne starrte. Sie stand beinahe am Horizont. Sein Blick klammerte sich in einer Art morbider Faszination an ihr fest. Baley hatte sie noch nie so gesehen: groß, rot und irgendwie matt, so daß man sie ansehen konnte, ohne blind zu werden; so daß man die blutenden Wolken darüber in dünnen Streifen sehen konnte, wobei eine jetzt wie ein schwarzer Streifen sich quer über sie hinwegzog.

„Die Sonne ist so rot", murmelte Baley.

Und wie aus weiter Ferne hörte er Gladias Stimme sagen: „Beim Sonnenuntergang ist sie immer rot – rot und düster."

Baley hatte eine Vision. Die Sonne bewegte sich auf den Horizont zu, weil die Oberfläche des Planeten sich von ihr entfernte, mit tausend Kilometern in der Stunde, unter dieser nackten Sonne kreisend, und da war nichts, was die Mikroben schützte, die da Menschen hießen und die über diese kreisende Oberfläche dahinkrabbelten, die wie wahnsinnig kreiste, immer kreiste, kreiste – kreiste . . .

Dabei kreiste in Wirklichkeit sein Kopf, und die steinerne Bank unter ihm sank weg, und der Himmel türmte sich über ihm auf, dunkelblau. Und dann war die Sonne verschwunden, und die Baumwipfel und der Boden stürzten ihm entgegen.

Gladia stieß einen schrillen Schrei aus. Und da war noch ein Geräusch . . .

Eine Lösung bietet sich an

Zuerst wurde Baley bewußt, daß er sich wieder in einem geschlossenen Raum befand. Dann nahm er wahr, daß sich ein Gesicht über ihn beugte.

Einen Augenblick lang starrte er es an, ohne es zu erkennen. Dann: *„Daneel!"*

Das Gesicht des Roboters ließ keine Anzeichen von Erleichterung oder sonstiger Gefühle erkennen; er sagte nur: „Es ist gut, daß Sie das Bewußtsein wiedererlangt haben, Partner Elijah. Ich glaube nicht, daß Sie physischen Schaden erlitten haben."

„Ich bin schon in Ordnung", sagte Baley und stützte sich auf seine Ellbogen. „Jehoshaphat! Liege ich im Bett? Wozu denn?"

„Sie waren heute mehrmals der freien Luft ausgesetzt. Das hat zu kumulativen Auswirkungen geführt, und Sie brauchen Ruhe."

„Zuerst brauche ich ein paar Antworten." Baley sah sich um und versuchte seine Kopfschmerzen zu ignorieren. Er erkannte den Raum nicht, in dem er sich befand.

Die Vorhänge waren zugezogen. Die Beleuchtung war behaglich künstlich. Er fühlte sich schon wesentlich besser. „Zum Beispiel, wo bin ich?"

„In einem Zimmer von Mrs. Delmarres Villa."

„Gut. Und dann wollen wir noch etwas klären. Was machen *Sie* hier? Wie sind Sie den Robotern entkommen, die Sie bewachen sollten?"

„Ich dachte mir, daß Sie mit dieser Entwicklung unzufrieden sein würden, war aber dennoch im Interesse Ihrer Sicherheit und meiner Anordnungen der Meinung, daß ich keine Wahl hatte, als . . ."

„Was haben Sie *getan?* Jehoshaphat!"

„Anscheinend hat Mrs. Delmarre vor einigen Stunden versucht, Sie zu sichten."

„Ja." Baley erinnerte sich daran, daß Gladia das vor einiger Zeit erwähnt hatte. „Das ist mir bekannt."

„Der Befehl, den Sie den Robotern, die mich gefangenhielten, erteilt hatten, lautete in Ihren Worten: ‚Laßt nicht zu, daß er' (womit ich gemeint bin) ‚Kontakt zu anderen Menschen oder anderen Robotern herstellt; weder durch Sehen noch durch Sichten.' Aber, Partner Elijah, Sie haben nichts gesagt, womit Sie anderen Menschen oder Robotern verboten hätten, Kontakt zu mir aufzunehmen. Sie sehen den Unterschied doch?"

Baley stöhnte.

„Kein Anlaß zur Sorge, Partner Elijah", sagte Daneel. „Die Lücke in Ihrem Befehl war wesentlich dafür, Ihr Leben zu retten, da diese Lücke mich auf den Plan gerufen hat. Sehen Sie, als Mrs. Delmarre mich sichtete, was ihr meine Robot-Wächter selbstverständlich erlaubten, erkundigte sie sich nach Ihnen, und ich antwortete durchaus der Wahrheit gemäß, daß ich nicht wüßte, wo Sie wären, aber versuchen könnte, es herauszufinden. Und es schien ihr sehr wichtig, daß ich das tue. Ich sagte ihr, ich hielte es für möglich, daß Sie das Haus kurzzeitig verlassen hätten und daß ich nachsehen würde, und bat sie, unterdessen den mit mir im Raum befindlichen Robotern den Auftrag zu erteilen, die Villa nach Ihnen zu durchsuchen."

„Hat es sie denn nicht überrascht, daß Sie den Robotern nicht selbst die Anweisung erteilt haben?"

„Ich nehme an, ich habe bei ihr den Eindruck erweckt, daß ich als Auroraner nicht so gut wie sie gewöhnt bin, mit Robotern umzugehen; daß sie demzufolge den Befehl mit großer Autorität erteilen und eine schnellere Ausführung würde bewirken können. Es ist ganz offenkundig, daß Solarianer bezüglich ihres Geschicks im Umgang mit Robotern recht eitel sind und verächtlich auf die Fähigkeit der Bewohner anderer Planeten heruntersehen, wenn es um Befehle an Roboter geht. Ist das nicht auch Ihre Meinung, Partner Elijah?"

„Und sie hat ihnen dann den Befehl erteilt wegzugehen?"

„Mit einiger Schwierigkeit. Sie erklärten, andere Befehle zu haben, konnten aber natürlich nicht sagen, welcher Art diese Befehle waren, da Sie ihnen ausdrücklich verboten hatten, meine wahre Identität sonst jemandem preiszugeben. Damit konnte sie die ursprünglichen Befehle widerrufen, wenn sie auch recht wütend und lautstark werden mußte."

„Und dann gingen Sie."

„So ist es, Partner Elijah."

Schade, dachte Baley, daß Gladia jene Episode nicht für wichtig genug gehalten hatte, sie an ihn weiterzugeben, als er sie sichtete. „Sie haben ziemlich lange gebraucht, mich zu finden, Daneel."

„Die Roboter auf Solaria besitzen ein Informationsnetz, das auf Subätherkontakt beruht. Ein geschickter Solarianer könnte sich schnell Informationen beschaffen, obwohl sie durch Millionen einzelner Maschinen vermittelt werden. Jemand wie ich hingegen, der in solchen Dingen nicht erfahren ist, braucht ziemlich viel Zeit, um Einzelheiten herauszufinden. So dauerte es mehr als eine Stunde, bis mich die Information bezüglich Ihres Aufenthaltsortes erreichte. Weitere Zeit habe ich dadurch verloren, daß ich Dr. Delmarres Arbeitsplatz aufsuchte, nachdem Sie ihn schon verlassen hatten."

„Was haben Sie dort getan?"

„Meine eigenen Ermittlungen angestellt. Ich bedaure, daß dies in Ihrer Abwesenheit geschehen mußte. Aber die Erfordernisse der Ermittlung ließen mir keine andere Wahl."

„Haben Sie Klorissa Cantoro gesichtet oder sie gesehen?" fragte Baley.

„Ich habe sie gesichtet, aber aus einem anderen Teil des Gebäudes, nicht von unserem eigenen Anwesen aus. Es gab auf der Farm Akten, die ich sehen mußte. Normalerweise hätte es ausgereicht, sie zu sichten, aber es hätte möglicherweise unzweckmäßig sein können, auf unserem eigenen Anwesen zu bleiben, da drei Roboter wußten, wer ich wirklich bin, und es leicht hätte sein können, daß sie mich wieder in Gewahrsam genommen hätten."

Baley fühlte sich beinahe wohl. Er schwang die Beine aus dem Bett und stellte fest, daß er eine Art Nachthemd trug. Er starrte es angewidert an. „Besorgen Sie mir meine Kleider!"

Das tat Daneel.

Während Baley sich ankleidete, fragte er: „Wo ist Mrs. Delmarre?"

„Sie befindet sich unter Hausarrest, Partner Elijah."

„Was? Auf wessen Anordnung?"

„Auf meine. Sie darf ihr Schlafzimmer nicht verlassen und wird von Robotern bewacht. Ihr Recht, irgendwelche Befehle zu erteilen, mit Ausnahme solcher, die ihre persönlichen Bedürfnisse betreffen, ist aufgehoben."

„Durch Sie?"

„Die Roboter auf diesem Anwesen kennen meine Identität nicht."

Baley war inzwischen mit Ankleiden fertig. „Ich kenne die Anklage, die gegen Gladia erhoben wurde", sagte er. „Sie hatte Gelegenheit zur Tat; sogar in höherem Maße, als wir zunächst annahmen. Sie ist nicht an den Tatort gerannt, als sie den Schrei ihres Mannes hörte, wie sie ursprünglich behauptet hat. Sie hat sich die ganze Zeit dort befunden."

„Behauptet sie dann, Zeugin des Mordes gewesen zu sein und den Mörder gesehen zu haben?"

„Nein. Sie kann sich an nichts erinnern. Das passiert manchmal. Außerdem hat sich auch herausgestellt, daß sie ein Motiv besitzt."

„Und was ist das für ein Motiv, Partner Elijah?"

„Eines, das ich von Anfang an für möglich gehalten hatte. Ich hatte mir gesagt, wenn dies die Erde wäre und Dr. Delmarre so wäre, wie man ihn beschrieben hat, und Gladia Delmarre so, wie sie mir erschien, dann würde ich sagen, daß sie ihn liebt oder geliebt hat, während er nur sich selbst liebte. Die Schwierigkeit bestand darin, festzustellen, ob Solarianer Liebe empfinden oder in irgendeinem irdischen Sinn auf Liebe reagieren. Ich konnte mich auf mein Urteil bezüglich ihrer Gefühle und Reaktionen nicht verlassen. Das war der Grund, weshalb ich einige sehen mußte. *Nicht* sie sichten, sondern sie *sehen*."

„Ich kann Ihnen nicht folgen, Partner Elijah."

„Ich weiß nicht, ob ich Ihnen das erklären kann. Die Genmöglichkeiten dieser Leute werden sorgfältig vor der Geburt geplant, und die tatsächliche Genverteilung wird nach der Geburt überprüft."

„Das ist mir bekannt."

„Aber Gene sind nicht alles. Die Umgebung zählt ebenfalls, und daraus kann eine echte Psychose werden, wohingegen Gene nur das Potential für eine bestimmte Psychose aufzeigen. Ist Ihnen das Interesse Gladias für die Erde aufgefallen?"

„Ich habe sogar darauf hingewiesen, Partner Elijah, und angenommen, es handle sich um ein gespieltes Interesse, womit sie Ihre Meinung beeinflussen wollte."

„Nehmen Sie einmal an, es sei ein echtes Interesse, ja sogar eine gewisse Faszination. Nehmen Sie einmal an, an den Menschenmengen der Erde wäre etwas, das sie erregte. Nehmen Sie einmal an, etwas, das, wie man ihr beigebracht hat, schmutzig und widerwärtig ist, würde sie gegen ihren Willen anziehen. Eine solche Abnormität ist möglich. Das mußte ich überprüfen, indem ich Solarianer aufsuchte und mir ein eigenes Urteil darüber bildete, wie sie darauf reagierten, und indem ich Gladia aufsuchte und mir ein Urteil bildete, wie *sie* darauf reagierte. Deshalb mußte ich mich um jeden Preis von Ihnen lösen, Daneel. Deshalb hatte es keinen Sinn, die Ermittlungen durch Sichten fortzusetzen."

„Das haben Sie mir nicht erklärt, Partner Elijah."

„Hätte die Erklärung gegenüber dem, was Sie unter dem Ersten Gesetz für Ihre Pflicht hielten, Gewicht gehabt?"

Daneel schwieg.

„Das Fxperiment war erfolgreich", sagte Baley. „Ich sah einige Leute oder versuchte sie zu sehen. Ein alter Soziologe versuchte mich zu sehen und mußte aufgeben. Ein Robotiker weigerte sich, mich zu sehen, obwohl ich ihn unter schrecklichen Druck setzte. Allein schon die Möglichkeit führte bei ihm zu einem fast infantilen Verhalten. Er steckte den Daumen in den Mund und weinte. Dr. Delmarres Assistentin war von Berufs wegen gewöhnt, andere Menschen in ihrer Umgebung zu dulden, und hat mich daher empfangen, bestand aber auf einem Abstand von sechs Metern. Gladia jedoch . . ."

„Ja, Partner Elijah?"

„Gladia war nach nur kurzem Zögern bereit, mich zu sehen. Sie tolerierte meine Anwesenheit ohne Mühe und ließ sogar erkennen, daß die Belastung im Laufe der Zeit geringer wurde. Das alles paßt in das Schema einer Psychose. Es machte ihr nichts aus, mich zu sehen; sie interessierte sich für die Erde; möglicherweise empfand sie sogar ein für Solarianer abnormales Interesse für ihren Mann. Das alles konnte man durch ein starkes und für diese Welt psychotisches Interesse an der persönlichen Anwesenheit von Angehörigen des anderen Geschlechts erklären. Dr. Delmarre selbst war nicht der Typ, der solche Gefühle ermutigte oder unterstützte. Für sie muß das sehr frustrierend gewesen sein."

Daneel nickte. „Frustrierend genug, um sie in einem Augenblick der Erregung zur Mörderin zu machen."

„Das glaube ich trotz allem nicht, Daneel."

„Lassen Sie sich da vielleicht durch nicht zur Sache gehörende eigene Motive beeinflussen, Partner Elijah? Schließlich ist Mrs. Delmarre eine attraktive Frau, und Sie sind ein Erdenmensch, bei denen ja die Zuneigung zu attraktiven Frauen keineswegs als psychotisch gilt."

„Ich habe bessere Gründe", sagte Baley etwas unsicher. (Daneels kühler Blick war zu durchdringend und sezierend. Jehoshaphat! Das Ding war schließlich nur eine Maschine!) „Wenn sie die Mörderin ihres Mannes wäre, müßte sie auch diejenige sein, die den Mordanschlag auf Gruer verübt hat", meinte er. Es drängte ihn, Daneel zu erklären, wie man durch Manipulation von Robotern einen Mord begehen konnte, aber er hielt sich zurück. Er war sich nicht sicher, wie Daneel auf eine Theorie reagieren würde, die Roboter gegen ihren Willen zu Mördern machen konnte.

„Und den Mordversuch an Ihnen könnte man ebenfalls ihr zuschreiben."

Baley runzelte die Stirn. Er hatte nicht die Absicht gehabt, Daneel etwas von dem vergifteten Pfeil zu sagen, der ihn nur so knapp verfehlt hatte; hatte nicht die Absicht, den ohnehin schon zu stark ausgeprägten Schutzkomplex ihm gegenüber noch zu verstärken.

So fragte er ärgerlich: „Was hat Klorissa Ihnen gesagt?" Er hätte von ihr Stillschweigen verlangen müssen. Aber wie hätte er auch wissen sollen, daß Daneel ihr Fragen stellen würde?

„Mrs. Cantoro hatte mit der Sache nichts zu tun", erklärte Daneel ruhig. „Ich war selbst Zeuge des Mordversuchs."

Baley war jetzt völlig durcheinander. „Sie waren doch gar nicht in der Nähe."

„Ich habe Sie selbst aufgefangen und Sie vor einer Stunde hierhergebracht", erklärte Daneel.

„Wovon sprechen Sie?"

„Erinnern Sie sich nicht, Partner Elijah? Es war fast ein perfekter Mord. Hatte nicht Mrs. Delmarre vorgeschlagen, daß Sie nach draußen gehen? Ich war da nicht selbst zugegen, bin aber sicher, daß sie das getan hat."

„Sie hat es vorgeschlagen. Ja."

„Sie hat Sie möglicherweise sogar dazu verleitet, das Haus zu verlassen."

Baley dachte an sein „Porträt", an die grauen Wände, die es umschlossen. War das Ganze geschickte Psychologie gewesen? War es möglich, daß eine Bewohnerin Solarias die Psychologie eines Erdenmenschen intuitiv so gut begriff?

„Nein", sagte er.

„Hat sie den Vorschlag gemacht, zu dem Zierteich zu gehen und sich auf die Bank zu setzen?" fragte Daneel.

„Nun – ja."

„Kommt es Ihnen in den Sinn, daß sie Sie vielleicht beobachtet hat, daß sie bemerkt hat, wie Ihre Benommenheit wuchs?"

„Sie hat mich ein- oder zweimal gefragt, ob ich ins Haus zurückkehren wolle."

„Möglicherweise hat sie es nicht ernst gemeint. Möglicherweise hat sie zugesehen, wie Ihnen auf dieser Bank immer übler wurde. Vielleicht hat sie Sie sogar gestoßen, oder vielleicht war das gar nicht nötig. Jedenfalls waren Sie in dem Augenblick, in dem ich Sie erreichte und Sie in meinen Armen auffing, im Begriff, nach hinten von der Bank zu fallen, in zwei Meter tiefes Wasser, in dem Sie ganz sicher ertrunken wären."

Zum ersten Mal erinnerte Baley sich an jene letzten flüchtigen Empfindungen. „Jehoshaphat!"

„Außerdem", fuhr Daneel ruhig und gnadenlos fort, „saß Mrs. Delmarre neben Ihnen und sah zu, wie Sie stürzten, ohne Anstalten zu machen, Ihnen zu helfen. Sie hätte auch nicht versucht, Sie aus dem Wasser zu ziehen. Sie hätte Sie ertrinken lassen. Möglicherweise hätte sie einen Roboter gerufen, aber der wäre ganz sicher zu spät erschienen. Und nachher hätte sie lediglich erklärt, daß es ihr natürlich unmöglich war, Sie zu berühren, auch wenn es darum ging, Ihr Leben zu retten."

Wie wahr, dachte Baley. Keiner hätte ihre Unfähigkeit, ein menschliches Wesen zu berühren, in Zweifel gezogen. Allenfalls könnte man überrascht sein, daß sie imstande war, sich in so großer Nähe eines anderen Menschen aufzuhalten, wie es der Fall gewesen war.

„Sie sehen also", meinte Daneel, „an ihrer Schuld kann kaum Zweifel herrschen. Sie erwähnten, daß sie auch den Mordversuch an Agent Gruer verübt haben müsse, als wäre dies ein Argument gegen ihre Schuld. Sie erkennen jetzt, daß sie den Mordversuch begangen haben muß. Ihr einziges Motiv, Sie zu ermorden, war dasselbe wie ihr Motiv für den Mordversuch an Gruer; die Notwendigkeit nämlich, jemanden loszuwerden, der die Ermittlungen des ersten Mordes mit unangenehmer Hartnäckigkeit betrieb."

Baley widersprach. „Das alles kann völlig harmlos gewesen sein. Vielleicht wußte sie gar nicht, welche Wirkung das Draußensein auf mich haben würde."

„Sie hat die Erde studiert. Sie kannte die Eigenheiten von Erdenmenschen."

„Ich hatte ihr versichert, daß ich heute schon draußen gewesen war und anfing, mich daran zu gewöhnen."

„Vielleicht wußte sie es besser."

Baley schlug sich mit der Faust in die offene Handfläche. „Sie machen sie da viel zu schlau. Das alles paßt nicht zusammen, und ich glaube es nicht. Jedenfalls kann man ihr keine Mordanklage anhängen, solange die fehlende Mordwaffe nicht aufgefunden oder erklärt ist."

Daneel sah Baley direkt an. „Das kann ich, Partner Elijah."

Baley sah seinen Robot-Partner mit verblüffter Miene an. „Wie?"

„Sie, Partner Elijah, haben, wie Sie sich erinnern werden, folgendermaßen argumentiert: Falls Mrs. Delmarre die Mörderin sein sollte, muß die Mordwaffe, was auch immer das war, am Schauplatz des Mordes geblieben sein. Die Roboter, die fast unverzüglich erschienen, haben keine Spuren einer solchen Waffe entdeckt. Deshalb muß man sie vom Tatort entfernt haben, deshalb muß der Mörder sie entfernt haben, und deshalb konnte Mrs. Delmarre nicht der Mörder sein. Ist das alles richtig?"

„Richtig."

„Und doch", fuhr der Roboter fort, „gibt es einen Ort, an dem die Roboter nicht nach der Waffe gesucht haben."

„Wo?"

„Unter Mrs. Delmarre. Sie war ohnmächtig geworden, der Aufregung nicht gewachsen, ob nun Mörderin oder nicht. Und die Waffe, was auch immer das war, lag unter ihr und war daher nicht sichtbar."

„Dann hätte man doch die Waffe entdeckt, als man sie aufhob", sagte Baley.

„Genau", erklärte Daneel. „Aber sie ist nicht von den Robotern bewegt worden. Sie selbst hat uns gestern beim Abendessen gesagt, daß Dr. Thool den Robotern den Befehl erteilt habe, ihr ein Kissen unter den Kopf zu schieben und sie liegenzulassen. Sie wurde erst von Dr. Altim Thool selbst bewegt, als er eintraf, um sie zu untersuchen."

„Und?"

„Daraus folgt, Partner Elijah, daß sich eine neue Möglichkeit ergibt. Mrs. Delmarre war die Mörderin, die Mordwaffe befand sich am Tatort, aber Dr. Thool hat sie weggetragen und beseitigt, um Mrs. Delmarre zu schützen."

Baley war enttäuscht und erleichtert zugleich. Er hatte mit etwas Vernünftigem gerechnet und beinahe erwartet, seine Meinung ändern zu müssen. So sagte er: „Völlig ohne Motiv. Weshalb sollte Dr. Thool so etwas tun?"

„Aus sehr gutem Grund. Sie erinnern sich, was Mrs. Delmarre über ihn gesagt hat: ‚Er hat mich behandelt, seit ich ein Kind war, und war immer so freundlich und nett zu mir.' Ich fragte mich, ob er vielleicht ein Motiv hätte haben können, um so besonders besorgt um sie zu sein. Das war der Grund, weshalb ich die Baby-Farm besucht und die Akten inspiziert habe. Was ich nur als Möglichkeit angenommen hatte, erwies sich als Tatsache."

„Nämlich?"

„Daß Dr. Altim Thool der Vater Gladia Delmarres ist und – was noch wichtiger ist – von der Verwandtschaft wußte."

Baley dachte keinen Augenblick daran, dem Roboter nicht zu glauben. Er empfand nur tiefe Verstimmung darüber, daß Roboter Daneel Olivaw und nicht er selbst diese notwendige logische Analyse durchgeführt hatte. Trotzdem war sie nicht vollständig.

„Haben Sie mit Dr. Thool gesprochen?" fragte er.

„Ja. Ich habe ihn ebenfalls unter Hausarrest gestellt."

„Was sagt er?"

„Er gibt zu, der Vater von Mrs. Delmarre zu sein. Ich habe ihn mit den entsprechenden Aufzeichnungen konfrontiert und auch mit den Aufzeichnungen seiner Anfragen nach ihrer Gesundheit, als sie noch klein war. Als Arzt hatte er in dieser Beziehung mehr Freiheiten, als man vielleicht einem anderen Solarianer eingeräumt hätte."

„Weshalb hätte er sich denn so besonders nach ihrem Ergehen erkundigen sollen?"

„Das habe ich ebenfalls überdacht, Partner Elijah. Er war ein alter Mann, als er die Sondererlaubnis für ein zusätzliches Kind erhielt, und – was von noch größerer Bedeutung ist – es gelang ihm, eines zu zeugen. Er betrachtete dies als einen Tribut an seine Gene und an seine Fitneß. Sein Stolz darüber ist vielleicht etwas größer, als es auf dieser Welt üblich ist. Außerdem machte es seine Position als Arzt – ein Beruf, der auf Solaria nur geringes Ansehen genießt, weil er persönliche Anwesenheit erfordert – für ihn um so wichtiger, dieses Gefühl des Stolzes zu hegen. Aus diesem Grund hielt er einen unauffälligen Kontakt zu seinem Nachwuchs aufrecht."

„Weiß Gladia davon?"

„Soweit das Dr. Thool bekannt ist, Partner Elijah, weiß sie es nicht."

„Gibt Thool zu, daß er die Waffe entfernt hat?" fragte Baley.

„Nein. Das gibt er nicht zu."

„Dann haben Sie gar nichts, Daneel."

„Gar nichts?"

„Sofern Sie die Waffe nicht finden und beweisen können, daß er sie entfernt hat, oder ihn wenigstens zu einem Geständnis veranlassen können, besitzen Sie keine Beweise. Eine Kette logischer Ableitungen ist zwar hübsch, ist aber kein Beweis."

„Dr. Thool würde wohl kaum gestehen, wenn man ihn nicht einer Art von Verhör unterzieht, zu der ich nicht fähig bin. Seine Tochter ist ihm sehr lieb."

„Ganz und gar nicht", sagte Baley. „Sein Gefühl für seine Tochter ist keineswegs das, woran Sie und ich gewöhnt sind. Solaria ist anders!"

Er marschierte im Zimmer auf und ab, um sich zu beruhigen. Dann sagte er: „Daneel, Sie haben hier eine perfekte, logische Übung ausgearbeitet, aber trotzdem ist davon nichts vernünftig." (Logisch, aber nicht vernünftig – war das nicht *die* Definition eines Roboters?)

Er fuhr fort: „Dr. Thool ist ein alter Mann, der seine besten Jahre hinter sich hat, auch wenn er vor etwa dreißig Jahren imstande war, eine Tochter zu zeugen. Selbst Spacer werden senil. Malen Sie sich doch einmal aus, wie er seine ohnmächtige Tochter und seinen durch Gewalt gestorbenen Schwiegersohn untersucht. Können Sie sich ausmalen, wie ungewöhnlich diese Situation für ihn sein muß? Können Sie sich vorstellen, daß er unter diesen Umständen Herr seiner selbst geblieben wäre? In so hohem Maße Herr seiner selbst, daß er eine ganze Folge erstaunlicher Handlungen hätte durchführen können? Überlegen Sie doch! Zuerst hätte er eine Waffe unter seiner Tochter bemerken müssen; eine, die unter ihr so verborgen war, daß die Roboter sie nicht bemerkten. Zum zweiten hätte er aus dem Wenigen, was er von der Waffe sah, unverzüglich auf ihre Existenz schließen und sofort erkennen müssen, daß eine Mordanklage gegen seine Tochter nur schwer zu beweisen sein würde, wenn es ihm gelang, die Waffe unbemerkt zu entfernen. Für einen alten, in Panik geratenen Mann ist das doch ein recht subtiles Denken. Zum dritten hätte er den Plan auch durchführen müssen, was für einen Mann seines Alters nicht gerade leicht sein dürfte. Und nun würde er zuallerletzt auch noch sein Vergehen dadurch schwerer machen müssen, indem er an seiner Lüge festhielt. Das alles mag sehr wohl das Ergebnis logischen Denkens sein, aber nichts davon ist vernünftig."

„Haben Sie eine andere Lösung für das Verbrechen, Partner Elijah?" fragte Daneel.

Baley hatte sich während seines letzten Redeschwalls gesetzt und versuchte nun wieder aufzustehen, was ihm aber sowohl infolge seiner Müdigkeit als auch wegen der Tiefe des Sessels mißlang. Er streckte ungeduldig die Hand aus. „Geben Sie mir Ihre Hand, Daneel!"

Daneel starrte seine eigene Hand an. „Wie bitte, Partner Elijah?"

Baley verfluchte im stillen die wörtliche Denkweise des Roboters und sagte: „Sie sollen mir beim Aufstehen helfen."

Daneels kräftige Arme hoben ihn mühelos aus dem Sessel.

„Danke!" sagte Baley. „Nein, ich habe keine andere Lösung. Das heißt, ich habe schon eine, aber das Ganze hängt davon ab, wo diese Waffe war oder ist." Er schritt ungeduldig zu den schweren Gardinen, die den größten Teil einer Wand bedeckten, und hob den Vorhang etwas an, ohne sich dabei ganz darüber klarzuwerden, was er tat. Er starrte die schwarze Glasscheibe an, bis ihm bewußt wurde, daß er in die Nacht hinausblickte, und ließ den Vorhang in dem Augenblick fallen, als Daneel, der leise hinzugetreten war, ihn ihm aus der Hand nehmen wollte.

In dem kurzen Augenblick, in dem Baley zusah, wie die Hand des Roboters ihm den Vorhang mit der liebevollen Fürsorge einer Mutter entziehen wollte, die ihr Kind vor dem Feuer beschützt, vollzog sich in ihm eine Revolution. Er riß den Vorhang zurück, hängte sich mit seinem ganzen Gewicht daran und fetzte ihn so heftig vom Fenster herunter, daß die Nähte aufrissen.

„Partner Elijah!" meinte Daneel leise. „Sie wissen doch ganz sicher, was das Draußen an Ihnen bewirkt."

„Ich weiß, was es *für* mich bewirkt", entgegnete Baley.

Er starrte zum Fenster hinaus. Da war nichts zu sehen, nur Schwärze; aber jene Schwärze war das Draußen, war unbehinderter Raum, auch wenn er jetzt nicht beleuchtet war. Und er sah hinaus und stellte sich ihm. Zum ersten Mal stellte er sich ihm ganz frei und offen. Das war jetzt nicht länger Tollkühnheit oder perverse Neugierde oder der Weg, der zur Lösung eines Mordfalles führen sollte. Er stellte sich ihm, weil er wußte, daß er das wollte, und weil er es mußte. Und das war es, was den Unterschied machte.

Wände waren Krücken! Finsternis und Menschenmengen waren Krücken! Als solche mußte er sie unbewußt eingestuft und sie gehaßt haben, obwohl er doch glaubte, sie zu lieben und sie zu brauchen. Warum sonst war es ihm so unangenehm gewesen, daß Gladia sein Porträt mit grauen Wänden umschlossen hatte?

Er spürte, wie ihn ein Gefühl des Sieges erfüllte. Und dann, als wäre der Sieg etwas Ansteckendes, kam ein neuer Gedanke, brach über ihn herein wie ein innerer Schrei.

Baley wandte sich benommen Daneel zu. „Ich weiß es!" flüsterte er. „Jehoshaphat! Ich weiß es!"

„Was wissen Sie, Partner Elijah?"

„Ich weiß, was mit der Waffe geschehen ist. Ich weiß, wer verantwortlich ist. Alles fügt sich zusammen."

Eine Besprechung findet statt

Daneel wollte nicht zulassen, daß Baley sofort etwas unternahm.

„Morgen!" sagte er respektvoll, aber entschieden. „Das ist mein Vorschlag, Partner Elijah. Es ist schon spät, und Sie brauchen Ruhe."

Baley mußte zugeben, daß das vernünftig war, und außerdem bedurfte das, was er vorhatte, einiger Vorbereitungen. Er hatte die Lösung des Mordfalles in der Hand, dessen war er sicher; aber sie beruhte ebenso wie Daneels Theorie auf Folgerungen und nicht auf Beweisen. Er würde also die Hilfe von Solarianern brauchen.

Und wenn er ihnen gegenübertreten mußte – ein Erdenmensch gegen ein halbes Dutzend Spacer –, dann würde er die Lage voll unter Kontrolle haben müssen; und das erforderte Ruhe und Vorbereitung.

Und doch würde er nicht schlafen. Er war sicher, daß er nicht schlafen konnte. All die Weichheit des Spezialbettes, das ihm tadellos funktionierende Roboter hergerichtet hatten, und all das anregende Parfüm und all die Musik in dem Raum in Gladias Villa würden da nicht helfen, dessen war er sicher.

Daneel saß in einer abgedunkelten Ecke des Zimmers.

„Haben Sie immer noch Angst vor Gladia?" fragte Baley.

Und der Roboter antwortete: „Ich glaube nicht, daß es klug wäre, Sie allein und ungeschützt schlafen zu lassen."

„Nun, wie Sie wollen. Ist Ihnen das, was Sie tun sollen, völlig klar, Daneel?"

„Ja, Partner Elijah."

„Es gibt auch nichts, das Sie nach dem Ersten Gesetz daran hindert, hoffe ich."

„Ich habe einige Bedenken bezüglich der Konferenz, die Sie arrangieren wollen. Werden Sie bewaffnet sein und auf Ihre eigene Sicherheit achten?"

„Ich versichere Ihnen, daß ich das tun werde."

Daneel gab ein Seufzen von sich, das irgendwie so menschlich wirkte, daß Baley einen Augenblick lang die herrschende Dunkelheit bedauerte, weil er gerne das maschinenperfekte Gesicht des Roboters gesehen hätte.

„Ich habe nicht immer feststellen können, daß das menschliche Verhalten logisch ist", sagte Daneel.

„Wir würden unsere eigenen Drei Gesetze brauchen", entgegnete Baley. „Aber ich bin froh, daß wir sie nicht haben."

Er starrte zur Decke. Von Daneel hing sehr viel ab, und doch konnte er ihm nur wenig von der ganzen Wahrheit sagen; Roboter spielten darin eine zu große Rolle. Der Planet Aurora hatte seine Gründe, als Vertreter seiner Interessen einen Roboter zu schicken; aber das war ein Fehler. Roboter hatten ihre Grenzen.

Trotzdem konnte, wenn es gut lief, alles in zwölf Stunden vorüber sein. In vierundzwanzig Stunden würde er bereits die Rückreise zur Erde angetreten haben, voll Hoffnung. Eine seltsame Art von Hoffnung. Eine Art von Hoffnung, an die er selbst noch kaum glauben konnte, und doch war sie der Ausweg für die Erde; das mußte sie sein.

Die Erde! New York! Jessie und Ben! Die Behaglichkeit, die Vertrautheit von zu Hause!

Er dachte im Halbschlaf darüber nach, und der Gedanke an die Erde brachte ihm keineswegs das Behagen, das er erwartet hatte. Zwischen ihm und den Cities war eine Entfremdung eingetreten.

Und dann verblaßte alles, und er schlief ein.

Als Baley ausgeschlafen hatte, duschte er und kleidete sich an. Körperlich war er bestens vorbereitet; und doch war er unsicher. Nicht daß ihm im fahlen Morgenlicht seine Argumentation weniger überzeugend erschienen wäre; es kam eher von der Notwendigkeit, Solarianern gegenübertreten zu müssen.

Ob er ihre Reaktionen von allem, was er bisher erlebt hatte, richtig einschätzte? Oder würde er trotz alledem im dunkeln tappen?

Gladia erschien als erste. Für sie war das natürlich einfach. Da sie sich in der Villa selbst befand, handelte es sich nur um eine Hausleitung. Sie war bleich und ausdruckslos und trug einen weißen Morgenrock, der sie wie eine kalte Statue erscheinen ließ.

Sie starrte Baley hilflos an. Baley lächelte ihr zu, und das tat ihr sichtlich gut.

Darauf erschienen sie einer nach dem anderen. Attlebish, der diensttuende Leiter der Sicherheitsabteilung, kam gleich nach Gladia: hager und hochmütig und das große Kinn mißbilligend vorgeschoben. Dann Leebig, der Robotiker, ungeduldig und zornig; sein Augenlid flatterte immer wieder. Quemot, der Soziologe, etwas müde und Baley aus tiefliegenden Augen herablassend zulächelnd, als wolle er sagen: Wir haben einander gesehen, das ist eine besondere Intimität, die wir teilen.

Klorissa Cantoro schien, als sie auftauchte, in Gegenwart der anderen irgendwie verlegen. Sie warf Gladia einen Blick zu, schniefte hörbar und starrte dann zu Boden. Dr. Thool, der Arzt, erschien als letzter. Er sah abgehärmt aus, beinahe krank.

Alle waren sie da; alle, mit Ausnahme Gruers, der sich noch erholen mußte und für den es physisch unmöglich war, an dem

Gespräch teilzunehmen. (Nun, dachte Baley, wir werden auch ohne ihn zurechtkommen.) Alle waren förmlich gekleidet; alle saßen in Räumen, die mit Vorhängen verhängt waren.

Daneel hatte alles gut vorbereitet. Baley hoffte inständig, daß das, was Daneel noch zu tun hatte, ebensogut funktionieren würde.

Baley blickte von einem Spacer zum anderen. Sein Herz pochte wie wild.

Jede Gestalt sichtete ihn aus einem anderen Raum, und der Kontrast zwischen der Beleuchtung, den Möbeln und der Wanddekoration war dazu angetan, einen schwindelig zu machen.

Baley begann: „Ich möchte das Thema der Tötung von Dr. Rikaine Delmarre im Hinblick auf Motiv, Gelegenheit und Tatwaffe diskutieren, und zwar in dieser Reihenfolge . . ."

Attlebish unterbrach ihn: „Wird das eine lange Rede?"

Baley sagte scharf: „Vielleicht. Man hat mich hierhergerufen, um in einem Mordfall zu ermitteln, und eine solche Aufgabe ist meine Spezialität und mein Beruf. Ich weiß am besten, wie man das anstellt." (Du darfst dir jetzt nichts von ihnen gefallen lassen! dachte er – oder es funktioniert nicht. Du mußt dominieren! Dominieren!)

Er fuhr fort, darum bemüht, seine Worte so scharf und schneidend klingen zu lassen, wie das nur gerade ging: „Zunächst das Motiv. In gewisser Hinsicht ist das Motiv am wenigsten befriedigend. Gelegenheit und Tatwaffe sind objektiv; man kann sie faktisch ermitteln. Ein Motiv ist etwas Subjektives; möglicherweise ist es etwas, das von anderen beobachtet werden kann: beispielsweise Rache für eine erlittene Erniedrigung oder dergleichen. Aber ebensogut kann es sein, daß man es überhaupt nicht beobachten kann; ein irrationaler, mörderischer Haß seitens einer wohldisziplinierten Person, die sich nie etwas davon hat anmerken lassen. Nun haben Sie mir fast alle zu dem einen oder anderen Zeitpunkt gesagt, daß Ihrer Ansicht nach Gladia Delmarre das Verbrechen begangen hat. Niemand hat jemand anderen verdächtigt. Hat Gladia ein Motiv? Dr. Leebig hat eines vorgeschlagen. Er sagte, Gladia hätte häufig mit ihrem Mann gestritten, und Gladia hat das später mir gegenüber zugegeben. Die Wut, die sich in einem Streit entwickelt, kann jemanden durchaus dazu bringen, einen Mord zu begehen. Nun gut. Es bleibt nur die Frage, ob sie die einzige ist, die ein Motiv hat. Das frage ich mich. Dr. Leebig selbst . . ."

Der Robotiker wäre beinahe aufgesprungen. Seine Hand streckte sich starr in Richtung auf Baley aus. „Passen Sie auf, was Sie sagen, Erdenmensch!"

„Ich stelle nur theoretische Erwägungen an", entgegnete Baley kühl. „Sie, Dr. Leebig, haben mit Dr. Delmarre an neuen Robotermodellen gearbeitet. Sie sind der beste Mann in Solaria, wenn es um Roboter geht. Sie selbst haben das gesagt, und ich glaube es."

Leebig lächelte in unverhohlener Herablassung.

Und Baley fuhr fort: „Aber ich habe gehört, daß Dr. Delmarre im Begriff war, die Beziehungen zu Ihnen abzubrechen wegen etwas an Ihnen, das er mißbilligte."

„Falsch! Falsch!"

„Vielleicht. Aber was, wenn es wahr wäre? Hätten Sie dann nicht ein Motiv gehabt, ihn zu beseitigen, ehe er Sie in aller Öffentlichkeit beschämt, indem er mit Ihnen bricht? Ich habe das Gefühl, daß Sie eine solche Erniedrigung nicht leicht ertragen könnten."

Baley redete schnell weiter, um Leebig keine Gelegenheit zum Einspruch zu geben. „Und Sie, Mrs. Cantoro? Dr. Delmarres Tod hat dazu geführt, daß Sie jetzt die Leitung der Baby-Farm haben; eine sehr verantwortungsvolle Position."

„Du lieber Himmel! Darüber haben wir doch ausführlich geredet!" rief Klorissa besorgt.

„Ich weiß, daß wir das getan haben. Aber es ist ein Punkt, der bedacht werden will. Was Dr. Quemot angeht, so hat er regelmäßig mit Dr. Delmarre Schach gespielt. Vielleicht hat er sich darüber geärgert, daß er so viele Partien verloren hat."

Der Soziologe warf ruhig ein: „Eine Schachpartie zu verlieren ist doch ganz sicher kein hinreichendes Motiv für einen Mord, Detektiv."

„Das hängt davon ab, wie ernst Sie Ihr Schachspiel nehmen. Für den Mörder kann ein Motiv die ganze Welt bedeuten, während es für jeden anderen völlig belanglos ist. Aber das ist jetzt nicht wichtig. Worauf ich hinauswill, ist, daß das Motiv alleine nicht reicht. Jeder kann ein Motiv haben, insbesondere für die Ermordung eines Mannes wie Dr. Delmarre."

„Was meinen Sie mit dieser Bemerkung?" wollte Quemot wissen.

„Nun, nur daß Dr. Delmarre ein ‚guter Solarianer' war. Sie alle haben ihn als solchen geschildert. Er erfüllte alle Erfordernisse der solarianischen Sitten und Gebräuche auf das peinlichste. Er war ein idealer Mann, fast eine Abstraktion. Wer könnte Liebe, ja sogar

Zuneigung für einen solchen Menschen empfinden? Ein Mensch ohne Schwächen macht nur allen anderen die eigenen Unvollkommenheiten bewußt. Ein Schriftsteller namens Tennyson hat einmal geschrieben: ‚Wer gar keine Fehler hat, ist voller Fehler.'"

„Niemand würde einen Menschen töten, nur weil er zu gut ist", sagte Klorissa und runzelte die Stirn.

„Da wissen Sie aber wenig", meinte Baley und fuhr dann, ohne näher darauf einzugehen, fort: „Dr. Delmarre wußte um eine Verschwörung auf Solaria – oder glaubte wenigstens darum zu wissen; eine Verschwörung, die einen Überfall auf den Rest der Galaxis zum Zwecke der Eroberung vorbereitete. Er war daran interessiert, das zu verhindern. Aus diesem Grunde könnten es die Verschwörer für notwendig gefunden haben, ihn zu beseitigen. Jeder der hier Anwesenden könnte Mitglied der Verschwörung sein, selbstverständlich unter Einschluß von Mrs. Delmarre, aber auch unter Einschluß des diensttuenden Leiters der Sicherheitsabteilung, Corwin Attlebish."

„Ich?" fragte Attlebish ungläubig.

„Sie haben jedenfalls versucht, meine Ermittlungen zu beenden, sobald Sie infolge Gruers Mißgeschick das Sagen hatten."

Baley nippte ein paarmal an seinem Getränk, das unmittelbar aus dem ursprünglichen Behälter stammte und von keines Menschen Hand (mit Ausnahme seiner eigenen) berührt worden war (und auch nicht von Roboterhänden), und sammelte seine Kräfte. Bis jetzt war dies ein Spiel, in dem man Geduld an den Tag legen mußte, und er war dankbar, daß die Solarianer sich von ihm die Wahl der Waffen hatten aufzwingen lassen. Wenn es darum ging, sich mit Leuten aus der Nähe auseinanderzusetzen, fehlte ihnen die Erfahrung der Erdenmenschen. Sie waren keine Nahkämpfer.

„Als nächstes zum Thema Gelegenheit", sagte er. „Es herrscht die allgemeine Ansicht, daß nur Mrs. Delmarre Gelegenheit zur Tat hatte, da nur sie sich ihrem Mann persönlich und körperlich nähern konnte. Sind wir dessen so sicher? Angenommen, jemand anders als Mrs. Delmarre hätte sich entschlossen, Dr. Delmarre zu töten? Würde ein solch verzweifelter Entschluß nicht das Unbehagliche an der persönlichen Nähe eines anderen zweitrangig erscheinen lassen? Wenn jemand von Ihnen vorhätte, einen Mord zu begehen, würden Sie dann nicht die persönliche Anwesenheit Ihres Opfers lange genug ertragen, um Ihre Tat durchzuführen? Könnten Sie sich nicht in die Delmarre-Villa schleichen . . ."

Attlebish unterbrach ihn eisig. „Sie wissen gar nichts darüber, Erdenmensch. Ob wir das tun würden oder nicht, hat nichts zu besagen. Tatsache ist, daß Dr. Delmarre es nicht zugelassen hätte, das kann ich Ihnen versichern. Wenn jemand in seine Nähe gekommen wäre, gleichgültig, wie lang eine Freundschaft zwischen ihnen bestanden haben mochte, würde Dr. Delmarre ihm befohlen haben wegzugehen und, wenn nötig, Roboter gerufen haben, um ihnen dabei behilflich zu sein, den Betreffenden hinauszuwerfen."

„Richtig", sagte Baley, „*falls* Dr. Delmarre gewußt hätte, daß der Betreffende persönlich anwesend ist."

„Was meinen Sie damit?" fragte Dr. Thool überrascht und mit zitternder Stimme.

„Als Sie Mrs. Delmarre am Ort des Verbrechens behandelten", erwiderte Baley und sah dem Arzt dabei in die Augen, „nahm sie an, Sie würden sie sichten, bis Sie sie dann tatsächlich berührt haben; das hat sie mir gesagt, und das glaube ich auch. Ich selbst bin nur das Sehen gewöhnt. Als ich in Solaria eintraf und zum ersten Mal Sicherheitschef Gruer sah, nahm ich an, ich würde ihn sehen. Als Gruer am Ende unseres Gesprächs buchstäblich verschwand, hat mich das völlig überrascht. Und jetzt nehmen Sie das Gegenteil an. Nehmen Sie an, daß ein Mensch sein ganzes Erwachsenenleben lang nur gesichtet hat; daß er nie jemanden gesehen hat, nur zu seltenen Gelegenheiten seine Frau. Und jetzt nehmen Sie an, jemand anders als seine Frau würde persönlich auf ihn zukommen; würde er da nicht automatisch annehmen, daß es um Sichten geht, besonders wenn vorher ein Roboter angewiesen worden war, Delmarre davon zu verständigen, daß ein Sichtkontakt hergestellt werden sollte?"

„Keine Minute würde er das glauben", sagte Quemot. „Der Hintergrund würde es verraten."

„Vielleicht. Aber wie viele von Ihnen bemerken den Hintergrund jetzt? Es würde mindestens eine Minute dauern, ehe Dr. Delmarre bemerkte, daß etwas nicht stimmt. Und in der Zeit könnte sein Freund, wer auch immer er war, auf ihn zugehen, eine Keule heben und ihn damit niederschlagen."

„Unmöglich!" erwiderte Quemot hartnäckig.

„Ich glaube nicht", sagte Baley. „Ich glaube, die Tatsache, daß Mrs. Delmarre die Gelegenheit zum Mord hatte, müssen wir als absoluten Beweis streichen. Sie hatte diese Gelegenheit, aber andere hatten das möglicherweise auch."

Wieder wartete Baley. Er spürte die Schweißtropfen auf seiner Stirn; sie aber jetzt wegzuwischen hätte ihn schwach erscheinen lassen. Er mußte das Gespräch fest in der Hand behalten. Die Person, auf die er zielte, mußte selbst von ihrer Unterlegenheit überzeugt sein. Es war schwer für einen Erdenmenschen, das mit einem Spacer zu machen. Baley blickte von Gesicht zu Gesicht und kam zu dem Schluß, daß die Dinge sich zumindest befriedigend entwickelten. Selbst Attlebish wirkte durchaus menschlich besorgt.

„Und damit", fuhr er fort, „kommen wir zum Tatwerkzeug, und das ist der verblüffendste Faktor von allen. Die Waffe, mit der der Mord begangen wurde, ist nie aufgefunden worden."

„Das wissen wir", sagte Attlebish. „Andernfalls hätten wir überhaupt keine Zweifel an Mrs. Delmarres Schuld gehabt. Dann wäre gar keine Ermittlung nötig gewesen."

„Vielleicht", meinte Baley. „Wir wollen also die Frage des Tatwerkzeugs untersuchen. Es gibt zwei Möglichkeiten: Entweder hat Mrs. Delmarre den Mord begangen oder jemand anders. Wenn Mrs. Delmarre den Mord begangen hat, hätte die Mordwaffe am Schauplatz des Verbrechens bleiben müssen, sofern sie nicht später entfernt wurde. Mein Partner, Mr. Olivaw von Aurora, der im Augenblick nicht zugegen ist, war der Ansicht, daß Dr. Thool Gelegenheit hatte, die Waffe zu entfernen. Ich frage Dr. Thool jetzt, in Anwesenheit von uns allen, ob er das getan hat, ob er eine Waffe entfernt hat, während er die bewußtlose Mrs. Delmarre untersuchte."

Dr. Thool zitterte. „Nein! Nein! Das schwöre ich! Ich schwöre, ich habe nichts entfernt!"

„Ist hier jemand, der meint, daß Dr. Thool lügt?" fragte Baley.

Schweigen. Leebig sah etwas an, das außerhalb von Baleys Sichtbereich lag, und murmelte etwas über die Zeit.

Und Baley fuhr fort: „Die zweite Möglichkeit ist, daß jemand anders die Tat begangen und die Waffe mitgenommen hat. Aber wenn das so war, muß man fragen, weshalb. Die Waffe wegtragen bekräftigt ja die Tatsache, daß Mrs. Delmarre nicht die Mörderin ist. Wenn ein Fremder der Mörder war, hätte er ein absoluter Narr sein müssen, die Waffe nicht bei der Leiche liegenzulassen, um damit Mrs. Delmarre zu belasten. Und das bedeutet, daß, wer auch immer der Täter war, die Waffe *dort sein mußte!* Und doch hat man sie nicht gesehen."

„Halten Sie uns für Narren oder für Blinde?" fragte Attlebish.

„Ich halte Sie für Solarianer", sagte Baley ruhig, „und daher für unfähig, die ganz spezielle Waffe zu erkennen, die als Waffe am Mordschauplatz zurückgelassen wurde."

„Ich verstehe kein Wort", murmelte Klorissa niedergeschlagen.

Selbst Gladia, die während des ganzen Gesprächs kaum einen Muskel bewegt hatte, starrte Baley jetzt überrascht an.

Und der sagte: „Der tote Ehemann und die bewußtlose Frau waren nicht die einzigen Individuen am Tatort. Da war noch ein desorganisierter Roboter."

„Und?" meinte Leebig ärgerlich.

„Liegt es denn dann nicht auf der Hand, daß, nachdem wir das Unmögliche eliminiert haben, das, was noch verbleibt, und wenn es noch so unwahrscheinlich ist, die Wahrheit sein muß? Der Roboter am Schauplatz des Verbrechens war die Mordwaffe; eine Mordwaffe, die infolge Ihrer Erziehung und Ausbildung keiner von Ihnen als solche erkennen konnte."

Alle redeten durcheinander; alle außer Gladia, die einfach starr vor sich hin blickte.

Baley hob die Arme. „Ruhe! Lassen Sie mich erklären!" Und er schilderte erneut die Geschichte von dem Anschlag auf Gruers Leben und der Methode, mit der dieser Anschlag hätte bewerkstelligt werden können. Diesmal fügte er noch den Anschlag auf sich selbst auf der Baby-Farm hinzu.

„Ich nehme an", sagte Leebig ungeduldig, „man hat das so bewerkstelligt, daß man von einem Roboter einen Pfeil vergiften ließ, ohne ihm zu sagen, daß er mit Gift umging, und dann einen zweiten Roboter veranlaßte, daß er den vergifteten Pfeil dem Jungen reichte und ihm sagte, daß Sie ein Erdenmensch seien, ohne ihm zu sagen, daß der Pfeil vergiftet war."

„So etwas Ähnliches. Beide Roboter sind jedenfalls sehr detailliert instruiert worden."

„Ziemlich weit hergeholt", sagte Leebig.

Quemot war bleich und sah so aus, als würde ihm jeden Augenblick übel werden. „Kein Solarianer könnte Roboter dazu verwenden, einem Menschen Schaden zuzufügen."

„Mag sein", entgegnete Baley und zuckte die Achseln. „Wesentlich ist nur, daß man Roboter so manipulieren kann. Fragen Sie Dr. Leebig. Er ist hier der Robotiker."

„Für die Ermordung Dr. Delmarres gilt das nicht", meinte Leebig.

„Das habe ich Ihnen gestern schon gesagt. Wie kann jemand veranlassen, daß ein Roboter einem Menschen den Schädel einschlägt?"

„Soll ich erklären, wie das geht?"

„Tun Sie das, wenn Sie es können."

„Dr. Delmarre hat ein neues Robotermodell geprüft", sagte Baley. „Was das bedeutet, wurde mir erst gestern abend klar, als ich Gelegenheit hatte, zu einem Roboter zu sagen, ‚Geben Sie mir Ihre Hand!', als ich seine Hilfe wollte, um aus einem Sessel aufzustehen. Der Roboter sah verwirrt seine Hand an, als glaubte er, ich erwarte von ihm, er solle sie ablösen und sie mir geben. Ich mußte meine Anordnung weniger undeutlich wiederholen. Aber das erinnerte mich an etwas, das Dr. Leebig mir wenig früher am gleichen Tag gesagt hatte. Es gab Experimente an Robotern mit abnehmbaren Gliedmaßen. Nehmen Sie einmal an, daß dieser Roboter, den Dr. Delmarre erprobte, ein solcher war; einer, der imstande war, eine Anzahl austauschbarer Gliedmaßen verschiedener Formen für verschiedene spezialisierte Aufgaben einzusetzen. Angenommen, der Mörder wußte das und sagte plötzlich zu dem Roboter: ‚Gib mir deinen Arm!' Der Roboter würde ohne Zweifel seinen Arm entfernen und ihn ihm geben. Und der abgelöste Arm würde eine erstklassige Waffe abgeben. Und nachdem Dr. Delmarre tot war, konnte man den Arm ja wieder befestigen."

Einen Augenblick lang herrschte erschrockenes Schweigen. Dann redeten alle durcheinander. Baley mußte schreien, um sich Gehör zu verschaffen.

Attlebish erhob sich mit rotem Gesicht und trat vor. „Selbst wenn das so ist, wie Sie sagen, muß Mrs. Delmarre die Mörderin sein. Sie war zugegen, sie hat mit ihm gestritten, und sie hat ohne Zweifel ihren Mann bei seiner Arbeit mit dem Roboter beobachtet und hätte daher von den abnehmbaren Gliedmaßen gewußt – was ich übrigens nicht glaube. Ganz gleich, was Sie tun, Erdenmensch – alles deutet auf sie."

Gladia fing leise zu weinen an.

Baley würdigte sie keines Blickes. „Im Gegenteil", sagte er, „es ist leicht zu beweisen, daß Mrs. Delmarre nicht die Täterin ist."

Jothan Leebig verschränkte plötzlich die Arme, und sein Gesicht nahm einen verächtlichen Ausdruck an.

Das bemerkte Baley, und er sagte: „Und Sie werden mir dabei helfen, Dr. Leebig. Als Robotiker wissen Sie, daß es ungeheurer

Geschicklichkeit bedarf, Roboter in Handlungen wie indirekten Mord hineinzumanövrieren. Gestern ergab sich für mich die Notwendigkeit, den Versuch zu machen, ein Individuum unter Hausarrest zu stellen. Ich gab drei Robotern detaillierte Anweisungen, die darauf abzielten, dieses Individuum festzuhalten. Es war eine ganz einfache Sache; aber ich bin im Umgang mit Robotern ungeschickt. Meine Anweisungen waren lückenhaft, und mein Gefangener entkam."

„Wer war der Gefangene?" wollte Attlebish wissen.

„Das ist jetzt unwesentlich", sagte Baley ungeduldig. „*Wesentlich* ist die Tatsache, daß Amateure nicht besonders gut mit Robotern umgehen können. Und einige Solarianer mögen da für Solarianer auch recht amateurhaft sein. Was weiß beispielsweise Gladia Delmarre über Robotik . . . nun, Dr. Leebig?"

„Was?" Der Robotiker starrte ihn verständnislos an.

„Sie haben versucht, Mrs. Delmarre Robotik zu lehren. Was für eine Schülerin war sie? Hat sie etwas gelernt?"

Leebig blickte unruhig in die Runde. „Sie hat nicht . . ." Dann stockte er.

„Sie war ein völlig hoffnungsloser Fall, nicht wahr? Oder würden Sie es vorziehen, nicht zu antworten?"

Leebig sagte steif: „Vielleicht hat sie sich nur unwissend gegeben."

„Sind Sie bereit, als Robotiker hier zu erklären, daß Mrs. Delmarre Ihrer Ansicht nach hinreichend geschickt ist, um Roboter zu einem indirekten Mord zu veranlassen? Lassen Sie es mich anders ausdrükken: Wer auch immer den Versuch unternahm, mich auf der Baby-Farm töten zu lassen, muß mich durch Inter-Robot-Kommunikation ausfindig gemacht haben. Ich habe schließlich keinem Menschen gesagt, wo ich hingehen würde. Und nur die Roboter, die mich von einem Punkt zum anderen beförderten, kannten meinen Aufenthaltsort. Mein Partner Daneel Olivaw hat es dann zwar im weiteren Verlauf des Tages geschafft, mich ausfindig zu machen, aber nur unter beträchtlichen Schwierigkeiten. Der Mörder andererseits muß dies ohne Mühe getan haben, da er nicht nur mich ausfindig machen mußte, sondern auch noch die Vergiftung eines Pfeiles und das Abschießen des Pfeiles hatte arrangieren müssen. Und alles das, ehe ich die Farm verließ und weiterzog. Würde Mrs. Delmarre die dazu notwendige Geschicklichkeit besitzen?"

Corwin Attlebish beugte sich vor. „Wer würde denn Ihrer Meinung nach über die notwendige Geschicklichkeit verfügen, Erdenmensch?"

Baley zögerte keine Sekunde mit seiner Antwort. „Dr. Jothan Leebig ist nach eigener Aussage der beste Roboterfachmann auf dem Planeten."

„Ist das eine Anklage?" rief Leebig.

„Ja!" schrie Baley.

LANGSAM verrauchte der Zorn in Leebig. An seine Stelle trat nicht gerade Ruhe, aber eine Art angespannte Beherrschtheit. „Ich habe den Delmarre-Roboter nach dem Mord untersucht", sagte er. „Er hatte keine abnehmbaren Gliedmaßen; zumindest waren sie nur in dem üblichen Sinne abnehmbar, in der Weise also, daß sie Spezialwerkzeuge und die Hand eines Fachmanns erforderten. Der Roboter war also nicht die Waffe, die zur Tötung Delmarres benutzt wurde. Und damit bricht Ihre ganze Anklage zusammen."

„Wer kann sich sonst noch für die Wahrheit Ihrer Aussage verbürgen?" fragte Baley.

„Niemand wird meine Worte in Zweifel ziehen."

„Ich schon. Ich klage Sie an, und Ihre unbestätigte Aussage bezüglich des Roboters ist wertlos. Übrigens, Sie haben diesen Roboter ja schnell beseitigt. Warum?"

„Es gab keinen Grund, ihn aufzubewahren. Er war völlig desorganisiert und damit unbrauchbar."

„Warum?"

Leebig schüttelte drohend den Finger gegen Baley und meinte erregt: „Das haben Sie mich schon einmal gefragt, Erdenmensch, und ich habe es Ihnen gesagt. Der Roboter war Zeuge eines Mordes geworden und unfähig gewesen, ihn zu verhindern."

„Und Sie sagten mir, daß das stets einen völligen Kollaps mit sich brächte. Und doch wurde der Roboter, der Gruer das vergiftete Getränk gereicht hatte, nur in dem Maße beschädigt, daß er anschließend lispelte und hinkte. Dabei war er selbst es gewesen, der etwas, das in dem Augenblick wie Mord aussah, bewirkt hatte, und nicht nur ein Zeuge. Und doch bewahrte er sich genügend Denk- und Sprechfähigkeit, um verhört werden zu können. Demzufolge muß dieser Roboter, der Roboter im Fall Delmarre, in viel stärkerem Maße in den Mord verwickelt gewesen sein als der Gruer-Roboter. Ich bin überzeugt, daß dieser Delmarre-Roboter miterlebt hat, wie sein eigener Arm als Mordwaffe benutzt wurde."

„Absoluter Unsinn!“ stieß Leebig hervor. „Sie wissen überhaupt nichts über Robotik.“

„Das mag wohl sein“, sagte Baley. „Trotzdem empfehle ich, daß Sicherheitschef Attlebish die Akten Ihrer Roboterfabrik beschlagnahmt und ebenso die Ihrer Servicewerkstätte. Vielleicht können wir herausfinden, ob Sie Roboter mit abnehmbaren Gliedmaßen gebaut haben, und, falls das so ist, ob davon welche zu Dr. Delmarre geschickt worden waren, und wenn ja, wann.“

„Niemand wird sich an meinen Akten zu schaffen machen!“ schrie Leebig.

„Warum? Wenn Sie nichts zu verbergen haben – warum?“

„Aber warum, in aller Welt, sollte ich Delmarre getötet haben? Sagen Sie mir das! Was hätte ich für ein Motiv dazu?“

„Ich kann mir zwei Motive vorstellen“, meinte Baley. „Sie unterhielten freundliche Beziehungen zu Mrs. Delmarre. Übermäßig freundliche. Auch Solarianer sind Menschen. Sie haben sich nie mit Frauen eingelassen, aber das machte Sie auch nicht immun gegen gewisse – sagen wir – animalische Triebe. Sie sahen Mrs. Delmarre – Verzeihung, Sie sichteten sie – als sie ziemlich ... äh ... leicht bekleidet war und ...“

„Nein!“ schrie Leebig in einer Art von Agonie.

Und Gladia flüsterte eindringlich: „Nein!“

„Vielleicht haben Sie die Natur Ihrer Gefühle selbst gar nicht erkannt“, sagte Baley. „Oder, wenn Sie eine unbestimmte Vorstellung davon hatten, verachteten Sie sich selbst wegen Ihrer Schwäche und haßten Mrs. Delmarre, weil sie diese Schwäche hervorgerufen hatte. Und doch mag es durchaus sein, daß Sie auch Delmarre haßten, weil sie ihm gehörte. Sie forderten Mrs. Delmarre auf, Ihre Assistentin zu werden. Den Kompromiß sind Sie mit Ihrer Libido eingegangen. Mrs. Delmarre lehnte ab, und das verschärfte Ihren Haß noch. Indem Sie Dr. Delmarre in einer Art und Weise töteten, daß der Verdacht auf Mrs. Delmarre fiel, hätten Sie sich für beides gleichzeitig rächen können.“

„Wer glaubt schon solch billigen, melodramatischen Quatsch?“ meinte Leebig mit heiserem Flüstern. „Höchstens ein anderer Erdenmensch, ein Tier vielleicht, aber kein Solarianer.“

„Meine Argumentation hängt auch nicht von diesem Motiv ab“, erklärte Baley. „Es mag vielleicht in Ihrem Unterbewußtsein bestanden haben; aber Sie hatten daneben ein viel klareres Motiv. Dr.

Rikaine Delmarre stand Ihren Plänen im Wege und mußte beseitigt werden."

„Welchen Plänen?"

„Ihren Plänen, die auf die Eroberung der Galaxis abzielen, Dr. Leebig", sagte Baley.

Eine Frage wird beantwortet

„Der Erdenmensch ist wahnsinnig!" schrie Leebig und wandte sich den anderen zu. „Ist das nicht offenkundig?"

Einige starrten sprachlos Leebig an, andere Baley.

Baley ließ ihnen keine Chance, eine Entscheidung zu treffen, sondern sagte: „Sie wissen selbst, daß dem nicht so ist, Dr. Leebig. Dr. Delmarre war im Begriff, mit Ihnen zu brechen. Mrs. Delmarre dachte, Sie würden sich so verhalten, weil Sie nicht heiraten wollten. Ich glaube nicht, daß das der Grund war. Dr. Delmarre selbst plante eine Zukunft, in der Ektogenese möglich und die Ehe unnötig sein würde. Aber Dr. Delmarre arbeitete mit Ihnen zusammen; er würde daher mehr über Ihre Arbeit wissen als irgend jemand sonst. Er würde es wissen, falls Sie gefährliche Experimente beabsichtigten, und würde versuchen, Sie daran zu hindern. Agent Gruer gegenüber machte er derartige Andeutungen, lieferte ihm aber keine Einzelheiten, weil er sich dieser Einzelheiten noch nicht sicher war. Offensichtlich haben Sie seinen Argwohn bemerkt und ihn getötet."

„Wahnsinnig!" wiederholte Leebig. „Ich will damit jetzt nichts mehr zu tun haben."

Aber Attlebish fiel ihm ins Wort. „Hören Sie sich an, was er zu sagen hat, Leebig!"

Baley biß sich auf die Unterlippe, um seine Befriedigung über den Tonfall des Sicherheitschefs nicht zu früh erkennen zu lassen. Er fuhr fort: „In demselben Gespräch mit mir, in dem Sie Roboter mit abnehmbaren Gliedmaßen erwähnten, Dr. Leebig, erwähnten Sie auch Raumschiffe mit eingebauten Positronengehirnen. Sie haben damals ganz entschieden zuviel geredet. Kam das daher, daß Sie dachten, ich sei nur ein Erdenmensch und daher einfach nicht fähig, die Impliation der Robotik zu begreifen? Oder kam es daher, daß Sie gerade mit persönlicher Gegenwart eines anderen Individuums bedroht worden waren und vor Erleichterung darüber, daß sich diese

Drohung nicht verwirklicht hatte, etwas verwirrt waren? Jedenfalls hatte mir Dr. Quemot bereits gesagt, daß die Geheimwaffe Solarias gegen die Äußeren Welten der positronische Roboter sei."

Quemot, der sich völlig unerwartet ins Gespräch einbezogen sah, zuckte zusammen und schrie: „Ich meinte . . ."

„Sie haben das soziologisch gemeint, das weiß ich. Aber es macht einen doch nachdenklich. Stellen Sie sich doch ein Raumschiff mit einem eingebauten Positronengehirn im Vergleich zu einem bemannten Raumschiff vor. Ein bemanntes Raumschiff könnte keine Roboter für die aktive Kriegsführung einsetzen. Ein Roboter könnte keine Menschen auf feindlichen Raumschiffen oder feindlichen Welten vernichten. Er wäre nicht imstande, den Unterschied zwischen freundlichen und feindlichen Menschen zu erfassen. Aber einem Roboter könnte man natürlich sagen, daß an Bord des gegnerischen Raumschiffes keine Menschen seien. Man könnte ihm sagen, der Planet, den er bombardieren müßte, sei unbewohnt. Es wäre schwierig, das zu bewirken. Ein Roboter könnte erkennen, daß sein eigenes Schiff Menschen an Bord hatte; er würde wissen, daß seine eigene Welt von Menschen bewohnt war. Er würde annehmen, daß dasselbe für feindliche Schiffe und Welten gilt. Es würde also einen wirklichen Experten der Robotik erfordern, so wie Sie, Dr. Leebig, um ihn in dem Fall richtig zu leiten. Und solche Experten gibt es nur sehr wenige. Aber ein Raumschiff, das mit seinem eigenen Positronengehirn ausgestattet wäre, könnte freudig jedes Schiff angreifen, wenn man es ihm befiehlt, scheint mir. Es würde ganz natürlich annehmen, daß alle anderen Schiffe unbemannt seien. Ein Schiff mit einem Positronengehirn könnte man leicht so einrichten, daß es keine Nachrichten von anderen feindlichen Schiffen aufnehmen könnte, die die Täuschung lüften würden. Mit Waffen und Verteidigungseinrichtungen unter der unmittelbaren Kontrolle eines Positronengehirns würde es wesentlich manövrierfähiger als jedes bemannte Schiff sein. Und da es keinen Raum für Mannschaft, Vorräte, Wasser oder Luftreinigungsanlagen brauchte, würde es mehr Panzerung, mehr Waffen tragen können und daher weniger leicht verletzbar sein als ein gewöhnliches Schiff. Ein Schiff mit einem Positronengehirn könnte ganze Flotten gewöhnlicher Schiffe besiegen, oder habe ich etwa unrecht?"

Die letzte Frage schleuderte er Dr. Leebig entgegen, der sich von seinem Stuhl erhoben hatte und starr dastand, fast gelähmt vor . . . ja, was? Zorn? Schrecken?

Er bekam keine Antwort; er hätte sie auch nicht hören können. Die Spannung löste sich, und die anderen schrien wie wild. Klorissa hatte das Gesicht einer Furie, und selbst Gladia war aufgesprungen, und ihre kleine Faust stieß drohend in die Luft.

Und alle hatten sich gegen Leebig gewandt.

Baley entspannte sich und schloß die Augen. Es hatte geklappt. Endlich hatte er den richtigen Knopf gedrückt. Quemot hatte eine Analogie zwischen den solarianischen Robotern und den Heloten Spartas hergestellt. Er hatte gesagt, die Roboter seien außerstande, eine Revolution zu machen, und die Solarianer könnten sich deshalb ganz der Muße hingeben.

Was aber, wenn ein Mensch drohte, die Roboter zu lehren, wie man Menschen Schaden zufügte? Was, wenn jemand sie der Rebellion fähig machte? Würde das nicht das größte Verbrechen sein, das man sich denken konnte? Würde sich auf einer Welt wie Solaria nicht jeder Bewohner mit aller Macht gegen jeden wenden, der auch nur im Verdacht stand, einen Roboter herzustellen, der imstande war, einem Menschen Schaden zuzufügen – und das auf Solaria, wo die Roboter gegenüber den Menschen zwanzigtausend zu eins in der Mehrzahl waren?

Attlebish schrie: „Sie sind verhaftet. Ich verbiete Ihnen, Ihre Bücher oder Akten zu berühren, solange die Regierung sie nicht inspiziert hat!" Und so ging es weiter, fast zusammenhanglos und in dem herrschenden Durcheinander kaum zu vernehmen.

Ein Roboter trat auf Baley zu. „Eine Nachricht, Sir, von Mr. Olivaw."

Baley nahm die Mitteilung würdevoll entgegen, drehte sich um und rief: „Einen Augenblick!"

Seine Stimme hatte fast magische Wirkung. Alle drehten sich herum und musterten ihn ernst, und in keinem einzigen Gesicht (abgesehen von Leebigs erstarrter Miene) war etwas anderes zu sehen als geradezu schmerzhafte Aufmerksamkeit für den Erdenmenschen.

„Es ist unsinnig anzunehmen, Dr. Leebig würde seine Akten unberührt lassen, während er darauf wartet, daß ein Beamter sie in die Hände bekommt", sagte Baley. „Deshalb ist mein Partner Daneel Olivaw bereits vor Beginn dieses Gesprächs zu Dr. Leebigs Anwesen gereist. Ich habe gerade Nachricht von ihm bekommen. Er befindet sich bereits dort und wird in wenigen Augenblicken bei Dr. Leebig sein, um ihn in Gewahrsam zu nehmen."

„Gewahrsam!" heulte Leebig in fast tierhafter Angst auf. Seine Augen weiteten sich zu großen dunklen Löchern in seinem Schädel. „Jemand kommt hierher? Persönliche Anwesenheit? Nein! Nein!" Das zweite „Nein" kreischte er förmlich.

„Man wird Ihnen keinen Schaden zufügen", sagte Baley kühl, „falls Sie sich kooperativ verhalten."

„Aber ich will ihn nicht sehen. Ich kann ihn nicht sehen." Der Robotiker fiel auf die Knie, ohne sich anscheinend der Bewegung bewußt zu sein. Er streckte verzweifelt die Hände aus. „Was wollen Sie? Wollen Sie ein Geständnis? Delmarres Roboter hatte abnehmbare Gliedmaßen. Ja! Ja! Ja! Ich habe die Vergiftung Gruers arrangiert. Ja! Ich habe den Pfeil arrangiert, der für Sie bestimmt war. Selbst die Raumschiffe habe ich so geplant, wie Sie sagten. Es ist mir nicht gelungen, aber – ja, ich habe es geplant. Nur, halten Sie mir den Mann vom Leib! Sorgen Sie dafür, daß er wegbleibt!"

Baley nickte. Wieder der richtige Knopf. Die Drohung mit persönlicher Anwesenheit würde ihn eher zu einem Geständnis veranlassen als jede physische Tortur.

Aber dann fuhr Leebigs Kopf plötzlich herum, als er außerhalb des Aufnahmebereichs seines Sichtgeräts etwas hörte oder sah. Er hob beide Hände, als wollte er etwas abwehren.

„Weg da!" bettelte er. „Gehen Sie weg! Keinen Schritt näher! Bitte – bitte, kommen Sie nicht näher! Bitte . . ."

Er kroch auf Händen und Knien weg, und dann griff er plötzlich in die Tasche seines Jacketts. Er hielt etwas in der Hand und steckte es sich schnell in den Mund. Schwankend fiel er nach vorn.

Baley wollte schreien: Sie Narr! Das ist kein Mensch, der sich Ihnen da nähert – nur einer der Roboter, die Sie so lieben!

Daneel Olivaw tauchte im Sichtfeld auf und blickte einen Augenblick lang auf die zusammengekrümmte Gestalt hinab.

Baley hielt den Atem an. Falls Daneel erkennen sollte, daß es seine Pseudomenschlichkeit war, die Leebig getötet hatte, könnte das drastische Auswirkungen auf sein vom Ersten Gesetz versklavtes Gehirn haben.

Aber Daneel kniete bloß nieder, und seine Finger berührten Leebig vorsichtig an einigen Stellen. Dann hob er Leebigs Kopf, als wäre er für ihn von unendlichem Wert, und drückte ihn an sich, als liebkose er ihn. Sein wunderschön gemeißeltes Gesicht starrte die anderen an, und dann flüsterte er: „Ein Mensch ist tot!"

Baley hatte sie erwartet; sie hatte um ein letztes Gespräch gebeten. Aber als sie erschien, weiteten sich seine Augen.

„Ich sehe Sie", sagte er.

„Ja", sagte Gladia. „Wie können Sie das feststellen?"

„Weil Sie Handschuhe tragen."

„Oh!" Sie blickte verwirrt auf ihre Hände und meinte dann leise: „Macht es Ihnen etwas aus?"

„Nein, natürlich nicht. Aber warum haben Sie sich dafür entschieden, mich zu sehen, anstatt mich zu sichten?"

„Nun" – sie lächelte dünn –, „ich muß mich doch daran gewöhnen, oder, Elijah? Ich meine, wenn ich nach Aurora gehen soll."

„Dann ist alles arrangiert?"

„Mr. Olivaw scheint Einfluß zu haben. Es ist alles arrangiert. Ich werde nie zurückkommen."

„Gut. Dort werden Sie glücklicher sein, Gladia."

„Ich habe ein wenig Angst."

„Ich weiß. Es bedeutet, daß Sie die ganze Zeit sehen müssen, und Sie werden auch nicht so viel Komfort haben wie auf Solaria. Aber Sie werden sich daran gewöhnen. Und was noch wichtiger ist: Sie werden all das Schreckliche vergessen, das Sie hier durchgemacht haben."

„Ich will nicht alles vergessen", sagte Gladia leise.

„Doch, das werden Sie." Baley sah die kleine zerbrechliche Frau an, die vor ihm stand, und meinte, nicht ohne eine kurze Regung des Bedauerns: „Und eines Tages werden Sie auch wieder heiraten. Richtig heiraten, meine ich."

„Irgendwie erscheint mir das gar nicht mehr so wünschenswert", sagte sie traurig. „Jetzt wenigstens."

„Sie werden es sich anders überlegen."

Und dann standen sie da und sahen einander einen Augenblick lang wortlos an.

„Ich habe Ihnen nie gedankt", sagte Gladia.

„Ich habe ja nur meine Pflicht erfüllt", meinte Baley.

„Jetzt werden Sie zur Erde zurückreisen, nicht wahr?"

„Ja."

„Ich werde Sie nie wiedersehen."

„Wahrscheinlich nicht. Aber deshalb sollen Sie nicht traurig sein. In allerhöchstens vierzig Jahren werde ich tot sein. Und Sie werden da noch keine Spur anders aussehen als jetzt."

Ihr Gesicht verzog sich. „Das sollten Sie nicht sagen."

„Es ist aber wahr."

Und sie sagte schnell, als wäre sie gezwungen, das Thema zu wechseln: „Wissen Sie, daß sich Ihr Verdacht bezüglich Jothan Leebig bestätigt hat?"

„Ja. Andere Robotiker haben sich seine Aufzeichnungen angesehen und dort Hinweise auf Experimente mit dem Ziel unbemannter, intelligenter Raumschiffe gefunden. Und sie haben auch weitere Roboter mit abnehmbaren Gliedmaßen gefunden."

Gladia schauderte. „Warum hat er wohl etwas so Schreckliches getan – was meinen Sie?"

„Er hatte Angst vor den Menschen. Er hat sich selbst getötet, um nicht die persönliche Anwesenheit eines anderen ertragen zu müssen. Und er war bereit, andere Welten zu vernichten, um sicherzustellen, daß niemand an Solarias Tabu bezüglich der persönlichen Anwesenheit rührte."

„Wie er nur so fühlen konnte!" murmelte sie. „Wo doch persönliche Anwesenheit so . . ."

Wieder ein stummer Augenblick, in dem sie einander auf zehn Schritte Abstand ansahen.

Und dann rief Gladia plötzlich: „O Elijah! Sie werden denken, daß das schrecklich verworfen von mir ist."

„Was ist verworfen?"

„Darf ich Sie berühren? Ich werde Sie nie wiedersehen, Elijah."

„Wenn Sie wollen."

Schritt für Schritt kam sie näher, und ihre Augen leuchteten und wirkten doch gleichzeitig verängstigt. Einen halben Meter vor ihm blieb sie stehen. Und dann begann sie ganz langsam, wie in Trance, den Handschuh von der rechten Hand herunterzuziehen.

Baley setzte zu einer Geste an, die sie daran hindern sollte. „Seien Sie nicht albern, Gladia!"

„Ich habe keine Angst", sagte Gladia.

Ihre Hand war entblößt. Sie zitterte, als sie sie ausstreckte.

Und ebenso zitterte auch Baleys Hand, als er ihre Hand in die seine nahm. So verweilten sie einen Augenblick lang, und ihre Hand war wie ein scheues, verängstigtes Wesen, das in seiner Hand ruhte. Er öffnete die Hand, und die ihre entfloh und huschte auf sein Gesicht zu, bis ihre Fingerspitzen federleicht den Bruchteil eines Augenblicks lang seine Wange berührten.

„Ich danke Ihnen, Elijah. Leben Sie wohl!"

„Leben Sie wohl, Gladia", und er sah ihr nach, als sie wegging.

Selbst der Gedanke, daß sein Schiff darauf wartete, ihn zur Erde zurückzubringen, konnte das Gefühl, etwas verloren zu haben, nicht besiegen.

Albert Minnims Blick sollte eine Art strengen Willkommensgruß ausdrücken. „Ich freue mich, Sie wieder auf der Erde zu sehen. Ihr Bericht ist natürlich vor Ihnen eingetroffen und wird gerade studiert. Sie haben ausgezeichnete Arbeit geleistet. Die Angelegenheit wird in Ihrer Personalakte gut aussehen."

„Danke!" sagte Baley. Für mehr Freude war in ihm kein Platz. Wieder zurück auf der Erde zu sein; sicher in den Stahlhöhlen zu sein; in Hörweite von Jessies Stimme zu sein (er hatte bereits mit ihr gesprochen); alles hatte trotzdem in ihm ein seltsames Gefühl der Leere hinterlassen.

„Aber", fuhr Minnim fort, „Ihr Bericht befaßte sich nur mit den Mordermittlungen. Da war noch eine andere Angelegenheit, für die wir uns interessiert hatten. Darf ich auch darüber Ihren Bericht haben – mündlich?"

Baley zögerte, und seine Hand schob sich automatisch auf die Innentasche zu, wo jetzt wieder seine Pfeife auf ihn wartete.

„Sie dürfen rauchen, wenn Sie wollen, Baley", sagte Minnim sofort.

Baley dehnte den Anzündvorgang zu einem längeren Ritual aus. Dann sagte er: „Ich bin kein Soziologe."

„Nein?" Minnim lächelte kurz. „Mir scheint, daß wir darüber schon einmal diskutiert haben. Ein erfolgreicher Detektiv muß ein guter Soziologe sein, selbst wenn er noch nie etwas von Hacketts Gleichung gehört hat. Wenn ich Ihr augenblickliches Unbehagen richtig deute, haben Sie bezüglich der Äußeren Welten gewisse Vorstellungen, sind aber nicht sicher, wie die auf mich wirken werden."

„Wenn Sie es so formulieren, Sir ... Als Sie mir den Befehl erteilten, nach Solaria zu fahren, haben Sie mir eine Frage gestellt: Sie haben gefragt, worin die Schwächen der Äußeren Welten bestünden. Ihre Stärke liegt in ihren Robotern, ihrer geringen Bevölkerungszahl und ihrem langen Leben. Aber worin liegen ihre Schwächen?"

„Nun?"

„Ich glaube, ich kenne die Schwächen der Solarianer, Sir."

„Dann können Sie meine Frage beantworten? Gut. Sprechen Sie!"

„Ihre Schwächen, Sir, sind ihre Roboter, ihre niedrige Bevölkerungszahl und ihr langes Leben."

Minnim starrte Baley an, ohne daß sein Ausdruck sich veränderte. Seine Hände beschäftigten sich mit den Papieren auf seinem Schreibtisch.

„Warum sagen Sie das?" fragte er schließlich.

Baley hatte auf dem Rückweg von Solaria viele Stunden damit verbracht, Ordnung in seine Gedanken zu bringen; er hatte in seiner Phantasie der Beamtenschaft wohlabgewogene, überlegte Gedanken vorgetragen. Jetzt fühlte er sich plötzlich unsicher.

„Ich weiß nicht, ob ich das besonders gut formulieren kann", meinte er.

„Das ist nicht wichtig. Lassen Sie mich hören! Schließlich ist das erst eine erste Annäherung."

„Die Solarianer haben etwas aufgegeben, das die Menschheit eine Million Jahre lang besaß; etwas, das mehr wert ist als Atomkraft, Cities, Ackerbauwerkzeuge, Feuer – alles eben; weil es etwas ist, das alles andere erst möglich gemacht hat."

„Ich will hier keine Rätsel raten, Baley. Was ist es?"

„Der Stamm, Sir. Zusammenarbeit zwischen Individuen. Solaria hat das völlig aufgegeben. Es ist eine Welt isolierter Individuen, und der einzige Soziologe des Planeten ist entzückt, daß das so ist. Dieser Soziologe hat übrigens noch nie etwas von Sozio-Mathematik gehört, weil er damit beschäftigt ist, seine eigene Wissenschaft zu erfinden. Es gibt niemanden, der ihn lehren kann; niemanden, der ihm helfen kann; niemanden, dem etwas in den Sinn kommen könnte, was ihm selbst vielleicht entgehen würde. Die einzige Wissenschaft, die auf Solaria wirklich blüht, ist die Robotik; und damit sind nur eine Handvoll Männer beschäftigt. Und als dann eine Analyse des Zusammenwirkens von Robotern und Menschen erforderlich wurde, mußten sie einen Erdenmenschen zu Hilfe rufen. Die solarianische Kunst, Sir, ist abstrakt. Wir haben auf der Erde auch abstrakte Kunst als *eine* Kunstform; aber auf Solaria ist es die einzige Form. Daran ist nichts Menschliches mehr. Die Zukunft, die sich alle wünschen, ist eine der Ektogenese, mit völliger Isolierung von Geburt an."

„Das klingt alles schrecklich", sagte Minnim. „Aber kann es Schaden anrichten?"

„Ich glaube schon. Ohne das Zwischenmenschliche ist das Hauptinteresse am Leben verschwunden; die meisten intellektuellen Werte sind verschwunden; das meiste von dem, was das Leben lebenswert macht. Sichten ist kein Ersatz für Sehen. Die Solarianer selbst sind sich dessen bewußt, daß Sichten ein Sinn auf Distanz ist. Und wenn die Isoliertheit noch nicht ausreicht, um zur Stagnation zu führen, wäre da noch ihr langes Leben. Auf der Erde gibt es ein dauerndes Nachströmen junger Menschen, die bereit und willens sind, etwas zu verändern, weil sie nicht genügend Zeit haben, in ihrer Lebensweise zu erstarren. Ich nehme an, es gibt da ein Optimum. Ein Leben, das lang genug ist, um wirklich etwas zu erreichen, und kurz genug, um der Jugend Platz zu machen. Auf Solaria dauert das zu lang."

Minnim blätterte geistesabwesend in seinen Papieren. „Interessant! Interessant!" Er blickte auf, und es war, als wäre eine Maske von ihm abgefallen. Seine Augen blickten vergnügt. „Detektiv, Sie sind ein Mann mit Scharfblick."

„Danke!" sagte Baley steif.

„Wissen Sie, warum ich Sie dazu ermuntert habe, mir Ihre Ansichten zu beschreiben?" Er wirkte jetzt wie ein kleiner Junge, der sich ungeheuer über etwas freut und diese Freude genießt. Er fuhr fort, ohne auf die Antwort zu warten: „Ihr Bericht ist bereits von unseren Soziologen vorläufig analysiert worden, und ich fragte mich, ob Sie selbst eine Ahnung hatten, welch ausgezeichnete Nachrichten für die Erde Sie mitgebracht haben. Ich sehe jetzt, daß Sie das sehr wohl wissen."

„Aber warten Sie doch!" sagte Baley. „Da ist noch mehr."

„Ja, in der Tat", pflichtete Minnim ihm vergnügt bei. „Solaria kann unmöglich seine Stagnation beheben. Es hat bereits seinen kritischen Punkt passiert, und seine Abhängigkeit von den Robotern ist zu weit gediehen. Individuelle Roboter sind außerstande, ein individuelles Kind zu züchtigen, obwohl diese Disziplinierung dem Kind am Ende nützlich sein kann. Der Roboter kann nicht über den unmittelbaren Schmerz hinausblicken. Und Roboter im Kollektiv können einen Planeten nicht disziplinieren, indem sie zulassen, daß seine Institutionen zusammenbrechen, wenn diese Institutionen schädlich geworden sind. Sie können nicht über das unmittelbare Chaos hinausblicken. Also ist das einzig mögliche Ende, das den Äußeren Welten bevorsteht, dauernde Stagnation; und damit wird die Erde von ihrer Herrschaft befreit werden. Diese neuen Erkenntnisse verändern alles. Es wird nicht einmal notwendig sein, im physischen Sinne zu rebellieren. Die Freiheit wird sich von selbst einstellen."

„Warten Sie!" meinte Baley noch einmal, diesmal lauter. „Wir reden hier nur von Solaria, nicht von irgendeiner anderen Äußeren Welt."

„Das ist dasselbe. Ihr solarianischer Soziologe – Kimot?"

„Quemot, Sir."

„Dann eben Quemot. Er sagte doch, nicht wahr, daß die anderen Äußeren Welten sich in derselben Richtung wie Solaria bewegen?"

„Das hat er. Aber er wußte nichts aus erster Hand über die anderen Äußeren Welten, und er ist zwar Soziologe, aber kein richtiger. Ich dachte, ich hätte das zum Ausdruck gebracht."

„Unsere Leute werden das überprüfen."

„Denen werden auch die Einzelheiten fehlen. Wir wissen nichts über die wirklich großen Äußeren Welten. Aurora zum Beispiel: Daneels Welt. Mir scheint es unsinnig zu erwarten, daß sie in irgendeiner Weise wie Solaria sein sollte. Tatsächlich gibt es nur eine Welt in der Galaxis, die Solaria gleicht . . ."

Doch Minnim tat das Thema mit einer kleinen, glücklichen Bewegung seiner gepflegten Hand ab. „Unsere Männer werden das überprüfen. Ich bin sicher, daß sie mit Quemot übereinstimmen werden."

Baleys Blick wurde ernst und nachdenklich. Wenn die Soziologen der Erde sich nach erfreulichen Nachrichten sehnten, würden sie mit Quemot übereinstimmen. Man konnte in Zahlen alles finden, wenn man nur lang und eindringlich genug suchte und dabei die entsprechenden Informationen ignorierte oder übersah.

Er zögerte. War es nicht besser, jetzt zu sprechen, während ihm ein in der Regierung hochstehender Mann Gehör schenkte? Oder . . .

Er zögerte eine Spur zu lange. Minnim hatte wieder zu reden begonnen, wobei er mit seinen Papieren raschelte und sachlicher wurde. „Noch ein paar Kleinigkeiten, Detektiv, die den Delmarre-Fall selbst betreffen, dann können Sie gehen. War es Ihre Absicht, daß Leebig Selbstmord begehen sollte?"

„Meine Absicht war es, ein Geständnis zu erzwingen, Sir. Ich hatte nicht damit gerechnet, daß er bei der Annäherung – was die größte Ironie ist – von jemandem, der nur ein Roboter war, Selbstmord begehen würde, wo dieser doch in Wirklichkeit das Tabu gegen persönliche Anwesenheit überhaupt nicht verletzt hätte. Aber, um es offen zu sagen, leid tut mir sein Tod nicht. Er war ein gefährlicher

Mann. Es wird viel Zeit vergehen, bis es wieder jemanden gibt, der so viel Krankhaftigkeit mit geistiger Brillanz vereint."

„Darin stimme ich Ihnen zu", sagte Minnim trocken, „und betrachte seinen Tod als Glück. Aber haben Sie denn überhaupt nicht darüber nachgedacht, wie gefährlich es für Sie hätte werden können, wenn die Solarianer sich die Zeit genommen hätten, sich darüber klarzuwerden, daß Leebig unmöglich Delmarre ermordet haben konnte?"

Baley nahm die Pfeife aus dem Mund und erwiderte nichts.

„Kommen Sie, Detektiv", sagte Minnim, „Sie wissen, daß er die Tat nicht begangen hat. Der Mord erforderte persönliche Anwesenheit; und Leebig wäre eher gestorben, als so etwas zuzulassen. Er ist sogar lieber gestorben, als es zuzulassen."

„Sie haben recht, Sir", gab Baley zu. „Ich habe darauf gebaut, daß die Solarianer zu sehr darüber aufgebracht sein würden, daß Leebig Roboter mißbrauchte, um daran zu denken."

„Wer hat dann Delmarre getötet?"

Baley sah ihn an und meinte zögernd: „Wenn Sie meinen, wer den eigentlichen Schlag geführt hat, dann war das die Person, von der jeder annahm, daß sie es getan hatte: Gladia Delmarre, die Frau des Mannes."

„Und Sie haben sie ungeschoren gehen lassen?"

„Moralisch lag die Verantwortung nicht bei ihr. Leebig wußte, daß Gladia erbittert war und häufig mit ihrem Mann stritt. Er muß gewußt haben, wie wütend sie in Augenblicken des Zorns werden konnte. Leebig wollte den Tod des Mannes unter Begleitumständen, die die Frau belasten würden. Also lieferte er Delmarre einen Roboter und – wie ich mir vorstelle – gab ihm mit aller ihm zur Verfügung stehenden Geschicklichkeit die Instruktion, Gladia im Augenblick ihres höchsten Zorns eine seiner abnehmbaren Gliedmaßen zu reichen. Mit einer Waffe in der Hand handelte sie im entscheidenden Augenblick in einer Art Umnachtung, ehe Delmarre oder der Roboter sie daran hindern konnten. Gladia war ebenso Leebigs Instrument wie der Roboter selbst."

„Der Arm des Roboters muß doch mit Blut verschmiert gewesen sein", sagte Minnim.

„Das war er wahrscheinlich", meinte Baley, „aber Leebig hat sich sofort des Mord-Roboters angenommen. Möglicherweise hat er allen anderen Robotern, denen diese Tatsache aufgefallen war, den Befehl erteilt, sie zu vergessen. Dr. Thool hätte etwas bemerken können; aber er hat nur den Toten und die bewußtlose Frau untersucht. Leebigs Fehler bestand darin, anzunehmen, die Schuld läge so offensichtlich bei Gladia, daß das Fehlen einer Waffe am Tatort sie nicht retten würde. Er konnte auch nicht damit rechnen, daß man einen Erdenmenschen rufen würde, der bei den Ermittlungen helfen sollte."

„Also haben Sie, nachdem Leebig tot war, dafür gesorgt, daß Gladia Solaria verlassen konnte. Wollten Sie sie dadurch retten, für den Fall, daß irgendwelche Solarianer anfingen, über den Fall nachzudenken?"

Baley zuckte die Achseln. „Sie hatte genug gelitten. Sie war von allen gequält worden: von ihrem Mann, von Leebig und von der ganzen Welt Solaria."

„Haben Sie damit nicht das Recht mißbraucht, nur um einer persönlichen Neigung nachzugeben?" fragte Minnim.

Baleys Gesicht verhärtete sich. „Das war keine persönliche Neigung. Die Gesetze Solarias banden mich nicht. Über allem standen die Interessen der Erde, und um jener Interessen willen mußte ich dafür sorgen, daß mit Leebig, dem wirklich Gefährlichen, etwas geschah. Was Mrs. Delmarre angeht . . ." Er sah Minnim an und war sich bewußt, daß er einen entscheidenden Schritt tat. Er *mußte* das sagen. „Was Mrs. Delmarre angeht, so habe ich sie einem Experiment ausgesetzt."

„Was für einem Experiment?"

„Ich wollte wissen, ob sie sich darauf einlassen würde, das Leben auf einer Welt auf sich zu nehmen, wo persönliche Anwesenheit erlaubt, ja erwartet wird. Ich wollte wissen, ob sie den Mut hatte, mit Gewohnheiten zu brechen, die sie ein Leben lang geprägt hatten. Ich hatte Sorge, sie könnte sich weigern, die Reise zu unternehmen; daß sie darauf beharren könnte, auf Solaria zu bleiben, was für sie wie ein Fegefeuer sein mußte, anstatt ihre solarianische Lebensart, und wäre sie noch so verzerrt, aufzugeben. Aber sie wählte den Wechsel, und ich war froh, daß sie das tat, weil mir das symbolisch erschien. Das scheint *uns* das Tor zur Rettung aufzustoßen."

„Uns?" fragte Minnim verblüfft. „Was, zum Teufel, meinen Sie damit?"

„Nicht gerade für Sie und mich, Sir", entgegnete Baley ernst, „aber für die Menschheit. Sie haben unrecht bezüglich der Äußeren Welten. Sie haben wenige Roboter; sie erlauben persönliche Anwesenheit. Und sie haben Solaria untersucht. R. Daneel Olivaw war mit mir dort, wie Sie wissen, und er wird einen Bericht nach Hause bringen. Es besteht die Gefahr, daß sie alle eines Tages zu Solarianern werden; aber wahrscheinlich werden sie jene Gefahr erkennen und dafür sorgen, daß sie in einem vernünftigen Gleichgewicht bleiben, und damit werden sie auch die Führer der Menschheit bleiben."

„Das ist Ihre Meinung", sagte Minnim leichthin.

„Aber daran ist mehr. Es *gibt* eine Welt, die wie Solaria ist, und das ist die Erde."

„Detektiv Baley!"

„So ist es aber, Sir. Wir sind Solarianer, nur genau umgekehrt. Sie haben sich in die Isolierung voreinander zurückgezogen; wir haben uns in die Isolierung vor der Galaxis zurückgezogen. Sie befinden sich in der Sackgasse ihrer unverletzlichen Anwesen. Wir befinden uns in der Sackgasse unserer unterirdischen Cities. Sie sind Führer ohne Gefolgsleute, haben nur Roboter, die nicht widersprechen können. Wir sind Gefolgsleute ohne Führer und haben nur die uns umschließenden Cities, die uns die Sicherheit bieten." Baleys Hände ballten sich zu Fäusten.

Minnim schien nicht einverstanden. „Detektiv, Sie haben viel durchgemacht. Sie müssen ausruhen. Dazu sollen Sie Gelegenheit bekommen. Einen Monat Ferien bei voller Bezahlung und am Ende eine Beförderung."

„Danke! Aber das ist nicht alles, was ich will. Ich möchte, daß Sie mir zuhören. Es gibt nur einen Weg aus unserer Sackgasse heraus, und der führt nach draußen, in den Weltraum. Dort draußen gibt es Millionen Welten, und die Spacer besitzen nur fünfzig davon. Sie sind nur wenige und leben lang. Wir sind viele und leben kurz. Wir sind besser als sie für die Erforschung und Kolonisierung anderer Welten ausgestattet. Wir haben einen Bevölkerungsdruck, der uns treibt, und einen schnellen Generationswechsel, der uns junge Menschen liefert, die noch bereit sind, Risiken einzugehen. Schließlich waren es unsere Vorfahren, die als erste die Äußeren Welten kolonisiert haben."

„Ja, das verstehe ich – aber ich fürchte, unsere Zeit ist um."

Baley spürte die Sorge Minnims, der ihn loswerden wollte, blieb aber hartnäckig sitzen. „Als bei der ursprünglichen Kolonisierung Welten geschaffen wurden, die unserer eigenen Technik überlegen waren, flohen wir, indem wir uns unter der Erde für uns selbst so etwas wie einen künstlichen Mutterleib erbauten. Die Spacer sorgten dafür, daß wir uns unterlegen fühlten. Wir haben uns vor ihnen versteckt; das ist keine Antwort. Um dem zerstörerischen Rhythmus der Rebellion und Unterdrückung zu entgehen, müssen wir mit ihnen in *Wettbewerb* treten, ja sie führen, wenn wir können. Und um das zu tun, müssen wir uns dem Offenen stellen, dem ‚Draußen'; wir müssen es uns selbst beibringen, wieder in die freie Natur hinauszutreten. Wenn es zu spät ist, das uns selbst beizubringen, müssen wir es unsere Kinder lehren. Das ist lebenswichtig!"

„Sie brauchen Ruhe, Detektiv."

Baley ließ sich nicht einschüchtern. „Hören Sie mir zu, Sir! Wenn die Spacer stark sind und wir bleiben, wie wir sind, wird die Erde binnen eines Jahrhunderts zerstört werden; das hat man errechnet, und Sie selbst haben mir das gesagt. Wenn die Spacer wirklich schwach sind und immer schwächer werden, dann kann es sein, daß wir entkommen; aber wer sagt denn, daß die Spacer schwach sind? Die Solarianer, ja. Aber das ist alles, was wir wissen."

„Aber . . ."

„Ich bin noch nicht fertig. Eines *können* wir ändern, ob die Spacer nun schwach oder stark sind: Wir können uns verändern. Wir brauchen uns nur der freien Natur zu stellen, dann brauchen wir keine Rebellion mehr. Wir können uns unsere eigenen Welten suchen und selbst Spacer werden. Wenn wir hier auf der Erde bleiben, zusammengedrängt, dann wird es unmöglich sein, sinnlose, fatale Rebellionen zu verhindern. Und um so schlimmer wird es sein, wenn die Leute falsche Hoffnungen hegen, weil sie auf die Schwäche der Spacer bauen. Fragen Sie ruhig die Soziologen! Sagen Sie ihnen das, was ich hier gesagt habe. Und wenn Sie immer noch zweifeln, dann suchen Sie einen Weg, mich nach Aurora zu schicken. Lassen Sie mich einen Bericht über die *echten* Spacer liefern, und dann werden Sie sehen, was die Erde tun muß."

Minnim nickte. „Ja, ja. Und jetzt guten Tag, Detektiv Baley."

Baley verließ ihn mit einem Gefühl der Erleichterung. Er hatte nicht damit gerechnet, einen offenen Sieg über Minnim zu erringen. Man konnte nicht an einem Tag, ja in einem Jahr Siege über eingefahrene Denkschemata erringen. Aber er hatte den Ausdruck nachdenklicher Unsicherheit bemerkt, der in Minnims Gesichtsausdruck lag und der zumindest eine Weile die frühere unkritische Freude verdrängt hatte.

Er glaubte in die Zukunft sehen zu können. Minnim würde die

Soziologen befragen, und einer oder zwei von ihnen würden unsicher sein. Sie würden sich Fragen stellen. Sie würden Baley konsultieren.

Ein Jahr, dachte Baley; ein Jahr, und ich bin nach Aurora unterwegs. Eine Generation, und wir werden wieder draußen im Weltraum sein.

Baley trat auf den Expreßway nach Norden. Bald würde er Jessie sehen. Würde *sie* ihn verstehen? Und sein Sohn, Bentley, der jetzt siebzehn war. Wenn Bentley selbst einmal einen siebzehnjährigen Sohn haben würde, würde er dann auf irgendeinem leeren Planeten stehen und sich dort ein neues Leben aufbauen, ein Leben in Freiheit?

Es war ein Gedanke, der ihm angst machte. Baley hatte immer noch Angst vor der wahren Natur. Aber er fürchtete diese Furcht nicht länger! Sie war nicht etwas, wovor man wegrannte, sondern etwas, gegen das man ankämpfte.

Baley hatte das Gefühl, als hätte ihn so etwas wie Verrücktheit erfaßt. Vom ersten Augenblick an hatte die freie Natur eine ganz besondere Anziehung auf ihn ausgeübt; von jenem Augenblick an in dem Bodenwagen, wo er Daneel ausgetrickst hatte, wo er veranlaßt hatte, daß man das Verdeck öffnete, so daß er in die freie Luft sehen konnte.

Damals hatte er nicht begriffen. Daneel hatte ihn für pervers gehalten. Baley selbst hatte geglaubt, professionelle Notwendigkeit hätte ihn dazu veranlaßt, das zu tun, weil er ein Verbrechen aufklären mußte. Nur an jenem letzten Abend auf Solaria, als er den Vorhang vom Fenster gerissen hatte, hatte er begriffen, daß er sich der freien Natur stellen mußte, um ihrer selbst willen, weil sie eine Anziehung auf ihn ausübte und Freiheit versprach.

Auf der Erde mußte es Millionen geben, die denselben Drang empfanden, wenn man ihnen die freie Natur nur zur Kenntnis brachte, wenn man sie nur dazu bringen konnte, den ersten Schritt zu tun.

Er sah sich um.

Der Expreßway raste dahin. Rings um ihn war künstliche Beleuchtung, waren riesige Apartmentblöcke, die vorbeiglitten, und blitzende Tafeln und Schaufenster und Fabriken und Lichter und Lärm und Menschenmengen – und noch mehr Lärm und Menschen und Menschen und Menschen . . .

Das war alles, was er geliebt hatte; alles, was er gehaßt hatte; alles, was zu verlassen ihm Angst bereitet hatte; alles, wonach er sich auf Solaria zu sehnen geglaubt hatte.

Und das alles war ihm fremd.

Er konnte sich nicht dazu zwingen, wieder dazuzupassen.

Er war ausgezogen, um einen Mord aufzuklären, und etwas war ihm widerfahren.

Er hatte Minnim gesagt, die Cities seien ein Mutterleib; und das waren sie auch. Und was war das erste, was ein Mensch tun mußte, ehe er Mensch sein konnte? Geboren mußte er werden. Den Mutterleib mußte er verlassen. Und sobald er ihn einmal verlassen hatte, gab es kein Zurück mehr.

Baley hatte die City verlassen und würde sie nicht wieder betreten. Die City war nicht länger sein; die Stahlhöhlen waren ihm fremd geworden. Das mußte sein. Und für andere würde es auch so sein. Und dann würde die Erde wiedergeboren werden und nach den Sternen greifen.

Sein Herz schlug wie wild, und der Lärm des Lebens, der ihn umgab, verblaßte zu einem fast unhörbaren Murmeln.

Er erinnerte sich an seinen Traum auf Solaria, und endlich verstand er ihn. Er hob den Kopf und sah durch all den Stahl, den Beton und die Menschen über sich hinaus. Er sah den Feuerball draußen im Weltraum, der die Menschen hinauslockte. Er sah sie auf sich herunterstrahlen.

Die nackte Sonne!

Isaac Asimov

Im Leben eines jeden Schriftstellers gibt es einmal eine dunkle Stunde. Eine Stunde voller Selbstzweifel und der bangen Frage: Kann ich wirklich schreiben? Bei Isaac Asimov war diese dunkle Stunde eine Schulstunde. Noch heute erinnert sich der erfolgreiche Autor an die Situation, die seine schriftstellerische Laufbahn beinahe beendet hätte, bevor sie überhaupt angefangen hatte. Als der Schüler im Deutschunterricht statt der geforderten „Beschreibung eines Frühlingstages in Brooklyn" voller Stolz einen phantasievollen Aufsatz über den Frühling in einem märchenhaften Land voller Lerchen und Gänseblümchen zum besten gab, stieß er bei seinem Lehrer auf wenig Verständnis. Isaac hatte kaum den ersten Abschnitt vorgelesen, als Mr. Newfield ihn mit den Worten „Das ist der größte Quatsch, den ich je gehört habe" auf seinen Platz zurückschickte. Ein vernichtendes Urteil. „Niemals in meinem Leben war ich so nahe daran aufzugeben wie damals", erinnert sich Asimov. Dem Lehrer zum Trotz und zum Glück für seine Leser schrieb er dennoch weiter. Heute zählt der 1920 in der Sowjetunion geborene und in Amerika aufgewachsene Asimov zu den meistgelesenen SF-Autoren der Welt. Er veröffentlichte über 320 Bücher, unzählige Kurzgeschichten und zahlreiche wissenschaftliche Essays. Um die Flut seiner Ideen in den Griff zu bekommen, übte Asimov so lange auf der Schreibmaschine, bis er 90 Wörter pro Minute aufs Papier brachte. Auch in seiner Vorgehensweise ist Asimov sehr rationell. Bei ihm wird jeder Text nur einmal überarbeitet. „Wenn er mich dann nicht überzeugt", so der Autor, „werfe ich ihn lieber gleich in den Papierkorb."

Bis zu zwölf Stunden täglich sitzt der in New York lebende Schriftsteller an seiner Schreibmaschine. Bei seiner Frau, der Psychologin Janet Jeppson, löst dieser Schaffensdrang verständlicherweise nicht immer helle Begeisterung aus. „Janet ist ein bißchen normaler veranlagt als ich und macht mir ab und zu mit Nachdruck klar, daß wir auch mal wieder in Urlaub fahren sollten", bekennt der Autor, den die „New York Times" scherzhaft als „schreibende Maschine" titulierte. Doch die Produktivität ist sicherlich nicht das einzige, was den ehemaligen Professor für Biochemie an der Universität Boston auszeichnet. Als Mann, der der Science-fiction die Wissenschaft hinzufügte, erhielt Asimov 1963 einen Sonder-„Hugo".

Kamen die Götter aus dem Weltall?

Die Thesen des Erich von Däniken

Die ägyptischen Pyramiden, Stonehenge, die Osterinsel oder Machu Picchu und Teotihuacán, die sagenumwobenen Städte der Inka und Azteken – wer hätte nicht schon einmal von ihnen gehört oder gelesen und ehrfürchtig die ungeheuren Leistungen der alten Völker bewundert, die uns diese Zeugnisse ihrer hochentwickelten Kultur hinterließen? Heute, in einer Zeit, da die Wissenschaft sich anschickt, auch in die entlegensten Winkel vorzudringen und immer mehr Geheimnisse zu lüften, üben die letzten ungelösten Rätsel unseres Planeten eine ungebrochene Anziehungskraft auf uns aus. Neben zahllosen Archäologen und Historikern, die immer wieder neue Erklärungsversuche anbieten, inspirierten sie auch einen Mann, der mit einer ungewöhnlichen Theorie vor gut zwei Jahrzehnten an die Öffentlichkeit trat und damit ein weltweites Aufsehen erregte, das bis heute anhält. Sein Name: Erich von Däniken. Seine These: Die kulturellen Wunderwerke der Vergangenheit können nur auf eine einzige Weise entstanden sein – mit Hilfe hochintelligenter außerirdischer Lebewesen.

Und die Bibel hat doch recht ...?

Schon früh kam Erich von Däniken, der am 14. April 1935 im schweizerischen Zofingen geboren wurde, mit den Fragen in Berührung, denen er später so eigenwillige Antworten abringen sollte. Seine Schulausbildung erhielt er auf dem „College Saint-Michel" in Fribourg, einem angesehenen, sehr streng geführten katholischen Internat. „Religionsunterricht war ein dominierendes Hauptfach", erinnert sich von Däniken in seinem Buch „Im Kreuzverhör". Bei Bibelübersetzungen stellte er zu seiner Überraschung fest, daß in den Texten des Originals fast nie von nur einem Gott gesprochen wurde, sondern meistens von „Göttern"; der eine und einzige Gott schien das Produkt einer offenkundigen Fehlübersetzung zu sein. Erklärungen, es könne sich auch um einen Hinweis auf die göttliche Dreifaltigkeit, um eine Höflichkeitsanrede oder gar um einen schlichten Irrtum handeln, ließ von Däniken nicht gelten. Neugierig geworden, zog er die heiligen Schriften anderer Religionen zum Vergleich heran. Und siehe da: auch hier war allerorten von „Göttern" die Rede!

Daraufhin begann von Däniken, die Bibel einer gründlicheren Überprüfung zu unterziehen. „Was mich am meisten aufregte", so berichtet er, „war die offensichtliche Tatsache, daß die ‚Götter' oft unter Verbreitung von Lärm, Rauch, Beben und Gestank vom Himmel kamen oder unter gleich unangenehmen Umständen dorthin zurückkehrten." Als besonders spektakulär erwies sich eine Beschreibung aus dem Buch Hesekiel. Der Prophet schildert dort nämlich die Ankunft vierer menschenähnlicher, metallisch blinkender Gestalten mit Flügeln und Rädern, die inmitten eines Feuersturms näher gekommen und mit lautem Getöse wieder von der Erde verschwunden seien. Angesichts dieser Beschreibung gab es für von Däniken nur noch eine einzige plausible Erklärung: Was Hesekiel da als Augenzeuge miterlebt hatte, mußte die Landung eines Raumschiffs gewesen sein!

Beweise

Beflügelt von seiner faszinierenden Neudeutung des „Buchs der Bücher", setzte von Däniken nun alles daran, seine Theorie auszubauen und mit Beweisen zu untermauern. Extraterrestrische, also außerhalb der Erde existierende Lebensformen seien nicht nur möglich, sondern angesichts der unermeßlichen Weite des Alls sogar wahrscheinlich, das hatten auch etablierte Wissenschaftler bereits bestätigt. Wenn nun vor mehr als zweitausend Jahren, vielleicht sogar bedeutend früher, Lebewesen von anderen Sternen auf unserem Heimatplaneten gelandet waren, so mußten diese fremdartig anmutenden Gestalten bei den Menschen Staunen, Angst, Entsetzen oder vielleicht auch Ehrfurcht hervorgerufen haben. Erklären konnte man sich ihr Erscheinen nicht – es sei denn, man hielt sie für Götter. Damit schien der Schlüssel für das Verständnis der biblischen Berichte gefunden.

Doch bei all diesen Überlegungen, dessen war sich auch von Däniken bewußt, handelte es sich vorerst um blanke Theorie. Daher galt es, greifbare Belege herbeizuschaffen, Beweise für die Landung und das Wirken von Astronauten zu liefern. Doch wie war dies zu bewerkstelligen? Die schriftlichen Überlieferungen aus der Zeit vor Christi Geburt sind spärlich. Also blieb nur eine Möglichkeit: Die erhaltenen Zeugnisse alter Kulturen mußten eingehend daraufhin überprüft werden, ob sie Hinweise auf den Besuch fremder Lebewesen enthielten.

Um vor Ort mögliche Beweisstücke in Augenschein nehmen zu können, reiste von Däniken an die verschiedensten Stätten auf der ganzen Welt. Die Ergebnisse, die er 1968 in seinem ersten Buch „Erinnerungen an die Zukunft" einem staunenden und faszinierten Publikum präsentierte, schienen diesen Aufwand zu rechtfertigen: Eine Fülle von Statuen, Höhlenzeichnungen und anderen Darstellungen, die von Däniken in Ländern auf allen Kontinenten entdeckt hatte, stellten sich im Lichte seiner neuen Betrachtungsweise völlig anders dar als bisher. Fast alle waren bislang von Archäologen und Ethnologen inhaltlich nicht genau zu erklären gewesen, entstammten sie doch längst vergangenen, dem Vergessen anheimgefallenen Kulturen. Von Däniken legte seine Fundstücke als „Porträts außerirdischer Besucher" vor. Strahlenkränze um die Häupter der abgebildeten Figuren symbolisierten für ihn die Sonne, als Zeichen dafür, daß es sich um Wesen handelte, die „vom Himmel gekommen" seien, und was man bisher als Hörner bei der Ausübung eines prähistorischen Tierkults interpretiert hatte, wurde jetzt zu Antennen, die der Kommunikation der Astronauten dienten.

Als besonders überzeugende Abbildung eines Raumfahrers wertete von Däniken eine Grabplatte, die im Jahr 1952 unter einem Mayatempel im mexikanischen Palenque entdeckt worden war. Weder die abgebildete Figur – nach Meinung vieler Experten der Maisgott Yum Kax – noch die Mayaglyphen, die die Platte zieren, konnten bisher eindeutig interpretiert werden. Doch von Däniken sprangen zahlreiche Details des Bildes geradezu ins Auge: „In ihrer Gesamtheit bildet die Grabplatte einen Rahmen, in dessen Mitte ein Wesen vornübergeneigt (wie ein Astronaut in der Kommandokapsel) sitzt", schrieb er 1973 in „Meine Welt in Bildern". „Dieses eigenartige Wesen trägt einen Helm, von dem doppelspurige Schläuche nach rückwärts verlaufen. Vor der Nase sitzt ein Sauerstoffgerät. Mit beiden Händen manipuliert der Vornübergeneigte auf irgendwelchen Kontrollmechanismen." Sogar eine „Kernfusionseinheit" meinte von Däniken ausgemacht zu haben.

Auch für einen von vielen Landeplätzen der „Götter aus dem All" glaubte er Anhaltspunkte entdeckt zu haben. In Südperu, den Anden vorgelagert, befindet sich die Ebene von Nazca. Rätselhafte, geometrisch angelegte Linien durchziehen den steinigen Wüstenboden, die zum Teil parallel verlaufen, sich zum Teil aber auch kreuzen. Zusammen mit stilisierten Vögeln und anderen Tieren bilden sie eine eigenartige Figurenlandschaft, die – faszinierenderweise – nur aus einer Höhe von etwa fünfhundert Metern in ihrer Gesamtheit zu überblikken ist. Die vorherrschende, wenn auch keineswegs unumstrittene Forschermeinung sieht diese Anlage als einen gewaltigen vorkolumbischen astronomischen Kalender an. Doch es überrascht wohl kaum, daß Erich von Däniken hier etwas völlig anderes erkannte. Das Zustandekommen der eigenartigen Linienformationen stellte er sich folgendermaßen vor: „Ein Zubringerschiff startete vom Mutterraumschiff im Orbit auf unseren Planeten, es kam auf der Ebene von Nazca zum Stillstand: Es bleibt also eine Spur wie von Skiern im Schnee. Die Fremden starten – wieder entsteht eine Spur. Die Eingeborenen eilen herbei: Die Götter waren da und hinterließen Spuren! Hoffend, die himmlischen Boten kehrten zurück, beginnen sie, neue Linien zu ziehen, die alten zu vertiefen. So, meine ich, könnten die Linien von Nazca entstanden sein." Die Tierbilder deutete er als

Zeichnerische Darstellung der Grabplatte von Palenque – die Abbildung eines Raumschiffs?

Luftaufnahme der Ebene von Nazca

„himmlische Opfersymbole", mit denen man den Göttern habe Zeichen geben wollen.

Und Erich von Däniken ging noch ein Stück weiter. Er berichtete von sogenannten „Cargo-Kulten", bei denen Eingeborene das Verhalten fremder Besucher kopieren, um in den Genuß ihrer vermeintlichen „himmlischen Segnungen" zu gelangen, und glaubte, es gäbe auf dem Planeten Erde auch Anleihen an bestimmte Eigenheiten außerirdischer Raumfahrer. Widerspiegelungen ihrer hochentwickelten Kultur könnten beispielsweise die Kultgegenstände des Christentums, ebenso aber auch die Überlieferungen und Rituale eingeborener Stämme sein. So führen die Kayapo-Indianer in Brasilien heute noch zu Ehren „himmlischer Lehrmeister" Tänze in einem Gewand aus Strohgeflecht auf – einem Kostüm, das in von Dänikens Augen einem modernen Astronautenanzug verblüffend ähnlich sieht …

Die Götter – „Entwicklungshelfer" aus dem Weltall?

Welche Sprengkraft in den Behauptungen Erich von Dänikens steckte, beginnt man zu ahnen, wenn man sieht, welche Erklärungsansätze er für die Entstehung geheimnisumwitterter Kulturdenkmäler aus weit zurückliegenden Zeiten anbot. Rätsel, die Generationen von Wissenschaftlern – erfolglos – beschäftigten, fanden bei Erich von Däniken eine überraschende Lösung.

Dabei ist die Problematik seiner Fragestellung in der Tat nicht von der Hand zu weisen. Wie, so fragt er nämlich, sollten unsere Vorfahren mit ihren vergleichsweise beschränkten Möglichkeiten in der Lage gewesen sein, Monumente wie die Pyramiden, das monolithische Sonnentor von Tiahuanaco oder die riesenhaften Statuen auf der Osterinsel zu errichten, wie sollten sie Gestein so exakt bearbeitet haben wie an den Berghängen oberhalb der Inkafestung Sacsayhuamán in Peru, wo man rechtwinklig zugeschnittene Felsen und polierte Steinflächen bestaunen kann? Mit Werkzeugen, wie sie für diese Zeit anzunehmen sind, erscheinen diese Leistungen unvorstellbar. Aber einmal angenommen, die Menschen hätten damals über die technischen Hilfsmittel einer außerirdischen Zivilisation verfügen können – wären dann nicht alle Erklärungsprobleme auf einen Schlag gelöst?

Am Beispiel der Osterinsel veranschaulichte von Däniken, wie er sich die „Hilfe" der Außerirdischen vorstellte. Gewaltige Köpfe aus Vulkangestein, die ein unbekanntes, spurlos verschwundenes Volk hinterlassen hat, stehen zu Hunderten auf dieser Insel und lassen den Betrachter einen Hauch von Ewigkeit verspüren. Der norwegische Forscher Thor Heyerdahl vermutete, sie seien mit Hilfe von steinernen Faustkeilen bearbeitet worden, da er in der Nähe der Statuen zahlreiche solcher Faustkeile gefunden hatte. Von Däniken widersprach ihm energisch. Seine Erklärung: Fremde Kosmonauten überließen den Urinsulanern technisch perfekte Werkzeuge zur Bearbeitung des Gesteins, die nach dem Verschwinden der Besucher aus dem Weltraum allmählich unbrauchbar wurden. Die Versuche, mit Faustkeilen das Werk fortzusetzen, scheiterten kläglich, und so blieben die zahlreichen unvollendeten Statuen zurück, die man heute noch auf der Insel besichtigen kann.

„Außerirdische besuchen die Erde": So stellt sich ein Science-fiction-Illustrator die Ankunft der „Götter aus dem All" vor.

Doch was wäre, so spann von Däniken seinen Faden weiter, wenn sich mit dieser Art von „Entwicklungshilfe" das Eingreifen der „Götter" in die Geschichte der Menschheit nicht erschöpft hätte? Denn wie er festgestellt zu haben glaubte, gab es in der Menschheitsgeschichte unerklärliche „Sprünge"; Völker, die sich auf einem verhältnismäßig niedrigen kulturellen Niveau befunden hätten, seien plötzlich innerhalb kurzer Zeit in der Lage gewesen, unglaubliche Bauwerke oder hochkomplexe Stadtanlagen zu errichten. Und nun kam von Däniken zur krönenden Idee seines Gedankengebäudes: Die Außerirdischen, so lautete seine atemberaubende Behauptung, seien die Urahnen aller menschlichen Intelligenz. Durch gezielte Paarung mit den Bewohnern der Erde, die man zu dieser Zeit allenfalls als „barbarisch" habe bezeichnen können, schufen sie den „homo sapiens", den sie dann nach ihrem Vorbild ausbildeten und veredelten. Erst nach den Besuchen dieser fremden Astronauten begann sich der Mensch zu einem denkenden, intelligenten Wesen zu entwickeln. Aus diesem Grund, so folgerte er abschließend, könnten die Menschen heute mit Fug und Recht von sich sagen: „Wir alle sind Kinder der Götter."

Erich von Däniken – Wissenschaftler oder Scharlatan?

Die Resonanz auf Erich von Dänikens spektakuläre Thesen übertraf selbst die kühnsten Erwartungen: Seit seinem 1968 erschienenen Erstling „Erinnerungen an die Zukunft" sind von seinen mittlerweile fünfzehn Büchern weltweit insgesamt 51 Millionen Exemplare verkauft worden.

Wie erklärt sich ein solcher Erfolg? Eines läßt sich mit Sicherheit sagen: Die Originalität der von Dänikenschen Behauptungen allein kann es nicht gewesen sein, die dieses öffentliche Interesse erweckte; warum hätten sonst Autoren wie Robert Charoux, Louis Pauwels oder Jacques Bergier, die bereits früher ähnliche Thesen vertreten hatten, weniger Aufsehen erregt? Und auch zahlreiche Science-fiction-Autoren hatten sich bereits des Themas „Außerirdische besuchen die Erde" angenommen. Nein, es muß wohl eine besondere Verkettung von Umständen gewesen sein – oder sollte man besser sagen: „Die Sterne standen günstig"? –, die die Voraussetzung für einen derart exzeptionellen Erfolg schufen. Die unerwartete Schnelligkeit der technischen Entwicklung, die sich Ende der sechziger Jahre zu zeigen begann, und die ungeheuren Fortschritte in der Raumfahrt, die 1969 mit der ersten bemannten Mondlandung einen vorläufigen Höhepunkt erreichte, hatten eine geradezu euphorische Zukunftsgläubigkeit ausgelöst. Alles schien jetzt möglich – warum also sollte nicht eine technisch nur einige Stufen höherstehende außerirdische Zivilisation bereits in grauer Vorzeit ihre Boten auf unsere Erde entsandt haben? Und das außergewöhnliche Engagement, mit dem von Däniken medienwirksam an die Öffentlichkeit trat, tat ein übriges, um seine Popularität schlagartig in die Höhe schnellen zu lassen.

Von Däniken selbst wies immer wieder darauf hin, nicht mit wissenschaftlich fundierten Beweisen dienen zu können, und bezeichnete sich gern scherzhaft als „Sonntagsforscher". Was er für sich lediglich in Anspruch nehme, so behauptete er, sei die Offenheit dem Andersdenkenden gegenüber, der neue Perspektiven eröffne. Mehr allerdings konnte er auch schwerlich verlangen, bestand doch seine „Methode" im wesentlichen darin, antike Rätsel aufzugreifen und nicht bewiesene (und kaum je beweisbare) Erklärungsversuche anzuzweifeln, um dann selbst eine – ebenfalls nicht beweisbare, aber besonders ungewöhnliche – Lösung anzubieten. Daß von Däniken damit von Anbeginn an harter Kritik ausgesetzt war und bis heute heftig umstritten geblie-

Bestsellerautor Erich von Däniken. 51 Millionen weltweit verkaufter Bücher dokumentieren seinen sensationellen Erfolg.

ben ist, wird daher wohl niemanden verwundern. So schied sich die Masse seiner Leser in drei Lager: das der Gläubigen, das der Zweifler und das der energischen Gegner.

Die Wissenschaftler, die von Däniken immer wieder nachdrücklich zur Diskussion seiner Hypothesen aufforderte, ignorierten ihn weitgehend, und nur einige wenige bezogen in einem 1970 erschienenen Sammelband unter dem Titel „Waren die Götter Astronauten?“ *Stellung. Die meisten anderen lehnten jedoch die Behauptungen des Schweizer Publizisten als „abwegig“ und „an den Haaren herbeigezogen“ ab. Der kürzlich verstorbene Professor Hoimar von Ditfurth äußerte gar die Befürchtung, von Dänikens weltweiter Erfolg sei „ein Symptom dafür, daß unsere Gesellschaft insgesamt weniger kritisch, urteilsfähig und mündig ist, daß sie weitaus anfälliger für demagogische Verführung ist, als uns allen guttäte“.*

Doch von Dänikens Wirken derart einzustufen, hieße nicht nur, seine Bedeutung bei weitem zu überschätzen, sondern übersähe auch einen möglichen positiven Effekt. Denn zumindest ein Verdienst, so erkannte 1970 der Journalist Ernst von Khuon, müsse man Erich von Däniken wohl auf jeden Fall zugestehen: „Er hat es verstanden, die Phantasie der Leser anzuregen. Die Phantasie des Menschen bewegen, das bedeutet sehr viel in unserer Zeit, der man nachsagt, daß sie der Phantasie immer weniger Raum lasse.“ Und er fügt einen bemerkenswerten Nachsatz hinzu: „Wo immer wir nach Lösungen suchen, wo immer wir das Mögliche erfahren, das Wahrscheinliche erkennen wollen, ist es die Phantasie, die die Wege erkundet.“